AF617185

AMOK
EDICIONES

Narcotopía

Título original: *Narcotopia: in search of the Asian drug cartel that survived the CIA*

AMOK Ediciones
comunicacion@amokediciones.es

Milos Kalvin para TheWhiteRoomLab, por el diseño gráfico
Alicia Escamilla por la corrección de estilo
Ale Oseguera por la corrección ortotipográfica
Islagráfica por la maquetación

ISBN: 978-84-19211-55-2
Depósito legal: M-1414-2025
Impreso por Leitzaran Grafikak
Impreso en España — Printed in Spain

Narcotopía

Patrick Winn

A todos los montañeses del mundo.

ÍNDICE DE CONTENIDOS

PRÓLOGO DE ROBERTO SAVIANO

En la ciudad birmana de Lashio, azotada por los enérgicos monzones subtropicales y también por un régimen cuyas acciones son bien conocidas por las crónicas, hay una pequeña iglesia cristiana erigida en la cima de una colina. En la entrada, colgada de dos travesaños de madera, pende una aldaba singular: una bomba. Corroída por el tiempo, oxidada, pero aún perfectamente reconocible, desde la fundación de esta casa de Dios en 1971 ha desempeñado la función de campana de la iglesia, llamador para los visitantes y tambor para el pueblo que creció a su alrededor. Ante esta insólita bienvenida, el lector que ya esté familiarizado con los hechos que se narran en este libro anticipará el sentido de la historia en la que está a punto de sumergirse. Pero ese mismo lector sabe también que muy difícilmente podrá observar esta imagen con sus propios ojos, ya que Birmania es un lugar casi impenetrable a la presencia de los occidentales (y tiene muy buenos motivos para seguir siéndolo). ¿Qué imagen es esa de una iglesia que tiene como aldaba una vieja bomba? Es una imagen de fe, sin duda. De una fe solo en parte religiosa, como se descubrirá. Una fe en el renacimiento de un pueblo, en su salvación, en su destino. Es una imagen de violencia indiscutiblemente. Una violencia a la que los habitantes de esas partes del globo a caballo entre China, Birmania y Tailandia están muy acostumbrados y de la que a menudo, en un pasado lejano (aunque no demasiado), han sido protagonistas. Es una imagen que desafía las normas, las reglas a las que están sometidos los edificios de culto. Se podría apostar que cualquier sacerdote se opondría si uno de sus feligreses propusiera el uso de una reliquia bélica como llamador. Pero el hombre que ha construido esa iglesia no es un sacerdote cualquiera. De hecho, ni siquiera es sacerdote. Y las personas para quienes la ha construido, de etnia wa, como él, también han tumbado reglas y leyes como fichas de un dominó. Forzadas por la historia, unas veces; hambrientas de poder y de dinero, otras.

Para las crónicas locales, sobre todo para las *made in USA*, el Estado Wa —dividido en dos zonas no colindantes, un acuerdo geopolítico fruto de revueltas continuas, migraciones y guerras— no es más que un cartel de narcotraficantes. Despiadados cortadores de cabezas. Jerarcas corruptos. Blanqueadores de dinero sucio. Proveedores sin rival de opio y heroína, primero, y de metanfetamina después. Envenenadores del mundo. Escoria. Chusma.

Pero la historia es mucho más compleja. La historia es siempre más compleja. Por eso, libros como el de Patrick Winn, que transforman la historia en relato y el relato en mito, tienen mérito más allá del goce de una excelente lectura y de la presentación de hechos poco conocidos por el público. Libros como este son incisiones con bisturí en la conciencia colectiva, en la enciclopedia viva de la humanidad. Ayudan a entender. Subvierten las reglas de la narración impuesta al mundo por las potencias económicas y militares. Son también artefactos —estos, aún totalmente explosivos— que golpean la coraza en la que se ha escondido el mundo occidental. Amenazan con deflagrar. Y es precisamente eso lo que se espera al llegar a la última página: que exploten.

Son muchos los motivos por los que los wa se han convertido en las últimas décadas, y durante mucho tiempo, en los mayores exportadores de heroína del mundo. Pero si la respuesta a la pregunta fuera: *gracias a los Estados Unidos y a la CIA*, no sería equivocada. Claro, solo se vería una parte de la verdad, se privilegiaría un elemento del cuadro en lugar de su compleja y variada totalidad. Pero sería un elemento muy importante. Desde la época de la Guerra Fría, los americanos van por ahí armando a la gente, soldados por delegación que, según las intenciones de sus generosos patrocinadores, deberían encargarse de patear al *enemigo comunista*, pero que en realidad hacen lo que les da la gana. Huyen del supuesto control. Abrazan causas que consideran más dignas. Se rebelan contra una agencia que regularmente —con una regularidad espantosa, como si no aprendiesen de sus errores— los trata como tontos de las altas montañas, camorristas simplones, incultos estúpidos. Pues bien, ética aparte, el problema es que, con la misma regularidad espantosa, la agencia recibe la patada. El tonto se revela mucho menos tonto que quien quería controlarlo. El simplón demuestra con qué facilidad se puede engañar al Tío Sam. El inculto se sacude la vergüenza de la estupidez y de repente queda claro que para vencer a un adversario arrogante no es necesario tener un título. Ni siquiera un diploma. Y ni siquiera, al fin y al cabo, saber leer o escribir.

Eso es precisamente lo que les ha ocurrido a los wa, a los shan, a los esuli, a aquellos que de un día para otro han visto fusiles automáticos llover del cielo, literalmente: cajas enteras balanceándose entre las nubes, amarradas a paracaídas americanos, y aterrizando en pueblos y campamentos improvisados o en un bosque denso, en una elevación intransitable, en mitad de un valle. Expulsados, muchos de ellos, de la China maoísta, refractaria a cualquier hipótesis de culto religioso, acosados, perseguidos hasta las cimas de las montañas, en el interior de la jungla más espesa, estos hombres y estas mujeres, estos niños y niñas descalzos y esqueléticos han sido testigos de una lluvia de fusiles. Aviones que surcaban los cielos dejando caer armamentos y municiones como regalos. Cogedlos y usadlos todos. Os bastan para devolver a los comunistas a su casa, con la bendición del amigo americano. Y precisamente con la bendición de la CIA, muchos de estos desgraciados, pateados como balones desinflados de una esquina de Birmania a la otra, han encarado en serio esos fusiles. Se han convertido en señores de la guerra. Traficantes armados de ese opio que por tradición secular es el producto natural de sus tierras montañosas, frías y alcalinas, tierras que, por otro lado, no ofrecen nada más de lo que se pueda vivir. De cultivadores de amapolas a feroces carteles de heroína en un batir de alas. De hecho, es el sueño que se rompe: es un *relato soñado*, que debe entenderse no en el sentido schnitzleriano, sino como una doble excursión onírica de dos países dormidos sobre la almohada de la utopía. China y los Estados Unidos se despiertan juntos, en el mismo instante, como dos gemelos tan distintos como iguales. Caído —pero solo por un instante— el velo de Maya, el dragón maoísta se descubre torpe, inútil y cruel: ¿cómo pudo imaginar un trasvase de fieles que abandonarían la iglesia de Nuestro Señor para abrazar la del Cuatro Veces Grande? Peca de presunción la hoz y el martillo, cuando pretende suplantar una cruz, que es mucho más antigua; un buda, que es sin duda más indulgente; o cualquier otra instancia religiosa que ofrezca consuelo a su cansado pueblo. El resultado de la exclusión es que, antes o después, hay que ajustar cuentas.

En el otro lado del mundo: ¿cómo han podido pensar, los americanos, que lanzar una caterva de fusiles, algunas medicinas, un puñado de dinero, a un grupo de descontentos bastaría para fidelizarlos de por vida? ¿Quién ha garantizado a los estrategas occidentales que esta gente, una vez encarada el arma, no la dirigiría contra su tosco, impreciso y oportunista *benefactor*? Si sirviera una imagen para resumir el tema central del presente volumen, entonces sería la de una bomba con las marcas y el *logotipo* de una China esclerotizada por el comunismo. Pero para que explote, la bomba ha de ser accionada. ¿Y cuál es la mano que acciona el dispositivo? ¿Qué pasaporte tiene quien la lanza?

El mismo de quien ha armado a talibanes y muyahidines en Afganistán contra Rusia; el mismo de quien ha inundado de armas y dinero una sucesión de países latinos, sin preocuparse demasiado de si eran fuerzas gubernamentales, rebeldes, fascistas, narcotraficantes o lo que fueran. Esto es un vicio que las superpotencias incluyen en sus propios estatutos, en las hélices de su genoma, pero que en los Estados Unidos va acompañado de tozudez y de escasa memoria, rasgos típicos de la demencia.

El guion se ha convertido en un canon; solo cambia, cada cierto tiempo, quien acumula el explosivo, pero la huella en el detonador es siempre la misma.

Como en esta historia, que, sin embargo, ofrece una nueva gama cromática, matices inéditos, mezclas extraordinarias que en nuestra casa, en nuestro sillón, en nuestras calles, proyectan sobre nosotros reverberaciones que son cualquier cosa menos descoloridas, por muy lejana que pueda parecer la fuente. Su foco de atención está en Banna, en la vertiente china de la frontera con Birmania, en una misión cristiana liderada por el pastor William Marcus Young, apodado Hombre-Dios por los wa y por los lahu, y responsable, además de su conversión religiosa, de la creación de su propio alfabeto, pues los indígenas no poseen una lengua escrita. Jeremías, Moisés, Pedro: estos son los nombres de los recién nacidos en la misión, para volver, según el pastor, a una vida ética lejos del alcohol, del opio y de las decapitaciones a las que algunos grupos de las cimas más altas se han acostumbrado. Entre los recién nacidos en el año 1944 se encuentra Saúl —llamado como el primer rey de Israel, que unificó las tribus dispersas—, que más adelante se convertirá en Saw Lu, ferviente cristiano, constructor de una iglesia a la que se accede golpeando con una bomba. Los hechos de este libro, impresionante por su contenido y ambición, serpentean a través de selvas húmedas y traicioneras y están poblados de personajes cuyos nombres, en determinadas ocasiones, aparecen en las crónicas locales y todavía a veces apuntalan los informes de la DEA, la Administración para el Control de Drogas americana: Wei Xuegang y Bao Youxiang, políticos, narcotraficantes, ¿o ambos? Khun Sa, el general Lee Wen-huan, Zhao Nyi Lai, pero también líderes tribales como Maestro de la Creación —que, según los milicianos, posee el don de la levitación—, el príncipe Mahasang, junto con la contraparte americana —los agentes de la DEA y los de la CIA, presidentes, funcionarios diplomáticos— amiga, enemiga, conspiradora, defensora, traidora, según el caso, y capaz de pasar de un rol a otro con solo chasquear los dedos. Son selvas que no dejan de sorprender, porque transforman a menudo enanos en gigantes, tribus en ejércitos, desgraciados en desgracias. Hemos hablado de Khun Sa, que en lengua shan significa príncipe de la prosperidad. Su vida es una parábola del gigantismo. Medio chino y medio shan, a pesar de haber marchado con soldados del Kuomintang elige la segunda como etnia preferida, hasta el punto de fundar un estado Shan, aún hoy la región birmana que produce la mayor cantidad de opio. Hemos hablado también de Wei Xuegang, el señor de la droga más grande del siglo XXI, aun buscado por los Estados Unidos y todavía lejos de ser capturado. Criatura de la noche porque rehúye el contacto humano; germofóbico y vampírico, reservado hasta el extremo, su historia se entrelaza con la de Khun Sa, de quien es un antiguo protegido, y la una no existiría sin la otra, si bien de los dos solo Wei sigue vivo. Pero estos dioscuros de la heroína tienen más cosas en común: poderosos e inefables —aunque objeto de evaluaciones sumarias por parte de Occidente, que se limita a etiquetarlos como narcos—, son figuras que escapan de una categorización precisa. ¿Líderes del pueblo? ¿Señores de la guerra? ¿Estadistas? ¿Empresarios? ¿Narcotraficantes? En la época de la superficialidad a toda costa, un libro viene en nuestra ayuda para resolver cuestiones que están fuera del alcance de las redes sociales e incluso de la prensa. Un libro con sustancia, porque no puede ser de otro modo. Que habla de pueblos, de droga, de guerra y de violencia, y habla también de esperanzas sepultadas por una jungla que sigue siendo demasiado densa. Y así volvemos a la bomba, la famosa bomba que recibe a los feligreses a la entrada de la iglesia de Lashio construida por este hombre, Saw Lu, que mezcla en sí mismo simplicidad y grandeza, sacrificio y grandilocuencia, tribulaciones y renacimiento. Cortejado por la DEA y por asiáticos poderosos, emprendedor e idealista, astuto, odiado por muchos y amado por muchísimos —incluidos quienes lo mantendrán oculto en un agujero en el suelo durante semanas y le salvarán la vida—, Saw Lu es el arquitrabe de esta epopeya. Ha sido una suerte, para el autor, poder entrevistarlo y quedarse con él, en su casa, durante tantos días. Pero decirlo así infravalora su trabajo: más que de suerte se ha tratado de olfato, obstinación y coraje. Y tal vez —más bien, seguramente— también de fe, ingrediente del que ninguna acción formidable puede prescindir.

Volvemos a su iglesia, a esta imagen de fe, de violencia y de subversión de las reglas. Volvemos con una pregunta. En realidad, con tres. Fe: ¿en *qué*? Violencia: ¿para *qué*? Subversión de las reglas: *¿qué* reglas? No es siempre fácil estar de una parte o de la otra de la historia, apuntar el dedo hacia un lado o hacia el otro de la frontera y atribuir patentes de legitimidad y justicia, a pesar de que, en tiempos más recientes, este sea un ejercicio bastante habitual. Aunque la narración emerge muy clara, lineal y apremiante de las páginas que siguen, la evaluación del cuadro global se deja al lector, como debería hacerse siempre.

Es una selva muy peligrosa la que aparece en estas páginas, plagada de serpientes y bestias feroces, presidida por milicias y contrabandistas armados, salpicada de cabañas donde se transforma el opio en heroína, de laboratorios donde se cuece la meta y donde antiguas plantaciones de amapolas sobreviven y resisten aún a la prueba del tiempo y a la guerra estadounidense contra la droga. Y te hace sonreír cómo el autor utiliza el término «tribu» para describir no a los grupos que vivían en ella y que hoy, en muchos casos, residen en ciudades cercanas, sino más bien a las organizaciones de procedencia atlántica, cuyas guerras internas han provocado enormes daños, mucha vergüenza e, indiscutiblemente, el número más alto de víctimas en esa zona geográfica llamada Triángulo Dorado que, a menudo, tiene dificultades incluso para obtener corriente eléctrica.

NOTA DEL AUTOR

La mayor parte de los relatos sobre el tráfico de estupefacientes se cuentan desde la perspectiva de las fuerzas del orden público. Existe una razón para ello: los agentes de la Administración para el Control de Drogas —en inglés Drug Enforcement Administration (DEA)— que describen sus aventuras a los periodistas a menudo son enaltecidos; quizás incluso consigan un aumento de presupuesto para su departamento. Sin embargo, los narcotraficantes tienen escasos motivos para contar su historia. En esa profesión, irse de la lengua tiene como consecuencia la prisión o algo incluso peor. Por consiguiente, la mayoría de las historias sobre las guerras antidroga repiten esquemas: detectives valientes que luchan contra figuras infames como el yonqui, el camello y los capos.

Es un género de relatos compuesto por medias verdades.

Este libro no presupone el mérito de los agentes antinarcóticos ni la crueldad de los traficantes, o viceversa. En gran medida, me he basado en los relatos de los infractores de la ley del Triángulo Dorado, algunos de los cuales arriesgaron su vida para hablar conmigo. Dado que muy pocas de estas fuentes conservan informes escrupulosos sobre sus actividades, me he visto obligado a basarme en sus recuerdos. Se ha hecho todo lo posible para corroborar sus relatos orales con otros testigos, pero en algunos casos tan solo puedo presentar sus testimonios tal como me los relataron.

Los informes policiales y los estudios antropológicos de los rituales wa me ayudaron a reconstruir escenas. Los documentos de la Agencia Central de Inteligencia (CIA) y de la DEA fueron de vital importancia. Algunos ya están desclasificados, mientras que otros fueron adquiridos por medios más creativos. En aras de la claridad, en algunas ocasiones he refundido varias conversaciones en una o he cambiado el orden en que me fueron revelados ciertos hechos. La mayor parte de los nombres del libro son auténticos, pero he ocultado algunas identidades para prevenir represalias, tanto por parte de ciertos criminales como de agentes del gobierno.

Hecha esta salvedad, las historias de este libro, que incorporan puntos de vista que apenas se conocen y son en gran parte inéditas, tienen como objetivo ofrecer un relato más completo y auténtico, menos monocromático de lo que suele ser habitual. En el libro hay maldad y bondad, pero son convicciones que residen en las cabezas de los personajes, que en su cruzada por el honor y el poder, siempre creen que son más justos que sus enemigos.

Por último, una nota sobre la expresión Triángulo Dorado, que carece de una definición oficial. La utilizo para describir el centro de la producción de droga en el Sudeste Asiático; un área montañosa que ocupa Birmania casi por completo y se extiende a lo largo de las fronteras de China, Laos y Tailandia. Es, por acuñar la palabra ya desde el comienzo, una *Narcotopía*: un lugar donde las drogas constituyen un poder decisivo que configura el comercio, la política y la vida diaria. Esta zona impulsa una economía regional basada en la heroína y las metanfetaminas que, según las Naciones Unidas, posiblemente supere el valor del producto interior bruto de todo Birmania.[1]

LAS NACIONES, INSTITUCIONES Y PERSONAJES DE NARCOTOPÍA

NACIONES E INSTITUCIONES

Estado Wa

- Población: 600 000
- Superficie: 31 000 kilómetros cuadrados
- Gobierno: autoritario
- Gobernado por el Ejército Unido del Estado Wa (EUEW). Dividido en dos territorios no colindantes, la región autónoma del norte y Wa del Sur, ambas dentro de las fronteras de Birmania, pero fuera de los límites de las autoridades birmanas. El Estado Wa no reivindica un estatus oficial de independencia dentro de la comunidad internacional, a pesar de que funciona, a todos los efectos y propósitos, como Estado soberano.

Birmania (oficialmente Myanmar)

- Población: 54 millones
- Superficie: 676 000 kilómetros cuadrados
- Gobierno: dictadura militar
- Anteriormente una colonia británica que adquirió la independencia en 1948. Está controlada por un régimen militar aislacionista desde 1962. Esta junta militar recela tanto de China como de Estados Unidos, así como de sus propios ciudadanos, en especial las minorías étnicas de las montañas. La

birmana es la etnia dominante. Representa dos terceras partes de la población, que en gran parte vive en las llanuras. Las fronteras montañosas de Birmania, fuera del control gubernamental, están lideradas por grupos armados indígenas, el más poderoso de los cuales es el wa.

Estado Shan (extinto)

- Población máxima: 3-4 millones
- Superficie máxima: 13 000 kilómetros cuadrados
- Gobierno: culto a una figura autoritaria
- Una nación rebelde que existió entre 1976 y 1996. Áreas de territorio controladas a lo largo de la frontera tailandesa. Liderado por Khun Sa, un traficante de heroína a escala mundial. También se autoproclamó luchador por la libertad de los shan, el mayor de los grupos minoritarios de Birmania, primos étnicos de los tailandeses. El Estado Shan fue el blanco tanto de la DEA como de la CIA.

Tailandia

- Población: 72 millones
- Superficie: 512 818 kilómetros cuadrados
- Aliado principal de Estados Unidos desde la Guerra Fría. Tanto ahora como en el pasado ha proporcionado una base de operaciones para la CIA y la DEA. Los narcóticos producidos en el interior de las montañas de Birmania fluyen hacia el sur a través de Tailandia hasta alcanzar los mercados mundiales, convirtiendo la frontera birmano-tailandesa en una de las principales zonas de contrabando de drogas del mundo. La mayor parte de esa frontera ahora es controlada por el EUEW.

China

- Población: 1,4 mil millones
- Superficie: 9597 millones de kilómetros cuadrados
- Gobierno: comunista (autoritarismo de un solo partido)
- Rival de Estados Unidos. Aspira al dominio del Sudeste Asiático. Gobernada desde 1949 por el Partido Comunista

de China, que impone estrictas leyes contra el uso de estupefacientes entre sus ciudadanos. Pekín apoya al EUEW bajo un acuerdo: los wa solamente pueden traficar en otros países, nunca en China.

Partido Comunista de Birmania (grupo asociado, ahora extinto)

• Un sucedáneo del Partido Comunista Chino ya disuelto. Este grupo armado, dirigido por el grupo étnico de los maoístas birmanos, intentó conquistar toda la región autónoma wa desde finales de los años sesenta hasta finales de los ochenta.

Estados Unidos de América

• Población: 332 millones
• Superficie: 9842 millones de kilómetros cuadrados
• Gobierno: democracia, imperio
• Aspira a lograr la supremacía global. Compite con China por el dominio del Sudeste Asiático. Tiene una poderosa alianza con Tailandia. Son antagonistas de la dictadura aislacionista de Birmania, que se resiste a tomar partido. Estados Unidos también pretende la caída del EUEW. Históricamente, ejerce influencia sobre el tráfico de estupefacientes a través de dos agencias: la DEA y la CIA.

Administración para el Control de Drogas de Estados Unidos (DEA)

• Colabora con la policía y las tropas extranjeras para interceptar drogas y detener a los traficantes extranjeros.

Agencia Central de Inteligencia de Estados Unidos (CIA)

• Defiende la supremacía americana por medios encubiertos, al aunar información y sabotaje. Dispuesta a conspirar con las organizaciones criminales, e incluso con los narcotraficantes.

Los Exiliados (grupo asociado, ahora extinto)

• En el pasado, el mayor cartel de tráfico de opio de Asia. Con sede en la frontera birmano-tailandesa desde los años sesenta hasta los años ochenta. Protegido de la persecución de la CIA.

El cartel de los Exiliados ayudó a los agentes estadounidenses y taiwaneses en operaciones de espionaje a lo largo de la frontera chino-birmana, en ocasiones, utilizando a los señores de la guerra wa como recurso.

La Liga de los Señores de la Guerra (grupo asociado, ahora extinto)

- Una coalición de corto recorrido de los señores de la guerra del Estado Wa desde finales de los años sesenta hasta principios de los años setenta. Vendían opio a los Exiliados. Algunos miembros colaboraban en las operaciones de la CIA contra China. Dirigida por cuatro señores de la guerra: Saw Lu, Shah, Mahasang y el Maestro de la Creación.

PERSONAJES

Saw Lu (wa)

Nacido en 1944 en la frontera chino-birmana. Criado en una secta de misioneros baptistas americanos. Señor de la guerra anticomunista durante su juventud y, más tarde, líder principal del EUEW y activo de la DEA.

Jacob (wa)

Devoto yerno de Saw Lu, casado con su hija Grace. Nacido a finales de los años setenta.

Lai (wa)

Nacido en torno a 1940 en las zonas montañosas del Estado Wa. Nombre completo: Zhao Nyi Lai. Guerrillero maoísta en su juventud, rechazó más tarde la ideología a favor del nacionalismo wa. Padre fundador del Estado Wa.

Bao (wa)

Actual líder del Estado Wa. Nacido en 1949 en las montañas wa. Nombre completo: Bao Youxiang. Antiguo comandante de la guerrilla comunista, se convirtió al etnonacionalismo wa.

Wei Xuegang (wa-chino)

Hasta ahora, el caudillo de la droga de mayor éxito del siglo XXI. Nacido a mediados de los años cuarenta en las montañas wa. Antiguo protegido de Khun Sa. Zar financiero del EUEW desde 1989.

Khun Sa (shan-chino)

El caudillo de la droga asiático más poderoso del siglo XX. Nacido en 1934 en las estribaciones shan de Birmania. Nombre original: Zhang Qifu. Fundador del Estado Shan y mentor de Wei Xuegang.

General Lee Wen-huan (chino)

Nacido en 1917 en la provincia china de Yunnan, cerca de la frontera birmana. Descendiente de un clan de traficantes de opio. Anticomunista acérrimo, huyó de Birmania después de la toma de poder de los maoístas chinos. Fundador de los Exiliados. Protegido por la CIA y por el ejército tailandés.

Angelo Saladino (estadounidense)

Agente principal de la DEA en Birmania entre 1989 y 1992. Anteriormente destinado en Chiang Mai, Tailandia.

Rick Horn (estadounidense)

Agente principal de la DEA en Birmania en 1992 y 1993.

John Whalen (estadounidense)

El agente de la DEA con más tiempo de servicio en Birmania: llegó en 1997 y se retiró en 2014.

Franklin «Pancho» Huddle (estadounidense)

Alto funcionario del Departamento de Estado de Estados Unidos (*chargé d'affaires* o encargado de negocios) en Birmania entre 1990 y 1994. Supervisó los departamentos en conflicto de la DEA y la CIA en la embajada americana de Birmania.

Bill Young (estadounidense)

Agente de la DEA con base en Chiang Mai. Antiguo funcionario de la CIA, descontento con la agencia de espionaje. Nieto del legendario misionero baptista William Marcus Young, conocido como el Hombre-Dios.

MAPAS

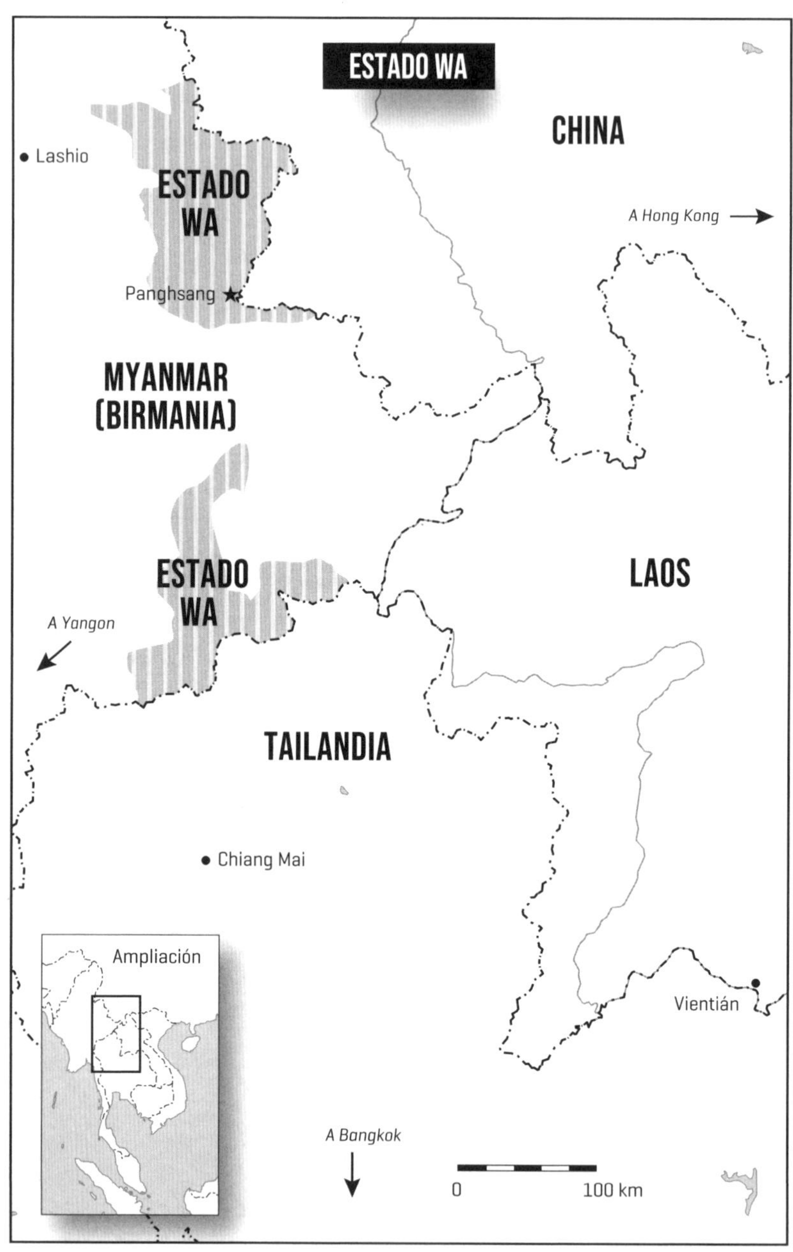
ESTADO WA
CHINA
Lashio
ESTADO
WA
A Hong Kong
Panghsang
MYANMAR
(BIRMANIA)
ESTADO
WA
LAOS
A Yangon
TAILANDIA
Chiang Mai
Ampliación
Vientián
A Bangkok
0
100 km

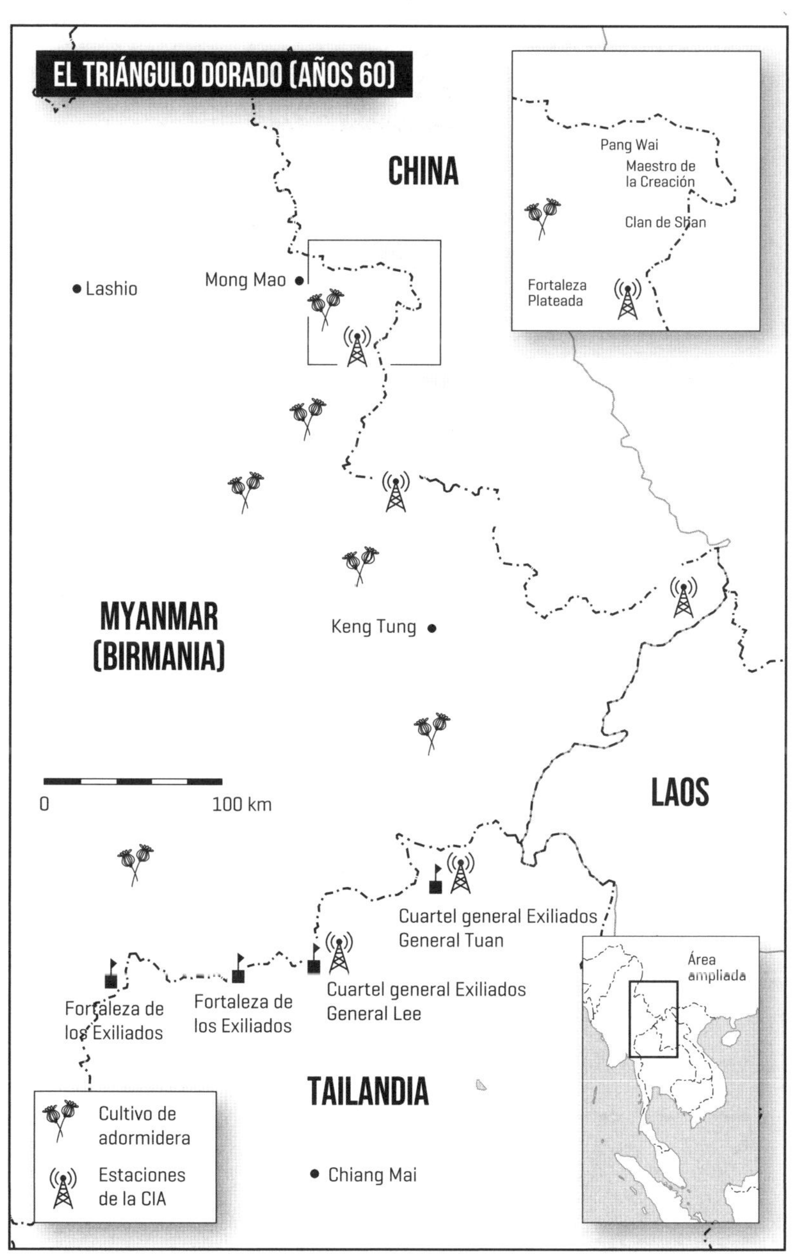
EL TRIÁNGULO DORADO (AÑOS 60)
CHINA
Pang Wai
Maestro de
la Creación
Clan de Shan
Fortaleza
Plateada
Lashio
Mong Mao
MYANMAR
(BIRMANIA)
Keng Tung
0
100 km
LAOS
Cuartel general Exiliados
General Tuan
Cuartel general Exiliados
General Lee
Fortaleza de
los Exiliados
Fortaleza de
los Exiliados
Área
ampliada
TAILANDIA
Chiang Mai
Cultivo de
adormidera
Estaciones
de la CIA

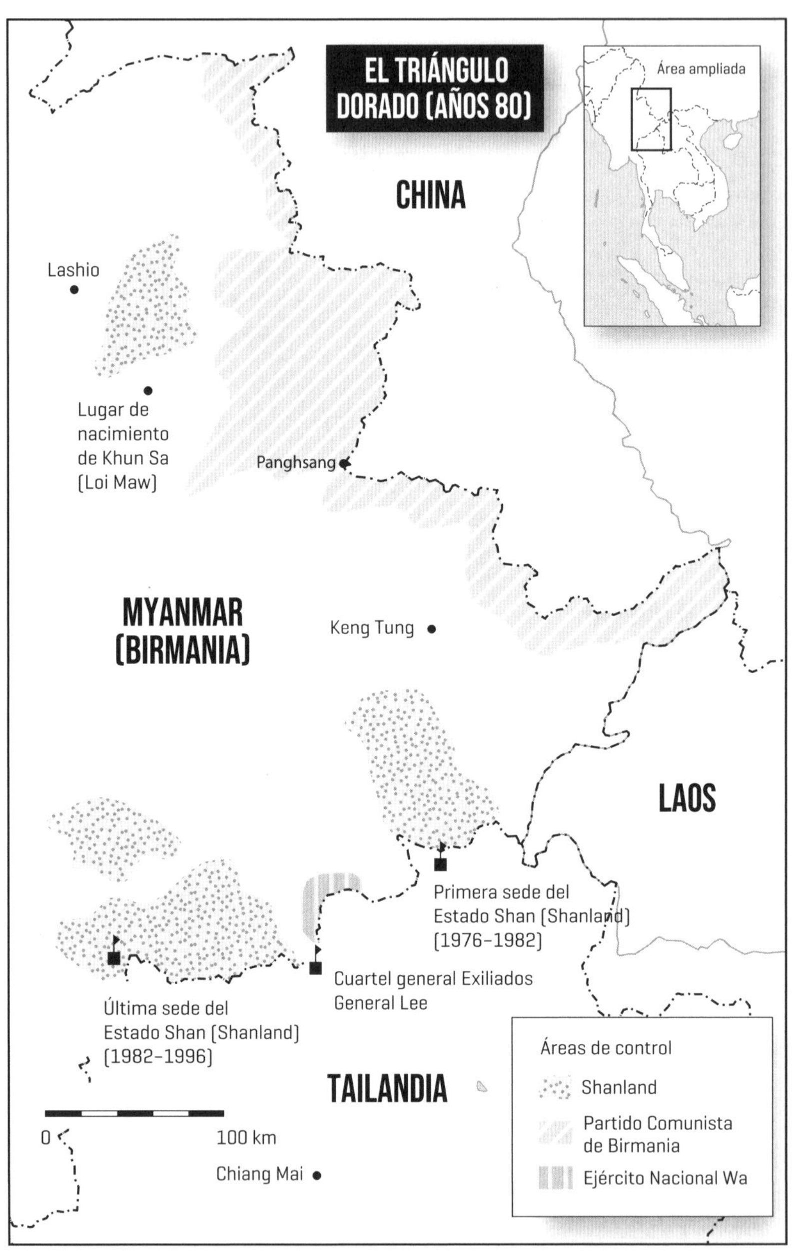
EL TRIÁNGULO DORADO (AÑOS 80)
Área ampliada
CHINA
Lashio
Lugar de nacimiento de Khun Sa (Loi Maw)
Panghsang
MYANMAR (BIRMANIA)
Keng Tung
LAOS
Primera sede del Estado Shan (Shanland) (1976-1982)
Cuartel general Exiliados General Lee
Última sede del Estado Shan (Shanland) (1982-1996)
TAILANDIA
0
100 km
Chiang Mai
Áreas de control
Shanland
Partido Comunista de Birmania
Ejército Nacional Wa

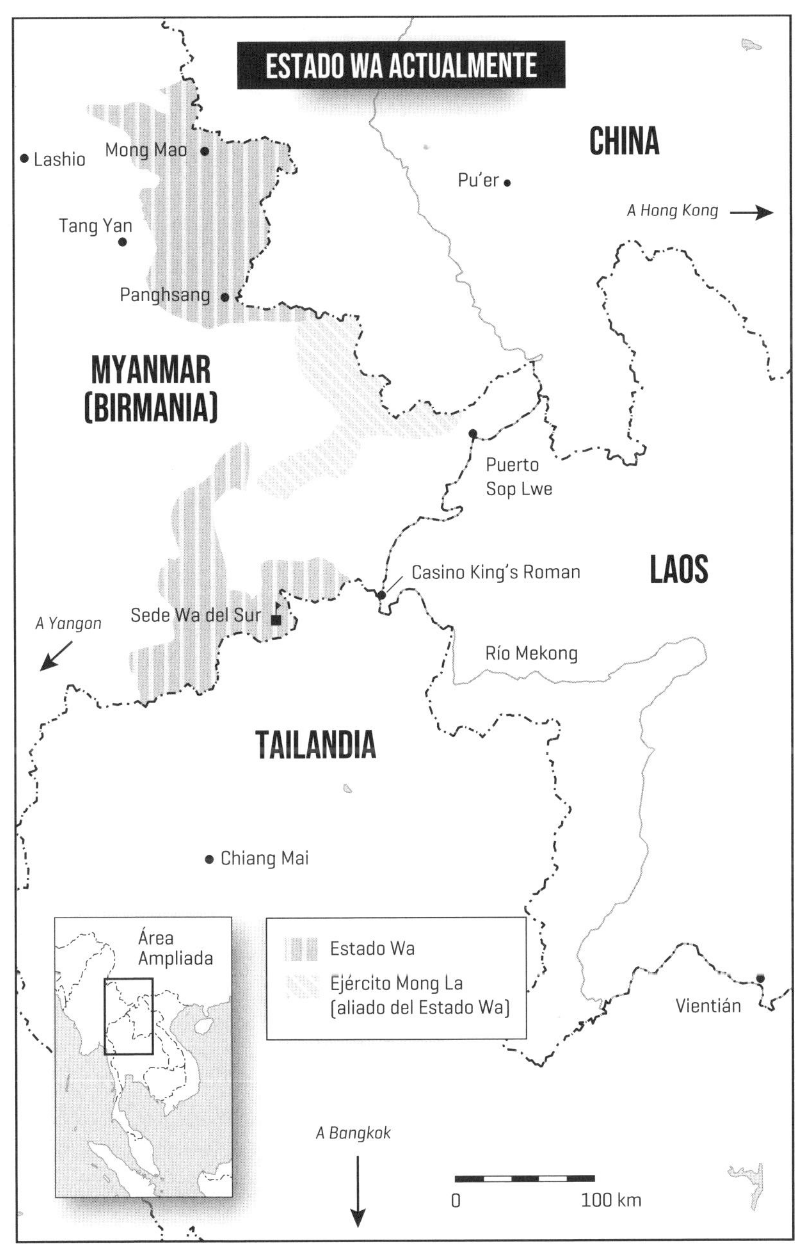
ESTADO WA ACTUALMENTE
CHINA
Lashio
Mong Mao
Pu'er
A Hong Kong
Tang Yan
Panghsang
MYANMAR (BIRMANIA)
Puerto Sop Lwe
Casino King's Roman
LAOS
A Yangon
Sede Wa del Sur
Río Mekong
TAILANDIA
Chiang Mai
Área Ampliada
Estado Wa
Ejército Mong La (aliado del Estado Wa)
Vientián
A Bangkok
0
100 km

PRÓLOGO DEL AUTOR

El pueblo wa es el más vilipendiado de Asia, y quizá del mundo.

Esto ha sido así durante siglos. Para el Imperio británico eran «inmundos» y «sin duda, salvajes». Antes de eso, la dinastía Qing los consideraba «los más obstinados entre todos los bárbaros».[1]

Hasta Vasco de Gama calumnió a los wa, a pesar de que el explorador del siglo XVI nunca alcanzó su tierra natal, un estrecho escarpado entre montañas que divide Birmania y China. Tan solo escuchó rumores sobre la tribu, que inmortalizó en un poema:[2]

De carne humana, con hambre brutal, se alimentan
Y con hierros calientes sellan los suyos propios. ¡Ritos bárbaros!

Estaba equivocado. Los nativos wa no eran caníbales. Eran cazadores de cabezas y, como ritual, clavaban las de los enemigos sobre estacas. Al igual que los clanes escoceses y los revolucionarios franceses, tenían sus razones.

Desde la Edad Media hasta el siglo XXI, los wa han sido denigrados de manera constante. Dejaron de cazar cabezas hace ya varias generaciones —las últimas decapitaciones datan de algún momento situado entre la Beatlemanía y la música disco—. Sin embargo, ese estigma aún perdura. Ahora son señalados como una narcotribu. Prácticamente todo lo que se ha escrito sobre los wa los retrata como montañeses despiadados que trafican con drogas.

Existen pocas culturas que se vinculen tanto a una mercancía. Los amish construyen muebles; los suizos fabrican relojes. Los wa cocinan metanfetamina y, antes de que se pusiera de moda, producían heroína. Su tierra es fría y árida, terrible para las hortalizas, pero idónea para la materia prima de la heroína, la *Papaver somniferum*, la adormidera.

Como a los habitantes de todas las montañas, desde los chechenos hasta los ozarks, a los wa les gusta hacer las cosas a su manera. Una autoridad tribal llamada Ejército Unido del Estado Wa (EUEW) controla su territorio, a pesar de que técnicamente cada centímetro de su suelo se ubica en Myanmar, también conocida como Birmania. El EUEW dicta leyes, defiende la patria, construye carreteras, recauda impuestos y hasta emite permisos de conducir. En todos los sentidos, es un gobierno. Sin embargo, para los Estados Unidos de América, el último imperio en perseguir a los wa, es tan solo un grupo de «capos» y «señores de la guerra» que encabezan una peligrosa organización criminal. ¿Peligrosa para quiénes? Para los americanos, según nos han contado. La afirmación sorprenderá a los estadounidenses que nunca hayan oído hablar del pueblo wa, que serán prácticamente todos. De cualquier manera, la DEA insiste en que los wa fomentan el «crimen, la violencia y causan un daño social tremendo en Estados Unidos».

Las drogas ilegales, en efecto, constituyen una de las mayores fuentes de ingreso del EUEW. Durante muchos años, toneladas de narcóticos producidos en suelo wa han llegado al mercado negro, y los traficantes las han trasladado hasta las costas norteamericanas. Por consiguiente, la DEA considera al EUEW como un trofeo de caza de dimensiones colosales. El objetivo declarado de Estados Unidos es «desbaratar y desmantelar» todo el sistema de gobierno wa.

He aquí el problema. El EUEW no es una simple mafia que vive en la selva. Dirige una nación «sincera para con Dios»*, el llamado Estado Wa, que acoge a más de medio millón de personas. Tienen sus propias escuelas, su red eléctrica, sus himnos y sus banderas. Dado que no cuenta con el reconocimiento de las Naciones Unidas, su territorio no está señalado en los mapas oficiales y, sin embargo, abarca unos 31 000 kilómetros cuadrados. El

* Nota de la traductora: se refiere al libro *Sincero para con Dios*, escrito por el obispo anglicano de Woolwhich, John AT Robinson, que critica la teología cristiana tradicional.

Estado Wa ocupa casi tanto terreno como Países Bajos. El ejército del Estado Wa cuenta con treinta mil hombres en activo y veinte mil reservistas, cifra que supera el número de militares de Suecia o Kenia. Los wa poseen armas de alta tecnología; artillería, drones y misiles capaces de derribar aviones de combate. En términos de poder, el EUEW consigue que los carteles mexicanos, a su lado, parezcan bandas callejeras. Los wa hacen acopio de armas por una razón: Estados Unidos no es el único país que les preocupa. Para los habitantes de la frontera china, los wa son indígenas, al igual que los tibetanos y uigures, minorías que han sufrido sobremanera bajo el gobierno chino, que controla cada uno de sus movimientos. Los wa han soportado la misma amenaza. Pero entonces, ¿por qué existe un movimiento «Tíbet Libre» pero ninguno para liberar al pueblo wa? Porque se han liberado a sí mismos. No obstante, desde el punto de vista occidental lo han hecho de la forma equivocada: produciendo drogas, gastando los beneficios en armamento y desafiando a los intrusos que osan apropiarse de su tierra.

Es un hecho irrefutable: al igual que Haití ha florecido por el azúcar y Arabia Saudí por el petróleo, el Estado Wa ha prosperado gracias a la heroína y la metanfetamina. El EUEW se sitúa en el núcleo de una red de tráfico de estupefacientes del Sudeste Asiático que genera sesenta mil millones de dólares cada año solamente con la meta, mucho más que las economías nacionales de la mayoría de los países «de verdad». De hecho, los dirigentes wa son soberanos del narcoestado. Sin embargo, para detenerlos y meterlos en prisiones americanas habría que eliminar todo el poder ejecutivo de un gobierno extranjero. En otras palabras, propiciar un cambio de régimen.

Este libro está basado en una modesta convicción: cuando una superpotencia intenta socavar una civilización entera y tacha a sus habitantes de intocables a nivel mundial, es esencial recabar la perspectiva de la otra parte. Este ha sido mi propósito durante años.

Soy un reportero estadounidense que ha vivido y trabajado en Bangkok durante más de quince años. En mi actividad cotidiana en *The World*, un programa de asuntos internacionales que se emite en las estaciones de la Radio Pública Nacional, suelo cubrir cualquier cosa, desde asuntos relacionados con grupos de pop a disturbios. Pero también soy un «narcoperiodista» a media jornada: un reportero especializado en tráfico de drogas y crimen organizado. La premisa de mi primer libro, *Hello, Shadowlands*, fue que los infractores de la ley suelen ser actores racionales, no simples demonios macabros de alma oscura. Es una recopilación de historias reales sobre los traficantes y rebeldes del Sudeste Asiático en la que tal vez el lector dio por supuesto que ofrecería al EUEW algo más que un simple cameo; sin embargo, eso fue todo lo que pude conseguir. Al igual que Vasco de Gama, solo encontré a los wa a través de relatos indirectos.

Siempre me ha fascinado el Estado Wa —una república prohibida, escondida a plena vista—, desde el momento en que supe de su existencia. Al haberme criado en una ciudad industrial en las estribaciones de las montañas Apalaches, tengo debilidad por la población montañesa, y siempre he creído que los wa no podían ser tan siniestros como sugiere su reputación. Sin embargo, es difícil —mejor dicho, en extremo difícil— llegar al Estado Wa; mucho más que viajar a Corea del Norte o a la Antártida. Los americanos se enfrentan a una mayor dificultad para entrar en él debido a que el EUEW considera a todos los ciudadanos estadounidenses espías en potencia. Aún más complicado es reunirse con sus líderes, ya que la mayoría están buscados por la DEA. Aun así, me propuse conocer a estos supuestos supervillanos del tráfico de drogas de Asia, con la intención de comprender su visión del mundo.

Este libro es el resultado. Es la saga de un pueblo indígena que explotó el poder de los narcóticos para crear una nación en donde antes no existía. No obstante, aquí hay mucho más en juego que la lucha de un grupo tribal poco conocido. Hollywood y los medios de comunicación nos hacen creer que la Guerra contra las Drogas es un conflicto que se libra en América. Han exprimido todos los detalles sobre los capos latinos y, entre tanto, el submundo asiático sigue siendo ignorado. Se considera una curiosidad secundaria que tiene poco que ver con Estados Unidos.

Esta es una mentira peligrosa.

Cuando comencé a indagar sobre el funcionamiento interno del EUEW, no esperaba encontrar todo de color rosa, pero lo que descubrí fue mucho más extraño de lo que había imaginado. Al parecer, la historia original de este narcoejército está repleta de huellas americanas. La CIA no solo creó las condiciones necesarias para su instauración, sino que uno de sus líderes principales fue también un activo de la DEA. El gobierno estadounidense nos cuenta que el EUEW es un monstruo que «envenena nuestra sociedad para lucrarse». Sin embargo, se trata de una bestia que sus propios agentes han nutrido en secreto, con malicia e incompetencia.

Todos los imperios necesitan bárbaros.

SUPERESTRELLA

Le llamaban Superestrella.

Sus antiguos contactos de la DEA aún hablan de él con admiración, lo que es inusual; los informantes no suelen ser alabados por nadie, pues se dedican a delatar a sus colegas para librarse ellos mismos de la prisión. Algunos lo hacen a cambio de sobres con dinero, otros, para ayudar a la policía a detener a delincuentes rivales. Los agentes de la DEA consideran que la mayoría son mentirosos y retorcidos que no creen en nada salvo en sí mismos.

Pero Superestrella era distinto. A diferencia de otros informantes confidenciales, incorporó el celo de un estudiante universitario a su labor de espionaje. Cuando sus contactos de la DEA se encontraban con él en algún piso franco, podían hallarlo esperando dentro con una serie de documentos sobre el regazo. Sus informes, escritos a mano, contenían coordenadas de refinerías de heroína y granjas de adormidera, incluso listas de policías corruptos. Eran auténticos almanaques del crimen.

—Dios mío —dijo uno de los analistas de la DEA—, la información que nos ha proporcionado y las cosas que ha hecho para conseguirla... No quiero desvelar secretos sensibles, pero no hay duda de que el nombre de Superestrella se lo ha ganado.

A lo que otro agente añadió:

—Nunca he conocido a un informante confidencial que además fuera un idealista.

Mientras los agentes de la DEA obtenían información de Superestrella, este procuraba lograr algo a cambio; la promesa de que Estados Unidos honrara su alma cristiana y enalteciera a los oprimidos del mundo, incluyendo a su propia gente, los wa. Superestrella tenía el sueño de que un día los niños indígenas cargarían libros de texto en lugar de fusiles Kalashnikov; que los ancianos, antes propensos a decapitar a cualquier forastero que se presentara ante su vista, los acogerían en sus casas. Imaginaba un médico en cada colina para librar a los enfermos de una muerte absurda. Una nación wa de la que sentirse orgulloso.

Superestrella aseguró a la DEA que los wa querían quedar limpios. Incendiarían sus campos de adormidera, destruirían sus laboratorios de heroína y dejarían de fabricar el veneno blanco que tanto consumían los adictos de Nueva York y Los Ángeles, personas que desconocían la existencia del pueblo wa pero estaban hechizados por el sedoso polvo que producía. A cambio, quería la ayuda estadounidense: escuelas, hospitales, los conocimientos necesarios para construir una nación moderna y la gloria que surgiría de la amistad con Estados Unidos.

Superestrella estaba convencido de que las fuerzas divinas deseaban unir al país más poderoso del mundo con la tribu más despreciada, y que él era el intermediario de Dios. Era un informante que hablaba como un mesías. «Al igual que los adictos a la heroína son esclavos del opio que cultivamos, nosotros también estamos esclavizados», escribió en uno de sus informes clasificados. «Buscamos ayuda para romper esa servidumbre».

Soñaba con una alianza entre la DEA y el Ejército Unido del Estado Wa, considerado en Estados Unidos como un cartel de droga. Los agentes tenían razones para mofarse de tal pretensión; sin embargo, Superestrella los sedujo uno a uno con una idea revolucionaria: que la DEA lograría destruir un volumen ingente de estupefacientes, en una operación sin precedentes en la historia y sin disparar ni una sola bala. Durante un breve periodo, emergieron en el horizonte los destellos de una alternativa pacífica a la denominada Guerra contra las Drogas.

La DEA le llamaba Superestrella. Sin embargo, cuando yo le conocí hacía mucho tiempo que nadie utilizaba su nombre en clave. Era un anciano con cicatrices y creencias que de alguna manera seguían vigentes tras una vida trágica.

Me hizo llamarle por su nombre wa, Saw Lu.

LIBRO UNO

PRIMER ENCUENTRO

Se dice que existen dos maneras de acceder al territorio wa: por la fuerza o siendo invitado.[1] Puesto que mi última pelea fue en educación secundaria —perdí—, tendría que autoinvitarme. Lo que no sabía era cómo iba a empezar la negociación.

El Ejército Unido del Estado Wa (EUEW) tiene diversas instancias de gobierno: un comité central y ministerios de Finanzas, Salud y Educación, pero carece de una oficina de prensa que invite formalmente a los medios internacionales. El EUEW rehúye los encuentros con periodistas, sobre todo con los occidentales, dando por hecho que cualquier cosa que escribamos perpetuará el estereotipo de la narcotribu. No hay más que buscar EUEW en Google para comprobarlo: estas siglas conjuran historias —nunca de primera mano— sobre los laboratorios de meta y los niños soldado, en lo que la BBC denominaría «uno de los lugares más secretos del mundo».

Llevaba años solicitando permiso para visitar el Estado Wa a través de muy diversos interlocutores. En algunas ocasiones recibía un simple «no», aunque normalmente me hacían caso omiso. Sin embargo, en 2019 mi terquedad generó un rayo de esperanza. Mis correos electrónicos a un oficial superior del EUEW, una especie de emisario, obtuvieron respuesta escrita por parte de su asistente, en un inglés producto del Google Translate. Primero me pedía el pasaporte escaneado, que envié a regañadientes. A continuación, me convocaba a su oficina, una embajada *de facto* del EUEW, ubicada en una ciudad birmana llamada Lashio, unos 80 kilómetros al oeste del territorio wa, unos días más tarde.

El asistente no me facilitó una dirección, ni la fecha ni la hora del encuentro, y cuando intenté concretar detalles, sus respuestas carecían de todo sentido.

> Buenos días, Patrick, gracias por recibido su interés.
> Suyo, Estado Wa.
> Enviado del mail de Windows 10.

A la mierda, pensé. Una invitación es una invitación. Compré un billete de Bangkok a Lashio y empecé a hacer las maletas. Mi equipaje incluía algunos sobres con billetes nuevos de cien dólares —que siempre es bueno tener en Birmania— y una caja de bombones para el emisario. Mi mujer era escéptica —«¿Acaso esto es una cita?»—. Los chocolates, le expliqué, eran en realidad un regalo para sus hijos, un gesto que esquivaba fácilmente la ley de narcotráfico, ese fragmento de la legislación estadounidense según el cual cualquiera que iniciara «tratos» con el EUEW podría ser encarcelado durante diez años.

Después, tuve que emplearme a fondo para conseguir un traductor en Lashio, preferentemente wa, que pudiera transmitir lo arriesgado de mi petición: entrar en el territorio del EUEW y entrevistar a sus líderes. Contacté con una agencia de viajes local, que por lo general trabaja con personas bilingües y de trato amable. A través de un correo electrónico, entré en contacto con un «tipo wa de buena reputación, de unos cuarenta años, que había trabajado con el gobierno wa». Perfecto.

El intérprete —le llamaré Jacob— se presentó también en un correo electrónico y confirmó que estaría encantado de recibirme en el aeropuerto de Lashio. Le dije que no se molestara; podía encontrar el camino al hotel fácilmente por mi cuenta. Sin embargo, no se conformó. A mi llegada, Jacob estaba esperando a la salida, entre los conductores de taxi y las señoras con *thanaka*, una pasta hecha de la corteza de un árbol con la que pintan sus caras. Él buscaba un rostro pálido saliendo de la sala de recogida de equipajes. Cuando aparecí, vi a un extraño que se dirigía directamente hacia mí dispuesto a darme un apretón de manos, sus chanclas chirriando en el suelo de baldosas. Su mano libre asió mi equipaje.

—Ah, Jacob, puedo llevarlo yo.

—No, señor Patrick. Déjeme hacerlo. Es un placer poder ayudarle.

Su cabello negro engominado y sus gafas le daban un aspecto de colegial. Jacob llevaba un jersey limpio y un pantalón de chándal gris en lugar del habitual *sarong* que visten los hombres y mujeres en Birmania. Nos dirigimos a su coche, aparcado más allá de una caseta de vigilancia ocupada por agentes armados. Mi maleta con ruedas traqueteaba detrás de él.

—Es la primera vez que viene a Lashio —dijo Jacob. Me lo tomé como una pregunta.

—Sí, aunque no llevo la cuenta de cuántas veces he estado...

Dudé entre decir Birmania o Myanmar. La preferencia de una persona por uno de estos nombres indica su inclinación política, y yo no quería revelar mucho de mí mismo, al menos de momento.

—... en este país.

Percibí un tambaleo en los andares de Jacob, más pronunciado a medida que arrastraba mi equipaje. La mayoría de los hombres wa han pasado tiempo en el EUEW. Todos los hogares deben ceder a un hijo al menos durante unos años al ejército, en ocasiones a la tierna edad de doce años, y me preguntaba si habría sido herido entonces.

—¿Le ha molestado la policía en el aeropuerto? —preguntó.

—En realidad, no. —Cuando bajé del avión, dos policías birmanos con la mirada vacía me hicieron un gesto para que me acercara a ellos y tomaron fotos de mi cara con la cámara de su teléfono. Nada atípico. Me sentí aliviado de que no preguntaran el propósito de mi visita.

—No creo que tenga problemas con la policía durante su estancia —dijo Jacob al deslizar mi equipaje en el maletero de su viejo utilitario japonés—. No se preocupe. Aquí nos ocuparemos de usted.

Jacob me dijo que mi hotel estaba a una distancia cercana al aeropuerto, «pero tendremos que desviarnos por un camino más largo». Algo nos obstaculizaba: el Cuartel General del Comando del Noreste, una base militar birmana gigantesca.

Lashio es una ciudad militar desde la época de los colonos británicos. Se emplaza sobre una meseta, con las montañas asomando en el horizonte. Ya en los tiempos de la reina Victoria, las tropas británicas la utilizaban como base de operaciones para sus incursiones en las montañas circundantes. Estaban empeñados en conquistar a las tribus nativas.

Esta campaña de dominación sigue siendo una tarea inacabada a día de hoy. Cuando los británicos se retiraron al terminar la Segunda Guerra Mundial, dando fin a más de un siglo de ocupación, Birmania se convirtió en un país independiente. Los militares reemplazaron a los colonos, desplegando la fuerza bruta en sus fronteras. La antigua maquinaria colonial perdura, salvo que ahora los generales son budistas y de etnia birmana, la raza mayoritaria en el país, nativos de las suaves llanuras. Su misión es someter a todo el que se encuentre dentro de las antiguas fronteras coloniales, en especial a los indomables montañeses. Sin embargo, no se les da muy bien.

Más allá de Lashio, al este en dirección a China, el régimen militar pierde fuerza y Birmania se fragmenta. Es un mosaico de rebeliones, territorios dispersos de las minorías que habitan las colinas: los shan, los kachin, los kokang y los lahu, por nombrar algunas de estas comunidades, que suman docenas. Pretenden autogestionarse y la mayoría cuenta con sus propios minigobiernos, que incluyen brazos armados para defender su tierra natal con fusiles y misiles. Entre estos grupos, el EUEW es el más poderoso. Al igual que los wa aterrorizaban a los británicos en el siglo XIX, ahora intimidan a los militares birmanos.

Al pasar el Cuartel General del Comando del Noreste, me fijé en una fortaleza inmensa protegida con verjas de hierro puntiagudas. Al ver al pelotón birmano haciendo simulacros en un campo polvoriento, me pregunté cuál sería el siguiente grupo indígena que atacarían.

—Es una suerte que no haya tenido que volar hasta aquí el mes pasado —dijo Jacob. Al parecer, algunas guerrillas bajaron sigilosamente desde las colinas, lanzaron morteros a la base militar, fallaron, y volaron la pista de aterrizaje del aeropuerto. Durante algún tiempo no hubo vuelos.

Jacob hacía muchas preguntas. ¿Estaba casado? Sí. ¿Su mujer es americana? Es americana-tailandesa y vivimos en Bangkok. ¿En qué estado americano me crie? Carolina. Omití las palabras «del Norte» para que no me tomara por un norteño, pero Jacob tenía conocimientos de geografía y me preguntó si era de la Carolina que linda con Tennessee. Impresionante.

—Me toca. ¿Trabajas para esa agencia de viajes?

—No, soy muy conocido en la ciudad y nos pusieron en contacto por cortesía.

—¿Dónde trabajas?

—He tenido varios empleos —respondió, sin concretar.

—¿Familia?

—Sí, mujer e hijos.

—¿Idiomas?

—Wa, birmano, inglés y algo de chino.

—¿Tienes buena relación con el delegado del EUEW?

—Sí. Aquí la comunidad wa es pequeña. —Jacob me indicó que estaba ultimando una reunión para mí en la «embajada» del EUEW, un recinto donde los wa establecen relaciones diplomáticas con los habitantes de las llanuras.

—Eso es estupendo. Pero... un momento. ¿También perteneces al EUEW?

Jacob vaciló. Después de una larga pausa, dijo que no.

Era ya última hora de la tarde. Lashio parecía cualquier ciudad típica de Birmania. Las frondosas enredaderas trepaban por los muros de cemento; los tejados metálicos exhibían tonos anaranjados y pardos por el óxido; las vallas publicitarias desteñidas por el sol anunciaban café instantáneo o collares de jade. Una pátina de polvo proyectaba un tinte sepia sobre el paisaje urbano.

Jacob se detuvo frente a mi hotel. Un cartel en la puerta mostraba una pistola tachada con una *equis*, el pictograma de «Prohibido llevar armas».

—Patrick, he preparado un programa —dijo Jacob mientras sacaba mi equipaje del coche—. Mañana nos encontraremos aquí a las 8:15. Desayunaremos de 8:20 a 8:45. A continuación, llegaremos a la oficina del EUEW a las 9 para su reunión.

Solo había visto ese nivel de puntualidad en los alemanes y en los oficiales militares, y Jacob no era alemán.

—Eso es muy específico —bromeé, pero él no sonrió.

—Me gustaría llegar puntual. Disfrute de su descanso y que Dios le bendiga.

A la mañana siguiente descendí las escaleras hasta el vestíbulo, evitando el ascensor por miedo a que un apagón pudiera dejarme atrapado en la caja metálica y saboteara mi preciada cita. Encontré a Jacob sentado en un sofá, su frente arrugada con expresión de desconsuelo.

—Oh, Patrick. Lo siento muchísimo. Me acabo de enterar. Nuestra reunión ha sido cancelada. El delegado tuvo que marcharse urgentemente a Pangkham.

La capital del Estado Wa, el cuartel general del EUEW, está ubicada en la frontera entre Birmania y China, a unos 160 kilómetros, un trayecto repleto de controles policiales. Jacob fijó la mirada en su teléfono, sujetándolo como un niño que sostuviera un pésimo boletín de notas en la mano.

—¿Cuándo regresará?

—Tal vez dentro de unos días. No es seguro.

—¿Qué tal si me quedo en Lashio hasta que regrese?

Le pareció bien; Jacob tenía la semana libre. Sin embargo, mientras verbalizaba la sugerencia, pensé que sonaba arriesgado. No había manera de saber si hubo un verdadero contratiempo en la programación o si el delegado no tenía la menor intención de recibirme. Su papel principal era suavizar las relaciones con Birmania, el país en cuyo interior anidaba el incómodo Estado Wa. Esto le convertía en un burócrata y, en el Sudeste Asiático, los burócratas nunca te dicen que te largues; en su lugar, te hacen el vacío o aplazan las reuniones de forma indefinida.

Jacob me llevó a un puesto de té para desayunar. Después, paseamos por la ciudad, dos extraños con muchísimo tiempo por delante. Suponía que conducía sin rumbo hasta que su coche ascendió una colina y me anunció: «Ya estamos. Este es nuestro pueblo wa».

En un pueblo típico de Birmania, verías chozas de bambú hundidas por la gravedad y madres en cuclillas junto a hogueras de carbón. Aquí, las calles se disponían regularmente, flanqueadas por bloques de casas de dos pisos. Eran prototipos de clase media: antenas parabólicas, camionetas en los accesos y balcones con barandillas de hierro forjado. En los laterales de algunas viviendas habían pintado cráneos de búfalo, símbolo wa de vitalidad.

—¿Un pueblo? Se parece más a un barrio.

—Un pueblo en espíritu —matizó Jacob—. Aquí, todo el mundo es wa. Todos proceden del mismo lugar.

Señalé las montañas en la distancia. Se rio.

—Sí, de allí, pero desde mucho más lejos de lo que pueda divisar. Hubo problemas en un viejo pueblo wa llamado Pang Wai, tuvieron que huir y aquí empezaron de cero. Todo eso ocurrió antes de que yo naciera.

La casa más grande, emplazada en lo alto de una colina, estaba pintada de verde mar y protegida con gruesas verjas de hierro. Las cámaras de seguridad apuntaban hacia abajo desde los toldos.

—El hogar del líder de nuestro pueblo —me explicó Jacob—, un hombre muy importante.

Me sorprendió ver una vieja capilla de ladrillos rojos justo enfrente de la vivienda. Una cruz de color carmín pintada sobre sus puertas de madera disipaba cualquier duda: era una iglesia. A la entrada había dos vigas del mismo material que sobresalían de la tierra y, entre ellas, una cadena pesada de la que colgaba algo que se asemejaba a una antigua bomba. Jacob aparcó al lado y dejó el motor encendido.

—Patrick, ¿cuál es su religión?

Esperaba esta pregunta. La raza y la religión eran los pilares de toda interacción social en Birmania; predeterminaban tus aliados y rivales, tus expectativas en cuanto a la carrera profesional, si serías rechazado sin más por el Estado o te convertirías en el blanco del ataque de sus helicópteros. Era obvio que las alternativas de un visitante extranjero como yo eran mucho más escasas, pero una respuesta equivocada podría cerrarme puertas. No tenía claro cómo responder. Sabía que el EUEW era una organización estrictamente arreligiosa y que, por tradición, los wa adoraban a una multitud de espíritus de la naturaleza. Pero ateo seguía siendo la respuesta equivocada.

—Crecí en un ambiente cristiano.

—Sí, pero ¿de qué credo? ¿Católica romana o baptista?

—Baptista.

Jacob alzó la mirada.

—¡Esta es nuestra iglesia baptista! —Saltó del coche, arrastró los pies hasta la bomba colgante y dio unos golpecitos con los nudillos: resonó como un gong tibetano—. Una campana de iglesia improvisada —explicó—, fue colgada por el líder hace mucho tiempo, después de fundar el pueblo tras el terrible éxodo desde su tierra natal wa.

—¿Tu gente fue expulsada por ser cristiana?

—Algo así. Hay muy pocos wa cristianos y el resto nos observa con suspicacia.

Jacob me contó que tiempo atrás los wa cristianos fueron considerados moralistas porque instaban a sus hermanos a abandonar su costumbre de clavar calaveras humanas en estacas.

La última parada de la visita fue a una casa adoquinada, mitad ladrillo y mitad madera, cubierta con tejado de estaño de cortes ondulados. Parecía más destartalada que las demás.

—Aquí es donde vivo con mi mujer y mis hijos. Espero que venga a cenar algún día. ¿Qué tal esta noche?

Estaba decidido. Jacob me dejaría de vuelta en el hotel mientras él y su mujer preparaban un festín wa. Me recogería de nuevo a las 17:20 para cenar a las 17:30.

La cojera de Jacob no se debía a una antigua herida de guerra. Lo descubrí esa noche al entrar en su casa y arrodillarme junto a la banqueta para desatar mis zapatos. Observé con detenimiento su pie derecho, envuelto en una gasa limpia. Una infección sin importancia, dijo, al sorprenderme mirando. «Solo necesito comprar unas pastillas. Me ocuparé de ello después de su visita».

Sentí una punzada de culpabilidad. Mi imaginación había dado por sentado una historia sombría sobre Jacob por el mero hecho de ser wa. También me preocupaba que necesitara el pago por su servicio de intérprete y guía para costear los antibióticos. La culpa aumentó cuando vi la cena que habían preparado. Su esposa, Grace, estaba colocando una mesa fantástica: grasos dados de cerdo, un enorme pescado frito dorado y un plato básico wa llamado *moik*, un arroz parecido al *risotto* salpicado de hierbas. Se me cayeron los estereotipos sobre la hostilidad de los wa. Para muchas personas en Birmania, la carne es un lujo que se permiten una vez a la semana. Estaban derrochando por mí.

Me pidieron que bendijera la mesa al estilo baptista. Nos tomamos de las manos y balbuceé unas palabras. A continuación, cenamos al aire libre, en un patio de cemento en su jardín trasero. Después de cenar, confesé que no acudía a la iglesia.

—No pasa nada —dijo Jacob. No hacía mucho, él mismo había dedicado su vida más al EUEW que a Jesucristo.

—Entonces, *sí* fuiste soldado.

—Fui oficial —dijo—. Pero nunca estuve en el frente; no me gusta combatir.

—¿A qué te dedicabas?

—Hacía una labor sobre todo educativa. Empecé por dar clases a soldados pequeños.

Cuando pregunté si se refería a soldados de bajo rango, lo negó al tiempo que se ponía de pie y colocaba la mano a la altura de sus costillas para indicar una persona no muy alta.

—Diez años. Once, doce.

Mientras hablábamos sobre el EUEW, Jacob cambió el tono y adoptó el de un hombre que relata un trágico divorcio.

—Hay mucho que explicar, Patrick. Hay buenas personas en el EUEW que quieren mejorar nuestro gobierno, pero algunos líderes no son tan buenos. En nuestra sociedad existe...

En busca de las palabras acertadas, juntó sus dos puños.

—¿Una guerra? —sugerí.

—No tanto. Pero, de acuerdo... Es como una guerra. Entre la gente que se esfuerza y las personas a las que solo les importa el dinero.

Esfuerzo era una de las palabras favoritas de Jacob. Creía que toda la humanidad se dividía entre los egoístas y los que se esfuerzan persiguiendo una causa mayor que ellos mismos.

Su mujer sirvió más *moik* en mi plato.

—Imagínese que quisiera montar un negocio sucio —dijo Jacob—. Los oficiales del EUEW se apresurarían para reunirse con usted. Pero si quisiera hablar de hacer el bien, si por ejemplo planeara construir una escuela, llegarían dos horas más tarde o no llegarían.

—A ti te gusta que la gente llegue a su hora.

—Sí —confirmó—. Los wa estamos muy atrasados, no podemos perder el tiempo.

Percibí una oportunidad. Mi interés por el EUEW se centraba en dos dirigentes. Uno era el presidente Bao Youxiang, el rostro de la nación wa, quien al igual que Fidel Castro parecía usar siempre el mismo atuendo de color verde oliva sobre el que en ocasiones destacaba un cinturón Hermès, y cuya expresión era perpetuamente malhumorada: las comisuras de los labios vueltas hacia abajo, las cejas fruncidas en una V de disgusto.

—¿Qué hay del presidente Bao Youxiang? ¿Has coincidido con él en alguna ocasión?

—Muchas veces.

—¿Es bueno o malo?

—Bastante bueno. Un hombre que se esfuerza mucho.

La DEA tiene una opinión diferente sobre Bao. Lo identifica como un «caudillo de las drogas». No obstante, en la jerarquía de la DEA, un caudillo de las drogas se sitúa en un escalafón más bajo que el más peligroso «capo», un título para denominar a los narcomagnates, tan poderosos que, de ser asesinados, una inmensa parte del narcotráfico global se colapsaría de inmediato. Esta es la teoría de la DEA.

A mí, el dirigente que en realidad me obsesionaba era el capo del EUEW: Wei Xuegang, el zar financiero de la organización y el hombre más buscado en Asia por la DEA. Tanto si el EUEW es un cartel de droga o un gobierno financiado por un cartel de droga, eso es una mera cuestión de semántica. De cualquier forma, Wei es el cerebro del tráfico de estupefacientes y es tan enigmático como poderoso. En una de las pocas fotos suyas conocidas, una imagen borrosa para la ficha policial de finales de los ochenta, fruncía el ceño. Debía medir un metro setenta, pero para la DEA es un gigante.

Pensé en interrogar a Jacob sobre Wei, aunque tampoco quería asustarle. Por el momento, era mejor ceñirme a Bao.

—Jacob, ¿tú qué piensas? ¿Sería una locura solicitar una entrevista con el presidente Bao?

Mi intérprete y guía se ajustó las gafas sobre la nariz y suspiró. Tradujo mi pregunta a su esposa. Grace no dijo nada, pero examinó mi rostro con atención. Jacob preguntó qué era exactamente lo que quería saber.

—Todo —contesté.

Opio. Heroína. Metanfetaminas. Cómo empezó todo. Cómo era desde dentro. Qué es lo que malinterpreta el mundo exterior. Y quería saberlo de alguien con autoridad.

Jacob murmuró algo a su mujer. Ambos se quedaron pensativos. De pronto, Grace echó su silla hacia atrás, haciendo chirriar las patas sobre el cemento. Se dirigió al jardín y llamó a alguien con su móvil. Podía verla caminando bajo el dosel de los plataneros, hablando con una voz que ahora me parecía distinta. Los oídos de Jacob estaban atentos a la conversación de su esposa. Había una energía extraña, y empecé a arrepentirme de haber sacado el tema de las drogas en relación con mi reportaje en una cena que estaba siendo encantadora.

Cuando regresó a la mesa con una sonrisa, me sentí aliviado en extremo.

—¡De acuerdo!

—¿De acuerdo qué, Jacob?

—El líder del pueblo se reunirá con usted. Es un hombre tan importante como el presidente Bao, su nombre es Saw Lu. Es el padre de mi mujer. Él es...

Jacob se esforzaba por encontrar la palabra adecuada.

—¿Su suegro?

—Sí, Patrick. Saw Lu es mi suegro.

Nos levantamos de inmediato y nos pusimos en movimiento para intentar ver a Saw Lu antes de que se hiciera más tarde. Jacob, que solo contaba con cinco minutos para ponerme al día mientras caminábamos hacia su casa, hablaba deprisa. Saw Lu fue un destacado hombre de Estado del EUEW, su rango equivalía al del presidente Bao. Jacob intentaba transmitirme la enorme relevancia de su posición. Había sido un guerrero, un diplomático y una inspiración, pero sobre todo fue un padre fundador, un arquitecto de la nación wa. Existían pocas cosas del EUEW que no supiera, pero dependería de su estado de ánimo que respondiera o no a mis preguntas.

Una sirvienta abrió las verjas que daban al recinto de su residencia y nos condujo a una sala de estar. La decoración era típica de los años setenta; las paredes estaban pintadas de color azul verdoso, salpicado de manchas de humedad demasiado profundas para ser eliminadas; los muebles parecían sacados de un catálogo de Sears. Había mesas cubiertas con tapetes de encaje y, en una esquina, un transformador eléctrico rudimentario. En Birmania, todo el mundo tiene uno para evitar que las subidas de tensión quemen los aparatos eléctricos, sin embargo, este modelo era prehistórico. No era un hogar pobre, pero desde luego su propietario no hacía concesiones a lo extravagante.

Deduje el prestigio de la familia al mirar hacia lo alto. Es normal en muchos hogares del Sudeste Asiático que las fotos de los hijos y los nietos que han ido a la universidad se coloquen en las paredes, con sus togas y birretes y la mirada fija en los invitados. Por lo general, hay una o dos, como mucho, pero la colección de graduados de Saw Lu recorría toda la pared. En medio de todos, en un lugar destacado, estaba el retrato del patriarca: Saw Lu, engalanado con su uniforme de color esmeralda con botones de latón, una gorra con visera y una chapa en el pecho en la que se leía «EUEW». Cuando menos, una imagen novedosa para mí: un líder wa retratado no en la foto de una ficha policial como un fugitivo con expresión sombría, sino como héroe digno de un marco dorado.

Este joven Saw Lu del retrato parecía un hombre con encanto, de ojos brillantes y negros, con su pistola reglamentaria asomando de su cinturón de piel. Aunque era evidente que era cristiano hasta la médula —la pared opuesta de la estancia estaba adornada con un cuadro de Jesús—, su rostro recordaba a Buda: nariz ancha, labios gruesos, confianza imperturbable.

La puerta chirrió y me volví para ver a un Saw Lu de cabellos grises y más corpulento. Llevaba pantalones y una camisa de cuadros. Jacob le ofreció su brazo para estabilizar su equilibrio, pero él rechazó su ayuda con un gesto de la mano y se dejó caer en un sillón.

Me presenté como periodista. Saw Lu preguntó con voz áspera si era americano. Pensé que mi respuesta le pondría tenso, pero no fue así: sus hombros se relajaron. Murmuró una pregunta a Jacob en el idioma wa y entendí que decía «DEA». Jacob me miró de reojo y de nuevo a su suegro, y encogió los hombros, como queriendo decir que no tenía ni idea.

—Como ya he dicho, Saw Lu, es un honor conocerle. ¿Le parece bien si tomo notas?

—Adelante —me autorizó.

Yo esperaba un interrogatorio previo o un largo preámbulo, pero parecía que ya había hecho esto antes —jugar a ser el hombre que tiene las respuestas a las preguntas de un extranjero que garabatea en un cuaderno—. Lograr una entrevista como esta me habría llevado meses, pero aquí estaba yo, en mi primer día de trabajo, sentado frente a lo que aparentaba ser el Benjamin Franklin de la nación wa, y pese a mis años de investigación, me pilló completamente desprevenido. Lo único que pude articular fue una pregunta precipitada sobre cómo los wa fundaron su nación y se implicaron en las drogas.

—No —dijo.

—¿No?

Primero fue el opio. Después la nación. Y antes de eso hubo una época de disputas autodestructivas y sangrientas que se remontan a un periodo anterior de la historia documentada. El acopio de calaveras fue el pecado original de la tribu, un ritual que dividía a los wa y los volvía débiles, incapaces de unirse como una sola raza poderosa.

Saw Lu ordenó a la sirvienta que trajera té.

—Empecemos por el principio. ¿Le gustaría oír hablar de los cazadores de cabezas?

UN EXTRAÑO EN LAS CUMBRES

Invierno, finales de 1966.

Saw Lu ascendía la colina con paso pesado, sus pies entumecidos por el frío. A su espalda quedaban las prominentes montañas de Birmania, torneadas como muelas. Se adentraban en la sierra, donde las cumbres tenían forma de colmillo. Mientras ascendía, el chirrido de los insectos se atenuaba, los árboles eran más achaparrados y el aire se enrarecía, acelerando su respiración.

Junto a las sendas pedregosas había calaveras clavadas sobre estacas. Los cráneos estaban dispuestos en filas ordenadas y las cavidades de los ojos se dirigían al oeste: la dirección del sol poniente, la dirección de la muerte. Así era como los wa transmitían su advertencia —«prohibido el paso»— sin palabras.

Ahora, dos o tres de estos cráneos sobre postes avisaban de la cercanía de una pequeña aldea wa. Un pueblo de medio tamaño se mediría en veinte cabezas. Pero el objetivo de Saw Lu era Pang Wai, un asentamiento más grande, merecedor de varias docenas de calaveras mirando fijamente a los intrusos desde sus cuencas vacías, algunas con manchas verdes y negras por el liquen, otras más recientes de un blanco radiante. Los cazadores de cabezas siempre colocaban los cráneos a una distancia prudente de cualquier entrada a un pueblo, como si ofrecieran a los visitantes una última oportunidad para prestar atención a las advertencias y dar marcha atrás.

Saw Lu obvió aquella sombría colección que consideraba propia de salvajes y siguió adelante. Se podría llamar coraje, aunque cualquier conocedor de la reputación de los wa pensaría que estaba loco. Nadie entra en el reino de los cazadores de cabezas, al menos sin un ejército. Saw Lu ni siquiera llevaba un fusil. Peor aún, le acompañaba su esposa Mary, de rostro aniñado, apenas una adolescente que se había casado con un hombre que la arrastraba a la selva de los horrores.[1]

Saw Lu solo tenía veintiún años, y cuando se le metía una idea en la cabeza no la dejaba escapar, aunque corriera peligro de ser decapitado. Y no era simplemente un rasgo juvenil; la terquedad estaba enraizada en lo más profundo de su personalidad. En aquella época, el pensamiento de Saw Lu era el siguiente: «Voy a entrar en Pang Wai, este bastión de cazadores de cabezas, y no me marcharé hasta que sus habitantes, mis parientes étnicos, sean wa civilizados como yo».

Como representante del régimen militar de Birmania, Saw Lu tenía una misión. Había sido enviado para integrarse entre los cazadores de cabezas con el fin de persuadirlos de alguna manera para que redirigieran sus capacidades asesinas contra los comunistas chinos. Los elevados picos de las montañas formaban una protección natural entre Birmania y China; sin embargo, en aquel entonces, el gobierno chino planeaba cruzar aquellas cumbres para extender el comunismo entre los habitantes indígenas de Birmania, empezando por los wa.

A pesar de que técnicamente su territorio estaba en el lado birmano, los cazadores de cabezas no sentían lealtad alguna hacia Birmania ni hacia ninguna nación. De modo que, si se ganaba su confianza, Saw Lu presentaría su propuesta: «Defended el orden actual, puesto que los birmanos nunca buscarán dominar vuestras tierras ancestrales. Pero los comunistas chinos, dirigidos por Mao Zedong, pretenden acabar con vuestra singular identidad tribal y vuestro estilo de vida».

Saw Lu tenía la intención de seguir estas órdenes, pero solo porque estaban alineadas con su propio proyecto personal. Como wa autoproclamado «civilizado», educado desde la infancia por misioneros americanos, esperaba iluminar a su raza en todos los sentidos. Según las instrucciones de la junta de Birmania, Saw Lu debía unirlos contra el comunismo, pero, a continuación, daría un paso más allá: aboliría el ritual de la caza de cabezas, les enseñaría a leer y tal vez convertiría alguno al cristianismo. Era una labor casi imposible para la que, además, Saw Lu no había trazado un plan. Sin embargo, estaba convencido de que, con el tiempo, encontraría la manera de triunfar y todos los wa le aclamarían como su salvador.

Al llegar a las afueras de Pang Wai, Saw Lu y Mary advirtieron que la ciudad era más grande de lo que habían imaginado. Sus murallas defensivas se elevaban hasta la altura de los árboles. Ya en la distancia se veía que esos baluartes estaban hechos de barro aglutinado y troncos gruesos; coronando los muros, los wa habían plantado *hrax*, un arbusto con espinas lacerantes, una forma natural de alambre de espino.

No podían acceder a la ciudad fortificada desde ningún punto. Los wa eran conocidos por rodear sus asentamientos con trampas: fosas llenas no de agua —puesto que el agua era escasa en la sierra—, sino de pinchos de madera, cada punta afilada bañada en veneno que extraían de las glándulas de un anfibio. Tan solo había una manera apropiada de acceder al pueblo: una ruta atrincherada. Los visitantes debían descender a una zanja de tierra y caminar a través de ella. Con cada paso, la trinchera ganaba en profundidad hasta formar poco a poco un pequeño cañón oculto al sol. El oscuro pasillo serpenteaba en ángulos irregulares, dificultando la visibilidad. Mientras transitaban por aquel túnel cada vez más negro, Saw Lu y Mary temían que los guerreros surgieran desde los puntos ciegos. Sin embargo, nadie interrumpió su avance. Al cabo de unos minutos, el corredor desembocó en una zona iluminada por la luz del sol y la pareja se encontró frente a dos portones de madera, altos como gigantes y encajados entre las murallas de la fortaleza.

Las puertas de Pang Wai estaban entreabiertas. Descubiertos a los pocos minutos, Saw Lu y Mary fueron rodeados por hombres y mujeres wa, desnudos salvo por unos trozos de tela que cubrían sus genitales, sus cuerpos untados con una pasta de polvo de color hueso amarillento.

Saw Lu le indicó a su esposa que permaneciera en silencio. Se adelantó para dejar que los nativos le estudiaran. Tenía ojos de gacela, era delgado pero robusto, de piel muy morena, como la mayoría de los wa, más que los chinos del este o que los birmanos del oeste. Sin embargo, las similitudes entre su aspecto y el de sus observadores terminaban allí. Saw Lu vestía como un habitante de las llanuras: un *sarong* de cuadros, camisa con botones y zapatos de piel. Su cabello negro azabache estaba peinado a un lado. Los curiosos descalzos no estaban seguros de qué significaba la presencia de aquel hombre que no aparentaba pertenecer a su raza hasta que las palabras wa salieron de su boca: «Queremos vivir entre vosotros —dijo Saw Lu—. Mi esposa y yo. Hemos venido a pedir permiso».

¿Permiso? ¿A quién? No había nadie que diera permiso, dijeron; un wa auténtico debería saberlo.

Los wa no obedecían ni a un rey ni a un concilio de sacerdotes. La ciudad fortaleza de Pang Wai no tenía carceleros ni comerciantes. Salvo pocas excepciones, solo había un tipo de persona: el guerrero-granjero, un anarquista que hace lo que le place.[2]

A los pocos forasteros que conocieron a los wa en el pasado siempre les costó creer que los individuos pudieran ser tan libres. A finales del siglo XIX, los colonos británicos, con la intención de añadir a Birmania este territorio, las montañas wa, llegaron con una petición similar: llevadme ante vuestro líder. Seguramente, escribieron los exploradores, esta «raza de ogros [...] de piel oscura, sucios, pobres y salvajes» deben someterse ante un gran jefe wa a quien la corona británica pueda manipular.[3] Pero estaban equivocados. La tribu se dispersaba en una constelación de fortalezas, cada una del todo independiente y a menudo distanciada de las demás.

¿Cómo someter a un pueblo que carece de líder? Los británicos estaban desconcertados. Aun así, se empecinaron en invadir las tierras wa incluso después de recibir la advertencia explícita de un poblado en 1897: «Por favor, vuelvan por la ruta por la que han venido. Este es un país salvaje, en donde las personas devoran ratas y ardillas crudas. Nuestra gente y la vuestra no tiene nada en común».[4] Solo después de perder algunas cabezas, los aspirantes a colonizadores asumieron el mensaje. Se escabulleron derrotados, pero, con todo, añadieron las zonas montañosas de los wa a los mapas de papel de Birmania, como si hubieran conquistado estos picos. Pura ficción, pues en privado los británicos se quejaban de la evidencia: los wa «no se sometían a nadie».[5]

Las cosas seguían siendo así en Pang Wai a mediados de los años sesenta, cuando Saw Lu y Mary aparecieron ante las puertas del poblado. Tanto mejor, ya que no había ningún líder que les obligara a marchar. Si hubieran llegado como colonizadores cargados con armas o como guerreros de un clan rival, los nativos los habrían matado en el acto. Sin embargo, la pareja parecía inofensiva. Los dejaron entrar en el pueblo y les mostraron una parcela de tierra donde podrían construir un hogar. No una casa, corrigió Saw Lu a sus anfitriones, sino una escuela. «Hemos venido a construir una escuela para vosotros».

Saw Lu y Mary exploraron el recinto resguardado de Pang Wai. Dentro de sus murallas había cientos de moradas de madera con burdos tejados de paja e interiores espaciosos lo bastante grandes como para encender una hoguera. La aldea estaba muy poblada, con más de quinientos habitantes; el ambiente era animado, con niños que cantaban, búfalos que mugían y el sonido tintineante de los trabajos de forja. Un tambor esculpido en un tronco y pintado ocupaba un lugar central; con él se comunicaban. Los ritmos al estilo Morse podían indicar peligro (enemigos a la vista) o alegría (una caza exitosa). Pang Wai incluso disponía de acueducto: las tuberías de bambú serpenteaban por los muros hasta alcanzar el gorgoteo de un arroyo en la ladera de la montaña. Contar con agua fresca a demanda era muy conveniente, explicaban los locales, que odiaban alejarse más allá de los portones principales del asentamiento. Solo lo podían hacer en grupos para no caer en manos de los clanes enemigos. Las mujeres apenas se apartaban de las murallas, salvo para labrar campos cercanos de adormidera o de maíz. Los hombres solo se marchaban para cultivar, cazar o matar a sus rivales. Siempre se apresuraban a volver.

Los nativos fueron amables con Saw Lu y Mary y los ayudaron a reunir bambú para construir su casa —en realidad, una escuela, repetían ellos—. Al cabo de los días, la novedad de la pareja se desvaneció. Saw Lu seguía repitiendo que él era étnicamente wa, igual que ellos. Nadie lo discutía, a pesar de que sus preguntas incesantes revelaban una ignorancia sobre los hechos más básicos de la vida en las montañas.

Saw Lu y Mary se sentían esperanzados. A pesar del temor inicial a vivir entre chiflados cazadores de cabezas, lo cierto es que mostraban escaso sadismo. Tal vez el ritual de coleccionar calaveras solo era perpetrado por unos pocos depravados. Seguramente la mayoría de estos aldeanos de corazón blando desaprobaban tanta violencia. Tal ingenuidad no sobreviviría al mes de marzo, cuando contemplaron la euforia de sus vecinos frente una cabeza recién cortada.

Había comenzado la temporada de caza.

Media docena de hombres de Pang Wai acababan de regresar del bosque con aquel trofeo, una cabeza humana que acomodaron entre dos ramas de un árbol, justo al nivel de la vista. Tenía un hedor ferroso, como los clavos oxidados. Todos los habitantes de Pang Wai se agolparon alrededor, ansiosos por ver de cerca la primera presa del año. En estos espectáculos, las mujeres mayores se abrían paso a empujones hasta colocarse al frente de la multitud y allí se burlaban: «Oh, querido, ¿por qué has atravesado el bosque solo, presentando semejante regalo a nuestros guerreros?». Cascaban un huevo en los dientes de la cabeza, dejando caer la yema dentro de la boca: un último aperitivo para el muerto, cuyo sacrificio los bendeciría con buena suerte.

¿Qué había hecho la víctima para provocar la ira de los cazadores de cabezas? Otra de las obtusas preguntas de Saw Lu. No era personal, aclararon los asesinos. Clan equivocado, lugar equivocado, momento equivocado. Los cazadores le explicaron que se habían acercado con sigilo hasta una fortaleza enemiga para preparar una emboscada en el camino de acceso. Pasó por ahí un hombre, salieron de detrás de una zarza, se abalanzaron sobre él y le cortaron la médula espinal, dejando el cuerpo, con sus movimientos espasmódicos, tirado en la senda. Metieron la cabeza en una cesta de mimbre y regresaron con ella a Pang Wai con sangre seca sobre sus pechos.

Así fue como lo mataron. En cuanto al motivo, Saw Lu sabía lo esencial. Pese a no haber sido criado entre cazadores de cabezas, era lo bastante wa como para conocer la creencia general de la tribu: toda cabeza humana contiene la semilla de una fuerza mística, y solo la raza wa puede extraer su poder y manipularlo en su beneficio.

El procedimiento era simple: la cabeza se clavaba sobre una estaca y se dejaba que la sangre goteara en el suelo mientras la carne se descomponía. Los guerreros-granjeros recogían la tierra empapada de sangre y la esparcían entre los brotes de los campos. El poder de la muerte actuaba como un pesticida sobrenatural, ahuyentando parásitos e insectos.[6] En caso de no celebrarse el ritual, las plagas acabarían con las cosechas y el pueblo pasaría hambre. Siguiendo la costumbre local, la cabeza en estado de descomposición permanecería dentro de los muros de Pang Wai hasta que se hubieran desprendido todos los tejidos. Una vez blanqueada y suavizada la calavera, los guerreros ya podían añadirla a la exposición que jalonaba los caminos —como la que vieron Saw Lu y Mary de camino a la ciudad fortaleza—.

A Saw Lu le repugnaba. Sin embargo, los nativos estaban alborozados, como si el equipo local acabara de obtener una victoria. Aunque su júbilo era agridulce, sobre todo entre los hombres que no se habían unido a la caza, a quienes les invadía una sensación de desasosiego que solo se alivió practicando el deporte favorito de los montañeses. Alguien condujo un robusto búfalo negro hasta un ruedo de arena emplazado junto al tambor de la aldea. Los hombres, cuchillo en mano, rodearon a la bestia. Uno de ellos le cortó el rabo y lo lanzó al aire, como el pistoletazo de salida que señalaba el comienzo del juego. Se abalanzaron sobre el búfalo, los filos cortantes subían y bajaban, rociando el aire de rojo. Quien tajara los trozos más grandes sería declarado vencedor y disfrutaría de su honra, aunque secundaria respecto a la de los cazadores de cabezas. Los competidores con frecuencia perdían los dedos en el frenesí, según contaron a Saw Lu. A veces, hasta las orejas.

El juego duró pocos minutos; sin embargo, las celebraciones se alargaron hasta la noche. Cuando el sol desapareció detrás de las montañas, sustituyeron su calor por una hoguera. Los wa asaron brochetas de carne de búfalo y bebieron vino de arroz de las jarras comunales de bambú. Jóvenes y viejos bailaban alrededor de las llamas, al ritmo del tambor, y se desplomaban con arrebatos de júbilo.

No obstante, Saw Lu no estaba de tan buen humor. Para él, aquella diversión era obscena. Se quedó de pie junto a Mary en un lado del círculo, ante el centelleo de la luz naranja, compadeciendo a los juerguistas que caían en un trance demoníaco. Algunos veteranos los rodearon, con la esperanza de impresionar a los recién llegados con los relatos de sus hazañas. Un anciano, encorvado por la edad, presumía de haber decapitado a un hombre cuando este corría a toda velocidad. Dando un codazo en las costillas a Saw Lu, preguntó:

—¿Cuánto crees que puede correr un hombre sin cabeza?

—No puedo saberlo —respondió el interpelado.

—¡Más de lo que piensas! Su cuerpo seguía corriendo por la senda mientras yo sostenía en alto su cabeza.

«Dios, dame fuerzas», pensó Saw Lu. «¿Cómo podré convertirlos en personas decentes?». Inspiró profundamente y se recordó a sí mismo que era posible, ya que a fin de cuentas él era wa y los americanos le habían civilizado.

Saw Lu nació en 1944, durante el último periodo de actividad de una secta insólita. Su gente era wa, aunque no de un modo tan obvio, ya que cubrían sus cuerpos con ásperas túnicas negras y creían que la decapitación enfurecía a Dios. Era lo que les había enseñado su oráculo.

El nombre del oráculo era William Marcus Young, un misionero baptista americano de Nebraska. Tenía un bigote de morsa y la convicción de que su encendido evangelio podría refinar a cualquier infiel, incluso a miembros de tribus desamparadas. Young quiso poner a prueba sus destrezas en lugares remotos de Asia a principios del siglo XX, y a los treinta y pocos años se embarcó con su esposa a Birmania, por aquel entonces una colonia gobernada por el Imperio británico, que alentaba a los misioneros a recorrer sus fronteras como «agentes civilizadores».

Los Young se abrieron paso hasta las inmediaciones septentrionales de la colonia: un país de colinas onduladas conocido como Estado Shan, tierra natal de diferentes grupos étnicos. Al principio se centraron en convertir a los habitantes shan, el colectivo minoritario más nutrido y la raza más popular del norte. La mayor parte de los shan habitaban valles fértiles y se congregaban en pequeños asentamientos del interior, que contaban con templos relucientes y mercadillos animados. Al igual que los tailandeses, sus primos étnicos, los shan profesaban una profunda fe en el budismo.[7] Por desgracia, no mostraban interés alguno en las diatribas sobre Jesús. William Marcus Young pretendía convertir a los locales de un pueblo llamado Kengtung, pero fue víctima de burlas y robos ocasionales. Durante sus dos primeras décadas en Birmania tuvo poco éxito aparte de procrear dos hijos.[8]

Entonces, llegó un milagro en forma de animal de cuatro patas: una tarde, un poni albino se acercó al sacerdote. Le seguían tres miembros de una tribu de algún lugar lejano.

—Esta criatura está hechizada —le contaron a Young los forasteros de pecho descubierto—. La hemos seguido durante semanas por caminos montañeses intransitables. Nos conduce a un «gran maestro blanco», un oráculo portador de «la verdadera religión».[9]

—¿Yo?

—Desde luego. Nuestra tribu se llama wa —explicaron—, y usted, señor, debe de ser «el portador del libro blanco y la ley blanca de Dios».

El trío imploró a William Marcus Young que reuniera sus pertenencias y se aventurara hacia el Este, más allá del alcance del Imperio británico:

—Síganos hasta un lugar desolado donde reina la maldad. Su llegada hará cumplir la profecía de que algún día un hombre blanco vendrá a enseñar a nuestra tribu a vivir con devoción.

Así reza la historia de la familia Young; calificarla de apócrifa sería quedarse cortos. Sin embargo, así justificaban los Young su traslado a las tierras ancestrales de los wa, o, mejor dicho, a la zona periférica de sus tierras, porque los miembros de la tribu no condujeron a los Young directamente a las montañas, donde gobernaban los cazadores de cabezas.

—Ni siquiera nosotros estamos a salvo —dijeron—. Somos vástagos de los wa, amantes de la paz que hemos abandonado nuestra violenta tierra natal para establecernos en las zonas más bajas de las colinas próximas a las montañas, en un lugar llamado Banna.[10]

Banna se encontraba en la parte china de la frontera, si es que existía algún límite reconocido entre los países en aquella época. Era un escondite apartado para quienes vivían al margen de la sociedad china; cultivadores de adormidera, contrabandistas de opio, forajidos y otros lo bastante valientes como para asentarse a la sombra de las temibles cumbres wa, de las que a veces descendían cazadores de cabezas para asaltar las aldeas. Aquel grupo descendiente de los wa que suplicó la ayuda de Young vivía entre estos toscos habitantes de las llanuras. Habían abandonado sus espadas de decapitar y, con ello, habían perdido una buena parte de su dignidad. Para sobrevivir, se ofrecieron a los colonos chinos, que los hacían trabajar como mulas. Muchos eran adictos al opio y fumaban a diario hasta alcanzar un estado de estupor. William Marcus Young tenía un profundo interés en salvarles de la depravación, de modo que, en compañía de su esposa y sus hijos, se trasladó a Banna con la esperanza de formar una pequeña utopía cristiana y lograr por fin su cruzada evangélica.[11]

Poco después de su llegada, para regocijo de la familia, reunieron docenas de acólitos. Los wa desaliñados que acudieron en tropel constituían una conquista fácil para los misioneros, quienes les prometían una mejor vida, si no en este mundo, en el cielo. Otras minorías locales también insatisfechas se unieron a la secta, en concreto los lahu, una tribu nómada perseguida desde tiempo atrás, igualmente nativos de la frontera chino-birmana, cuyo nombre significa «cazadores de tigres». Los discípulos wa y lahu se referían a Young como «el Hombre-Dios».

En los años veinte, el Hombre-Dios y sus seguidores, que ahora sumaban cientos, vivían juntos en una gran comuna. Young impuso un estilo de vida puritano. Ni alcohol ni opio, nada de nudismo y alfabetización obligatoria —¿cómo si no iban a leer la Biblia?—. Sin embargo, los wa y los lahu carecían de lengua escrita, de modo que la familia Young inventó una con ayuda del alfabeto inglés y tradujo el Nuevo Testamento a este nuevo idioma. Solo había un camino a la redención: obedecer al Hombre-Dios y a los hijos del Hombre-Dios, Harold y Vincent, que entonces tenían veinte años. Al predicar a sus acólitos, los Young hablaban de amor y de salvación, aunque en privado reconocían que había algo «extraño acerca de la naturaleza wa que pocas personas podían comprender».[12]

Para los chinos de la frontera, que observaban desde cierta distancia, los verdaderos extraños eran los miembros de la familia Young: gente de tez pálida con sombreros de safari que dirigía un culto tribal abstemio. Los bebés nacidos en la secta recibían nombres inéditos, como Jeremías, Moisés y Pedro.

Aunque el rebaño de William Marcus Young continuaba creciendo, él nunca estaba satisfecho. Contemplaba con anhelo los picos envueltos en niebla, la tierra de los cazadores de cabezas.

De nuevo, sus seguidores le previnieron. Ese camino conducía a una muerte segura. Los montañeses —le advertían— se aferraban a historias tradicionales sobre el origen de la humanidad y no había manera de apartarlos de tales ideas. Muchos cazadores de cabezas wa creían firmemente que los humanos provenían de un agujero en sus cumbres. Los primeros en salir de él eran laboriosos e inventaron herramientas, la agricultura y el lenguaje. Se llamaron a sí mismos wa. Por desgracia, el agujero continuó vomitando más seres: incivilizados que robaron el conocimiento a sus predecesores y descendieron desde las montañas hacia lugares más cálidos y amables. Pronto, estos hombres de las planicies inventaron su idioma peculiar y, tras un tiempo, se inclinaron ante emperadores y santos. Hoy en día son los birmanos, los chinos, los indios y los europeos, así como integrantes de otras razas, los que han rechazado el modo de vida de los primeros humanos y su existencia primigenia en libertad.[13]

El rebaño de Young insistía: estos wa cazadores de cabezas nunca reverenciarán a un profeta pálido. Sin embargo, el misionero no abandonó su proyecto, pues convertir a los auténticos cazadores de cabezas era la prueba definitiva de su fe. El calor blanco del mensaje baptista, aseguraba, podía arrasar el ocultismo y unir a todos los clanes enfrentados de cazadores en una sola entidad gloriosa bajo Cristo. Uno de los hijos del Hombre-Dios escribió: «Es imposible ser testigo de este despilfarro de vidas humanas, o tan siquiera conocer su existencia, y permanecer impasible [...] La cristiandad es el único remedio».[14]

Los discípulos de Young pagaron por esta obsesión con su propia sangre. Tras el fracaso de una incursión evangélica en 1931, William Marcus Young hubo de admitir: «Cuatro de mis jóvenes conversos perdieron sus cabezas. Al quinto lo trajeron en estado crítico, con una lanza en la espalda». Los muertos fueron enterrados «con los brazos sobre el cuello, donde debían estar sus cabezas». Desesperados, los Young imaginaron soluciones delirantes, como pedir al gobierno estadounidense que sobrevolara las montañas y asustara a los cazadores wa hasta que se sometieran. «Les ayudaría a comprender, sin derramamiento de sangre, la grandeza de los recursos de la civilización occidental», supuso Harold Young, «ya que ni siquiera sus malvados doctores pueden presumir de ser capaces de volar».

La fantasía de William Marcus de convertir a los cazadores de cabezas en masa nunca se llevó a cabo. Cuando Saw Lu nació, a finales de 1944, Young llevaba muerto casi una década. Un hijo del Hombre-Dios, Vincent, dirigía la misión de Banna junto a sus discípulos, entre los que figuraban los padres de Saw Lu. La pareja eligió el nombre de su hijo pensando en Saúl, el primer rey de Israel, que unificó a las tribus israelitas dispersas bajo un Estado organizado. Soñaban que un día lograrían lo mismo para los wa.

Pese a que Saw Lu nunca conoció en persona al Hombre-Dios, se encontraba profundamente influido por su doctrina y sus preceptos fundamentales: la mayoría de los wa estaban atrapados en la oscuridad; los americanos trajeron la luz; y benditos eran los wa que arriesgaron su vida para civilizar a sus hermanos no ilustrados.

Pero Saw Lu nunca tuvo oportunidad de unirse a una de esas incursiones «civilizatorias» en los picos. Aún era un niño en 1949, cuando su secta tuvo que huir de Banna, dejando todo atrás. En uno de sus primeros recuerdos, Saw Lu tiene cinco años y su manita se aferra a la túnica de su madre. Caminan en procesión: cientos de baptistas wa vestidos de negro, avanzando abatidos hacia Birmania, escapando solo con lo puesto, sin llevar ni ganado ni riqueza alguna. A sus espaldas, el único hogar que había conocido —su vivienda de bambú en Banna— se volvía más pequeño con cada paso.

—Madre —preguntó—, ¿de quién huimos?

—De los comunistas, hijo. Y ahora intenta no quedarte atrás.

Siendo aún un niño, Saw Lu no sabía mucho acerca de los soldados comunistas chinos que, con uniformes de color beis y cascos de acero, vio avanzar hacia Banna. Sus padres le explicaron que estos hombres quemarían su campamento, dispararían a cualquier extranjero blanco y después, encerrarían a todos los discípulos wa y lahu en campos de trabajo. Los baptistas no tenían ninguna intención de quedarse y darles ese placer.

«Los comunistas desprecian a los nuestros —dijo su madre—, y eso es lo único que necesitas saber». Saw Lu, correteando tras ella, decidió odiarlos también. Lo cierto es que estaba completamente aterrorizado, al igual que muchos otros a lo largo de las fronteras de China.

Ningún acontecimiento en la historia contemporánea de Asia fue tan traumático y masivo como la toma de poder en China, en 1949, por el Partido Comunista, un terremoto cuyas ondas expansivas alcanzaron a todos los países vecinos, trastornando innumerables vidas. Liderados por Mao Zedong, los comunistas se impusieron en la guerra civil por el control del país. Barrieron a sus enemigos del Kuomintang, un régimen respaldado por Estados Unidos, que había gobernado China durante dos décadas tras haber ayudado a derrocar al último emperador. Los Kuomintang eran nacionalistas declarados, «fascistas en todas sus cualidades salvo en la eficacia», tal como los describió un académico.[15] El Kuomintang era tan corrupto que los campesinos chinos, azuzados por Mao, estaban dispuestos a enfrentarse a las tropas con herramientas de labranza, en «oleadas humanas», matándolos con sus machetes y arrebatándoles sus armas. Abrumado, el Gobierno Kuomintang, junto con los comerciantes, terratenientes y otros capitalistas, escapó a Taiwán, una isla frente a las costas de China.

Mao había triunfado, pero su revolución estaba inconclusa. Necesitaba asegurarse de que toda China, incluyendo los territorios fronterizos más lejanos, cayera bajo su férrea monocultura comunista. Los territorios más distantes de China estaban habitados por mongoles, uigures, tibetanos y otras comunidades devotas de sus propias tradiciones y credos. Esto era intolerable: todas las minorías étnicas debían ser civilizadas, incluidos los wa, que tenían reputación de ser los más bárbaros de todos.

Los nativos wa, que en esa época sumaban cerca de medio millón, no reconocían a ningún gobierno ni concedían importancia alguna a las fronteras. Sus asentamientos amurallados ocupaban ambos lados de la divisoria chino-birmana. Durante siglos, las dinastías chinas guardaron la distancia, ya que entendían que los wa, «feos en apariencia y malvados por naturaleza», eran una tribu guerrera que mejor sería dejar en paz.[16] Mao pensaba de un modo diferente. Ningún líder chino anterior había contado con el Ejército Popular de Liberación, cinco millones de soldados aguerridos, y este Goliat fuertemente armado no se amedrentaría ante los cazadores de cabezas que blandían simples espadas.

Mao ordenó a los batallones someter a todos los wa asentados en el lado chino de la frontera[17], aproximadamente la mitad de la población y la mitad de sus tierras ancestrales. Los soldados comunistas derrotaron a los guerreros wa a punta de pistola, incendiaron sus fortalezas, derribaron los postes con cabezas y aplastaron los cráneos bajo sus botas. Los adultos fueron llevados a granjas comunales y los niños encerrados en escuelas donde solo se hablaba chino. De este horror escapó la secta de Saw Lu.

La brutal campaña de dominación de Mao duró más de diez años. Hacia mediados de la década de los sesenta, todos los wa del lado chino de la frontera habían sido colonizados. Entretanto, la otra mitad, del lado birmano, vivía como lo habían hecho sus ancestros. Ocupando un territorio montañoso estrecho y accidentado con una longitud total de casi 17 000 kilómetros cuadrados, había clanes wa que aún decoraban sus asentamientos con los cráneos de sus rivales.[18] Carecían de dirigentes, salvo unas cuantas comunidades donde los caciques locales reivindicaban algunas colinas y valles desperdigados. Era el último refugio de la civilización wa.

Según las leyes internacionales, esta zona intocable pertenecía al gobierno birmano, pero era un mero chiste. Después de que el Imperio británico abandonara Birmania al terminar la Segunda Guerra Mundial, el control de la colonia, rebautizada como nación-Estado, se encomendó a una junta militar creada al efecto, cuyos dirigentes birmanos heredaron todo lo que en el pasado habían reivindicado los británicos, incluyendo sus mentiras.[19] Nadie había conquistado esa parte del país wa salvo sobre papel. Y, a diferencia de Mao, las autoridades birmanas no poseían ejército alguno que pudiera someter a los wa montañeses y convertir la ficción en realidad.

En los años sesenta, Birmania se fracturaba. La junta militar apenas podía mantener unido al país. Las montañas estaban repletas de rebeldes: los shan querían gobernar su propio territorio, y los kachin, los karen, los mon y otros montañeses indígenas aspiraban igualmente a la autogestión, tal como habían deseado desde antes de la colonización. Las tropas birmanas lucharon por suprimir todos los levantamientos étnicos con el fin de que el país no se dividiera, pero el ejército estaba disperso, abatido y demasiado agotado para hacer frente a los guerreros wa.

Los generales birmanos, extenuados, habrían preferido obviar la existencia de los wa, pero no podían, ya que la revolución de Mao estaba a las puertas. Tras haber conquistado a casi la mitad de la tribu —los wa del lado chino de la frontera—, los maoístas habían eliminado gran parte de la barrera humana que, durante siglos, había separado las civilizaciones china y birmana. Las tropas del Ejército Popular de Liberación ahora ocupaban toda esa divisoria, en una posición privilegiada para extenderse y apresar lo que quedaba de las tierras wa. Podían alegar sin más que el territorio pertenecía a quien lo ocupara primero, puesto que de todas formas el gobierno birmano no controlaba la zona.

La junta birmana tenía sobradas razones para alarmarse. En aquel momento, el comunismo parecía dispuesto a arrollar a gran parte de la humanidad: controlaba Rusia, el país más grande del mundo, así como China, el más poblado. La mitad oriental de Europa era comunista y las rebeliones marxistas se extendían por África y Latinoamérica. Peor aún, de todos los comunistas, los maoístas se contaban entre los más ortodoxos y celosos de sembrar su doctrina mediante la fuerza bruta.

Birmania, al borde del colapso, constituía un objetivo tentador. Si el ejército de Mao se decidía a invadir el territorio wa que quedaba dentro de las fronteras birmanas, la junta no podría hacer gran cosa para detenerlo. Además, podrían decidir seguir presionando y arrasando el resto del país, «liberando» a su población de un régimen irresponsable y plantando banderas rojas desde las brumosas montañas hasta la costa luminosa. La amenaza era real. Los generales birmanos necesitaban un milagro.

Lo que obtuvieron fue a Saw Lu.

Saw Lu nunca averiguó cómo le descubrieron los militares birmanos. Tan solo sabía que representaba con exactitud lo que ellos buscaban. Un nativo wa que no era un salvaje, instruido pero valiente y lo bastante ingenuo para asumir una misión en extremo peligrosa.

A finales de 1966, Saw tenía veintidós años, era osado y exhibía un cuerpo fibroso. Había crecido en un entorno duro, como niño refugiado en las laderas birmanas, junto a otros baptistas wa y lahu que habían escapado de la China maoísta, asentándose en la ciudad de Kengtung. Durante su infancia, se había adaptado a su nuevo país enseguida, aprendiendo el idioma birmano y pasando de un internado cristiano a otro, siempre asombrando a sus maestros por su inteligencia. Los oficiales de inteligencia birmanos le captaron en una academia dirigida por misioneros en las afueras de Yangón, la capital. Un intrépido joven que acababa de casarse con Mary, una chica lahu criada también en la secta del Hombre-Dios, que estudiaba con él.

Los espías birmanos invitaron a Saw Lu a tomar el té. «Vuestra raza wa está bajo la amenaza de los comunistas —dijeron—. El mismo ejército maoísta que con tanta crueldad te despojó de tu hogar ahora tiene su mirada voraz en los wa que viven dentro de nuestras fronteras. ¿Te gustaría salvarlos?».

Según el plan, Saw Lu se introduciría en las montañas como agente encubierto. Se infiltraría en la ciudad fortaleza de Pang Wai, donde se presentaría como un inofensivo maestro enviado por el gobierno birmano para abrir una escuela gratuita. Mary podría acompañarle y ayudar a enseñar a los wa a leer birmano.

La enseñanza le serviría de tapadera para llevar a cabo su verdadera misión. El país wa era un territorio desconocido para la junta, de modo que Saw Lu podría ser sus ojos y oídos e informar de todo cuanto observara. Sin embargo, su cometido principal, en caso de que aceptara, iría mucho más allá de una simple misión de reconocimiento. Pang Wai estaba solo a un día de camino a pie de la frontera china, donde comenzaba el imperio maoísta que se extendía unos 1600 kilómetros al este, hasta el mar. La labor de Saw Lu sería impedir que el monstruo saliera de su guarida. La idea de la junta, aún difusa, era que Saw Lu intimara con los wa y les instara primero a dejar de matarse entre ellos —al menos de forma temporal— para, a continuación, organizarles para la lucha contra los intrusos comunistas. El limitado ejército de Birmania tenía pocas armas para proporcionar a los montañeses, de modo que Saw Lu tendría que ser creativo y reforzar a los clanes para la invasión inminente por cualquier medio posible.

Era un plan incompleto y desesperado, con probabilidades de terminar con las cabezas de la joven pareja sobre sendas estacas; pero Saw Lu aceptó de inmediato. Esta era su oportunidad para vengarse de los impíos comunistas que habían destrozado su infancia y desperdigado a su secta. Pese a que Banna estaba perdida para siempre, esta ciudad fortaleza llamada Pang Wai aún podía librarse. Saw Lu nunca había oído hablar de ella; se encontraba a unos 1600 kilómetros de su tierra natal, pero estaba dispuesto a proteger cualquier extensión del territorio wa de las hordas de Mao, de cualquier manera posible.

Aquella noche, después de aceptar la misión, Saw Lu se dirigió a su esposa: «Mary, Dios nos ha encomendado una tarea divina. Los birmanos no conocen la magnitud de su petición. Podemos hacer mucho más que defender las montañas wa de los comunistas. También podemos retomar la cruzada de William Marcus Young de civilizar a los montañeses y, probablemente, triunfar donde fracasó el Hombre-Dios».

Saw Lu propuso a Mary aprovechar la tapadera de la junta y hacer todo lo posible por enseñar a leer a los cazadores de cabezas. Los Young les habían inculcado que la alfabetización era el primer paso hacia la iluminación. No obstante, Mary sugirió la conveniencia de enseñar a los montañeses «no solo a leer, sino también cómo vivir». Saw Lu aspiraba a acabar con el ritual de la caza de cabezas de una vez por todas, convencido de que sería esencial para unir a los wa contra los maoístas, quienes ansiaban quedarse con sus tierras, con su esencia y evitar que conocieran a Dios.

«¿Cristianizarás a estos cazadores de cabezas, como quisieron los Young?», quiso saber Mary. Saw Lu ya se había planteado la pregunta. No quería repetir los errores del Hombre-Dios, abrumando a los montañeses con la palabra de Jesús desde el primer encuentro, una estrategia que había tenido un desenlace fatal. En su lugar, se centraría en la prioridad más urgente: aunar a los wa en contra de la invasión comunista. Se integrarían en su mundo y descubrirían lo que motivaba a los montañeses, para poder llevarlos por el buen camino.

Saw Lu se veía a sí mismo como un rayo de luz penetrando un abismo oscuro de ignorancia. Aquel sentido tan claro de su propósito fue lo que le llevó hasta las peligrosas montañas, a través de las puertas de Pang Wai y hasta el corazón de la ciudad, donde él y Mary construyeron una escuela de bambú, barro y paja. Congraciarse con los wa había resultado más fácil de lo que imaginaron.

No fue hasta meses después, en la primavera de 1967, cuando Saw Lu comprendió en todo su alcance la dificultad de su tarea. Pero el episodio de las cabezas en descomposición no fue lo único que le había conmocionado; resultó peor aún comprender que los montañeses wa solo respetaban la fuerza bruta y que él no pasaba de ser un forastero con ropa extraña, sin más armas que las de su complejo de salvador.

◉

Primavera, 1967.

Tres meses después del comienzo de la misión de Saw Lu en Pang Wai.

No estaba en la naturaleza de los guerreros-granjeros sentarse en silencio y regurgitar lecciones aprendidas de memoria. Los niños y adolescentes que asistían a las clases de Saw Lu y Mary eran respondones o simplemente se marchaban cuando se aburrían. A menudo, las clases terminaban en motín.

En el interior de la casa-escuela de bambú, Saw Lu y Mary escribían con tiza el alfabeto birmano en una pizarra, signos que trazaban círculos y lazadas en formas esféricas. No había libros. Los alumnos sostenían sus propias tablas de pizarra, algunos dibujando las letras con piedras afiladas en lugar de tiza.

Cada vez que se daban la vuelta, los muchachos retomaban sus cuchicheos. Incapaces de controlar a sus estudiantes, Saw Lu y Mary dejaban la tiza y escuchaban. Fue así como aprendieron sobre los rituales de cortejo y sobre las disputas entre clanes regionales, un enredo de agravios tan complejo como la vasta geopolítica. En ocasiones, era difícil distinguir quién enseñaba a quién. Los padres de los niños también se pasaban por la escuela de vez en cuando, aportando sus propias historias. Al menos, Saw Lu aprendía, poco a poco, el funcionamiento de la sociedad.

A pesar de que Saw Lu era de origen wa al igual que sus alumnos, un inmenso abismo se extendía entre ellos. De hecho, era el más raro de los wa, y no solo porque no hubiera crecido entre cazadores de cabezas. Pocos wa habían visto la luz eléctrica o los automóviles, al contrario que él. Tras escapar a Birmania, su familia se había asentado en Kengtung, una ciudad bulliciosa, y después, él y Mary fueron alumnos internos en Yangón, una metrópolis en expansión abandonada por los británicos y convertida en la capital de una Birmania independiente.

En algunas ocasiones los curiosos alumnos de Saw Lu querían oír hablar de la vida en las ciudades: edificios de ladrillo, calles estridentes y tocadiscos. Sentían curiosidad por la modernidad, aunque tampoco se quedaban deslumbrados al saber de ella. La familia Young había creído que la mera vista de «una máquina voladora» haría que los wa cayeran de rodillas, pero estaba claro que no era el caso. Resultó que los niños ya sabían algo acerca de los aviones.

Saw Lu escuchó a sus alumnos hablar de aviones de hélice plateados que una vez habían sobrevolado sobre Pang Wai, descargando cajas de madera sujetas a «enormes mantas» que se dejaban llevar por el viento y caían a la deriva sobre el suelo del bosque. Cada cajón contenía armas de aspecto exótico.

—Pregunta a los ancianos —sugirieron los niños—. Ellos lo recuerdan bien.

—¿Armas? ¿De qué tipo?

Armas de metal. Pesadas y largas. Aquella era una historia muy extraña, aunque lo cierto es que los montañeses solían hablar de muchas cosas descabelladas. Los chicos también le habían aconsejado que se cuidara de los hombres-lobo gigantes que acechaban en el bosque.

En su interacción con los pequeños y sus familias, Saw Lu hizo algún intento de hablarles sobre Jesús, solo para tantear su interés, pero fue lo bastante sensato para darse por vencido. Hablar de religión le hacía parecer aún más extraño y, para recopilar información, necesitaba relacionarse con los locales con naturalidad. De modo que, en su lugar, indagó sobre sus opiniones acerca del comunismo y descubrió que solo unos pocos comprendían el tema, aunque de una manera abstracta. En términos generales, la mayoría recelaban de los chinos —la frontera estaba a tan solo 16 kilómetros—, pero la invasión era una preocupación secundaria, eclipsada por el temor constante a los clanes wa rivales. También les inquietaba la subsistencia. Su suelo, de color tostado, era una gravilla crujiente que se helaba durante gran parte del invierno. Era tan escaso en nutrientes que el maíz y el arroz apenas brotaban muy débilmente. Solo había un cultivo capaz de sobrevivir en esta tierra alcalina: la amapola opiácea, la adormidera.

La asistencia escolar era siempre esporádica, pero, cuando llegaba la temporada de la cosecha de adormidera, caía en picado. Los padres necesitaban a sus hijos para trabajar en el campo. Dos veces al año, las colinas florecían con pétalos de color marfil y escarlata, que se desprendían para revelar, por debajo, unas pocas vainas verdes. De las vainas rezumaba el opio, un fluido pegajoso de color lechoso que se tornaba de color melaza al contacto con el aire. Los wa raspaban el opio y lo almacenaban en grandes recipientes de barro. Además de cultivar arroz y maíz, esta era la actividad en torno a la que organizaban sus días.

Al atardecer, cuando los padres regresaban de los campos de adormidera, Saw Lu les lanzaba una arenga sobre el absentismo escolar de sus hijos. La expresión de sus miradas dejaba claro que la buena disposición inicial de su acogimiento se estaba resintiendo. Las clases de lenguaje birmano eran prácticamente inservibles; los habitantes de Pang Wai nunca habían conocido a un birmano y tampoco esperaban hacerlo. Sus enseñanzas ofrecían escasa utilidad a sus vidas. Cuando afirmó que estaba allí para ayudar, le respondieron que, si quería ayudar, podía coger un cuchillo de raspar opio y unirse a ellos al amanecer.

La misión de Saw Lu fracasaba. Sus contactos birmanos de la junta le habían advertido de que estuviera preparado para cambiar el curso del plan si fuera necesario. Saw Lu decidió deshacerse de sus prejuicios y centrarse en lo que de verdad interesaba a estas personas.

El opio.

Les obsesionaba. Nadie que observara a los wa cultivarlo podría acusarlos de vagos. A Saw Lu le maravillaba su laboriosidad a la hora de trabajar, si bien no comprendía su motivación.[20] El opio era una sustancia mágica: fumarlo podía hacer que el suelo de gravilla pareciera una cama de algodón, pero, con todo, nadie lo probaba salvo que estuviera gravemente enfermo. Pensaban que abandonarse a un estado de estupor era una negligencia como guerreros, ya que prácticamente invitaba a los enemigos a una decapitación fácil. Pero entonces, ¿para quién se cosechaba todo este opio?

No encontraba explicación, hasta que apareció la caravana.

Una tarde, el ritmo del tambor indicó que se acercaban visitantes a Pang Wai. Saw Lu se unió a un grupo de guerreros que se dirigieron a los recién llegados para saludarlos. Los visitantes atravesaron la oscura maraña de trincheras hasta reaparecer a la luz del sol. Sobre una cresta cercana se encontraba una brigada de hombres de rasgos chinos, cada uno con un fusil de asalto en la mano, todos vestidos con idénticos uniformes de color caqui.

Saw Lu quedó petrificado. «Los comunistas han dado con nosotros», pensó. Pero sus acompañantes le explicaron que aquellos hombres eran chinos no comunistas: comerciantes que habían venido a comprar su opio. Las familias wa salieron de la fortaleza con ollas de barro, caminando alegremente hacia los visitantes para dejar el opio a sus pies. Una larga fila de burros y mulas atados entre sí formaban lo que llamaban la caravana. Los hombres de la brigada bajaron sacos de los lomos de las bestias y desparramaron su contenido por el suelo. Saw Lu vio tesoros del mundo industrializado: lingotes de oro moldeados en adornos, fusiles y pólvora, útiles para matar ciervos u osos; bloques de sal, indispensable para conservar la carne durante los crudos inviernos, enormes sacos llenos a reventar de granos de arroz. Los comerciantes solo aceptaban una forma de pago para estos bienes: opio, la moneda de las montañas. Saw Lu comprendió por qué nadie lo fumaba. Habría sido como prender fuego a un fajo de billetes.

Como no hablaba bien chino, Saw Lu no se acercó a los recién llegados. Se limitó a observar cómo empaquetaban el opio en sacos de lona que cargaban en los animales y se marchaban. Más tarde, cuando sus alumnos regresaron a clase, les preguntó por la identidad de estos hombres y se enteró de que eran del todo opuestos a los comunistas: capitalistas chinos de pura cepa, odiados en la China de Mao. Huyeron a Birmania en 1949, al igual que la secta de Saw Lu cuando él era un niño, y ahora vivían ocultos en la selva, en algún lugar de este lado de la frontera. En cuanto a su ubicación exacta, nadie en Pang Wai tenía la mínima idea ni les importaba. Solo sabían que dos veces al año aparecía la caravana e intercambiaban artículos preciosos por opio.

Saw Lu quiso saber cómo era posible que los forasteros chinos osaran adentrarse en las montañas, por caminos serpenteantes con burros y mulas de paso lento, sin que los wa se apropiaran de su mercancía y de sus cabezas; viajaban como si tuvieran un salvoconducto para entrar en el país de los cazadores de cabezas. En realidad, así era, le explicaron los niños. Todo el mundo sabía que tener problemas con un comerciante chino de la caravana conllevaba la cólera de sus principales socios de intercambio: los señores de la guerra, líderes de los clanes wa más poderosos de la zona.

No muy lejos, hacia el sur de Pang Wai, había montañas en las que la adormidera crecía con más vigor, y allí era donde se asentaban los señores de la guerra. Eran tres, y cada uno dominaba su propio territorio. No eran exactamente dirigentes ni caciques, explicaron los alumnos a Saw Lu, no imponían ninguna ley más que la de mantenerse alejados de sus adormideras, pero eso sí, ejercían una autoridad inusual, una aberración para la naturaleza igualitaria de los wa. Cada uno contaba con su propia banda armada: una milicia privada compuesta por los cazadores de cabezas más aguerridos para proteger las adormideras y decapitar a los intrusos.

El típico guerrero-agricultor wa poseía como mucho una pistola de pólvora. Pero, ¿y los clanes de los caudillos de las drogas? Sus guerreros, además de espadas, portaban sofisticados rifles comprados a los comerciantes chinos. Como clientes VIP de las caravanas, los señores de la guerra tenían acceso a un arsenal de armas de gama alta. Lo más codiciado eran los fusiles automáticos, con cargadores negros asomando por debajo, algunos impresos con las letras «USA». Los comerciantes chinos llevaban estas armas, pero no las vendían a los habitantes de Pang Wai, que era una parada secundaria en la ruta de recolección de opio.

Saw Lu preguntó a los niños cómo eran los señores de la guerra. «Cada uno es diferente —dijeron—. Uno de ellos es extravagante: lleva relojes de oro —un artefacto ostentoso en un lugar en el que los habitantes no conocían otro reloj que el sol—. Otro es cruel; dirige el clan de cazadores de cabezas más prestigioso. El tercero es un brujo; esculpe pequeños animales del barro, los agita en la mano y los hace bailar, y cuando está furioso, se transforma en un tigre».

Estos eran los rumores. De nuevo, Saw Lu no estaba seguro de qué creer. Así pues, en los meses siguientes, se propuso aprenderlo todo acerca de estos señores de la guerra. No le interesaba la reputación como cazador de cabezas de uno de ellos ni la magia negra de otro, pero envidiaba su influencia. Estos líderes sanguinarios podrían serle de utilidad, pensó, en caso de que el ejército maoísta chino, que acechaba al otro lado de la frontera, atacara aquellas cumbres montañosas alguna vez.

En el verano de 1967, Saw Lu llevaba ya seis meses en las montañas. Si al principio hizo caso omiso de la extraña historia sobre los aviones de los que llovían armas, ahora pensaba en ello de forma constante, mientras fantaseaba sobre lo que podría hacer él con aquel armamento, siempre y cuando fuera real. La idea le taladraba la conciencia día y noche. Decidido a averiguar si el cuento era verídico, interrogó a los ancianos de Pang Wai.

—¿Cuándo cayó exactamente el cargamento desde las nubes?

—Hace años —dijeron—. Tal vez quince.

—¿Y qué sucedió después con las cajas?

—Las localizamos en el bosque. Estaban llenas de armas, pero no había munición. Las dejamos y enterramos las cajas cerca de donde habían caído.

—¿Por qué?

—Porque no nos pertenecían.

—¿A quién pertenecían?

—No lo sabíamos, pero no queríamos que los verdaderos destinatarios, quienesquiera que fuesen, encontraran las armas y las usaran contra nosotros.

—¿Por qué no utilizarlas contra los clanes enemigos?

—Cada cabeza que cortamos es una respuesta a algún tipo de injusticia; el asesinato de uno de nuestros hombres o la violación de una de nuestras mujeres. Cualquiera del clan ofensor puede pagar con su cabeza. Pero no somos como los habitantes de las llanuras, no pretendemos exterminar a todos nuestros rivales.

¿Les importaría, preguntó Saw Lu, si desenterraba unas pocas cajas solo para echar un vistazo? Los ancianos le observaron con mirada vacía.

—Cualquier wa es libre de hacer lo que le plazca.

Para Saw Lu, aquello era lo más parecido a un «sí».

Una mañana, Saw Lu informó a sus alumnos de que se aplazaban las clases de lengua; en su lugar, el maestro les pidió:

—Id a casa e indagad en los recuerdos de vuestros padres y abuelos. Preguntadles dónde están escondidas las cajas que cayeron del cielo.

Algunos niños le condujeron a unas cuevas y le ayudaron a cavar bajo los cobertizos de los búfalos. Siempre recordaría el momento en que por primera vez tocó la tapa de un cajón de madera; cómo retiró la tierra y la levantó, introdujo el brazo y sus dedos rozaron algo duro en un nido de serrín oloroso. La euforia que recorrió su cuerpo cuando sacó una metralleta y acunó el metal negro entre sus brazos.

Le llevó semanas encontrar todas las cajas. Contenían diversas clases de armas. Algunas pistolas eran pequeñas, del tamaño de su antebrazo. Grabadas con las letras STEN, parecían tubos con culatas plegables. Otros parecían cañones en miniatura con trípodes retráctiles. Incluso había semiautomáticos M1 Garand, un fusil estándar americano de la época de la Segunda Guerra Mundial.[21]

A petición de Saw Lu, los alumnos arrastraron las armas, traspasaron las puertas de Pang Wai y las apilaron en el interior de la casa-escuela, que pronto cobró aspecto de armería. Habían desenterrado ocho cajas, una docena de rifles en cada una, casi cien armas de fuego en total.

Saw Lu no tenía ninguna duda de que Dios le ponía aquel arsenal en las manos para dirigirlo hacia una misión trascendental. Había llegado el momento de recurrir a sus poderes de persuasión evangélica, inculcados por su secta baptista, pero sin presionar a los wa a que aceptaran a Cristo. En cambio, Saw Lu los exhortaría a que le aceptaran a él como su protector, casi como a un señor de la guerra: uno que no poseía cualidades malvadas, sino virtudes.

Antes de su muerte, el Hombre-Dios predijo en una ocasión que los wa que «luchan como perros y gatos entre ellos» serían capaces de pausar la contienda entre clanes y unirse cuando se enfrentaran a una amenaza existencial. Y eso fue lo que Saw Lu requirió a los nativos de Pang Wai. Golpeó el tambor de madera, los convocó al centro de la ciudad fortaleza y declaró: «¡Vienen los comunistas!».

Saw Lu reveló su identidad como agente birmano.

—Nuestros analistas militares —dijo ante la multitud— están seguros de que los maoístas nos invadirán, tal vez incluso este año. Todos los wa deberían haber empezado ya a prepararse para la guerra. En lugar de eso, vuestros cazadores de cabezas se matan entre ellos. La desunión será vuestra perdición. No subestiméis la crueldad de los comunistas; hablo por experiencia como refugiado de un mundo que asolaron. Acabarán con vuestro modo de vida, incluso destruirán vuestras adormideras.

Esto último captó la atención de la muchedumbre.

—Puede que yo sea forastero —continuó—, pero en el fondo soy wa como vosotros, y estoy dispuesto a organizar la resistencia. Podéis empezar por aceptar estas armas.

Saw Lu sostuvo en alto una metralleta como si fuera la espada de Excalibur recién salida de la roca, un arma prodigiosa empuñada por un líder improbable, y dio gracias al Señor por aquel regalo inesperado.

Sin embargo, no había sido Dios quien dejó caer estas armas del cielo, sino la CIA.

ARMAS, DROGAS Y ESPIONAJE

Convertirse en el señor de la guerra de Pang Wai. Conocer al resto de los señores de la guerra y ganarse su respeto. Unirlos contra la amenaza roja para salvar la raza wa.

Ese era más o menos el nuevo plan de Saw Lu. Sin embargo, el joven era en extremo ingenuo sobre los hombres con quienes esperaba colaborar. Había evaluado correctamente que los señores de la guerra wa podrían resultar útiles para detener el fervor expansionista de los comunistas chinos, pero se equivocaba al pensar que esta idea había sido suya. La Agencia Central de Inteligencia se le había adelantado.

Había mucho más que Saw Lu no sabía. Desconocía el hecho de que Estados Unidos, el país que él veneraba desde siempre, ya era una fuerza infiltrada en las montañas wa: sus servicios clandestinos controlaban una operación de tráfico de armas, drogas y espionaje, y los señores de la guerra eran parte esencial de ella. ¿Y aquellos enigmáticos chinos, recolectores de opio, armados con rifles americanos? Estaban en el centro de todo. De modo que, si Saw Lu quería convertirse en un señor de la droga eficaz en las cumbres wa, primero debía familiarizarse con la operación dirigida por la CIA y encontrar su propio papel en ella.

La CIA nunca se había propuesto verse enredada en el narcotráfico de Asia; fue una consecuencia no intencionada de un plan mal concebido, uno que implicaba dejar caer metralletas desde los aviones.

He aquí el trasfondo. A principios de los años cincuenta, el ejército de Mao Zedong no solo acabó con la secta de Saw Lu en las fronteras chinas. En su purga de toda clase de indeseables, incluyeron a los enemigos chinos del comunismo: comerciantes de opio de la frontera, ricos terratenientes y los soldados abandonados del Kuomintang. Estos grupos de chinos que estaban en el punto de mira de los comunistas se agruparon y huyeron hacia la selva de Birmania para escapar de la muerte.

Al principio, los exiliados, una multitud que se volvía cada día más esquelética, deambularon comiendo lagartos y raíces para sobrevivir. Algunos se perdieron en el país wa, eludiendo a los cazadores de cabezas lo mejor que supieron, mientras que otros se desplazaron hacia las laderas salpicadas de pueblos shan. Muchos pensaron que morirían de hambre en esta tierra desconocida. Pero entonces llegó la salvación: aparecieron en el cielo aviones de hélice, volando bajo, que dejaron caer cajas enganchadas a paracaídas. Los paquetes-regalo flotantes contenían arroz, balas y armas de fuego, cortesía de la CIA. La agencia de espionaje recién creada se embarcaba en su misión más ambiciosa en Asia hasta aquella fecha.

En coordinación con el Kuomintang, desplazado a la isla de Taiwán, pretendía armar a estos anticomunistas rezagados en Birmania y transformarlos en una poderosa fuerza. Después, la enviaría de vuelta a China para arrebatar el país a Mao y restablecer el gobierno Kuomintang. Así, China, de nuevo, se convertiría en un régimen aliado de Estados Unidos. Este grupo armado clandestino en Birmania, creado por la CIA y el Kuomintang, recibió varios nombres; por simplificar, los llamaré los Exiliados.[1]

Los lanzamientos aéreos continuaron. Los aviones de la CIA, desprovistos de cualquier identificación, enviaron una heterogénea gama de armas de fuego a los Exiliados; subfusiles Sten de fabricación británica, fusiles M1, incluso Thompsons, famosos por los gánsteres de Chicago.[2] Muchas armas salieron de viejos arsenales estadounidenses con el número de serie borrado. La operación era de alto secreto; tan solo la conocían el presidente de Estados Unidos y un pequeño grupo de la CIA.

En la primavera de 1951, los Exiliados estaban preparados para regresar a su China natal. Se reunieron a lo largo de la frontera chino-birmana y esperaron una nueva remesa de armas. La mayor parte de las cajas cayeron en su destino con precisión, pero un tripulante de uno de los aviones debió de equivocarse, porque al menos ocho fueron a parar cerca de la ciudad fortaleza de Pang Wai, a más de 16 kilómetros del punto de envío más cercano.[3] Los wa las enterraron y siguieron con sus vidas, hasta que Saw Lu apareció dieciséis años más tarde.

Entretanto, los Exiliados hicieron acopio del material procedente de estos lanzamientos aéreos y se centraron en la misión inminente: recuperar China. Cargaron sus armas y se prepararon para el combate. Sumando apenas unos miles, estaban a punto de enfrentarse a más de trescientas mil tropas comunistas pegadas a la frontera. La CIA fue tan ingenua como para creer que lograrían pasar y triunfar. Estaban convencidos de que la mayoría de los chinos, seguramente hartos del maoísmo, se alzarían y se unirían a esta lucha por su libertad.[4] Las cosas no sucedieron así. Cuando los combatientes exiliados se precipitaron en territorio chino, el Ejército Popular de Liberación los acribilló a balazos. Tuvieron que regresar a toda prisa a las selvas birmanas, heridos y desmoralizados.

Durante los años siguientes, Estados Unidos urgió a los Exiliados a realizar nuevas incursiones en China, todas las cuales terminaron de manera catastrófica. Pero, en lugar de desechar sus planes, la CIA confeccionó soluciones insólitas, incluso se planteó reclutar a la legendaria tribu guerrera wa para unirla a la causa. Los agentes realmente pensaban que los montañeses wa estarían deseosos de participar en cualquier campaña dirigida por los blancos, una idea que les habían inculcado los Young. Un informe de la agencia, redactado tras una reunión con la familia de misioneros, sostenía: «Los wa muestran un sentimiento de afecto y de respeto por los hombres blancos y son unánimes en su deseo de que los ayuden e incluso que los gobiernen».[5]

Esto era un disparate y los Exiliados lo sabían. Muchos eran chinos que habían crecido cerca de la frontera, a una distancia notable de los clanes de cazadores de cabezas, y eran muy conscientes de que abonarían sus tierras con los sesos de cualquiera que intentara «gobernarles».

La CIA no podía aceptar que China se perdiera para siempre en el comunismo, pero los Exiliados debían afrontar la realidad: estaban atrapados en Birmania de forma permanente, de modo que hicieron de la necesidad virtud, retomando lo que mejor se les daba: el comercio. A pesar de que continuaron haciendo acopio de los suministros americanos —armas, alimentos, medicinas— como si aún pretendieran reclamar China, los utilizaron como capital inicial para emprender un negocio: transformar sus fuerzas guerrilleras en una red comercial dedicada al tráfico de opio.

En las montañas de Birmania se encuentra la mejor tierra de Asia para el cultivo de adormidera; sin embargo, para los Exiliados, las tribus indígenas desaprovechaban su potencial al producir solo unas pocas docenas de toneladas de opio al año. Con el fin de incrementar la producción, el grupo hizo uso de su superioridad armada con los campesinos del interior. Como conquistadores a caballo, con sus nuevos modelos de metralletas americanas, los Exiliados hostigaron a los locales para que cultivaran tanta adormidera como pudiera producir la tierra. En general, dejaron a los wa al margen, ya que era demasiado difícil dominarlos, y concentraron el peso de esta coacción sobre los habitantes de Shan, más numerosos en las montañas de Birmania. Los Exiliados compraron sus cosechas por una miseria y los convirtieron en siervos que vivían al día.

Este negocio en expansión fue un éxito rotundo. Los Exiliados presumían de que la producción de opio de Birmania alcanzaba 500 toneladas al año, «casi una tercera parte del suministro total de opio en el mundo», según la CIA.[6] Estaba claro que las drogas eran la nueva razón de ser de los Exiliados y no eliminar comunistas. Con todo, los estadounidenses no renunciaron a ellos; de hecho, cuando los Exiliados necesitaron ayuda para trasladar su opio a los compradores de las ciudades, la CIA prestó sus aviones para la tarea.[7] Los pilotos contratados por la agencia aterrizaban en pistas de tierra en Birmania, descargaban las armas para los Exiliados y subían a bordo los sacos de opio. A continuación, volaban a Bangkok, donde los compradores, la mayoría agentes de policía tailandeses mantenidos por la CIA, recogían los cargamentos de droga directamente en el aeropuerto. Los beneficios de estas ventas impulsaron la expansión de los Exiliados. Era el primer caso de aviones contratados por la agencia que transportaban drogas para un grupo armado, y no sería el último.

Durante la siguiente década, más o menos, los Exiliados perfeccionaron su modelo de negocio, hasta convertirse en un gigante del narcotráfico de opio, mucho más potente de lo que sus ancestros hubieran podido imaginar. Casi todo el opio de Birmania cayó bajo su monopolio. A la junta birmana no le entusiasmaba que un cartel de drogas armado por Estados Unidos merodeara por su país, pero en su mayoría, los Exiliados se ceñían a las montañas que quedaban fuera del control militar. Los tiroteos ocasionales entre ellos y las patrullas birmanas a menudo terminaban en desastre para las últimas, de modo que los regimientos de la junta intentaban mantenerse alejados de su camino.

Los Exiliados incluso lograron extraer la tan codiciada cosecha de adormidera de los wa, mucho más potente que cualquier otra del Sudeste Asiático. Como, a diferencia de otros indígenas, eran demasiado temidos como para ser coaccionados, se vieron obligados a adquirir su opio a través de un comercio justo. Así, en Pang Wai, por ejemplo, ofrecían pepitas de oro y rifles de pólvora, mientras que los agricultores shan recibían tan solo tejidos o hachas. En las zonas de cultivo de adormidera wa más ricas, los Exiliados buscaban a los clanes de cazadores de cabezas más aguerridos y les proporcionaban sus mejores regalos: fusiles de asalto fabricados en Estados Unidos. De estos clanes habían surgido los infames señores de la guerra, esos tres que Saw Lu esperaba conocer.

Cada uno de los señores de la guerra wa, suministradores de opio esenciales bajo la dirección de los Exiliados, se organizó para proporcionar de manera constante material de calidad, y se armó adecuadamente para garantizar la seguridad de las caravanas durante los viajes a sus tierras.

A mediados de los años sesenta los Exiliados administraban extensas rutas de comercio que serpenteaban a lo largo del interior de Birmania, una superficie mayor que Portugal. Las montañas wa, repletas de adormideras, marcaban el extremo más remoto de su cadena de suministro. Pang Wai, donde Saw Lu los había observado cargar el opio junto a las puertas de la fortaleza, era uno de los puntos de recogida más septentrionales. La caravana que había visto también habría recogido el opio de los señores de la guerra wa, para, después, viajar hacia el sur y cargar en varios pueblos shan, antes de trasladarlo todo hasta el cuartel general de los Exiliados, una red de campamentos instalada más de 300 kilómetros al sur del territorio wa, a lo largo de la frontera de Birmania con Tailandia.

Los Exiliados habían completado un largo camino desde sus rudimentarios orígenes. A medida que evolucionaban, transformándose en la mayor organización de tráfico de opio de Asia, también se estrechaba su relación con la CIA.

Hacia 1967, el cartel de los Exiliados lo componían tres mil hombres armados, de piernas duras como el mármol de tanto subir y bajar las colinas de Birmania. Cuando no viajaban por las rutas de contrabando, descansaban junto con los animales en campamentos secretos diseminados a lo largo de la frontera birmano-tailandesa. En general, el negocio era boyante, aunque la tropa no vivía en la abundancia; el mantenimiento del personal armado, al que acompañaban esposas e hijos, se llevaba gran parte de los beneficios.

Varios hombres lideraban a los Exiliados, pero Lee Wen-huan —el general Lee, como se autodenominaba— era el más influyente.[8] A diferencia de otros chinos de cierto nivel, él no llevaba ni oro ni jade. Su centro de mando era una morada de piedra cubierta con tejas festoneadas, al estilo de las casas en la China rural, pese a que la estructura se emplazaba en lo alto de una montaña en la provincia tailandesa de Chiang Mai. Estaba situado a pocos kilómetros de la frontera birmana.

La personalidad ruda del general Lee era típica de los Exiliados. Eran como vaqueros del Oeste, llegados de la polvorienta provincia fronteriza de Yunnan en China. Casi texanos en sus costumbres, les encantaban los caballos y los rifles y desconfiaban de los forasteros. Lee era de ademanes toscos —un hombre corpulento que a menudo se expresaba con gruñidos—, pero su astucia era impresionante. Tras años recorriendo el interior de Birmania, hasta convertir a los Exiliados en un cartel poderoso pero aun precario, estableció su organización de manera permanente en una parte de Tailandia que, en gran medida, se considera inhabitable. El paisaje de montaña no era tan inclemente como las cumbres wa, con sus colinas escarpadas y sus vientos afilados, pero la frontera birmano-tailandesa seguía siendo un lugar tortuoso y seco.

Las montañas que dividen ambos países forman una pared de piedra, y Lee era lo bastante inteligente como para apreciar el potencial de esta geografía desoladora. A un lado de esa pared natural estaban los campos de adormidera birmanos, ocultos en un lugar donde solo los valientes se aventuraban. ¿Y al otro lado? Tailandia, un país en vías de modernización y conectado al resto del mundo, una puerta de acceso hacia millones de clientes potenciales, muchos deseosos de aliviar su dolor con opiáceos.

El único modo de pasar de un lado a otro era transitar por sinuosos pasos de montaña, algunos apenas suficientemente anchos como para que avanzaran las mulas en fila india. Todo el opio que fluía hacia el sur desde Birmania se encontraba con estos cuellos de botella, que eran como pequeños canales de Suez. Bajo las instrucciones de Lee, los Exiliados se apropiaron de esos pasos, instalaron puestos de control y se asentaron en ellos. Tenían en sus manos todo el tráfico de estupefacientes del Sudeste Asiático.[9]

La CIA lo llamaba un «territorio de contrabando idóneo» y comparaba el área con el núcleo del contrabando de Estados Unidos: los montes Apalaches. Los informes clasificados describen montes de piedra caliza «repletos de cuevas» donde los Exiliados podían ocultar «cargamentos ilícitos pasados de contrabando desde el otro lado de la frontera».[10] Sin embargo, los espías americanos no solo elogiaron la ubicación elegida por Lee; también alentaron al gobierno de Tailandia, entonces un estado clientelar de Estados Unidos, a permitir que los Exiliados controlaran de manera no oficial aquella frontera.[11]

Pedir a Tailandia que cediera el control real de un territorio a un cartel de drogas constituía algo inusual, pero eran tiempos convulsos y este no era un cartel cualquiera. Sus tropas estaban formadas por hombres que abominaban del comunismo, una ideología que arrasaba en el Sudeste Asiático. Estados Unidos ya había invadido Vietnam para detener su expansión, aunque no les iba demasiado bien. En los países ubicados entre Tailandia y Vietnam —Laos y Camboya— brotaban por doquier pequeñas insurgencias comunistas. Estados Unidos consideraba a Tailandia, derechista y dirigida por militares, como un cortafuegos que el comunismo nunca podría traspasar, y que evitaría su expansión hasta Birmania, India y más allá.

Estados Unidos presionó a las autoridades tailandesas para que permitieran a los Exiliados custodiar y proteger aquella frontera del norte.[12] La premisa era que, si las guerrillas comunistas de cualquier tipo osaban acercarse o simplemente aparecer en las rutas de contrabando birmanas, los Exiliados las aniquilarían. Eran combatientes feroces, equipados con lanzagranadas y ametralladoras de calibre 50, armas estadounidenses suficientes para defenderse. Y lo mejor de todo: los Exiliados podían proporcionar este servicio de manera gratuita. Los carteles de droga no requerían un respaldo financiero del exterior. En cuanto a su criminalidad, era un detalle que tanto la CIA como los dirigentes tailandeses podían pasar por alto. Claro que traficar con drogas era impropio, pero nada era más importante que contener el comunismo.

Estados Unidos, para congraciar aún más a los Exiliados con las autoridades tailandesas, les incitó a formar acuerdos mutuamente beneficiosos. Para finales de los años sesenta, los Exiliados habían progresado mucho más allá del mero tráfico de opio en bruto; ahora se centraban en un producto de valor añadido: la heroína. Químicos contratados al efecto dirigían más de una docena de refinerías amuralladas con bambú en sus territorios. Los márgenes de beneficio eran tremendos. Por un desembolso de trescientos dólares, los Exiliados adquirían diez kilos de opio wa para sintetizarlo en uno de polvo de heroína.[13] Envuelto en celofán, ese ladrillo se podía vender por mil dólares en Bangkok. Sin embargo, la capital de Tailandia estaba muy lejos, y los Exiliados apenas podían acarrear la heroína en sus mulas. Una vez más, necesitaban ayuda para transportar su mercancía desde el interior.[14]

La Patrulla Fronteriza de Tailandia —una organización creada por la CIA— acudió en su ayuda. Sus camiones y vehículos armados, de propiedad estadounidense, eran lo bastante robustos como para ascender por las empinadas colinas. Por una parte del precio de venta, la patrulla fronteriza cargaba la heroína de los Exiliados y la conducía hasta Bangkok, un viaje de catorce horas. Gran parte del trayecto era más llevadero por las modernas autopistas construidas por Estados Unidos para desarrollar el país.[15] Gracias a la policía corrupta tailandesa, los Exiliados podían enviar su producto sin temor a detenciones o incautaciones.

Poco a poco, todas las piezas de la infraestructura del narcotráfico del Triángulo Dorado encajaron. Estados Unidos no había planeado ayudar a construir un «oleoducto del opio» de 1070 kilómetros, pero eso era exactamente lo que había hecho. En un extremo estaban los proveedores de opio, los señores de la guerra wa. En el medio, las caravanas de mulas, los laboratorios de droga y los policías corruptos. Y en el último, los mayoristas, en Bangkok.

Los Exiliados se limitaban a vender la heroína a un tipo de cliente: los habitantes de etnia china de Bangkok, una comunidad que había migrado tiempo atrás, estableciéndose en la capital tailandesa como comerciantes urbanos. Eran figuras de la alta sociedad, «respetados miembros de sus comunidades» según los archivos de la CIA, que se consideraban «hombres de negocios en primer lugar y criminales en segundo, si acaso». Las familias chino-tailandesas dirigían negocios de exportación, desde los que despachaban de todo, desde piñas a piezas de vehículos, de modo que ya eran propietarios de almacenes, camiones y barcos, la infraestructura necesaria para pasar de contrabando un kilo o diez a cualquiera que ofreciera un buen precio. Y, a finales de los años sesenta, el mercado más próspero para la heroína era el sur de Vietnam.

Mientras se intensificaba la guerra entre Estados Unidos y Vietnam, seguían entrando reclutas, hasta que llegó el momento en que medio millón de hombres jóvenes del país más próspero del mundo se encontraron atrapados en una pesadilla en la jungla. El terror y el trauma se instalaron con desenfreno, y las tropas anhelaban una vía química de escape. Sin tener intención de hacerlo, el Pentágono había creado los clientes perfectos para la heroína producida en el cercano Triángulo Dorado, todo ello mientras la CIA ayudaba a sostener las cadenas de suministro que saciaban las adicciones de sus combatientes.

Los soldados americanos no eran ricos, pero con un sueldo mensual de ochenta dólares lo eran mucho más que los campesinos de la región, quienes comían solo lo que cultivaban y no podían permitirse el hábito de la droga. A medida que la guerra se prolongaba, y según las estimaciones más elevadas, uno de cada seis hombres destinado en Vietnam consumía heroína.[16] Los americanos, en su país, no tenían ni idea de que estaban financiando el tráfico de estupefacientes en el sur de Asia. Los impuestos de los ciudadanos servían para pagar el sueldo de los soldados. Estos usaban el dinero para pagar a los traficantes vietnamitas, que a su vez lo pasaban a los distribuidores chino-tailandeses en Bangkok, quienes, finalmente pedían a los Exiliados que siguieran enviando el producto.[17]

La CIA observaba impasible este flujo de dólares y de heroína del que era cómplice, y no hacía nada para detenerlo. La agencia no podía alegar desconocimiento del tema. En memorandos secretos, señalaba que los Exiliados estaban construyendo nuevos laboratorios de drogas con un objetivo en concreto: satisfacer «el considerable incremento de la demanda de heroína para las fuerzas armadas estadounidenses en el sur de Vietnam».[18] ¿Qué motivo había para que la agencia apoyara un cartel cuya heroína se inyectaba en las venas de los soldados americanos?

Detrás de cada escándalo de la CIA siempre hay una justificación que alude a la visión de conjunto. En este caso, era el comunismo, en concreto, la China comunista. La CIA no solo quería que los Exiliados estuvieran al acecho de levantamientos comunistas en el Triángulo Dorado, esa era solo una de sus responsabilidades; la agencia también necesitaba que profundizaran mucho más, adentrándose en su tierra natal, China, un país que controlaba cerca del veinte por ciento de la población mundial y que, además, desarrollaba un arsenal de bombas nucleares.

Para Estados Unidos, el reino de Mao era espantosamente inescrutable, y la CIA estaba obsesionada con la idea de obtener una visión desde dentro, una tarea en extremo difícil, pues colocar espías en suelo chino era prácticamente imposible. El país hacía frontera con naciones hostiles a Estados Unidos: Mongolia, Corea del Norte, Vietnam del Norte, o con el mar. No obstante, había una puerta trasera: los picos de las montañas wa que se cernían sobre el suroeste del país.

Por fin la CIA había aceptado que el hombre blanco no era bienvenido allí, pero sus activos del narcotráfico, los Exiliados, tenían permiso de los cazadores de cabezas wa para ir y venir. Para disfrutar de las ventajas de la protección de la agencia, el cartel tendría que recolectar algo más que opio; debería ayudar a reunir información a lo largo de esa frontera, por cualquier medio que fuera necesario, incluso si aquello significaba implicar a los señores de la guerra wa en las operaciones estadounidenses.

Los Exiliados, siempre herméticos, utilizaban varios nombres. Cuando les preguntaban por su identidad, la mayoría de los contrabandistas simplemente decía «Somos de Yunnan», en referencia a su región natal en China. La CIA acordó llamarlos Fuerzas Irregulares de China (CIF). En cierta ocasión, no obstante, uno de los líderes sugirió una denominación más poética para el grupo: «perros guardianes en las puertas».[19]

Lo de *perros guardianes* sonaba mucho más noble que el término *narcotraficantes*; evocaba a centinelas valientes, preparados para alertar al llamado «mundo libre» si los comunistas aparecían en la distancia. La descripción, además, era bastante precisa. A lo largo de los años sesenta, los Exiliados dirigieron operaciones de vigilancia a través de dos agencias de espionaje: la CIA y la división de inteligencia militar de Taiwán, prácticamente una filial de la primera. «La mera existencia de la división de espionaje de Taiwán dependía de Estados Unidos», tal como lo definió un oficial de alto rango de la agencia.[20]

Trabajando en equipo, la CIA y Taiwán ayudaron a establecer más de una docena de puestos avanzados de radio a lo largo de las colinas de Birmania: una sucesión de bases repartidas entre las fronteras de Tailandia y China. Los Exiliados defendían y equipaban con personal cada uno de estos puntos. Sus soldados más cualificados estaban entrenados para manejar receptores fabricados en Estados Unidos y retransmitir mensajes codificados. Las estaciones se mantenían en contacto estrecho con las caravanas de los Exiliados, que recorrían las rutas de recolección de opio. En cada caravana se integraba un operador de radio que llevaba un enorme transmisor a la espalda: aparatos pesados pintados de verde oscuro y con antenas diminutas. Si un operador detectaba algo sospechoso a lo largo de las rutas, transmitía esa información a la base más cercana, y esta a los campos de los Exiliados en Tailandia.

Esta tecnología era un regalo del cielo. Traficar con drogas es sobre todo una cuestión de logística —mover las cosas de A a B sin incidentes—, y las comunicaciones por radio eran cruciales para las operaciones. ¿Había empeorado la producción de adormidera aquella temporada por el calor? Los Exiliados lo sabían. ¿Había bandidos tendiendo una emboscada en los caminos? Los Exiliados lo sabían. Y, al igual que los Exiliados, la CIA también estaba enterada.[21]

La CIA manejaba información detallada sobre el narcotráfico de la organización, hasta la velocidad media de sus mulas: más de 3 kilómetros al día con casi 70 kilos de opio sobre el lomo del animal. Sin embargo, ese no era el objetivo fundamental de esta red de vigilancia. Este regalo tecnológico estaba supeditado a que los Exiliados ayudaran a la CIA a obtener información de China. Tenían instrucciones de extender esta cobertura de radio hasta el territorio de los señores de la guerra wa, justo en la frontera con China, y por suerte para la CIA, estos no objetaron: fueron cordiales al permitir que los Exiliados, sus respetados socios, colocaran dispositivos electrónicos en sus tierras. Uno de los señores de la guerra aceptó la construcción de un puesto avanzado de radio permanente en su territorio —en la jerga del espionaje, un «puesto de escucha»— para interceptar las transmisiones del Ejército Popular de Liberación que se propagaban por todas las montañas. Otro ofreció ir más allá; a cambio de más oro, enviaría a los equipos de cazadores de cabezas wa a China para asesinar a oficiales comunistas y robarles documentos.

La CIA logró justo lo que quería: infiltrados en China, cortesía de lo que un funcionario de la agencia describió como «un montón de traficantes de drogas» y «extraños compañeros de cama».[22] Sin duda este sistema de narcoespionaje era extraño. Lo que mantenía a cada jugador en el tablero —la CIA, los Exiliados, los señores de la guerra wa— era el deseo común de evitar que los maoístas chinos se extendieran lo más mínimo en las montañas del territorio wa. Todos los grupos implicados pensaban que el peligro era real, pero cada uno tenía sus propios motivos.

La CIA consideraba al comunismo un virus que amenazaba la supremacía de Estados Unidos, y estaba dispuesta a cualquier cosa para detener el contagio en cualquier parte del mundo, incluso aliarse con un cartel de droga y una tribu de cazadores de cabezas. Más allá de servirse de los Exiliados y de sus proveedores wa para reunir información, los necesitaba para mantener el Triángulo Dorado libre de comunistas, negando a sus enemigos los beneficios del opio. Tal como afirmó un informe secreto de la CIA; sin la acción encubierta de la agencia, todos los pueblos asiáticos podrían ser «arrancados del árbol por los comunistas como la fruta madura».[23] Un paraje sin ley como las montañas del norte de Birmania, que ni siquiera la junta del país podía controlar, era el tipo de lugar donde el comunismo podía echar raíces. Otros miembros del *Team America* —la denominada Policía del Mundo—, Tailandia y Taiwán, albergaban temores parecidos.

Las motivaciones de los Exiliados eran algo más complejas. Despreciaban a los maoístas por haberlos expulsado de su tierra natal, pero también comprendían que, sin un papel que desempeñar en la Guerra Fría, tan solo eran un cartel. Pertenecer al *Team America* les otorgaba beneficios: un lugar donde acomodarse en

Tailandia, acceso a armas y tecnología e inmunidad para el arresto, lo cual garantizaba su supremacía sobre el tráfico de estupefacientes en la región del Triángulo Dorado.

En cuanto a los señores de la guerra wa, solo querían conservar su poder, y sabían que, si los maoístas conquistaban su tierra, pasarían de mangonear a sus clanes a recoger mierda de gallina en alguna granja comunal. Así de simple.

Y en medio estaba el joven Saw Lu, involucrándose en esta situación turbia, con grandes sueños y pocas certezas.

Saw Lu era un agente de la junta de Birmania, el único país que, bajo la ley internacional, tenía derecho legítimo a las montañas wa. Según el globo terráqueo de cualquier escuela, esa tierra se encontraba dentro de las fronteras birmanas, pero ni a la CIA ni a los maoístas les importaba. Los generales al mando en Birmania prácticamente carecían de amigos. Temerosos de una invasión china, podían haberse convertido en vasallos naturales del imperio estadounidense, pero, tras haber sufrido más de un siglo de mandato colonial, se negaban a doblegarse ante nadie, y mucho menos ante otro imperio occidental. Como consecuencia, estaban aislados y su ejército era demasiado débil para echar a la CIA o a los maoístas de los picos wa. Lo mejor que podían hacer era enviar a alguien como Saw Lu y rezar para que saliera bien.

Incluso Saw Lu, tras meses en Pang Wai, olvidaría en un momento dado quién le había enviado allí. Tenía su propia cruzada, que casualmente coincidía con la de sus superiores de la junta. Él también estaba resuelto a mantener a raya a los comunistas, pero no por algún deseo patriótico de conservar la integridad territorial de Birmania; Saw Lu solo quería preservar el último refugio wa en la Tierra, tener la oportunidad de civilizar al pueblo del que era originario, erradicar la práctica de los cazadores de cabezas, unificarlos y, tal vez, cuando estuvieran preparados, conducirlos ante Cristo. Solo entonces podría ver cumplido el sueño que profetizó el Hombre-Dios.

Convertirse en un señor de la guerra; conocer a otros señores de la guerra y ganarse su respeto; unirlos contra toda la amenaza roja y salvar la raza wa: este era su plan.

Ya era hora de ponerse en marcha.

LA LIGA DE LOS SEÑORES DE LA GUERRA

No existen requisitos formales para convertirse en un señor de la guerra; sin embargo, un historial de haber dado muerte a algún enemigo ayuda. En este sentido, el currículo de Saw Lu tenía carencias. En todos sus años de vida no había matado nada más grande que un mono.

Al menos, el veinteañero tenía contactos de los que presumir para maquillar su falta de experiencia. Cuando los aldeanos de Pang Wai señalaron que, sin balas, el arsenal del maestro era un montón de acero inservible, los tranquilizó: «Debéis esperar, el ejército de Birmania me las proporcionará». Al poco tiempo así sucedió: llegaron cajas de munición a lomos de caballo.

Mary continuaba enseñando gramática en la casa-escuela, pero el sonido entrecortado de las armas de fuego interrumpía sus clases. Saw Lu ensayaba simulacros de combate en la parte trasera con sus alumnos adolescentes, quienes formaban el núcleo de una incipiente milicia. Como nunca había entrenado a una unidad de combate, no tenía más remedio que improvisar, y recurría a lo que había aprendido cazando macacos.

De niño, cuando era un refugiado en la ciudad birmana de Kengtung, en ocasiones había cogido prestado un fusil de pólvora, se había dirigido a la selva y allí había disparado a los monos en los árboles. Su familia era pobre y necesitaba proteínas. Cazar primates no podía ser muy distinto de atacar a los hombres, pensó;

lo fundamental era el sigilo —los macacos tienen un oído excelente— y la moderación en el uso de las balas. Acostumbrado a un fusil que tardaba cuarenta y cinco segundos en cargar, Saw Lu preparaba cada disparo con cuidado, aunque las armas que había desenterrado fueran automáticas.

Cuando solicitó a sus contactos birmanos un arma de demostración, algo muy letal para impresionar a los aldeanos, le enviaron una ametralladora de calibre 50 con un cinturón de municiones, que colgó sobre su hombro. Cada bala parecía una zanahoria de bronce, lo bastante potente como para atravesar un yunque. El arma llamaba la atención. Hasta los cazadores de cabezas quisieron probarla. Cuando vieron a Saw Lu por primera vez, les había parecido un excéntrico, a veces un tipo demasiado cargante, pero ahora aquella imagen se difuminaba y a sus ojos se convertía en algo nuevo. Todos los días llegaban voluntarios que llamaban a la puerta de su casa-escuela, convertida ahora en puesto de mando.

¿Liderar a la gente y prepararse para un ajuste de cuentas con el mal? Para Saw Lu era un anticipo del paraíso. Pero la cadena de mando de la milicia dejaba mucho que desear; aquello se parecía más a un grupo de bomberos voluntarios que a una compañía de boinas verdes. Los aspirantes aparecían con el rostro enrojecido por el alcohol, o con el pecho desnudo, sin mostrar el mínimo interés por los uniformes de color beis paja que Saw Lu obtuvo del ejército birmano. Siendo un forastero, no podía ejercer más autoridad.

Un tipo duro de los alrededores llamado Rang reparó en el esfuerzo del joven Saw Lu. Rang lideraba un clan que dominaba una vasta extensión de campos de adormidera cercanos. No era un señor de la guerra, tan solo un cabecilla sin mucha relevancia que protegía sus cultivos con una pequeña banda de combatientes escasamente armada. Sin embargo, Rang y Saw Lu poseían algo que los demás codiciaban. El primero contaba con la lealtad y la cercanía de los nativos, y estaba familiarizado con el modo de vida local; el segundo tenía el carisma de un señor de la guerra en potencia, además de un arsenal de armas y un constante suministro de munición. De modo que unieron sus fuerzas. Rang sería el representante de la milicia y contribuiría a reducir la brecha cultural entre los montañeses nativos y Saw Lu, a quien a menudo sugirió que templara su idealismo.

Un buen ejemplo de esta simbiosis fue el opio. Saw Lu se crio temiendo a la droga. Su secta le había advertido de que podía volver apático a cualquiera, incluso a un fornido cazador de cabezas.[1] Pese a que casi nadie en Pang Wai era adicto, puesto que en las montañas había un fuerte tabú contra la adicción, Saw Lu consideraba que el opio en general era nocivo para la humanidad, de modo que le dijo a Rang que, una vez sofocada la amenaza comunista, los wa debían dejar de cultivarlo.

«Admítelo —le dijo Rang—. El opio es el sustento de los wa y siempre lo será. Nuestra milicia debe exigir una parte de lo que cultivan los agricultores locales, como un impuesto, y venderlo a gran escala a los Exiliados para adquirir armas, al igual que hacen otros señores de la guerra». Estaba claro que la milicia no podía depender únicamente de los envíos esporádicos del ejército birmano. «Pero no te preocupes —continuó—, yo me encargo del opio: lo recolectaré, lo almacenaré y lo venderé a los Exiliados». Saw Lu se sintió aliviado: distanciarse de la droga le permitiría centrarse en lo que más le gustaba, el reclutamiento.

Acompañado de alumnos reconvertidos en milicianos con fusiles, Saw Lu llevó su espectáculo por los pueblos en torno a Pang Wai, con los que la ciudad fortaleza mantenía fuertes vínculos —era típico de los wa desarrollar rivalidades con los asentamientos que se encontraban a más de un día de camino, no con los vecinos cercanos—. Desfilaba frente a sus hileras de calaveras, atravesaba las puertas de los poblados y se dirigía hasta el tambor comunal, convocando a todos con su llamada.

Los discursos de Saw Lu combinaban luz y oscuridad. «Se avecina un Armagedón —anunciaba a los aldeanos—, y vendrá en forma de una marabunta de tropas de asalto chinas». Les metía el miedo en el cuerpo y, después, como un buen vendedor, les lanzaba un salvavidas: «Podemos evitar esta amenaza, pero solo si os unís a mi milicia y dejáis de decapitar a vuestros hermanos wa, ya que este acto nos divide en el momento de mayor necesidad». Se acabó lo de cazar cabezas, esa era la exigencia más radical de Saw

Lu, y Rang no podía convencerle de lo contrario. Aquello tenía un tufillo a John Brown, el abolicionista americano que citaba la Biblia, rifle en mano. «Les predicaré y, con paciencia, acabaré con su escepticismo. Pero no aceptaré un no por respuesta». Si algún cazador protestaba, le advertía: «Escuchad. De ahora en adelante, si alguien corta la cabeza a otro hombre, le mataremos de un disparo».

Y así, una práctica centenaria, tan antigua que nadie sabía cuándo había comenzado, empezó a desaparecer, al menos en las inmediaciones de Pang Wai. Saw Lu se volvió más audaz: «William Marcus Young [el Hombre-Dios] solo intentó llevar la religión a los wa —decía—, en cambio, yo voy a cambiarlo todo».

Después de los discursos de Saw Lu, Rang obligaba a los aldeanos a pagar un impuesto por el opio, llamémoslo extorsión o pasar el plato, que en todo caso, permitió a la milicia expandir su territorio y aumentar sus retribuciones. Una parte de los ingresos se apartaba para comprar armas a los Exiliados. A medida que más pueblos quedaban bajo la influencia de la milicia, Rang también empezó a captar adeptos: chicos adolescentes y hombres jóvenes, la mayoría harapientos, y algunos que se habían quedado huérfanos por las disputas entre clanes. Por una comida al día, preparaban té caliente o lavaban la ropa interior de los cabecillas. De este particular elenco de acólitos, el único que recordaba Saw Lu era Lai.

Lai era un joven mohíno, con cuerpo de mantis religiosa, todo huesos e insolencia. «Se sentaba sobre un tronco, con la mirada fija en la distancia —me dijo Saw Lu—. Nunca decía nada que valiera la pena escuchar. No pondría un arma en sus manos». Lai iba y venía, haciendo su papel de sirviente por un tiempo y desapareciendo después de la milicia. No es que a Saw Lu le importara que regresara o no: «Yo pensaba que era tonto —me confesó—, un absoluto idiota».

Pero Lai no era ni mucho menos tonto; solo se mordía la lengua. En su interior hervía de rabia, harto de líderes enriquecidos por el opio que trataban a los niños como esclavos. No fue hasta más tarde cuando Saw Lu comprendió cuánta ira ardía en este joven.

◉

El gobierno militar de Birmania estaba encantado con el rápido progreso de Saw Lu. «Olvídate del trabajo de maestro de escuela; deja la enseñanza a tu esposa. Ahora eres nuestro señor de la guerra», le hicieron saber a través de sus cartas. Incluso le dieron un título oficial: fue nombrado comandante de las «fuerzas de autodefensa», un tipo de unidad paramilitar experimental.[2]

Una fuerza de autodefensa, en esencia, era una milicia dirigida por señores de la guerra y más o menos aliada con los militares birmanos; era otra estrategia de la junta para mantener las zonas rurales libres de comunismo sin apenas coste. Los señores de la guerra de las montañas podían apuntarse al programa y a cambio el ejército birmano ofrecía ciertas ventajas. «No os controlaremos —decían los dirigentes de la junta—, ni impondremos leyes en vuestro territorio. De hecho, os beneficiaréis de una licencia extraoficial para delinquir». Los productores de opio eran los candidatos preferidos. Una vez convertidos en fuerzas de autodefensa, el señor de la guerra y su banda no tendrían que preocuparse más por la policía birmana o el ejército. Podrían emerger de sus guaridas a salvo y mover las drogas a lo largo de las carreteras asfaltadas de Birmania, y atravesar con facilidad los puestos militares de control. Ni siquiera los Exiliados, que dominaban el tráfico de opio en el país, podían hacerlo: evitaban el conflicto con las tropas birmanas manteniéndose dentro de los senderos rurales.

Estas eran las ventajas de este arreglo. Las desventajas: los militares birmanos, siempre en la ruina, facilitaban a la fuerza de autodefensa escasos medios, aparte de un poco de munición de vez en cuando o alguna metralleta. Todas las cuadrillas necesitaban autofinanciarse. ¿Poca liquidez? Vende más drogas. Los señores de la guerra también debían comprometerse a no permitir, bajo ninguna circunstancia, que ningún tipo de rebelde —incluyendo comunistas— se asentara en sus territorios. Ese era el único propósito de su labor: externalizar los gastos de la seguridad nacional con el tráfico de opio. Al igual que la CIA, la junta birmana utilizaba narcotraficantes para cumplir sus objetivos políticos.

Los generales birmanos ya habían incorporado a su servicio a unos cuantos señores de la guerra relevantes en los montes shan, aunque estas relaciones eran inestables y sobre todo transaccionales. En cambio, Saw Lu era diferente, era el niño predilecto de la junta, el primer comandante de las fuerzas de autodefensa de las misteriosas montañas wa, y los militares esperaban que los demás señores de la guerra asumieran el nuevo orden. La misión de Saw Lu, ahora, era localizarlos, reclutarlos y convencerlos para que juraran fidelidad a Birmania y se comprometieran a mantener el país wa libre de invasores maoístas.

Aquello encajaba bien con la agenda personal de Saw Lu, aunque él dudaba que los demás señores de la guerra picaran el anzuelo. Ya tenían un buen plan con los Exiliados, y el hecho de ofrecerles el sello de aprobación de Birmania para traficar con estupefacientes les resultaría meramente anecdótico. Los wa no temían ni a la policía ni a las tropas de las llanuras —en todo caso, las fuerzas de seguridad birmanas les temían a ellos—, y no requerían el permiso de ningún gobierno para hacer nada.

A pesar de los inconvenientes, Saw Lu decidió que de todas formas lo intentaría. La orden de inculcar el concepto de fuerza de autodefensa a los señores de la guerra le proporcionaba una buena excusa para presentarse ante ellos. Sin embargo, cuando aceptó el plan, se ocupó de advertir a sus contactos de que su piquito de oro tenía un límite. «Si queréis el respeto de los wa —les dijo Saw Lu—, debéis exhibir vuestra fuerza». Con ese fin, pidió a la junta que le prestara de forma temporal doscientos soldados birmanos, dispuestos a obedecer sus órdenes.

Saw Lu solo conocía a los señores de la guerra por sus nombres y su reputación.

Uno de ellos, llamado Shah, era considerado el más fiero de todos. Según los rumores, los miembros de su clan eran «muy sucios, comían del suelo y solo se lavaban unas pocas veces al año».

El hermano de Shah, Tang, era bastante conocido como el cazador de cabezas más prolífico de las montañas, famoso por haberse cobrado cuarenta y nueve. ¿O eran cincuenta y nueve?

También estaba Mahasang el Príncipe, el vástago privilegiado de otro clan poderoso. Este caudillo dominaba el área de Ving Ngun, la llamada Fortaleza Plateada, porque su suelo estaba veteado de minerales de plata. La mayoría de los wa eran reacios a la pompa, pero a la familia Mahasang no le molestaba en absoluto, inclinada como estaba a imitar a la realeza. Y la única realeza que habían conocido era la de sus vecinos más próximos, los shan, que vivían en reinos en el valle, como si fueran príncipes y duques, blandiendo sombrillas ornamentadas y montando caballos engalanados.[3] El clan de Mahasang no constituía una monarquía propiamente dicha —los granjeros-guerreros wa nunca se inclinarían ante él—, pero al menos sus miembros eran ricos. De los tres señores de la guerra, sus ingresos procedentes del opio eran los más elevados, y esto le permitía mantener a cientos de combatientes leales a su servicio.

El señor de la guerra más peculiar se hacía llamar Maestro de la Creación, sus seguidores le adoraban como a un dios, y los hombres de la milicia de Saw Lu aseguraban que podía levitar. Saw Lu sabía muy poco acerca de él.

Saw Lu envió a tres mensajeros a los tres territorios de los señores de la guerra, cada uno emplazado en un punto de la frontera china, invitándolos a encontrarse con él en suelo neutral: un valle wa ligeramente al oeste de Pang Wai. El ejército birmano se había atrevido en una ocasión a construir un pequeño puesto de madera en ese lugar, pero apenas lo utilizaban, de modo que serviría como centro de reunión. Saw Lu tuvo que esperar mucho tiempo antes de recibir una respuesta. El Maestro de la Creación fue el primero en contestar: «Quienquiera que seas, no me fío de ti. Vete al infierno», decía su mensaje. Saw Lu se paseaba por su puesto de mando en Pang Wai, mientras se preguntaba qué podría utilizar como cebo para atraer a esta especie de hechicero desde su santuario. Según contaban, el Maestro de la Creación pasaba su tiempo libre comunicándose con las serpientes. Era difícil adivinar lo que podía motivar a una persona así.

Saw Lu escribió una carta a un tío suyo que vivía en Kengtung, la ciudad birmana donde había pasado su adolescencia, con una petición muy peculiar: que se adentrara en el territorio del Maestro de la Creación y se presentara como aval. Invitaría a los milicianos del místico a retenerlo como rehén mientras ellos se reunían y sería liberado una vez que ambos estuvieran a salvo en sus respectivos territorios. Sin duda, pensó, esto suavizaría la suspicacia del señor de la guerra.

Mientras Saw Lu aguardaba la respuesta de su tío, llegaron buenas noticias. Shah estaba dispuesto a hablar. Saw Lu viajó hasta el valle señalado para preparar la casa de reuniones; ordenó a los sirvientes que llenaran vasijas de *blai*, una «cerveza» de arroz que inducía a la euforia, esencial para socializar con los wa. En las colinas cercanas, visibles para cualquiera que se acercara, posicionó a los doscientos soldados prestados del ejército birmano. Quería que su interlocutor viera una demostración de su autoridad, y a la vez, el contingente serviría como póliza de seguro en caso de que la reunión se torciera.

A su llegada, Shah se acercó confiado. Era de corta estatura pero fornido, de rostro cuadrado, y le respaldaban dos docenas de pistoleros de aspecto duro. Él y Saw Lu se sentaron uno frente a otro, brindaron con tazas de bambú y fueron al grano. Saw Lu se embarcó en una arenga sobre el comunismo, pero el señor de la guerra le cortó con un gesto de la mano. «Ahórratelo. Ya lo he oído antes».

Shah explicó que los suyos formaban un comando independiente, contratado por extranjeros para cruzar a China y acabar con los comunistas. Por primera vez, Saw Lu oyó hablar de una misteriosa organización americana con muchos tentáculos llamada la Agencia Central de Inteligencia. La tal CIA enviaba a sus homólogos, espías taiwaneses, a las montañas wa, siempre aprovechando los viajes de las caravanas de Exiliados. Shah, que hablaba chino, se encontraba con estos espías taiwaneses, quienes le encargaban las misiones. Era libre de decir que no, pero casi nunca lo hacía.

Las historias de Shah hicieron sudar a Saw Lu. El señor de la guerra contó cómo en cierta ocasión había secuestrado por encargo a un importante objetivo, un oficial comunista que viajaba con varios cientos de soldados del Ejército Popular de Liberación. Se acercó a su posición sigiloso, con un grupo de cinco guerreros wa, todos disfrazados de campesinos, volaron un puente para generar distracción y, en medio del humo y la confusión, apresaron al militar, lo arrastraron al otro lado de la frontera y lo arrojaron a los pies de sus pagadores taiwaneses.[4]

Era evidente que Shah, un contratista que trabajaba para el equipo de espionaje CIA-Taiwán, no necesitaba un sermón de Saw Lu sobre el comunismo. No había duda de su buena fe. No obstante, Saw Lu detectó la debilidad ideológica de Shah, que, en el fondo, no era más que un mercenario aburrido de la política al que cautivaba la aventura. Sus revelaciones desestabilizaron a Saw Lu, que hasta ese día nunca había imaginado que Estados Unidos, un país íntegramente cristiano, tuviera algo que ver con un pagano como aquel, aunque se tratara de un simple saboteador a sueldo.

«La razón por la que he convocado esta reunión —dijo Saw Lu—, es para reclutar vuestro servicio para otro gobierno: la República de Birmania. La diferencia radica en que esta relación no sería clandestina en absoluto». Requeriría que Shah asegurara alto y claro que su territorio se encontraba en Birmania y que sus guerreros lo defendieran de la agresión maoísta. Saw Lu explicó el concepto de fuerzas de autodefensa, confirmando ante su interlocutor su condición de comandante —«o señor de la guerra, si lo prefieres»— de Pang Wai. Admitió con franqueza que, si Shah se convertía en comandante de su propia fuerza de autodefensa, no se enriquecería más ni aumentaría su arsenal de armas, pero se cuidó de destacar que, al declarar su vinculación con los militares birmanos, podría evitar que Mao Zedong invadiera su territorio.

«Sé cómo piensan los habitantes de las llanuras —le dijo Saw Lu a Shah—; consideran nuestra tierra natal un lugar salvaje y sin dueño, disponible para quien quiera apropiarse de él. Al proclamar que vuestra tierra pertenece a Birmania, indicáis que nuestros wa lucharán duro para conservar el orden establecido. Los wa se encuentran encajonados entre dos naciones-Estado, Birmania y China, y ya es hora de posicionarse. Elige el país cuyos soldados son demasiado débiles para molestarte, no el que tiene capacidad para avanzar y quemar tus adormideras hasta convertirlas en cenizas». Era de sobra conocido que los maoístas despreciaban el opio porque embotaba el fervor revolucionario y que odiaban a cualquiera que lo vendiera.

Para sorpresa de Saw Lu, lograr que Shah conviniera no requirió mucho *blai*. «Si el Gobierno de Birmania se mantiene a distancia —dijo—, acepto». Solo pidió que la junta nunca interfiriera en sus ventas de opio o en su labor de espionaje, ni se escandalizara por sus relaciones comerciales con los Exiliados.

En un alarde de ambición, Saw Lu decidió presionar un poco más, y sugirió que, si el resto de caudillos estaban igual de dispuestos, podrían aprovechar ese marco de fuerzas de autodefensa como base sobre la que crear algo más duradero: una liga autogobernada de señores de la guerra wa, en teoría comprometidos con Birmania, pero ideológicamente consagrados al progreso de su raza. Unidos por la solidaridad étnica, reforzarían en su territorio montañoso sus propios códigos, por ejemplo, la prohibición de cortar cabezas. Saw Lu le aseguró a Shah que hasta que todos los clanes wa no abolieran esta horrible práctica, nunca evolucionarían como personas.

Shah se levantó para marcharse. Saw Lu no estaba seguro de lo que pensaba acerca de su diatriba contra los cazadores de cabezas. Sin embargo, varios meses más tarde, Shah respondió a su manera —con acción, no con palabras—, fortaleciendo su relación con un regalo. Sabiendo que Saw Lu era un devoto cristiano, ofreció el alma de un cazador de cabezas arrepentido: su propio hermano, Tang, estaba dispuesto a ser bautizado.[5]

Esto entusiasmó a Saw Lu, que trajo a un pastor de otro rincón de Birmania, y al poco tiempo Tang se encontraba sumergido hasta los muslos en un arroyo. Una multitud de observadores se reunió para contemplar al antiguo asesino recibiendo al dios llamado Jesús. El pastor agarró los hombros de Tang, guio su cuerpo hacia atrás y sumergió su cabeza debajo del agua. Sin embargo, cuando intentó levantar de nuevo a Tang, el guerrero se resistió. Por mucho que el pastor intentaba incorporarlo, no conseguía traerlo a la superficie. ¿Acaso intentaba ahogarse?

Después de lo que pareció una eternidad, Tang salió del agua, tomando aire a bocanadas. ¿Por qué, en nombre de Dios, se había quedado sumergido tanto tiempo?, preguntó el pastor. «Porque he decapitado a cincuenta y nueve hombres, señor. Todo ese pecado no se limpia con facilidad».

◉

Seducir al Maestro de la Creación no fue fácil. El tío de Saw Lu, con su buena voluntad, se había encaminado hasta el territorio del señor de la guerra, tal como le había pedido su sobrino, y desde entonces estaba incomunicado. Saw Lu no sabía si estaba vivo o muerto.

Entre tanto, volvieron a llegar buenas noticias: Mahasang el Príncipe estaba también dispuesto a reunirse con él. De nuevo, Saw Lu hizo gestiones: la misma casa de reunión, doscientos soldados birmanos observando en la distancia e incontables jarras de *blai* preparadas. Mahasang entró en la sala pavoneándose, llenándola de matones y humo agrio. Fumaba constantemente, todo un lujo en las montañas. Con veintitantos años, era tan ostentoso como había imaginado Saw Lu. Presumía de la riqueza de su clan: rebaños de búfalos, multitud de sirvientes —en realidad, esclavos— y tesoros de plata.

«Cada vez que hablaba Mahasang, los suyos se quedaban en silencio, como si temieran que les azotara —me contó Saw Lu—. Se expresaba con fanfarronería, pero sospeché que, cuando había peleas, era el tipo de hombre que se escondía mientras los demás mataban»,[6] lo cual no suponía un problema siempre y cuando el Príncipe aceptara ser comandante de las fuerzas de autodefensa acompañado de sus ochocientos guerreros.

Saw Lu avivó su discurso antimaoísta, pero Mahasang le cortó en seco. «Estás gastando saliva», le espetó. Mahasang explicó que él ya tenía una base de radio llena de exóticos dispositivos electrónicos oculta en su territorio, operada por agentes taiwaneses que interceptaban mensajes de China durante todo el día y compartían sus hallazgos con Estados Unidos.

De nuevo, Saw Lu escuchaba la palabra «CIA» y veía indicios de su vasta extensión. Aún no había conocido a ningún espía en persona, ya que no se hacían notar. En lugar de emplear a hombres blancos, la CIA solo utilizaba informantes que pudieran pasar desapercibidos: colaboradores de etnia china —reclutados entre los Exiliados o los militares taiwaneses— o indígenas como los lahu. Los Exiliados facilitaban el transporte y dejaban a los equipos de espionaje, entrenados por la agencia, en las montañas wa. Vestidos con atuendos tribales, los infiltrados entraban y salían de China, pinchaban líneas telefónicas, controlaban los movimientos de las tropas y reunían toda clase de información. Según Mahasang, utilizaban su base en el territorio de la Fortaleza Plateada para retransmitir a Tailandia, donde se ubicaban receptores de la CIA de alta potencia.

Mahasang tenía motivos para tomar parte en las operaciones conjuntas CIA-Taiwán. Al igual que Shah, temía al maoísmo en lo más profundo de su ser y era consciente de la amenaza que suponía para su vida ociosa. Pero se mostró reticente cuando Saw Lu le presionó para que su milicia adoptara la denominación de fuerza de autodefensa y declarara de una vez por todas que los picos wa pertenecían a Birmania. Mahasang opinaba que el país wa no pertenecía a ninguna nación.

Mientras Saw Lu exponía su caso, el señor de la guerra fumaba, pontificaba y bebía. «Está bien —concedió al fin Mahasang—: Si esto ayuda a ahuyentar a los maoístas, me uniré. Pero tú te encargas del politiqueo y les dices a los generales birmanos que no se inmiscuyan. Este es un país wa y siempre lo será, no importa lo que digan sus mapas».

Saw Lu se aventuró a dar un paso más y solicitó la opinión de Mahasang sobre la abolición de la práctica de cazar cabezas. Aliviado, encontró poca resistencia. El Príncipe ya estaba harto de las rencillas entre clanes, la riqueza le había transformado en un hombre práctico que comprendía que la violencia no era buena para el negocio. Tal como él lo veía, esta liga propuesta por Saw Lu podría tener dos ventajas: presentaba un frente unido contra los comunistas, al tiempo que ayudaba a los señores de la guerra a establecer los precios del opio de forma conjunta. Un bloque único de negociación podría asegurar acuerdos generosos con los Exiliados o cualquier otro comprador.

La coalición de Saw Lu tomaba forma. Solo había un señor de la guerra más a quien convencer.[7]

◉

Saw Lu sospechaba que algo había salido muy mal. Había instado a su tío a permanecer en la guarida del Maestro de la Creación como rehén voluntario, hasta que el iluminado y él tuvieran su reunión, y ahora estaba de regreso en Pang Wai. Solo. «Mi corazón se encogió al verlo —me confesó Saw Lu—. Pero mi tío sonreía y me pidió que me calmara».

Enseguida me explicó lo ocurrido:

—El Maestro de la Creación está dispuesto a reunirse contigo. Está convencido de que no le harás daño.

—¿Y eso por qué? —preguntó Saw Lu.

—Porque ahora todos somos familia.

Para su asombro, Saw Lu se enteró de que su tío estaba recién casado. El Maestro de la Creación le había obligado a contraer matrimonio con su hermana en una ceremonia improvisada. El tío, un cristiano devoto, ya tenía una esposa en casa, pero esto no significaba nada para el señor de la guerra.

—Solo hace negocios con la familia, o aceptas o te vas.

El Maestro presumía de tener al menos cinco mujeres y unas tres docenas de niños. Puesto que era casi analfabeto, el matrimonio era el contrato que mejor conocía. Incluso ofició él mismo la boda, pronunciando las siguientes palabras: «Te doy la bienvenida a mi clan. Pero si me decepcionas, te mataré a ti y a tu sobrino».

—En realidad, no es tan malo como parece —le aseguró a Saw Lu su tío, que parecía extrañamente encantado con el señor de la guerra, a pesar de sus amenazas de quitarle la vida—. Una vez que le conozcas, sobrino, lo entenderás.

El mismo escenario: la casa de encuentro, jarras de *blai* y dos centenares de soldados birmanos atentos en las cercanías. El

Maestro de la Creación apareció caminando por un sendero de tierra con cien pistoleros que le seguían en silencio. Cuando entró en la sala, Saw Lu se sintió cautivado por su mirada intensa y el magnetismo que desprendía: cuando el místico barbudo habló, el mundo a su alrededor pareció eclipsarse. Tenía unos cincuenta años. Se dirigió a su interlocutor como a un familiar cercano, en tono desenfadado y cálido, a diferencia de Mahasang, que siempre hacía sobreesfuerzos por parecer interesante.

De nuevo, la perorata anticomunista de Saw Lu fue innecesaria. El Maestro no estaba directamente involucrado en el espionaje de la CIA, pero, con su costumbre de mezclar negocios con familia, había obligado a un hijo suyo a unirse a los Exiliados. Odiaba el maoísmo por temor a que una penetración sigilosa desde China pudiera socavar su culto. De modo que, si Saw Lu, su nuevo sobrino, así lo disponía, aceptaría autodenominarse comandante de las fuerzas de autodefensa y se uniría a la causa común con otros señores de la guerra. A Saw Lu le entusiasmó saber que, además, ya había prohibido cazar cabezas en su territorio. No apoyaba las creencias antiguas sobre la fuerza vital que supuestamente anidaba en el interior de los cráneos humanos, porque minaba su posición como máxima autoridad espiritual. El Maestro de la Creación solo autorizaba rituales ideados por él mismo.

Un hechicero, un mercenario, un príncipe y un baptista: la Liga de los Señores de la Guerra estaba completa. Saw Lu tuvo que admitir que todo había encajado con mucha más facilidad de lo esperado. Aquellos caudillos ya tenían mucho en común gracias a los Exiliados, que los habían convertido en proveedores organizados de opio, y a la operación de espionaje CIA-Taiwán, que los había preparado para ser activos anticomunistas. Fueron otros quienes trazaron los puntos. Saw Lu solo tuvo que unirlos.

Por primera vez en la historia, un cónclave de montañeses wa reconoció de buen grado que su territorio pertenecía a una nación-Estado: Birmania. Habían llegado a este punto en sus propios términos, no a través de la colonización brutal de las fuerzas maoístas. La Liga de los Señores de la Guerra no era una organización reconocida por la junta birmana, que solo asumía el estatus individual de cada uno de sus caudillos como comandante de una milicia oficial; sin embargo, llegó a asemejarse a un protogobierno en un estado embrionario. Recaudaba impuestos y emitía edictos sencillos, como la prohibición de cazar cabezas dentro del territorio común. Negociaba con la mayor entidad corporativa de Birmania del norte: el cartel de drogas de los Exiliados. Y mantenía relaciones con diversos países: Birmania, Estados Unidos y Taiwán. Los oficiales de la junta no estaban muy contentos de la vinculación entre la Liga y los Exiliados, un narcoejército intrusivo y respaldado por Estados Unidos, pero no se opusieron. Prevenir una incursión maoísta inminente superaba otras inquietudes.

La Liga no era lo que Saw Lu había concebido cuando decidió unir a los wa. Que el opio impulsara su alianza no era lo idóneo, pero Rang, su adjunto, había estado en lo cierto todo ese tiempo. Puesto que los wa usaban el opio como moneda de cambio y apenas lo consumían, los efectos nocivos de la droga recaían sobre habitantes desconocidos de las llanuras o sobre quienes lo compraban en forma de heroína en el último tramo de la cadena de suministro.

Saw Lu, que había construido una iglesia sencilla en Pang Wai, contaba ahora con suficiente autoridad para convertir a los habitantes de la ciudad fortaleza. Muchos aceptaron a Jesús. El bautismo de Tang, el recolector de calaveras más destacado de las montañas, inoculó a otros cazadores contra el temor a que Cristo debilitara su ferocidad.

Los argumentos de Saw Lu en contra de la práctica ancestral se extendieron a los pueblos que nunca había visitado. Un espíritu de unidad prendió por las tierras de las montañas. Saw Lu incluso vio a mujeres y niños recorriendo los caminos, viajando entre fortalezas para visitar a familiares distantes. Antes de su llegada, cualquier incursión fuera de las puertas de los asentamientos fortificados suponía un riesgo para sus vidas.

Sin embargo, este capítulo armonioso no duraría mucho.

La Liga era poderosa y, con seguridad, los chinos comunistas lo sabían. Si Saw Lu tenía alguna duda de ello, un extraño encuentro con un marxista terminó por disiparla.

En las llanuras de Birmania, las células comunistas habían existido durante décadas, incluso durante la dominación de las colonias británicas. Yangón era un hervidero de pensamiento marxista, al menos en ciertas tiendas de té y cafés. La mayoría de los birmanos que lo habían abrazado reverenciaban al presidente Mao, el comunista de mayor éxito de Asia, si no del mundo. Disponían de su propia organización clandestina —el Partido Comunista de Birmania—, y hacia finales de los años sesenta sus líderes ya recibían instrucciones directas de China. Imitando a Mao, conspiraron para liberar en primer lugar las zonas rurales de Birmania y más tarde las urbanas. Pensaban que el territorio wa de Birmania sería un reducto perfecto desde el que emprender esta cruzada, si no estuviera repleto de nativos que, por su naturaleza, aborrecían que los forasteros les indicaran lo que tenían que hacer.

En esta época, apareció en Pang Wai un birmano de aspecto ilustrado. Los locales, que aún no hablaban su lengua, no pudieron entender una palabra de lo que decía. Desconcertados, le llevaron a la casa-escuela convertida en puesto de mando y le presentaron ante su señor de la guerra, Saw Lu. «Eres justo el caballero que he venido a conocer —dijo el forastero—. Saw Lu, has formado una Liga impresionante, pero te has equivocado al alinearla con el régimen fascista de Birmania. Estás a tiempo de corregir tu error».

El hombre se declaró marxista y se identificó como representante del Partido Comunista de Birmania. Ellos eran los cerebros, pero necesitaban puños. Si la Liga de los Señores de la Guerra revertía su posición y se convertía al comunismo, propuso, China les proporcionaría armas más eficaces y más cuota de poder. Hasta un tonto podía ver que el comunismo se propagaba en toda Asia e intuir que con el tiempo abarcaría el mundo entero. Era mejor que Saw Lu lo asumiera cuanto antes. «Además —añadió—, ¿qué lealtad debe una tribu indígena a la junta, que trata a la mayoría de los no birmanos como chusma?».

El Partido Comunista de Birmania quería establecerse en el país wa y adoptar a la Liga de los Señores de la Guerra como fuerza armada de vanguardia, poniendo a sus guerreros en contra del Estado birmano y, con el tiempo, enviándolos a las llanuras para conquistar todo el país. «Como hombres instruidos —dijo el representante—, nosotros os dirigiremos. Serviremos como intermediarios de nuestro patrón, Mao Zedong, mientras los wa os dedicáis a lo que mejor sabéis hacer: luchar. Juntos, podemos hacernos fuertes».

Saw Lu le respondió con un duro y frío «no». Aquel hombre hablaba como si los montañeses fueran estúpidos que solo sirvieran para asesinar y ser asesinados. Tenía suerte de marcharse de Pang Wai sin ser despellejado. Más tarde, el marxista tuvo las agallas de regresar con sigilo a la ciudad fortaleza, localizar a Rang y proponerle que derrocara a Saw Lu para hacerse él mismo con su puesto. Saw Lu sonrió cuando Rang se lo contó. «Los maoístas desvelan sus temores —reconoció—. Mira cómo merodean, rogando que nos unamos a ellos. Están demasiado asustados para librar una batalla limpia».

Sin embargo, Saw Lu había subestimado las artimañas de sus enemigos.

Poco después sobrevino una oleada de asesinatos. Hubo muertes inexplicables en los bosques más allá de Pang Wai, cerca de la frontera China. Miembros de la milicia de Saw Lu salían a patrullar y nunca regresaban; sus cuerpos eran encontrados con las cabezas inmaculadas, goteando sangre de pequeñas heridas de bala infligidas por fusiles modernos, no por los que usaban los cazadores. Las huellas sugerían que los asesinos llevaban zapatos con suela de caucho.

En 1968, estos ataques relámpago evolucionaron a enfrentamientos frontales. Los asaltantes, que emergían de los árboles, a menudo superaban en número a los patrulleros de la Liga. Cuando estos ganaron un tiroteo, examinaron los cadáveres de los atacantes y encontraron clones chinos de AK-47 en sus manos; en sus pies, zapatillas fabricadas en China; y en sus bolsillos, diversos accesorios como cajas de costura de uso militar. Todo ello marcado con caracteres chinos. No obstante, los muertos no parecían chinos ni birmanos, sino nativos wa. Para su asombro, Saw Lu descubrió que luchaban para el Partido Comunista de

Birmania, una organización provista de abundantes suministros chinos.

Ya tenían encima la invasión maoísta, aunque no como lo había imaginado Saw Lu. Habían estado aterrorizados ante la posibilidad de que las tropas del Ejército Popular de Liberación se adentraran en las montañas, pero esto era peor: un cáncer con metástasis en el interior de su propia tribu. Alguien estaba manipulando a los jóvenes wa para que arremetieran contra la Liga mientras China los equipaba de la cabeza a los pies. Poco después, las bandas de wa comunistas cobraron el suficiente arrojo como para asaltar el mismo Pang Wai, y Saw Lu mató a un hombre por primera vez. Recuerda estar agachado y apuntar a una figura distante con su metralleta ligera Bren, y después, un cuerpo que se desmoronaba como un títere sin cuerdas. No sintió miedo ni remordimientos, tan solo una profunda sensación de valía.

La sangre enturbió la visión de unidad wa de Saw Lu, que propuso a Mary que dejara de dar clases para, en su lugar, coordinar con el puesto avanzado militar más cercano de Birmania el aporte de suministros. «Diles que necesitamos todas las balas que puedan darnos», le pidió.

¿Acaso aquel marxista escurridizo estaba detrás de este levantamiento? Imposible. Ese hombre apenas podía comunicarse con los wa, mucho menos convencerlos para entrar en acción. Saw Lu pidió a su círculo más cercano que intervinieran las redes de sus clanes, se enteraran de todos los rumores e identificaran al líder de la rebelión. Regresaron con una respuesta: «Nuestros atacantes son leales a un comandante wa que se ha unido al Partido Comunista de Birmania. Nacido en esta zona, inspira coraje en sus guerreros y desea matarte con sus propias manos».

El comandante Piernas Largas. Así le llamaban sus seguidores. Saw Lu le había conocido con otro nombre.

Lai, el idiota.

SE ACABÓ LA ESCLAVITUD

En tiempos pasados, los wa conseguían a sus esclavos en las guerras.

Cuando la contienda entre clanes se descontrolaba y docenas, o incluso cientos de wa, invadían una fortaleza rival, se procedía al saqueo de animales —gallinas, vacas— y al secuestro de niños. Cualquier pequeño podía ser agarrado por un guerrero a quien se le antojara llevar a un sirviente de vuelta a casa para su esposa. Los niños robados permanecían como esclavos hasta los dieciocho años, más o menos, momento en el que eran liberados según la costumbre tribal.

Sin embargo, el opio distorsionó la naturaleza de la esclavitud wa. En el siglo XVIII, las pequeñas semillas de adormidera se filtraron en las montañas del territorio wa desde China, y con el tiempo, las colinas cobraron tonalidades estridentes con las flores de color rojo sangre y las vainas verdes oscilando al viento. En aquel entonces, los wa llevaban el opio a los habitantes de la frontera china, que vivían en desvencijados asentamientos más allá de las montañas —como Banna—, e intercambiaban la droga por sal, fusiles baratos y otros artículos. Entre ellos el opio servía de moneda: era valiosa y se dividía con facilidad, a diferencia de un búfalo o un grueso trozo de mineral de plata, y si se guardaba en una vasija de barro, se conservaba bien durante años, como una cuenta de ahorros. El opio era un medio de intercambio perfecto.

Con el dinero del opio llegó la distinción entre ricos y pobres, y con ella métodos de dominación más sofisticados: préstamos, deudas e intereses. Si las familias no podían hacer frente a sus deudas con el opio, los niños servían como pago. Así es como fue esclavizado Lai.

Nacido en 1940, vivía con su clan en una aldea cerca de Pang Wai: una pequeña agrupación de chozas en la ladera de una montaña, rodeada por una tierra cruel. Intentar cultivar arroz o adormidera en ese suelo arcilloso era como pretender extraer vida de una piedra. La familia de Lai tenía hambre con frecuencia y se veía obligada a pedir prestado al cultivador de opio más cercano.[1] Un día, el prestamista salió de su plantación, ubicada a varios valles de distancia, entró en la choza de paja de la familia, señaló a los dos chicos flacuchos y preguntó sus nombres.

—Uno es Lai; el otro es Li. Son nuestros hijos.

—Dámelos y tu deuda quedará saldada.

Los chicos estaban en la prepubescencia y, por tanto, eran muy valiosos; tenían por delante unos diez años antes de dejar de ser esclavos. Lai y su hermano se despidieron de sus padres y se marcharon con su nuevo amo, aventurándose con él fuera del recinto de madera de la aldea, donde los chicos apenas se habían atrevido a salir hasta entonces por miedo a perder sus cabezas.

Llegaron a la casa de madera del amo, edificada sobre pilotes. Era la más grande que habían visto hasta ese momento. Allí era donde dormirían los chicos. Sobrellevaron años de trabajo duro, con la suciedad incrustada en la piel. Siempre eran los últimos en comer y sobrevivían a base de las sobras del amo. La humillación atormentaría a Lai durante el resto de su vida, así como crecería su asombro por el terrible poder del dinero del opio, que arrancaba a los hijos de sus familias y permitía que fueran maltratados como ganado.

Una noche, un susurro despertó a Lai. Era su padre. Había entrado con sigilo en la plantación para liberarlos a él y a su hermano. Los muchachos se mostraron indecisos: alejarse era fácil, no estaban encadenados, pero llegada la mañana, cuando el amo descubriera que habían huido, con seguridad daría caza a todo su clan. El padre de Lai ya lo había previsto. Había trasladado a su madre y a otros seis hermanos a un área wa en el lado chino de las montañas, lejos del alcance del amo. Corría la década de los años cuarenta, cuando los wa aún vivían libres en la parte oriental de la frontera chino-birmana, poco antes de la campaña de colonización de Mao Zedong.

Lai y Li salieron a hurtadillas del cobertizo de los búfalos y siguieron a su padre por caminos serpenteantes a la luz de la luna. Caminaron durante mucho tiempo. El sol ya estaba alto cuando llegaron a su nuevo hogar: una granja rodeada de maíz y tallos de arroz. El padre de Lai dijo que la zona era segura, tan remota que los forasteros apenas pasaban por allí, y lo bastante tranquila para que los habitantes de la granja, una familia con la que estaban emparentados, no necesitaran ocultarse detrás de muros con pinchos. Sus anfitriones practicaban una especie de religión extraña, extendida en las tierras fronterizas por misioneros de piel blanca que aborrecían la caza de cabezas. Aquello no importaba a Lai, a quien tampoco le gustaban los cazadores.

El suelo aquí era más benévolo, así como sus habitantes. Lai trabajaba en los cultivos junto con sus parientes, que tenían un hijo de su edad con quien jugaba en el campo. Por fin disfrutaba de algo parecido a una infancia.

En torno a 1954, cuando Lai tenía catorce años, las tropas maoístas desfilaron hacia la granja. Su familia entró en pánico. Seguros de una inminente masacre, huyeron hacia las montañas. Pero los más cercanos a Lai no se movieron: hartos de huir, estaban dispuestos a arriesgarse con estos chinos ataviados con cascos metálicos. Cuando los soldados alcanzaron las escaleras de entrada a la propiedad, la familia de Lai los recibieron con aprensión.

—¿Quién es el dueño de la granja?

—Nosotros no. Los dueños han huido.

—¿Quiénes sois?

—Solo trabajamos aquí.

Los comunistas los observaron, con sus piernas manchadas de tierra roja, y los instaron a seguir trabajando. Ahora, la granja pertenecía al Partido Comunista Chino, al igual que todo lo que estaba a la vista, pero como campesinos, eran libres de labrar la tierra para el partido. A continuación, las tropas se marcharon.

La experiencia de Lai con la China maoísta fue muy distinta de la que había tenido Saw Lu. Las tropas chinas que conoció aquel día eran parte de los más de 150 000 hombres mobilizados para colonizar las tierras fronterizas de Yunnan. Prendían fuego a las fortalezas wa emplazadas en las laderas de las montañas y conducían a los habitantes a ciudades donde eran vigilados con más facilidad. En las laderas y valles inferiores, habitados por comunidades de etnia china, los militares se limitaron a despojarlos de sus pertenencias. Esta fue la oleada de terror que provocó que las multitudes huyeran a refugiarse en Birmania, entre las que se contaban tanto los integrantes de la secta de Saw Lu como los grupos de comerciantes de opio y terratenientes que más tarde formarían los Exiliados; todos ellos se habían negado a vivir bajo el comunismo: un peso gris, uniforme, que aplastaba el espíritu individual.

Sin embargo, Lai tenía otra visión. Para un antiguo esclavo que no poseía nada, la igualdad no sonaba mal del todo. Durante el periodo de colonización, que transcurrió a lo largo de los años cincuenta hasta principios de los años sesenta, el gobierno comunista de China construyó carreteras, hospitales y escuelas.[2] Obligó a los acaudalados comerciantes chinos que no lograron huir a sudar en los campos, y a los wa a vestirse con ropas y a dejar de cazar cabezas. Lai creció asistiendo a una escuela pública de enseñanza primaria en una ciudad cercana. Allí aprendió chino y el evangelio de Mao: el opio es veneno; los terratenientes son malvados; los pobres son virtuosos. Esta ideología verbalizaba la rabia que albergaba en su interior y se convenció de que era justa.

Para cuando Lai cumplió los veintipocos años, a mediados de los años sesenta, la campaña de colonización ya había finalizado. China había logrado transformar su lado de la frontera rocosa con Birmania. Los oficiales maoístas proclamaron que las tierras áridas y abandonadas estaban bajo la protección benevolente del Partido Comunista de China, estableciendo campos militares por doquier. Reprimir a los wa no fue fácil: el Ejército Popular de Liberación tuvo que desplegar doce divisiones de infantería; una fuerza de ocupación permanente.[3]

Tan solo quedaba un problema por resolver. China se había equivocado al no colonizar *todas* las tierras ancestrales de los wa, incluyendo la zona aún «salvaje» al otro lado de la frontera, en Birmania. Los comisarios chinos llamaban a esos montañeses wa «crudos», a diferencia de los wa que habían civilizado, o «cocinado», para quemar sus impurezas. Desde el punto de vista de Pekín, esas zonas montañosas eran como un grano en el culo de China. Los clanes de los señores de la guerra wa estaban implicados en las operaciones conjuntas entre la CIA y Taiwán y, si no se ocupaban de ellos, sus maquinaciones imperialistas se volverían aún más inoportunas. China debía hallar el modo de eliminar esta plaga de alborotadores.

Por la misma razón que en un principio la junta de Birmania situó a Saw Lu en las montañas con la misión de indagar e informar de cuanto viera, el gobierno chino se propuso reclutar a su propio joven wa para enviarlo en la dirección opuesta. Un día, un comisario chino se aproximó a Lai y le preguntó si le interesaría un poco de aventura. Pese a ser reservado, Lai había demostrado su inteligencia en la escuela —incluso tenía un nivel básico de lectura— y estaba familiarizado con los alrededores de Pang Wai. El comisario le presentó una misión que encajaba con sus cualidades. Tal vez Lai podría regresar a la zona y emprender algún tipo de contrainteligencia básica para averiguar lo que planeaban estos señores de la guerra vinculados a la CIA. El comisario hasta le prestaría un fusil o dos, por si, llegado el caso, tuviera que escapar a tiros de algún embrollo.

Lai aceptó estas armas con la intención de espiar para China. Sin embargo, sus actividades en las montañas wa se parecían más a simples robos; sus contactos no le habían dado muchas provisiones, de modo que tuvo que hurtarlas. Los búfalos y las vacas que pertenecían a las plantaciones de adormidera fueron sus objetivos preferidos. Robaba el ganado en un sitio y lo vendía en otro. Lai era un forajido solitario con un AK-47 chino barato, y como activo de contrainteligencia, dejaba mucho que desear.

En la sociedad wa, el pillaje era una actividad peligrosa. Como vivían con muy poco, detestaban a los ladrones, así que Lai se encontraba constantemente en apuros, y a menudo, en medio de la refriega, perdía el búfalo que había robado previamente. Siempre hambriento y a la fuga, no le quedaban familiares en el lado birmano, de modo que a veces apretaba los dientes y trabajaba para uno de los pocos empleadores que había cerca: una milicia anticomunista liderada por un señor de la guerra en ciernes llamado Saw Lu.

Esta nueva milicia se expandía deprisa y sus jefes necesitaban sirvientes para alimentar a los caballos, hacer té e ir a buscar agua. Lai aceptó el empleo, haciendo estas tareas menores para Rang, el ayudante del señor de la guerra, así como para el propio Saw Lu. De músculos fibrosos y mirada de acero, Saw Lu era cuatro años más joven que Lai, pero le hablaba como si fuera un niño pequeño. Lai no soportaba el tono moralista de Saw Lu y sus constantes alardes de solidaridad racial entre los wa, cuando claramente se conducía como si fuera superior a los pobres sirvientes. Pero al menos, Saw Lu no era tan cruel como Rang y sus codiciosos recaudadores de impuestos, quienes trataban a Lai como a un perro.

Lai cerraba la boca y ardía de rabia. Una vez más, era testigo de la podredumbre moral que generaba el dinero del opio en los hombres. Trabajaba duro para la milicia de Saw Lu durante temporadas cortas, lo suficiente para retirarse, llenar el estómago y enterarse de algo para contar a los comunistas en China.

Después, desaparecía.

Comenzó como suelen hacerlo las rebeliones: con una leve indignación, una bofetada que provoca un terremoto.

En algún momento de 1968, Lai había vuelto al bandolerismo y vagaba por las montañas en torno a Pang Wai en busca de vacas para robar. Tras hacerse con dos valiosos ejemplares, necesitaba un comprador; cualquiera con dinero suficiente serviría. Pensó en Rang, su empleador ocasional, y condujo a los animales hasta su puerta. Rang vio al idiota desaliñado de pie, junto a tres bonitas vacas, y se rio. «Las has robado, ¿verdad?». Lai no contestó, así que Rang se quedó con los animales sin darle nada a cambio. «Y ahora vete —dijo—. Vuelve cuando quieras un trabajo honrado».

Lai se tragó la rabia y se marchó, enfurecido. Deambuló hacia el este, subiendo y bajando laderas escarpadas en dirección a

China, atravesando kilómetros de terrenos esculpidos con rudeza. Era la misma ruta que había hecho de niño cuando escapaba de la esclavitud. El rencor se avivaba en su interior. No solo deseaba vengarse de sus verdugos, Rang, Saw Lu o su amo durante su infancia; quería quemar todo hasta convertirlo en cenizas.

Esta caminata furiosa le llevó hasta su comisario chino. «Dame más armas, encontraré a los wa que las quieran portar. Entrénanos y acabaremos de una vez con los señores de la guerra del opio». Lai parecía más dado a la acción que al espionaje. Estaba preparado para formar su propia milicia: una fuerza guerrillera comunista, respaldada por China, capaz de extender el control maoísta hasta los picos «crudos» que se elevaban más allá de la frontera. El comisario lo envió de vuelta a las tierras birmanas para reclutar seguidores.

Montado en su caballo, recorrió los pueblos wa y encontró a personas de ideas afines. Recolectores de adormidera que odiaban pagar impuestos a la recién fundada Liga de los Señores de la Guerra, hombres y mujeres hambrientos que se beneficiarían de la equidad que prometía el Comunismo. Descubrió que le encantaba hablar y que, por primera vez, la gente le escuchaba. Sintió el fervor proselitista crecer en su interior.

Lai solo podía citar fragmentos sueltos del pensamiento de Mao, de modo que improvisaba el resto. Aseguró que los esclavistas y los señores del opio constituían una enfermedad que infectaba la cultura wa. El espíritu guerrero de la tribu se había desperdiciado en las contiendas internas durante demasiado tiempo, y era el momento de volverse hacia sus verdaderos opresores. Algunas partes de la perorata de Lai no se distinguían de los sermones de Saw Lu. Aunque uno creía en Mao y el otro en el Hombre-Dios, a través de una evolución convergente ambos habían llegado a la misma fórmula: el ritual de cazar cabezas debía terminar, y tan solo como una unidad podría la tribu llegar a ser lo bastante fuerte como para acabar con los tiranos y lograr un futuro glorioso. Sin embargo, el futuro que Lai tenía en mente era distinto del que proyectaba Saw Lu.

Lai seguía reuniendo seguidores. En ocasiones, todos los habitantes de una aldea se unían a la célula de su guerrilla, ansiosos por recibir los fusiles hechos en China que repartía gratis. En lugar de hacer circular el Pequeño Libro Rojo de Mao, que casi ningún wa podía leer, los instructores chinos le recomendaron dictar órdenes sencillas a sus reclutas: no beber en exceso, no violar, no torturar y nunca robar a los pobres, solo exaltarlos.

Con el tiempo, los asesores chinos de Lai le revelaron los detalles de su estrategia: habían estado formando a otros como él, jóvenes guerrilleros wa, cada uno al mando de una célula secreta. El más prometedor se llamaba Bao Youxiang, un antiguo cazador de cabezas, convertido ahora era un temible guerrero comunista de veintitantos años. Muy pronto, cada célula recibiría armas de mayor calidad y suministros. Esto bastaría para rebelarse contra la Liga de los Señores de la Guerra, derrocar su endeble protogobierno y liberar el lado birmano de las montañas wa.

Sin embargo, la operación tenía trampa. Aun en el caso de que estas guerrillas lograran la victoria, no gobernarían su tierra natal. Tampoco el Estado chino, al menos no de una forma directa: Pekín había decidido que, en lugar de conquistar esta parte de Birmania, instalaría una organización títere: el Partido Comunista de Birmania. Todos sus miembros, habitantes de las llanuras mucho más instruidos que los wa, estaban versados en la doctrina de Mao y preparados para gobernar, mientras que los wa solo servían para luchar.

China tenía sus esperanzas puestas en sus títeres birmanos, más allá de su intención de instalarlos en las remotas montañas wa. Eso era solo el principio. Tal como temía la junta, Mao esperaba que, con el tiempo, el Partido Comunista de Birmania pudiera dominar todo el país, primero reclutando más indígenas de las montañas, y después, absorbiendo a los habitantes de las llanuras y de las ciudades. La junta caería y el Partido Comunista de Birmania se haría con el poder. Los maoístas, entonces, dominarían una franja de territorio de más de 3000 kilómetros de longitud, que se extendía desde la fría costa pacífica china hasta las templadas orillas de Birmania, junto al océano Índico. A partir de ahí, ningún poder extranjero, ni siquiera Estados Unidos, podría detener su expansión.

Ese era el sueño de China, un propósito que reducía a los wa a la condición de carne de cañón, la paja que servía para encender un gran fuego. Pekín, al anteponer a los instruidos habitantes de las llanuras frente a los wa, engendraba un sistema de castas encubierto. Aunque esto molestara a Lai, reprimió sus sentimientos y se preparó para la batalla. Él y Bao, junto con las demás células guerrilleras, tenían órdenes: aniquilar la Liga de los Señores de la Guerra, derrocar a Saw Lu, Shah, Mahasang y al Maestro de la Creación, y entregar las montañas a los títeres birmanos de Pekín.

La rebelión se inició oficialmente en torno a 1969. Lai surgió desde la oscuridad como un relámpago: un guerrero desgarbado con un Kalashnikov, galopando en medio de las balas sobre un corcel de color blanco algodón. Los montañeses le dieron un nombre de guerra y gritaban cada vez que embestía: «¡Qué viene el comandante Piernas Largas! ¡Que viene el comandante Piernas Largas!».

Al poco tiempo, Saw Lu se enteró de que su antiguo sirviente amenazaba con destrozar todo lo que había construido.

La Liga de los Señores de la Guerra fue vencida de manera abrumadora. La derrota fue una mera cuestión de hombres y logística. En conjunto, la coalición contaba con menos de dos mil combatientes y sus líneas de abastecimiento se alimentaban de un escaso flujo del distante ejército birmano, y de un goteo aún más escaso de armas y municiones compradas a las caravanas de los Exiliados. Estos últimos, a pesar de sus presuntas credenciales anticomunistas, comprendieron que la guerra no era rentable y no se implicaron.

En cambio, el Partido Comunista de Birmania sumaba alrededor de diez mil hombres y mujeres, tropas wa en su mayoría, alimentado por un río de balas, granadas, medicinas, alimentos y entrenamiento que fluía desde China.[4] Oficiales encubiertos del Ejército Popular de Liberación se unieron a Lai y Bao para impartir enseñanzas tácticas. Los Guardias Rojos —jóvenes fanáticos maoístas de las ciudades de China— oyeron hablar de la lucha y se unieron por diversión. El levantamiento barrió las zonas montañosas: los lanzagranadas volaban, los wa comunistas se lanzaban contra zonas dirigidas por la Liga en ataques masivos. «Había días —me contó Saw Lu—, en que los morteros caían como la lluvia».

Hay que reconocer a la Liga el mérito de haber mantenido el control de las montañas durante varios años, resistiendo hasta principios de los años setenta. El Maestro de la Creación agitó una bandera blanca y salvó su vida. Shah y Mahasang el Príncipe, que se habían hermanado en la Liga, se escabulleron juntos. Se rumoreaba que huyeron a la frontera birmano-tailandesa y buscaron refugio con los Exiliados, sus socios desde hacía mucho tiempo.

Y luego estaba Saw Lu...

Fue expulsado de Pang Wai en la primavera de 1971. Las guerrillas comunistas derribaron las murallas de la ciudad fortaleza y acribillaron sus campos de adormidera con bombas de racimo. En medio de la confusión, Saw Lu y sus casi quinientos combatientes escaparon hacia el oeste. Con los enemigos en los talones, buscaron refugio en la cima de una montaña deshabitada. Las fuerzas de Lai estaban a un día de camino, y Saw Lu pidió a los milicianos, quienes para entonces ya estaban cristianizados, que hicieran las paces con Dios. «No tenía ninguna esperanza, ninguna en absoluto», me confesó; estaba seguro de que los comunistas los encontrarían y matarían hasta el último hombre. «Lo único que podíamos hacer era devolver el fuego mientras acababan con nosotros».

Caía la tarde cuando Saw Lu inspeccionó el lugar donde esperaba morir. Su refugio, la cima de una montaña, era llano, lo bastante como para que unos cientos de milicianos tomaran posiciones detrás de unas rocas. Frente a ellos se extendía una pradera del tamaño de un campo de fútbol. En su extremo más lejano se encontraba el único camino que ascendía a la montaña. «Para matarnos —pensó—, los comunistas primero tendrán que coronar la ladera escarpada, después, atravesar el prado y, por último, ascender a la cumbre».

Tenía toda la noche para convertir el lugar en un campo de tiro.

Saw Lu posicionó a trescientos hombres en el prado y les ordenó que excavaran. Unas trincheras poco profundas formarían su primera línea de defensa. Los otros doscientos ocuparían la cima, al igual que Saw Lu. Un precipicio en lo alto facilitaba la vista del prado, de modo que agarró su fusil de calibre 50, abrió el trípode y fijó las patas. Se colgó un cinturón de munición a un lado y a continuación se tumbó boca abajo con la mirada fija en la mira. Esperó toda la noche.

Cuando la luz del amanecer templaba la oscura ladera de la montaña, Saw Lu escuchó ruidos metálicos en la distancia: los comunistas de Lai intentaban ascender la primera colina. Hubo un breve silencio y después, la batalla se desarrolló en un estilo muy poco sutil: un ataque masivo frontal, una táctica maoísta de la vieja escuela, guerrillas aullando a medida que coronaban la colina. Los milicianos de Saw Lu asomaron desde sus trincheras como marmotas y dispararon. En la cumbre, en el borde de un saliente prominente de la roca, se veía un sol naranja palpitante; el calibre 50 de Saw Lu soltando ráfagas. Apretó el gatillo, el fusil tronó, la tierra tembló. Por debajo, la tropa comunista se diluía.

La batalla se desarrolló con altibajos. Los comunistas no avanzaban todos de golpe; acometían y retrocedían, sembrando el campo de cadáveres frescos con cada nueva avalancha. Algunos de los agonizantes se retorcían en la hierba y, con su último aliento, maldecían el nombre de Saw Lu. El comandante Lai había decretado su muerte, y volverían una y otra vez hasta arrastrar su cadáver montaña abajo.

Al mediodía, Saw Lu y sus combatientes habían abatido a unos cincuenta hombres, pero no aguantarían durante mucho tiempo; estaba claro que los comunistas tenían más soldados que ellos balas. De pronto, hubo una extraña calma. Las oleadas dejaron de avanzar. Fue algo inexplicable para Saw Lu, que seguía sin entenderlo en el momento en que me relataba los hechos. Tal vez los comunistas sintieron que la victoria era inevitable y se tomaron un respiro. O quizá pretendían dejarlos morir de hambre. De cualquier manera, Saw Lu aprovechó esta pausa para hacer balance y descubrió que solo habían muerto unas dos docenas de milicianos. Se regocijó por la compasión de Dios. A fin de cuentas, tal vez el Señor quería mantenerlo con vida. Pero, ¿cómo salvarse?

El camino que ascendía a la montaña estaba bloqueado por los comunistas. El lado opuesto, aunque era escarpado y sin senderos, permitía descender hasta el bosque si dejaban atrás sus armas. Saw Lu dio la orden de retirada: en silencio y no todos al mismo tiempo, sino por pares o tríos, bajando con cautela.

A la mañana siguiente, la evacuación había concluido, si bien su honor quedaba devastado.

Por segunda vez en su vida, Saw Lu huía de una sombra comunista que no cesaba de expandirse, pero este éxodo sería mucho más amargo que el primero. En 1949 era un niño cuando el ejército de Mao purgó su secta, y solo había tenido que aferrarse a la túnica de su madre y poner un pie delante del otro. Ahora, cientos de seres humanos se aferraban a él para obtener respuestas. Tras su retirada de la cumbre, los milicianos se desperdigaron para encontrar a sus esposas e hijos y a los ancianos de Pang Wai ocultos en el bosque. Todo el mundo se hacía la misma pregunta: «¿Adónde nos llevarás, Saw Lu, ahora que nuestro hogar se ha reducido a ceniza y escombros?».

No había dónde ir; solo quedaba poner rumbo al oeste, hacia las llanuras de Birmania. Una comitiva de rostros sombríos dio la espalda a las montañas. El trayecto, ahora en sentido contrario, era el realizado por Saw Lu unos cinco años atrás, cuando llegó a las zonas montañosas. Según caminaban, las laderas se volvían más suaves y el aire más templado y repleto de mosquitos. El paisaje escarpado wa desaparecía de la vista. La conciencia de que dejaba un lugar más impío del que había encontrado le destrozó por dentro.

Lai, que tal vez no era tan idiota después de todo, había conquistado las áreas montañosas para sus jefes comunistas, una camarilla de parásitos de las llanuras que respondían ante el gobierno de Mao en Pekín. Saw Lu reflexionó sobre las consecuencias de su fracaso. El Partido Comunista de Birmania, que ahora mandaba sobre los wa, los acosaría para que se sometieran a Mao, Marx y Stalin. Heredarían el espíritu de unidad que Saw Lu había transmitido a la tribu para después pervertirlo. Abolirían el tráfico de opio y, al hacerlo, instaurarían los principios que Saw Lu no había podido inculcar a los suyos. Que su enemigo pudiera ver realizados algunos logros por los que él mismo había peleado, no era un consuelo en absoluto. Solo agravaba su vergüenza.

Saw Lu condujo a sus seguidores hasta Lashio, la ciudad birmana más cercana. Era de tamaño modesto, pero para los montañeses, un auténtico torbellino de ruido y calor. Veían pasar los ruidosos trenes construidos por los británicos, autobuses que vomitaban humo negro y niños monjes con túnicas granates cantando mantras budistas. Todo este paisaje urbano les resultaba extraño.

No muy lejos del centro de Lashio se alzaba una colina tranquila, rebosante de ciervos y serpientes. «Este es —proclamó Saw Lu— nuestro nuevo hogar».[5] Haciendo uso de trozos de madera y bambú, construyeron casas e intentaron replicar su viejo mundo lo mejor que pudieron. Pese a que eran cristianos convertidos, algunos colgaron calaveras de búfalo en los postes, un homenaje renovado a su legado de cazadores de cabezas. Saw Lu consiguió algunos ladrillos, levantó una iglesia en la cumbre de la colina y pintó una cruz de color carmín encima de sus puertas.

Durante la retirada, alguien había estado arrastrando una bomba medio corroída como recuerdo. Saw Lu la requisó y colgó aquel objeto oxidado entre dos postes de madera. Serviría como tambor de la aldea, como campana de su iglesia.

La golpeó.

El viejo proyectil emitió un lamento triste y metálico.

«Eso sucedió hace casi cincuenta años», me dijo Saw Lu. En su sala de estar estábamos sentados él mismo, Jacob y yo, a poco más de 150 metros de donde colgaba la bomba, en el exterior oscuro, con la iglesia al otro lado de la calle.

Le había llevado un tiempo relatar toda la historia, pero parecía satisfecho. «Ahora ya sabes todo acerca de la época de los cazadores de cabezas y de cómo llegó a su fin». Reconoció que los comunistas, pese a sus ideas equivocadas, hicieron una cosa bien: mantuvieron la prohibición promulgada anteriormente por la Liga de los Señores de la Guerra y la hicieron cumplir el suficiente tiempo como para que los wa perdieran interés en el ritual. «Por lo que yo sé —dijo—, desde entonces nadie más ha sido decapitado».

Esos salvajes comunistas —me contó— nunca tomaron el control de toda Birmania, como juraron hacer, pero se aferraron a las tierras montañosas wa durante casi veinte tristes años. Su dominio duró hasta la primavera de 1989. En aquel año glorioso, los valientes montañeses se rebelaron, expulsaron a los comunistas e instauraron el Ejército Unido del Estado Wa (EUEW), que en la actualidad gobierna en las montañas.

Saw Lu también tenía mucho que contar acerca de aquella época. Pero era tarde y sería una historia para otra ocasión.

LIBRO DOS

INDESCRIPTIBLE

Al terminar mi maratoniana sesión con Saw Lu, convino en contarme todo sobre el EUEW en algún encuentro posterior. No obstante, tendría que esperar; era un hombre importante, y estaría ocupado el resto de la semana.

Esto me condujo a replantearme el motivo original por el que había viajado hasta Lashio: conocer al máximo representante del EUEW y acceder al Estado Wa. Quería solicitar una reunión presencial con los actuales líderes del EUEW para averiguar cómo era gobernar en lo que la Agencia para el Control de Drogas llamaba «la organización de narcotráfico más grande del Sudeste Asiático». Los dos líderes más conocidos son Bao Youxiang, a todos los efectos, el presidente, y Wei Xuegang, el director financiero. Wei también resultaba ser el capo de la droga más destacado del hemisferio oriental, y, como Bao, también estaba buscado por la DEA. Si por algún milagro podía acercarme a cualquiera de los dos, o a sus subordinados, seguramente no serían tan abiertos y comunicativos como Saw Lu. Pero estaba decidido a intentarlo.

Jacob seguía esforzándose por localizar al emisario y, al cabo de unos días, lo consiguió. Había organizado una reunión en las «oficinas de asuntos externos» del EUEW en Lashio. A todos los efectos, es una embajada, pero, puesto que el Estado Wa no está reconocido por las Naciones Unidas, no pueden denominarla así formalmente. De camino a la reunión, Jacob conduciendo su utilitario, yo en el asiento del copiloto, se puso serio y estableció unas reglas básicas. «En primer lugar —dijo—, pase lo que pase, no mencione ante el emisario que conoce a Saw Lu».

Esto me desconcertó. Aunque aún no había escuchado la historia completa de la vida de Saw Lu, sabía que había servido en el EUEW con algún cargo importante, además de ser comandante militar, como evidenciaba el retrato de su sala de estar en el que aparecía vestido con el uniforme de gala. Hasta esperaba que Saw Lu pudiera hablar bien de mí al actual líder. Pedí a Jacob una explicación, pero murmuró algo sobre «política interna», algún enrevesado drama que no tenía tiempo de contarme.

—En segundo lugar —continuó Jacob—, no puede revelar ningún interés por los narcóticos; pensarán que es usted un espía.

—Bien —acepté—. No preguntaré por el paradero de Wei Xuegang.

Lo dije en tono de broma. Era obvio que intentar sonsacar detalles sobre Wei, cuya cabeza tenía un precio de dos millones de dólares por cortesía de la DEA, sin duda me haría parecer un espía y desautorizaría al instante mi solicitud para el viaje. Con todo, Jacob se tensó visiblemente ante el comentario.

—Patrick, por favor. No puede mencionarlo a ningún oficial wa. Nunca, nunca.

La sola mención de Wei era mucho más radiactiva de lo que pensaba. Pero si quería acceder a la trastienda del EUEW, en algún momento habría que dejar de fingir que el cerebro del narcotráfico no existía; tendría que encontrar la ocasión más oportuna para soltar su nombre, tal vez ante Saw Lu. Con seguridad, sus caminos se habrían cruzado.

Llegamos a la «embajada», un complejo ubicado en una callejuela de Lashio, y aparcamos frente a sus muros de hormigón rematados con puntas metálicas. Las verjas estaban entreabiertas y, al mirar hacia el interior, vi una serie de edificios austeros pintados de color azul pastel. Enmarcaban un patio de cemento con una mesa de madera en el centro ante la que se sentaba el emisario. Nos hizo una señal con la mano para indicar que nos acomodáramos.

—Gracias por sacar tiempo para vernos —dije.

Con el teléfono pegado a la oreja, alzó el dedo índice como para decir «un momento por favor». Otro teléfono sobre la mesa tintineaba con mensajes entrantes. Intuí que nuestra conversación tendría lugar en el espacio libre entre las notificaciones. No llevaba su uniforme de color verde oliva del EUEW, sino la colección de otoño de H&M: sudadera con capucha de color burdeos, un polo negro y pantalones informales. Treinta y muchos años, un buen corte de pelo y uñas pulcras.

—Bienvenido —dijo el emisario, dejando por fin su teléfono sobre la mesa, junto a una tetera.

Llenó la taza de porcelana china, esperó a que sorbiera y preguntó si estaba bueno. Lo estaba y venía bien para una mañana de vientos fríos que soplaban desde los picos azulados en la distancia. En tono orgulloso dijo que el té se cultivaba en las laderas wa donde durante siglos solamente habían crecido adormideras. Y eso que íbamos a evitar hablar de drogas... El emisario mismo había sacado el tema y se disponía a embarcarse en una perorata preparada de antemano.

El mundo no había entendido nada, dijo: el Estado Wa antes cultivaba opio, no hay que negarlo, hasta que prohibieron la producción de cualquier droga ilegal.

—Hasta tenemos nuestros propios escuadrones antinarcóticos en el EUEW —me aseguró—. ¿Ha visto mi última publicación de Facebook?

La consulté mientras él atendía sus estridentes móviles de nuevo; se trataba de la foto de una pradera iluminada por el sol, sobre la que descansaban mochilas llenas de meta extendida en la hierba. De rodillas, detrás de las mochilas, había tres jóvenes contrabandistas con chaquetas vaqueras y chándales, esposados y con rostro aterrorizado. Los comandos del EUEW estaban junto a ellos y apuntaban las automáticas a sus cabezas.

—Una reciente operación —aclaró el emisario, una vez finalizada su llamada—. Los traficantes, que no son wa, a menudo se cuelan en nuestras tierras; ningún país, ni siquiera Estados Unidos, puede deshacerse del todo de las bandas de droga. Hacemos lo que podemos y, aun así, nos culpan por todo. Solo quiero que vea lo que de verdad sucede en el Estado Wa.

—Me gustaría verlo personalmente.

Asintió. Si fuera por él, me darían carta libre para viajar enseguida.

—Pero es usted americano, ¿correcto? —Admitir a un americano sería bastante complicado—. ¿Qué es exactamente lo que quiere hacer?

—Ir a Pangkham y entrevistar a sus líderes. Si fuera posible, al presidente Bao.

El emisario sonrió de un modo extraño, con los labios apretados, así que reduje mis aspiraciones de inmediato; en realidad, cualquier líder de alto rango podría servir. Me pidió que enviara una petición formal en inglés y en chino, y que esperara durante un mes la respuesta. Después se levantó. Se acabó la reunión. Le puse la caja de bombones en la mano y dije:

—Para sus hijos. —Rio y desapareció en el interior del recinto, para volver enseguida con una lata de té cultivado en los campos wa donde antes hubo adormideras.

—Un regalo para usted.

Nos dimos la mano.

—¿Una foto antes de marcharse?

El emisario me condujo a una pequeña sala de recepción en el extremo opuesto. En la pared, el blasón con el sello nacional wa: un sol rojo sangre sobre el fondo de un cielo celeste perfecto que resplandecía por encima de los picos de color esmeralda. Imitando a mi anfitrión, me coloqué delante con las manos cruzadas, como si posara ante algo sacrosanto. Su ayudante salió de una habitación al fondo y sacó fotos con un teléfono móvil, asegurándose de que captaba bien mi rostro.

—Entonces, ¿cuáles son mis posibilidades?

Estábamos de nuevo en el coche de Jacob. Él sospechaba que mi respuesta requeriría la aprobación del comité central del EUEW, dirigido por el presidente Bao. Eran personas ocupadas que cuestionarían las ventajas de organizar una visita guiada para un americano.

—¿Como el cincuenta por ciento?

Suspiró.

—Patrick, si de verdad es su sueño, encontrará una manera.

Mientras llegaba la respuesta, Jacob me ofrecía un premio de consolación: un viaje a una zona donde vivía una comunidad wa, ya que aún no podía ir al Estado Wa.

El límite entre el Estado Wa y Birmania es un río llamado Salween, que nace en las lejanas montañas del Himalaya. Nadie puede cruzar esta frontera fluvial sin permiso del EUEW. Sus tropas detendrían o matarían a cualquier intruso que apareciera a la vista. No obstante, los asentamientos wa se extienden pasadas las orillas occidentales del río, bajo la atenta mirada del ejército, si no bajo su control directo.

—Le puedo llevar hasta allí. Conozco a gente. Seguro que no pasa nada.

—Genial —dije—. ¿Cuándo?

Al medio día, conducía a toda velocidad en dirección este, hacia el horizonte dentado, con el sol, como un disco blanco, sobre nosotros. Por las ventanas de su coche desfilaban imágenes como en una presentación de diapositivas en bucle. Campos de arrozales de invierno, desecados y de color tostado. Vacas sin pelo con la piel colgante que parecían gatos afeitados. Chozas destartaladas que ofrecían fideos. Cuatro miembros de una familia en equilibrio precario sobre su motocicleta.

Al cabo de una hora nos cruzamos con un adolescente con un uniforme de color verde lima, diferente del de cualquier birmano o wa; patrullaba solo, con un AK plegable. Pregunté a Jacob a qué ejército pertenecía y él se encogió de hombros. «Será de la milicia de algún clan local que vigila su propio territorio». Había muchos en esta parte del país. Algunos colaboraban con los militares como fuerzas de autodefensa y otros actuaban de forma independiente. El motor gimió mientras ascendíamos las montañas a través de caminos agrietados sin señalizar, más allá de la tierra firme de Birmania, hasta un lugar líquido, donde colectivos armados surgían como burbujas, reventaban y se evaporaban antes de que pudieras aprender sus nombres.

—¿Qué están haciendo aquí estos pequeños grupos armados?

—Lo mismo que los grandes. Lo que quieren.

—¿Tiene algo que ver con drogas?

—Por supuesto. —Jacob tenía la certeza de que la heroína y la *ya-ba*, el nombre popular para las pastillas de metanfetamina, se vendían aquí por la mitad de precio que en la ciudad. Lo afirmaba con más seguridad de la que se habría esperado de un hombre devoto. Cuando el terreno se hizo más inclinado, Jacob cambió a segunda y salió hacia un camino con baches. El chasis del coche botaba, los ejes chirriaban y las ruedas traseras levantaban una estela de polvo que quedaba suspendida en el aire como una nube de cobre. Llegamos a nuestro destino: un pueblo wa con casas de madera dispuestas unas junto a otras, con poco espacio entre sí.

—Vivir agrupados es el estilo de los wa —dijo Jacob—. Nos da sensación de seguridad.

Sentí sus miradas sobre nosotros. Los lugareños observaban el vehículo intruso desde sus hogares y desde los porches, pero cuando Jacob bajó la ventana tintada y saludó en el idioma wa, sus miradas se suavizaron. Aparcamos en frente de una casa de bambú y salimos a un jardín asfixiado por las malas hierbas.

—Mis parientes viven aquí. No sé si están. Por favor, espere.

Jacob entró a través de un acceso sin puerta y salió de nuevo empuñando un arma. Con su mano libre, abrió la puerta del coche, sacó una botella de plástico y se dirigió a una valla hecha con palos y alambre de espino. Plantó la botella boca abajo sobre un poste y después me pasó el arma, un fusil con culata de madera de cerezo y mira metálica. Su ligereza me sorprendió. Era de aire comprimido. Nos turnamos para disparar perdigones a la botella, sin mucho acierto. Su puntería era tan mala como la mía.

—Jacob, ¿no habías estado en el ejército Wa?

—Ya se lo dije. No era un soldado de combate. Era un soldado-maestro.

Cuando nos aburrimos de disparar, dimos un paseo por el pueblo en busca de alguien desocupado. Muchos ancianos nos hacían señas para que nos sentáramos sobre taburetes de plástico en jardines sucios para beber un té fuerte con ellos. Aceptamos la invitación de un hombre ajado, de setenta y muchos, enjuto pero ágil, que llamó a Jacob por su nombre. Un correligionario baptista, según me dijo. Hablaron en wa. El hombre lamentaba, como tantos ancianos del Sudeste Asiático, que los jóvenes abandonaran los pueblos para ir a la ciudad en busca de dinero. Jacob tradujo para que yo pudiera participar en la conversación.

—¿Adónde van? —pregunté—. ¿Yangón? ¿Bangkok?

—Sobre todo, a Pangkham, la capital del Estado Wa, una ciudad en desarrollo gracias a su proximidad con China. —Jacob explicó que una gran parte del pueblo wa prefiere quedarse junto a sus semejantes, arriba en las montañas, antes que establecerse en las tierras bajas—. Nos miran por encima del hombro. En Yangón la gente pregunta: «Ah, ¿eres wa? Creí que teníais los dientes negros. ¿Aún cortáis cabezas?».

Jacob me contó que el anciano, nacido en las montañas, era lo bastante viejo como para haber visto muchas cabezas cortadas cuando era joven. El hombre pareció percibir mi interés, porque comenzó un discurso apasionado, mientras imitaba con las manos una decapitación.

—Dice que era algo de los tiempos antiguos. Su clan se llamaba Leun, y odiaban al clan Braox. Solían matarse entre ellos, sin parar. Está muy agradecido de que aquellos tiempos ya hayan pasado.

De hecho, gracias a Saw Lu. El viejo alcanzó la mayoría de edad a finales de los años sesenta, durante el dominio de la Liga de los Señores de la Guerra, que recordaba con nostalgia. Había conocido a Saw Lu en aquel entonces y, cuando le pedí que describiera su carácter, mostró una sonrisa divertida. «Obstinado hasta la médula», así lo definió. Pero lo cierto es que solo un hombre exaltado, al límite de la locura, podía exigir a los wa que dejaran de cazar cabezas y, además, tener éxito en la tarea.

«Las contribuciones de Saw Lu a la raza wa son sin duda numerosas», continuó el hombre. Me preguntó si conocía la etapa que pasó Saw Lu en el EUEW. Ningún otro líder wa había luchado con tanto fervor para alejar a la organización del tráfico de drogas, y fue una maldita vergüenza cómo acabó aquella cruzada. Quise saber más, pero nuestras sombras se alargaban ya en la tierra y a Jacob le daba miedo conducir por los montes de noche. Nos dimos la bendición, nos despedimos y regresamos al coche.

Jacob calculó que estaríamos de vuelta en Lashio antes de que Saw Lu se acostara.

—Veamos si le apetece hablar —propuso, y me instó a preguntarle yo mismo sobre la fundación del Estado Wa y su lucha denodada, durante los primeros años de aquella andadura, para llevar a la nación por el buen camino.

◉

Mientras rebotábamos sobre las cuarteadas carreteras de regreso a Lashio, nos fijamos en las columnas de humo negro que ascendían desde las colinas ocres. Las familias de los pueblos encendían fogatas nocturnas y cocían arroz en calderos de metal. Estábamos un poco acelerados después de tanto té wa intenso, amargo como el kale, y en la intimidad del coche me atreví a lanzar la pregunta que rondaba en mi cabeza todo el día.

—Jacob —dije—. ¿Podemos hablar de Wei Xuegang?

Hizo una mueca de desazón e inhaló aire con un sonido angustioso, como si silbara hacia dentro.

—No es una historia agradable.

—Estoy seguro de ello, pero es el wa vivo más famoso. ¿Qué piensas de él?

Una pausa larga.

—Creo que es un hombre de negocios al mil por cien. —El desprecio asomó en su tono—. Hay problemas entre él y nuestra familia. Él es la razón por la que ya no vivimos en el Estado Wa.

Advertí que evitó pronunciar el nombre de Wei, como si al verbalizarlo fuera a conjurar algún tipo de poder maligno.

Siguió un silencio incómodo que procuré llenar con todo lo que sabía sobre el personaje. Que había sido el principal colaborador del infame caudillo de la droga del Triángulo Dorado, Khun Sa, y que le ayudó a crear el imperio de tráfico de heroína más poderoso de los años ochenta. Que se separó de él y llevó sus conocimientos al EUEW tras su fundación, nutriendo a la nación wa con las ganancias obtenidas con la heroína. Que su dominio de aquel arte prohibido continuaba mejorando. Wei es ahora, tal y como lo describe la DEA, un caudillo de la droga equivalente al Chapo Guzmán, un genio frío como el hielo con la mente del CEO de una empresa de la lista Fortune 500. Dicen que ni las mujeres ni el coñac le excitan, que viste como el contable de un centro comercial, que le encanta el dinero pero odia gastarlo. Wei prefiere apilarlo, como quien amontona fichas de juego, el complejo juego del tráfico de estupefacientes que nadie ha jugado tan bien como él.

Cuando dejé de hablar, el silencio se instaló otra vez entre nosotros. Tan solo nos rodeaban el murmullo del motor y el paisaje que se oscurecía. Estuvimos así durante mucho tiempo y, cuando nos detuvimos al llegar a la casa de Saw Lu, las farolas estaban encendidas, derramando una luz espectral sobre el asfalto. Los murciélagos volaban en círculos por encima, batiendo sus alas con suavidad.

Saw Lu nos esperaba en su sala de estar. Le acompañaba una mujer mayor, su cabello gris recogido en un moño digno.

—¿Es usted Mary? ¿La mujer de Saw Lu?[1]

Sonrió. Mary se giró para ordenar a una sirviente que trajera una bandeja de galletas.

Saw Lu, en su estilo práctico y racional, no perdió el tiempo. Ya había empezado su monólogo antes de que nos sentáramos.

El tema de esa noche: el origen del Estado Wa y el papel de Saw Lu en su creación. «Una historia magnífica», me aseguró. Sin embargo, estaba adelantando acontecimientos. La nación wa y su gobierno militarizado, el EUEW, se fundaron en 1989. Le recordé que, cuando concluyó nuestra última charla, aún estábamos a principios de los años setenta. Lo habíamos dejado cuando Saw Lu, al estilo Moisés, conducía un éxodo de montañeses wa desde los picos, lejos de los conquistadores comunistas, hasta la ciudad birmana de Lashio, donde empezaron una vida nueva, aquí, en esta misma colina.

«Cierto», reconoció. Hubo un periodo de más de quince años durante el cual Saw Lu no volvió a poner un pie en los picos wa donde gobernaban los maoístas. Aquellos años en Lashio no fueron malos. De hecho, constituyeron una de las épocas más tranquilas de su vida, a pesar de lo cual era evidente que quería cubrirla sucintamente.

Así pues, de nuevo en Lashio, en torno a 1973. Saw Lu explicó a los montañeses wa que estaban bajo su protección cuáles eran sus alternativas: aclimatarse o morir. «Los habitantes de las ciudades de Birmania dan por hecho que sois salvajes. Vuestra supervivencia depende de que mostréis que están equivocados. Sonreíd, aprended su idioma, aparentad que sois inofensivos. Y no salgáis sin ropa».

En aquel momento, el régimen militar birmano entraba en una espiral de profunda paranoia racista. De forma automática, los integrantes de las minorías étnicas —uno de cada tres ciudadanos— eran sospechosos de sedición. Saw Lu, un colaborador militar desde los veintipocos años, convenció a los oficiales birmanos de ser uno de los buenos tras haber demostrado su lealtad movilizando a la tribu wa en su lucha contra los invasores maoístas. A pesar del fracaso de esa misión, la junta le consideraba un líder étnico de intachable trayectoria, un ejemplo para otras minorías.

Los militares se pusieron de acuerdo y le buscaron un nuevo empleo como agente de inteligencia, un puesto que encajaba con sus dotes de persuasión. Más tarde, lo enviaron a las remotas colinas del Estado Shan de Birmania, donde estableció lazos con todo tipo de comunidades minoritarias. Sus órdenes eran controlar sus actividades y calibrar su potencial subversivo. No era una labor clandestina —Saw Lu se hizo muy conocido en todo el norte de Birmania como agente del régimen—, de modo que, tal como él cuenta, por lo general era bien recibido en los hogares de los líderes del pueblo. Todo el mundo sabía que, si él marcaba el área como inofensiva, las tropas los dejarían en paz.

Saw Lu tenía sentimientos encontrados respecto a su trabajo —vigilar a sus hermanos de otras minorías étnicas—; no obstante, lo hizo bien hasta los años ochenta. Tenía sus motivos para servir a una junta despiadada: mientras fuera útil, los soldados birmanos preservarían a su rebaño de Lashio del hostigamiento que imponían a otros asentamientos. Los refugiados que estaban bajo su protección, recién instalados en la ciudad e integrándose a ella, tenían un valor propagandístico para los militares: cumplían su papel como modelo de comunidad wa decente y dócil, haciendo que los wa comunistas en la frontera con China parecieran mucho más siniestros.

Estos fueron los años más tranquilos. Saw Lu y Mary criaron a ocho niños. Regentaban su iglesia local y fundaron un orfanato. Construyeron el invernadero de color verde mar en el que me encontraba ahora. El mundo de Saw Lu se redujo. Cumplió los cuarenta. La línea de su cabello retrocedió y sus visiones de grandeza menguaron.

Sin embargo, llegó 1989, un año sagrado para los wa, tanto como lo es 1776 para los estadounidenses. En los picos ocupados por los comunistas, los miembros de una reputada banda wa de la ciudad de Pangkham se enfrentaron con los caciques locales, los expulsaron y reclamaron sus tierras ancestrales. Poco después, estos revolucionarios averiguaron el paradero de Saw Lu y le convocaron, ya que su reputación como líder aún persistía en aquellas montañas. Y él se unió a ellos para sentar las bases de la primera nación wa.

El discurso de Saw Lu se tornaba grandioso, e intuí que estaba a punto de relatar un mito fundacional. Todos los países tienen uno: un relato glorioso acerca de su nacimiento, limpio de detalles embarazosos. Es de conocimiento público que el Estado Wa se fundó a sí mismo gracias a los narcóticos y que su traficante jefe era, y todavía es, una figura oscura llamada Wei. Así pues, aunque con recelo, interrumpí.

—¿Saw Lu? Quisiera preguntarle sobre Wei Xuegang.

El nombre hizo que se detuviera en seco. Odiaba hacer esto, pero, ¿qué otra opción tenía? No podía llenar mi cuaderno con un retrato del Estado Wa irreconciliable con su reputación. Tenía que convencerlo para que me ofreciera una versión de la historia sin ambigüedades, o al menos debía intentarlo.

—No hablaré sobre ese hombre. —No sabía que Saw Lu pudiera ponerse tan nervioso. Un silencio espantoso inundó la sala. El techo crujía. Fuera, los insectos chirriaban—. No puedo.

Jacob intentó animarle y le rogó que terminara la historia, pero el discurso de Saw Lu comenzó a sonar entrecortado y falto de vida. Parecía encogerse en torno a sí mismo, su mente divagaba por algún lugar oscuro al que no se me permitía acceder. Mary acarició el brazo de su marido y nos dijo que se hacía tarde.

—Es hora de que el patriarca se vaya a la cama.

Me marché de su casa esa noche con el temor de que nunca volviera a dirigirme la palabra. Pensé que no lograría descifrar su conexión con el mayor objetivo de la DEA en Asia.

EL PRODIGIO

Wei Xuegang es, sin lugar a duda, el mayor narcotraficante del Triángulo Dorado de todos los tiempos. La historia de cómo ascendió a lo más alto, sin embargo, nunca se ha contado en su totalidad, en parte porque Wei se aferra con obstinación al secretismo, escondiendo al escrutinio público incluso los detalles más prosaicos de su vida.

No obstante, esta no es la única razón. Estados Unidos ha alimentado las leyendas en torno a otros narcocaudillos —Pablo Escobar o el propio mentor de Wei, Khun Sa—, haciendo de estos criminales auténticos iconos, para que, llegado el momento, su caída tuviera mayor impacto. Pero llamar la atención sobre Wei es más arriesgado. Su biografía está repleta de hechos incómodos: más de una vez se ha entremezclado con programas clandestinos estadounidenses de un modo que no habla bien del gobierno americano ni de sus aliados. Se encuentra entre las figuras más infames de nuestra historia reciente, comparable a Saddam Hussein de Irak o Manuel Noriega de Panamá, quienes en el pasado colaboraron con la CIA para convertirse, más tarde, en sus enemigos.

Entender a Wei y las intervenciones estadounidenses que favorecieron su ascenso requiere una imagen nítida del Triángulo Dorado. Los funcionarios americanos describen la región como una vorágine de naciones, tribus y carteles beligerantes —chinos, shan, wa, tailandeses y birmanos, entre otros— que forjan alianzas y las rompen, intercambiando balas y territorios de forma incesante. Y no es del todo incierto. Sin embargo, a menudo se blanquean los roles de dos *tribus* en particular: me refiero a la Agencia Central de Inteligencia (CIA) y a la Administración para el Control de Drogas (DEA).

Estas tribus burocráticas comparten ciertos atributos con los cazadores de cabezas wa. Provienen del mismo lugar, pero se disputan no calaveras, sino influencia, fondos y prestigio. Para que la carrera de Wei y, por tanto, la del EUEW cobren sentido, en primer lugar hay que comprender que no existe una estrategia americana en el Triángulo Dorado, sino dos, emprendidas por ramas separadas del gobierno estadounidense. En ocasiones, ambas agencias coinciden en sus posturas, pero cuando la DEA y la CIA colisionan, todo el Triángulo Dorado tiembla. Los traficantes más astutos se aprovechan de estas crisis, y Wei es el más avispado de todos.

Un breve apunte etnográfico de las citadas tribus americanas aclarará el motivo de sus disputas. Aunque el personal de la DEA y la CIA sirve al mismo gobierno, tienen diferentes antecedentes sociales, lo cual fue especialmente relevante entre los años setenta y ochenta. Muchos agentes de la DEA son expolicías o soldados, hijos —y a veces hijas— de la clase trabajadora. Honestos por naturaleza, nunca fumaron marihuana en el instituto. Su visión del mundo tiende a ser monocromática: nosotros somos los buenos; los narcotraficantes son «escoria». Estos agentes de narcotráfico cortejan a esa escoria, sonsacándoles trapos sucios de otros criminales y, con ello, esperan intervenir cargamentos de droga. Están convencidos de que incautar una tonelada de heroína puede salvar miles de vidas y encerrar a los caudillos de la droga puede salvar aún más. Se debe hacer justicia. La ley es la ley.

Para los agentes de la CIA, la ley no es la ley.[1] Su trabajo es mantener la supremacía mundial de Estados Unidos, por cualquier medio necesario. Los agentes de la CIA con frecuencia son captados de la Ivy League o de otras universidades distinguidas. Durante su formación, les hacen entender que el imperio está al borde del abismo y que deben hacer lo que sea para salvarlo, incluso mentir. Eso es lo que hacen los espías. Un agente de la CIA puede mentir a cualquiera, incluso a sus colegas americanos.

Cuando uno imagina a un agente de la CIA, no debería visualizar a alguien cayendo en paracaídas en un territorio hostil con un cuchillo entre los dientes; más bien, a un individuo con aliento a café ante una mesa en la embajada americana. Pueden figurar en el directorio de personal bajo títulos aburridos como Segundo Secretario de Asuntos de Agricultura. Es una tapadera. En realidad, pasan sus días controlando a una plantilla de confidentes o interceptando comunicaciones. Su trabajo es recabar información y, de vez en cuando, utilizarla para sabotear a los rivales. Lo último que quieren es que aparezca otro agente federal para entorpecer el flujo de información.[2]

Y ahí está el problema. A la DEA le gustaría encerrar a todos los narcotraficantes, incluso a los que facilitan información a la CIA. Un antiguo responsable de la CIA me dijo que los agentes de la DEA consideran que su «trabajo primordial es meter a los tipos malos en la cárcel. En cambio, la CIA prefiere reclutar a los malos para que les provean de información sobre otros tipos malos más importantes».[3] Al igual que la DEA, la CIA tiene un gran interés en los narcóticos, pero no necesariamente por las mismas razones. Los agentes de la CIA entienden que la heroína y la meta, como el petróleo, pueden dar vida a nuevas naciones o desestabilizar las que ya existen. Todo eso está muy bien, siempre y cuando Estados Unidos controle ese poder oscuro. Si la CIA tiene que hacer buenas migas con un cartel de droga «en defensa del interés nacional» —¡cómo adoran esta frase!—, que así sea. La agencia no le debe a nadie una explicación, y por supuesto tampoco a la DEA.

Esto no quiere decir que los agentes antinarcóticos y los espías siempre estén enfrentados. «He colaborado con la DEA durante mucho tiempo —me dijo el responsable principal de la CIA—. Me gusta la DEA. Pero existe un problema cultural, ¿entiendes? Son policías. Encierran a los que infringen la ley. Nosotros infringimos leyes. No leyes americanas, pero sí un montón de leyes extranjeras. Así es como operamos».

En el Triángulo Dorado, el conflicto entre estos dos grupos era inevitable. La CIA llegó allí primero. La DEA entró más tarde, a principios de los años setenta, amenazando el sistema de narcoespionaje de sus compatriotas. Desde entonces, sus conflictos han sembrado el caos en el submundo, algo impredecible que ha desconcertado a los traficantes locales, quienes consideran a los americanos como personas confusas, gente tan beligerante como para cruzar medio mundo solo para pelear con sus semejantes.

Sin embargo, no era el caso de Wei Xuegang. Wei era diferente. Él *es* diferente, ya que su carrera aún no ha llegado a su fin.

Hombre de inteligencia extraordinaria, Wei ha observado con detenimiento el caos creado por las luchas internas entre la CIA y la DEA y se ha aprovechado de la situación. Es capaz de percibir los planes de los espías y los sueños de los agentes antinarcóticos. Predice cómo sus intervenciones pueden decretar el éxito o la ruina de muchos caudillos de las drogas, creando vacíos de poder que él puede llenar. Su liderazgo durante décadas está definido por su forma de explotar varias operaciones de la DEA o de la CIA para su propio provecho.

A lo largo de los años, Wei no siempre desempeñó este juego a la perfección; pero ha aprendido de sus fracasos. En última instancia, aplicando su experiencia acumulada a la formación del Estado Wa. Fue allí donde Wei y Saw Lu chocarían en una lucha por el alma de la joven nación.

El relato vendrá un poco más tarde. Lo que sigue a continuación es la historia original de Wei Xuegang, un narcotraficante cuyos altibajos durante su carrera revelan la locura de la guerra estadounidense contra las drogas. Empieza en los picos wa, en el interior de una cabaña de madera llena de equipos de vigilancia de la CIA.[4]

Nacido a mediados de los años cuarenta, Wei creció en Ving Ngun, la Fortaleza Plateada, un rincón del país wa pegado a la frontera china. Nada en su adolescencia hacía presagiar el gran poder que llegaría a tener: era torpe y tímido, un inadaptado entre los demás chicos wa, que en su mayoría eran hijos de guerreros-campesinos.

Pese a que su madre era wa, Wei no lo es del todo: su padre fue un chino de la frontera que se integró en la tribu. La pareja crio a tres niños, y Wei era el mediano. Su padre le enseñó a leer y a escribir en chino, lo cual le ayudó a conseguir su primer empleo. A principios de los años sesenta, mientras otros adolescentes cuidaban adormideras, Wei trabajaba en un poste de escucha de la CIA instalado en el territorio de Mahasang el Príncipe. El supervisor del puesto era un agente de etnia china de la división de inteligencia militar de Taiwán.

La emisora de radio estaba llena de equipos electrónicos de intercepción alimentados con generadores activados manualmente. Wei se sentaba en la cabaña, interceptando por radio conversaciones de los comunistas chinos, filtraba fragmentos interesantes y los convertía en código Morse para transmitir a bases más grandes, operadas por los Exiliados. Su empleador directo operaba bajo la supervisión de la CIA, por lo que los espías americanos podían tener acceso a todo lo que registraba Wei. No era un agente de la CIA *per se*, sino más bien un subcontratado que hacía el trabajo sucio del espionaje.[5]

Su talento para los números y los códigos carecía de atractivo para los demás wa de su edad. Wei soportó sus burlas en silencio. Era introvertido, prácticamente solo se relacionaba con sus dos hermanos, y prefería hablar chino en lugar de wa. En un lugar en el que la gente apenas se bañaba, él se mantenía meticulosamente limpio. Era un espécimen raro en un país de cazadores de cabezas: lo que hoy llamaríamos un «friki».

Era aún un adolescente cuando lo vio por primera vez: el forastero que le rescataría de ese lugar espantoso y le metería de lleno en el tráfico de drogas.[6] Se llamaba Zhang Qifu, tenía unos diez años más que él y le sacaba una cabeza. También era apuesto: una maraña de cabello negro alborotaba su frente. Casi en la treintena, Zhang irradiaba autoridad, a pesar de que solo lideraba una milicia de tamaño modesto.

Mahasang gobernaba la Fortaleza Plateada y, aunque los Exiliados compraban una buena parte de su abundante cosecha de opio, también vendía a otros. Esto incluía a Zhang, que cabalgaba hasta las montañas a caballo con su pelotón de tiradores. Compraba opio wa para complementar el producido en su propio feudo, un valle situado al oeste, en el extremo del río Salween, a unos días a caballo. Zhang tenía ese don, común entre políticos y estafadores, de hacer que cualquier extraño en su presencia se sintiera especial. Cuando se encontró con Wei y se presentó, el torpe adolescente quedó cautivado.

Wei y Zhang descubrieron que tenían cosas en común; ambos eran medio chinos por parte de padre y tenían madres indígenas, aunque la de Zhang no era wa, sino shan. Asimismo, los dos sentían más afinidad por su lado chino. Los padres de Zhang murieron antes de que cumpliera los seis, por lo que fue criado por su abuelo paterno, de etnia china, cabecilla de un clan montañés pequeño pero duro que dominaba una aldea shan dedicada al cultivo de adormidera. Zhang acababa de heredar el liderazgo del anciano.

El abuelo se había contentado con vender el opio cosechado por los campesinos locales a las caravanas itinerantes de los Exiliados. Sin embargo, Zhang, ambicioso hasta la médula, quería ascender y traficar él mismo. Entendía que los pobres producían opio, los aldeanos de mediana edad como su abuelo lo recogían y lo vendían, pero eran los traficantes, al mover el producto más allá de las montañas, quienes tenían poder y lograban los mayores beneficios. Así pues, movilizó a cientos de milicianos shan para que transportaran sacos de opio hasta la frontera tailandesa: la puerta de entrada a los mercados internacionales. Zhang, un caudillo de la droga en ciernes, estaba convencido de que su destino era elevarse por encima de sus humildes orígenes, una sensación que Wei comprendía bien.

Había estado buscando un aprendiz y se ofreció como mentor de Wei, quien aceptó sin dudarlo. El trabajo del joven estenógrafo al servicio de la organización de espionaje Taiwán-CIA era aburrido y, peor aún, no muy lucrativo. «Ven a mi feudo —le propuso Zhang—, donde tengo mi propia emisora de radio para guiar a mis contrabandistas a lo largo de las rutas. Puedes encargarte de los envíos y enterarte de los secretos del tráfico de opio».

Hacían una pareja perfecta. Zhang era fanfarrón y ruidoso, nacido para ser líder; Wei era recatado y se sentía cómodo a la sombra de su nuevo jefe. El dinero atraía a ambos. Zhang prometió hacer rico a Wei. Muy pronto, le aseguró, irían mucho más allá de traficar con cantidades menores de opio por caminos salpicados de mierda de burro. «Lo único que tienes que hacer —le dijo Zhang a Wei— es quedarte pegado a mí y no traicionarme nunca».

Wei era un aprendiz sobresaliente. Tras unirse al equipo de Zhang, asumió responsabilidades que iban más allá de las comunicaciones por radio. Probó su destreza para encargarse de los presupuestos de la milicia y resultó ser un financiero prodigioso. Al simplificar las operaciones, hizo más rico a Zhang.

Gestionar el dinero del jefe dio a Wei un claro sentido de su propósito. De niño, su afición a la lectura había provocado las burlas de otros wa, pero ¿dónde estaban esos matones ahora? Descalzos y sucios en algún campo de adormideras. Su cerebro siempre triunfaría sobre su fuerza bruta: mientras su intelecto pudiera generar riqueza, era valioso, y un líder formidable como Zhang lo protegería del peligro. Zhang adoraba a Wei y le trataba como a un hermano pequeño. Este, por su parte, sabía cuál era su lugar: nunca replicaba y siempre se sometía a las exigencias de su jefe. Su mentor no podía actuar de otra manera: necesitaba desempeñar el papel de macho alfa en todas sus relaciones.

En Birmania, los señores de la guerra de las ligas menores compensaban su debilidad, por lo general, asociándose con grupos armados más poderosos que aseguraban su supervivencia.[7] Pero Zhang era alérgico a la autoridad. Aunque formaba alianzas, apenas duraban. Los Exiliados le reclutaron en una ocasión como comandante sobre el terreno con la misión de garantizar la seguridad en las rutas de las colinas shan, pero cortó la relación con ellos y empezó a traficar por su cuenta. Después de aquello, Zhang se asoció con una princesa shan que dirigía un movimiento rebelde, pero no pudo soportar tener que doblegarse a sus órdenes y también la descartó. A principios de los años sesenta se unió al programa de las fuerzas de autodefensa solo para obtener acceso a las carreteras del gobierno, lo cual suponía una ventaja para su nuevo negocio de narcotráfico. Ese trato sí duró, pero solo porque los oficiales birmanos se encontraban demasiado lejos para molestarlo; Zhang los consideraba simples bufones.

Zhang se unía a cualquiera que pudiera beneficiar sus intereses a corto plazo. Como le explicó a Wei, consideraba que otros carteles usaban la ideología como tapadera; anticomunismo, liberación étnica, cualquier cosa... Falsas banderas de conveniencia, blandidas para oscurecer el despiadado juego de mover las drogas por tierras sin ley. «No pretendo ser algo que no soy —reconocía Zhang—. Soy un hombre de negocios. Nada más».

La arrogancia de Zhang había minado su relación con la figura más poderosa del Triángulo Dorado, el general Lee Wen-huan, jefe supremo de los Exiliados. Lee había intentado ser mentor de Zhang durante mucho tiempo. Diez años antes, Zhang era un don nadie, un tipo duro de un pueblo cualquiera, cuyo clan vendía opio a sus caravanas, hasta que Lee le descubrió y le proporcionó armas, dinero y caballos: un paquete inicial para que se transformara en un señor de la guerra. El general estaba convencido de que Zhang poseía la materia prima necesaria para la grandeza: un matón con encanto, energía imparable y sangre china. Incluso consideraba cederle el trono en un futuro lejano. Lee no podía preparar a sus propios hijos para el papel —quería que fueran a la universidad en lugar de meterse en el negocio de las drogas—, de modo que su atención se centró en Zhang.[8]

Pero Zhang era un discípulo voluble. Era desagradecido, recibía regalos como mulas y rifles para aumentar el poder de su milicia, pero nunca llegó a aceptar el tutelaje de Lee, al menos no por mucho tiempo. Con todo, el general no se dio por vencido, animado por la esperanza de que superara su ego y se incorporara al equipo. Pese a que Zhang no siempre seguía las directrices de su mentor, ambos se encontraban cara a cara de vez en cuando, puesto que aún tenían una relación comercial que respetar. La milicia de Zhang tenía que apartar una cantidad de sus beneficios para los Exiliados, al igual que hacían las demás cuadrillas en Birmania. Como si se tratara de un reino que exige su tributo, los Exiliados insistían en obtener una parte de todo el opio producido en el país, tanto si lo recolectaban ellos como si no.

Monopolizaban el control de la frontera birmano-tailandesa, el portal a través del cual el opio birmano fluía hacia el mundo exterior, y nadie podía cruzarlo sin pagar el impuesto: nueve dólares por kilo de opio, no negociable. Pretender pasar droga sin coste por la frontera era un suicidio. Su red de radiocomunicación creada por la CIA era el ojo que todo lo ve. Los evasores de impuestos eran localizados y ejecutados. De modo que, cuando Zhang enviaba el opio a los compradores de Tailandia, pagaba con diligencia su peaje, aunque protestara por ello delante de Wei.

Un día, a mediados de los años sesenta, Zhang le pidió a Wei que se preparara para un viaje de una jornada de duración; había decidido que su joven protegido debía conocer al mandamás que dominaba el Triángulo Dorado. Cabalgaron hacia el sur, hasta el cuartel del general Lee, situado en la provincia tailandesa de Chiang Mai, nada más pasar la frontera. Desmontaron y, con los muslos aún doloridos, ataron sus monturas y subieron los escalones cubiertos de musgo hasta la casa de Lee.

El general los acompañó al interior, una residencia de piedra plantada sobre la cima de un monte, con el aspecto de un santuario primitivo. Era un hombre corpulento, de cuarenta y muchos años, de hombros anchos y vestido de color caqui gastado. Lee hablaba con pocas palabras, frases apenas mascculladas y, pese a su severidad, irradiaba una calidez paternal. El general procedía de Yunnan, el salvaje oeste de China, sinónimo de tallarines picantes y té fuerte. Wei y Zhang también descendían de clanes yunnaneses, hablaban el mismo dialecto y disfrutaban de la misma comida.

En casa de Lee, en el interior de un salón de té con paredes de cemento, Wei observó a su jefe transformarse en una figura mansa que parecía estar interpretando un papel. Le asombró ver cómo se esfumaba su desfachatez y se transmutaba en una persona solícita y cariñosa que llenaba la taza de té del general sin dejar que se enfriara. Hasta le llamaba «Maestro Lee». Los dos se comportaban como tío y sobrino.

—Maestro Lee —dijo Zhang—, quería que vieras cómo he progresado. Ahora tengo mi propio discípulo: Wei Xuegang. Es un operador de radio con talento, pero necesita mejorar sus destrezas. ¿Podría unirse a tus operadores y aprender un par de trucos?

—Como desees —accedió el general.

Ordenó a sus subordinados que escoltaran a Wei a la sala de radio, el centro neurálgico de comunicación de los Exiliados, que estaba a poco más de treinta metros de la puerta principal de la vivienda. Era un edificio cuadrado de color blanco repleto de transmisores fabricados en Estados Unidos, y en lo alto había una antena de acero con tres puntas, una suerte de tridente atravesando la neblina de la montaña. Día y noche, en el interior de aquella sala de radio, los soldados giraban diales y emitían órdenes en código a los distantes puestos avanzados de Birmania, incluyendo el viejo puesto de escucha de Wei en las montañas wa. El cielo sobre el Triángulo Dorado crepitaba con mensajes cifrados, algunos referentes al espionaje a China y otros sobre la logística del negocio de las drogas, a través de numerosas transmisiones que fluían por esta sala poco iluminada y atestada de equipos.

Zhang apuró su taza de té, se despidió y condujo de vuelta a su pueblo, dejando a Wei para que se formara junto a los mejores agentes de inteligencia del general Lee. Al cabo de aproximadamente una semana, una vez que aprendió todo lo que pudo, Wei se dirigió hacia el norte, de vuelta al territorio de Zhang. Ahora tenía en su cabeza un mapa mental de las virtudes y defectos del mayor cartel de droga de Asia.

Bien, pensó Zhang, porque ni él ni su prodigioso colaborador volverían a visitar de manera cordial al maestro Lee. Con ayuda de Wei, Zhang pretendía traicionar a su mentor y acabar con su supremacía. Para Wei fue un primer indicio del sentido de lealtad de su jefe. Es decir, no tenía ninguno.

Principios del verano, el comienzo de la temporada de monzones, 1967.

Zhang lo tenía todo planeado. En primer lugar, compraría dieciséis toneladas de opio wa en la Fortaleza Plateada, una adquisición que agotaría sus ahorros casi por completo. Su intención era sacarlo de Birmania a escondidas —sería el mayor envío en la historia del Triángulo Dorado— y venderlo sin pagar a los Exiliados ni un centavo. Si tenía éxito, obtendría el equivalente actual a cinco millones de dólares y habría logrado evadir un millón de impuestos.

Con los ingresos de esta colosal venta, fortalecería su milicia con mejores armas y nuevos reclutas. Entonces, los suyos tomarían el control de todas las rutas hacia las montañas wa, obligando a los Exiliados a pagarle a *él* un impuesto si querían acceder al codiciado opio. Dominaría una zona estratégica de los territorios de adormidera, siguiendo el modelo de los Exiliados, cuyo halo de invencibilidad se esfumaría. Todo el mundo en el Triángulo Dorado respetaría a Zhang como un caudillo a la altura del general Lee.

Al menos, esta era la idea. Su equipo tenía preguntas.

¿Dieciséis toneladas? Eso requeriría doscientas cincuenta mulas avanzando en una fila de kilómetro y medio de longitud, un ciempiés de innumerables patas, tan discreto como un tren de mercancías. Atravesar de incógnito la custodiada frontera birmano-tailandesa sería imposible. «Lo sé —dijo Zhang—. Por eso vamos a llevar las drogas a Laos».

Era una sugerencia poco ortodoxa. Birmania y Laos están separados por el río Mekong. Trasladar el opio por sus aguas seguiría violando la demanda del pago de impuestos de los Exiliados; si el origen del opio era Birmania, exigían una parte. Lo cierto es que, en los márgenes anegados del río, las tropas de los Exiliados apenas ejercían labores de vigilancia, pero por una buena razón: Laos, una violenta zona bélica, como un Vietnam en miniatura, no era un destino popular para los traficantes birmanos.

Dos candidatos se disputaban el control de Laos: los rebeldes comunistas locales en camaradería con el norte de Vietnam, y un gobierno militar de derechas respaldado por Estados Unidos. Cuando no luchaban contra la amenaza roja, los militares de Laos, apoyados por la CIA, también controlaban el narcotráfico del país.[9] Laos era una tierra montañosa rica en adormidera. Los generales de su ejército gestionaban toda la cadena de producción del opio, desde su recolección hasta su transformación en heroína y su transporte al mercado más lucrativo: Vietnam del

Sur. Los militares laosianos incluso llevaban la heroína a Saigón en aviones cedidos por Estados Unidos. El objetivo original de esta flota era combatir a las guerrillas comunistas, básicamente bombardeando la ruta de Ho Chi Minh, una vía de suministro que serpenteaba a través de Laos y Vietnam. Pero los aviones estadounidenses también resultaron prácticos para transportar la heroína.[10]

El comandante en jefe de Laos, Ouan Rattikone, era un obeso militar de cuyo uniforme de color blanco marfil colgaban medallas cuestionables. Era la mano derecha de la CIA en el país. Zhang había contactado con Ouan y, con su carisma infinito, lo convenció para que comprara toda la cuota de opio en una única transacción. Los generales laosianos no solían adquirir su mercancía en Birmania —ya tenían bastante opio en casa—, pero, en 1967, la demanda de heroína se había disparado gracias a los soldados americanos en Vietnam del Sur. El jefe Ouan podía convertir sin problemas dieciséis toneladas de opio crudo wa en polvo blanco y lograr un bonito beneficio. Así pues, aceptó la oferta de Zhang y le indicó que dejara el envío en un aserradero junto al Mekong, en el lado laosiano del río.

En julio de ese año, la caravana de Zhang se encaminó hacia el río de aguas templadas de un color castaño como la malta. Milicianos y animales cruzaron sobre barcazas de madera; sin embargo, Zhang no fue con ellos y su protegido tampoco. Ordenó a su cuadrilla que descargara las drogas, recibiera el pago de los hombres de Ouan y se apresurara a cruzar de nuevo, sin pérdida de tiempo. La milicia llegó al aserradero, un enredo de troncos amontonados sobre el barro que se había reblandecido por las lluvias recientes. Estaban apilando sacos de lona sobre el suelo cuando, de repente, una gran cantidad de esferas metálicas surcaron el cielo con siniestros silbidos.

Caían morteros.

Por la orilla del río ascendía la peor de las pesadillas: un batallón de más de mil combatientes de los Exiliados, lanzando bombas y disparando sus fusiles. Los milicianos de Zhang buscaron refugio en el barro blando, agachados detrás de los troncos, sus mulas rebuznando con la mirada enloquecida, y respondieron a los disparos. Tanto los hombres como los animales cayeron muertos en el lodazal.

En medio del furor del combate, el comandante Ouan envió un mensaje a ambos bandos: «Por favor, cesad el fuego para que pueda recoger mi opio». Ninguno paró, de modo que hizo llegar aviones T-28 fabricados en Estados Unidos, cargados de explosivos —destinados en principio a los comunistas vietnamitas—, y bombardeó el aserradero. Mientras las tropas de los Exiliados y la milicia de Zhang se escabullían, los soldados laosianos se apresuraron a recoger las dieciséis toneladas que habían quedado junto a los márgenes del río. El jefe Ouan nunca pagó. Poco después, el opio cultivado en tierras wa con el que Zhang había alimentado sus sueños de grandeza era conducido a los laboratorios de Laos. Sin duda, fue convertido en heroína y enviado a Saigón, donde nadó por las venas de los soldados estadounidenses.

La reputación lo es todo en el submundo, y la de Zhang había sido gravemente dañada: el episodio le hizo parecer idiota por haber retado a los Exiliados y haberse dejado robar por el comandante en jefe del ejército laosiano. Apestaba a derrota. Los años siguientes trajeron oleadas de humillación.

La mitad de sus combatientes lo abandonaron y tuvo que ocultarse, ya que los Exiliados le querían muerto. Hasta los generales birmanos desconfiaban de Zhang, cuya milicia, no obstante, aún era reconocida como fuerza de autodefensa. Lo último que necesitaban era un caudillo de la droga errático afiliado a su ejército —aunque fuera indirectamente— enzarzándose en luchas sin sentido a lo largo de sus fronteras y enfureciendo a los países vecinos. Optaron por cortarle las alas ahora que estaba derrotado. Durante el otoño de 1969, los oficiales birmanos atrajeron a Zhang a una reunión bajo falsos pretextos y después lo llevaron a rastras a una prisión de alta seguridad en Mandalay, una ciudad en las planicies centrales, lejos de las fronteras.

La acusación: alta traición. Zhang, viendo su estructura cuestionada, había tenido tratos con los rebeldes shan, sobre todo para intercambiar mercancía y hacer negocios. Pocos creían en serio que el caudillo pudiera llegar a convertirse en un revolucionario; era un mercachifle, no un luchador por la libertad, y hacía tratos con cualquiera; sin embargo, fue un pretexto útil para encerrarle. En Birmania, fraternizar con los insurrectos puede resultar en una sentencia de muerte.

Privada de su líder, la milicia de Zhang prácticamente se disolvió.[11] Los que se quedaron se hundieron en el pesimismo. Nadie poseía el carisma requerido para dirigir una narcomilicia y, desde luego, tampoco Wei, que se sentía más cómodo con un lápiz y un libro de contabilidad que con un AK-47. Si querían mantener viva aquella fuerza, debían hallar la manera de liberar a su jefe de chirona.

Zhang pasaría solamente cinco años tras las rejas. Más adelante, después de reunirse de nuevo con Wei y con sus subordinados, admitió que su temporada en la cárcel había sido una bendición para él. Para empezar, evitó que los Exiliados le localizaran en la jungla y le metieran una bala en el pecho. Pero además, este interregno también obligó a Zhang, entonces en la treintena, a tomarse un respiro del narcotráfico y enfocar las cosas con calma; en lugar de perseguir el próximo triunfo a toda costa, debía perfeccionar su estrategia de dominio. Despejar su mente resultó beneficioso.

Con Zhang encerrado, se produjeron una serie de oleadas expansivas que golpearon el Triángulo Dorado, convirtiéndolo en un lugar más complejo. Estas oleadas tenían su origen en Estados Unidos, a casi 130 000 kilómetros de distancia. A principios de los años setenta, los veteranos de Vietnam volvieron a casa en masa y sus compatriotas, ya desconcertados por la derrota extranjera, se sintieron aún más molestos al ver a sus hijos y hermanos regresar con marcas de agujas en sus brazos. Sus seres queridos estaban enganchados a la heroína y las familias se preguntaban por qué el gobierno estadounidense no hacía algo para encontrar a los productores de este veneno, quienesquiera que fuesen. Este escándalo incitaría al presidente Richard Nixon a declarar la denominada Guerra contra las Drogas.

—En esa época, yo creía en toda esa mierda —me dijo Mike Levine, entonces un agente antidroga afincado en Nueva York—. Ya sabes, tenemos que atrapar a esos extranjeros malvados que producen este polvo blanco. Sí, yo creía a pies juntillas toda esa mierda.

Levine trabajaba para las aduanas estadounidenses en la División de Contrabando de Narcóticos Duros. La DEA aún no se había formado, e impedir el tráfico de heroína era una labor dispersa que recaía en el Departamento de Justicia, la policía estatal y local, las aduanas estadounidenses y otras agencias. Al igual que la mayoría de los americanos, Levine ignoraba los vínculos de la CIA con los productores de heroína en el Sudeste Asiático, tales como los Exiliados, pero aquella ingenuidad no duraría: el agente novato estaba a punto de tropezarse sin querer con esta oscura alianza.

En el verano de 1971, Levine se encontraba en las entrañas del aeropuerto John F. Kennedy, haciendo sudar a un infractor, un exsoldado, en una sala de interrogatorios sin ventana. El hombre acababa de llegar de Bangkok con tres kilos de heroína escondidos en un doble fondo de su maleta Samsonite. Para Levine, el tipo parecía un idiota: de constitución menuda, gafas de abuelita y ojos grises nerviosos. Durante el interrogatorio, el sospechoso se quebró como una silla de jardín y cantó los nombres de sus proveedores: Liang y Geh, dos traficantes de etnia china de Tailandia.

Levine siguió las pistas y puso rumbo al este. Un mes más tarde, caminaba por las calles repletas de luces de neón de Bangkok, en su primera misión encubierta en el extranjero. Localizó a Liang y Geh y se presentó ante ellos como un miembro de la mafia italiana. «Seamos socios —propuso a los traficantes—, y no tendréis que depender de traficantes idiotas».

En ese momento, los contrabandistas de etnia china de Bangkok necesitaban desesperadamente un canal de gran volumen para introducir la heroína de los Exiliados en América. Sabían que los soldados que habían regresado a casa aún ansiaban la droga del Triángulo Dorado, pero les costaba pasar el producto a Estados Unidos. Entonces, llegó Levine simulando ser un capo de la mafia —Mike Pagano era su alias— y ofreciéndoles montar un negocio de exportación falso con capacidad para introducir una gran cantidad de su heroína directamente en la ciudad de Nueva York.

—Realmente, convencí a estos tipos de que yo era un *tutti frutti* de la mafia.[12] —A Levine le pareció divertidísimo. Ni siquiera era italiano, sino un chico judío del South Bronx—. ¡Estaban locos por hacer negocios conmigo!

Liang y Geh le emborracharon con bebidas caras y le regalaron ropa sofisticada. Su actividad favorita para consolidar las relaciones era una noche larga en un salón de masajes con mujeres muy maquilladas. En esas veladas locas, cuando salían a alternar, la pareja presumía de «la Fábrica», un complejo de refinerías de heroína en la provincia de Chiang Mai, que producía más de cien kilos a la semana. Si lo que decían era cierto, era uno de los laboratorios de droga más activos del mundo.

—La Fábrica era mi Monte Everest —me contó Levine—. Según me dijeron, el director de todo aquello era su tío; al cabo de dos semanas, estaban listos para llevarme al norte y presentármelo.

Sin embargo, poco después de que Levine confirmara sus planes para visitar la frontera birmano-tailandesa con sus nuevos amigos, recibió una llamada en su habitación del hotel Siam Intercontinental, el más elegante de Bangkok. Eran las dos o las tres de la mañana: «Acuda a la embajada de Estados Unidos —dijo la voz—. Asegúrese de que no le siguen». *Clic.*

En el interior de la embajada, Levine fue acorralado por un agente de la CIA.

—No reveló su nombre y, si lo hizo, dio uno falso. Vestía como el típico agente de la CIA de las películas, con una chaqueta de explorador. Solo le faltaba el casco de safari y un bastón.

—No irás a Chiang Mai. Queremos que termines este caso aquí. Órdenes nuevas: convencer a Liang y a Geh de que suelten un kilo en Bangkok y a continuación detenerles en el acto. Entregar a los idiotas a la policía tailandesa, volver a Nueva York, y ¡Bum! Ya eres la nueva estrella de tu pequeña oficina de aduanas. ¿Trato hecho?

—¡De ninguna manera! —rebatió Levine—. Voy a ir a Chiang Mai a conocer a su tío. Me van a presentar a los tipos que dirigen esta mierda.

—No, no puedes ir —insistió el agente de la CIA—. Allí no podemos protegerte.

—Yo no he aceptado este trabajo para que me protejan —contraatacó Levine—. Quiero ir.

El agente le recordó los cuatro años que había pasado en las fuerzas aéreas americanas —de algún modo, estaba enterado de su historial de servicio— y le exigió que actuara como un soldado.

—Eres un exmilitar, cumple las órdenes; estamos en plena Guerra de Vietnam, es complicado y no entiendes la visión global.

Levine regresó al hotel, abatido. Consideró la idea de ir a la Fábrica, desafiando a la CIA.

—Me alegro de no haberlo hecho. No creo que hubiera sobrevivido. Si me hubieran matado allí, nadie se habría enterado. Tal vez habrían puesto una de esas estrellas de mierda por mí en un muro conmemorativo.

Al final, Levine obedeció las órdenes de la CIA. Detuvo a Liang y a Geh y reservó un vuelo de vuelta al aeropuerto JFK. La CIA pudo evitar el problema por los pelos. Sin embargo, el incidente fue el preludio de una disputa interna mayor con el gobierno americano. Una que alteraría el negocio de los Exiliados, lo que proporcionó una oportunidad para sus rivales: Zhang y Wei.

Aquel verano de 1971, el presidente Nixon puso en marcha el plan de la Guerra contra las Drogas: una flamante contienda para apaciguar al público y distraerlo de la derrota en Vietnam. En un programa de la televisión nacional, advirtió: «Si no acabamos con la amenaza de las drogas en Estados Unidos, sin duda con el tiempo las drogas nos destruirán a nosotros». Los legisladores del Congreso canalizaron el temor hacia los «nuevos radicales de izquierdas» drogadictos y hacia los colectivos negros de las ciudades. Sin embargo, los responsables de las altas esferas sabían dónde estaba realmente el problema, pero temían que poner el foco en el tráfico de estupefacientes sería como agitar un avispero. Como había pasado con Levine, cualquiera que investigara el tráfico de drogas en Asia se toparía de lleno con el servicio secreto estadounidense.

La organización antidroga del Departamento de Justicia, la División de Narcóticos y Drogas Peligrosas, predecesora de la

DEA, contaba con la atención del presidente. Sus funcionarios presentaron un plan para desactivar la situación. Pidieron permiso a la Casa Blanca para desvincular a la CIA de los Exiliados y, al mismo tiempo, desterrar al cartel del negocio del opio con discreción y de manera que no avergonzara a la agencia de espionaje ni a sus afiliados del tráfico de drogas.

En marzo de 1972, nueve meses después del contratiempo de Levine, funcionarios de la División de Narcóticos de Estados Unidos viajaron a Chiang Mai y se dirigieron a una base militar tailandesa. Allí, apiladas frente a ellos en un solar polvoriento, se encontraban veintiséis toneladas de opio embaladas en sacos de arpillera. Supuestamente se trataba del arsenal completo de los Exiliados. Lo habían comprado por un millón de dólares de los impuestos de los contribuyentes estadounidenses, un trato negociado con la ayuda de los oficiales tailandeses con contactos en el cartel.[13] Había opio para generar heroína por valor de tres mil millones de dólares, suficiente para cubrir las necesidades de los drogadictos americanos durante seis meses. Los sacos fueron colocados sobre troncos: diez piras funerarias, cada una de casi dos metros de altura. Habían acudido para asistir a la quema, un evento «sin precedentes», al menos desde que la dinastía Qing de China destruyó mil toneladas de opio británico trece décadas antes.

El trato concebido por la División de Narcóticos y Drogas Peligrosas, y negociado a través del ejército tailandés, estipulaba que los líderes de los Exiliados, incluyendo al general Lee, dejarían de traficar con opio para siempre y a cambio no se enfrentarían a acusaciones por su actividad criminal en el pasado. Los militares tailandeses incluso se encargarían de reconvertir a los Exiliados en una unidad auxiliar a tiempo parcial y les concederían la ciudadanía. Los combatientes de etnia china permanecerían inactivos, cultivando melocotones y té Oolong junto a la frontera, pero conservarían sus armas para ahuyentar a los comunistas de la zona. Todas las partes se retiraban indemnes. Lee y los demás líderes de los carteles aceptaron los términos, pero no quisieron asistir a la quema de su opio.

Los químicos estadounidenses, que habían acudido para la ocasión, analizaron el opio de los Exiliados, confirmaron su

pureza y dieron la señal para proceder. Los soldados tailandeses lo empaparon con combustible y prendieron fuego. Las piras sisearon y estuvieron despidiendo humo negro durante quince horas seguidas. La división de antinarcóticos, estrella ascendente en el universo de las agencias federales, obtuvo una victoria. Con el respaldo del presidente, acababan de derrocar su primer cartel de drogas en el extranjero, el mayor de Asia, al mismo tiempo que sacaban del embrollo a la CIA.

O eso fue lo que pensaron en su día. Llegada la primavera, los Exiliados hicieron caso omiso del trato y pusieron en marcha nuevas caravanas de mulas hacia las tierras de adormidera en Birmania, según lo previsto en el calendario habitual. No habían tenido ninguna intención de cerrar el negocio; tampoco la CIA les presionó para que cumplieran el acuerdo.[14] De hecho, la agencia no tenía intención de dejar que un departamento novato desmantelara a los Exiliados. Siempre habría algún que otro cartel que acabaría dominando el tráfico de heroína en el Sudeste Asiático; mejor que fuera uno proestadounidense en lugar de otro hostil a los intereses americanos o, Dios no lo quisiera, uno integrado por comunistas.

En 1973, Nixon creó la Agencia para el Control de Drogas, un clan de «superpolicías» que se desplegaba por todo el mundo para acabar con los productores de narcóticos y llevar a cabo la Guerra contra las Drogas. Sin embargo, desde el principio, los agentes más astutos advirtieron que esta contienda se libraría con una condición: que el objetivo no fueran nunca traficantes considerados valiosos para la CIA. Por ejemplo, ese mismo año, un teniente de los Exiliados y su equipo fueron sorprendidos intentando pasar opio de contrabando a Estados Unidos. Les dijo a los agentes de la DEA que eran activos de la CIA, que su labor era espiar a China y que, por tanto, estaban protegidos. Y tenía razón. Los agentes de la CIA obligaron a la DEA a dejar el caso. Los traficantes se marcharon sin cargos.[15]

Algunos agentes no quisieron aceptar esta hipocresía, entre ellos Levine, que se había incorporado a la DEA desde su fundación. «Es una hermandad de universitarios con armas y ningún honor —dijo sobre la CIA—. La gente a la que protegen, los que

llamaban *activos*, están jodiendo a Estados Unidos y usan a la CIA como condón».

La contienda DEA-CIA había comenzado. Hacia mediados de los años setenta, la DEA reforzó su presencia en Tailandia y, pese a ser más débil que la CIA, demostró ser una organización aguerrida que infundía respeto. Los Exiliados no podían escupir sin más a la cara a los agentes antidroga americanos; al menos debían fingir que se habían reconvertido en inofensivos granjeros de té, como habían prometido, aunque solo fuera para guardar las apariencias con el gobierno americano. Verse envueltos en otra batalla escandalosa y desagradable, como el enfrentamiento en el aserradero con la milicia de Zhang años antes, no sería acertado. Socavaría la gran mentira, atraería a reporteros entrometidos y pondría en peligro el orden establecido, tal vez incluso obligando a Estados Unidos y a los servicios de inteligencia de Tailandia a rescindir la inmunidad judicial y a dejar que la DEA acabara con los Exiliados.

Todo esto planteaba un grave problema: cualquier cartel de droga incapaz de usar su poder para defender las rutas de narcotráfico se jugaba el territorio. La Guerra contra las Drogas debilitó en extremo a los Exiliados, y pocos podían oler la debilidad mejor que Zhang y Wei.

En 1974, tres años después del inicio de la Guerra contra las Drogas, los hombres de Zhang al fin liberaron a su jefe de la prisión. Sacarlo mediante la fuerza bruta no fue posible. La cárcel donde los birmanos lo retenían estaba bien fortificada, en las planicies distantes y polvorientas de Mandalay, de modo que tuvieron que ser creativos. Optaron por un intercambio de rehenes: secuestraron a dos médicos soviéticos de una clínica remota y amenazaron con volarles la cabeza si no liberaban a Zhang. Los agentes birmanos, que detestaban contrariar a la Unión Soviética —entonces, la segunda superpotencia del mundo— soltaron los grilletes

del preso a regañadientes. Una vez liberado, Zhang se reunió con Wei, su discípulo, y con el resto de la banda.

La prisión había cambiado al jefe. Según Zhang, le había dado tiempo para pensar quién había sido y en qué se quería convertir. Había pasado su periodo de confinamiento reflexionando sobre el futuro de su raza. Se refería a la raza shan, para sorpresa de Wei. Antes de su arresto, Zhang apenas mencionaba su sangre nativa, adquirida de su madre fallecida tiempo atrás. Se consideraba, en todos los sentidos, un empresario de etnia china. Sin embargo, ahora se preguntaba por qué los birmanos y los tailandeses tenían sus propias naciones, pero su hermoso pueblo shan no.

Aseguró a sus seguidores que un pueblo sin nación estaba condenado a cultivar arroz para los estómagos de sus opresores, a que sus hijos fueran reclutados y sus hijas vendidas como prostitutas. ¿Acaso no dormían los ocho millones de mendigos shan sobre camas de oro en forma de opio, pero privados de su riqueza por forasteros como el general Lee? Vivirían en la miseria hasta que apareciera algún gran líder para forjar una nación shan independiente.[16]

—Yo soy ese líder —aseguró—. Enterrad el nombre de Zhang Qifu; de ahora en adelante soy Khun Sa.

«Príncipe de la Prosperidad» en el idioma shan.[17]

Era obvio que la prisión no había reducido su ego. Los estudiosos del pueblo shan aún debaten si esta transformación fue sincera. De cualquier modo, Zhang parecía comprender, en contradicción con su visión anterior, que un mero granuja solo podía reunir a un número limitado de seguidores. Pocos están dispuestos a luchar para enriquecer a otro hombre, en cambio, muchos sacrificarían su sangre para elevar su raza. Esta verdad fue corroborada cuando Khun Sa pudo reunir en poco tiempo a miles de luchadores shan a su lado, exaltándolos con promesas de una nacionalidad inminente. En 1976, Khun Sa, con Wei a su lado, eligió un emplazamiento para esta nueva nación shan: un valle que pertenecía a los Exiliados, en el lado tailandés de la frontera.

Los locales lo llamaban Roca Partida, una rara brecha en las montañas birmano-tailandesas que conectaba a ambos países. Los Exiliados la usaban como vía de paso para las caravanas de gran

tamaño. Un ancho camino polvoriento, hollado por un millón de pezuñas, recorría Roca Partida. Los contrabandistas no afiliados a los Exiliados también podían pasar, «pero cualquiera que no estuviera con nosotros tenía que pagar el peaje», dijo Jao Kai Wa, un antiguo sargento de los Exiliados.[18] «Los forasteros siempre pagaban, a no ser que quisieran tener un problema».

Huesudo y de apariencia hosca, Jao era el jefe de recaudadores de los Exiliados en Roca Partida. Una mañana de 1976 escuchó por la radio que la noche anterior había habido problemas: unas pocas decenas de contrabandistas habían entrado a pie, dejando algo de opio en el lado tailandés, para después volver con sigilo a Birmania sin pagar. Era posible que fueran los hombres de Khun Sa, según el operador de radio.

Khun Sa. Jao conocía el nombre. El canalla de Zhang, reinventado como Robin Hood, que había prometido liberar a los shan.

—A mí no me importaba nada esa mierda —me dijo Jao—; lo único que sabía era que no pagaba impuestos.

No es que el sargento Jao disfrutase de esos impuestos: su pelotón vestía con uniformes desgastados y los hombres solo hallaban algo de cerdo en sus cuencos de arroz una vez al mes. Al igual que muchas empresas, los Exiliados vigilaban con obsesión los gastos. El fusil de Jao era un M-16 del mercado negro que había visto mejores días. Pero funcionaba, y ahora tenían trabajo que hacer: encontrar a los asaltadores de fronteras de Khun Sa, unos treinta si la transmisión por radio estaba en lo cierto. Jao ordenó a sus hombres que se armaran. Salían de caza.

Su pelotón entró en Birmania con sigilo y encontró a los infractores en un pequeño barranco. Los intrusos de Khun Sa descansaban, algunos dormían, agotados por su incursión nocturna. Jao ordenó a sus hombres en susurros que rodearan al enemigo y esperaran su señal.

—No queríamos enredarnos en un tiroteo largo y agotador si se podía evitar —me contó Jao—. Pedirían refuerzos, nosotros también, y tendríamos que quedarnos allí todo el día. La idea era matarlos a todos de golpe: darles un abrazo.

—¿Un abrazo?

—Claro. Es como cerrar el puño con el enemigo en medio. Los rodeas y aprietas. Caminas lentamente hacia el centro, disparándolos a todos mientras te aseguras de no dar a tu propia gente.

La masacre solo llevó un minuto o dos; treinta hombres shan asesinados por el delito de evasión de impuestos. Jao no se quedó cerca para registrar los cadáveres. Habían organizado un barullo tremendo y era hora de marcharse. La oscuridad sobrevino antes de que el pelotón llegara al cuartel general, y los soldados hambrientos se dirigieron directamente a comer algo. Era de suponer que su valentía merecería una botella de *baijiu*, un licor de arroz chino que abrasa la garganta, o al menos, unas longanizas.

—Sin embargo, lo que recuerdo —dijo Jao— es que cuando llegamos se había acabado el arroz. Nos fuimos a dormir con hambre.

Esa fue la última vez que Jao se impuso a los combatientes de Khun Sa. Durante los meses siguientes, los rebeldes shan se abrieron paso en Roca Partida con mayor ferocidad, obligando a los Exiliados a marcharse del valle. No recibirían el abrazo de la muerte. Eran demasiados, sus miradas encendidas con un fervor por la libertad que los Exiliados, de mayor edad, ya no sentían. Khun Sa liberó Roca Partida y estacionó a dos mil luchadores leales, el equivalente a un tercio de las fuerzas de los Exiliados. Los concentró en ese único valle, retando al general Lee a reconquistarlo.

Sin embargo, Lee no pudo hacerlo. Al menos, no bajo las restricciones de la Guerra contra las Drogas. Khun Sa y Wei lo habían planeado a la perfección. Los Exiliados podían emprender alguna escaramuza en Birmania, pero una batalla de mayor alcance en la frontera tailandesa atraería a la prensa y revelaría que aún constituían un megacartel, no un colectivo de dóciles granjeros. Los granjeros no se metían en refriegas por el control de las rutas de la droga. Con las manos atadas, los Exiliados tuvieron que renunciar a Roca Partida.

Khun Sa dio al valle un título grandioso: Shanland.[19] Una micronación de unos 259 kilómetros cuadrados, el tamaño de Washington D. C. Nuevos ciudadanos entraron en tropel, desbrozando a hachazos los terrenos obstruidos por matorrales y enredaderas, y levantaron casas con paredes de bambú y tejados de zinc. Khun Sa les proporcionó cañerías, electricidad, un hospital, escuelas e incluso documentos de identidad. Encargó una bandera elaborada con tela amarilla y verde, y la izó. A las cuatro de la mañana, incluso antes de que cantaran los gallos, Khun Sa montaba un corcel negro y galopaba a través de su país virgen, gritando en la niebla: «¡Despertad, ciudadanos de Shanland! ¡Tenemos una nación que construir!».

«Dime un país que se haya independizado —decía Khun Sa— sin tener que soportar privaciones y sin tener que luchar. Si la lucha del pueblo shan, al que pertenece legítimamente este país, es injusta, también lo fue la de la Revolución Americana».[20]

Khun Sa nombró a Wei tesorero de la nación. Su protegido tenía su propio despacho, equipado con líneas telefónicas, y una sala de radiocomunicaciones que rivalizaba con la del propio general Lee. Wei llamó a sus dos hermanos, Xuelong y Xueyin, para que le ayudaran en su gestión. Trabajaban muchas horas, llamando a clientes día y noche y forjando relaciones con prometedores mayoristas de heroína de Bangkok, Taiwán y Hong Kong.

Sin embargo, los hermanos Wei no se conformaban con vender heroína por toda Asia; habían puesto sus miras en los americanos, los clientes más solicitados, ya que eran numerosos y ricos según los estándares globales. Diversos carteles del Sudeste Asiático habían intentado pasar heroína de contrabando al otro lado del Pacífico, usando a veces a los soldados americanos como mulas en aviones comerciales, pero las entregas eran fragmentarias e irregulares. Wei y sus hermanos, colaborando con la diáspora china, encontraron una solución mejor. Embarcaban el producto de Shanland en buques portacontenedores y aviones de carga con destino a Estados Unidos, lo que permitía el transporte en cantidades ingentes. Los laboratorios de droga de los hermanos Wei sellaban los kilos de droga envueltos en plástico y los marcaban con su emblema: dos leones rojos encaramados sobre el planeta, una marca como los lazos de Coca-Cola, que garantizaba a los traficantes de la cadena de suministros la pureza del producto.[21]

En 1977, justo un año después de la fundación de Shanland, Wei había logrado lo que muchos pensaron que sería imposible, destrozar el monopolio de los Exiliados. Shanland ahora controlaba la mayor parte del tráfico de opio regional.[22] Sin embargo, nunca se atribuyó el mérito de esta victoria impresionante y en su lugar dejó que el pueblo shan creyera que la única fuente de su prosperidad era Khun Sa.

Esto hizo que Khun Sa apreciara a su tesorero más que nunca. Adulaba a Wei, con frecuencia en detrimento de otros miembros de su burdo gobierno de colegas criminales. ¿Por qué no podía el resto esforzarse de manera incansable y desinteresada como él? Todos tendrían que parecerse a Wei Xuegang.[23]

Bajo la promesa de estar librando «una guerra en todo el mundo contra la amenaza de las drogas», la DEA continuó expandiéndose por todo el planeta. Abrieron oficinas en decenas de países, incluyendo Italia, México o Perú. Entre sus objetivos estaban la mafia del Mediterráneo y las bandas fronterizas de Latinoamérica que introducían cocaína y cannabis en Estados Unidos. Sin embargo, Tailandia era la prioridad, merecedora de dos oficinas, una en Bangkok, uno de los mayores núcleos de droga del mundo, y, a finales de los años setenta, otra en Chiang Mai.

Chiang Mai era un oasis de civilización en las colinas: las campanas de los templos tañían por el día y las discotecas retumbaban de noche. Muros medio derruidos rodeaban el centro, al igual que un foso con los restos de un antiguo palacio. A pesar de su aspecto pintoresco, la zona era caldo de cultivo para el tráfico de heroína. El general Lee conservaba una propiedad en la ciudad, un refugio seguro para su esposa e hijos, lejos de su cuartel general situado en la frontera.

También había un pequeño consulado americano, supuestamente destinado para asistir a los mochileros. Oculta en su interior, había una sede de la CIA, creada en buena medida para actuar de enlace con los Exiliados y otros activos del Triángulo Dorado.[24]

Cuando la DEA cometió la temeridad de establecer su propio puesto de mando en el mismo consulado, los espías estadounidenses se enfurecieron, y pronto las dos organizaciones entraron en conflicto. Las autoridades del Departamento de Estado procuraron mediar en la contienda. Tal como lo explicaba un diplomático americano, antiguo segundo al mando en Tailandia: «pasamos mucho tiempo intentando evitar que se mataran mutuamente. En ambos bandos había hombres muy impulsivos».[25]

Muchos agentes de la DEA en Chiang Mai, hartos de que la CIA fuera la que decretara qué traficantes estaban protegidos, se desmoralizaron. No fue el caso de Angelo Saladino, que comprendió pronto lo inútil de un enfrentamiento. De sangre siciliana, Saladino era un antiguo voluntario del Cuerpo de Paz en Tailandia que hablaba bien el idioma e incluso había adoptado algunas peculiaridades propias del país, como la propensión a sortear los problemas en lugar de buscar confrontaciones abiertas. «De verdad, procuraba evitar a la CIA tanto como me era posible —me dijo—. Eso implicaba algunas concesiones. ¿El general Lee? Intocable. Pero el emergente caudillo de la droga, Khun Sa, era un objetivo legítimo, si es que la DEA hallaba el modo de apresarle».

La primera imagen que obtuvo Saladino del Shanland de Khun Sa fue a través de una película de Súper 8. La policía tailandesa se la había confiscado a algún secuaz de poca monta y la había distribuido. El vídeo casero revelaba una velada encantadora: «Un montón de tíos trajeados en un banquete lleno de adornos, todo lo elegante que se podía estar dado el entorno selvático —me contó—. Era evidente que Khun Sa era el gran jefe, estaba recibiendo a gente que había ido para presentarle sus respetos. Daban la impresión de tener una vida bastante acomodada».

No era de extrañar que Khun Sa pareciera relajado. Él y su tesorero lumbreras, Wei, prácticamente estaban vacunados contra el arresto. Neutralizar a la DEA era simple. Los agentes antidroga americanos no podían detener a los sospechosos sin más. Solo hacían las investigaciones necesarias y respaldaban a policías locales que tenían el poder real para detenerlos. De modo que Khun Sa repartía sobornos a los funcionarios tailandeses: desde policías provinciales a generales y, al parecer, al mismísimo primer ministro.[26] En alguna ocasión la policía se metía con sus lacayos, pero Khun Sa y su círculo cercano eran inmunes.

Esa era la parte más irritante de trabajar para la DEA. Podías enterarte de todos los detalles acerca del principal responsable local, hasta sus gustos en cuanto a la bebida —a Khun Sa le gustaba el whiskey escocés—, pero no podías ponerle un dedo encima salvo que el país anfitrión diera su aprobación.[27] «Apenas había grandes incautaciones de droga porque no había manera de acceder a ella —continuó Saladino—. Todo el mundo ganaba demasiado dinero. Los sobres llegaban hasta las más altas esferas del ejército».

Algunos policías tailandeses, los que sí creían en la Guerra contra las Drogas, intentaban ayudar a la DEA. Otros les tomaban el pelo a los estadounidenses. Saladino recuerda una noche en la que, a partir de una pista, persiguió a un camión cisterna que al parecer estaba lleno de opio. Lo siguió hasta una granja de plátanos, saltó la valla bajo una lluvia torrencial, localizó el camión, se subió a la cisterna y abrió la escotilla. En el interior encontró más de mil paquetes de opio. Los policías tailandeses aparecieron, incautaron las drogas y las destruyeron. La DEA pagó una recompensa al autor del chivatazo, que resultó ser un coronel de la policía, no un civil.

Y, encima, el «opio» era falso.

«No es difícil hacer opio falso —me explicó Saladino—. Coges plátanos muy maduros, los mezclas con grasa de cerdo o sebo refinado, añades trozos de paja de arroz y consigues algo muy parecido». Saladino podía haber armado un escándalo; no obstante, conocía la cultura tailandesa lo bastante bien como para saber que a la larga le perjudicaría. Los budistas tailandeses tienden a considerar que las rabietas son señal de locura y nadie quiere cooperar con un lunático.

Esta era la realidad de la labor de la DEA en Tailandia. Guardarraíles invisibles por todas partes, algunos construidos por las autoridades tailandesas; otros, por los funcionarios de la CIA. Desafiarlos no solo no tenía sentido, sino que además era peligroso.

Convertido ya en un delincuente consumado, Khun Sa se volvió lo bastante osado como para aventurarse a salir de su guarida en la montaña. La prensa sensacionalista le sorprendía bailando en el Blue Moon, un pretencioso club nocturno de Chiang Mai, o sentado en la primera fila de un concierto de pop en Bangkok. En su armario guardaba una túnica tradicional shan, un uniforme de general de color pardo y un traje de negocios con raya diplomática y hombreras a la moda de los años ochenta. Era un auténtico camaleón: un hombre del pueblo o el ocupante de un ático de lujo, dependiendo de la ocasión.

Gran parte de Shanland era rural, y el centro parecía la calle principal de un pueblo del Viejo Oeste: pequeñas tiendas hechas con listones de madera que vendían arroz y fertilizantes, y una casa de empeño que exponía muebles y guitarras acústicas en el escaparate. Pocos ciudadanos conocían la opulencia de la residencia privada de Khun Sa, que siempre estaba vigilada. El jefe de Estado habitaba una elegante villa con pistas de tenis y una piscina gigantesca. Por las noches, por sus estancias corría el whiskey, enfriado con cubitos de su propia fábrica de hielo. Su sala de entretenimiento contaba con una pantalla de proyección en la que Khun Sa veía desde dibujos animados de Mickey Mouse a películas porno con títulos como *Secretos en el convento* o *La monja recoge setas.*[28] El esplendor incluso atraía a los oficiales de los Exiliados que habían desertado; cansados de servir a una organización tacaña en decadencia, estaban ansiosos por trabajar para una estrella en ciernes.

La presencia de Wei en estos espacios de ocio no era frecuente. Nunca se emborrachaba ni participaba en fiestas, aunque tampoco lo echaban de menos; él prefería la compañía de sus hermanos y el ajetreo de la oficina. A los demás funcionarios de Shanland les parecía raro por su manía de lavarse las manos de un modo incesante, su quietud y esa actitud de sabelotodo. Wei era un germófobo rodeado de asesinos. Era tan quisquilloso que, antes de sentarse, ya fuera en una silla o en el tronco de un árbol, extendía las manos por sus muslos, estirando los pantalones para evitar arrugas. Lo que más odiaban era la expresión petulante de su rostro cada vez que Khun Sa lo elogiaba.

Sin embargo, nadie podía burlarse del tesorero abiertamente. Eso enfurecería al jefe y no era conveniente disgustar a Khun Sa, un líder vengativo, cuyo roce con la buena vida no había suavizado sus aristas cortantes. En Shanland, Khun Sa encargó construir una prisión especial: una cámara subterránea de casi diez metros de profundidad.[29] Metían a los cautivos por una boca de acceso en la superficie, y los bajaban hacia el interior oscuro con una cuerda. Una vez sellada desde arriba, la caverna quedaba oscura como el interior de un ataúd. Los presos que salían después de varios días quedaban cegados ante la luz del sol como recién nacidos de ojos pegajosos. Los romanos no podrían haber diseñado un lugar más espantoso. Khun Sa sentenciaba a sus seguidores desobedientes a pasar un tiempo en este agujero. La prisión recordaba a las máximas autoridades de Shanland que, a pesar de su retórica de altos vuelos, el líder aún podía ser cruel. Vivía obsesionado por la traición, una característica de los traidores natos.

Saladino tenía un nuevo jefe: Mike Powers, agente principal de la DEA en Chiang Mai. De físico imponente y desaliñado, le describían como una especie de «Increíble Hulk».[30] Neoyorquino y con un acento marcado, Powers había sido marine en Vietnam. Sirvió como *lurp*, nombre que reciben los miembros de la Patrulla de Reconocimiento de Largo Alcance. Adentrarse en las profundidades de un territorio enemigo requería un valor excepcional, y la CIA había reclutado a Powers para llevar a cabo misiones especiales, cuya naturaleza no revelaba.[31] Al finalizar la guerra, se unió a la DEA.

En Chiang Mai, Powers estaba cruzando algunas líneas rojas. Decidido a indagar en la podredumbre de las fuerzas de seguridad de Tailandia, puso al descubierto los vínculos de algunos policías con traficantes y arruinó carreras a diestro y siniestro. Al hacerlo, también amenazó a Khun Sa, que dependía de policías corruptos para evitar su detención e incluso para transportar su droga. Las autoridades tailandesas le instaron a moderarse, pero él siguió indagando.

Una mañana de mediados de octubre de 1980, Powers recibió una llamada de teléfono inquietante. Su mujer, Joyce, y su hija de tres años habían sido secuestradas. Se encontraban de compras en un mercado de Chiang Mai cuando un joven tailandés le puso un revólver calibre 38 en la cabeza, y la arrastró a ella y a su hija hasta la cabina de una camioneta. Estuvo a punto de escapar, pero los policías llegaron de inmediato y cercaron el vehículo, apuntándolo con sus armas. Los transeúntes, curiosos, se agolparon alrededor.

Powers se presentó en la escena enseguida, abriéndose paso a empujones entre la multitud boquiabierta, y se dirigió directamente al pistolero. Se desabotonó la camisa para demostrarle que no iba armado. Por medio de un transeúnte bilingüe, el agente de la DEA imploró al secuestrador que al menos soltara a la niña. El hombre convino y permitió salir de la camioneta a la pequeña, pero mantuvo el revolver pegado al rostro de Joyce. Fumaba con furia, un cigarrillo tras otro. La mano en la que portaba el arma no paraba de temblar.

Mientras Powers le ofrecía grandes sumas de dinero para que la soltara, el revólver de pronto se disparó, tal vez por accidente. El asesino entró en pánico y empezó a tirotear a los presentes de forma incontrolada. Al instante, los policías tailandeses llenaron su cuerpo de balas y hundieron una de calibre 45 en su cerebro. Cuando el humo de las pistolas se disipó, tanto Joyce como el secuestrador estaban desplomados sobre los asientos de la camioneta.

La pareja tenía tres niños, y Powers, afligido por el dolor, los llevó de vuelta a Estados Unidos. Otro agente casado de la DEA también se marchó de Chiang Mai por temor a que su mujer corriera la misma suerte. Tan solo quedaron unos cuantos: dos solteros y Saladino, ahora ascendido a agente encargado. Su propia esposa, Barbara, vivía atormentada.

—Eso, bueno... causó algunos problemas —me contó Saladino.

—Sí —añadió Barbara—. ¡Problemas conyugales!

—Pero mira —apuntó—, si me hubiera marchado, cerrando esa oficina, ¿qué señal habría enviado para el resto de traficantes del mundo que querían deshacerse de la DEA?

Barbara y los niños se reubicaron en Bangkok y Saladino permaneció allí.

—Es probable que eso fuera lo más cerca que hemos llegado a estar del divorcio —me dijo ella—. Él sentía que tenía que quedarse a defender el fuerte; de lo contrario, ellos habrían ganado.

Pero, ¿quiénes eran *ellos* exactamente? ¿Quién ordenó el secuestro de Joyce Powers?

Con seguridad, la CIA lo sabía, o al menos disponía del poder de averiguarlo. La agencia tenía oídos en los más oscuros rincones relacionados con el narcotráfico, incluso en lugares a los que la DEA no tenía acceso. La CIA custodiaba su información como un dragón sentado sobre su tesoro; sin embargo, los agentes de la DEA pensaron que haría una excepción con Mike Powers, que al fin y al cabo era un antiguo miembro de la CIA. Su red de investigación determinaría quién ordenó el secuestro chapucero de Joyce. Pero en su lugar, los agentes, comprometidos con su guerra de posiciones, dejaron fuera a la DEA; lógicamente, estos echaban humo. Los dejaron solos para que sacaran sus propias conclusiones y las sospechas recayeron sobre Khun Sa.

—Poco antes habíamos confiscado a los hombres de Khun Sa una enorme carga de anhídrido acético —dijo Saladino—; aquellos bidones eran muy valiosos y pensamos que tal vez pretendían usar el secuestro como moneda de cambio para recuperar los productos químicos.

El anhídrido acético es transparente como el agua y huele a pepinillos en vinagre. Es esencial para el proceso químico que convierte la pasta de opio en heroína. Los laboratorios, controlados por los hermanos Wei en Shanland, lo adquirían a través de turbios agentes policiales, algunos recién descubiertos por la DEA y enviados a prisión. Quizá el plan no era matar a Joyce Powers, sino retenerla para pedir un rescate, intercambiando su libertad por los policías encarcelados o por los productos químicos. Sin embargo, el secuestrador lo estropeó todo.

El crimen nunca se resolvió de manera oficial. No obstante, hasta el día de hoy la DEA tiene la certeza de que Joyce Powers fue asesinada para «enviar un mensaje a Mike, a la DEA o a los estadounidenses: si molestas a Khun Sa, no habrá preguntas. Serás asesinado».[32] La DEA se obsesionó con la venganza: los guardarraíles debían ser derribados. Los funcionarios de narcóticos se desplazaron hasta la Casa Blanca para pedir al recién nombrado presidente Ronald Reagan que hiciera algo para que la Guerra contra las Drogas se pareciese más a una guerra de verdad, empezando por una incursión armada en Shanland.

En Shanland, Khun Sa sentía que la presión aumentaba. Sus informantes de la policía tailandesa le advertían de que la DEA estaba cada vez más obsesionada con acabar con él. El estrés siempre avivaba la paranoia del jefe, y su círculo de oficiales veteranos aprovechó la ocasión para canalizar el nerviosismo del líder hacia el objetivo de sus propias intrigas palaciegas: Wei Xuegang.

«Para entonces, el resentimiento hacia Wei estaba por las nubes —me explicó Khuensai Jaiyen, antiguo secretario de Khun Sa—. La gente volvió a Khun Sa en contra de Wei mezclando verdades y mentiras».

Alegaron que Wei había malversado fondos a sus espaldas, una acusación dudosa. Sin embargo, era innegable que Wei era un bicho raro e inescrutable que, junto con sus hermanos, había acumulado una enorme influencia sobre el futuro de Shanland, ya que tenían en sus manos el control de las finanzas.

Khun Sa no le concedió la oportunidad de demostrar su inocencia por la supuesta malversación.[33] En su lugar, envió a los soldados a buscar al tesorero: lo sacaron a la fuerza de su despacho y lo arrastraron hasta una pequeña colina. En la cima, sobre el suelo, había un círculo hecho con ladrillos, apenas más ancho que las caderas de un hombre. Encima del círculo había una boca de acceso con tapa de madera. Los soldados la levantaron, ordenaron a Wei agarrar una cuerda y bajaron su delgado cuerpo hasta el interior de aquella boca negra.

Wei debió verlo venir. Pese a su inteligencia, no había previsto que la Guerra contra las Drogas de Estados Unidos exacerbara hasta tal punto la neurosis de su jefe. Se había beneficiado cuando la DEA apareció en Tailandia y frenó la actividad de los Exiliados, lo que permitió a los rebeldes de Khun Sa apoderarse de una parte de su territorio, construir Shanland en él y proporcionar a Wei una base para iniciar una extraordinaria operación de tráfico de heroína. Sin embargo, ahora la DEA también ejercía presión sobre Khun Sa, y la tensión le conducía a tomar decisiones impulsivas; como meter a su tesorero prodigio en un agujero bajo tierra.

Sentado en el fondo de aquel ataúd, Wei observó cómo alzaban la cuerda y cerraban la tapa sobre la boca de acceso. Quedaba atrapado en un vacío en total oscuridad: encarcelado en la fría tierra entre gusanos y excrementos que se acumulaban a su alrededor según pasaban los días. Poco podía hacer en ese purgatorio, salvo permanecer quieto e intentar eludir la locura.

SEÑOR ÉXITO

21 de enero, 1982.

Un estruendo mecánico interrumpió la serenidad de Shanland. Aquella mañana, unos ochocientos soldados tailandeses uniformados irrumpieron en el valle esmeralda en camionetas y vehículos blindados, con motoristas zumbando junto a ellos.

En el interior de la escuela primaria de Shanland, las clases acababan de comenzar. El monitor, que enseñaba a los soldados adolescentes a leer, perdió la atención de sus alumnos.[1] El ruido atrajo a los chicos desde sus sillas hasta una ventana desde la que, alborotados, intentaban ver el jaleo que se había armado en el exterior. «Silencio, volved a vuestros asientos —exigió—. Lo que sea que hagan esos soldados no supone ninguna amenaza. Si llevan uniformes tailandeses, es que han sido pagados por Khun Sa».

«Pensé que tenía que haber otra explicación para lo que estaba pasando —me confesó el monitor—. Por un momento creí que estarían rodando una película». Sin embargo, la invasión era real, y al primer estrépito de armas de fuego, los adolescentes arrojaron sus libros y agarraron sus rifles, apresurándose a buscar a Khun Sa para defenderlo hasta la muerte.

La policía que patrullaba la frontera, una fuerza paramilitar, encabezó el asedio. Respondían ante el nuevo primer ministro: Prem Tinsulanonda, un puritano general del ejército que, a diferencia de sus predecesores, no aceptaba sobornos de ningún caudillo de la droga.[2] Tres meses antes, Prem había visitado la Casa

Blanca para conocer al presidente Ronald Reagan, quien también acababa de tomar posesión de su cargo y estaba decidido a forjar una imagen de «azote de narcotraficantes». El primer ministro tailandés se había ofrecido como un aliado de la Guerra contra las Drogas y, después de esa reunión, la ayuda a Tailandia para combatir el narcotráfico ascendió a casi tres millones de dólares al año. Los planes conjuntos de Tailandia y la Agencia para el Control de Drogas para asediar Shanland cobraron forma.[3] La DEA esperaba retirar el cadáver de Khun Sa —o al menos, extraditarle a una prisión estadounidense—. El plan era perfecto para la CIA, que prefería que fueran los Exiliados quienes dominaran el Triángulo Dorado.

Los escuadrones tailandeses batallaron casa por casa, tienda por tienda. Los guerrilleros shan emergieron de sus hogares en ropa interior, disparando con sus M-16. La batalla se asemejaba a una danza prolongada y sangrienta entre combatientes de fuerza equivalente, hasta que el murmullo de las hélices resonó en el valle. Broncos fabricados en Estados Unidos, modelos bimotores de combate, sembraron Shanland con balas y explosivos, convirtiendo los edificios en escombros ennegrecidos y partiendo los árboles por la mitad.

Conquistar Shanland llevó tres días. La operación culminó con la muerte de una decena de tropas tailandesas y más de cien shan. Rebuscando en el páramo humeante, la policía tailandesa registró los restos de la villa de Khun Sa, la sala de radiocomunicaciones y la armería, repleta de lanzagranadas y con cincuenta mil balas. Sin embargo, a él no lo encontraron. «Aquellos que veis con frecuencia películas americanas del Oeste —relataba un diario tailandés aquella semana— sabréis que, cuando el *sheriff* del condado intenta atrapar al criminal, este huye a México. El *sheriff* solo puede observar, frustrado, mientras el criminal le mira, burlón, desde el otro lado de la frontera».[4]

Sin embargo, Khun Sa hizo algo más que burlarse. Escapó hacia las colinas birmanas al norte de la provincia tailandesa de Mae Hong Son, a más de 160 kilómetros, y empezó de cero. Unos tres mil combatientes y la mayoría de los ciudadanos le siguieron hasta su escondite. La DEA fracasó al considerar que Shanland no era más que un refugio de criminales: al igual que todas las naciones, Shanland era un concepto, y esa idea seguiría existiendo allí donde Khun Sa decidiera establecerse.

Ni la DEA ni las tropas tailandesas podían perseguir a Khun Sa más lejos sin invadir un país soberano. No es que ningún gobierno tuviera una autoridad real sobre estas tierras fronterizas —era un mundo fluido, bajo el dominio de los narcos a caballo—, pero oficialmente era suelo birmano, aunque los militares del país no mantenían presencia en la zona. Los seguidores de Khun Sa volvieron a echar cemento sobre el terreno, construyeron casas de madera, nuevas escuelas y hospitales. Shanland 2.0 era incluso más ostentoso que el original. Un observador llegó a decir que sus instalaciones de entrenamiento se equiparaban a las de West Point, la reputada academia militar estadounidense.[5] Había misiles antiaéreos en las colinas y, en torno a la nueva villa del líder, farolas art decó iluminaban las avenidas pavimentadas.

Las autoridades americanas, humilladas, acudieron a los medios y rebautizaron al Príncipe de la Prosperidad como el Rey de la Heroína. A medida que pasaba el tiempo, ganaba terreno el lenguaje superlativo; un directivo de la DEA llegó a afirmar que Khun Sa «conjuró más maldad en este mundo que el peor capo de la mafia de nuestra historia».[6] A los reporteros les encantaba. Khun Sa era un filibustero implacable, digno protagonista de una tira de cómic de *Terry y los piratas*, según US News & World Report, y el «padre espiritual del narcoterrorismo». En el Congreso, los políticos estadounidenses afirmaban que enterraba a los hombres vivos y que una vez mató a un peluquero por un corte de pelo que no le gustó. Ningún rumor era demasiado sensacionalista para ser acallado.

A su vez, Khun Sa reveló secretos que Estados Unidos se había esforzado en ocultar. Aseguró que la CIA había evitado que los traficantes de heroína fueran detenidos durante mucho tiempo, mientras «tenía a Bangkok agarrado por los pelos» y obligaba a los líderes tailandeses a cumplir sus órdenes. Khun Sa afirmó entre sus conciudadanos shan: «Nos han etiquetado como los peores criminales del mundo... pero sus acusaciones no hacen más que reflejar su propia culpa». A ojos de sus seguidores, el huérfano shan estaba enfrentándose a una superpotencia y estaba ganando. En ocasiones especiales alzaban a Khun Sa sobre sus hombros y desfilaban con él.

Khun Sa preguntó: «¿De verdad soy un demonio con colmillos, cuernos y rabo? Y si soy el Rey de la Heroína, ¿no es esta una razón más para que empleéis mis servicios?». Aseguró al gobierno estadounidense que solo había una manera de ganar la Guerra contra las Drogas: pagar al rey para que cortara el grifo. «Comprad todo mi opio y quemadlo —propuso—. Ya lo habéis hecho antes. Llamadme cuando estéis listos para llegar a un acuerdo».

De haber podido capturarlo, Wei Xuegang habría supuesto un buen premio de consolación para la DEA. Sin embargo, cuando los comandos tailandeses atacaron Shanland él también se había fugado. Su prisión subterránea estaba vacía cuando iluminaron con linternas sus profundidades.

En algún momento antes de la invasión, un halo de luz apareció en el negro infinito que se cernía sobre la cabeza de Wei y una larga cuerda cayó desde arriba. La agarró y comenzó a ascender por aquella húmeda boca del infierno: varios soldados de Shanland tiraban de él hasta la superficie. Lo entregaron a los hombres que los habían sobornado, los dos hermanos del prisionero. Una vez a salvo, Wei se lavó a conciencia y sacó un billete de avión a Taiwán. Quería poner un océano de distancia entre él y Khun Sa.[7]

Wei se ocultó en la isla mientras sopesaba opciones. Tal vez era el momento de salir de la ilegalidad. Sin duda, el extesorero de la mayor organización de producción de heroína podría triunfar en el mundo empresarial legal, vendiendo zapatos, piezas de coches o electrónica. No obstante, sería desperdiciar su talento. Años sin un propósito claro fueron pasando, y durante todo ese tiempo, Wei sintió la fuerza de atracción del Triángulo Dorado.

Su deseo era unirse a un grupo armado merecedor de su genio, pero sus opciones eran limitadas. No podía trabajar para los comunistas que gobernaban su tierra natal wa porque aborrecían a los traficantes de opio. Tampoco solicitar un empleo al general Lee Wen-huan después de haberlo humillado en el pasado, cuando Wei estaba deslumbrado por Khun Sa. Wei era una mercancía dañada y no tenía otra elección que recurrir a la banda de traficantes de peor reputación del Triángulo Dorado, el Ejército Nacional Wa.

El nombre en sí era absurdo. En realidad, no era un ejército, sino más bien un contingente de quinientos mercenarios que merodeaban enfurruñados por la frontera birmano-tailandesa. Tampoco aspiraban a ser una nación. Sin embargo, eran auténticos wa, una banda de duros luchadores, algunos de ellos cazadores de cabezas en el pasado, y todos leales a Shah, el anterior socio de Saw Lu en la Liga de los Señores de la Guerra. Cuando la alianza se desintegró a principios de los años setenta, Shah condujo a sus combatientes a la frontera tailandesa, y desde entonces se escondían allí. Ajeno por completo al idealismo de Saw Lu, convirtió su milicia en una banda a sueldo del mejor postor: iban a recoger enormes cargamentos de opio a las zonas más peligrosas del Triángulo Dorado, un área reivindicada por el Partido Comunista de Birmania o incluso Shanland.[8] Eran reputados por su intrepidez y las misiones extremas eran su especialidad.

Wei se resignó a solicitar un puesto en el Ejército Nacional Wa, consciente de que ninguna otra organización lo aceptaría. Voló a Tailandia en 1984 y se dirigió a la frontera septentrional, justo sobre la provincia de Chiang Mai, donde el paisaje era ondulado y las altas colinas descendían hasta valles estrechos y verdes. Shah y su pueblo habían construido un austero campamento en la cima de una cumbre, un enclave muy apropiado para montañeses wa. Vivían con sencillez en chozas de bambú con tejados hechos con planchas de plástico, el tipo de vivienda que podían abandonar sin más, si surgía la necesidad. Wei encontró el campamento y, al entrar, se topó con la clase de tipos aguerridos que tanto había temido en su adolescencia. Le llevaron ante su líder.

Shah, entonces de unos cuarenta y tantos años, seguía siendo un hombre fuerte, de mandíbulas anchas, que se encontraba a gusto en la naturaleza. Era acogedor y menos despiadado de lo que esperaba Wei, más torpe y duro que sádico. Ni bebía ni fumaba, en cambio, alimentaba una peculiar adicción al Nescafé instantáneo. Le dijo a su invitado que se sentara y expusiera el asunto que lo había traído hasta él.

La propuesta de Wei era simple. El Ejército Nacional Wa tenía hombres armados, contaba con un pequeño territorio en la frontera birmano-tailandesa y su reputación era imponente. Todas cualidades extraordinarias para una banda dedicada al tráfico de estupefacientes. Sin embargo, les faltaba perspicacia comercial y Wei podía solucionarlo. Progresar en el mundo del narcotráfico requeriría contactos con las élites empresariales chino-tailandesas de Bangkok, exportadores que coqueteaban con la alta sociedad y que, en realidad, nunca tocaban los paquetes de heroína retractilados, a pesar de que sus empleados, que trabajaban en diversas compañías fantasma, traficaban con drogas en todas partes. En general, eran hombres bien considerados que se mezclaban con políticos y enviaban a sus hijos a escuelas privadas. Un sicario con las uñas sucias no podía moverse en estos círculos; sin embargo, Wei, un empresario medio chino, sí.

La propuesta de Wei llegó en un momento propicio. Taiwán, una dictadura que aún dirigían los restos del Kuomintang, había estado pagando a Shah durante años para que recabara información sobre los comunistas de China, cualquier cosa que pudiera recopilar cerca de la frontera chino-birmana. Taiwán siguió alentando estas operaciones incluso después de que la CIA perdiera el interés. Sin embargo, en ese mismo año, 1984, decidió dejar a Shah y cancelar su acuerdo. Desesperado por compensar su pérdida de ingresos, este necesitaba a Wei, una fuente de ganancias, tanto como Wei necesitaba a Shah.

De modo que Shah presentó a Wei a sus hombres: «Este es vuestro nuevo tesorero». Los combatientes wa no aceptaron de buena gana al hombre que apareció ante ellos con pantalones de oficinista; que fuera mitad wa era la menor de sus peculiaridades. Cuando todos se sentaron para comer, alguien ofreció palillos a Wei y él pidió agua hirviendo para desinfectarlos. En cuanto al alojamiento, se negó a dormir en una choza como los demás; si querían que fuera su tesorero, el Ejército Nacional Wa debía construirle una casa de cemento. Shah ordenó a sus mercenarios que hicieran lo que pedía.

Durante los siguientes meses, aprendieron a pasar por alto sus excentricidades. Wei instaló nuevos laboratorios de drogas y los dotó con químicos de etnia china, y cuando empezaron a recibir beneficios compartió su riqueza. Sus dos hermanos también consolidaron su posición en el campamento. Aunque apenas comían con los contrabandistas wa —un grupo que disfrutaba de bebidas fuertes y relatos subidos de tono junto a una hoguera—, tampoco se metían con ellos. Los hermanos Wei se consagraron a su trabajo y, al poco tiempo, el Ejército Nacional Wa vio en Wei Xuegang a su segundo líder, igual de esencial que Shah.

Wei transformó la banda en un auténtico cartel, suministrando a los exportadores la aterciopelada heroína blanca que se abría camino en los mercados de Hong Kong e incluso en los distantes Estados Unidos. Era una operación menor si se comparaba con la de los Exiliados o Shanland, pero parecía tener un futuro prometedor. Los mercenarios wa tan solo tenían que seguir suministrando opio crudo y disparar a cualquiera que amenazara los laboratorios de heroína de Wei.

En aquella época, mediados de los años ochenta, el general Lee había engordado, y mechones de pelo blanco le caían sobre sus orejas. Pasaba la mayor parte del tiempo con su mujer y sus hijos en su propiedad de Chiang Mai, por cuyos pasillos correteaban sus nietos. Anhelaba retirarse del narcotráfico, pero esta vez en serio.

De modo que, a principios de 1984, cuando su enemigo mortal Khun Sa sugirió un encuentro cara a cara para hacer las paces, Lee convino de mala gana en escuchar lo que tenía que decirle. Organizó una reunión en terreno seguro: su cuartel general en la montaña que miraba sobre las colinas envueltas en bruma de Birmania. Khun Sa entró en la sala irradiando cortesía y haciéndose llamar Zhang, como en los viejos tiempos. Fue directo al grano.

Anunció que estaba a punto de monopolizar por completo el tráfico de drogas de la frontera birmano-tailandesa. Los Exiliados, una organización en franca decadencia, debían dar un paso y ceder su territorio a Shanland.[9] A cambio, con gusto pagaría al maestro Lee un sueldo vitalicio, asegurándole un retiro acomodado. En definitiva, lo que proponía Khun Sa era una adquisición corporativa. No obstante, para garantizar el acuerdo, Lee tendría que actuar como intermediario ante sus patrones tailandeses y estadounidenses para que aceptaran a Khun Sa como el custodio legítimo del Triángulo Dorado: un empresario que, pese a su oratoria grandilocuente, era razonable y estaba abierto a la cooperación.

El general Lee escuchó con atención.

—En realidad, padre estaba dispuesto a dejarlo todo —me contó uno de los hijos de Lee—. Pero, al final, no pudo aceptar la propuesta Khun Sa.

—¿Por qué no?

—¿Has visto *El Padrino*? Sirve para explicar en buena medida lo que sucedió.

En la película, el Padrino, Vito Corleone, es un patriarca maduro de la mafia italiana, establecido en Nueva York, pero nacido en el Viejo Continente. Le aborda un narcotraficante presuntuoso llamado Sollozzo.[10] El traficante sabe que Corleone tiene a la policía de Nueva York en el bolsillo, y que si pudiera asociarse con el Padrino también gozaría de inmunidad frente al arresto. Sin embargo, Corleone es más listo. Los jueces y políticos de cuyo mecenazgo se beneficia nunca protegerían a una figura tan sórdida como Sollozzo. Corleone, un inmigrante siciliano, rechaza a su paisano, ya que pondría en peligro su estatus en Estados Unidos, su hogar de adopción.

Del mismo modo, el general Lee sabía que asociarse con el caudillo de la droga más despreciado de Asia enfurecería a sus aliados estadounidenses y tailandeses. Peor aún, sus propios soldados de etnia china pensarían que estaba senil, y nada era más importante para Lee que el respeto de otros exiliados yunnaneses. Los consideraba como sus hijos. La respuesta de Lee fue un «no». Khun Sa pareció aceptarlo y se marchó.

Poco después, en marzo de aquel mismo año, llegó un camión a la propiedad de Lee. El conductor saltó fuera y echó a correr. Segundos más tarde, una tonelada de explosivos horadó un cráter en el asfalto, haciendo estallar las ventanas en un radio de casi un kilómetro. La explosión dejó un agujero humeante en un ala de la mansión.

La anciana esposa de Lee, que descansaba en el interior, salió despedida de la cama. Al recobrar el sentido, se apresuró al cuarto de los niños donde dormían sus nietos de uno y tres años. La pintura desconchada caía del techo. El mayor sollozaba, estaba vivo, gracias al Cielo, pero el pequeño no emitía sonido alguno. Un montón de tablones chamuscados cubrían el moisés del bebé. Con ayuda de una criada, la señora Lee removió los escombros y sacó a su nieto. Se quedó horrorizada al contemplar el hilillo de color carmín que fluía de la oreja de la criatura.

Fue un milagro que los niños no resultaran gravemente heridos y la explosión no hubiera matado a nadie. El general Lee, por un golpe de suerte, se encontraba fuera por una cita médica de última hora. Más tarde, cuando sus hijos se reunieron con él, preguntaron:

—Papá, ¿qué vas a hacer? —Lee tenía una expresión vacía.

—Nada —respondió—. Así es la vida. Así es el negocio.

Los archivos de la CIA indican que no fue tan indulgente; en venganza, los Exiliados mataron a algunos de los traficantes de Khun Sa establecidos en Tailandia.[11] Sin embargo, en última instancia, el atentado marcó el fin de una era. Lee, cerca de los sesenta años, parecía débil ante la cólera de Khun Sa.

Los soldados de Khun Sa empezaron a ejercer presión sobre los Exiliados, extendiendo su dominio cada vez a más rutas de contrabando. Gracias a una agresiva campaña de reclutamiento, el ejército de Shanland absorbió a varios grupos de rebeldes shan, logrando así elevar el número de sus tropas a veinte mil soldados. Khun Sa era considerado una amenaza no solo para la DEA, sino también para la CIA, reacia a ver que el tráfico de heroína de Asia estaba dominado por una suerte de supervillano inestable que odiaba a los estadounidenses. A diferencia del general Lee, no era el tipo de caudillo al que se podía manipular.

La CIA contaba con los Exiliados desde hacía tiempo para detener la expansión de Khun Sa, pero el cartel había perdido su fuerza. «La prosperidad ha hecho complacientes a los miembros del CIF», rezaba un informe de la agencia de espionaje, recurriendo al acrónimo de uso interno para los Exiliados: Fuerzas Irregulares de China (Chinese Irregular Forces)[12]. El cartel «ya no posee cohesión militar» y sus «miembros envejecen deprisa».

Y así fue como surgió la oportunidad para el Ejército Nacional Wa, el último recurso del Triángulo Dorado. Tal vez los Exiliados ya estaban demasiado decrépitos para golpear a las fuerzas de Khun Sa, pero si se unían con las intrépidas guerrillas wa, quizá pudieran constituir una amenaza real.

Corría el año 1986 y la campaña del gobierno estadounidense de «Solo di que no» estaba en marcha. La primera dama, Nancy Reagan, con pendientes de oro y un remilgado vestido de color rojo, se dirigió a los telespectadores en hora punta con el mensaje de que «las drogas arrebatan los sueños de los corazones de los niños y los reemplazan con pesadillas». En la cruzada de la Guerra contra las Drogas no había «un punto moral equidistante», sostenía. «Sed firmes e inflexibles en vuestra oposición a las drogas».

Sin embargo, ese mismo año, junto a la frontera birmano-tailandesa, los servicios de inteligencia estadounidenses se implicaron en una operación que era moralmente ambigua: apoyar clandestinamente a una organización de tráfico de heroína para luchar contra otra. El plan, concebido por americanos y tailandeses, era sencillo. Fortalecer al Ejército Nacional Wa, conjuntamente liderado por Shah y Wei, con armas de alta potencia, y enviarlo a lo más recóndito del imperio de Khun Sa para sembrar el caos. A cambio de sus servicios, los integrantes de la banda no tendrían que temer el arresto por acusaciones de tráfico de estupefacientes en Tailandia, aunque produjeran heroína para introducir en Estados Unidos.

La inteligencia militar tailandesa, un socio cercano a la CIA, asumió el mando para reforzar al Ejército Nacional Wa.

—Cuando los vi por primera vez —me dijo un antiguo agente de inteligencia tailandés entrenado por la CIA—, me encontré con tipos bajitos que llevaban zapatillas Converse en lugar de botas de piel y usaban armas viejas, incluso fusiles de asalto AK-47. Los estadounidenses no quisieron enviar a sus propios asesores, de modo que dirigieron el programa a través nuestro: nosotros facilitamos el entrenamiento, el equipo, e incluso algunos uniformes militares.[13]

Según los archivos de la CIA, el ejército tailandés otorgó a los mercenarios wa «fácil acceso» a las armas y municiones, un arsenal provisto por Estados Unidos.[14] Los oficiales tailandeses ayudaron a los wa a «planificar las operaciones» contra las fuerzas de Khun Sa.[15]

—Todo el mundo sabía que nuestros combatientes eran los más duros —me contó un antiguo miembro del Ejército Nacional Wa—. No necesariamente los más fuertes. Tal vez nuestros chicos no podían levantar cien kilos, pero soportábamos cualquier cosa sin quejarnos y manejábamos cualquier arma.[16]

Ahora los wa recibían nuevos modelos M-16 y munición ilimitada. Tailandia estaba deseando convertir a la banda en una fuerza portentosa, en gran parte para aplacar al gobierno estadounidense, que en aquel momento se quejaba de que el país asiático hacía muy poco para debilitar a Khun Sa.

—Lo cierto es que intentábamos evitar un enfrentamiento directo con Khun Sa —me explicaba el citado agente de inteligencia tailandés—. Ya habíamos perdido demasiadas vidas en Roca Partida y no queríamos cruzar a Birmania. La solución: externalizar la misión a Shah y a la banda de Wei. La gente dice que los luchadores wa no tienen miedo a morir, ¿verdad? Así que, ¿por qué no dejamos que mueran ellos en lugar de nosotros?

Los oficiales tailandeses, que habían crecido escuchando historias grotescas sobre los cazadores de cabezas, pensaban que la destreza de los wa para matar era sobrehumana. Sin embargo, con apenas quinientos soldados, el Ejército Nacional Wa tenía un poder limitado. De modo que, bajo la supervisión de los militares tailandeses, se coordinó con los Exiliados del general Lee para crear una alianza anti-Khun Sa. La CIA alabó las «tácticas agresivas de los ataques relámpago» de la coalición, pero estas acciones rápidas eran lo único que sabían hacer. Tal como señalaron los informes de la agencia, la alianza entre los wa y los Exiliados era incapaz de librar batallas planificadas. No sumaban más de mil combatientes, y el ejército de Shanland era veinte veces más numeroso. Por lo menos, las escaramuzas, en su mayoría en el lado birmano de la frontera, eran tan insignificantes que la prensa apenas reparaba en ellas.

¿Quién era el beneficiado principal de este arreglo? Wei. Prácticamente inmune al arresto, expandió su red de narcotráfico e intimó con las autoridades tailandesas. Mediante sobornos, adquirió un pasaporte tailandés con un nombre falso y una fecha de nacimiento que restaba ocho años a su verdadera edad. Eligió el apodo falso de Prasit Chivinnitipanya, que en tailandés significa «Señor Éxito, aquel que tiene una gran sabiduría bajo la ley».

Wei evitó el campo de batalla y se mantuvo cerca del campamento principal del Ejército Nacional Wa. Mientras los combatientes llevaban uniforme, él vestía ropa formal.

—Aún recuerdo su cabello —me contó el antiguo combatiente wa—. Estaba impecable, incluso en la jungla. No tenía ni un pelo fuera de su sitio. —Las guerrillas wa, conscientes de que Wei era inútil en una emboscada, no culpaban a su tesorero—. Él hacía su trabajo y nosotros el nuestro. Wei era callado y apenas sonreía, pero cuando hablaba, era muy franco. Nosotros lo respetábamos.

A finales de los años ochenta, quedó claro que ninguna cantidad de armas estadounidense o de adiestramiento militar tailandés podía ayudar a la alianza de los Exiliados y los wa a derrocar a Khun Sa. Apenas habían causado mella a su imperio. El conflicto se diluyó. Los Exiliados se desintegraron y los soldados abandonaron sus fusiles para dedicarse a las plantaciones de té, como habían prometido hacer en el pasado. El general Lee inició un plácido retiro. Los fatigados mercenarios wa permanecieron en su pequeño territorio fronterizo y se apartaron del camino de Khun Sa. Shah y Wei mantuvieron activo el cartel y centraron sus aspiraciones en traficar con grandes cantidades de heroína y en acumular capital.

No obstante, cuando el Ejército Nacional Wa recuperó su condición de banda dedicada al tráfico de drogas, dejó de ser útil para la inteligencia tailandesa y estadounidense. Como efectivos de choque con una causa —enfrentarse al Rey de la Heroína—, gozaban de inmunidad legal; una vez retirado el manto protector, la operación de narcotráfico de Wei se tornó vulnerable ante las fuerzas policiales.

Una vez más, Wei tendría que haberlo visto venir. Los agentes de la DEA en Bangkok ya tenían informes sobre él que le describían como un criminal que, junto con sus hermanos, había utilizado al Ejército Nacional Wa para exportar «varios cientos de kilos de heroína a Estados Unidos». Sin poderes superiores que ataran en corto a los agentes, podían acecharle y apuntarse uno de esos arrestos que impulsan una carrera.

Un pesquero ondeaba sobre las aguas, a 800 kilómetros de la costa de Tailandia. Estaba anclado cerca de una isla rodeada de coral, habitada tan solo por cangrejos y macacos. De día, los extranjeros pagaban mucho dinero para bucear en sus alrededores y contemplar a los peces ángel bajo las olas azul transparentes; pero caída la noche, los turistas ya se habían marchado y una nube negra se cernía sobre el paraíso.

La oscuridad convenía a los tripulantes tailandeses del pesquero, que no habían venido por el paisaje precisamente. Los dos contrabandistas, Somsak y Damrong, esperaban inquietos a que llegara una lancha motora. Su jefe les había dicho que aparecería en algún momento antes del amanecer, cargada con 680 kilos de heroína: materia prima de calidad, como copos blancos de nieve, hasta el noventa y cinco por ciento de pureza y con envoltura triple para protegerla de la humedad del océano.

Somsak y Damrong estaban ansiosos por recoger la droga y pilotar de vuelta hasta aguas internacionales. Su barco no era rápido, ocho nudos por hora era la velocidad máxima, y alcanzar su destino podría llevarles más de una semana: Hong Kong o, mejor dicho, las islas diseminadas alrededor de la resplandeciente metrópolis. Allí, según las instrucciones de su jefe, rendirían cuentas a los traficantes chinos en mar abierto, entregarían la droga y regresarían a las orillas tailandesas.

La luna ascendía en el cielo, proyectando su brillo sobre la superficie del océano. ¿Dónde diablos estaba la lancha?

Los contrabandistas habían hecho lo imposible para disimular la procedencia del barco en caso de que la policía lo localizara e intentara dar con su jefe, el propietario. Antes, lucía las palabras *Sea-Loving Heart* —«corazón que ama el mar»— en el casco, pero las habían cubierto con una capa nueva de pintura.[17] Puesto que a los capitanes les gustaba decorar sus embarcaciones con naranjas chillones y amarillos mostaza, ellos hicieron lo mismo, con la esperanza de que esta pasara desapercibida entre los barcos de arrastre que, esos sí, sondeaban el mar en busca de caballa.

Al fin, apareció la lancha motora y se colocó detrás del pesquero. Los hombres, trabajando deprisa, ayudaron a Somsak y Damrong a trasvasar la heroína a la cubierta de su embarcación. Casi habían terminado cuando un rugido tremendo en el horizonte hizo que todos levantaran la mirada al unísono. Un barco de color gris plomo navegaba a toda velocidad en dirección a ellos, con su proa apuntándoles como un dardo. Las palabras *Royal Thai Police* —Policía Real Tailandesa— estaban impresas en letras blancas sobre un lado del casco. Somsak y Damrong se escabulleron fuera de su vista, poniéndose a cubierto detrás del tanque de agua de su pesquero.

Escucharon disparos. Los traficantes de la lancha motora disparaban a los policías, tumbados, esquivando las balas e intentando escapar. Bien. Tal vez los agentes se olvidaran del pesquero cargado de heroína y persiguieran la lancha a motor.

No hubo suerte. Las botas sacudieron la cubierta y, segundos después, la policía marina tailandesa estaba junto a Somsak y Damrong, apuntando sus fusiles a sus pechos. La pareja lo cantó todo. «En realidad, es a nuestro jefe a quien queréis —dijeron—. Lo encontraréis en las afueras de Bangkok. Aquí tenéis la dirección».

Las autoridades localizaron al jefe, que, a su vez, no tardó en orientar a sus captores hacia arriba en la cadena de suministro. «Yo fui contratado por un chino rico llamado Prasit; le encontraréis en la frontera del norte». El hombre hizo bien en confesar, porque la policía tailandesa ya sabía todo sobre el señor Prasit gracias a la DEA. Prasit, cuyo nombre verdadero era Wei Xuegang, había sido su objetivo durante todo ese tiempo.

Un mes antes, la DEA había vigilado un restaurante de Bangkok en el que fotografió a los protagonistas de una transacción: el jefe de Somsak y Damrong recibía dinero en metálico en bolsas de papel del mismísimo Wei. Era el pago por pasar casi setecientos kilos de heroína de contrabando a los gánsteres de Hong Kong, quienes traficarían con ella hasta California, todo según las instrucciones de Wei. La policía tailandesa y la DEA habían interceptado con éxito la droga; ahora tenían que atrapar a Wei.

Wei apenas salía del campamento del Ejército Nacional Wa, emplazado justo al norte de la frontera birmano-tailandesa. Sin embargo, en noviembre de 1988, se encontraba en la provincia rural de Chiang Mai en un viaje de negocios. Indignado cuando la policía tailandesa se acercó a él y, en presencia de todo el mundo, le puso las esposas, gritaba: «Solo soy un comerciante de gemas», mientras le arrastraban hasta la comisaría más cercana. Los agentes de la DEA, que esperaban en el interior, le empujaron contra la pared y tomaron su fotografía para la ficha policial.

Wei se negó a mirar a la cámara. En la imagen, frunce las cejas con ira, tuerce los labios y en sus ojos achinados se dibuja una mirada desafiante. Con su camisa de rayas abotonada, parece un contable que ha pasado una mala tarde.

La DEA tenía la intención de meter al Señor Éxito en un avión rumbo a Estados Unidos. Wei nunca había visto el país, a pesar de que debía su primer trabajo a la CIA y su fortuna a los adictos estadounidenses. Pronto tendría que conocer a unos cuantos. Todo indicaba que iba a pasar entre una y tres décadas en un centro penitenciario americano una vez que fuera procesada su extradición.

◉

Wei aguardó los procedimientos legales en el interior de la prisión de Chiang Mai, en Tailandia, un lugar húmedo y atestado donde los carceleros amontonaban docenas de presos en celdas diseñadas para unos pocos. Dormían en el suelo, en filas apretadas, compartiendo el sudor de los cuerpos cuando se daban la vuelta en medio de la noche. El uniforme de Wei era un blusón de color beis desgastado. Los grilletes metálicos irritaban sus espinillas enrojecidas. Se sentía absolutamente desgraciado.

No llevaba mucho tiempo allí cuando se preguntó si algo de dinero no podría mejorar su situación. Se acercó a un guardia: «¿Cuánto por quitarme estos grilletes?». Al día siguiente, cuando el director de prisión vio a Wei andando sin trabas por el patio de la cárcel, presintió que habría problemas; consciente de la falta de integridad de sus carceleros, y puesto que la DEA tenía un interés especial en este preso, los agentes antidroga podrían protestar si descubrían que Wei gozaba de un trato especial. Con la intención de desviar el problema a otra parte, el director lo transfirió a un complejo más grande en Bangkok.

En la capital tailandesa, Wei puso a prueba la virtud de sus nuevos carceleros y reparó en que también aceptaban sobornos. Cuando solicitó una celda privada, consintieron. «¿Y qué tal si sustituimos el agujero sucio en el suelo por un inodoro de estilo occidental?». Tampoco se negaron. Wei seguía tensando la cuerda hasta que descubrió que, por un soborno considerable, los guardias abrirían las verjas permitiéndole salir. Poco después, las autoridades tailandesas, avergonzadas, explicaban a la DEA que Wei Xuegang, con sentencia de muerte por presunto tráfico de estupefacientes, había sido puesto en libertad bajo fianza. Los agentes antidroga estaban furiosos. Para apaciguarlos, los jueces tailandeses sentenciaron a Wei a muerte *in absentia*, pero para entonces ya se había marchado.

Wei no tenía ningún sitio donde ir salvo el campamento del Ejército Nacional Wa, al norte de la frontera tailandesa. Tenía cuarenta y tantos años y el suelo bajo sus pies se tambaleaba.

Perseguido por la DEA, expulsado de Tailandia, hasta su lugar de nacimiento en las cumbres montañosas le estaba vedado, ya que lo gobernaban los comunistas, que nunca acogerían a un capitalista del mercado negro.

Los movimientos de Wei estaban limitados a una pequeña zona de Birmania, un conjunto de valles que ocupaban alrededor de 260 kilómetros cuadrados, defendidos por los mercenarios del Ejército Nacional Wa. Pero hasta en ese pequeño reducto corría peligro. Las fuerzas de Shanland lo rodeaban, y parecía solo una cuestión de tiempo que Khun Sa enviara a sus mejores efectivos para exterminar por completo al ejército, como represalia contra el extesorero que se había escapado siete años antes. Los mercenarios wa, que no llegaban a la centena, buscaban respuestas de sus líderes, Wei y Sha, que no tenían nada que ofrecer. El panorama de la banda era desolador.

En el campamento wa había un receptor de radio sencillo. Unos cables enrollados en las ramas de un árbol hacían de antena. Los mercenarios lo usaban para comunicarse con la base central cuando viajaban muy lejos, aunque también captaba conversaciones entre otros grupos de contrabando y rebeldes. En la tercera semana de abril de 1989, el receptor emitió noticias demoledoras sobre la patria wa, el lugar de donde provenían Wei, Shah y toda la banda.

Una rebelión.

Los comunistas que habían sometido durante tanto tiempo a su tierra natal, a unos trescientos kilómetros al norte, habían sido derrocados. Expulsados por los indígenas wa que proclamaban la llegada de una nueva era y el surgimiento de una nueva nación, comprometidos no con una fantasía maoísta, sino con el progreso de su raza. Tras escuchar las noticias, Shah y sus hombres estaban exultantes, pues muchos tenían cicatrices por haber combatido contra los invasores comunistas a finales de los años sesenta y principios de los setenta, en los tiempos de la Liga de los Señores de la Guerra. Sus compañeros wa habían recuperado el sentido común y habían expulsado a los comunistas. Venganza por fin.

Wei también se regocijó a su manera silenciosa. Le lanzaban un posible salvavidas justo cuando más lo necesitaba. Al margen de la forma que tomara esta nueva nación wa, independientemente de su credo, con seguridad encontraría útiles los conocimientos de un traficante de heroína experto como él.

EL NACIMIENTO DE UNA NACIÓN

Invierno, principios de 1989 en las tierras altas wa, pocos meses antes de la rebelión.

Pangkham era una capital rebelde, separada de China por un río de aguas frías, marrón como la hierba marchita. La pequeña ciudad estaba emplazada en un barranco, sus sucias avenidas bordeadas de chozas sencillas. Los habitantes practicaban el trueque en un mercado construido con barras y lonas; las mujeres, vestidas con harapos, pesaban el producto en básculas oxidadas.

Estas zonas montañosas nunca habían sido ricas, pero bajo la dirección del Partido Comunista de Birmania los wa no solo convivían con la miseria, sino también con la degradación. Estaban supeditados a la cúpula dirigente del partido; maoístas acérrimos, todos de etnia birmana, que vivían en la cima de una colina de Pangkham en casas de ladrillo de mejor calidad, dominando desde arriba las sencillas cabañas de sus inferiores. Estos veintidós hombres, vestidos con idéntico uniforme de color verde sucio, no eran wa ni hablaban la lengua local. Semejantes a una casta sacerdotal, los miembros del politburó utilizaban un léxico extraño —dialéctica, revolución perpetua— y citaban los conjuros de profetas muertos; los retratos de Mao, Stalin y Lenin los miraban fijamente desde las paredes como santos patronos. Componían diatribas que se emitían desde un transmisor de radio donado por China, aunque pocos campesinos wa tenían un receptor con el que escucharlas.

El politburó gobernaba una zona montañosa patrullada por quince mil soldados desnutridos, la mayoría de ellos wa. Se trataba del mayor enclave de rebeldes comunistas del mundo.[1] Estos dirigentes apenas se aventuraban a visitar el reino que gobernaban; sin embargo, sus órdenes se filtraban a las masas mediante intermediarios nativos. El más importante era un wa llamado Zhao Nyi Lai, el mismo Lai conocido como comandante Piernas Largas, cuyas guerrillas habían vencido a la anticomunista Liga de los Señores de la Guerra casi dos décadas antes.

Lai, próximo a la cincuentena, seguía siendo un comandante desgarbado, cuyo uniforme casi nunca le quedaba bien. Había ascendido en la jerarquía del partido tanto como le permitieron su raza y su escasa educación. A pesar de que durante la veintena había dedicado gran parte de su energía a defender el comunismo en su tierra natal wa, había llegado a odiarlo porque, a pesar de su discurso de igualdad, los miembros del politburó trataban a su etnia como una clase guerrera que solo servían para luchar, mientras los maoístas birmanos, más educados, emitían decretos.

Lai nunca olvidaría el día en que su corazón comenzó a endurecerse contra el partido. Diez años antes, en la sede del partido en Pangkham, había recibido un mensaje en código Morse de Pang Wai, donde vivían su esposa, embarazada entonces, y sus hijas. «Enhorabuena —decía—. Tu mujer acaba de tener un niño». Lai se apresuró a pedir un todoterreno, pero ningún vehículo tenía combustible. De modo que se montó en una bicicleta y empezó a pedalear. Su casa en Pang Wai estaba a unos 80 kilómetros.

De camino, pasó por delante de niños sin zapatos con vientres hinchados. No vio escuelas ni clínicas. Los campos de maíz, mordisqueados por las ratas, se aferraban a las laderas secas. Quedaban unas pocas adormideras, ya que los dirigentes maoístas limitaban el cultivo de opio. Los wa ya no vivían en fortalezas adornadas con cráneos ni había conflictos entre los clanes; sin embargo, estaban más distantes unos de otros que nunca. El partido había invertido poco en asfaltar las carreteras, con lo que viajar entre pueblos era difícil. Si hubiera vías que conectaran a las tribus, pensó Lai, su tierra natal podría adquirir un sentido de unidad.

A medida que la luz desaparecía del cielo, Lai continuaba pedaleando y sus piernas largas ardían. El camino del acantilado no se distinguía. De pronto, salió despedido, las ruedas dejaron de tocar la tierra y su cuerpo voló en la oscuridad.

Recuperó la consciencia en el fondo de un barranco; tenía el pulgar torcido hacia un lado y el rostro pegajoso por la sangre. Le dolían las costillas con cada respiración. Abandonó la bicicleta, se arrastró hasta la colina para retomar el sendero e hizo a pie el resto del camino. Llegó a su casa con el amanecer azulado. Su recién nacido dormía en el interior, pero Lai no estaba preparado para verlo. Se sentó en el suelo y lloró.

¿A cuántos compatriotas wa había matado para lograr la utopía maoísta y qué había resultado de ese sacrificio sangriento? Uno de sus mejores camaradas, otro comandante llamado Bao Youxiang, solía decir, con la franqueza que le caracterizaba, que los wa aún «vivían como monos». Analfabetos, morían de enfermedades comunes y permanecían aislados unos de otros.[2] Esta era la sociedad en la que crecería su hijo.

Desde aquel incidente, la fe de Lai en el comunismo se erosionó cada día un poco más, lentamente. En los años ochenta, los pensamientos radicales que se aglomeraban en su cabeza comenzaron a tomar forma. Algunos días quería reformar el sistema. Otros, quería aplastarlo. El desasosiego interno se manifestaba como una curiosa costumbre; cuando se hartaba de sus jefes maoístas, el comandante Lai abandonaba el cuartel general de Pangkham y se marchaba a un pueblo cualquiera en los picos.

Convocaba a los lugareños a una reunión improvisada junto al fuego y les predicaba con el fervor de un misionero, caminando de un lado a otro como una pantera. Los guerreros-granjeros quedaban extasiados, no con las frías teorías leninistas, sino con su propio evangelio que anunciaba el despertar étnico, apasionado y desde el corazón. «Amor propio wa; orgullo wa. Ese era su mensaje», me contó la hija de Lai, Ei Phong Lai. «Creo que aún arrastraba las heridas de su infancia, cuando era un esclavo. Quería que la siguiente generación tuviera una vida mejor y sabía que el comunismo no podía ofrecerla».

Lai no se atrevía a blasfemar contra el comunismo abiertamente, pero sus discursos contenían una crítica subversiva. Exaltaba la solidaridad racial sobre las teorías marxistas; la autosuficiencia frente a mamar del pecho del gobierno chino. Cuando Lai predicaba, siempre bebía *blai* en una taza de bambú. Solía terminar tambaleándose y, aunque su rango era equivalente al de un general de cuatro estrellas, a menudo se desplomaba sobre el suelo del hogar de algún extraño. A la mañana siguiente, se despertaba con el cerebro nublado y regresaba a toda prisa al cuartel general. Los aldeanos le adoraban.

En Pangkham, Lai confiaba sus ideas a Bao, su mejor amigo y también comandante. Bao era pragmático en exceso, sin cualidades de pensador político, con una risa franca y áspera por el consumo de cigarrillos. En privado, ambos criticaban a sus líderes por cenar longanizas chinas mientras la tropa malvivía con arroz y sal. Los dos amigos hablaban en clave, llamando a los miembros del politburó «los alumnos» porque eran ingenuos y aficionados a los libros.

Al igual que Lai, Bao se había criado en un ambiente duro.[3] En su aldea de cazadores de cabezas, el juego infantil favorito era una versión sumamente violenta del balón prisionero. Los niños recogían unas frutas locales que eran duras como piedras, después se juntaban en un círculo y se lanzaban los proyectiles unos a otros hasta que solo quedaba uno y los demás estaban tendidos en el suelo con contusiones. Por lo general, Bao era el último muchacho que quedaba en pie. Durante su adolescencia, se hizo cazador de cabezas y, como líder de una pandilla del pueblo, luchó contra espías indígenas errantes leales a la inteligencia taiwanesa y la Agencia Central de Inteligencia, en ocasiones separando las cabezas de sus cuellos. Sus proezas atrajeron la atención de los comisarios chinos, que le pusieron al mando de un escuadrón guerrillero a finales de 1960, incorporándole más tarde al Partido Comunista de Birmania. En la guerra contra la Liga de los Señores de la Guerra de Saw Lu, Bao consolidó su reputación intrépida, y después de la victoria, se convirtió en un comandante que respondía directamente ante el politburó. Era la personificación del espíritu guerrero wa, un arma valiosa para cualquiera que la empuñara.

A mediados de los años ochenta, tanto Bao como Lai percibieron fisuras en el orden establecido, a través de las cuales brillaban los destellos de un futuro mejor. El presidente Mao Zedong había desaparecido hacía tiempo —murió en 1976— y China, bajo su nuevo líder, Deng Xiaoping, aflojaba la mordaza de acero que estrangulaba la economía, dejando respirar a los mercados. Se hablaba de comerciar con los vecinos y no tanto de «liberar» a la población a través de una insurrección sangrienta. Pekín había estado susurrando al politburó del Partido Comunista de Birmania: vuestra misión ha terminado, retiraos en China y vivid lo que os quede como granjeros.

Sin embargo, los miembros de la cúpula dirigente, más maoístas que los propios chinos, se negaron a cooperar. De modo que Pekín privó al partido de suministros básicos; arroz, combustible, balas y equipos. El politburó refunfuñó e hizo pucheros, pero no emprendió ninguna acción para resolver su crisis existencial. Sin la ayuda de material chino, su enclave comunista se hundiría aún más en la pobreza.

Los aldeanos wa acudieron a los comandantes Lai y Bao para quejarse del hambre. «Decid a vuestros jefes del politburó que debemos volver a cultivar opio, tal como hicieron nuestros ancestros, y vender el único recurso exportable de las montañas para comprar comida». Lai transmitió el mensaje, no obstante, la cúpula dirigente, tan moralista, se negó. Según el dogma maoísta, los narcóticos nublaban el espíritu revolucionario. El partido tan solo dejaría que los granjeros comerciaran con el opio en modestas cantidades; cualquiera que fuera sorprendido traficando a gran escala se enfrentaría a la prisión y tal vez, a la muerte.

La insubordinación se urdió a finales de 1980. Los líderes de los batallones wa que respondían ante Lai y Bao dijeron que, con el recorte de su sustento, habían decidido exportar opio para que sus soldados no murieran de hambre. El politburó se podía ir al diablo. Estos batallones llevaron su droga al mercado negro y la vendieron a los Exiliados, organización que en aquel momento estaba en plena decadencia. Los supuestos comunistas hacían negocio con los supuestos anticomunistas.[4] Era el mundo al revés.

Había llegado el momento de que Lai y Bao lo enderezaran.

En un frío día de primavera, el 17 de abril de 1989, Lai y Bao reunieron a cientos de amotinados en las afueras de Pangkham, con sus AK-47 preparados. Era Thingyan, una importante festividad que marcaba el año nuevo budista. Los wa no observaban esta fiesta propia de las tierras bajas, pero los líderes del politburó birmano sí, por lo general, atiborrándose de comida y alcohol. Era una oportunidad perfecta para que los wa cruzaran hasta la ciudad, subieran colina arriba, y los derribaran de su corrompido pedestal.

El levantamiento estaba programado para la tarde. A esa hora, Lai, ya embriagado, deambulaba entre los rebeldes exaltando su ánimo e incitándoles a matar a los opresores.[5] Siempre se volvía combativo tras varias tazas de *blai* y no estaba en condiciones de dirigir un golpe de Estado. Bao se llevó aparte a su amigo de conspiración y le convenció para que esperara en la retaguardia y regresara después, a la cabeza de la formación, para dirigir a los rebeldes hacia Pangkham. La mayoría avanzaba a pie; otros, en todoterrenos equipados con metralletas. La noche envolvía los picos y una luna llena iluminaba el camino que debían recorrer. Los amotinados vibraban con un deseo de venganza.

La noticia de la rebelión se expandió deprisa. Cuando llegaron al cochambroso mercado de Pangkham, todos los civiles se habían escabullido. La carretera estaba bloqueada por el escuadrón de seguridad del Partido Comunista de Birmania, también de etnia wa, formado por hombres dispuestos en fila con los fusiles firmemente apoyados en sus hombros, preparados para proteger al politburó en las colinas. Los amotinados, frente a frente, formaron filas también y alzaron sus armas. Un punto muerto. Bao gritó a sus hombres: «¡Alto el fuego!».

Sonó el disparo de un fusil. Alguien debió apretar el gatillo por error, fruto del nerviosismo. No estaba claro en qué lado, hasta que un amotinado wa se desplomó y quedó sangrando en plena calle. Los efectivos de Bao ansiaban devolver el disparo, pero no lo harían hasta que su líder lo indicara. Tal era su autoridad. En su lugar, Bao adelantó un paso y ordenó a las tropas comunistas contrarias que depusieran sus armas automáticas en nombre de la unidad racial. Los hombres dudaron, hasta que, uno por uno, terminaron bajando sus fusiles. La defensa del politburó se había disuelto al primer toque de Bao. El camino estaba despejado.

Bao y sus efectivos ascendieron la colina, una pendiente de más de 150 metros. En la cima encontraron a la comitiva del politburó, un grupo de etnia birmana, todos paralizados y mudos. Los amotinados hicieron caso omiso de ellos y se dirigieron a las viviendas de los miembros de la cúpula dirigente. Sus botas golpearon las puertas de madera y desde el interior se escucharon gritos de indignación: «¡Mirad todas estas longanizas!». Con las culatas de los fusiles rompieron los recipientes de barro llenos de *baijiu*. Después de que los rebeldes rodearan a los miembros del politburó, Bao les hizo una única pregunta:

—¿Birmania o China?

—China —dijeron.

—Bien. Recoged lo que podáis cargar y empezad a caminar. Hoy no moriréis. Mis hombres os escoltarán hasta el otro lado del río.

Desde el comienzo hasta el final, en total, el levantamiento solo había durado unas horas. La mayoría de los países, incluyendo Estados Unidos y China, se han fundado después de años de batallas sangrientas; sin embargo, los wa, con su supuesto barbarismo, se liberaron sin matar a una sola persona.

Lai recuperó la sobriedad, se frotó los ojos y se encontró a cargo de la primera nación wa de la historia. Durante décadas, los wa habían librado las batallas en nombre de los habitantes de las tierras bajas —comunistas contra anticomunistas—, siempre derramando su sangre por cruzadas ideológicas ajenas. Nunca más. Lai quería que su pueblo conociera la tranquilidad y buscaría la paz con sus vecinos. Sin embargo, los wa también exigirían dignidad, y cualquier forastero que tuviera intención de explotarlos los encontraría unificados, indivisibles y firmes en la protección de su independencia, así como su tierra natal. Bao, el nuevo jefe militar de la nación, se aseguraría de que así fuera.

Era el momento de apagar los rescoldos del pasado. Los wa arrancaron los retratos de Stalin y Mao de las paredes. Saquearon las casas de la élite y las quemaron. Todas las cajas llenas de documentos y todos los textos comunistas fueron arrojados al fuego.[6]

Alguien irrumpió en el puesto de radiocomunicaciones y encendió el micrófono, y en los refugios y puestos de control a lo largo de las montañas, las tropas wa se juntaron alrededor de los receptores para enterarse de su liberación. «Nunca más», dijo una voz metálica, sufrirían bajo «políticas racistas» ni se «doblegarían ante ningún agresor, ya fuera local o extranjero. Puede que seamos pobres y atrasados en cuanto a cultura y literatura. ¡Pero somos fuertes en nuestra determinación!».[7]

Había nacido el Estado Wa.

Cuando se enfriaron las brasas de la rebelión, Lai envió un mensaje a Pekín en el que declaraba que su nación deseaba tener relaciones amistosas y libre comercio. Como respuesta, recibió felicitaciones. Para las autoridades chinas, pese a ser comunistas, el Partido Comunista de Birmania era un viejo chicle pegado a sus botas y se alegraban de que Lai y Bao se lo hubieran arrancado. Las autoridades de la República Popular estarían más que encantadas de negociar con los wa y deseaban lo mejor para sus líderes revolucionarios.

Los mayores elogios vinieron de Yangón. El ejército de Birmania había luchado durante mucho tiempo para deshacerse de los comunistas, y Lai había hecho realidad su deseo. Los generales birmanos pidieron permiso para aterrizar sus helicópteros en Pangkham, asegurándole que venían en son de paz. Recogieron a Lai y le llevaron a la capital birmana para asistir a una serie de reuniones. Lai nunca había volado antes ni había visto una ciudad iluminada con luz eléctrica como Yangón, con sus laberínticas calles adoquinadas y avenidas que resplandecían al oscurecer. A pesar de ser una de las capitales más decrépitas del Sudeste Asiático, para él era en extremo avanzada. «Mi pueblo —pensó— es aún más miserable de lo que creíamos».

Los generales birmanos no sabían qué esperar de Lai; muchos imaginaban a un rey guerrero, un paleto —«rudo o burdo, teniendo en cuenta su infancia», en palabras de San Pwint, un alto oficial birmano de inteligencia militar—. Pero Lai era educado y relativamente razonable. Sobre todo, quería respeto. Los generales lo agasajaron con lujosos bufés y visitas a templos resplandecientes; intentaron deslumbrarlo con pompa para lograr que Lai, quien ahora dirigía a decenas de miles de soldados wa, consintiera cierto grado de supervisión de las zonas montañosas de su territorio por parte de la junta. Tal vez aceptara el beneplácito del régimen para servir como un señor de la guerra y comandar una gigantesca fuerza de autodefensa que aclamara a los militares birmanos como su máxima autoridad.

Sin embargo, durante la negociación, Lai se aferró a sus convicciones. «Nuestro Estado anidará en el vuestro como una nación dentro de otra nación —proclamó—; no necesitamos acudir a las Naciones Unidas para que nadie reconozca sobre el papel que somos un país oficial. Sabed que no nos someteremos a vuestras leyes.[8] Tampoco abandonaremos nuestro ejército actual. Vuestros oficiales solo serán bienvenidos en visitas programadas. Los soldados intrusos serán disparados a primera vista. Aceptad estos términos y nuestra amistad prosperará».[9] Las autoridades birmanas lo hicieron. El régimen, que aún luchaba por sofocar los movimientos rebeldes en todo el país, no estaba en condiciones de entrar en guerra con los wa.

«Una cosa más —dijo Lai—: El opio...».

Era de dominio público que los wa vivían en las tierras de adormidera más exuberantes. El politburó había regulado la producción de opio en la creencia de que era un anatema para la doctrina maoísta; sin embargo, Lai debía honrar los deseos de su pueblo y permitir que cubrieran los picos con pétalos de color marfil y escarlata, cosechar ingentes cantidades de opio y venderlo para alimentar a sus familias. ¿Interferirían las autoridades birmanas? De ninguna manera, aseguraron. Siempre y cuando los wa cumplieran su promesa de no declarar la plena independencia en el escenario mundial y avergonzar al régimen, el gobierno de Birmania no se metería a indagar cómo llegaban a fin de mes.

Lai regresó a Pangkham de buen humor. Al asegurar relaciones armoniosas con ambos vecinos, había pasado su primera prueba como líder. Ahora venía la parte más dura: construir desde cero un Estado que ofreciera a los wa una vida mejor que la que habían conocido hasta entonces.

En los días que siguieron a la revolución, muchos esperaban descubrir la riqueza escondida por el politburó. Sin embargo, tras saquear los almacenes, solo hallaron 100 000 kilos de arroz, dos mil quinientos uniformes andrajosos y, algo inexplicable, cinco billetes de un dólar. La tesorería estaba vacía.[10]

El Estado Wa nació en medio de una pobreza alarmante. Lai sabía que necesitaba una estrategia económica, pero dudaba de poder elaborar una. Carecía de instinto para el negocio; su mujer manejaba el poco capital que poseían. En el momento de la rebelión, su familia aún vivía en una casa hecha de paja y ladrillos de adobe, y para cenar, compartían arroz con sal y verduras. Las ideas bullían en su cabeza, pero Lai apenas reparaba en que sus botas se caían a pedazos.

A pesar de que temía la influencia corruptora del opio —permanecían vivos sus recuerdos de infancia, cuando fue esclavo de un cultivador—, tuvo que reconocer que la economía del Estado Wa tendría que enfocarse en las drogas. El opio era su único artículo de exportación viable. La mayoría de los wa eran campesinos analfabetos que vivían en aldeas aisladas, y casi cualquier cosecha que produjeran, ya fueran cebollas o caquis, se pudriría mucho antes de llegar a los compradores de las ciudades distantes. Tan solo las adormideras sobrevivían en el suelo wa, gélido y alcalino, y a diferencia de la mayor parte de los productos agrícolas, el opio se transportaba con facilidad. Si se embalaba de forma compacta en bolsas de lona o tarros de barro, incluso envejecía bien, como el vino. Lai sintió que su tribu no tenía otra cosa que ofrecer al mundo. Era su sustento, glutinoso y negro, y casi parecía que estaban destinados, por algún maleficio primitivo, a proporcionarlo a los adictos de la humanidad.

De modo que ese era el plan. Los trescientos o cuatrocientos mil ciudadanos wa cultivarían opio. Sus fuerzas armadas, en torno a quince mil soldados, lo cosecharían y lo enviarían en cantidades ingentes a compradores mayoristas, algunos en China; pero para evitar enfadar demasiado a Pekín, lo canalizarían sobre todo hacia los intermediarios en torno a la frontera birmano-tailandesa. Ahí estaban las bases para desarrollar la economía, y también un cartel de droga. Sin embargo, Lai no tenía idea de cómo dirigir ni una ni otro.

La solución a este problema llegó a Pangkham justo cuatro o cinco meses después de la revuelta, encarnada en un hombre de negocios delgado que arrastraba varias maletas. Su nombre era Wei Xuegang. Hijo nativo de las montañas, criado en la Fortaleza Plateada, aunque había estado fuera mucho tiempo, Wei llegó en busca de un puesto en el emergente gobierno wa: el de zar financiero. Sentado ante Lai, expuso de forma impecable sus singulares cualificaciones. A mediados de los años setenta, contó, había facilitado que un ególatra jefe de la milicia, Khun Sa, fundara una auténtica nación, Shanland, que aún era fuerte. Y lo había logrado con la producción de heroína, canalizando los beneficios hacia el líder, a quien había servido con lealtad como tesorero. Después de su ruptura, Wei se unió al Ejército Nacional Wa, transformando una banda de tercera categoría en una organización que, al poco tiempo de su llegada y gracias a su toque mágico, traficaba con toneladas de droga que introducían en Estados Unidos.

Wei habló de logística y de distribución internacional, un vocabulario de empresario que confundía a Lai. Corroboró su dominio de este lenguaje al abrir sus maletas, que contenían cuarenta millones de bahts tailandeses, equivalentes al cambio actual a un millón y medio de dólares. «Un regalo para ti —ofreció Lai—, si me contratas como director de operaciones financieras». Lai, que carecía de otros candidatos adecuados, le dio el puesto. Pese a que apenas lo intuía en esa época, esta decisión, casi más que cualquier otra, iba a redefinir el futuro del Triángulo Dorado, puesto que Wei podía ofrecer mucho más que maletas repletas de billetes desgastados: tenía en mente el modelo perfecto de un cartel de droga.

A Wei no le importaba si Lai quería dirigir el Estado Wa de manera democrática o implantar una tiranía. Finalmente, Lai prefirió gobernar su nación a través de sus fuerzas armadas, un modelo militar que afianzaría el orden, limitaría el caos e inspiraría un temor sano en sus vecinos. Bien. Pero para iniciar una operación de tráfico de droga a escala mundial, tendría que pensar a lo grande.

El Estado Wa, con sus codiciados campos de adormidera, ya tenía mucho a su favor. El problema, señaló Wei, era su naturaleza geográfica. Al vivir en un territorio remoto e interior, los wa carecían de un portal directo al principal mercado mayorista de la heroína: Tailandia, repleta de puertos desde donde los exportadores podían enviar las drogas a países de ultramar más ricos. Este era un inconveniente grave. Las tropas de Lai podían traficar sin problema con el opio o con la heroína al sur de la frontera tailandesa, pero no conseguirían ir más lejos, al menos no sin un enfrentamiento. Khun Sa dominaba casi todos los pasos de montaña hacia Tailandia, de modo que tendrían que venderle la droga a él, un intermediario que sacaría una tajada considerable de sus beneficios.

¿O no?

Lai estaba de suerte. Wei y su socio, Shah, acababan de tomar el control de un territorio en la frontera birmano-tailandesa, un oasis fuera de la influencia de Khun Sa. El baluarte del Ejército Nacional Wa tenía todo lo que necesitaba el Estado Wa: laboratorios de heroína, rutas de travesía que serpenteaban hasta Tailandia y mercenarios experimentados de etnia wa para defenderlo.

Wei propuso descartar el nombre de Ejército Nacional Wa y convertirlo en una división bajo la autoridad de las fuerzas armadas de Lai. Lo que es más importante, sugirió incorporar oficialmente el terreno de 259 kilómetros cuadrados como territorio del Estado Wa, convirtiéndolo en una zona económica especial orientada a generar liquidez lo más rápido posible. El potencial de beneficios era impresionante. Por primera vez, una organización armada controlaría las montañas wa, ricas en adormidera, y una ruta de acceso a Tailandia.

De nuevo, Lai accedió y, desde ese momento, la nación wa se convirtió en una anomalía en los mapas. Su extensión principal, la madre patria, era casi tan grande como Israel;[11] su nueva adquisición, totalmente separada, estaba lejos y era bastante pequeña, limitada a solo unos pocos valles.[12] Denominaron a este último territorio Comandancia Wa del Sur o, simplemente, Wa del Sur. Dado que el propósito principal de Wa del Sur era generar beneficios, dejaba poco margen al envejecido guerrero Shah, fundador del ahora disuelto Ejército Nacional Wa. Shah, con casi sesenta años, asumió el cargo de comisario político en el gobierno, un papel meramente representativo, y en la práctica se jubiló. Wa del

Sur era la criatura de Wei y, por tanto, él era el encargado de su administración.

Durante este periodo, Lai acordó un título oficial para su gobierno: el Ejército Unido del Estado Wa (EUEW), una institución híbrida político-militar.[13] Pese a haber sido creada para desafiar al comunismo, lo irónico era que su estructura se asemejaba a la de un Estado de partido único, como Cuba, Corea del Norte o China, porque este era el tipo de sistema que los wa conocían mejor. Los ciudadanos incluso llamaban a Lai su presidente. Wei era el responsable financiero, aunque lo cierto es que prefería no tener ningún título ni imagen pública. Era una criatura de las sombras.

El presidente Lai nunca se sintió cercano a Wei, un abstemio que reflexionaba antes de hablar.[14] Lai, siempre alterado, estallaba con pasión y dejaba que su alma hablara por él. Conversaban en chino, el idioma preferido de Wei, aunque apenas se veían en persona. Como zar financiero, este último se quedaba en el sur, centrado en generar beneficios, mientras Lai gobernaba desde Pangkham. Pese a que cada uno tenía algo que ofrecer al otro, les movían motivaciones del todo diferentes. Lai era un patriota de firmes convicciones que quería que su etno-Estado cobrara fuerza. Las ambiciones de Wei eran estrictamente personales: buscaba organizar algo parecido a un cartel armado bajo el patrocinio del EUEW, tan intimidante que nadie, ni su antiguo jefe, ese hipócrita, ni los entrometidos de la DEA pudieran volver a amenazarlo. Para mantener a Wei a salvo, Lai trasladó soldados bien entrenados desde la madre patria hasta Wa del Sur con el fin de fortalecer el Estado en caso de que los asesinos de Khun Sa, o los agentes del narcotráfico americanos, se atrevieran a invadir.

Wei se puso a trabajar, demostrando que no había perdido sus habilidades. El opio de las montañas wa pronto fluyó a sus refinerías de la jungla en la frontera birmano-tailandesa.[15] Una vez que se encontró sentado sobre una montaña de heroína, se comunicó con sus contactos de etnia china en Bangkok y Hong Kong, preparando a los traficantes internacionales para mover enormes cantidades de su producto en el extranjero. El éxito llegó muy rápido. En 1990, al año de su creación, había convertido al EUEW en un gigante de la producción de heroína, casi a la par con la de Khun

Sa en Shanland. Ese año, las dos organizaciones juntas procesaron cerca de 2000 toneladas de opio, cuatro veces la producción del Triángulo Dorado solo una década antes.[16]

Los movimientos de Wei sacudieron el planeta y eclipsaron a otra región de grandes cultivos de adormidera: Asia central meridional, la llamada Media Luna Dorada. En aquel mismo año, 1990, Afganistán y Pakistán produjeron 1000 toneladas, el treinta por ciento de la demanda de heroína en Estados Unidos. Birmania, mientras tanto, abasteció el sesenta por ciento.[17] Los carteles mexicanos produjeron el resto, una miseria en comparación. El EUEW y Shanland eran los mayores exportadores de heroína del mundo, y sus clientes principales, en el extremo más lejano de la cadena de suministros, eran los estadounidenses, cuyo apetito demostró ser lo bastante voraz como para absorber el excedente de producción.

La droga del Triángulo Dorado arrasó Estados Unidos como un huracán.[18] En las calles del país, la pureza de la droga aumentó y los precios bajaron.[19] Los estadounidenses, a los que nunca se les dio bien la geografía, bautizaron al producto del Sudeste Asiático «China Blanca».[20] A diferencia de la heroína «Alquitrán Negro» mexicana, una sustancia pegajosa que se debía calentar y licuar para poder inyectarla, la «China Blanca» era lo bastante pura para esnifarla directamente de la bolsa. La calidez etérea de la heroína ahora estaba disponible para todo el mundo, incluso para quienes temían las agujas.

Los copos níveos se fundieron con la cultura pop. Las modelos se volvieron muy delgadas; los medios lo llamaban *heroin chic*. Kurt Cobain y otros ídolos del *grunge* cayeron bajo el hechizo de la droga. A medida que morían famosos y habitantes de los suburbios indistintamente, la retórica de la Guerra contra las Drogas se tornó incluso más despiadada. En la sede del Congreso, el jefe de policía de Los Ángeles manifestó que los consumidores de droga ocasionales «debían ser detenidos y tiroteados».[21]

Khun Sa, ya establecido como supervillano, absorbió gran parte de la culpa. No se hizo ningún favor concediendo entrevistas a la televisión americana. En ABC News se expresaba en los siguientes términos: «Puede que el presidente George Bush tenga el botón de las armas nucleares, pero yo tengo el botón del opio, que es más potente y devastador que las bombas. Debería suministraros veneno. ¿Por qué no iba a hacerlo?». La arrogancia de Khun Sa benefició a Lai, que aún era desconocido en los medios internacionales y esperaba seguir así. Pero, ¿durante cuánto tiempo podría evadir el escrutinio? Con seguridad, en algún momento la DEA dirigiría la atención de Estados Unidos hacia el Estado Wa, una narconación de renegados, dirigida por excazadores de cabezas y un financiero fugitivo que se había librado recientemente de las garras de la DEA. Los titulares iban a escribirse solos.

Los conocimientos de Lai sobre la economía internacional de los estupefacientes eran escasos, pero poseía un agudo sentido de la política y del poder. Apaciguar a Birmania y a China había sido fácil, no obstante, ahora se enfrentaba a un reto mucho más espinoso. Siendo la heroína su artículo de exportación principal, había muchos motivos para temer el impacto de la Guerra contra las Drogas de los estadounidenses, y no tenía claro cómo evitar esta amenaza. Incapaz de comprender la mente de los blancos, solo conocía a una persona wa, y solo una, que pudiera hacerlo.

Lai necesitaba su consejo. El problema era que ambos habían intentado asesinarse mutuamente en el pasado.

Poco tiempo después de contratar a Wei como responsable de finanzas, el presidente Lai aún no había completado su gabinete y pidió a sus asistentes que contactaran con Saw Lu. «Averiguad si mi antiguo enemigo estaría abierto a una charla cara a cara. Decidle que no pretendo hacerle daño». La respuesta llegó enseguida; Saw Lu estaba dispuesto a reunirse con Lai, siempre que este viajara a su casa en Lashio.

La mañana del encuentro, mientras Saw Lu esperaba a su visitante, intentó recordar con exactitud el aspecto de Lai. Solo lograba reproducir el rostro tenso de un joven sirviente, a finales de los años sesenta, cuyas manos lavaban su ropa interior y colaban su té. En la época en que Saw Lu era un señor de la guerra, Lai apenas articulaba una palabra, salvo para murmurar «Sí, señor». Después de que Lai se uniera a la guerrilla maoísta, los dos líderes, declarados enemigos, no se volvieron a ver; solo se comunicaban a distancia mediante disparos.

Saw Lu tenía unos cuarenta y tantos años, las arrugas marcaban su rostro y una calva en forma de U se ocultaba bajo su gorra. Cuando apareció Lai en la entrada, vio a un caballero maduro de edad similar, alto como el marco de la puerta, que extendía su mano para saludar. No había en el comportamiento de Lai trazo alguno del mal carácter de su juventud. Incluso sonreía. Lai apretó la mano de Saw Lu con fuerza, y si hubo algún resentimiento en el corazón de alguno de los dos hombres, se borró allí, en ese momento.

Fue el primero de muchos encuentros. Su afinidad resultó más natural de lo esperado, y el paso del tiempo reveló que eran similares en muchos aspectos. Cuando eran jóvenes temerarios, ambos querían lo mismo: una sociedad wa unida. Sin embargo, al elegir diferentes ideologías —uno optó por el comunismo y el otro por el anticomunismo—, se habían enfrentado de forma cruenta, igual que los cazadores de cabezas a los que habían despreciado. En Lashio, Lai pasaba largas veladas en casa de Saw Lu, bebiendo cerveza y soñando despiertos. Saw Lu, que no era un gran bebedor, tomaba zumo y fumaba una cachimba de tabaco de bambú. El hecho de que hubieran intentado matarse entre ellos ahora parecía absurdo.

El presidente Lai trataba a Saw Lu como a un asesor informal. Nunca exigió que asumiera un papel de subordinado, pero tampoco tenía por qué hacerlo: Saw Lu reconocía de buen grado a Lai como su superior. Su responsabilidad actual, vigilar a las minorías para el régimen despótico de Birmania, le carcomía la conciencia, y ahora Saw Lu tenía la oportunidad, a través de Lai, de redimirse modelando el futuro de una incipiente nación wa. «¿Qué otra cosa le podía decir? —me dijo Saw Lu—, aparte de, "Dios mío, parece ser que yo no era el líder que creía ser". Le dije: "Lai, lo has conseguido. Eres nuestro verdadero líder. Dime cómo puedo ayudarte"».

Lo que Lai necesitaba era un buen asesoramiento de alguien que nunca se mordía la lengua. Al igual que otros revolucionarios antes que él, desde Mahatma Gandhi hasta Mao Zedong y George Washington, Lai descubría que gobernar implica a menudo compromisos innobles y que ya había hecho una concesión que inquietaba su alma. Habló a Saw Lu sobre el hombre de negocios medio chino llamado Wei Xuegang, y de lo rápido que había creado un vasto negocio de tráfico de heroína para el EUEW. Este era el motor económico del Estado Wa, y Lai temía que, con el tiempo, sus ciudadanos fueran considerados meros empleados de una narcocorporación.

«Haces bien en temer a este hombre —apuntó Saw Lu—; de hecho, no lo temes lo suficiente. Todo lo que construyas con el dinero de la droga de Wei descansa en arenas movedizas. A medida que el veneno wa fluye hacia las ciudades estadounidenses, nos creamos enemigos en el país más fuerte del mundo». Lai, en el fondo, era un aislacionista. Prefería tener el mínimo contacto con los países vecinos y ninguno en absoluto con los occidentales, que para él no pintaban nada en su lado del mundo. Sin embargo, Saw Lu le aconsejó en contra de su instinto. «Durante demasiado tiempo —dijo— los wa han considerado el aislamiento como una virtud, ignorando el menosprecio internacional. Pero, ¿no somos un pueblo solitario deseoso de respeto? Necesitamos cosas que el dinero de la droga no puede comprar: formación médica, escuelas decentes y carreteras modernas. Te guste o no —insistió—, la nación wa nunca progresará sin la ayuda exterior. Mientras Wei inunde el mundo con heroína, ninguna nación desarrollada nos prestará ayuda porque siempre pareceremos un cartel de droga disfrazado de país».

En los meses sucesivos, Saw Lu y Lai mantuvieron muchas conversaciones en esta línea. Lai no había presentado Saw Lu a Wei, y tampoco tenía intención. Sin embargo, ambos residían —metafóricamente— sobre sus hombros: el diablo susurrando en un oído y el ángel en el otro, presentando visiones diametralmente opuestas para el Estado Wa. Lai se sentía desgarrado entre un cínico y un soñador.

Supongamos que Saw Lu lograra lo que quería y los wa dejaran de producir heroína, ¿cómo se alimentarían? ¿O cómo comprarían armas para defender la madre patria? Supongamos que nada se interpusiera en el ascenso de Wei, ¿no se hundiría la nación wa más en su ignorancia y decadencia, mientras la superpotencia estadounidense dedicaba recursos ilimitados a su destrucción?

El presidente Lai fumaba, reflexionaba y bebía. En su opinión, ambas visiones conducían a la ruina. Hasta que un día, Saw Lu acudió a su encuentro y dijo: «Lai, lo tengo. Tengo un plan».

Saw Lu le reveló su relación con la DEA, la policía de antinarcóticos de Estados Unidos. Tenía una pequeña oficina en Yangón y sus agentes contactaban con él de manera esporádica. Saw Lu, en su papel de informador de inteligencia para el régimen de Birmania, viajaba a menudo a las aldeas de las minorías en las colinas, un hervidero de producción de opio, y los agentes a veces le preguntaban sobre el cultivo de adormidera. No les contaba mucho, lo justo para ganarse un sobre de dinero, y desde luego no se había molestado en informar a sus contactos militares birmanos sobre estas charlas con los americanos: el contacto no autorizado con entidades extranjeras estaba prohibido. No obstante, los encuentros eran tan infrecuentes que Saw Lu apenas daba importancia al asunto.

Saw Lu pidió permiso a Lai para intensificar su relación con la DEA, presentándose como representante secreto del gobierno wa. Quería proponer que Estados Unidos, el país más contaminado por su heroína, perdonara a la tribu y los ayudara a desintoxicarse. Sustituir nuestros beneficios derivados de la heroína por cooperación estadounidense, le diría a la DEA; ayudadnos a convertirnos en una nación más sabia y virtuosa. Ambos saldremos beneficiados.

El concepto era escandalosamente optimista, si no una locura. Pero Lai tuvo que admitir que, en caso de éxito, permitiría la prosperidad de su nación al margen del opio y la heroína. El presidente dio su bendición a Saw Lu para ponerse en contacto con la DEA y tantear la posibilidad. Después, al intuir la extraordinaria gravedad del potencial conflicto, añadió: «Saw Lu, por amor de Dios, no le cuentes a nadie lo que estás haciendo y que no te pillen».

Lo más probable era que la idea de Saw Lu no llegara a nada, pero, si el soñador lograba lo que quería, el cínico lo perdería todo.

Habitante de las tierras altas y pueblo wa fotografiados en la década de 1890 por exploradores británicos.

(Crédito: J.G. Scott Collection)

Niño soldado del EUEW en 1991.

(*Crédito: Angelo Saladino*)

Abajo: heroína «China Blanca» muy pura: producida por el EUEW y vendida en Estados Unidos.

(*Crédito: Angelo Saladino*)

Un incómodo acercamiento del agente de la DEA John Whalen al líder del EUEW, Bao Youxiang, en un helicóptero birmano en 2002.

(*Cortesía de John Whalen*)

Los Exiliados: armas donadas por la CIA a chinos anticomunistas. Los padres del narcotráfico del Triángulo Dorado.

(Foto de archivo obtenida por Patrick Winn)

El general Lee Wen-huan; traficante de opio anticomunista protegido por la CIA.

(Foto de archivo obtenida por Patrick Winn)

Donde se elabora la metanfetamina: un laboratorio provisional ubicado cerca de la frontera china.

(*Crédito: policía de Myanmar*)

Droga distintiva del EUEW en el siglo XXI: pastillas de metanfetamina, el producto ilegal mejor vendido de Asia.

(*Crédito: Mark Oltmanns*)

Abajo: opio wa embalado en hojas de plátano y cuerda, antes de ser procesado en un laboratorio de heroína.

(*Crédito: Angelo Saladino*)

Saw Lu como ministro de Exteriores de la nación wa, en torno a 1993, con Mary, su esposa.
(*Crédito: Patrick Winn*)

Saw Lu, activo de la DEA, sentado en un campo de adormidera en 1993.
(*Crédito: Getty Images*)

Comandos del EUEW capturan a traficantes de meta cerca de la frontera birmano-tailandesa en 2019.

(Crédito: EUEW)

Una refinería de heroína wa incendiada en 1991 con la ayuda de la DEA.

(Crédito: Angelo Saladino)

El padre fundador de la nación wa, Zhao Nyi Lai, con el agente especial de la DEA Angelo Saladino, en 1992.

(*Cortesía de Angelo Saladino*)

Wei Xuegang, el caudillo supremo de la droga y director financiero del EUEW durante muchos años.

(*Crédito: DEA*)

LIBRO TRES

INFORMANTE CONFIDENCIAL

Jacob me llevó al hotel en su coche; circulábamos con las ventanas bajadas. Durante el trayecto pasamos por delante de estupas doradas que resplandecían bajo el destello de la luna. Los perros callejeros merodeaban por Lashio en su patrulla nocturna.

Acabábamos de abandonar la casa de Saw Lu de un modo algo abrupto, después de mi torpe intento de sacar el tema de Wei Xuegang. Según Jacob, yo no podía saber lo que ese hombre le había hecho a Saw Lu, o que la mera mención de su nombre reabriría viejas heridas. Saw Lu y Wei son «los peores enemigos del mundo», me dijo, dando a entender que su suegro aún tenía cicatrices, incluso físicas, de esa enemistad. Me sentía demasiado mortificado para preguntar por los detalles. Ya había ido demasiado lejos, tocando un nervio cuya gravedad aún no comprendía.

Jacob inspiró profundamente.

—Tiene que entender algo de Wei Xuegang: la mención de su nombre incomoda a todo el mundo, incluso en el Estado Wa. Todo el mundo sabe que Wei es el jefe de finanzas, y que el destino del EUEW depende de él. Sin embargo, al menos en público, muchos wa bajan la voz de manera instintiva cuando hablan de él. Wei es una figura siniestra. No aparece en los actos oficiales. Evita la luz del día. El comité central del Estado Wa ha suprimido su nombre de la lista de integrantes. La versión actual es que Wei desapareció hace años, aunque todo el mundo sepa donde vive: en un recinto fortificado en las afueras de Pangkham, custodiado por una guardia pretoriana leal solamente a él.

—¿Alguna vez has visto el recinto? —pregunté.

—Sí. Desde la distancia.

Cuando llegábamos al hotel, Jacob cambió de tema.

—Patrick, ¿le gusta la música?

—Claro.

—¿Sabe tocar algún instrumento?

—Sí, la guitarra, y la batería, si no tengo más remedio. Estuve en una banda.

—¿Qué tipo de banda?

«No digas punk rock —pensé—, son baptistas...».

—Una banda de rock. Fue hace mucho tiempo.

—Tal vez podríamos tocar algo juntos.

—Claro. ¿Por qué no?

—Muy bien. Mañana le pediré al ayudante del pastor que abra la iglesia. Le recogeré a las cuatro.

El tipo de música era una mezcla de rock y góspel, y los cambios de acordes me resultaban fáciles de seguir, aunque no conociera las canciones. Jacob tocaba el teclado —bastante bien—, yo la guitarra —regular— y su mujer cantaba. El batería no pudo llegar, de modo que Jacob activó un ritmo en su sintetizador Yamaha. Unos adolescentes huraños hacían los coros. Las únicas palabras que pude distinguir eran «Jesús» y «Aleluya», que se repetían en todos los estribillos.

Una cruz de cobre descomunal colgaba sobre nuestras cabezas. Las paredes de la iglesia estaban recién pintadas de blanco, y lirios de color púrpura adornaban un púlpito de madera. El único detalle fuera de lugar era un enorme cubo de basura de plástico junto al atril. Nuestra *jam session* terminó al anochecer. Necesitaba tirar el chicle y me dirigí al cubo. Por fortuna miré dentro antes de escupir: en el fondo había arroz crudo.

—¡Patrick, lo siento! No es para basura —Jacob siempre se estaba disculpando por mis errores.

—Oh, perdón. ¿Para qué es?

—Es nuestra tradición. Todo el que viene a la iglesia debe echar un puñado de arroz al cubo.

—¿Quién lo come?

—Nosotros. Yo y otros miembros del personal. Aquí soy profesor de música, es uno de mis empleos. El arroz es parte de nuestra paga.

Los demás integrantes de la banda esperaban de pie, en círculo, a que me uniera a ellos. Conocía la rutina. Juntamos las manos, cerramos nuestros ojos e inclinamos la cabeza. Jacob habló una mezcla de wa y birmano. Después cambió a inglés y preguntó:

—Patrick, ¿quiere decir alguna oración?

Sí quería: «Gracias, Dios, por dejarme tocar la guitarra rítmica para Jesús. Por favor, guíame en mi arduo camino para comprender los entresijos del EUEW. Perdóname por ser tan cotilla».

—Padre celestial —dije en su lugar—, acepta las gracias por estas y por todas las bendiciones. Por favor, bendice al pueblo wa y tráele la felicidad. En el nombre de Cristo, amén.

—Amén —dijeron al unísono.

Los feligreses enfilaron hacia la oscuridad. Era mi última noche en Lashio y había pensado en comer algo insano en el hotel y acostarme temprano. Estaba ayudando a recoger los instrumentos cuando Jacob tocó mi hombro y me invitó a cenar a su casa.

—Me encantaría, *ah-ko* —«hermano mayor» en birmano—. ¿Estás seguro de que no es una molestia?

—En absoluto, Patrick. De hecho, Saw Lu también vendrá. Quiere hablar con usted.

Comimos *moik* de nuevo, además de cerdo con curri al estilo birmano. Jacob y su esposa, Saw Lu y Mary, además de yo mismo, nos sentamos en torno a una mesa de madera en el patio. Rambo, el perro, holgazaneaba a nuestros pies, y unas polillas de tamaño colosal embestían una bombilla por encima de nuestras cabezas.

Saw Lu bendijo la mesa. Intenté que esta vez la conversación fuera menos intensa. Niños, comida, iglesia. Pero Saw Lu no parecía de humor para charlas triviales. Solo se animó cuando le pregunté por sus hazañas de caza en el pasado.

—Una vez maté a un tigre con una escopeta —me contó—. Cuando era joven.

—¿A qué sabía?

—A carne de vaca, si soportas el olor agrio —dijo—. La carne de tigre apesta, pero cualquier cosa está buena cuando estás hambriento.

—Saw Lu, ¿no tuvo miedo al enfrentarse a un tigre? —Intentaba halagar a mi anfitrión.

—No, los tigres no me asustan. La gente sí: mienten y engañan. Los tigres no.

Reí. Él no lo hizo.

Saw Lu apenas comió. Mary explicó que la diabetes y un estómago delicado limitaban su dieta. Sus dolencias empeoraban con la edad. Tenía días buenos, explicó, pero en los malos sufría ataques de parálisis, una consecuencia de la tortura. No me atreví a preguntar. Entonces Saw Lu se dirigió directamente a mí y, sin el menor pudor, me pidió un favor.

—Me vendría bien su ayuda —dijo Saw Lu— para retomar el contacto con la Administración para el Control de Drogas.

—¿D-E-A? —Pronuncié las letras despacio—. ¿Ha trabajado para ellos?

—Dígales que tengo gastos médicos.

—¿Y la DEA sabrá lo que eso significa?

—Por supuesto. —Hizo alusión a sus lesiones, sufridas cuando estaba de servicio, y que aún le atormentaban. Como mínimo, la DEA tendría que mandarle en avión a un hospital en condiciones en Bangkok—. He perdido el contacto con ellos. No sé cómo localizarlos. Usted es americano, a usted le escucharán.

Yo no estaba tan seguro. Aunque Saw Lu hubiera trabajado para la DEA en el pasado, lo más probable era que no lo reconocieran, y mucho menos a un reportero indiscreto. Era una petición imposible, pero no dije nada. Saw Lu me sostuvo la mirada sin pestañear, con sus pupilas de obsidiana.

—Sí, señor, tiene mi palabra. —Puse mi cuaderno de notas sobre la mesa—. Aunque necesito un nombre; la DEA es una agencia inmensa.

Ese era el problema, que el contacto más reciente de Saw Lu había muerto.

—¿Puede decirme su nombre?

—Bill Young.

—De acuerdo. Bill Young, que está muerto. ¿Trabajó con algún otro agente?

Saw Lu se echó hacia atrás y tiró del lóbulo de su oreja como si quisiera arrancar algún recuerdo calcificado.

—Bruce. Pero eso fue hace mucho tiempo.

—Bruce, ¿qué más?

—No se me dan bien los nombres de los blancos. Solo Bruce.

De vuelta en Bangkok, comencé mi investigación. Descubrí a un tal Bruce que trabajó para la DEA durante tres décadas y que había pasado largas temporadas en Tailandia y Birmania. Bruce Paul Stubbs era conocido por su increíble sentido del humor y su sonrisa perpetua. Le sobrevivían su esposa, Su Yon, y su hija Alana. «En lugar de flores, mandad donativos al Centro de Investigación del Cáncer Fred Hutchinson en Seattle» era lo que decía su obituario de 2006.

Indagando más, di con el nombre del jefe de Bruce: Angelo Saladino, exagregado de la DEA en Birmania. Habían trabajado juntos en Yangón a principios de los años noventa. Saladino tendría ahora setenta y muchos, si es que aún estaba vivo. Un directorio de teléfonos contenía varios Angelo Saladino: en Florida, Illinois, Colorado y Nueva York. Bombardeé sus contestadores automáticos, pero no hubo respuestas. Esperé una semana antes de molestar de nuevo a todos los Angelos. Mientras dejaba un mensaje en uno de aquellos contestadores, sonó un *clic*, y a continuación:

—¿Patrick?

—Hola, sí. Patrick Winn... Llamo desde Tailandia.

—¡Winn! ¡Hola! Estás en manos libres.

Esta vez se oyó la voz de una mujer:

—Soy Barbara, la mujer de Angelo. Le aconsejé que te ignorara.

—Oh, vaya...

—No fue una época feliz de nuestra vida; hubo amenazas físicas, rivalidades internas en el gobierno... No estoy segura de que debamos hablar de ello.

Sin embargo, Saladino no pudo resistirse a compartir viejas historias sobre drogas. Me habló sobre la persecución a un pesquero tailandés cargado con droga en los años setenta; de la trágica muerte de Joyce Powers en los ochenta; comentó diversas aventuras con la tribu wa en la década de los noventa. Al rato, Barbara se incorporó a la conversación; llevaban casados más de cincuenta años. Concluían cada historia con un «Ojalá fuera Bruce quien estuviera contándote esto», porque nadie como él las relataba mejor, era capaz de provocar una carcajada con cualquier cosa, sin importar lo sombrío que fuera.

—Pero, ¿por quién llamabas? ¿Saúl o algo así?

—Saw Lu. —Aventuré una descripción: un hombre wa de mediana estatura y presencia impactante. Antiguo señor de la guerra. Baptista radical. Con un don para reclutar gente para empresas arriesgadas, incluyéndome a mí.

—¡Oh! ¡Superestrella! Así es como le llamábamos. Es difícil olvidar a alguien como él. Superestrella era el mejor informante confidencial que haya tenido Birmania. Un confidente excepcional. No es de extrañar que un hombre como él aún esté vivo.

Se habían visto por última vez a finales de 1991, justo antes de que esa relación secreta saliera a la luz.

—Ese fue el peor episodio de mi carrera —me confesó Saladino.

El recuerdo aún le atormentaba, la manera en que la DEA fracasó a la hora de proteger a su fuente; como resultado, Saw Lu, Superestrella, había terminado colgado por los pies de un árbol.

PAGAR EL PATO

Julio, 1989.

El agente especial Angelo Saladino se acababa de mudar a Birmania con su esposa Barbara y sus dos hijos adolescentes. Se habían instalado en el barrio diplomático de Yangón, compuesto por majestuosas mansiones coloniales británicas en decadencia, que bordeaba el pintoresco lago Inya. La casa que les habían asignado era casi digna de reyes. Embellecida con un gran porche, tenía suelos de baldosas blancas y negras, y un balcón en el segundo piso con vistas a una jacaranda que derramaba pétalos de color púrpura sobre el césped. Un poco más lejos estaba la orilla del lago, colmado de hojas de loto.

Saladino aún no había cumplido cincuenta años, y tenía mechones grises que resaltaban en su cabello negro y bigote. Había servido en Miami, Bangkok, Chiang Mai y Denver. Ahora, la DEA quería ponerle al mando de la oficina de Birmania, destinada a convertirse en el puesto avanzado más relevante de Asia. Birmania era la fuente principal de la heroína traficada en Estados Unidos y, tal como afirmaba el presidente George H. W. Bush, la droga era «la mayor amenaza a la que se enfrentaba la nación». Ninguna otra sustancia mataba a tantos americanos. De acuerdo con los procedimientos habituales de la DEA, Saladino debería trabajar conjuntamente con la policía y las tropas del país asiático para encerrar a los narcotraficantes, incautar la droga y destruir los laboratorios, al igual que hacían los agentes en Colombia o México. Pero esto era Birmania. Las normas eran diferentes.

Saladino era el único agente de la DEA en el país.[1] Su oficina, oculta en el interior de la embajada americana, oficialmente no existía. El Departamento de Estado, la representación diplomática de Estados Unidos que alberga los despachos de la DEA en sus sedes y establece sus normas internas, le había prohibido revelar en público su existencia. El embajador estadounidense en Birmania, Burt Levin, advirtió a Saladino: «Nunca hables con la junta militar», aun sabiendo que el agente necesitaría confraternizar con la policía birmana para llevar a cabo su trabajo. Era evidente que el Departamento de Estado, una institución mucho más poderosa que la DEA, quería que el matrimonio Saladino se diera media vuelta y regresara a casa. No era algo personal; la pareja era muy agradable y eran siempre bien acogidos en el Club Americano, una suerte de santuario cerca del lago para las familias de los diplomáticos, donde se podía jugar al béisbol y comer hamburguesas con queso junto a la piscina. El personal de la embajada consideraba que la DEA, simplemente, no encajaba en Birmania.

Esta actitud tenía mucho que ver con las atrocidades cometidas por la junta once meses antes.

El verano anterior, las masas birmanas se habían sublevado, reivindicando el fin de la tiranía. Pese a que las minorías étnicas en las colinas llevaban tiempo exigiendo lo mismo y habían soportado torturas por ello, esta vez eran los habitantes de las tierras bajas quienes se amotinaban en la ciudad. Ya no podían aguantar más. Birmania era un régimen totalitario, la junta era dueña de prácticamente todo y acaparaba toda la riqueza del país. La policía secreta era omnipresente y escuchaba incluso lo que se susurraba en las casas de té. Sus generales eran corruptos como los peores reyes de la historia; se rumoreaba que uno de ellos se bañaba en sangre de delfín, en la creencia de que preservaba la juventud.[2]

Toda la sociedad se unió a la protesta: tenderos, granjeros, estudiantes y monjes de túnicas granate. Apoyaban a Aung San Suu Kyi, hija de un mártir birmano al que se le atribuye haber expulsado a los británicos cuatro décadas antes. Con el cabello decorado con flores de lavanda, Suu Kyi reunió a medio millón de seguidores, una marea humana vestida con *sarongs* y sandalias.

La junta la encerró y mató a sus partidarios. La infantería fue manzana por manzana disparando a miles de personas —entre tres y diez mil—, una masacre más letal que la de la plaza de Tiananmén.[3] Ni los monjes ni los adolescentes se libraron. Cuando la carnicería se acercó a la embajada americana, un edificio de tres plantas en el centro de Yangón, los diplomáticos miraron hacia abajo desde sus ventanas y fueron testigos de la matanza. El embajador contempló a los estudiantes ocultándose tras los árboles y cómo, cuando huían, el «ejército los perseguía y disparaba como si cazaran conejos». Otro funcionario del Departamento de Estado aseguró que «el personal fue testigo de algunas decapitaciones. Fue una experiencia desgarradora para los que estaban allí».[4]

Antes de ese día, Birmania era solo un régimen nefasto más con el que Estados Unidos mantenía lazos, pero esa consideración cambió de la noche a la mañana. La junta se convirtió en blanco de la condena estadounidense. «Debíamos encauzar las iniciativas de derechos humanos de Washington hacia Birmania, desviándolas de otros países más importantes», dijo Franklin «Pancho» Huddle, el segundo al mando de la embajada.[5] El Departamento de Estado estaba convencido de que, en Birmania, Estados Unidos se podía permitir «el lujo de defender sus ideales», pues el país no era ni grande ni tenía armas nucleares, y tampoco era un proveedor importante de petróleo. No habría repercusiones relevantes por atacar a su junta en nombre de la libertad y la democracia. «Todo el mundo necesita alguien que pague el pato—comentó Huddle al describir la nueva política—, y Birmania cumplió el papel a la perfección». La maldad de la junta era el blanco perfecto. Se autodenominaba Ley Estatal y Consejo de Restauración del Orden Público (SLORC por sus siglas en inglés: State Law and Order Restoration Council), un acrónimo tan feo que te dejaba en la boca una sensación de suciedad.

Desde el punto de vista del Departamento de Estado y de la CIA, que funcionan en sincronía, aislar a la junta era crucial. Saladino ya se podía olvidar de jugar con la SLORC; no después de que sus soldados hubieran disparado a monjes y adolescentes. Si tenía alguna duda sobre la norma de «cero contacto», podía llamar a su predecesor: cuando el último agente de la DEA en Birmania fue sorprendido hablando con la junta a espaldas del embajador, le dieron cuarenta y ocho horas para preparar su equipaje.[6] Los embajadores no tienen autoridad directa sobre las operaciones de los agentes antidroga, pero sí pueden relevar a los agentes que infringen las reglas internas, forzando a la sede central de la DEA a enviar un reemplazo. Saladino era ese reemplazo.

Todos los días regresaba a casa de la embajada quejándose de una nueva jornada sin sentido.

«Recuerdo que decía: "Han puesto mil obstáculos en mi camino sin más justificación que 'este es un régimen despótico'" —me dijo Barbara—. Era un ambiente muy político, una pena porque a Angelo no le va la política. Lo cierto es que, aunque lo intente, no se le da muy bien».

Sin embargo, Saladino era muy competente trabajando en casos de drogas. Y estaba decidido a encontrar la manera de erradicar la heroína en Birmania, sin importar lo que dijera el embajador.

Pese a que Saladino era el único agente estadounidense de narcóticos en Birmania, no era el único miembro de la DEA. Una colega vivía también a la orilla del lago, en una casa igual de encantadora que la suya. La llamaré Bian. De cuarenta y muchos años, bien vestida, cabello negro recogido en un moño, Bian era analista de inteligencia.

«En la DEA —me contó— los agentes son los reyes; los analistas son ciudadanos de segunda clase». Por ejemplo, no pueden llevar pistola y rara vez hacen trabajo de campo. Se sientan ante sus mesas, cribando transcripciones de las conversaciones de los informantes confidenciales con los agentes, en busca de pistas. «Escriben muchos informes. La mayoría de los agentes odia escribir informes; solo quieren atrapar a los criminales».

Bian se incorporó a la oficina birmana de la DEA el año anterior, justo a tiempo para ser testigo de la masacre de 1988. «Aquellos estudiantes revolucionarios me dieron pena. Se encararon a los soldados calzados con botas, pero ellos iban en chanclas. No tenían madera de asesinos, como los vietnamitas. ¡Nosotros sabemos luchar!».

Nacida en Vietnam, Bian no se encogía ante nada. A base de esfuerzo, se había labrado su camino en la DEA, un entorno muy masculino, convirtiéndose en la más exótica de sus empleados: una mujer inmigrante asiática. Antes de Birmania, Bian trabajó en la oficina de Bangkok, dominada por machos alfa que fumaban sin parar en los pasillos y celebraban sesiones informativas en los bares de *striptease*. Bian solicitó el puesto de Birmania con la esperanza de ganar méritos en un país que otros evitaban. «Casi ningún agente de la DEA quería trabajar en Birmania porque sus esposas tenían demasiado miedo. Para mí no era un problema».

Saladino y Bian se llevaban muy bien. Él era un hombre familiar, no un patán, y la trataba como a un igual. Todas las mañanas iban juntos en el coche de Saladino, dejando atrás su idílico refugio del lago para conducir hasta el centro de Yangón, un calidoscópico barullo. Bordeando las estrechas avenidas de la capital, había fachadas de ladrillo pintadas de color melocotón, verde menta y caramelo, a menudo deterioradas por colonias de moho negro. En lo alto, los pájaros cantores hacían equilibrios en las cuerdas de tender la ropa. A pocas manzanas de la embajada había una estupa dorada, la pagoda de Sule, que se elevaba majestuosa desde una rotonda en torno a la que orbitaban lentos coches oxidados.

Saladino aparcaba y después, caminaban hasta la embajada, atravesando el mismo porche donde los manifestantes se habían desangrado el año anterior. En el sótano había una tienda que vendía licor barato y carne enlatada. La CIA ocupaba la segunda planta, y la oficina de la DEA estaba oculta en la tercera. Los muebles estaban desconchados y la moqueta desgastada. Saladino tenía un despacho de un tamaño razonable en una esquina y Bian uno más pequeño cerca del suyo. Siete u ocho cajas fuertes Diebold se alineaban en la pared: a prueba de incendios, a prueba de perforaciones e impenetrables si no conocías la combinación. En el interior de una de ellas había un AK-47 desmontado sin registrar, por si la embajada sufría un ataque. Aquello era Birmania. Podía suceder cualquier cosa.

El otro «miembro del personal» de la DEA era un ciudadano birmano, John Tin Aung, contratado extraoficialmente. Provenía de una familia de clase alta y hablaba un inglés británico exquisito. A todos los efectos, John era solo un burócrata dentro de la embajada, pero en realidad era el conseguidor de la DEA: un intérprete y un experto en manejar a los informantes confidenciales. Fue John quien abordó a Saladino un día y le dijo que una fuente de Lashio quería conocerlo... en un lugar aislado de Yangón.

Saladino no recuerda mucho de su primera reunión con Saw Lu, pero en el transcurso de las siguientes percibió que el hombre no era un informante cualquiera, sino un arma secreta en potencia capaz de permitir que el rudimentario puesto avanzado de la DEA desafiara todas las expectativas y lograra algo grande.

Nunca revelaron la verdadera identidad de Saw Lu. En los informes escritos, era una serie de números y letras: SWQ-86-005. En las conversaciones informales, usaban su nombre en clave: Superestrella.

Tampoco lo llamaban por teléfono, pues las líneas podían estar intervenidas. De hecho, no tenían ninguna manera de acceder a él, era Superestrella quien los contactaba, a menudo a través de un mensajero con una nota: «Aquí tenéis fecha y hora, os veré en el lugar de citas habitual en Yangón».

«Debíamos tener mucho cuidado —dijo Saladino—; Superestrella no era un hombre cualquiera; la inteligencia militar birmana sabía exactamente quién era».

Y, ¿quién era Superestrella? Saw Lu, un agente civil del ejército birmano. Su trabajo: controlar las zonas rurales del interior para la junta. Visitaba con regularidad las colinas shan, en el corazón del cultivo de adormidera en Birmania, una región donde las aldeas cosechaban opio para los grupos rebeldes, clanes criminales y otros intermediarios; muchos de ellos lo vendían en grandes cantidades a los hombres de Khun Sa o a señores de la guerra menos importantes.

Sin embargo, Saw Lu no solo reunía información para la junta.

Había estado muy ocupado. Antes de contactar con Saladino, había movilizado de forma incansable a los informantes del narcotráfico en las colinas shan: una red que mantenía oculta a sus jefes birmanos. Sus fuentes eran baptistas indígenas cuyos antepasados pertenecieron a la secta de William Marcus Young. Los descendientes de estos conversos aún tenían un sentimiento de afinidad, pese a que los misioneros blancos hubieran desaparecido hacía tiempo. Algunas de estas personas se habían metido en el narcotráfico. Más instruidos que la mayoría de sus compatriotas, habían escalado a puestos elevados en las organizaciones criminales. Saw Lu los había reclutado: más de cien hombres y mujeres que sonsacaban información que él conservaba en archivos. De modo que contaba con su propia red de espionaje de informadores baptistas, tanto más ingeniosa cuanto que encubría su trabajo oficial: vigilar a las minorías de la oposición en el interior de la región.[7]

El propósito de esta empresa era impresionar a la DEA, y lo consiguió. «Era asombroso —me dijo Saladino—. Ni te lo imaginas. Los aldeanos de las montañas conservaban informes sobre la cantidad de hectáreas que se cultivaban, y nosotros teníamos acceso a todo eso».

Sin embargo, era una relación muy peligrosa, puesto que Saw Lu carecía de permiso para hablar con los agentes estadounidenses; la junta podía acusarlo de subversión, o simplemente, matarlo. Pese a que era un activo de confianza desde su época como señor de la guerra, seguía siendo parte de una minoría, y la policía estatal birmana, con aires de Gestapo, las vigilaba de cerca. Eran altamente sensibles hacia los ciudadanos que confabulaban con Estados Unidos a sus espaldas. Para evitar ser detectado, Saw Lu solo se reunía con la DEA en contadas ocasiones. Por lo general, esperaba a que sus jefes de la junta le convocaran en Yangón para algún encuentro y aprovechaba la oportunidad para escabullirse a una cita rápida.

El compañero birmano de Saladino, John, dispuso un piso franco en Yangón únicamente para Saw Lu. «El tipo de hogar que podría ocupar una pareja birmana de clase media», explicaba Saladino.[8]

Bian también le acompañaba, pese a que los agentes nunca incluían a los analistas en las operaciones sobre el terreno en casi ningún país. Con el fin de despistar a los servicios de información de la junta, conducían hasta el punto de encuentro usando rutas tortuosas para evitar que los siguieran. Una vez aparcado el vehículo frente a la casa, John examinaba la calle; después de confirmar que estaba todo despejado, entraban. En la mayoría de las ocasiones, Superestrella ya se encontraba dentro, con los informes manuscritos ordenados sobre la mesa.

El típico informante es alérgico al papeleo. Suelen irse por las ramas, adornando aquí, confundiendo allá, pidiendo más cigarrillos. Sin embargo, Superestrella era un alumno aplicado: siempre detallaba su información por escrito, siempre se anticipaba a las necesidades de la DEA. Juntaba fragmentos de datos de docenas de topos en el Estado Shan, proporcionando una foto en tiempo real del narcotráfico; las rutas de contrabando, las localizaciones de las refinerías, el estado de las luchas internas entre bandas, todo lo que un agente antidroga querría saber. Saw Lu no había mencionado aún su vinculación con el EUEW. Aún estaba seduciendo a la DEA, intentando hacerse indispensable. Sin embargo, en la medida en que profundizaba su relación con los americanos, comenzó a aportar documentos privados del EUEW, el mayor cartel de Asia después de Shanland. Consistían en archivos reales, no simplemente rumores, que procedían directamente del cuartel general, e indicaban el número de campos de adormidera bajo el control de los wa, e incluso detalles sobre el número de hectáreas. Saladino y Bian, entusiasmados con esa visión de primera mano del narcotráfico birmano, le pidieron a Saw Lu que continuara realizando ese trabajo tan útil.

Todas las reuniones secretas terminaban del mismo modo: Saw Lu sacaba en torno a mil dólares por cada informe, a veces más, pero para conseguir el dinero tenía que firmar un recibo por la «compra de pruebas».[9] Le incomodaba escribir su nombre en un documento que demostrara la cooperación ilegal con Estados Unidos, pero Saladino le aseguraba que los recibos eran «más que alto secreto», de los documentos más celosamente guardados de la DEA.

«Bien», aceptaba Saw Lu, que, no obstante, daba un paso más para ocultar su identidad. En ocasiones escribía su nombre en birmano, otras veces en chino y otras en wa, que usa el mismo alfabeto que el inglés. En el muy improbable caso de que los espías del régimen interceptaran los archivos, pensarían que se trataba de múltiples personas en lugar de una. Era solo un pequeño truco para ayudar a enmascarar su pista.[10] De vuelta en la embajada, Saladino siempre se aseguraba de guardar los recibos de Saw Lu en una de las cajas fuertes Diebold. Tan solo él y Bian conocían las combinaciones.

Saladino y Bian se esforzaron en ocultar al embajador su relación con Superestrella. Sin embargo, a lo largo de los meses siguientes, el personal de la sede diplomática advirtió que el misterioso dúo se había topado con una lotería de información, aunque no sabían cómo.

Cada embajada estadounidense ubicada en un país en el que se produce droga debe facilitar a la Casa Blanca datos estimativos de cuánta cocaína o heroína hay dentro de sus fronteras; esto era competencia de la DEA. Sin embargo, en 1990, la CIA, que tenía un gran interés en competir con la DEA, contaba con su propia red de lucha contra el narcotráfico, y la agencia de espionaje daba sus propias cifras. En la mayoría de los países, las estimaciones de la DEA y la CIA más o menos coincidían, pero en Birmania no, y la DEA no daba una explicación para ello.

«Nuestras cifras eran correctas —me aseguró Bian—.[11] Las suyas estaban mal. Teníamos una sólida base —los informes de Saw Lu— y ellos no. Tan solo contaban con sus "ojos en el cielo", dando vueltas y vueltas».[12]

La CIA confiaba en las fotos de satélite de las colinas de Birmania. Analizaban las imágenes para identificar dónde crecían las adormideras y calcular cuánto opio producirían. Dividían la extensión entre diez, pues, según los conocimientos convencionales, para producir diez kilos de heroína se necesitaba un kilo de opio.[13] En eso consistía la fórmula de la CIA.

«Pero nunca es así de sencillo, ¿sabes? —continuó Bian—. Dependiendo del tiempo y del suelo, se podrían necesitar hasta trece kilos de opio para producir un kilo de heroína. Esto cambia todas las temporadas, al igual que ocurre en cualquier huerta. Pero, claro, ¡no se le puede llevar la contraria a la CIA! Aunque, en realidad, sí que se puede. Solo hacen falta agallas».[14]

Bian tenía agallas.

«Intenté decírselo: "¿Vuestra fórmula? Está mal". La CIA tenía la ventaja tecnológica, pero nosotros algo mejor —detalles precisos, cortesía de Saw Lu—. Era la pura verdad. Probablemente ese fue el principio del resentimiento de la agencia hacia nosotros. De cualquier forma, no pediré disculpas por tener razón».

Primavera, 1990.

El líder supremo del estado orwelliano de Birmania no era un presidente ni un primer ministro, sino el jefe del espionaje militar, Khin Nyunt. El dictador llevaba gafas enormes con montura dorada y un grueso anillo de oro. Su cabello negro, con raya a la derecha, parecía madera barnizada. Sonreía con facilidad, aunque era conocido por sus cambios de humor, e insistía en que todo el mundo le llamara «Secretario Uno».

A Secretario Uno le aterraba Estados Unidos. Después de la masacre, la Casa Blanca había bloqueado la ayuda al país. El Departamento de Estado presionaba al presidente americano y al Congreso para dar un paso más e imponer sanciones radicales y de gran alcance, el tipo de guerra económica que causaría más pobreza y que, posiblemente, alentaría otra rebelión. Aunque un ataque militar en Birmania no estaba en los planes de Estados Unidos, Secretario Uno lo desconocía. Había visto lo que el gigante americano había hecho con otros gobiernos hostiles: Libia, bombardeada en 1986, y Panamá, invadida en 1989. El dictador tenía que ofrecer algún gesto, sin llegar a ceder el poder, para que los estadounidenses retrocedieran. La supervivencia de su junta dependía de una imagen más moderada de Birmania. Secretario Uno habló de introducir algunos cambios en el régimen: menos sangre de delfín y más reformas de mercado. Incluso, prometió una transición a una «democracia» electoral, si bien una muy, muy gradual.

El Departamento de Estado no le creyó —ninguna institución odiaba más a la junta—, de modo que Secretario Uno se centró en la DEA. Con la Guerra contra las Drogas a pleno rendimiento, Birmania podía ofrecerse a ayudar a los agentes estadounidenses a atrapar a los narcotraficantes en sus fronteras. Secretario Uno sabía que, en realidad, él no tenía capacidad para acabar con el tráfico de drogas en el país; los peces gordos, el Shanland de Khun Sa y el Estado Wa, eran demasiado difíciles de derrocar, y en cuanto a los traficantes de segunda y los intermediarios, los oficiales de la junta colaboraban estrechamente con ellos, aceptaban sobornos y dejaban pasar a los contrabandistas por los puestos de control militar. Sin embargo, estaba dispuesto a sacrificar a algunos de estos traficantes, con tal de quitarse de encima a los americanos. Algunas grandes incautaciones, en tándem con la DEA, podrían obtener el favor de la Casa Blanca; tal vez lograran, incluso, que el presidente controlara a ese molesto Departamento de Estado.

Secretario Uno encargó a su máximo representante, el coronel Kyaw Thein, que iniciara una relación con el agente Saladino. El coronel hablaba un excelente inglés y, con su rostro amable y su cabello engominado, parecía un cantante de los años sesenta. Empezó a invitar a Saladino con regularidad a su oficina para charlar. El mandato del embajador americano finalizaba ese mismo año, y la imposición del bloqueo de comunicaciones, con la prohibición de que los agentes estadounidenses hablaran con la junta, se había relajado.

El coronel pidió a Saladino que le llamara KT. Lo cierto es que se llevaban muy bien. «La mayoría de los militares eran como niños con pistolas —me contó Saladino—. Pero KT era muy educado. SLORC era una palabra muy fea en esa época y por una buena razón, pero KT consideraba que había mejores maneras de hacer las cosas. No era tan estrecho de miras». En el transcurso de largas conversaciones, el coronel, con su voz cantarina, admitía el terrible comportamiento del régimen. Para un civil, aquello era un delito de opinión que podía enviarle a la cárcel. Que el adjunto al dictador lo reconociera en voz alta le hacía sentir a Saladino que aún había esperanza para Birmania.

Sin embargo, él no estaba allí para convertir a los déspotas en demócratas, esa era labor del Departamento de Estado. La misión de Saladino era cortar el grifo de la heroína dirigida a las ciudades estadounidenses, e imaginaba que la SLORC tenía muchas razones para ayudarle.

«Sabía que era un régimen aborrecible. No tenía falsas ilusiones. Solo quería hacer algo bueno por el pueblo americano». Saladino sugirió a su interlocutor pasos pequeños. «Las tropas birmanas ya incautan heroína en algunos sitios, pero todo el mundo asume que la revenden después. ¿Por qué no se queman las drogas en público, KT? Mostrad al mundo que vais en serio».

El coronel prometió transmitir esta idea a sus superiores.

A finales de abril de 1990, mientras el embajador Levin se encontraba fuera del país por un breve periodo, Secretario Uno aprovechó la oportunidad. Convocó a los diplomáticos occidentales a un descampado en Yangón, en cuyo centro había un pedestal de metal sobre el que había apilados varios sacos blancos, cada uno repleto de heroína. Se permitió a los medios extranjeros, por lo general prohibidos en Birmania, acudir para ver el espectáculo: el grupo incluía reporteros de la revista *Time* y de CBS News.

Las cámaras grababan a los soldados birmanos rociando los sacos con gasolina. Secretario Uno estaba ahí, su rostro medio en la sombra, bajo una gorra demasiado grande para su cabeza. Cogió una vara llameante. Estaba a punto de prender fuego a heroína por valor de quinientos mil millones de dólares, la mayor destrucción de droga en la historia de Birmania. Sin embargo, se detuvo, pasó la vista sobre los espectadores sentados en sillas de mimbre y ubicó a Saladino en la multitud. Le indicó que se acercara y el agente avanzó, con su camisa de manga corta y sus gafas de aviador.

«Me pasó la antorcha para que prendiera fuego a aquel enorme montón de drogas». En ese momento, el estatus de la DEA en Birmania pasó de clandestino a oficial. Un segmento de CBS Evening News presentado por Dan Rather identificó al americano que portaba la antorcha: Angelo Saladino, Administración para el Control de Drogas.

Saladino no había pedido permiso al Departamento de Estado para reconocer en público la presencia de la DEA en Birmania, algo que tampoco le habrían concedido. En una conferencia televisada en Washington D. C., tras la quema de droga, el secretario adjunto de Estado manifestó que Estados Unidos «no se implicaría en ayudar [a Birmania] a blanquear su historial».[15] El cuerpo diplomático estaba furioso.

Desde el inicio del verano, Saladino continuó encontrándose con Saw Lu en el piso franco, a veces con Bian y otras veces solo. Su complicidad crecía con cada reunión. De todos los informantes confidenciales, este era único: no era una *rata*, una persona despreciable, sino un auténtico profesional.

Para entonces, Saw Lu proveía a su interlocutor de documentos del EUEW de vital importancia, incluyendo cuentas de pérdidas y ganancias sustraídas directamente del cuartel general del Estado Wa en Pangkham. Sin embargo, necesitaba que Saladino entendiera que él no era un simple soplón. Saw Lu le reveló que era consejero del líder del Estado Wa, el presidente Zhao Nyi Lai, quien había aprobado todas sus reuniones con la DEA. También insistió en que el EUEW, una institución de propósitos nobles, no tenía nada que ver con el cartel de Birmania, Shanland.

«Khun Sa es un cínico hombre de negocios bajo una imagen falsa de revolucionario —aseguró—. Nosotros solo somos una tribu montañesa empobrecida en una situación difícil. Elaborar heroína no es más que una vergüenza temporal para los wa, una forma de sacar adelante la nación. Queremos quedar limpios, y para eso necesitamos la ayuda de Estados Unidos».

Saw Lu reveló el plan que había trazado con esmero en su mente. Imaginaba a Estados Unidos construyendo escuelas, hospitales y carreteras asfaltadas en las montañas wa y enviando a maestros americanos, médicos e ingenieros para sentar las bases de un Estado moderno. A cambio, el EUEW incineraría sus adormideras y desmantelaría los laboratorios que producían la heroína que se exportaba a las ciudades americanas. Con su estrategia, ambas civilizaciones gozarían de mejor salud, afirmó. «Estamos preparados para aliarnos con una nación cristiana que cree en el poder de la redención».

De modo que este era el proyecto a largo plazo del informante. Durante todo ese tiempo su objetivo no había sido engrosar una cuenta en Suiza, sino un propósito humanitario: niños instruidos, atención médica en condiciones, todo ello gracias a la generosidad del Tío Sam. Habría sido más sencillo si solo hubiera pretendido enriquecerse. Saladino imaginó al instante todos los obstáculos que se interpondrían entre este sueño y la realidad, y todos eran desalentadores. Si fuese lo bastante insensato como para apoyar el plan de Saw Lu, debía estar preparado para afrontar la resistencia de diversas instituciones: la junta birmana, el Departamento de Estado, la CIA y la DEA.

En primer lugar, la junta no iba a permitir, por nada del mundo, que Estados Unidos colaborara directamente con el gobierno wa. ¿Una alianza entre una superpotencia hostil y una temible tribu montañesa? Ni de broma. Los americanos destacaban por su habilidad para entrar a hurtadillas en países rivales y azuzar a las minorías en contra del régimen al mando. Había una razón por la que Saladino y Saw Lu debían encontrarse en secreto: cualquier contacto entre Estados Unidos y un grupo étnico armado, en especial los poderosos wa, desencadenaría la paranoia de Secretario Uno, con la posible expulsión de la DEA del país.

Sin embargo, de entrada, Saladino no rechazó la idea de Saw Lu. Tal vez existiera una forma de perfeccionarla, permitiendo a los militares birmanos mediar en el proyecto. Al fin y al cabo, la junta buscaba formas de mejorar su relación con la DEA. Quizá el régimen pudiera trabajar conjuntamente con ella: viajar al Estado Wa con permiso de su líder y, unidos, erradicar una cantidad importante de heroína. Saw Lu indicó que sus superiores wa accederían, siempre y cuando consiguieran escuelas y hospitales a cambio de sus preciados narcóticos. La clave consistiría en dar a los oficiales birmanos la potestad para supervisar cada pequeña interacción entre la DEA y los representantes del EUEW. Necesitarían sentir que tenían el control absoluto de todo.

Para que esto funcionara, Saw Lu tendría que considerar ciertas concesiones. Cualquier ayuda hipotética de Estados Unidos a los wa tendría que fluir a través de la junta, para que los generales se quedaran con una tajada. Además, Secretario Uno exigiría la mayor parte del crédito de este proyecto altruista. El dictador buscaba con desesperación la aclamación internacional —grandes titulares proclamando «Birmania erradica las drogas»— para blanquear la mala imagen del gobierno y lograr su principal objetivo: evadir la amenaza de las duras sanciones occidentales. En resumen: Saladino pensaba que la estrategia resultaría viable si Saw Lu aceptaba incluir a la junta en su plan. Unos cuantos espectáculos de quema de drogas en el Estado Wa lograrían incluso que los militares birmanos se acostumbraran a la imagen de los estadounidenses en suelo wa, y con el tiempo, tal vez, la junta, bajo una estrecha supervisión, llegaría a permitir que Estados Unidos enviara profesores, médicos e ingenieros.

En segundo lugar, estaba el Departamento de Estado americano, que constituía un obstáculo aún mayor para el sueño de Saw Lu. Dado que sus diplomáticos procuraban ejercer la máxima presión sobre Birmania, si algún proyecto de la DEA dejaba en buen lugar a la junta, intentarían desbaratarlo, independientemente de la cantidad de droga que arrojaran a la hoguera. Peor aún, Saladino ya estaba en su lista negra: no quería ni imaginar la reacción ante su sugerencia de que Estados Unidos inyectara ayuda a un cartel de droga a través de los generales birmanos.

Superar las objeciones de los diplomáticos sería, indudablemente, difícil. En términos de poder e influencia en el gobierno estadounidense, la DEA no pasaba de ser un *bulldog*, pero el Departamento de Estado era un tigre. Saladino necesitaría que las autoridades de la DEA se enamorasen del proyecto y que, después, convencieran a las altas instancias del gobierno, el Congreso y la Casa Blanca, de la conveniencia de apoyar el experimento. Solo entonces retrocederían los diplomáticos.

En tercer lugar, estaba la CIA, que compartía con el Departamento de Estado su estrategia de oposición a la junta, pero que además tenía sobrada experiencia en lograr sus objetivos con métodos encubiertos. Las instituciones se beneficiaban mutuamente. De los aproximadamente cincuenta empleados estadounidenses que rotaban por la embajada de Yangón, más de una docena pertenecía a la sección local de la agencia, aunque la mayoría se hacía pasar por personal diplomático.[16] La central de la CIA en Birmania era conocida por su descaro. A mediados de los años noventa, cuando el embajador Levin se preparaba para marcharse, la CIA intentó colocar a uno de los suyos, un espía integrado en el Departamento de Estado, como el nuevo embajador americano.[17] La junta tuvo conocimiento de esta jugada y bloqueó el nombramiento. Es decir, la CIA llegaba a cualquier extremo para salirse con la suya, y si Saladino proponía el proyecto de Saw Lu, sin duda idearían la forma de sabotearlo.

Y el cuarto y último obstáculo era la DEA. Toda una ironía... Saladino, uno de sus agentes veteranos, proponía una alianza con un cartel de droga; aun así, él pensaba que la sede central le escucharía.

A Saladino le gustaba la propuesta y su historial era sólido. Además, en caso de que el arriesgado experimento funcionara, Estados Unidos neutralizaría al segundo mayor cartel de tráfico de heroína de Asia sin derramar una sola gota de sangre. El EUEW controlaba casi 30 000 hectáreas de adormidera. Quemarlas haría colapsar el suministro de opio y, con ello, se salvarían muchas vidas americanas. Era un objetivo noble, aunque para lograrlo hubiera que cooperar con una junta criminal y un cartel de droga.

«Tienes que entenderlo —me dijo Saladino—. La heroína wa era muy, muy pura. Un solo kilo introducido de contrabando en Estados Unidos era lo bastante potente como para, una vez adulterado, convertirse en 4 kilos, listos para venderse en la calle... Y los wa exportaban miles de kilos al año. Si tuvieras la oportunidad de detener todo eso, ¿no lo intentarías? Siendo franco, podía visualizar su sueño. ¡Diablos!, merecía la pena intentarlo», y así se lo transmitió a Saw Lu.

Habría que ver cómo respondían sus jefes de la DEA; su interés iba a determinar la posibilidad de debatirlo con otras instancias del gobierno estadounidense. Lo más peliagudo era hallar el modo de presentar la idea a la junta birmana sin revelar que la DEA y el EUEW, a través de Saladino y Saw Lu, ya habían conspirado en su creación. «Hay muchos obstáculos por delante, así que no te hagas muchas ilusiones, Superestrella. Mientras tanto —le aconsejó Saladino—, ten cuidado cuando vengas a vernos. Nosotros también lo tendremos».

Si la junta birmana llegaba a descubrir que los dos se reunían en secreto, aquel pequeño sueño sufriría una muerte rápida, y Saw Lu tampoco saldría bien parado.

Para sorpresa de Saladino, la sede central de la DEA no solo le dio luz verde; además, trasladó a otro agente especial a Birmania para ayudar a explorar el potencial del plan de Saw Lu. Un segundo agente real, no como Bian, que tan solo era analista.

Bian no podía evitar sentirse amenazada. En julio de 1990 observó, indignada, cómo los camiones de mudanza entraban en la sede diplomática de Yangón. El agente Bruce Stubbs, trasladado desde Tailandia, tomaba posesión de la residencia vecina.

«Ya conocía a Bruce de cuando estuve destinada en Bangkok. Nunca me gustó, pero, ¿sabes una cosa? A él le dieron una modesta casa en Yangón, mientras yo tenía una bonita residencia de dos pisos. Por lo general, ese tipo de vivienda se utilizaba para alojar a las secretarias de la embajada. ¡Ja!».

Stubbs, de casi cincuenta años, llevaba mucho tiempo en el Sudeste Asiático. Incluso había ayudado en la investigación del asesinato de Joyce Powers en 1980. Grande como un armario, fumaba cigarrillos Winston y tabaco de pipa. Su bigote de color marrón arena era grueso como la brocha de un pintor; cuando estaba concentrado, lo aplanaba con sus dedos.

Bian no era la única persona que detestaba que Stubbs se mudara a Yangón. A su propia esposa, Su Yon, tampoco le entusiasmaba la idea. Bruce y Su Yon Stubbs estaban juntos desde los setenta, cuando él, entonces un joven oficial de inteligencia militar estadounidense, la conoció en Corea del Sur. Tras unirse a la DEA, se trasladaron a Bangkok y vivieron allí durante casi una década. La pareja pensaba que Tailandia era un lugar familiar y acogedor. «Los coreanos no sonreímos todo el tiempo, pero los tailandeses sí, al igual que Bruce —dijo ella—. En ese sentido, era como los tailandeses: la gente decía que era más tailandés que americano». Para ella, su esposo era «la persona más amable que pudieras conocer, lleno de empatía para todo tipo de personas», y Su Yon le seguía a todas partes, también a Yangón, un lugar que odió desde el mismo momento de su llegada.

Todo ese alambre de espino y la pobreza generalizada; el toque de queda impuesto por la junta a las diez de la noche; el puesto de control en su vecindario, vigilado por soldados desnutridos de mirada vacía... El día de la mudanza, al aproximarse a su nuevo hogar por primera vez, Su Yon se quedó helada en la entrada. Un lagarto del tamaño de una iguana se agazapaba frente al marco de la puerta. Al principio, estaba quieto como una gárgola. Pero después, ladeó su cabeza hacia ella, abrió su boca rosada y gritó: ¡*to-kay*!

Los tokays son grandes gecos muy comunes en Birmania y, al parecer, con este iba a compartir casa. Su Yon aún procesaba aquel episodio perturbador, mientras cenaban en la mesa de la cocina, cuando las luces se apagaron, dejando a la pareja en la oscuridad.

—Bruce —preguntó ella—, ¿con cuánta frecuencia se va la electricidad por aquí?

Él rio.

—¡Muy a menudo!

Sobre todo durante la temporada de monzones, que arrasaban a mediados del verano.

«Nunca había vivido algo semejante: los truenos bramaban como tambores de guerra, las palmeras se doblaban por el viento, el cielo negro sollozaba, y al día siguiente las alcantarillas gorjeaban como animales ahogándose. Además de todo aquello, vivías como en una prisión. El gobierno te decía: "No hagas esto, no hagas lo otro". Si me alejaba del barrio para ir al mercado, los guardias militares me preguntaban adónde iba».

Al menos su marido sí disfrutaba de su nuevo destino. Stubbs pasaba muchas horas en la oficina de la DEA y llegaba a casa aturdido. Apenas hablaba de los casos de droga con su mujer, pero se había topado con algo espectacular en el trabajo y se notaba en la expresión de su rostro. No podía contarle mucho, solo que implicaba a una tribu de antiguos cazadores de cabezas.

—¡Bruce! ¿Cazadores de cabezas?

—Sí. Quiero ir a visitarlos. Creo que comen serpientes negras.

—¡Bruce! ¿Serpientes?

—Sí. Voy a comer serpientes con ellos. Haré lo que me digan con tal de que no me coman.

En cuanto a Bian, su resquemor hacia Stubbs pronto se confirmó.

Él la eclipsaba de muchas maneras. Se apoderó de su pequeño despacho, marginándola a una mesa cochambrosa en una zona común. El humo flotaba por todas partes, impregnando su cabello y sus blusas de color pastel. Bian se había sentido orgullosa de su implicación en los encuentros secretos con Saw Lu —pocos analistas habían llegado a conocer a las fuentes—, pero ese privilegio también se esfumó. La gestión de los informantes pasó a ser tarea de Stubbs y solo de él. Salía de la oficina por las mañanas, volvía por las tardes y depositaba su Glock con un ruido metálico sobre la mesa que había sido de Bian. Hablaba con entusiasmo sobre las últimas revelaciones de Superestrella en el piso franco, y pronto empezó fantasear con la posibilidad de ayudarle para que sus hijos estudiaran en la universidad en Estados Unidos. Al parecer, los dos se hicieron amigos enseguida, y Bian, apartada de su condición de «segunda agente», se limitaba ahora a analizar los informes de Saw Lu en la oficina.

Era como si se hubiera esforzado en regar un árbol cuidadosamente para, llegado el tiempo de cosecha, ver cómo Stubbs aparecía en el último momento y escogía los mejores frutos.

Finales de octubre, 1990.

Cielos parcialmente cubiertos al amanecer, los rayos del sol despejando la niebla sobre el lago Inya. Una típica mañana en el distrito diplomático de Yangón, donde en la mayoría de los hogares, las sirvientas internas preparaban el desayuno para sus jefes y los jardineros barrían las hojas de los caminos de acceso.

Saladino dejó su coche al ralentí frente a la casa de Bian. Intentaba encontrar la mejor manera de darle la noticia.

El plan de Saw Lu empezaba a tomar forma, aunque en una versión ligeramente modificada. Superestrella había convencido a Lai, el líder del Estado Wa, para que contactara con Secretario Uno y pusiera a su disposición uno de los laboratorios de heroína junto con un gran cargamento de estupefacientes. «Sois libres de venir aquí y quemarlo —le ofreció al dictador—. Y si quieres, trae a la DEA para que hagan fotos y puedan mostrar al mundo lo que han visto». Cuando Secretario Uno preguntó qué querían a cambio los wa, Lai pidió la construcción de una clínica atendida por profesionales competentes. Que fueran birmanos o estadounidenses, o de cualquier otra nacionalidad, no le importaba, siempre y cuando sirviera para evitar que su gente muriera de enfermedades comunes.

Secretario Uno aceptó. «Mi ejército os facilitará la clínica», le aseguró a Lai. En cuanto a los agentes de la DEA, los militares birmanos los trasladarían hasta el Estado Wa en helicópteros, permitiéndoles no solo ser testigos de la quema de la refinería, sino también participar en su destrucción.

Saladino estaba impresionado por el modo en que Superestrella dirigía todo el asunto desde la sombra: había ideado el modo de llevar a sus contactos de la DEA, él mismo y Stubbs, hasta el Estado Wa, con el régimen birmano haciendo de chófer. Era evidente que la junta no tenía ni idea de que uno de sus agentes de bajo rango en Lashio era el cerebro de la empresa. Los wa observarían las gestiones del régimen y, si todo transcurría según lo esperado, irían a más progresivamente. Con el tiempo, pensaban sugerir que Estados Unidos pagara la cuenta y concediera más fondos para el desarrollo del Estado Wa, lo cual ahorraría una montaña de dinero a la junta. Con el tiempo, conseguirían que los birmanos se sintieran lo bastante cómodos como para dejar entrar a los expertos estadounidenses, que modernizarían la nación wa. Todo ello en beneficio de los líderes de la junta, pensó Saladino, porque, a menos que estropearan esta oportunidad servida en bandeja, saldrían de esto oliendo mejor que nunca.

Esta era la teoría, y estaba supeditada a que el encuentro inicial saliera bien. Saladino no había informado aún al Departamento de Estado, pero tendría que hacerlo antes del viaje, que se había programado para pocas semanas después. Los diplomáticos opondrían resistencia, aunque esperaba que no fuera demasiada. No estaba proponiendo que Estados Unidos gastara un solo centavo, al menos por ahora, tan solo que la embajada se mantuviera al margen y le permitiera ir al Estado Wa a ayudar a la junta a incinerar un laboratorio de heroína. Lo demás, emplear a profesores, doctores y técnicos, vendría más tarde. Por ahora, darían pasos pequeños. Saladino aún no había hablado del asunto ni con su propia analista.

Bian ya bajaba por las escaleras. Ocupó el asiento de copiloto y Saladino comenzó a conducir.

—Bian, ya está en marcha. La DEA va a ir a la frontera chino-birmana, hasta el Estado Wa.

Le explicó los pormenores del plan y le recordó que ningún americano había pisado suelo wa de manera oficial; los agentes de la DEA serían los primeros, una versión de la agencia de la llegada del hombre a la Luna. Con los ojos fijos en la carretera, Saladino sentía el entusiasmo de Bian. «Estaba muy contenta, y enseguida empezó: "Oh, cuando llegue allí voy a hacer esto, voy a hacer lo otro...". Fue entonces cuando se lo tuve que contar: "Tú no vas; solo vamos Bruce y yo"».

Su ánimo se ensombreció al instante. Y continuó apagándose con cada frase nueva que salía de su boca.

—Es demasiado peligroso, Bian. Estaremos en manos de los wa, ya sabes... Ni siquiera los birmanos pueden llevar sus fusiles; solo tendremos nuestras pistolas: mi Sig Sauer y la Glock de Bruce. Además, no hay suficiente espacio en los helicópteros de la junta para pasajeros adicionales.

—Pero yo merezco ir. Llevo aquí más tiempo que Bruce.

—Bruce es un *agente* —dijo—. Ya lo sabes.

«Intentaba razonar con ella —me dijo Saladino—. Se comportaba como si se tratara de un viaje a Disneylandia. No llevaría armas y yo no podría protegerla. Yo sabía que se iba a disgustar. Pero no esperaba que perdiera la cabeza».

Bian se enfureció hasta el agotamiento; la ira dio paso a las lágrimas y, después, a un silencio.

Durante los siguientes meses, ese viaje en coche se reproduciría una y otra vez en la mente de Saladino. Experimentó lo que era ser odiado por Bian, cuya negativa a aceptar la palabra «no» la había llevado lejos en la vida, a lugares donde pocas personas de su entorno habían llegado.

Al embarcarse en esta aventura quijotesca con Superestrella, Saladino se había preparado para gestionar la resistencia de los neuróticos generales birmanos y de los condescendientes diplomáticos americanos. Sin embargo, nunca imaginó la reacción de su propia analista. «Un perfecto ejemplo de efecto mariposa —dijo—. Me impactó como un meteorito enloquecido».

LA QUEMA

Mi primer contacto con Bian fue a través de una llamada sin previo aviso. La encontré detrás del volante de su Tesla, matando el tiempo en una estación de carga en la Costa Oeste. A pesar de mostrarse suspicaz al principio —«Estoy jubilada. ¿Quién le ha dado este número?»—, se relajó poco después. Sobre todo, cuando le pedí que me aclarara el papel, poco reconocido, de los analistas de inteligencia de narcóticos.

—Somos los guardianes de los conocimientos más profundos de la DEA —me explicó—; muchos de los agentes apenas saben pronunciar los nombres de los traficantes. Nosotros, en cambio, queremos llegar al fondo del asunto, saber su historia personal, sus rutas, sus métodos, todo el historial. Los agentes dicen: «Los analistas solo escribís informes». ¡Se burlan de nosotros! Sin embargo, yo siempre he respetado a los servicios de inteligencia, ya que empecé con la CIA.

—¡No me digas! Cuéntame más.

—Eso es información secreta; lo más probable es que no pueda divulgarlo. —Después, silencio—. ¿Sabes una cosa, Patrick? No creo que nadie haya tenido una carrera más interesante que la mía. Y no me arrepiento de nada.

Con el tiempo, logré que Bian compartiera una versión editada de su historia, que me ayudó a comprender por qué la decisión de Saladino la enfureció tanto. Bian había recorrido un largo y duro camino en la vida, había llegado demasiado lejos para tolerar que alguien la marginara con el pretexto de mantenerla a salvo. Había nacido en Vietnam del Norte en los años cuarenta, en el seno de una familia considerada «burguesa» por los comunistas locales. Durante su juventud se trasladaron a Vietnam del Sur, pero Bian quería ir más lejos. En California se alistó en el Instituto de Idiomas del Departamento de Defensa. La Guerra de Vietnam se recrudecía, y ella asumió la tarea de enseñar vietnamita a los oficiales estadounidenses para que pudieran interceptar mensajes o interrogar a los prisioneros.

Un día, unos hombres con aspecto formal la abordaron, dándole un toque en el hombro. Se identificaron como representantes de una insulsa división gubernamental con sede a las afueras de Washington D. C., le ofrecieron un empleo mejor pagado y ella aceptó. La pusieron en un avión con destino al aeropuerto Dulles, la recogieron en la salida y la acompañaron a un coche.

—Allí fue donde me contaron para quién iba a trabajar en realidad.

La Agencia Central de Inteligencia. Bian se asustó. No se había alistado para esto.

—Sin embargo, ya había hecho las maletas y trasladado todas mis pertenencias, así que decidí dejarme llevar por el viento. Ese fue el principio de mi carrera en inteligencia. Me enseñaron mucho.

La CIA la envió a Saigón en plena guerra —unos años de los que no habla—. Cuando el conflicto llegó a su fin, su misión también, de modo que Bian se estableció en Bangkok y aceptó un empleo con la DEA.

En 1988, cuando se convocó una plaza en la oficina birmana de la DEA, la solicitó. Saladino llegó al año siguiente y, durante un tiempo, la vida en Yangón fue genial. Recuerda con afecto las cenas junto al lago con Angelo y Barbara Saladino.

—Nos llevábamos estupendamente bien. Al principio.

—Bien, háblame sobre aquella mañana en el coche de Saladino.

—Creo que todo fue idea de Bruce. —Marginarla del viaje, quería decir. Imitando a Bruce Stubbs, dijo—: «Oh, es demasiado peligroso dejarla ir hasta allí. Es una analista, no puede llevar armas». ¡Y una mierda! Manipuló a Angelo. Perdóname, Patrick... ¡Me has puesto nerviosa!

Bian tiene un recuerdo del episodio diferente al de Saladino. «En primer lugar, nunca lloré en el coche», me contó. También sostiene que Saw Lu, Superestrella, tenía a Saladino y a Stubbs en su bolsillo. Era un hombre decente, pero demasiado soñador, y Stubbs estaba deslumbrado con él, dispuesto a cruzar cualquier línea con tal de hacer realidad aquel delirio, incluso formar equipo con la junta. «Un plan que requiriera establecer relaciones con un régimen malvado —me explicó—, no podía ser bueno». Imitando de nuevo a Stubbs, dijo: «"¿Quiénes somos nosotros para criticar? Somos igual de corruptos en casa." Venga... ¿Eres leal a Estados Unidos o a una junta?».

«Todo el proyecto era una auténtica fantasía, la estúpida quimera de un blanco», me dijo.

Al menos, esa era su versión. Saladino no recuerda que Bian hubiera hecho de la colaboración con la junta birmana una cuestión de principios; al menos, no antes de que le prohibiera acompañarlos. Sin embargo, a partir de aquella mañana, su actitud cambió. Según dijo, la analista ridiculizaba el viaje inminente ante cualquier integrante de la comunidad de expatriados, y acuñó una expresión que se hizo popular en la embajada: «una refinería de Hollywood». Eso era lo que Saladino y Stubbs iban a ayudar a destruir, un «falso laboratorio de drogas» montado por los miembros de la junta, quienes probablemente trabajaban en connivencia con los wa.

«Le contó a todo el mundo que era un montaje —me dijo Saladino. Me volvía loco. Bian no tenía ninguna prueba que la respaldara—. Pero la gente del Departamento de Estado y, ya sabes, la agencia, estaban deseando aferrarse a algo así».

El futuro de la raza wa dependía de que este viaje saliera bien; sin embargo, ella lo redujo a un mero cotilleo. Saladino le pidió que parara:

—Bian, si crees que el viaje no tiene sentido, ¿por qué tienes tantas ganas de venir?

—Solo quiero documentar la farsa —le respondió.

En noviembre de 1990, cuando ya se acercaba la fecha, la sede central del Departamento de Estado en Washington intervino, enviando un «cable» —en la jerga diplomática, un mensaje confidencial—preguntando por qué la DEA seguía el juego a la junta participando en este tipo de farsas de la Guerra contra las Drogas. La campaña de Bian para desacreditar a su jefe se estaba propagando a lo largo y ancho. No obstante, el Departamento de Estado aún no había impedido abiertamente el viaje; tal vez los cuerpos diplomáticos querían que Saladino y Stubbs fueran al Estado Wa, comprendieran que habían sido embaucados y regresaran avergonzados.

En la sede de la DEA en Yangón, Saladino estaba molesto por el telegrama. Bian se encogió de hombros:

—¿Sabes...? Tienen algo de razón.

Stubbs la increpó:

—¡Quizá alguien debería trabajar para el Departamento de Estado en lugar de para la DEA!

Solo había una manera de silenciarla y acabar con el escepticismo que había sembrado: volar hasta las montañas y rezar para que el EUEW ofreciera un laboratorio de estupefacientes real, tal como había prometido Superestrella.

Un vistazo bastó para convencerlos de que la refinería de los wa era auténtica. Lo único que tuvieron que hacer fue mirar abajo.

El suelo de ladrillos de adobe era de un blanco escaldado, descolorido por años de vertidos accidentales de productos químicos tóxicos. Estaba tan empapado que, según Saladino, «se podía recoger una capa de 5 centímetros de ese suelo y conseguir una fortuna. Era heroína pura». El techo interior de paja estaba chamuscado por el humo. Los gatos hidráulicos usados para comprimir el polvo de heroína en ladrillos compactos crujían por el uso. Apilados en la esquina había contenedores de cloruro amónico, cal y anhídrido acético. Saladino sacó fotos. Aquello no era ninguna «refinería de Hollywood».

Saladino y Stubbs emergieron de la oscuridad del interior a la fría luz del día. Desde fuera, el recinto parecía un establo para búfalos. En el suelo, apilados en montículos, había bultos del tamaño de una pelota de baloncesto envueltos en hojas marrones. Los wa los habían expuesto para que los agentes procedieran a su inspección. Saladino cogió uno del montón al azar, abrió su navaja suiza y lo rajó. El opio rezumó, negro como el carbón.

Sus anfitriones wa habían dispuesto otras mercancías valiosas: ladrillos alargados envueltos en papel manila, cubiertos de cinta adhesiva en las esquinas y apilados. Saladino examinó uno de ellos y procedió de la misma forma: cuando extrajo la navaja después de cortar el paquete, el filo mostraba un tono marrón claro. Raspó el polvo de heroína de color tostado en una pequeña bolsa de plástico y la selló. Abrió otro ladrillo y tomó otra muestra. En total, recogió siete bolsitas de heroína y las metió en su mochila.[1]

Habían viajado hasta las montañas wa en un viejo Bell, un helicóptero fabricado en Estados Unidos, junto con sus escoltas militares birmanos, que merodeaban cerca, sacando sus propias fotos. Incluso para los estándares wa, el emplazamiento era remoto: unos 160 kilómetros al norte de Pangkham, en un bosque de matorrales junto a la frontera china. El EUEW tuvo que crear un claro en la ladera de la montaña y aplanar el terreno para que el helicóptero pudiera aterrizar. Había soldados por todas partes, con sombreros gastados de color verde, restos de la era comunista, y fusiles cruzados a la espalda con las bayonetas de acero asomando detrás de sus cabezas. Cosido en las mangas, lucían el emblema de batalla del EUEW: dos lanzas cruzadas como una *equis* contra un cielo rojizo.

Los agentes de la DEA estaban bastante seguros de que sus anfitriones nunca habían visto hombres blancos. Stubbs les sonrió y ellos devolvieron el gesto, esforzándose para comunicarse pese a no hablar una lengua común. Algunos parecían tener alrededor de doce años. Era difícil distinguir si eran prepúberes o si estaban desnutridos. Tal vez ambas cosas. Una vez satisfechos los agentes, las tropas del EUEW rociaron con gasóleo los narcóticos, así como la refinería. Todos ayudaron a prenderle fuego: los wa, los agentes de la DEA y sus escoltas de la junta birmana. El techo crepitó. Las llamas devoraron las paredes, reduciendo la estructura a pilares y vigas que humeaban como costillas negras, mientras la ceniza flotaba a la deriva hacia el cielo azul violeta.

Habían cumplido su misión. De regreso al helicóptero, se instalaron en la cabina junto con los oficiales birmanos a la espera de que el viejo motor del helicóptero cobrara vida. El helicóptero, una reliquia de los años setenta, se resentía por la falta de piezas de recambio, que el gobierno estadounidense había dejado de suministrar. No obstante, pronto ascendió en vertical, sus rotores bramando sobre los valles cubiertos de tallos de adormidera. Los nativos wa, alzando la mirada, se volvieron pequeños como si fueran soldados de juguete.

Stubbs llegó a casa ese día con una sonrisa. Llevaba una espada. «Una espada wa —me dijo Su Yon—, con una empuñadura de colores vivos. Debió ser un regalo». Sin embargo, esta alegría no iba a durar; más tarde, su esposa le encontró inmerso en un estado de ánimo oscuro, arrodillado junto al armario de su dormitorio, metiendo ropa en una bolsa. Bruce estaba destrozado.

—Su Yon, ni te imaginas qué nivel de pobreza. Gente sin zapatos, grandes bultos en el cuello... Tengo que llevarles ropa y yodo.

—De acuerdo, Bruce, pero antes de regalar toda nuestra ropa vieja, ¿no deberíamos primero comprar ropa nueva? —Pero su marido no se rio.

—Debo tenerlo todo preparado para el próximo viaje.

Sin embargo, no existía certeza alguna acerca de un futuro viaje. Todo dependía de las muestras de heroína que Saladino había recogido en bolsas de pruebas y enviado a través de un servicio seguro de mensajería a la sede central de la DEA en los suburbios de Virginia. Los análisis científicos determinarían si los narcóticos entregados eran impuros, o peor aún, falsos.

Este es un extracto del informe del laboratorio:

> Polvo grueso de color tostado
> Peso neto: 7,6 gramos
> Contiene HCl 65 por ciento heroína base y cloruro cálcico.

Los agentes podían respirar tranquilos. La heroína Alquitrán Negro de México tenía una pureza media del veinte por ciento; las muestras wa oscilaban entre el sesenta y el ochenta por ciento.

No llegaba a la calidad de la China Blanca, pero era lo bastante potente como para demostrar que los wa no les habían tomado el pelo. El experimento era prometedor. Saladino y Stubbs sabían por Saw Lu que el EUEW estaba dispuesto a entregar más heroína para su destrucción.

Sin embargo, para seguir adelante, la sede central de la DEA también necesitaba garantías por parte de la junta birmana de que habría más visitas. Los viajes siguientes de la DEA al Estado Wa requerirían una cooperación más profunda con las altas esferas militares. Si la DEA iba a aguantar las críticas del Departamento de Estado y a arriesgar su reputación, confiando en la promesa de un régimen detestable de que por fin iban a hacer lo correcto, los grandes jefes querían mirar a los ojos a los dirigentes birmanos y comprobar su sinceridad.

Fue el contacto de más alto nivel entre oficiales birmanos y estadounidenses desde hacía mucho tiempo: una reunión secreta en el interior de un edificio de la junta, organizada por Saladino. Sentados con el agente, había dos superiores de alto rango de la DEA: los jefes de la sección de Extremo Oriente y de las investigaciones globales de heroína. Habían viajado hasta Yangón para conocer a la máxima autoridad birmana, nada menos que al jefe de contrainteligencia, un coronel del círculo de allegados de Secretario Uno.[2]

El coronel de la Ley Estatal y Consejo de Restauración del Orden Público (SLORC), orondo y amable, parecía contento de ver a sus visitantes estadounidenses. Les aseguró que el opio era un «problema ancestral en Birmania», una plaga generada por las minorías incivilizadas que vivían en «áreas fronterizas remotas e inaccesibles». Se refería a los wa. La buena noticia era que su nuevo líder, el presidente Zhao Nyi Lai, parecía dispuesto a frenar la producción de opio y heroína de su organización, siempre y cuando recibiera algo de ayuda por su sacrificio. Una escuela aquí, una clínica allá. Por el momento, los militares birmanos se comprometerían en la medida de lo posible, dado su presupuesto limitado. Los oficiales de la junta esperaban que los wa entregaran más drogas, y la colaboración de la DEA para quemarlas sería bien recibida. Quedaba implícita la expectativa de que la junta recibiría los halagos estadounidenses por su ayuda en la Guerra contra las Drogas.

Los jefes de la DEA estaban dispuestos a aceptar el desafío. «Estamos preparados —aseguraron— para trabajar estrechamente con las fuerzas birmanas de antinarcóticos». La DEA, con intención de sacar algo más de esta relación ahora reforzada, planteó el tema de Khun Sa. Básicamente, era el dirigente de un pequeño país dentro de Birmania, y los americanos querían saber en qué momento las tropas birmanas se decidirían a atrapar a este caudillo de la droga, «llevarle ante la justicia» y extraditarle a Estados Unidos.[3] El coronel fue franco: «No será pronto», reconoció. Sus tropas no estaban preparadas para luchar contra las imponentes fuerzas de Khun Sa, si bien los temibles guerreros del EUEW podrían resultar útiles en esta cacería humana.

Al fin y al cabo, Shanland y el EUEW eran carteles rivales, y era evidente que los wa no querrían desligarse del narcotráfico solo para ver cómo Khun Sa engullía su parte, se hacía aún más fuerte y quizá, con el tiempo, se apropiaba de su tierra natal, rica en adormideras. El coronel sugirió que, con un buen incentivo, el EUEW podría abrirse paso en Shanland, capturar a Khun Sa y entregárselo a la junta. Después, dependiendo del estado de las relaciones entre Estados Unidos y Birmania, la junta consideraría poner al caudillo en manos de la DEA.

Todo era hipotético y, sin embargo, prometedor. Si la alianza de la DEA con la junta resultaba en que el EUEW acabara con la producción de heroína y con Khun Sa capturado, ese trato era demasiado bueno para dejarlo escapar. ¡Diablos!, si hasta el mismo Departamento de Estado describía a Khun Sa como «el peor enemigo del mundo».[4] No todos los días se presentaba la oportunidad de neutralizar a los dos carteles más potentes de un país que producía la mitad del opio del mundo.[5] La DEA estaba segura de que a los ciudadanos estadounidenses les importaba más acabar con el suministro de heroína que mantener el aislamiento de la junta gobernante de un país que pocos de ellos sabrían situar en el mapa.

Saladino y sus jefes de la DEA se marcharon de esa reunión más decididos que nunca a profundizar la cooperación con el ejército birmano, a pesar de la rabieta de los diplomáticos. Sin duda, la Casa Blanca y el Congreso valorarían lo prometedor de este acuerdo, obligarían al Departamento de Estado a mantenerse al margen y les permitirían hacer historia.

La creciente obsesión de la DEA con Birmania perturbaba al Departamento de Estado, aún comprometido con su política de «hacer pagar el pato». Los rumores sobre las conversaciones íntimas de la DEA con la junta se propagaban en Washington D. C. Sin embargo, frenar a los agentes era una tarea que recaía sobre todo en un hombre: Pancho Huddle.

Huddle era el número dos de la sede diplomática de Estados Unidos en Birmania, detrás del embajador Burt Levin. En octubre de 1990, el mandato de Levin había terminado y, como ocurre a veces en los países que el Departamento de Estado detesta, Estados Unidos se negó a designar a otro representante; una manera de despreciar a su gobierno. Con ello, dejaba a Huddle al mando de la sede como embajador *de facto*, aunque con la denominación de encargado de negocios. «Me sentaba en el sillón del embajador —me contó— y hacía el trabajo del embajador».

Huddle era un hombre de Harvard; delgado, calva incipiente, elocuente y, a diferencia del embajador saliente, no se dejaba llevar por la ira aunque fuera justificada. Saladino lo definió como un frío trepa político, alguien a quien le importaba más impresionar a sus superiores en Washington que cualquier estrategia en particular. Al igual que la mayoría de los diplomáticos, Huddle era un adulador. Gesticulaba con las manos y, cuando hablaba, a veces estas se movían como si tuvieran vida propia. Le gustaba ser el centro de atención y le encantaba dar recitales de piano para el personal de la embajada. «Interpretaba piezas complejas, Bach o cosas así... —dijo Saladino—. Era muy mecánico, tocaba todas las notas sin equivocarse, pero sonaba extraño. Como si le faltara emoción».

Huddle opinaba que Saladino era bastante cordial.

—Angelo era un tipo majo. Pero la DEA iba a lo suyo, tenía una relación muy cercana con la inteligencia militar birmana y socavaba de forma explícita la postura del Estado.

—¿Cuál era esa postura?

—Marginar a Birmania —afirmó—. Una línea dura centrada en los derechos humanos. Si yo hubiera sido embajador de pleno derecho, me habría sido más fácil controlarlos. Pero la DEA tenía sus partidarios en el Congreso, pocos, pero fieles.[6] —En Washington, los agentes de la DEA se quejaban de forma insistente a los políticos que el odio visceral del Departamento de Estado a la junta obstaculizaba avances en la Guerra contra las Drogas en Birmania—. Me pusieron en una posición difícil.

Al igual que la CIA. El jefe local de la agencia en la embajada acosaba a Huddle. Quería que el encargado de negocios hiciera uso de su autoridad y atara en corto a Saladino. No solo era que los agentes de la DEA habían emprendido su propia política paralela en Birmania, a lo que no tenían derecho, sino que intimaban demasiado con los militares birmanos, en concreto con la poderosa división de inteligencia. La DEA debía entablar relaciones con otras fuerzas de seguridad, pero no congraciarse con una red de espionaje extranjera. Esa era la labor de la CIA.

«La CIA quería que la inteligencia militar birmana trabajara con ellos, no con la DEA», explicó Huddle. El jefe local de la agencia le presionaba: «Échalos y deja que nosotros controlemos la investigación del narcotráfico en Birmania. Cualquier cosa que haga la DEA, nosotros lo haremos mejor. Ponles en su sitio».

Entretanto, la DEA intentaba aumentar su presencia en Birmania. Con todas las posibilidades que tenían al alcance de la mano, querían tener un equipo grande en el país, no dos agentes y una analista. Huddle se sintió atrapado en el medio, pero no había duda de en qué lado se posicionaría: disgustar a la CIA nunca era una sabia decisión profesional. «Te diré algo —me confesó—, el

Departamento de Estado no controla bien a la CIA, ¿de acuerdo? Tienen sus propios procedimientos de confidencialidad que nos impiden meter las narices en su mundo. Digamos que la agencia puede llegar a trabajar de forma muy independiente».

Al concluir que salía más a cuenta enfadar a los agentes del narcotráfico que a los espías, Huddle se dirigió a Saladino y se plantó. «Tu oficina de la DEA no se expandirá. Tienes un límite de tres puestos. Arréglatelas». En ese momento, Bian estaba definitivamente sentenciada. Si la DEA solo podía tener tres empleados en Birmania, Saladino quería tres agentes especiales de pleno derecho: hombres que pudieran viajar al país wa con las armas encima. Ahora Bian era más que un incordio; además, estaba ocupando un espacio valioso.

La sede central de la DEA aprobó la decisión y Bian recibió la carta de despido en enero de 1991. Tenía intención de pasar al menos cinco años en Birmania, pero ni siquiera llegó al tercero. La sede central le dio unos meses para completar su trabajo y mudarse a Estados Unidos, recalcando que su traslado no era un castigo por sus comentarios sobre la «refinería de Hollywood». Los analistas, dijeron sus jefes, eran libres de tener opiniones discrepantes.

Pero Bian no se lo creyó y no tenía intención de irse sin hacer ruido.

13 de marzo, 1991.

A primera hora de la mañana ya hacía calor y, para el mediodía, la ciudad ardía. El centro de Yangón era un entramado de edificios coloniales de ladrillo rojo que retenían el calor como una estufa. La embajada estaba emplazada cerca del río Yangón, y en la luminosa distancia, las barcazas se agitaban con la corriente de color castaño claro y hacían sonar sus bocinas. Tres pisos más abajo de la sede de la DEA, en la acera ardiente, los vendedores ambulantes anunciaban sus mercancías a gritos.

El ánimo en la oficina era amargo, un silencio funerario interrumpido por el timbre ocasional de los teléfonos. Faltaban tres meses para la marcha de Bian. Saladino y Stubbs no hablaban de nada importante delante de ella. En ocasiones, les preguntaba por Superestrella. «¿Superestrella...? —decía Stubbs, jugueteando con su bigote—. Hace tiempo que no sé nada de él». Le mentía con descaro, ninguneándola. Bian estaba segura de ello.

Sonó el teléfono. Era el coronel Kyaw Thein, adjunto del dictador, Secretario Uno Khin Nyunt. Solicitaba una reunión con Saladino. De manera urgente.

Saladino se encontró con KT en un café de apariencia anodina. La expresión del coronel no presagiaba nada bueno: el poli bueno de la SLORC tenía malas noticias. «Se trata del Secretario Uno. Me ha pedido que transmita su "profundo desagrado". Está escribiendo un borrador para ordenar que expulsen a la DEA de Birmania —a los tres—, y una vez que lo firme, tendréis setenta y dos horas para salir del país». Saladino estaba estupefacto. La relación de la DEA con la junta era más estrecha que nunca. ¿De qué diablos iba todo esto?

KT sostenía en las manos la transcripción de un reportaje radiofónico transmitido días antes por la Voz de América (VOA), la emisora del Departamento de Estado que las autoridades birmanas consideraban el portavoz del gobierno estadounidense. La VOA instalaba repetidores en las fronteras de los países hostiles y bombardeaba a sus ciudadanos con descarada propaganda estadounidense. Su mentira más reciente concernía al laboratorio de heroína del EUEW incendiado en presencia de Saladino, Stubbs y los oficiales birmanos. La VOA insinuó que era falso, y estas «noticias» habían llegado a todas las casas y cabañas de Birmania provistas de una radio de onda corta.[7]

Tal vez la DEA no entendía cómo funcionaba el intercambio de favores: la junta ayuda a los agentes de narcóticos estadounidenses a erradicar las drogas, y Estados Unidos deja de descalificar a Birmania. Ese era el trato. O quizá la DEA era demasiado débil para hacer callar al Departamento de Estado. De cualquier manera, dijo KT, Secretario Uno sentía que la «cooperación con la DEA no se había reconocido ni recompensado». El coronel KT se despidió de Saladino con un consejo: «Dile a mi jefe que esto no volverá a pasar. Escríbelo en una carta. Hazlo hoy. Hay una pequeña posibilidad de que cambie de opinión».

De vuelta en la oficina de la DEA, Saladino se encorvó sobre la terminal de su ordenador con la puerta del despacho cerrada. Stubbs paseaba inquieto detrás de él, mordiendo la boquilla de su pipa. Debían elegir cuidadosamente las palabras que calmaran al dictador, y rápido. El cursor de la pantalla parpadeaba en verde.

A la atención de: General de división Khin Nyunt, Secretario Número Uno. Nada agradaría más a sus «críticos», escribió Saladino, que expulsar a la DEA. «Muchos programas de antinarcóticos de Myanmar empiezan ahora a dar fruto». Myanmar. Ese era el nuevo nombre que daba la SLORC al país, lo cual señalaba una ruptura con el pasado colonial británico. Los oficiales estadounidenses habían recibido instrucciones de mantener la denominación de Birmania —un corte de mangas para el régimen—; sin embargo, Saladino no podía arriesgarse a ofender a Secretario Uno por cuestiones semánticas.

«Con el éxito continuado de la SLORC en estos asuntos, hasta las críticas más sesgadas serán silenciadas y perderán credibilidad». Y continuó explicando que los proyectos antidroga más importantes y audaces, ejecutados bajo la dirección de la DEA, asestarían un golpe mortal a los críticos más vehementes de Myanmar», en otras palabras, el Departamento de Estado.

«Tenga por seguro que tanto yo como mi personal continuaremos haciendo uso de nuestra credibilidad profesional —y la de la DEA como principal agencia de aplicación de la ley antinarcóticos a nivel global— para garantizarle que sus esfuerzos contra la droga se presenten ante toda la comunidad internacional». Firmado, Angelo M. Saladino, agregado del país para la DEA.

El contenido era obsequioso, sin duda. Si el mensaje caía en manos del grupo antijunta de Washington —los leales del Departamento de Estado, además de un club del Congreso bipartidista dirigido por el republicano Mitch McConnell y el demócrata Daniel Patrick Moynihan—, pediría su cabeza. Este grupo esperaba enterrar cualquier cooperación incipiente entre la DEA y los militares birmanos. Sin embargo, Saladino no tenía intención de dejarles leer una carta que consideraba correspondencia privada entre la DEA y la SLORC.

Tras imprimir la misiva en papel oficial y dejarla sobre su mesa, Saladino sintió una punzada de vacilación. No podía enviar una nota de contenido tan explícito sin la aprobación de la sede central de la DEA. De modo que hizo unas llamadas a la nave nodriza. Nadie respondió. Era por la tarde en Birmania, bien entrada la noche en la costa Este de Estados Unidos. A unos 13 000 kilómetros de allí, sus superiores dormían. El tiempo apremiaba.[8]

Saladino metió la carta en la caja fuerte de su despacho y cerró la puerta de acero. Regresó a la oficina de KT y explicó su dilema. «No puedo mandarle a Secretario Uno una carta firmada, pero, si pudiera, esto es lo que diría». KT asintió y prometió transmitir el mensaje al dictador.

Las siguientes cuarenta y ocho horas fueron una agonía. Saladino y Stubbs solo podían esperar y preguntarse: ¿era un sueño demasiado bueno para ser cierto? Durante sus visitas al piso franco donde se reunían, Saw Lu había tejido para ellos una bella imagen que permaneció imborrable en sus mentes. Los agentes podían considerarse afortunados si incautaban un montón de cocaína o heroína de vez en cuando, o tal vez salir en los periódicos una vez en la vida; pero con ayuda de Saw Lu, Saladino y Stubbs iban a mejorar la situación de una comunidad en su totalidad, al tiempo que librarían de la adicción a un gran número de ciudadanos estadounidenses. Sin embargo, este plan podía explotar como una burbuja de jabón, pinchada por algo tan banal como un relato de la Voz de América. «¿Sabes cómo me sentí? —preguntó Saladino—. Era como estar en una isla arrastrando un tesoro hasta el barco. Y de pronto, te cae un maldito coco en la cabeza y te deja en el sitio. No era el final que esperaba».

KT por fin telefoneó. El enfado de Secretario Uno remitía. «Podéis permanecer en Myanmar». Así era la vida bajo una dictadura: tu destino dependía del humor volcánico de un tirano.

Durante un tiempo, la vida volvió a la normalidad, en todo caso, todo lo normal que había sido hasta entonces. Copas junto al lago entre las familias de Stubbs y Saladino, asados de cerdo y banquetes de langosta, además de excursiones en canoa alrededor del lago Inya. No obstante, la tensión impregnaba todo. Lo más curioso es que Aung San Suu Kyi vivía a dos casas de la de Saladino; la junta la tenía bajo arresto domiciliario en la propiedad de su familia, bordeada de palmeras y verjas de acero. En ocasiones, el matrimonio Saladino salía a pasear en su barca y, si se acercaba demasiado, los soldados birmanos emergían en la orilla con megáfonos, gritándoles para que se alejaran.

Fue en esta época cuando Saw Lu convenció al presidente Lai de que aumentara la presión. El líder del Estado Wa estaba dispuesto a ofrecer más heroína y refinerías del EUEW a la junta, al tiempo que exigía infraestructuras médicas y educativas a cambio de este sacrificio. Todo era parte del plan de Saw Lu. Pensaba que el régimen estaría de acuerdo con el proyecto «drogas a cambio de ayuda» durante un tiempo, hasta que finalmente se declararan en bancarrota y alegaran que no podían asumir solos los costes de desarrollo del Estado Wa. En ese momento, Estados Unidos podría ofrecerse para hacerse cargo y, de paso, enviar profesores y médicos americanos. La junta, que ansiaba la aprobación de los americanos, lo autorizaría, y esto abriría las puertas hacia un futuro mejor: su sueño de civilizar al pueblo se vería realizado. Saw Lu pensó que, si la DEA y el EUEW desempeñaban su papel, lograría encaminarlos poco a poco para que hicieran exactamente lo que había previsto. Había planificado todo en su cabeza de manera estratégica, como si se tratara de una partida de ajedrez.

Sin embargo, Saladino no quería que Saw Lu se adelantara a los acontecimientos. Era esencial que el informante comprendiera la precariedad de su sueño. Cualquier plan que dependiera de los líderes de la junta era volátil. En ocasiones, parecían sedientos de la aprobación de Estados Unidos; otras, se enfurecían por menudencias. Había que moverse con extrema precaución, dijo Saladino. Secretario Uno aún creía que su junta, y solo su junta, era la única entidad que podía ejercer de intermediaria entre Estados Unidos y los wa. Si descubría lo que tramaban a sus espaldas, el intento de manejar los hilos como si fuera una marioneta, estallaría, tal vez de un modo violento.

Así pues, Saw Lu mantenía un perfil bajo y seguía proporcionando información a la DEA: secretos de una variedad de grupos y carteles rebeldes, no solo del EUEW. A veces, incluía en sus informes detalles de sobornos recibidos por los peces gordos birmanos; sin embargo, Saladino y Stubbs le advirtieron de que, con tanto en juego, era demasiado arriesgado. Dejarse atrapar mientras husmeaba en las actividades de los oficiales del régimen podría poner en peligro el sueño. «No quería oír hablar de tal y cuál persona que ayudaba a alguien a traficar; necesitaba una cooperación fluida con el gobierno de Birmania, por su bien y por el nuestro».

◉

Principios de verano, 1991.

Saladino y Stubbs siempre habían sospechado que los vigilaban. Incluso cuando la DEA y la junta mantenían buenas relaciones, lo más probable era que los espías birmanos los siguieran de cuando en cuando. Eso es lo que hacen los Estados policiales. Sin embargo, ahora ambos agentes tenían la premonición inquietante de que ni siquiera la embajada de Estados Unidos era un refugio seguro: las paredes de la oficina de la DEA tenían oídos. Solo que no eran espías birmanos quienes escuchaban. «Todo se volvió extraño —dijo Saladino—. Había ciertas cosas que discutíamos en la oficina sobre las que nos preguntaban poco después». El personal del Departamento de Estado, en concreto, Pancho Huddle, el embajador *de facto*, solía aparecer haciendo preguntas intrusivas acerca de los operativos, consultas que ponían de manifiesto el conocimiento de las conversaciones privadas entre Saladino y Stubbs. «Era espeluznante. Era obvio que nos controlaban».

Supongamos que había un micrófono. ¿Quién lo había colocado? ¿La CIA? Saladino consideró la idea de barrer la oficina en busca de teléfonos pinchados. Buscó entre los muebles desconchados y las placas onduladas del techo y concluyó que no tenía sentido. «Había tantos lugares para ocultar un micrófono que ni siquiera sabía por dónde empezar. Sin embargo, a partir de entonces, cuando Bruce y yo hablábamos de algo estratégico, de manera instintiva acercábamos nuestras cabezas y susurrábamos».

Saladino se preguntaba si John Tin Aung, su enlace birmano, estaría implicado, pero concluyó que, si hubiera querido traicionar a la DEA, lo habría hecho mucho antes. Sintió que no tenía más remedio que confiar en John y requerirle que reforzara la seguridad. Se dirigió a él abiertamente y le pidió que consiguiera un nuevo piso franco para sus encuentros con Saw Lu. «Hazlo rápido y, pase lo que pase, no se lo digas a Bian».

Saladino se arrodilló junto a las cajas fuertes que contenían los informes y recibos de Superestrella, y cambió los códigos de la combinación. A continuación, les dijo a John y a Stubbs que debían proteger mejor sus archivos. Dentro de la embajada americana había una sala que contenía un horno de gas y, para los objetos no inflamables, un barril de ácido de 19 litros. Cualquier material no esencial que insinuara en lo más mínimo el papel encubierto de Saw Lu tenía que ser destruido inmediatamente.

No obstante, Saladino se preguntaba si ya era tarde para intensificar la vigilancia. Bian sabía demasiado y, si tenía intención de comprometer su operativo, tal vez compartiendo información delicada con los detractores de la DEA, no había mucho que él pudiera hacer para detenerla. En informes dirigidos a la sede central de la DEA, Saladino advertía de su «persistente venganza personal» contra él y Stubbs, y posiblemente contra Saw Lu. Nuestra «red de informantes confidenciales en Birmania» es conocida por ella, escribió, «incluyendo identidades, direcciones [...] medios y métodos de comunicación». Era «prácticamente imposible» calcular la cantidad de archivos que ya podría haber robado. «Pensarás que soy un paranoico —me dijo Saladino—. No. No era una paranoia».

Para su alivio, Bian por fin se marchó de Birmania en junio, trasladada a San Francisco para un puesto de analista. Los monzones comenzaron poco después. A lo largo de aquel verano húmedo, Saladino se preguntaba qué institución iría antes contra él: ¿la junta, el Departamento de Estado o la CIA? Vivía como si sobre su cabeza colgaran espadas amenazantes, a punto de caer. En agosto, una lo hizo.

Su carta privada a Secretario Uno había dejado de ser privada. Alguien debió de robarla de la caja fuerte, imprimió una copia y la hizo circular por Washington D. C.; porque ahora una autoridad destacada del Departamento de Estado, Parker Borg, conocía su contenido y exigía saber por qué el agente principal de la DEA en Birmania había escrito aquella carta de amor a Secretario Uno, un hombre conocido entre los legisladores anti-Birmania como el «Príncipe de las tinieblas».[9]

«Un momento —protestó Saladino—, este memorando no llegó a ser enviado. Nunca debió salir de mi caja fuerte. ¿Cómo diablos ha podido llegar una copia a Washington?». Borg no respondió. Saladino se maldijo. Debió cambiar la combinación mucho antes.

Saladino temía que la carta arruinara sus veinte años de carrera. Era justo lo que quería el Departamento de Estado: una prueba escrita de que había ido demasiado lejos al socavar la política oficial de Estados Unidos. Solo esperaba que la sede central de la DEA le defendiera si los diplomáticos exigían su despido, lo cual era casi seguro.

Barbara lo percibió en los ojos enrojecidos de su esposo. Empezaba a derrumbarse. En su casa frente al lago, Saladino confesó que se sentía desesperanzado.

—Barbara, no puedo hacerlo. No me dejan hacer mi trabajo. —Se preguntaba una y otra vez—: ¿Qué hago aquí?

Ella siempre lograba animar a su marido antes de que se hundiera.

—Es muy sencillo. Estás aquí gracias al dinero de los impuestos de los ciudadanos estadounidenses. Es a ellos a quienes sirves y quieren que impidas que las drogas sigan entrando en su país. Así que mañana te levantas y te vas a trabajar, y seguirás trabajando hasta que nuestro gobierno te lo impida.

«Solo somos americanos normales —me explicó mientras me relataba el episodio—. De alguna manera éramos unos ingenuos. No entendíamos el lío en el que nos habíamos metido».

Poco después, Barbara estaba tomando el sol junto a la piscina en el Club Americano cuando percibió una sombra que se cernía sobre ella. Un extraño de hombros anchos le bloqueaba el sol. El hombre no se presentó.

—Eh —espetó con acento texano—. Que no sea estúpido. Díselo a tu marido. Que no sea estúpido.

Barbara se irguió.

—¿Perdone?

—Dile que juegue al golf durante el resto de tiempo que le queda aquí. Dile que disfrute de su tiempo en Birmania. Pero que no sea estúpido.

Cuando se disponía a responder, el extraño ya se alejaba. «Lo supe enseguida. Ese hombre era de la CIA. Estaba clarísimo que era de la CIA».

—No seas estúpido. —Cuando Barbara se lo contó a su marido, supo con exactitud a qué se refería—. Deja de hablar con la junta. Abandona tu descabellada fantasía wa. Sométete al Departamento de Estado y nunca vayas en contra de la CIA.

A partir de ese día, al matrimonio Saladino le quedó claro que no existía ningún lugar seguro, ni siquiera su casa. Estaba llena de muebles y aparatos proporcionados por el Departamento de Estado, que acondicionaba todas las casas del personal de la embajada, incluyendo las de los agentes de la DEA.

«Mi casa de Yangón sin duda tenía micrófonos y no los habían colocado los birmanos», me dijo. En la sala de estar y en el dormitorio, la pareja tenía conversaciones sin importancia. Si tenían algo delicado que comentar, salían y se quedaban junto a la jacaranda, a la orilla del lago.

Bian no niega que quiso destruir a Saladino. Destruirlo por completo.

Después de marcharse de Birmania, de camino a su nuevo puesto en San Francisco, pasó por la sede central de la DEA en los suburbios de Virginia, a las afueras de Washington, y fue derecha a la división de inspecciones, dirigida por Matty Maher, un conocido suyo. «Le conocía desde hacía muchos años y confiaba en él». Los inspectores de la DEA se ocupan de investigar a los agentes que se han vuelto inestables o corruptos, y Bian tenía mucho que contar acerca de Saladino.

«Yo puse una denuncia», me reconoció Bian, que, no obstante, no estaba dispuesta a hablar conmigo acerca de lo que había denunciado. «Sucedió hace mucho tiempo».

¿Fue ella quien filtró la carta que Saladino nunca llegó a enviar a Secretario Uno? «¿Una carta? —Bian aseguró que no lo recordaba, así que le envié una copia que había adquirido, y entonces reaccionó como si nunca la hubiera visto—: ¡Oh, Dios mío! No puedo creer lo que he leído. Me dan ganas de vomitar». Sin embargo, la carta se mencionaba expresamente en su denuncia a la DEA.[10]

Lo único que Bian admitió haber comunicado a la sede central de la DEA fue lo siguiente: Saladino y Stubbs estaban demasiado encandilados con Saw Lu y sus ambiciosas visiones —«delirios» las llamó—, y todo el mundo sabe que los agentes y los informantes no deben intimar tanto. Tenía que dar la voz de alarma. «¿Pero quién diablos creían que eran?».

Lo cierto es que Bian también acusó a Saladino de otra cosa mucho más grave que de hacerle ojitos a un informante. Su declaración fue tan perjudicial que, de haberse demostrado su certeza, su exjefe podría haber terminado en una prisión federal. Sentada en el despacho del inspector, sugirió que el agente especial Angelo Saladino podía estar estafando a la DEA decenas de miles de dólares, y que ese informante, Superestrella, seguramente estaba relacionado con el delito.

Pregunté a Bian sobre esto. Hizo una larga pausa y dijo: «¿Cómo te has enterado de esa historia?».

Septiembre, 1991.

Por algún milagro, Saladino aún conservaba su puesto, aunque sabía que el Departamento de Estado seguía presionando a la DEA para que lo despidieran o, como mínimo, lo trasladaran fuera de Birmania. Quería creer que, al menos, la sede central de la DEA le defendería. Sus superiores parecían entender el terrible estrés por el que estaba pasando. Incluso le ofrecieron un breve descanso, invitándolo a Hong Kong para asistir a una mesa redonda en la que se compartiría información con otros colegas. Unos días fuera de la casa de los horrores de Yangón le sentarían bien.

De camino a Hong Kong, con escala nocturna en Bangkok, Saladino y un compañero, otro agente con el que había trabajado en Tailandia, se pusieron al día. Su amigo parecía saber algo que él desconocía y que no debía compartir. Pero al final de la noche, se puso serio de pronto y lo soltó:

—Angelo, creo que deberías contratar a un abogado.

—¿Qué?

—Un abogado criminalista —especificó su amigo—. Eso es todo lo que te puedo decir.

Al día siguiente, en Hong Kong, Saladino entró en la oficina local de la DEA y advirtió un silencio inquietante. No había ninguna mesa redonda. En su lugar, un par de inspectores fueron hacia él y pronunciaron esas palabras que tanto les gusta decir a los agentes de la ley, pero nunca esperan oír: «Tiene derecho a permanecer en silencio. Cualquier cosa que diga podrá ser usada en su contra en un tribunal de justicia».

—No sé de qué se trata —dijo Saladino—, pero cooperaré.

—Bien. Eres libre de regresar a Yangón. Viajaremos por separado, antes que tú. Nos veremos en tu oficina.

Los inspectores le esperaron en la tercera planta de la embajada, entre la alfombra desgastada y las sillas desvencijadas. Le pidieron la combinación de su caja fuerte. Aún no le habían aclarado cuál era su supuesto crimen, pero supo que se trataba de algo grave cuando vio entrar a Matty Maher, el inspector interno de más alto rango de la DEA, un irlandés de Nueva York, persuasivo, un auténtico rompe pelotas. Era evidente que no habría volado hasta Birmania —veinticuatro horas en clase turista— por una sospecha insignificante.

Maher tenía muchas preguntas sobre los recibos por los pagos realizados a los informantes. «Ahí lo entendí —dijo Saladino—. Me acusaban de robar dinero». Los inspectores desplegaron los impresos sobre la mesa y señalaron las firmas: algunas en birmano, otras en chino y otras en wa. Le preguntaron a qué estaba jugando.

Era evidente que diferentes informantes habían firmado los recibos, o tal vez eran nombres falsos, inventados por Saladino, para acumular dinero en efectivo que acababa en sus bolsillos. En total, para estas tres firmas habían salido de caja unos cuarenta mil dólares. O bien justificaba el pago a cada una de las fuentes y demostraba que eran personas reales, o afrontaría cargos por malversación de fondos. «Era absurdo. Intenté explicarme: "Se trata de un solo informante confidencial, muy prolífico, llamado Superestrella, y prefiere firmar recibos en diferentes idiomas"». Sin embargo, todo tenía un tinte sospechoso. Maher venía bien preparado. Ya disponía de muchísima información sobre las firmas antes de llegar. Como si hubiera visto fotocopias de los recibos que nunca debieron salir de la caja fuerte de Saladino.

De nuevo, Saladino torció el gesto. Las combinaciones de la caja fuerte... Ojalá las hubiera cambiado antes. Alguien debió de saquear sus archivos, hizo copias y las entregó. Y Saladino tenía la certeza de quién había sido.

Ahora solo había un hombre que podía limpiar su nombre, pero llamar a Saw Lu era prácticamente imposible. «¡Qué trampa tan bien elaborada!», pensó. Bian debió de calcular la dificultad de hacer venir a Superestrella con tan poca antelación; de hecho, solo aparecía cuando él lo decidía, coincidiendo con alguna visita a Yangón por algún encargo oficial, momento que aprovechaba para concertar una cita secreta con la DEA. A pesar de que por lo general pasaban semanas o incluso meses sin contacto, Saladino necesitaba que apareciera en persona en las próximas veinticuatro horas, de lo contrario el agente se enfrentaría a la prisión. «Me dirigí a John y le pedí: "Por favor, contáctale". Rompía el protocolo, pero prácticamente me estaban ordenando que lo hiciera».

Pasaron horas inquietantes antes de que John se dirigiera de nuevo a Saladino: «Superestrella está de camino».

Cuando Saw Lu entró en el piso franco, encontró a Saladino y a otros tres estadounidenses desconocidos en su interior. El inspector Maher, sentado ante una mesa con su cuaderno de notas amarillo preparado, se comportaba como el hombre al mando, así que Saw Lu colocó la silla frente a él y se acomodó.

«Podía verlo en la expresión de Matty Maher —dijo Saladino—. Pensó que nos había cogido».

Maher deslizó una libreta al otro lado de la mesa y dejó caer un bolígrafo. «Adelante. Firma con tu nombre. ¡Ahora!». Los movimientos de Saw Lu fueron rápidos, pero controlados.

«Nunca lo olvidaré —me confesó Saladino—, era como una maldita fotocopiadora. Chino. ¡Pa, pa, pa! Diez veces. Birmano. ¡Pa, pa, pa! Wa... Lo hacía con toda la tranquilidad». Saw Lu empujó el cuaderno al otro lado de la mesa. Rayas de tinta negra cruzaban la página amarilla en columnas ordenadas. Sus firmas coincidían a la perfección con los recibos. Esperó más preguntas, pero no había mucho más que decir.[11] La reputación de Saladino quedó limpia.

Los investigadores regresaron a Estados Unidos. Saw Lu cogió un autobús de vuelta a Lashio y Saladino, rescatado del abismo, reanudó su trabajo y aguardó a la siguiente crisis.

No tardó en manifestarse.

Durante dos años había seguido el protocolo de forma intachable. Usaba un nombre en código para referirse a Saw Lu, había creado un piso franco donde encontrarse con él, y únicamente se reunían cuando Saw Lu lo consideraba seguro. Cualquier movimiento fuera de lo convenido ponía en riesgo a su informante, dejando en evidencia ante el Estado policial birmano que uno de los suyos, un activo de la junta de bajo rango de Lashio, mantenía comunicaciones no autorizadas con una agencia gubernamental de Estados Unidos.

Sin embargo, bajo presión y forzado a rectificar falsas acusaciones, Saladino había roto el protocolo. Había traído a Saw Lu a la capital, avisándole con poca antelación, para que acudiera a una reunión con tres agentes de la DEA recién llegados. Puede que la «Gestapo» de Secretario Uno no siguiera todos los movimientos de Saladino, pero a los espías birmanos no se les pasarían por alto los movimientos de un inspector de la DEA de alto nivel recién llegado a su país. La junta querría saber qué, o a quién, había venido a inspeccionar.

TORPEDO

«Padre tenía secretos».

Dónde iba. Con quién se encontraba. Saw Lu desaparecía de su casa en la cima de una colina en Lashio durante días y a sus hijos no se les permitía hacer preguntas. «Sabes que fue el líder de una guerrilla, ¿verdad? En los años sesenta. Pues dirigía nuestra familia como una milicia —dijo uno de los ocho hijos de Saw Lu, a quien llamaré Isaac—. Papá nos cuidaba muy bien. Pero ni bromas ni jaleos. Teníamos que cumplir sus órdenes».

Isaac tenía veintipocos años: estudioso y obediente, admiraba a su padre. Aún recordaba con aprecio el momento en que Saw Lu le confió en voz baja: «Existe una organización estadounidense llamada DEA que ha jurado eliminar las drogas en todo el mundo, y yo soy su confidente en Birmania. Un día, todos contemplarán la grandeza que surgirá cuando se unan las civilizaciones estadounidense y wa. Hasta entonces, Isaac, nadie puede enterarse de lo que estoy planeando, ni tus hermanos. Ni siquiera tu madre».

Isaac se sintió profundamente orgulloso por la confianza de su padre. «Papá nunca me contaba lo que hablaba con la DEA. Sin embargo, en ciertas ocasiones, me llevaba con él al lugar de encuentro —el piso franco en Yangón— y me hacía esperar fuera para vigilar. Creo que me estaba preparando para que me hiciera cargo en caso de que le sucediera algo malo».

Una fría mañana de enero de 1992, aparecieron dos o tres soldados en el patio de cemento de su casa en Lashio. Las tropas se mostraban cordiales.

—Disculpe, Saw Lu, requieren su presencia en el Cuartel General del Comando Noreste; estaríamos encantados de llevarle hasta allí.

—Un momento —dijo Saw Lu—. Mi hijo vendrá con nosotros.

Entró en casa y llamó a Isaac. Los soldados se dirigieron al camión para abrir las puertas. Cuando el chico salió, Saw Lu le lanzó una mirada cómplice y susurró: «Quédate cerca». Condujeron por las resquebrajadas calles de Lashio en silencio, pasado el aeropuerto, hacia el cuartel general, un complejo de enormes estructuras grises rodeado de vallas de hierro. Las verjas principales estaban entreabiertas y, en el instante en que el camión entró en la base, les cubrieron las cabezas con capuchas negras.

En un acto reflejo, Isaac agitó los brazos —al menos lo intentó—, pero sintió el acero punzante en sus muñecas. Diestros como magos, los soldados le habían puesto esposas sin que apenas lo hubiera notado. Una gruesa tela amortiguaba sus gritos y se le pegaba a los labios cuando intentaba coger aire.

Los hombres empujaron al padre y al hijo fuera de la cabina del camión, obligándolos a caminar en direcciones diferentes. A Isaac la tela negra le impedía ver y, cuando le quitaron la capucha, se encontró esposado y desorientado en el interior de una pequeña celda que apestaba a moho. Preguntó adónde habían llevado a su padre, pero a la primera palabra, un soldado le asestó un puñetazo en la mandíbula. Isaac giró y cayó al suelo. Unas pesadas botas golpearon con fuerza su pecho y temió que le rompieran las costillas.

Algún tiempo después —minutos, horas, no podría decirlo— recuperó el conocimiento, su mejilla sobre el frío suelo de cemento, un sabor a cobre en la lengua y los dientes sueltos. Desde la celda de al lado escuchó un lamento desgarrador, y reconoció la voz, aunque ignoraba que su padre fuera capaz de emitir un sonido como aquel.

La celda de Saw Lu era una caja negra idéntica a la de su hijo, de unos tres metros cuadrados; suelo de cemento, puerta metálica, sin ventanas, sin cama. Ni váter ni desagüe. Pasaron semanas y los desechos se acumulaban en el suelo donde dormía. En aquella nada, el tiempo se detuvo. Permanecía tumbado bocarriba con los ojos abiertos, viendo fosfenos en sus ojos que parecían amebas de color azul eléctrico.

De cuando en cuando, la puerta de la celda se abría con estrépito y unas manos fuertes lo agarraban por las axilas y lo arrastraban por un pasillo, y después, hacia arriba por unas escaleras. Llevaba grilletes, y la cadena que unía sus tobillos provocaba un desagradable chirrido al rozar contra el suelo. Los soldados le conducían a un patio abierto donde la luz del sol quemaba sus retinas y allí, bajo un baniano, ejercían su oficio: la tortura.

Lo despellejaban. Apoyado sobre su vientre, lo azotaban con una cadena de bicicleta hasta que los pequeños dientes de metal desollaban la piel de su espalda. Algunos días lo sumergían en una bañera metálica llena hasta el borde de agua helada. En invierno, en el norte de Birmania, las temperaturas pueden llegar a los cinco grados bajo cero, y un baño prolongado le podía poner al borde de la hipotermia. «Quítate el *sarong* y métete», decían. El frío le amorataba los labios y le ralentizaba el pulso. Cuando Saw Lu no parecía sufrir lo bastante, un soldado le metía la cabeza debajo del agua hasta que sus gritos formaban burbujas.

Than Aye, un discípulo de Secretario Uno, comandante del Cuartel General del Comando Noreste, era quien supervisaba la tortura. Como jefe de inteligencia regional, gobernaba las colinas circundantes al estilo de un señor feudal de la junta. Alto y de tez clara, Than Aye sonreía en los momentos más inesperados, incluso cuando amenazaba de muerte, y estaba más que dispuesto a asesinar a Saw Lu.

La junta había descubierto la traición de Saw Lu un mes antes de detenerlo. Extrañados por la visita del inspector de la Administración para el Control de Drogas, Matty Maher, los espías birmanos lo siguieron hasta una casa de aspecto anodino —el piso franco de la DEA en Yangón— que mantuvieron bajo vigilancia. Se quedaron estupefactos cuando poco después apareció Saw Lu, entró en el edificio y, tras permanecer un rato conversando, volvió a salir. No esperaban esto de su chico de oro wa, un activo de confianza desde hacía veinticinco años. Era evidente que Saw Lu había traicionado su confianza: allí estaba, parloteando con los agentes estadounidenses a puerta cerrada. Sin embargo, los espías de la junta aún no comprendían qué interés podía tener para la DEA. El comandante Than Aye, espía del Estado Shan en el norte, la región en la que vivía Saw Lu, se encargaría de averiguarlo.

Al regresar Saw Lu a Lashio, Than Aye le siguió a él y a sus colaboradores, y con toda probabilidad les pinchó los teléfonos. Concluyó que solía transmitir secretos a la DEA a través de informes escritos a mano y entregados en persona. Lograr interceptar uno de ellos era crucial para descubrir la naturaleza de la traición. Así pues, Than Aye esperó a que realizara su siguiente entrega, a principios de enero, con la intención de interceptarle de camino a Yangón. Sin embargo, la intuición de Saw Lu pareció funcionar: «Esta vez, juega sobre seguro. No vayas tú mismo. Envía el informe a la DEA a través de un mensajero de confianza», se dijo.

Pero la estrategia no iba a ser un contratiempo para Than Aye. Sus hombres apresaron al mensajero, le arrancaron los informes de las manos y le dieron una paliza sin más explicación. Condujeron hasta el Cuartel General del Comando Noreste y dejaron la información sobre la mesa del comandante. El contenido enfureció sobremanera a Than Aye: el parte, sobre todo, hablaba de él, describiendo con todo lujo de detalles su confabulación con los traficantes de drogas del interior.

Angelo Saladino y Bruce Stubbs se lo habían advertido a Saw Lu. «No te metas con los oficiales birmanos, no merece la pena. Si te atrapan metiendo las narices en los negocios de la junta, nuestro experimento en el Estado Wa se irá por el retrete. Limítate a informar sobre los traficantes». Sin embargo, esta era una norma muy difícil de cumplir. En el norte de Birmania, los oficiales de la junta estaban tan metidos en el tráfico de drogas que a Saw Lu le resultaba complicado excluirlos de los informes.

Estos oficiales no eran productores ni contrabandistas, sino recaudadores de impuestos. Los transportistas del opio, asociados con diversos caudillos de la droga —Khun Sa y otro traficante de envergadura llamado Lo Hsing Han—, necesitaban mover su producto desde los remotos pueblos montañeses hasta las refinerías de heroína, un viaje que a menudo era muy largo. Repartían dinero a gente como el comandante Than Aye a cambio de pasar sin problema por los puestos militares de control. Ningún traficante podía mover impunemente la droga por las carreteras de la región sin pagar al Cuartel General del Comando Noreste. Y en un golpe de malísima suerte, el último informe de Saw Lu describía el sistema de soborno de Than Aye de forma detallada.[1]

De haber interceptado un informe diferente, el comandante habría descubierto que Saw Lu transmitía detalles sobre el EUEW, tales como cuentas de resultados o tal vez los rendimientos por las adormideras en el territorio. Saw Lu habría sufrido un castigo por el contacto no autorizado con agentes estadounidenses y tal vez habría pasado décadas en una celda, pero al menos, Than Aye no se habría mostrado tan ansioso por enterrarlo vivo.

El comandante Aye no temía que su propio gobierno descubriera los sobornos; que los oficiales de inteligencia aceptaban pagos fraudulentos no era ningún secreto dentro el régimen. El problema era que Saw Lu estaba ofreciendo detalles a los americanos y, a ojos de la junta de Birmania, Estados Unidos podría usar la información para justificar la imposición de fuertes sanciones. Ese no era en absoluto el caso —la DEA quería evitar a toda costa un contratiempo con el régimen—, pero el informe convertía a Saw Lu en un soplón común y corriente: una persona cercana a la junta que vendía secretos a un hostil poder extranjero.

Dentro del Cuartel General del Comando Noreste, los subordinados del comandante propinaron a Saw Lu sangrientas palizas durante semanas, pero sin intención de matarlo. Saw Lu no entendía por qué, hasta que Than Aye se acercó a él con una hoja de papel. «No soy despiadado —dijo, sonriente—, puedo hacer que cese el dolor. Lo único que tienes que hacer es firmar aquí». Una confesión mecanografiada que decía así: «Yo, Saw Lu, trafico con heroína para el EUEW. Todo lo que he contado a la DEA es falso. El comandante Aye es inocente».

—Firma el papel —insistió el comandante—. Exonérame y solamente te encarcelaremos de por vida. De lo contrario, te mataré. Hazlo por el bien de tu familia.

—No, no puedo firmarlo.

—¿Y por qué no?

—Porque yo no trafico con drogas. Y todo lo que he contado a la DEA es cierto.

El comandante y sus hombres volvieron al trabajo, ideando métodos cada vez más sádicos para quebrantar el espíritu de Saw Lu. Le privaron de agua y comida y, al tercer día, le arrojaron orina a la cara. Prendieron en sus genitales electrodos conectados a la batería de un camión. Saw Lu perdía el conocimiento por las descargas, pero al despertar, su respuesta seguía siendo la misma. No cedía ante el dolor extremo, de modo que Than Aye probó una táctica nueva: «Traedme a su esposa», exigió. Los soldados fueron a la ciudad, apresaron a Mary y la arrastraron hasta el complejo militar.

—Señora, si su marido no firma esta confesión, le mataremos. Convénzale para que lo haga. Dígale que confiese.

—¿Confesar qué?

—Usted sabe lo que ha hecho.

—No —arguyó Mary—, yo no sé nada. Solo soy una ama de casa. Permítame preguntarle algo, comandante: ¿Su esposa sabe todo lo que hace usted cuando no está cerca?

La llevaron a rastras por el cabello hasta la celda de Saw Lu. Los soldados pulsaron un interruptor para encender una bombilla que colgaba del techo. Entonces, Mary vio a su marido enroscado sobre sí mismo en el suelo.

—Despierta, Saw Lu. Nuevo ultimátum. Firma los papeles o los guardias de la prisión se turnarán con tu esposa. Sujetaremos tu cabeza para obligarte a mirar. Tienes veinticuatro horas para decidirte. Asiente con la cabeza si lo entiendes.

—Saw Lu asintió.

El sol salió y se puso. Los soldados regresaron.

—¿Qué va a ser?

—Creo que da igual lo que diga, haréis lo que os plazca.

—Entonces, ¿no?

—No.[2]

Sacaron a Saw Lu de su celda apestosa, de nuevo lo arrastraron por el pasillo y, escaleras arriba, hasta el baniano de corteza suave como el mármol y ramas gruesas como pilares. Las estrellas habían salido y una soga colgaba de una rama, como augurio del castigo a su testarudez. Lo dejaron en el suelo bocarriba y le arrancaron los harapos sangrientos. Saw Lu pensó que le colocarían la soga alrededor del cuello; sin embargo, rodearon sus tobillos con ella y la ajustaron con fuerza. Cuando los soldados tiraron del otro extremo, el cuerpo desnudo de Saw Lu subió con una sacudida y quedó colgado como un péndulo humano.

Cuando dejó de balancearse, estaba a poca distancia del suelo. Sentía su corazón latiendo en la cabeza.

—Última oportunidad —dijeron los soldados.

Medio ciego y transido de dolor, Saw Lu repitió su negativa. La cuerda se aflojó y Saw Lu cayó sobre su cuello. Aún seguía consciente después de la caída, de modo que, una vez más, la cuerda se tensó. Saw Lu ascendió y de nuevo hicieron que se desplomara de golpe. Después de tres caídas perdió el sentido. Su cuerpo se convulsionaba en el suelo. Los soldados observaron hasta que dejó de moverse y entonces llamaron a un médico para que comprobara los signos vitales del traidor y confirmara que por fin había muerto.

Saladino hizo lo imposible por rescatar a Saw Lu. Fue a ver al coronel KT y le imploró. «Si no lo liberáis —dijo—, al menos déjanos solos en una habitación durante cinco minutos. Que me demuestren que está vivo». La respuesta siempre era no.

El prestigio de Saladino estaba claramente dañado a ojos de la junta. El gobierno de Birmania podría haberle expulsado del país después de descubrir que utilizaba a uno de sus agentes de inteligencia civil como informante, pero el ánimo de Secretario Uno era difícil de predecir. Una retransmisión de la Voz de América le había provocado un berrinche; sin embargo, no expulsó a la DEA tras la revelación de Saw Lu ni amenazó con hacerlo. Tal vez el escándalo de la radio había sido un farol o una estrategia para negociar, o tan solo una de las rabietas del tirano.

Lo cierto es que, en aquel momento, Secretario Uno necesitaba a la DEA más que nunca. La perspectiva de un avance de la Guerra contra las Drogas en Birmania era lo único que evitaba que la Casa Blanca aumentara las sanciones y enviara a pique la economía del país. La DEA era la única voz que pedía moderación. Por el contrario, en Washington todo era bravuconería, a la búsqueda de nuevos enemigos. La Unión Soviética se había desintegrado un año antes y, como dijo el oficial de más alto rango del Pentágono, Colin Powell: «Me estoy quedando sin demonios [...] Solo me quedan Fidel Castro [de Cuba] y Kim Il Sung [de Corea del Norte]».[3] Secretario Uno no quería entrar en la categoría de supervillanos irrecuperables con quienes no era posible dialogar; la DEA era su única esperanza, y la esperanza se estaba desvaneciendo.

Con la aprobación del Congreso, el presidente George H. W. Bush acababa de invocar una nueva ley que le daba carta blanca para imponer sanciones severas a Birmania, incluso el bloqueo de préstamos de las instituciones financieras internacionales. Sin embargo, las penas no entrarían en vigor, siempre y cuando el país asiático mejorara la situación de los «derechos humanos» o bien sus «esfuerzos antinarcóticos».[4] La primera condición era imposible: la junta era una máquina construida para someter a las minorías y a los disidentes, a los que negaba lo que Occidente denominaba «derechos». Lo último, sin embargo, era negociable. Si la DEA quería quemar más heroína y el EUEW aún estaba dispuesto, Secretario Uno se avendría a ello, siempre y cuando su régimen controlara por completo cualquier contacto entre ellos. Con Saw Lu encerrado en un penal militar desconocido, todo parecía factible.

Sin embargo, con independencia de lo que sucediera entre la DEA y los wa, Saladino no llegaría a ver cómo se hacía realidad. La embajada le boicoteaba de tal modo que no podía operar en Birmania, así que la DEA decidió limitar los daños y trasladarlo a Estados Unidos. Para el verano, estaría dirigiendo un grupo operativo en el aeropuerto de Miami. La sede central de la DEA estaba dispuesta a relanzar su oficina en Yangón, y el plan era traer a un nuevo agente principal y añadir a un tercero, manteniendo a Stubbs para garantizar algo de continuidad. El agente principal llegaría en unos meses, y el junior lo hizo en marzo de 1992. Ayudar al joven a aclimatarse a Birmania sería la última labor de Saladino en el país.

Dave Sikorra era el nombre del tercer agente, que aún no había cumplido los cuarenta años. Bien afeitado, cabello rizado castaño y la amabilidad típica de Minnesota. Cantaba en un coro. Stubbs lo catalogó como un jugador de equipo, no un obstruccionista como Bian. Al contactar con Sikorra antes de su llegada, Stubbs le dijo: «Dave, Birmania es una gema oculta. No es tan caótica como te habrán contado. La vida es fácil, nunca necesitarás usar tu arma. A tu mujer y a tu hijo les encantará».

Sin embargo, el primer día en Yangón, Sikorra ya tuvo oportunidad de cuestionar su decisión. Su esposa, una mujer del Medio Oeste, a quien había conocido en misa, se marchitaba en el calor infernal. Le preocupaba su hijo autista de diez años, que se irritaba con facilidad ante estímulos intensos. Yangón, con toda su belleza tecnicolor descontrolada, era todo menos tranquila: autobuses viejos que soltaban humo negro, mosquitos picándote el cuello y platillos resonando en los templos budistas. Hasta Sikorra se sentía algo abrumado. Aquella noche, Angelo y Barbara Saladino invitaron a su familia a cenar. Sikorra había probado solo unos bocados cuando sintió que se le subían a la garganta, se levantó de un salto de la mesa, corrió fuera y vomitó en unos matorrales. Regresó limpiándose la boca, mortificado y culpando al *jet lag*.

—Siento lo de los matorrales, Angelo.

—No te preocupes, Dave. Los matorrales estarán bien.

El agente Sikorra había venido a Birmania en busca de exotismo. Como devoto católico, tenía la siguiente creencia: «Dios me ha hecho sensible, pero también me ha creado para la aventura de la vida».[5] No obstante, cuando Saladino le informó sobre la situación de la DEA en Birmania, Sikorra se estremeció.

La junta, tras secuestrar a un informante extraordinario llamado Superestrella, había destruido el centro neurálgico del sistema de recopilación de información de la DEA. «Al parecer, todo nuestro operativo giraba en torno a este tío —me contó Sikorra—, y se encontraba detenido en algún lugar, básicamente colgado de los pulgares». Lo más seguro era que estuviera muerto. Supo que el tal Superestrella era también el cerebro de un proyecto en ciernes con el cartel del EUEW: los wa quemarían las drogas y a cambio, la junta construiría clínicas y escuelas, y la DEA elogiaría al régimen birmano ante el mundo entero. En el momento de su captura, Superestrella acababa de convencer a los líderes del EUEW para que entregaran 56 kilos de China Blanca por valor de ciento veinte mil millones de dólares.

Ahora, todo el experimento estaba en el limbo. Los colegas de Sikorra le contaron que, además, la propia embajada era un hervidero de saboteadores que alentaban su fracaso. Le dijeron que el Departamento de Estado y sus amigos de la CIA dificultarían su progreso a la menor oportunidad. Mientras Saladino explicaba la situación, la mirada del recién llegado se fijó en las manos del agente. Temblaban. «Pude verlo con mis propios ojos. Los nervios de ese hombre estaban completamente deshechos».

Sikorra se preguntó en qué estado quedarían los suyos tras unos años en Birmania. Esto era más aventura de la que esperaba.

Saw Lu despertó con manchas rojas que le nublaban la vista. Se encontraba de nuevo en esa pequeña celda, aunque ahora la luz estaba encendida y Mary estaba allí con él. Hizo un esfuerzo para sentarse, pero ella le obligó a quedarse tumbado. Descansó sobre su estómago, dado que su espalda era un archipiélago de costras anaranjadas. «No intentes hablar —dijo su mujer—, solo escucha. Hay un médico en este recinto, otro prisionero; los soldados le obligan a tratar a sus víctimas. Llamaron a este doctor para confirmar tu muerte bajo el baniano, pero les dijo que solo tenías contusiones».

Mary le explicó cómo, después del diagnóstico, los soldados del comandante Than Aye arrastraron su cuerpo medio muerto hasta la celda. «A mí me metieron aquí también —continuó—, y nos dieron un cubo de metal para nuestras necesidades».

Pasaron dos semanas en aquella celda y Saw Lu poco a poco recuperó la capacidad para tragar alimentos y andar, si bien cojeando. Para entonces, Isaac había sido liberado y llevaba a la prisión bolsas de plástico llenas de comida casera todos los días. Sorprendentemente, los guardias se las hacían llegar. Esa muestra de generosidad suscitó la desconfianza de Mary, puesto que coincidió con un cambio en la conducta de sus captores. Los mismos hombres que habían electrocutado a Saw Lu ahora acudían para comprobar si estaba bien. Incluso enviaban al médico todas las tardes a desinfectar sus heridas. «Parecen inquietos —le dijo Mary a su esposo—, como si les aterrara que fallecieras».

Las intuiciones de Mary resultaron ser acertadas. Tras tanta mala suerte, Saw Lu por fin tenía un respiro. Poco después de su linchamiento bajo el baniano, Secretario Uno y el presidente Lai se encontraron cara a cara para discutir los siguientes pasos del programa de ayuda a cambio de la erradicación de las drogas. Por lo general, Lai era cordial con el dictador, pero, enterado del cautiverio de Saw Lu, aquel día echaba humo. «Ese es uno de los míos —dijo el líder wa—: Déjalo marchar».

Secretario Uno informó a Lai de que Saw Lu espiaba para los americanos. Lai le rebatió arguyendo que le importaba un pimiento. Ofreció dos opciones a la SLORC: «Libera a Saw Lu o prepárate para una guerra. Comandos wa vestidos de civiles ya se están infiltrando en Lashio y atacarán el Cuartel General del Comando Noreste en cuanto dé la orden. No es un farol. Convertiremos tu base militar en cenizas».[6]

En el quincuagésimo sexto día del encierro de Saw Lu, en la carretera que llevaba a la base militar, Isaac atravesaba el frío de la mañana en su bicicleta, con bolsas de plástico llenas de arroz con curri colgadas del manillar. Su intención era dejar la comida a los guardias apostados frente al cuartel, como era habitual. Sin embargo, al llegar, las verjas se abrieron de par en par y Than Aye se dirigió hacia él, sonriendo como un chacal. Tenía la palidez blanquecina de quien pasa poco tiempo al sol.

—¿Por qué has venido en bicicleta? —El comandante ni siquiera saludó—. ¿Es que tu familia no tiene una camioneta? Ve a buscarla. La necesitarás para llevar a tu padre de vuelta a casa.

Isaac volvió a su casa a toda prisa, arrancó el viejo vehículo y condujo hasta la base militar. Al llegar, los soldados le escoltaron hacia los corredores subterráneos. Abrieron la puerta de la celda y vio a sus padres sentados en el suelo. «Mi padre no era de los que abrazan, pero yo estaba demasiado contento como para controlarme —Isaac se agachó para estrecharlo—. Estaba deseando partir deprisa por si el comandante cambiaba de opinión».

—Padre, por favor. Levántate. Nos vamos.

No obstante, Saw Lu le hizo un gesto para que aguardara. No quería que le metiera prisa. Los guardias que esperaban en la entrada comenzaron a irritarse. Isaac también se sentía frustrado, pero no se atrevió a mostrarlo. Observó a su padre forzar su cuerpo tembloroso hasta ponerse de rodillas. Mary e Isaac sabían lo que tenían que hacer. Se arrodillaron junto a él y, con voz queda, como las hojas de palmera oscilando en el viento, Saw Lu rezó.

Dio gracias a Dios por su protección durante aquella prueba y las que vendrían. Pidió al Señor que continuara usándole como instrumento divino para reafirmar su voluntad en la Tierra. Mientras oraba, la bombilla del techo de la celda se salió del casquillo como si unos dedos invisibles la hubieran desenroscado y, cuando cayó, la habitación se quedó a oscuras repentinamente. Escucharon el cristal golpeando sobre el cemento y se estremecieron temiendo que los fragmentos se esparcieran entre sus pies descalzos. Sin embargo, la bombilla rebotó, una y hasta dos veces, y después rodó hasta una esquina.

—He aquí un milagro —afirmó Saw Lu en la oscuridad—: Una cosa tan frágil lanzado contra el cemento por la mano del Señor y aun así no se ha roto.

Junio, 1992.

El nuevo agente principal llegado a Birmania, Rick Horn, era la personificación de la testosterona; Sikorra pudo comprobarlo en el apretón de manos que le dio. Se quedó fascinado por el tamaño de aquel hombre. «Rick Horn era enorme —me comentó Sikorra, que era de constitución delgada—. Sus brazos eran más grandes que mi cintura. Era un armario».

Horn era un veterano que llevaba dos décadas en la DEA y venía trasladado desde Pakistán. Conocía la reputación de la oficina de Birmania y sabía con exactitud por qué le habían enviado allí: Saladino era un hombre pacífico por naturaleza, sin embargo, a ojos de la sede central de la DEA, la embajada estadounidense en Yangón necesitaba a un agente principal de narcóticos que no rehuyera el conflicto en caso de necesidad. «La DEA tenía una cuenta pendiente con la CIA —me explicó Sikorra—, y enviaron Rick como quien lanza un torpedo».

Durante su primera semana, mientras Horn se estaba instalando en el antiguo despacho de Saladino, sonó el teléfono. Pancho Huddle, el encargado de negocios y embajador en funciones, quería que bajara a la segunda planta. Aún no habían tenido su primera conversación. Horn encontró a Huddle sentado ante la mesa del embajador, cuya superficie aparecía cubierta de papeles. Hablaron durante varios minutos y, de pronto, Huddle se giró, colocándose de cara a la pared de forma abrupta: ningún «hasta luego» ni «que tengas un buen día». Comenzó a hojear los cables diplomáticos como si el agente ya no estuviera allí, y Horn, tras mantener la mirada fija en la espalda del jefe durante un momento, atónito, regresó a la tercera planta. Stubbs aguardaba junto a la puerta de su despacho. «¿Y bien? —le preguntó, con una sonrisa—. ¿Cómo ha ido?». Horn le contó y Stubbs se echó a reír. «¡Bienvenido a la embajada de Estados Unidos en Birmania!».

Horn no esperaba una bienvenida cálida. Era el tercer agente principal de la DEA en Birmania en casi cuatro años y se negaba a convertirse en la siguiente víctima. Era hora de hacer limpieza. Cuando comenzó a indagar, descubrió que la sede local de la CIA había manipulado la red de comunicación de la embajada para que todos los teletipos de la DEA —un precursor del fax— fueran a parar a sus oficinas de la segunda planta.[7] Se enfrentó con el jefe de sección, Art Brown, y le pidió que dejara de hacerlo.

Para sorpresa de Horn, accedió. Brown también había llegado poco antes a Birmania y se había propuesto arreglar el conflicto entre ambas instancias. Fue franco al expresar la naturaleza de la disputa: la sede central de la CIA estaba resentida por el acceso exclusivo de los agentes de la DEA al nivel más alto de la junta, las oficinas de Khin Nyunt, Secretario Uno, el jefe de inteligencia que hacía las veces de dictador. A pesar de que la CIA pretendía debilitar a la junta birmana, en la mayoría de los países, incluso en los hostiles, los espías estadounidenses siempre codiciaban un contacto directo con la inteligencia local, aunque solo fuera para indagar en el funcionamiento interno del país. Que la división de inteligencia de Birmania hablara con los agentes de narcóticos americanos y no con sus espías era una anomalía. Sus superiores en la sede central de la CIA en Langley, Virginia, no toleraban que la DEA gozara de una posición superior a la suya con respecto a un gobierno extranjero, en ningún lugar del mundo.

El problema era que la junta despreciaba a la CIA, y así había sido durante décadas, desde que la agencia utilizó el cartel de los Exiliados para recabar información en suelo birmano. Que los Exiliados ya no estuvieran activos no ayudaba mucho, dado que los militares birmanos tenían buena memoria. Cuando la agencia solicitó una reunión con los oficiales de alto nivel de la junta, en su lugar enviaron lacayos que no sabían nada. Entretanto, la DEA tenía línea directa con el adjunto al dictador, el coronel KT.

Brown sugirió una forma de aliviar la tensión. «Mantennos al tanto —le propuso a Horn—, e infórmame de todas tus conversaciones con el régimen. Sin sorpresas». Si Horn ofrecía mayor transparencia, él evitaría que la CIA y el Departamento de Estado le molestaran, permitiendo a la DEA hacer su trabajo en paz. Horn, aunque receloso, decidió darle al jefe de sección una oportunidad, accediendo a informarle una o dos veces a la semana.[8]

Brown presionaba para estar al tanto de esas conversaciones y hacía preguntas indiscretas, del tipo: «¿Has pensado en algún piso franco para los encuentros?». Pero Horn se mantuvo firme: «No, solo me encontraré con los informantes en la privacidad de mi sala de estar. En otras palabras, no te molestes en espiarme». Horn sabía que la CIA no tardaría en colocar micros en un piso franco, pero, ¿hacerlo en la casa de un agente estadounidense sin una orden? Eso violaría la Constitución de Estados Unidos.

Los monzones de verano llegaron y se fueron y, cuando el tiempo se tornó templado, para finales de año, Horn se había adaptado. La embajada parecía darse cuenta de que no iba a ser fácil de convencer. Los miembros de la CIA actuaban como si todo fuera paz y amor. El Departamento de Estado le asignó una casa inmensa en el lago Inya, a pesar de que era soltero. Aficionado a las pesas, Horn hizo traer un banco de ejercicio y lo instaló en la residencia. Contaba con sirvientas que se encargaban de las tareas domésticas, de modo que la vida era cómoda.

Una tarde brumosa de noviembre en que la luna creciente resplandecía por encima del lago, Horn regresó a casa del trabajo, entró en su sala de estar y se detuvo en seco. Había algo raro. La mesita de café, rectangular, la que estaba ahí esa misma mañana, había sido reemplazada por una más pequeña de forma ovalada. Su sirvienta explicó que habían venido los encargados de mantenimiento, sin previo aviso, y les había dejado entrar, dando por hecho que Horn había solicitado el cambio. «No —dijo—. No sé nada de esto».[9] Más tarde, Horn le pidió a una secretaria de la embajada que se lo explicara. «Está bien —dijo—: Necesitábamos tu mesa rectangular para completar un conjunto en la casa de otro empleado. ¿Te parece bien la nueva?». Suponía que sí, puesto que todo lo demás iba relativamente bien. Pronto olvidó el incidente.

El presidente Lai mantenía una casa familiar en Pang Wai, su región de origen. Era una residencia sencilla, para su esposa e hijos, entre verdes picos y aire fresco de montaña, y pretendía que Saw Lu se recuperara allí. Insistió en ello cuando se enteró de que, después de abandonar la celda de la prisión en Lashio, Saw Lu y Mary habían llegado a su casa y la habían encontrado vacía de todos los objetos de valor, saqueada por rufianes de la junta. Lai envió un mensaje a Saw Lu: «Ya no perteneces a Birmania. Tu sitio es aquí, en el Estado Wa, conmigo».

El presidente esperó la llegada de Saw Lu en su casa de la montaña, sentado en una sala cuyas paredes decoraban cabezas disecadas: un oso, un ciervo, un tigre, todos cazados por el propio Lai. No pudo ocultar una mueca de disgusto cuando su amigo entró por la puerta. El infatigable Saw Lu cojeaba, agarrado del brazo de Mary para mantener el equilibrio. Los dos hombres se estrecharon la mano y, a continuación, Saw Lu se sentó y se abrió la camisa para que Lai pudiera ver las cicatrices de su espalda. El presidente pidió perdón a Saw Lu por no haber podido rescatarlo antes. «No has sufrido en vano. Te compensaré por ello».

Tres días más tarde, lo hizo.

Corría mediados de abril de 1992, y los mandatarios de la nación se habían reunido en el cuartel general del EUEW para celebrar el tercer aniversario del Estado Wa. El zar financiero, Wei Xuegang, no había asistido al encuentro —no salía de su refugio en la frontera birmano-tailandesa—. Sin embargo, el jefe de las fuerzas armadas, Bao Youxiang, sí se hallaba en el lugar, entre el resto de integrantes del «comité central» del Estado. Este consejo, compuesto por unos doce miembros, estaba estructurado casi a imagen y semejanza del politburó comunista al que habían derrocado. El comité central se reunió en torno a una larga mesa de madera, con Lai en la cabecera y Saw Lu sentado a su lado.

Lai dejó encima de la mesa una gorra con visera y un uniforme verde cedro.

Tras alabar su sacrificio en una celda de tortura de Birmania, entregó a Saw Lu el uniforme y le dio la bienvenida como líder de pleno derecho, con idéntico rango al de Bao, un padre fundador. A partir de ese momento, Saw Lu actuaría como ministro de Asuntos Exteriores del Estado Wa, un puesto recién creado.[10] Los tres hombres dirigirían la nación como un triunvirato: Lai, un ultranacionalista populista; Bao, un militar pragmático; Saw Lu, un visionario que posicionaría al Estado Wa en el lugar del mundo que le correspondía.

«Me sentí honrado —reconoció Saw Lu—. Sin embargo, entre los wa el respeto no se gana a base de títulos; se mide por cuántas personas están dispuestas a luchar y morir por ti». Si Saw Lu no dirigía su propia unidad armada, nadie en las montañas le tomaría en serio. De modo que el comité central le facilitó unas cuantas armas y uniformes del EUEW, y alentó a su ministro de Asuntos Exteriores a salir a buscar reclutas. Por segunda vez en su vida, Saw Lu disponía de armamento, pero le faltaban los seguidores.

Una vez recuperado de sus lesiones derivadas de la tortura, pasó meses peinando las montañas en busca de hombres de las etnias wa y lahu, descendientes de los conversos originales de William Marcus Young. Endurecidos por los años desoladores bajo el comunismo, que prohibía la religión, estos baptistas no dudaron en seguir a un líder wa que proclamaba su fe con orgullo. Bajo el mando de Saw Lu formaban el núcleo de una nueva legión. Saw Lu reunió a estos reclutas y a sus familias en Pang Wai, donde edificaron un recinto de ladrillo para su comandante, así como sus propias casas de madera en las cercanías. Construyeron una pequeña iglesia de tablones toscos donde Saw Lu oficiaba todos los domingos. Después de cada servicio, se dispersaban por las aldeas donde se cultivaba adormidera y pedían el diezmo, tanto si los habitantes eran cristianos como si no. Dos décadas antes, cuando Saw Lu era un joven señor de la guerra, Pang Wai había sido el escenario de la humillación —a manos de Lai, por extraño que ahora pudiera parecer—, pero pronto los wa lo conocerían como la cuna de una gran reforma. Saw Lu estaba decidido a hacerla realidad.

A finales de 1992, cuando los vientos de las montañas empezaban a helar, Saw Lu aún no había presentado una política exterior detallada a los demás líderes, y el presidente Lai se mostraba inquieto. Un domingo, Lai se pasó por la casa de Saw Lu sin avisar, con la intención de encontrar respuestas. Encontró a su amigo vestido de negro, el uniforme del EUEW y la gorra colgada en un perchero. Sus seguidores llevaban ropa de calle. «Presidente, es el día del descanso sagrado. Está prohibido trabajar. ¿No prefieres dejar tu bebida y rezar con nosotros?». Lai complació a su amigo y, a la mañana siguiente, Saw Lu le reveló la nueva versión de su propuesta.

«Mi legión será como ninguna otra: una facción armada en una organización que produce heroína y que, no obstante, busca la abolición de todas las drogas. La llamaré la Organización Antidroga del Estado Wa y, al igual que la DEA, tendrá su acrónimo: OAEW». Saw Lu anunció que sus soldados serían sobre todo baptistas, e imbuidos del espíritu del Hombre-Dios, el estadounidense que había traído a Cristo a sus antepasados, llevarían la luz al pueblo wa, en especial, a aquellos que no deseaban recibirla.

Ya había reclutado a casi mil hombres. «Dame un año —le dijo a Lai—, y llegaré a diez mil. Pretendo reconectar con la DEA y, cuando lo haga, los americanos verán que he creado una vara con la que golpear a los malvados, una fiera organización de antinarcóticos a imitación de la suya. Esto eliminará cualquier duda de que nuestro pueblo wa tiene la voluntad y los medios para purgar las drogas de nuestra nación y de que somos merecedores de la riqueza y la atención de Estados Unidos».

Lai escuchaba y fumaba. Era obvio que la tortura no había mitigado la ambición de Saw Lu. Sin embargo, veía dos obstáculos potenciales. Uno era Birmania. A los líderes de la junta ya les parecía mal que el Estado Wa hubiera nombrado al traidor Saw Lu su ministro de Asuntos Exteriores;[11] lo más seguro era que tampoco les gustara la nueva creación de Saw Lu, la OAEW, una mini-DEA repleta de militares baptistas que cooperaban con la auténtica DEA. Pero a Saw Lu no le importaba.

—Deja que se quejen —dijo—. Esta es nuestra nación, no la suya, y tenemos derecho a gobernarla como nos convenga. Además, tolerarán nuestra alianza con Estados Unidos si es eso lo que quiere el todopoderoso Estados Unidos. La junta teme a los americanos más de lo que crees.

—Espero que tengas razón —convino Lai. Porque la visión de Saw Lu tenía otro impedimento, y este estaba más cerca de casa. El desmantelamiento del operativo de tráfico de estupefacientes de Wei, el motor económico del Estado Wa, estaba implícito en su plan. Lai explicó que había mucho que decir a favor de Wei, pese a su carácter antisocial. Nunca se quejaba ni pedía mucho, y su sistema funcionaba a la perfección. El opio cosechado por los campesinos wa llegaba a su pequeño enclave en Wa del

Sur, donde sus químicos lo convertían en bloques de heroína, lo prensaban, envolvían y lo vendían a los distribuidores en Bangkok y Hong Kong. Wei se quedaba con su parte y el resto lo entregaba al EUEW. La nación satisfacía sus necesidades.

«Sin embargo, el Estado Wa no se está desarrollando. —Saw Lu insistía en el punto esencial de su argumento—. Necesitamos los conocimientos extranjeros para establecer un sistema educativo, infraestructura moderna, hospitales adecuados, ¿y qué país ayudaría a un pequeño Estado paria dedicado a envenenar al mundo?». De continuar por el mismo camino, la población wa permanecería ignorante para siempre, aislada y muriendo por enfermedades fácilmente tratables en otras latitudes.

La economía del Estado Wa dependía del opio y la heroína, y aunque fueran rentables, financiar a una nación con una población de medio millón de personas era costoso. Alimentar a casi veinte mil soldados y adquirir armas, entre otros recursos, engullía el presupuesto con rapidez. Sin duda, las familias criminales de etnia china de las ciudades, que dirigían el contrabando de la heroína producida por los wa hacia Estados Unidos, se enriquecían —el valor de los narcóticos aumentaba con cada frontera que cruzaban—; pero los wa, atascados en el estadio más primitivo de la cadena de suministros, apenas sobrevivían. «Nuestra nación —afirmó Saw Lu— puede, o bien sacrificar el tráfico de drogas, o sacrificar todo lo demás».

Al cabo de un tiempo, Lai avisó a Saw Lu de que por el momento respaldaría su plan e intentaría refutar cualquier oposición del comité central.[12] Lo presentaría como un problema de seguridad: «Si seguimos produciendo heroína, con el tiempo, Estados Unidos llamará a nuestra puerta no como amigo, sino como adversario». «Sigue adelante —autorizó a Saw Lu— y restaura el contacto con la DEA. Averigua cuánto dinero podrían aportar». No obstante, advirtió a su ministro de Asuntos Exteriores de que la ayuda americana tendría que ascender a decenas de millones de dólares para compensar la pérdida de beneficios de la heroína;[13] de lo contrario, no sería posible cerrar el trato. Más aún, si los wa llegaran a un acuerdo con Estados Unidos, el EUEW tendría que desmontar el negocio de las drogas gradualmente, dando tiempo a

Wei y a su séquito para la transición hacia empresas legales. «Hasta que llegue ese día, Saw Lu, deja en paz a nuestro financiero. Déjale hacer su trabajo».

Saw Lu aseguró que había comprendido. Pero la rectitud no conoce la paciencia.

◉

Primavera, 1993.

Después de nueve meses en Birmania, la relación del agente Horn con la junta era excelente. No se trataba de un golpe de suerte; había trabajado muchas horas extra para reconstruir la confianza en la DEA, ayudando al gobierno birmano a adoptar políticas diseñadas para mejorar su sombría reputación. Horn instó a la junta a deshacerse de sus leyes antidroga, ya obsoletas —deshacerse del todo, no recortarlas—, y a adoptar una versión básica de las americanas. Ayudó con la formación de un nuevo grupo operativo de antinarcóticos, con capacidad de investigación al estilo DEA y no solo capaz de incautar la droga a los traficantes de poca monta. Aunque eran recomendaciones de calado, la junta obedeció de buen grado.[14] El objetivo de Horn era dejar la impronta estadounidense en el sistema judicial birmano, demostrando que la DEA no solo era capaz de luchar contra las drogas, sino que además podía mejorar la gobernanza, aunque el país nunca estuviera destinado a convertirse en una democracia floreciente.

Al mismo tiempo, Horn puso a su oficina en una posición defensiva. Advirtió a sus subordinados, los agentes Bruce Stubbs y Dave Sikorra, de que mantuvieran la discreción dentro de los muros de la embajada; no se trataba de evadir la vigilancia birmana, sino de impedir la intromisión de la CIA. Tras haber acercado posturas con el régimen, Horn sabía que los agentes de la agencia en la segunda planta se creerían con derecho a espiar sus actividades. El error de Saladino fue esperar durante demasiado tiempo para volverse paranoico. Horn no estaba dispuesto a repetirlo.

Horn también pidió al cuartel general de la DEA un equipo de dispositivos de comunicación encriptados, una máquina de fax de alta tecnología que transmitiera documentos de forma segura y dos Inmarsat, teléfonos móviles de comunicación por satélite del tamaño de un maletín, toscos y con gran gasto de batería, pero difíciles de rastrear. Y para rematar, un STU-III, una unidad de teléfono seguro de tercera generación. Parecido a un teléfono de mesa estándar, el STU-III tenía una característica especial: se insertaba una llave, se giraba y se codificaban las comunicaciones. Solamente alguien con otra unidad al otro extremo de la línea podía oír lo que decía Horn; los espías solo escucharían una confusa tormenta de estática. Horn exigió a sus colegas que las comunicaciones sensibles con la sede de la DEA se hicieran a través de estos aparatos. Él solo haría llamadas desde su sala de estar, su oficina *de facto*, un refugio a salvo de la intromisión de la CIA.

Era obvio que Horn pretendía fortalecer su posición en previsión de un movimiento espectacular. Esto es lo que imaginaba Sikorra, aunque tenía poca información de las intrigas de su jefe. Un día, Horn le invitó a su casa y se ofreció a revelarle todo si Sikorra hacía un juramento de lealtad. Horn estaba poniendo en marcha un proyecto que, de tener éxito, resultaría devastador para el tráfico de heroína en todo el mundo. Sí, requeriría cooperar con la junta, pero para un plan de semejante entidad esperaba que los grupos de poder de Washington entraran en razón y dieran al régimen el visto bueno. Aunque el Departamento de Estado pusiera el grito en el cielo, la Casa Blanca y el Congreso invalidarían sus objeciones, y los diplomáticos no tendrían más opción que retirarse frustrados.

En todo caso, eso era lo que esperaba Horn. Tendría que ponerse en marcha enseguida y con discreción, antes de que el Departamento de Estado y sus colegas de la CIA se enteraran y lo cortaran de raíz. El camino podría ser arduo. Horn fijó la mirada en Sikorra y le pregunto: «¿Puedo fiarme de ti?». Sikorra se quedó mudo. La determinación vehemente en el rostro de su jefe le asustó. «Intentó reclutarme como soldado en esa lucha. Solo pude responderle con una mirada ausente. Quería permanecer neutral».

Después de ese encuentro, Sikorra intentó pasar desapercibido. «Me distancié del tema». Andaba con pies de plomo con sus colegas de la DEA, temiendo que los planes se torcieran, arruinando su carrera. Era evidente que Stubbs estaba involucrado, ya que desaparecía de la oficina durante días con pretextos dudosos, y aunque seguía siendo cordial con Sikorra, siempre dispuesto a hacer bromas, cuando hablaban de los operativos, se volvía «misterioso, como el Gato de Cheshire».[**] Finalmente, se llevó a Sikorra aparte y en susurros, le contó lo esencial. Stubbs informó de que el célebre Superestrella estaba vivo; duro y tenaz como nunca, y además, al mando de su propio órgano del EUEW, parecido a la DEA, capaz de erradicar drogas a una escala épica. Birmania era el país de mayor producción de heroína del mundo, con el Estado Wa controlando el ochenta y cinco por ciento de sus adormideras. Superestrella planeaba destruirlas todas. «Horn está convencido de que puede lograr que el gobierno birmano entre en el juego —apuntó Stubbs—, dejándonos formar equipo con los wa para hacer historia. Está todo en marcha».

Stubbs le confió que había hallado un modo de reunirse con Superestrella en persona, no en un piso franco birmano, sino en Chiang Mai, en Tailandia, fuera del alcance de la sede de la CIA en Birmania. Un agente de la DEA que se encontraba allí, llamado Bill, había organizado una cita con el informante en su casa. Por fin, Sikorra supo adónde se escabullía Stubbs, aunque tampoco quiso conocer tantos detalles. «Bruce Stubbs siempre fue un tipo de grandes ideas. Detener adictos al *crack* se le quedaba muy corto. Eso era lo que me gustaba de él. Pero nadie —pensó Sikorra— sobrevive a una contienda con la CIA». Sabía quién saldría victorioso.

Sikorra creía en las advertencias divinas, en ángeles y demonios y en una voz interior que guiaba a los auténticos creyentes, preservándolos de la calamidad. Ahora su voz interior le gritaba: «Agáchate y ponte a cubierto de la bomba nuclear que puede explotar por encima de tu cabeza».

[**] Nota de la traductora: Cheshire Cat, en su versión en inglés, es un gato ficticio de la cultura popular inglesa, conocido a través de la obra de Lewis Carroll, *Alicia en el país de las maravillas*.

LA CUMBRE

Bill Young había conocido a su abuelo, pero no lo recordaba. Era solo un bebé cuando William Marcus Young, patriarca de la familia misionera, le sostuvo en brazos por última vez. Eso fue en 1936, el último año del anciano. En su lecho de muerte, le dejó al pequeño Bill una cruz de plata, un diseño celta, colgada de una cadena.

Era una reliquia sagrada que William Marcus Young había llevado cuando vivía entre los discípulos wa y lahu en Banna, en la frontera chino-birmana. Aquella cruz había sido testigo de peculiares actos de evangelización: el Hombre-Dios guiando a su rebaño para convertir a los cazadores de cabezas de las montañas, y el rebaño regresando menos numeroso, llevando los cuerpos decapitados de los asesinados. Cosas de la tradición familiar.

La propia vida de Bill no fue menos extraordinaria. Criado al pie de las montañas de Birmania, entre los prosélitos de su familia, tenía el lahu como lengua materna y añadió el inglés durante su niñez. En su adolescencia, la familia se mudó a Chiang Mai. Bill, un portento para las lenguas, aprendió tailandés, lao y shan. Al llegar a la veintena, parecía un jugador de rugby, pero aún pensaba como un explorador indígena. Estas cualidades atrajeron a la Agencia Central de Inteligencia, que en la década de los sesenta lo empleó. Con treinta años, Bill formaba a los acólitos de su familia como espías y los enviaba a China para robar documentos y pinchar líneas de teléfono en misiones muy peligrosas, a veces con riesgo de muerte. Pero sus seguidores estaban dispuestos a hacer cualquier cosa por Bill Young, nieto del Hombre-Dios.

Bill no heredó el puritanismo de su abuelo. Le gustaba el *bourbon*, fumaba y su vigor sexual era legendario. Sin embargo, sí había heredado el afán por el riesgo y, cuando había mucho en juego, o si alguna misión de la CIA perturbaba su conciencia, pasaba el dedo pulgar por la inscripción de la cruz de plata, pidiendo protección divina.

Con el tiempo, Bill se peleó con la CIA y constató que a los frikis de la Ivy League les importaban un comino las minorías tribales; la agencia embarcaba a sus «activos» en misiones kamikaze a su antojo, sin preocuparse de si morían. Pero para Bill, estas personas eran miembros de su familia, no «chinchetas que se pudieran desplazar por un mapa». De modo que, cuando la DEA llegó a Chiang Mai a mediados de los años setenta, el nieto del Hombre-Dios cambió de bando y se convirtió en su arma secreta, esta vez usando a baptistas indígenas para espiar a los contrabandistas en lugar de a los comunistas. Bill desarrolló ese trabajo durante mucho tiempo, hasta principios de la década de los noventa, cuando ya rondaba los sesenta años.

En esa época, uno de sus contactos baptistas lahu le informó: «Bill, hay un hombre wa llamado Saw Lu que necesita verte. Puedes confiar en él. Es uno de los nuestros». Bill aún no lo conocía, solo había oído hablar de él, pero tenían mucho en común. Ambos eran operativos no declarados de la DEA, agentes encubiertos que explotaban una red de cristianos indígenas —cuyos padres o abuelos se habían convertido a la secta de Young— para conseguir información sobre el tráfico de drogas. Los baptistas, ampliamente extendidos, se consideraban como una gran familia, a pesar de que algunos se habían desviado hacia el contrabando y otros negocios poco cristianos. Mientras que la red de Saw Lu controlaba el norte de Birmania, los topos de Bill se distribuían por la frontera birmano-tailandesa; juntos, los dos activos de la DEA tenían cubierto todo el Triángulo Dorado.

Sin embargo, según tenía entendido Bill, este personaje, Saw Lu, se disponía a emprender algo nuevo. Tras sus problemas con la junta de Birmania, que lo llevaron a desaparecer en una de sus celdas de tortura, de alguna manera había resurgido como uno de los dirigentes del EUEW. Según los rumores, era un hombre indestructible.

Bill envió un mensaje a sus contactos: «Si Saw Lu puede encontrar la manera de llegar a Chiang Mai, será bienvenido en mi casa».

◉

Enero, 1993.

Había más de 320 kilómetros entre Pang Wai y Chiang Mai, un terreno difícil de transitar: un par de semanas a pie y a caballo por caminos de piedras. Saw Lu mandó a sus cincuenta mejores soldados que ensillaran los caballos y cargaran las mulas. Su viaje a la frontera tailandesa los llevaría al sur del Estado Wa a través de zonas infectadas de bandidos e incluso por las proximidades de las tierras de Khun Sa en Shanland. «Traed buenos fusiles y abundante munición», advirtió a los hombres. Esperaba llegar a casa de Bill Young con el trasero intacto.

Así pues, marcharon hacia el sur. Sus soldados bajaban por las carreteras serpenteantes con sus bayonetas caladas en sus armas automáticas, algunos a caballo, otros andando. Las mulas de tono pardo, con su corte de crin al estilo *mohawk*, portaban el equipo y dejaban en la tierra huellas en forma de media luna. Era la primera misión de largo alcance de la Organización Antidroga del Estado Wa (OAEW). Saw Lu había uniformado a sus hombres con fajines de color rojo sangre para distinguirlos de los soldados wa de rango inferior. Él marchaba delante; los ojos brillantes, su perilla plateada captando la luz. Su asistente cargaba la preciada cachimba de tabaco del ministro de Asuntos Exteriores; un artilugio en forma de bazuca que le llegaba al hombre por la cintura.

El tiempo se volvía más cálido a medida que se acercaban a la frontera tailandesa. Ningún asaltante los había abordado y tampoco se toparon con ningún miliciano shan por el camino, cosa que sí habría sucedido de haber seguido la ruta equivocada. En Shanland, Khun Sa controlaba la mayor parte de los pasos de montaña que conectaban Birmania con Tailandia, y sus tropas disparaban a cualquier intruso que quedara a la vista.

Solamente había un lugar por donde Saw Lu podría cruzar la frontera a salvo: Wa del Sur, el pequeño enclave de Wei Xuegang en el Estado Wa. Por casualidad, sus rutas secretas llegaban directamente a la provincia de Chiang Mai, el destino del ministro de Exteriores. No había conocido a Wei antes y tampoco tenía interés en hacerlo ahora; eso violaría su promesa al presidente Zhao Nyi Lai. Pretendía pasar por Wa del Sur para llegar a Tailandia, sin más.

Al entrar en Wa del Sur, los soldados de la OAEW repararon en la belleza natural del territorio. Aquí las montañas eran menos inclementes que en la patria wa y descendían hasta las tierras bajas, cubiertas de hierba de un luminoso color verde. El suelo parecía menos hostil para los seres vivos. Era una pena que un lugar tan fértil se usara, sobre todo, como escondite para los laboratorios de heroína. Wei había reubicado aquí a las tropas wa y a sus familias para que desempeñaran en Wa del Sur el trabajo sucio propio de un narcoejército: vigilar los almacenes, cargar bidones de productos químicos e introducir kilos de heroína en Tailandia. En un claro, la OAEW encontró a algunos de estos trabajadores cuidando una estación de paso para los envíos de opio a las refinerías cercanas. En el suelo, apilados sobre plataformas de bambú, Saw Lu vio bultos de opio envueltos en tela, atados con cuerda como el jamón en una carnicería. Debía seguir su camino, pero no lo hizo. No lo pudo evitar.

Saw Lu llamó a los trabajadores para que se acercaran. Se agachó para coger uno de los bultos de opio, lo examinó y lo pasó de mano en mano. Invocando su rango, reclamó la atención de los presentes y les habló: «Vuestro modo de vida terminará pronto, y me aseguraré de que os alegréis de ello. En una era próxima, bendecida por Dios, cultivaréis caucho y café en lugar de opio. Vuestros hijos asistirán a escuelas decentes. Los viejos vivirán mucho gracias a la medicina occidental. Todos los laboratorios de heroína enclavados en esta arboleda sombría arderán en llamas. Los hombres de negocios como Wei Xuegang encontrarán trabajos más nobles y, si no es así, mis soldados con fajines de color carmesí los expulsarán».

Saw Lu lanzó el paquete al montón y pidió a la multitud que difundiera las buenas noticias. Los hombres asintieron mansamente y volvieron al trabajo.

En la frontera, Saw Lu dejó a sus soldados de la OAEW detrás con todos sus caballos y armas, y entró en Tailandia por una de las rutas de la droga. Sin pasaporte, sin sello. La casa de Bill, cerca de la ciudad de Chiang Mai, estaba justo donde sus contactos baptistas le habían indicado. Saw Lu fue recibido con cariño en la puerta por Bill, un hombre blanco que hablaba lahu, ataviado con una camisa hawaiana y con su cabello rubio grisáceo peinado hacia un lado.

La conversación fluyó con facilidad. Por tradición de la secta, eran hermanos de espíritu, si no de sangre. Saw Lu insistió en que se habían conocido tiempo atrás, de niños, en el campo de misioneros dirigido por la familia Young en Kengtung, Birmania, donde se había criado Saw Lu después de huir de Banna. Aseguraba recordar a Bill, más de diez años mayor que él, un adolescente fornido en esa época, conduciendo a pandillas de niños wa y lahu al bosque para cazar ciervos, y un Saw Lu renacuajo trotando detrás.

Conversaron en lahu, idioma que ambos dominaban. Envueltos en una nube de nicotina —Bill fumando un cigarrillo tras otro y Saw Lu chupando su enorme cachimba—, conectaron bien. En la pared colgaban dos espadas lahu cerca de un daguerrotipo en blanco y negro de William Marcus Young. Finalmente, Bill preguntó, con su voz ronca por el tabaco, por qué Saw Lu había viajado tan lejos para conocerlo. Desde luego, no se trataba de una visita de cortesía.

Saw Lu se enderezó y habló así: «Hermano Bill, necesito un favor. Tienes que conectarme con alguien en Yangón. Un agente de la DEA que me conoce bien. Su nombre es Bruce y debemos hablar de inmediato. La raza wa depende de ello».

Bruce Stubbs voló hasta Tailandia en cuanto recibió el mensaje: «Saw Lu está vivo y te espera en Chiang Mai». Estaba deseoso de ver a Superestrella con sus propios ojos. Stubbs había trabajado con muchos informantes durante los años anteriores, pero no con uno que hubiera regresado de la muerte.

Bill ofreció su casa como lugar seguro de encuentro; como antiguo agente de la CIA, era un experto en el arte del espionaje y, si hubiera tenido micrófonos ocultos, lo habría sabido. Con los ceniceros rebosantes, los tres hombres se sentaron en el estudio de Bill y se lanzaron a una tormenta de ideas, dispuestos a revivir el sueño de Saw Lu.[1] En el último año las cosas habían cambiado mucho. Las relaciones entre birmanos y wa, que nunca fueron estrechas, se habían tensado. La junta no veía con buenos ojos que a Saw Lu le hubieran nombrado ministro de Asuntos Exteriores; es decir, que su contacto oficial con el Estado Wa fuera un traidor a su régimen. Tras su ascenso, los oficiales de la junta lo habían invitado a reuniones en las tierras bajas, garantizando su seguridad, pero él se había negado a asistir por temor a que fuera una trampa para volver a encerrarlo.

—No me fío de los birmanos —le dijo a Stubbs—, y tú tampoco deberías. Se acabaron los juegos de ajedrez enrevesados. Se acabó condicionar a la junta poco a poco para que tolere nuestra alianza. Avancemos y ya veremos si se atreven a detenernos.

—Lo siento, esto no funciona así —respondió Stubbs.

La DEA solo estaba autorizada a ejecutar proyectos que aprobara el país anfitrión y, bajo las leyes internacionales, el Estado Wa era parte de Birmania. Le gustara o no, no se podía proceder sin el consentimiento de Secretario Uno. La buena noticia era que el nuevo jefe de Stubbs, Rick Horn, había mejorado las relaciones entre la DEA y Birmania de manera considerable. Tal vez Horn pudiera convencer a las autoridades de la junta para que aprobaran un proyecto de erradicación ideado por la DEA, incluso estando implicado Saw Lu, si con ello lograban que Estados Unidos se pusiera de su parte. Sin embargo, Saw Lu tendría que jurar una y otra vez que no deseaba a la junta ningún mal, aunque no fuera verdad; él los había traicionado, ellos lo habían torturado, punto final. ¿Sería capaz de hacerlo?

Saw Lu protestó, pero aseguró que lo haría. Poco después, en medio de aquel ambiente lleno de humo, tomaba forma un plan.

Bill sugirió que Saw Lu desgranara sus ideas en un documento maestro, algo que pudieran aceptar todas las partes: los americanos, los wa y los birmanos. Cogió papel y bolígrafo y redactó un manifiesto.[2]

> La Esclavitud del Opio
>
> La agonía del pueblo wa; una propuesta y una súplica.
>
> Queremos liberarnos de la esclavitud de una economía del opio. Esto no lo podemos hacer solos. Igual que el adicto a la heroína que quiere dejar su adicción, nosotros necesitamos ayuda externa para tener éxito.

Otorgadnos las siguientes seis concesiones, escribió Saw Lu, y el EUEW renunciará al tráfico de drogas en favor de una «economía totalmente nueva». Cultivos de sustitución. Tecnología agrícola moderna. Carreteras asfaltadas. Hospitales y escuelas con personal extranjero. Equipos geológicos occidentales que ayuden a los wa a descubrir yacimientos valiosos: aluminio, plata u oro.

> No pedimos armas. No pedimos que Estados Unidos compre nuestras cosechas de opio, como hace Khun Sa. No queremos montar un espectáculo, como hace la SLORC para Occidente. Los líderes wa pueden detener el cultivo del opio y su refinamiento en cualquier momento. Sin embargo, nuestro pueblo debe comer.
>
> Queréis una mejor vida para vuestra gente, lo que significa una vida sin heroína. Trabajar juntos nos beneficiaría a ambos. Por favor, aceptad nuestra propuesta y responded a nuestra súplica. Atentamente, Saw Lu.

A Stubbs le encantó. Pensó que aquel texto era más prometedor que cualquier otra iniciativa respaldada por la DEA concebida hasta el momento. Sin embargo, había un problema evidente: en el manifiesto, Saw Lu había deslizado algunos golpes bajos a la junta. Decía que los oficiales birmanos «amenazaban de forma sistemática, encarcelaban [...] o perseguían a los detractores». Incluso los acusó de aceptar sobornos de los traficantes de drogas.

«Enseñaré esto a mi jefe —ofreció Stubbs—, pero sé lo que me va a decir: "No podemos llevar esto al gobierno de Birmania"». Lo sensato sería corregir los fragmentos más problemáticos. Bill también se mostró de acuerdo: «Saw Lu —dijo—, haz lo que te pidan los agentes o lo estropearás todo». «Pero yo no quise cambiarlo —me contó Saw Lu—, porque todo lo que escribí era cierto».

En su siguiente cita con Saw Lu, Stubbs se llevó a Rick Horn. El armatoste bigotudo insistió en que debía rebajar el tono de *La esclavitud del opio*, de lo contrario, el pacto estaba condenado a fracasar. ¿Convencer a los militares birmanos de que se tragaran su orgullo e hicieran un trato con el EUEW después de que los suyos hubieran convertido a Saw Lu en un líder nacional? Eso ya de por sí sería un infierno, pero era factible tras el enorme esfuerzo que había realizado para ablandar a los oficiales birmanos. Sin embargo, si el manifiesto salía a la luz sin rebajar las acusaciones de Saw Lu, a los líderes de la junta se les cruzarían los cables.

Hizo falta un segundo sermón de Bill para lograr que Saw Lu transigiera con las correcciones, y Horn y Stubbs regresaron a Yangón con una versión suavizada, algo que la junta pudiera aceptar. Por el momento habían logrado domar un ego, pero aún había más. Al menos tenían un plan, un buen plan, y esta vez estaban decididos a tener éxito, pasara lo que pasara.

El cuartel general de la DEA no necesitó ser convencido de que el plan era sólido, ni requirió pruebas de que el cerebro wa de la operación era de confianza. Por una casualidad extraordinaria, el jefe de operaciones globales de la DEA, uno de sus oficiales de más alto nivel, era Matty Maher, antiguo jefe inspector, que no hacía mucho tiempo había mirado a los ojos a Saw Lu para constatar su integridad. Aunque en circunstancias extrañas, ese encuentro en un piso franco de Yangón le había impresionado gratamente: aquel hombre no flaqueaba bajo presión.

«Cuando Rick Horn me explicó el potencial que tenía el plan —me contó Maher—, informé a la cadena de mando. Pensé: "De acuerdo, vamos a probar"». La DEA había enviado a Horn a Birmania para conseguir ablandar la terquedad del Departamento de Estado y la CIA, y ahora Horn tenía una propuesta para hacer justo eso. A pesar de que Maher era el jefe del jefe del jefe de Horn, se comunicaban directamente. La sensibilidad política de la misión de este último exigía una supervisión cercana de la directiva de la DEA.

Hablaban por canales encriptados; Horn sentado en el santuario de su sala de estar, la oreja pegada a su teléfono Inmarsat o STU-III, y Maher desde la sede central de la DEA. La principal preocupación de este era el gobierno de Birmania. «Necesitamos su aceptación de todos los términos y condiciones». Horn ya se estaba ocupando de ello. La junta necesitaba mejorar su reputación internacional con una jugada espectacular en la Guerra contra las Drogas, ejecutada junto a la DEA, y el plan de Saw Lu ofrecía el ingrediente clave: montañas de opio y heroína para quemar. La junta repudiaba a Saw Lu, pero Horn convenció a los birmanos de que él ya no guardaba ningún rencor, pese a todo lo sucedido. El régimen estaba de acuerdo. Tenía poco que perder.

«Buen trabajo», sancionó Maher. El siguiente obstáculo importante era el Departamento de Estado. Controlar la narrativa era vital. Una vez que los diplomáticos leyeran la propuesta, descargarían su ira contra la DEA por conspirar con un régimen tirano y un cartel de heroína; de modo que había que explotar la ventaja del primer movimiento e incorporar rápidamente al plan a otras instituciones influyentes, planteándolo como la mayor erradicación de opio de la historia, una oportunidad demasiado buena para dejarla pasar. Maher empezó a hablar con sus contactos en el Congreso. Horn ya estaba tanteando a las agencias de las Naciones Unidas. El Programa de Control de Drogas de la ONU tenía oficinas en Yangón y a sus funcionarios les encantó la idea; incluso la compartieron con la Organización Mundial de la Salud (OMS) y con el Fondo de Naciones Unidas para la Infancia (UNICEF), que podrían ayudar a satisfacer los requerimientos de Saw Lu respecto a atención médica y educación. Internacionalizar el plan le otorgaba blindaje. Si los diplomáticos querían aplastar la propuesta, se verían obligados a decepcionar a las Naciones Unidas, no solo a la DEA.

«También le dije a Rick: "Mira, en algún momento tendremos que discutir esto con el encargado de negocios"». Maher se refería a Pancho Huddle, el embajador en funciones de Estados Unidos en Birmania. El protocolo diplomático exigía que Horn sometiera el plan a Huddle y esperara su aprobación. Lo idóneo era que el embajador comprendiera que la propuesta ya tenía aceptación entre otras instituciones poderosas y cooperara o, al menos, dejara vía libre.[3] «Para una propuesta tan ambiciosa —dijo Maher—, quieres que todos tiren de la cuerda en la misma dirección. Porque si alguien lo hace en la dirección opuesta, tienes un conflicto de tira y afloja».

Como es natural, Huddle conocía el acuerdo mucho antes de que Horn se lo presentara formalmente a la embajada. El plan empezaba a ser un murmullo a voces entre los legisladores del Congreso afines a la DEA, y en Washington hay pocas cosas que se puedan mantener en secreto. Aunque el Departamento de Estado tenía más poder sobre el Congreso que la DEA, los agentes de antinarcóticos también ejercían influencia, en especial sobre los políticos de distritos plagados de crímenes. «La DEA a menudo era la niña de los ojos de Washington —dijo Huddle—, y contra eso no se podía hacer mucho».

Los funcionarios de antinarcóticos de la ONU en Europa también se habían entusiasmado.[4] Huddle estaba cabreado. Horn dirigía un lanzallamas contra su carrera. El trabajo de Huddle era blandir la bandera de los derechos y libertades en Birmania y amedrentar a la junta para que dejaran el paso libre a la democracia,[5] no permitir que un narco musculoso rehabilitara la imagen de los militares del país asiático. Nunca la DEA había estado tan cerca de darle la vuelta a una política establecida por el Departamento de Estado, y esto estaba sucediendo en las narices de Huddle.

«Hasta entonces —me contó el encargado de negocios— tenía una vida plácida en Birmania». Sus empleados disfrutaban de una carga de trabajo leve —pues apenas había programas con el gobierno birmano— y de sus hogares junto al lago con servicio interno. Recibían una «prestación por movilidad y condiciones de vida difíciles, generosa en exceso», justificada en parte porque Birmania tenía el mayor índice del mundo de mordeduras de serpiente, aunque ellos raramente salían de la burbuja —obviamente libre de serpientes— de los expatriados de Yangón. Huddle esperaba pasar algún tiempo en el país y ascender a embajador de pleno derecho en algún otro lugar de Asia o África.

«Mi perdición fue... bueno, Horn. Un grano en el culo». En realidad, el calificativo que prefería para Horn era «chiflado» —y chiflado era poco—. Según Huddle, el agente de la DEA «iba por ahí con una Harley-Davidson sin silenciador y sin casco, aunque era obligatorio, y con una cazadora de piel pese al calor tropical birmano» (otros que conocieron a Horn en esa época no recuerdan ni siquiera que tuviera una moto). «Al agente Horn le parecía en extremo difícil reconocer la autoridad del Departamento de Estado —me contó Huddle—. A él y a toda la DEA les importaban bien poco los derechos humanos. Solamente se ocupaban de los narcóticos. Seré franco contigo —me confesó—. Todo el mundo conoce a los wa. ¿Se pueden hacer tratos con los wa? Era un acto desesperado, una solución fantasiosa. Horn decía que, si no le ponía trabas, reuniría a una gran coalición para domesticar a los wa y acabar con el tráfico de heroína. Claro, claro».

Huddle necesitaba abortar la propuesta rápido. Informó a la sede central de la DEA de que, durante el proceso, Horn debía llevar a un acompañante del Departamento de Estado a todas las reuniones con el enlace del EUEW, Saw Lu. «Y nosotros respondimos que de ninguna manera —recordó Maher—. "Esta es una operación que involucra a un informante de la DEA. Ni por asomo"».

El tiempo era un factor crítico. La DEA necesitaba que la propuesta se pusiera en marcha enseguida y se organizara una cumbre formal entre el EUEW y el gobierno de Birmania, ya que, una vez que el plan ganara impulso, sería más difícil frenarlo. Entre tanto, el Departamento de Estado buscaría el modo de eliminar el proyecto o tal vez dejaría que lo hicieran sus amigos de la CIA.

Horn estaba preparado para un sabotaje de la agencia; lo había estado desde el principio. Sin embargo, para su sorpresa, el jefe de la oficina local, Art Brown, le dijo que la propuesta wa parecía interesante y le deseó suerte.[6]

◉

Saw Lu lo había concebido como una profecía. Durante meses, imaginó a los hombres de la DEA descendiendo del cielo, saliendo de sus helicópteros, posándose en la cima de una montaña wa. En esta visión, Saw Lu, Zhao Nyi Lai y Bao Youxiang estaban en lo alto de la cumbre, dando la bienvenida a los estadounidenses y acompañándolos hasta un arco de madera erigido para la ocasión. Cogidos de los brazos, el triunvirato wa y los agentes de la DEA lo cruzaban juntos, los americanos guiando simbólicamente a los wa desde su pasado hacia el futuro.

Los planes de Saw Lu se trazaron de forma tan exquisita que, cuando su asistente recibió noticias de la DEA —«Reúne a tu gente, la cumbre se va a celebrar»—, no protestó porque tan solo faltaran tres días para la fecha.[7] Aceleró los preparativos. La ubicación: Mong Mao, no muy lejos de Pang Wai. Hora de llegada: 12 del mediodía en punto. Los agentes de la DEA volarían en helicópteros militares birmanos, acompañados de los oficiales de la junta.

Según había entendido Saw Lu, la DEA traería un memorando en el que se comprometían con una ayuda a la nación wa de cincuenta millones de dólares, provista por Estados Unidos y las Naciones Unidas, y canalizada a través del gobierno birmano.[8] En la cima de aquella montaña, los líderes wa se comprometerían a renunciar a las drogas y empezar de nuevo, un punto de inflexión tan importante como la fundación de la nación. Saw Lu quería crear un escenario merecedor de su logro. Ordenó a sus soldados de la OAEW que improvisaran un helipuerto en la cima de la montaña, y después construyeran un escenario engalanado con banderines. Bajo sus instrucciones, levantaron un arco de madera tan grande que un elefante podría pasar por debajo.

Llegó la mañana de la cumbre. Saw Lu organizó a sus soldados en filas ordenadas para impresionar a sus invitados estadounidenses. También estaban los dignatarios wa en su vestimenta tradicional: chalecos de color carmesí bordados con cuentas plateadas. Cosidos sobre sus pechos lucían parches de tela negra en forma de cabeza de búfalo, un icono del poder wa.

A la hora convenida, Saw Lu se alejó de la zona del escenario y se dirigió a un terreno elevado que miraba hacia el oeste, la dirección por donde aparecerían los helicópteros. Se sentó sobre una roca azotada por el viento. Entrecerró los ojos hacia el horizonte serrado, sus picos más lejanos de un azul pálido, e intentó captar el sonido de los rotores.

Saw Lu se levantó y regresó. Volvió a inspeccionar el arco. Revisó la señalización que saludaba a la delegación en inglés, en wa y en birmano, una demostración estratégica de deferencia a la junta. Después regresó a la elevación y esperó sentado más tiempo mientras el viento golpeaba su cuello. Jugueteó con los mandos de su radioteléfono. Lai estaba al pie de la montaña, esperando con Bao. «Avísanos cuando veas los helicópteros —le habían dicho—, y nos uniremos a ti en la cima». Lai había previsto leer un discurso corto escrito por Bill Young.

Saw Lu seguía entrecerrando los ojos y escuchando. Pasaron horas. No apareció nada en el cielo salvo unos pájaros negros. Por mucho que deseara divisar manchas negras en la distancia, los helicópteros no se dejaban ver. Con el tiempo, el sol descendió, barnizando las tierras altas con una luz ámbar.

Contempló su difícil situación con horror.

Saw Lu esperó en la cima de la montaña durante dos días, mucho después de que Lai y Bao se hartaran y se marcharan. El tercer día descendió para buscar un teléfono con el que llamar a Bill Young.

—Dime algo, hermano Bill. Mi pueblo duda de mí. ¿Cuándo llegará la DEA?

Podía oír la respiración de Bill a través del siseo del aparato. Después, su voz metálica y distante.

—Saw Lu —dijo—, creo que alguien te ha tendido una trampa.

◉

El sabotaje de la CIA contra la DEA y el EUEW nunca se había revelado por completo hasta ahora, a pesar de que estos episodios —durante el verano de 1993— transformaran el destino del pueblo wa y de todo el narcotráfico del Triángulo Dorado.

También se torcieron las vidas de Saw Lu y del agente de la DEA Rick Horn, aunque de un modo impredecible. Uno se encontró atrapado en un sucio agujero —literalmente, un agujero en la tierra—; el otro terminó convertido en millonario.

Empezaré con Horn. Según afirmó, la CIA había abortado el plan con un golpe doble. La agencia de espionaje, haciéndose pasar por la DEA, pudo haber concertado una cita falsa con Saw Lu, probablemente a través de su asistente que hablaba inglés. Esto habría provocado que los líderes del EUEW se reunieran para una cumbre que aún no había sido aprobada. ¿Qué mejor forma de humillar a los wa y ponerlos en contra de la DEA?

En aquella época, los agentes de la DEA aún estaban retocando la propuesta para hacerla más atractiva para el gobierno estadounidense. Iban a proponer a las agencias de la ONU que tomaran la iniciativa en el desarrollo del Estado Wa, puesto que esa era su especialidad, mientras que la DEA se limitaría a supervisar la erradicación de las drogas.[9] La cumbre auténtica estaba en marcha, planificada para final del verano. Sin embargo, después de la metedura de pata en la montaña, el proyecto estaba muerto y enterrado. Los líderes del Estado Wa nunca más volverían a confiar en la DEA.

Horn, a través de un abogado, también alegó que Brown, el jefe local de la CIA, había usado otra artimaña para enterrar la propuesta. Afirmó que la agencia había adquirido de forma subrepticia una copia de *La esclavitud del opio* y se la había pasado al gobierno birmano.[10] Pero no la versión purgada, sino el original, lleno de insultos hacia la junta y firmado «Atentamente, Saw Lu».[11] Esto confirmaría a los oficiales que Saw Lu, por muy conciliador que se mostrara en apariencia, siempre intentaría volver a los estadounidenses en contra de su régimen.

Estas dos acciones combinadas destruyeron la propuesta wa. Aún quedaba otro trabajo por hacer: expulsar a Horn de Birmania, tarea que recayó sobre Huddle, el encargado de negocios. A raíz de la chapuza de la cumbre, Huddle invocó su poder como el diplomático estadounidense de más alto rango en Birmania.[12] Tachando a Horn de «chiflado», alguien que desafiaba las leyes del Departamento de Estado a diestra y siniestra, dio al agente de la DEA cuatro semanas para arreglar sus asuntos y marcharse del país.

12 de agosto de 1993. Casi medianoche. El cielo de Yangón era una bóveda de nubes tormentosas. Una luna en forma de hoz brillaba tenue detrás de una nube. Sonó el teléfono del agente Dave Sikorra. Era Horn, de un humor espantoso, despotricando sobre su expulsión inminente.

—Voy a acabar con toda la operación de la DEA, Dave. Tú te vendrás conmigo. Nos iremos juntos. ¿Entiendes?

—Entiendo, Rick. —Sikorra colgó.

De modo que así fue como terminó. Poco después de su primer encuentro con Rick Horn, Sikorra había pensado que su jefe, con tendencia al conflicto, no llegaría a estar un año en Birmania. Se equivocó por muy poco. Horn duró catorce meses.

Durante las últimas semanas que Horn estuvo autorizado para entrar en la embajada, se le acercó un empleado con quien había entablado amistad, un agente que gestionaba comunicaciones seguras entre la embajada y Washington D. C. «Creo que deberías ver esto», le dijo, mostrándole un fax. Escrito por Huddle, era un cable clasificado, enviado a la nave nodriza del Departamento de Estado. Decía así: «Horn muestra signos de estrés evidente. Anoche, por ejemplo, telefoneó a su agente junior para decirle: "Estoy poniendo fin a toda la operación de la DEA aquí [...] Deberías marcharte conmigo [...] Nos marcharemos juntos"».

Horn estaba conmocionado. El telegrama contenía citas literales de su llamada de teléfono a Sikorra. El amigo de Horn explicó que solamente había una manera de que alguien dentro de la embajada pudiera captar aquella conversación con tan preocupante precisión. «Rick —dijo—, creo que te han puesto micrófonos».[13]

En una demanda judicial posterior, Horn alegó que el micrófono estaba en su sala de estar, oculto en la mesa de café de forma ovalada, lo bastante cerca para captar todas las conversaciones telefónicas realizadas a través de sus aparatos encriptados. Lo más probable era que la CIA hubiera seguido la evolución de la propuesta wa desde sus inicios: escuchando las conversaciones de Horn y, al parecer, informando de ellas a Huddle, quien esperaba el momento perfecto para asestar un golpe de muerte al plan. Y si no hubiera sido por la metedura de pata de Huddle, que citó textualmene a Horn en un memorando clasificado, se habría salido con la suya.

El caso de Horn se convirtió en uno de los procesos judiciales más largos contra un agente de la CIA. Durante ese tiempo, el gobierno americano intentó cerrar el caso alegando que la Cuarta Enmienda de la Constitución, que prohíbe poner micrófonos en los hogares de los ciudadanos estadounidenses, no se aplicaba fuera del país. En otra ocasión, los fiscales gubernamentales se quejaron de que la demanda, al exponer el funcionamiento de la CIA, divulgaba secretos de Estado.[14] Los abogados de Brown, el anterior jefe local, describían las acusaciones como «extrañas», y afirmaban que «Art Brown no hizo lo que Horn imagina que sucedió en 1993».[15]

Sin embargo, en 2009, dieciséis años después de que tuviera lugar el incidente, los jueces finalmente reconocieron la «aparente imposibilidad de que Huddle se hubiera enterado de la conversación por medios legales», y el gobierno estadounidense, pese a no admitir que hubo infracción, pagó a Horn tres millones de dólares para cerrar el caso.[16]

Incluso hoy, Pancho Huddle insiste en que Horn se inventó toda la historia. Según su coartada,[17] aquella noche nublada, Sikorra, que acababa de hablar con Horn, cogió el teléfono de nuevo y llamó a su compañero Bruce Stubbs. Describió lo que había expresado el jefe de ambos, palabra por palabra. Al día siguiente, Stubbs entró en el despacho de Huddle y, según este, «dijo: "No te lo vas a creer. Horn ha llamado a Sikorra a las once de la noche para decir 'voy a acabar con todo el operativo'. Era obvio que había estado bebiendo. Sikorra rio y colgó"». Tras adquirir estos testimonios de tercera mano, Huddle los escribió en un telegrama clasificado. No obstante, esta coartada tiene un fallo: Sikorra dijo que era falso y testificó sobre ello bajo pena de perjurio, al igual que Stubbs. Lo que resulta aún más condenatorio es que Stubbs ni siquiera estuvo en Yangón ese día. «Mi marido odiaba a Pancho —afirmó Su Yon, viuda de Stubbs—. No creáis nada de lo que diga».

A nivel institucional, no se realizaron cambios a partir de los errores cometidos. Hasta los tribunales federales determinaron que era «preocupante» que el gobierno estadounidense juzgara el caso de Horn «lo bastante creíble» como para pagarle millones, pero no castigara a ningún agente involucrado en las irregularidades.[18] Huddle pasó a servir como embajador de Estados Unidos en Tayikistán. La CIA promocionó a Brown a uno de los puestos más codiciados: jefe de división en Asia del Este.

Sin embargo, cualquier perjuicio ocasionado a Estados Unidos no fue nada comparado con el dolor que causó el sabotaje de la CIA a Saw Lu.

En el verano de 1993, a medida que se desvanecía su sueño, Saw Lu descubrió un nivel más profundo de sufrimiento. Había conocido torturas físicas extremas: descargas eléctricas de alto voltaje en zonas sensibles de su cuerpo o carne desollada hasta los huesos. Sin embargo, nunca se había mostrado tan humillado a ojos de su propio pueblo, y esto le destrozó más que cualquier cámara de tortura.

Al principio, renegó de su destino y argumentó con los demás líderes. «Les dije que, aunque la DEA nunca viniera, aunque nadie en el mundo nos ayudara, teníamos que destruir el opio».

—Lo podemos hacer solos.

Lai desvió los ojos hacia otro lado. Bao fijó en él la mirada con desprecio y habló:

—Has roto tu promesa, Saw Lu. Tú y la DEA. Se acabó.

Saw Lu fue degradado aún más durante los meses siguientes. Para el final del año, muchos de sus soldados de la OAEW desertaron, entregaron sus fusiles y regresaron a sus aldeas a cultivar opio para sobrevivir. En 1994, la legión estaba al borde del colapso. La incongruente criatura de Saw Lu —una unidad antidroga establecida en el seno de un narcoejército— de pronto parecía absurda. ¿Por qué razón la habrían tenido en cuenta los líderes wa?

El presidente Lai, que también era un idealista, siempre había protegido las iniciativas de Saw Lu. Sin embargo, en 1995, el consumo de alcohol pasó factura al líder wa y casi acabó con él. Los vasos sanguíneos de su cerebro estallaron, dejándole medio paralizado y dificultándole el habla. Ya no tenía capacidad para gobernar. «Bajo el mandato del presidente Lai, mi marido era intocable —dijo Mary—. Los narcotraficantes odiaban a Saw Lu, pero no se atrevían a tocarle. Cuando cayó enfermo Lai, todo cambió».

Bao, un hombre realista y nada sentimental, asumió el mando. El pensamiento idealista cayó en desgracia. De aquí en adelante, los wa recuperaron la mentalidad de sus antepasados —los habitantes de las tierras bajas eran malvados—, decidieron que dirigirían su nación como un etno-Estado, y sus contactos con el exterior se reducirían a meras transacciones. En su pragmatismo, el presidente Bao centró las relaciones internacionales con China, el único vecino capaz de aplastar al EUEW en combate. Pese al recelo que le despertaba, Bao necesitaba combustible, munición, maquinaria y otros suministros. Arrebató el título de ministro de Asuntos Exteriores a Saw Lu, incapaz de pivotar hacia Pekín; no en vano, Saw Lu, que hablaba un pésimo chino, no podía ocultar su adoración por Estados Unidos.

La diplomacia pasó a la mano derecha de Bao, el subcomandante Li Ziru, un ciudadano chino de pura raza. Se había trasladado a las montañas wa en los años sesenta como miembro de la Guardia Roja maoísta, para ayudar a dirigir la rebelión comunista, y ya nunca se marchó. Después de la revolución wa de 1989, Li Ziru renunció al comunismo, pero, como antiguo miembro, conocía el Partido Comunista de China por dentro y por fuera. Sabía que sus líderes odiaban el opio wa que a veces lograban pasar por la frontera y que convertía en adictos a los ciudadanos chinos. Así pues, hizo una oferta. «Nosotros, el EUEW, garantizaremos que ningún wa trafique con drogas en China.[19] Vosotros, oficiales chinos, nos enviaréis personal para construir carreteras y armas pesadas a buen precio». Pekín aceptó el trato. La humillación de Saw Lu se intensificó. Sus promesas de ayuda estadounidense no se habían materializado en escuelas ni hospitales, mientras que centrar las relaciones exteriores en China inmediatamente se tradujo en progreso material: calles asfaltadas y armas baratas.

El subcomandante Li Ziru irritaba a Saw Lu hasta la médula. Además de haberle arrebatado el puesto de ministro de Asuntos Exteriores, también era cercano a Wei Xuegang, el zar financiero. Ambos hombres compartían la filiación china y un afán por la iniciativa empresarial. Li Ziru incluso tenía una participación en las operaciones de producción de heroína de Wei, que ahora se beneficiaban de la nueva prohibición del EUEW del tráfico en China. De acuerdo con ese decreto, cada kilo de heroína del EUEW, con independencia de dónde se produjera, tenía que fluir hacia el sur, a Tailandia, pasando directamente por la zona económica especial de Wei.

Li Ziru sugirió al EUEW dejar de tratar a Wei como si solo fuera una máquina de hacer dinero. Antes, el comité central ni siquiera estaba dispuesto a reconocer la existencia del financiero, sobre todo durante las negociaciones con la DEA, que aún mantenía una orden de captura contra el zar. Sin embargo, puesto que el coqueteo con Estados Unidos había llegado a su fin, era hora de dispensarle más respeto y honrarle con un puesto en el comité central.

Wei comenzó a asistir a las reuniones de alto nivel en Pangkham y, por primera vez, Saw Lu se encontró en la misma sala con el hombre al que solo conocía por ser la encarnación de la codicia despiadada.[20] El zar financiero se sentaba con las manos cruzadas, escuchando, con su camisa blanca almidonada, y rechazaba los vasos de *baijiu* o de *blai* que le ofrecían. Apenas hablaba, pero, cuando lo hacía, los demás callaban para escuchar su voz tranquila.

Bajo la influencia de este poderoso dúo, Li Ziru y Wei, el EUEW despojó a Saw Lu de la poca autoridad que aún le quedaba. La OAEW, ya en proceso de desmovilización, quedó disuelta por completo. El EUEW también despojó a Saw Lu de su rango militar, obligándolo a renunciar a su uniforme y su gorra. Aún merodeaba por los pasillos de las salas de reuniones como un fantasma, pero los líderes evitaban mirarle a los ojos. Los mechones plateados de su cabello empezaron a caer. Su piel se volvió grisácea. Mary advirtió que su marido entrecerraba los ojos, hablaba solo, murmurando algo acerca de un peso invisible en su corazón.

Saw Lu llegó a casa un día, después de una reunión, con el rostro especialmente pálido. Mary le preguntó qué le sucedía. Encendió un cigarrillo y explicó: «Li Ziru estaba diciendo estupideces y perdí los estribos, golpeando la mesa hasta que casi se partió en dos». Saw Lu sabía que se había pasado de la raya. No pudo repetir con exactitud lo que gritó, tan solo reconoció que iba dirigido a Wei.

Poco después, una noche, Saw Lu escuchó golpes en su puerta. El presidente Bao estaba en la escalinata con una bolsa que parecía pesada. Cuando Saw Lu le dejó entrar, Bao se sentó y sacó una serie de paquetes rojos de yuanes chinos de la bolsa y los apiló sobre la mesa del comedor.

—Tienes que huir, Saw Lu. Esta noche. Tu vida está en peligro. Ya han tenido suficiente.

—¿Huir a dónde?

—A Tailandia, quizá. No puedes permanecer en el Estado Wa. Te matarán.

Bao dejó trece mil yuanes sobre la mesa, más de dos mil dólares de aquella época. Saw Lu protestó.

—No puedo abandonar a mi familia.

Pero Bao le cortó en seco.

—No te preocupes por tu familia. Los protegeré. Pero a ti no te puedo proteger más.

Saw Lu enmudeció, mientras Mary escuchaba desde la puerta. Tras un largo silencio, meneó la cabeza y volvió a hablar:

—No, no me marcharé.

De modo que Bao sacó más dinero y apiló torres más altas de yuanes sobre la mesa. La superficie de madera desapareció bajo los billetes grabados con el rostro de Mao Zedong en tinta de color burdeos. El montón ascendió a cincuenta mil yuanes, más de ocho mil quinientos dólares, más de lo que la mayoría de los wa pueden ganar en toda su vida.

—Vete —insistió Bao—. Esta noche.

—Pero mi misión —repuso Saw Lu— está incompleta.

Mary temió que Bao golpeara a su marido. El presidente se puso de pie y volvió a meter el dinero en la bolsa.

—¿Por qué no me escuchas, Saw Lu? Intento salvarte la vida. ¡No quiero volver a verte!

Cuando los soldados irrumpieron en la casa y obligaron a Saw Lu a ponerse en pie, Bao se volvió hacia Mary y dijo:

—Esto es por su bien.

Arrastraron fuera a su marido en medio de la noche. Él no opuso resistencia. Le llevaron en un camión hasta un claro en el bosque y, una vez allí, le ordenaron bajar del vehículo. Los hombres encendieron las linternas y barrieron la hierba con círculos de luz hasta que una escotilla cuadrada de acero destelló en la oscuridad. La levantaron y descubrieron una cámara subterránea, un pozo rectangular en forma de féretro alto y vertical.

Tal como le ordenaron, Saw Lu descendió hasta el interior del agujero. No podía acostarse ni extender los brazos a los lados. Se sentó con las rodillas dobladas, la fría tierra absorbiendo el calor de su cuerpo. Escuchó chirridos metálicos mientras los soldados cerraban la escotilla por encima de su cabeza y corrían el cerrojo. Enterrado en suelo wa, Saw Lu comprendió la dimensión de su desgracia.

La mayoría de los señores de la guerra habrían expresado sus quejas mucho antes. No era el caso de Wei. Durante el tiempo de ascenso y posterior caída de Saw Lu en el EUEW, conservó la calma, incluso cuando Saw Lu se atrevió a invitar a la DEA —responsable de su encarcelamiento— a venir a erradicar su precioso producto. Wei pensaba que era mejor esperar a que los rivales tropezaran, y golpear solo cuando las condiciones fueran ventajosas.

No había orquestado la humillación de Saw Lu en aquella cima de la montaña —lo había hecho la CIA—; pero una vez que su enemigo inició su decadencia, se apresuró a darle el golpe de gracia.

A mediados de los años noventa y con la caída de Saw Lu consumada, Wei por fin podía perseguir su propio sueño. Nunca había escrito manifiestos ni compartido visiones, pero no por ello estaba menos enfocado en su meta. Ansiaba el poder, que no hay que confundir con el dinero —la unidad de medida del poder— o con la notoriedad, que aborrecía. Al igual que cualquier CEO, Wei buscaba el crecimiento de su empresa, tragarse a los competidores e implantar un monopolio, y eso requería aplastar al único rival del EUEW, Shanland, dirigido por su anterior mentor, el traidor Khun Sa.

Derrocar a Khun Sa y conquistar su territorio, 13 000 kilómetros cuadrados, requeriría todo el potencial del EUEW. Durante el mandato de Saw Lu, los wa intentaron parecer civilizados, alejándose de su reputación feroz, pero eso se había terminado. Era hora de que el EUEW abrazara su fiereza. Harían lo que se suponía que hacían los carteles, expandirse mediante la violencia despiadada.

El EUEW contaba con veinte mil soldados frente a los quince mil de Khun Sa. Wei y el subcomandante Li Ziru convencieron a los dirigentes del comité central, incluyendo a Bao, de que eliminar Shanland era esencial para la seguridad a largo plazo del Estado Wa. Durante años, ambos carteles habían combatido en torno a la frontera birmano-tailandesa, con las fuerzas de Khun Sa invadiendo Wa del Sur esporádicamente y destruyendo las refinerías de Wei. Sin embargo, pasar de las escaramuzas a una guerra total exigiría una sincronización impecable. Wei buscaba el momento perfecto, cuando Khun Sa se encontrara en una posición de vulnerabilidad.

Por casualidad, Estados Unidos lo propició.

Próximo a cumplir los sesenta, Khun Sa se había vuelto más indiscreto que nunca. La DEA es «impotente», decía, y la CIA quiere convertir a los asiáticos en «esclavos». En aquel momento, en Tailandia, los agentes de las dos organizaciones tenían buena relación, pese a las amargas disputas de sus colegas en Birmania, y ambas agencias querían acabar con Khun Sa. La CIA ideó un plan para asesinarlo, pero necesitaba «permiso para una operación letal»: autorización presidencial para asesinarle. Bill Clinton no quiso concederla.[21] De modo que la DEA dio un paso y lanzó la «Trampa para Tigres», un operativo para eliminar la red de Khun Sa en Tailandia. Detuvieron a intermediarios que suministraban a Shanland material —combustible, alimentos, cemento, balas—, así como servicios: blanqueo de capital y tráfico de drogas.[22] Sus arterias se bloquearon y Shanland se debilitó. Los soldados desertaron a los bosques. A Wei nunca se le escapaba una oportunidad, sobre todo si la servía Estados Unidos, de modo que cuando Khun Sa se encontraba en su momento más vulnerable, el EUEW, bajo la dirección de Wei, le asestó el golpe mortal.

El EUEW irrumpió en Shanland, arrasando entre sus soldados. La CIA observaba la guerra desde los aviones, descubriendo «líneas de trincheras en todas partes [...] Parecía el frente occidental en 1917».[23] En enero de 1996, cuando las tropas del EUEW se aproximaban a la villa de Khun Sa en la selva, este blandió una bandera blanca, prometiendo a los birmanos que se rendiría si la junta le perdonaba la vida. En una muestra de magnanimidad, los wa se apartaron a un lado y dejaron que los militares se lo llevaran. El gobierno de Birmania le puso bajo un cómodo arresto domiciliario en Yangón, permitiendo que lo acompañaran sus amantes: las cuatro.

La DEA y la CIA se atribuyeron el crédito por la derrota de Khun Sa, a pesar de que ninguno le había puesto un dedo encima al Rey de la Heroína. La junta de Birmania dijo que, en realidad, el mérito era suyo. Entretanto, la persona que más merecía el reconocimiento, Wei Xuegang, no lo procuró en absoluto. Buscaba algo mucho más sustancial: el territorio de su antiguo mentor.

El EUEW engulló Shanland como hacen los conquistadores. Wa del Sur, antes del tamaño de Brooklyn, absorbió el reino caído de Khun Sa para crecer hasta alcanzar el de Connecticut. Todo el territorio del Estado Wa, incluyendo la madre patria, ahora abarcaba 32 000 kilómetros cuadrados, el equivalente a Países Bajos. Ningún cartel de estupefacientes había gobernado una extensión tan amplia, un logro que en gran parte se debía al gobierno de

Estados Unidos, siempre incapaz de predecir las consecuencias de sus intervenciones.

Durante décadas, los espías estadounidenses habían intentado ejercer influencia sobre el narcotráfico del Triángulo Dorado, negando su riqueza a cualquier grupo hostil al imperio americano. Sin embargo, con Wei, un solo cartel dominaba la región, dirigida por hombres con un resentimiento personal hacia Estados Unidos. Wei era la concreción de todo lo que habían temido los planificadores de la Agencia Central de Inteligencia. Un grupo tribal, ridiculizado como una comunidad de bárbaros analfabetos, había superado tácticamente a los ilustrados estrategas de Langley, educados en las universidades más prestigiosas.

Y Wei solo acababa de empezar.

A finales de los años noventa, la nación wa alcanzó un nuevo hito, aunque no del tipo por el que había rezado Saw Lu: se convirtió en una especie de potencia imperial. Históricamente, los wa no salían de sus montañas, y solo atacaban a los intrusos y luchaban entre ellos. Ahora poseían una colonia: las ruinas de Shanland. El problema era que los nativos shan poblaban las mejores zonas, de modo que Wei envió a las fuerzas del EUEW para purgar a unos ocho mil campesinos indefensos. Los que se resistieron fueron apaleados o ejecutados. La operación no fue una orgía caótica —no era el estilo de Wei—, sino una campaña de terror calculada, eficiente y rápida. El EUEW no expulsó a todos los shan; sin embargo, aquellos a los que se permitió quedarse, aun ocupando terrenos de peor calidad, sufrirían para siempre la vigilancia amenazante del ejército.

Después de la limpieza étnica de su nueva posesión, Wei se embarcó en lo que llamó un plan de recuperación económica, que conllevaba la «restauración de la población a niveles normales».[24] Esto significaba trasladar en camiones a montañeses wa desde las heladas tierras de la patria para poblar su nueva frontera. En la actualidad, aún permanecen allí, en Wa del Sur. Es una de las creaciones políticas más singulares de la tierra: un asentamiento de colonos dirigido por un caudillo de la droga.

LIBRO CUATRO

DESTINO MANIFIESTO

Enero, 2020.

Por fin, mi peregrinación al Estado Wa era inminente.

«Manténgase a la espera», había escrito un representante del EUEW. «La semana antes de las celebraciones del Año Nuevo chino parece un momento propicio para un viaje a Pangkham».

Había normas. No podía solicitar entrevistas con determinados líderes, como el presidente Bao Youxiang, y tampoco podía ir solo; no iban a perder el tiempo con un único reportero. El representante me dijo que llevara a otros periodistas de diversas nacionalidades conmigo. Reuní un equipo de seis: un australiano, un sueco, un singapurense-americano, un chino y yo mismo. Jacob, antiguo oficial del EUEW, sería nuestro intérprete y niñero.

La ruta de entrada prevista sería una puerta trasera, semisecreta, del Estado Wa, un canal que sortea el territorio controlado bien por Birmania, bien por China. Partiendo del norte de Tailandia, cruzaríamos el río Mekong y entraríamos en Laos. Esperaríamos en el King's Roman Casino, un lugar de ocio junto al río frecuentado por delincuentes. Haciendo honor a su nombre, su arquitectura es opulenta y cursi, con pilares corintios y estatuas de antiguos emperadores. Aparte de bacarrá, la oferta del casino incluía ketamina y vino de hueso de tigre. La totalidad del complejo está en el punto de mira del gobierno estadounidense, pues asegura que allí se almacena metanfetamina para el EUEW.

Pasaríamos la noche en el casino y, a continuación, cogeríamos un barco para navegar por un tramo del Mekong conocido por estar infestado de piratas fluviales. Unos 170 kilómetros río arriba, desembarcaríamos en un puerto administrado por el Ejército de Mong La, que en realidad no es otra cosa que una milicia dirigida por señores de la guerra subordinados al EUEW.[1] Un conductor wa nos recogería en el puerto y nos llevaría hasta Pangkham, un viaje de doce horas por carreteras serpenteantes de montaña.

Ese era el plan. Ya había preparado mi equipaje. En mi bolsa llevaba un teléfono del que había borrado contactos sospechosos, una grabadora y veintiséis mil yuanes —cuatro mil dólares—, además de un bote de mantequilla de cacahuete. No tenía intención de pasar hambre o quedarme sin dinero para los sobornos.

Entonces, llegó un evento inesperado, cortesía de Xi Jinping. Ese mes de enero, el presidente chino había anunciado una visita sorpresa a Yangón, y el EUEW me informaba de que de ninguna manera recibirían visitantes occidentales durante el viaje del mandatario a las tierras bajas de Birmania. Si causábamos un escándalo durante nuestra estancia en Pangkham —por publicar comentarios salaces en Twitter, pero también por resultar heridos o incluso morir—, las malas noticias restarían la atención de Xi, un hombre al que nadie quiere disgustar. Nuestro viaje fue suspendido.

En Birmania, Xi trató con cordialidad a los militares, promocionó los proyectos chinos de oleoductos y puertos y después se marchó. De camino a Pekín, rindió homenaje a los wa; se detuvo en un pequeño pueblo en China, no muy lejos de la frontera con el Estado Wa, un asentamiento de montañeses de etnia wa cuyos descendientes habían sido colonizados en los años cincuenta. Niños con túnicas rojas saludaron a Xi y le escoltaron hasta un tambor de madera decorado con imágenes grabadas de cráneos de búfalo. El presidente lo golpeó con un mazo tres veces y deseó a los lugareños lluvias propicias y riquezas. Su mensaje era explícito: el hombre más poderoso de Asia no tenía reparos en dignificar al pueblo wa.

Una vez que Xi hubo regresado a Pekín, podía retomar mis planes, o al menos, eso pensé. La foto del viaje relámpago sería una de las últimas apariciones en público de Xi durante mucho tiempo. Un virus misterioso que había surgido en la ciudad de Wuhan se propagaba con rapidez, obligando a China a poner en cuarentena a sus ciudadanos y a cerrar aeropuertos y pasos terrestres. Vallas de alta tecnología y cámaras de seguridad se prodigaron por la frontera con Birmania, incluyendo el Estado Wa.

Los wa, imitando la política china, también se aislaron. Nunca se habían enfrentado a un invasor tan temerario como la Covid-19. Los soldados del EUEW, con trajes blancos de protección frente a riesgos biológicos, acorralaban a todos los visitantes que no fueran wa, en su mayoría comerciantes chinos, y los desalojaban de las montañas. Conscientes de que su sistema sanitario era un absoluto desastre, el gobierno wa proclamó que contener la enfermedad era su misión «más importante».

Huelga decir que mi visita estaba condenada al fracaso.

Incluso antes de la pandemia, había estado ideando planes para entrar en el Estado Wa sin permiso, en caso de que la ruta oficial no resultara viable.

Ya había contactado con un joven empresario en Pangkham que se ofreció a colarme, o al menos a intentarlo. Le llamaré Huli. Era un operador turístico que, a cambio de una comisión, introducía en el Estado Wa a viajeros chinos en busca de emociones fuertes. Aspiraba a diversificar su clientela, facilitando «experiencias de turismo de aventura» a los occidentales, y le pareció bien empezar por mí, un escritor cuyas escapadas, una vez publicadas en forma de libro, generarían interés.

Mientras chateábamos, Huli estimuló mi curiosidad con un vídeo que había grabado en la cima de una montaña wa. La vista era cautivadora. Los valles que se extendían a sus pies se ocultaban bajo una alfombra de nubes de color blanco cremoso, planas como una mesa y tan estáticas que podrían haber sido el suelo del cielo. Huli llamaba a este fenómeno «el mar de nubes». Su intención era cobrar a los aficionados al ciclismo con suficiente capacidad adquisitiva por recorrer la zona en bicicleta. «No es posible expresar con palabras lo que se siente en persona—me dijo—. En el Estado Wa abundan las oportunidades. Aquellos que crucen las fronteras de manera ilegal serán los primeros en aprovecharlas».

Los peculiares clientes de Huli atravesaban el río Hka, cuya corriente verdosa separa China del Estado Wa. Los barqueros transportan a la gente hasta el otro lado por una pequeña tarifa. Antes de la pandemia, el EUEW hacía la vista gorda con este tipo de pasajes ilegales, aunque solo con los ciudadanos chinos, un tipo privilegiado de visitante. La economía del Estado sufriría sin el flujo continuo de comerciantes. Sin embargo, los intrusos de raza blanca serían interrogados y entregados a la policía china.

Huli operaba bajo el paraguas de algunos mecenas: los oficiales del EUEW protegían su negocio por un veinte por ciento de sus beneficios. Él los instaba a flexibilizar las reglas con pequeños grupos de turistas no asiáticos, bien vigilados, como yo. No obstante, era, por ahora, un proyecto. Entretanto, Huli perfeccionaba su siguiente itinerario y a veces solicitaba mi consejo.

—Tengo una pregunta; es sobre los occidentales y los chinos. Con los chinos, organizamos un viaje de cuatro días, y todas las noches mandamos a alguien a su habitación. Dos o tres.

—¿Te refieres a mujeres?

—Sí. Aquí las tenemos de una calidad excelente.

—Claro. Bueno... creo que eso incomodaría a la mayoría de los occidentales.

—Ya veo. ¡Qué extraño! Para nosotros eso es ser un buen anfitrión.

Huli opinaba que los wa sentían curiosidad por los visitantes internacionales, pero, debido a su aislamiento, algunos habían desarrollado nociones de hospitalidad poco ortodoxas. Tras escuchar sus preguntas, solo pude estar de acuerdo. Aprendiendo a evitar los pasos en falso, Huli esperaba obtener una ventaja empresarial sobre los buscavidas de Pangkham. Había sido testigo en persona de tratos empresariales echados a perder por malentendidos de tipo cultural, incluso con invitados chinos, los extranjeros a quienes conocían mejor.

—Imagínate un chino de una familia de clase alta que viene aquí a invertir —dijo Huli—. Le da la bienvenida un oficial del gobierno wa, flanqueado por tropas de expresión severa, con fusiles Tipo 97 de fabricación china y, tal vez, algunas soldados adolescentes con lanzagranadas. El empresario estaría muerto de miedo, pero nosotros no entenderíamos el motivo. Pensaríamos que nuestro comportamiento es positivo, ya que demostraría que el oficial es poderoso y está en condiciones de proteger la inversión. Como ves, hace falta trabajar un poco el choque cultural.

El turismo era solo uno de los intereses de Huli. Los otros incluían los artículos de lujo, tanto auténticos como falsos, y las criptomonedas. Estaba seguro de que el Estado Wa, por encima de las nubes y más allá de la ley, sabría desempeñar un papel singular en la economía global del siglo XXI.

—Es el lugar más libre del mundo, tío. Esto no es propaganda. Es cien por cien cierto. No existe autoridad medioambiental ni hay inspecciones de calidad. Nadie te pregunta lo que pagas a tus trabajadores.

Un día, Huli me envió un mensaje en el que me preguntaba si yo estaba en forma.

—Más o menos —respondí.

—Bien, tengo una ruta. No hay barcos involucrados. Sin embargo, a nivel físico es bastante exigente. Tendrías que cruzar un río saltando de roca en roca. Después, trepar por un acantilado. Si puedes hacer eso, sería la vía más segura.

Consideré la propuesta de Huli, consciente de lo ocurrido cuando las autoridades fronterizas de China atraparon a un reverendo chino-americano pasando ilegalmente al Estado Wa. Lo localizaron cruzando el Hka, lo llevaron a la orilla y fue sentenciado a siete años de cárcel. La idea de unirme a él en un gulag mermó mi tentación de colarme desde China.[2] Así pues, le pregunté a Huli hasta qué punto conocía el otro territorio del Estado Wa, Wa del Sur, en la frontera birmano-tailandesa.

—Muy bien —me aseguró.

Muchos oficiales wa ven su territorio meridional del mismo modo que los blancos americanos del siglo XIX veían la frontera del Viejo Oeste: una tierra hostil donde los tipos duros, empujados por el destino, iban a buscar fortuna. En este caso no era a través de la ganadería ni de las minas de oro, sino mediante la producción de metanfetaminas, importando componentes químicos, protegiendo los laboratorios y vigilando las rutas que conducían a Tailandia. Conseguir un trabajo en el negocio en auge de las metanfetaminas era un atajo hacia la prosperidad.

Intuyendo mis pensamientos, Huli me hizo una advertencia.

—No. Olvídate de Wa del Sur. Está terminantemente prohibido. —La mayoría de los asentamientos allí son laboratorios rodeados de barracas en medio de las tierras de cultivo—. Todos los wa deben tener un permiso especial para ir allí. Ni siquiera yo puedo; necesitarías un número de teléfono capaz de conseguir milagros.

Cité mis últimas incursiones desde Tailandia a otros territorios rebeldes en Birmania, todas ellas con éxito.

—No —insistió—. Pueden suceder dos cosas. En el mejor de los casos, sobornas a los guardias fronterizos wa, que cogen tu dinero y, aun así, no te dejan entrar porque serían ejecutados si lo hicieran.

¿El otro escenario?

—Caminas por una selva infestada de serpientes durante cuatro horas antes de llegar a un campamento del EUEW. —Allí, serás detenido o ejecutado en el acto—. Por favor, no lo intentes.

Lo intenté.

No lo hice cruzando la frontera birmano-tailandesa solo, con una mochila llena de dinero, sino con la ayuda de guías experimentados. Si visitar Pangkham era imposible, en su lugar, encontraría la manera de entrar en Wa del Sur, un reino creado nada menos que por Wei Xuegang.

A lo largo de varios meses, hice repetidas incursiones al otro lado de la frontera, todas muy cerca del perímetro de Wa del Sur. Mis guías eran traficantes de personas que cobraban trescientos dólares por cruzar, ida y vuelta. Eran hombres y mujeres amables, todos de etnia shan con parientes en el otro lado; una tierra antes gobernada por Khun Sa que ahora lideraba Wei. Las camionetas retumbaban, atravesando pasos de montaña tan llenos de baches que temía que se rompieran los ejes. Mientras mi cabeza rebotaba contra el techo de la cabina, entendí por qué el cartel de los Exiliados recorrió estos mismos enclaves a lomos de mulas y no en camionetas.

Me llevaron a un área de colinas coronadas por estructuras de cemento: los campamentos del EUEW. Las laderas que quedaban por debajo estaban desprovistas de árboles para que las tropas wa pudieran divisar a los intrusos. Mis guías me explicaron que, así como los shan indígenas son pobladores de valles, estos invasores wa se sienten cómodos en las alturas: prefieren vivir en las zonas más elevadas. Una excursión nos llevó a poco más de 300 metros de un puesto avanzado del EUEW, un cubo de cemento sin más techo que una lona. La luz del atardecer pintaba sus paredes grises de color bronce. Dos soldados hacían guardia, con los fusiles a mano, pero no teníamos motivos para temerles: a nuestros pies se abría un abismo que separaba nuestra cima de la que ocupaban ellos. La pareja estaba de pie en el borde, mirando hacia nosotros, motas verdes en la distancia, con forma humana pero sin rostro. Necesitaba acercarme más.

Más tarde, encontré unos guías que estaban dispuestos a pasarme clandestinamente a una pequeña aldea bajo control wa. El camino de tierra que serpenteaba por la frontera en ese momento no estaba vigilado, pero un cartel, apostado junto al camino, advertía: «CRUCE ILEGAL». Recordé las advertencias de Huli con un escalofrío.

Llegamos a una agrupación de chozas construidas con lo que ofrecía la selva: paredes hechas de cortezas superpuestas y tejados inclinados de hierba tostada por el sol. Las gallinas arañaban la tierra roja. Las chanclas de caucho ante las puertas me indicaban que no estábamos solos. Las personas que emergieron eran shan, no wa. Los niños aceptaron de buen grado el regalo que llevaba, una caja de cartón llena de paquetes de fideos instantáneos, un manjar sugerido por mis guías. Los lugareños lo prepararían con el agua recogida de los bidones de lluvia y calentada en hogueras de carbón.

Saqué mi grabadora, pero me hicieron guardarla. Demasiado negra y alargada, demasiado parecida a un arma. Me metieron a toda prisa bajo un refugio de madera donde no pudiera ser visto desde la distancia. Encaramada en lo alto de una colina cercana, había una fortaleza del EUEW: edificios con techos metálicos, rodeados por una empalizada de madera y centinelas que vigilaban cualquier imprudencia con sus prismáticos.

«No querrás que te vean —me dijo un hombre de cabello gris y túnica blanca, sentado frente a mí bajo el refugio—. Tienen ciento veintes». Debí de arrugar la frente con gesto de incomprensión, porque acto seguido me explicó que los proyectiles de mortero de 120 milímetros, al ser disparados, llegaban aquí en pocos segundos. Se llamaba Yanda y hablaba con el timbre agudo de un instrumento de viento de madera. Como único adorno, llevaba una pulsera hecha con un cordel de algodón.

¿De dónde era? Procedía de los valles cercanos. Había vivido en una cuenca de tierra fértil, al igual que lo hicieron sus abuelos antes que él, hasta que llegaron los soldados wa y obligaron a Yanda y a todos sus conocidos a trasladarse a este lugar, una colina sin árboles donde la tierra tenía menos vida que una tiza.

«Eso fue hace casi veinte años. Vivir aquí era como vivir con una pistola en la cabeza las veinticuatro horas del día». Este no era un rincón cualquiera del Estado Wa; era un gueto al aire libre, una reserva para indígenas shan, atrapados bajo la mirada de sus conquistadores.

Le pedí a Yanda que me contara la historia de su desahucio.

Cuando Yanda era joven, un día fue al templo local y suplicó a los monjes que le hicieran un tatuaje. Su espalda se convirtió en su lienzo. Los monjes tatuaron su cuerpo usando varitas de bambú con agujas de latón soldadas a las puntas. Su piel cobró vida con criaturas míticas y proverbios en pali sánscrito, un idioma conocido por los monjes budistas y pocos más. «Algunos de mis tatuajes protegen contra el envenenamiento —me contó—; otros, me protegen de espadas y balas. O de serpientes. Si me mordiera un perro, sus dientes no perforarían mi piel».

Yanda vivía en los valles de Mong Kan, justo al norte de Tailandia, una región que albergaba unas diez aldeas. Siempre fue un lugar inestable, pero él sabía que su tierra natal era muy especial. «¿Por qué, si no, le gusta a tanta gente de fuera?». Toda su vida había visto individuos merodeando por allí: las caravanas de los Exiliados en los años sesenta y setenta, o la infantería birmana luchando por hacerse con el control de tierras que técnicamente pertenecían a su país. «A principios de los años ochenta, las fuerzas de Khun Sa tomaron el mando —dijo Yanda—, pero al menos eran shan, de la misma raza que los habitantes del valle».

Yanda se casó. Tuvo hijos. Más tarde, se convirtió en abuelo. Sus tatuajes perdieron nitidez con el paso del tiempo, pero seguía atribuyendo su longevidad a sus poderes protectores. Aunque poseía muy poco, nunca se sintió pobre. ¿Cómo podría con tanta riqueza a mano: un jardín trasero exuberante con tallos de arroz y huertas repletas de calabazas, melones y tomates? Los valles alimentaban a varios miles de shan, nutridos por su suelo ancestral. Sentía lástima por la gente de las ciudades, que trabajaban duro por la limosna de algún jefe.

Los wa aparecieron en 2001. Yanda vivía en una casa de madera de teca sobre pilotes y los vio llegar desde su elevado porche. Se trataba de unos cuantos hombres con uniformes verde oliva y emblemas rojos en la manga. Estiraron sus cuellos hacia él, con los AK-47 sujetos a la espalda.

—Baja aquí —exigieron, y así lo hizo. Uno de los soldados del EUEW hablaba un shan vacilante—: Tenéis que marcharos. Tú y todo el pueblo. Ahora.

—¿Por qué? ¿Qué mal hemos hecho?

—No se trata de mal o bien. Marchaos.

Yanda pidió hablar con su comandante.

—No estás escuchando —replicó el soldado—. Mira a tu alrededor. Desde el cielo hasta el suelo, todo lo que hay aquí ahora pertenece a los wa, así que reúne a tu familia y vete. Si os lleváis vuestras posesiones os dispararemos por la espalda.

«Nunca había oído algo así en toda mi vida —me contó Yanda—. Ni siquiera mis abuelos habían oído algo semejante. El soldado dijo: "ya no hay nada que te pertenezca". No podía creerlo».

Los soldados que le amenazaron pertenecían a la Comandancia Wa del Sur, liderada por Wei; iban de valle en valle, tras haber resultado victoriosos en su guerra contra Khun Sa, desalojando a las familias shan a punta de pistola.

Yanda llamó a su mujer y a sus hijos para que salieran de casa. Podía ver a otros lugareños que esperaban junto a un sendero que llevaba al sur, preparando su éxodo. El día anterior habían terminado de cosechar los campos de arroz comunales y Yanda comprendió que ninguno de ellos probaría los granos que habían cultivado durante meses.

—¿Se resistió alguien del pueblo?

—Sí —me contó Yanda—, el jefe de la aldea.

Casi todo el mundo evacuó, sin embargo. Cuando, en un último vistazo a su hogar, los aldeanos se volvieron, vieron a su jefe reprendiendo a los soldados wa. Era dueño de una máquina de moler arroz de la que estaba muy orgulloso y se negó a marcharse sin ella. Tan solo dos shan permanecieron al lado del caudillo para defenderlo. Yanda y el resto se alejaron.

Los evacuados se dirigieron al sur, presa de la ansiedad, preguntándose dónde descansarían cuando cayera la noche. Llegaron a la cima de una colina deshabitada, cubierta de matorrales y zarzas. Se detuvieron allí y recogieron ramas y hojas para construir refugios rústicos. Aquella noche hubo conversaciones en torno a la hoguera sobre la posibilidad de reunir armas rudimentarias y regresar para reconquistar su tierra. Entonces, los dos hombres que se habían quedado con el jefe de la aldea llegaron tambaleándose al campamento improvisado y se sentaron ante el fuego, con el horror escrito en sus rostros.

Y contaron lo que habían visto. Las tropas wa arrastraron al jefe hasta un poste de madera y le ataron con una cuerda. Desenvainaron los cuchillos y primero le cortaron la oreja izquierda, después la derecha. Lo fueron desmembrando como a un animal. Le cortaron las manos y los pies y, por último, el cuello, para silenciar sus gritos. «Vosotros dos —dijeron los soldados— marchaos de este lugar. Contad a vuestra gente lo que habéis visto».

—Un método muy eficaz —me dijo Yanda—. Después de oír aquella historia, ni una sola vez consideramos luchar contra ellos.

Otros pueblos en torno a los valles Mong Kan también fueron purgados y, poco después, miles de shan se unieron a los primeros que llegaron a la colina donde ahora me encontraba sentado con Yanda. La tierra, allí y en las inmediaciones, era en su mayor parte estéril, no apta para cultivar arroz. Para combatir el hambre, los refugiados shan en mejor condición física se introducían con sigilo en Tailandia, trabajaban en las plantaciones de té de forma ilegal por sueldos miserables, compraban arroz y lo entregaban a sus familias.

Con el tiempo, los refugiados se atrevieron a bajar de la colina y sembraron arroz en una franja de tierra más fértil que los invasores wa no utilizaban. Trabajaban en ella con pasos vacilantes por temor a pisar las minas. Los wa los controlaban, con la vista fija en ellos desde una fortaleza elevada en la distancia. Durante muchos años, los dejaron en paz. Los refugiados shan sobrevivieron de este modo por dos décadas; personas desplazadas a pocos kilómetros de su casa y, aun así, en una situación miserable. Con el tiempo, la tolerancia del EUEW llegó a su fin. En 2019, los oficiales wa bajaron a los campos y comunicaron a los refugiados que carecían de permiso para cultivar arroz en Wa del Sur. Desde ese momento, entrar en las plantaciones estaba castigado con el arresto.

En los días despejados, desde la cumbre de la colina, Yanda puede ver un fragmento del valle robado a su pueblo. «Me pone enfermo», decía, al imaginar a los colonos bebiendo su agua y descansando en su suelo. En lugar de calabazas o tomates, los wa plantaban árboles de caucho, un cultivo rentable que enviaban a China. La tierra que antaño labraban sus ancestros ahora nutría una mercancía utilizada por las fábricas chinas para hacer zapatillas deportivas, neumáticos y otros productos que exportaban a los centros comerciales de todo el mundo.

—Nos quitaron todo. Todo por dinero —se lamentaba Yanda—. Dinero y poder. Eso es lo único en lo que cree el EUEW. Odian la justicia e inventan leyes para satisfacer sus deseos.

Era hora de marcharme. Antes de despedirme de Yanda, mencioné con delicadeza el nombre de Wei Xuegang. Quería saber qué pensaba del líder de Wa del Sur y arquitecto de su desposesión.

Yanda empezó a hablar, pero se detuvo y se puso a juguetear con el cordel atado en su muñeca.

—Está bien —dije—. No tienes que responder.

LA GRAN MIGRACIÓN

Ser wa entre los pobladores de las tierras bajas de Birmania significaba saber cuál era tu sitio.

De niño en Lashio, Jacob aprendió a disimular sus orígenes. A principios de los años noventa, siendo adolescente, no hablaba su lengua en el mercado ni en la escuela, donde los libros presentaban a las minorías como simplones incivilizados. Sabía que los birmanos con los que convivía nunca aceptarían del todo a los suyos. Solo serían tolerados siempre y cuando asumieran su condición de clase inferior, una tribu de coleccionistas de calaveras domesticados que tenían la suerte de mezclarse con los ciudadanos locales.

Sin embargo, en su comunidad, Jacob y los miembros de su familia podían ser ellos mismos. Hablaban su lengua materna, comían *moik* y colgaban retratos en blanco y negro de sus ancestros, parejas de wa con sus rostros surcados de arrugas y ataviados con túnicas negras, los conversos originales de William Marcus Young. Los domingos por la mañana, la campana de la iglesia —la vieja bomba que hacía las veces de campana— repicaba, y su sonido metálico reunía a las familias. En el interior, Saw Lu, detrás de un púlpito lacado, guiaba a la comunidad en sus oraciones. Para los cientos de adultos wa de Lashio, era una leyenda viva, el hombre que, a principios de los años setenta, con los viles comunistas pisándoles los talones, los condujo desde los picos hasta Lashio, donde construyeron esta comunidad desde cero. Para Jacob y otros niños, que escuchaban embelesados, sentados en bancos astillados, Saw Lu era como un profeta del Antiguo Testamento, omnisciente, invencible, de mirada ardiente y voz atronadora.

Nadie cuestionaba su autoridad. Gracias a la grandeza de Saw Lu y sus contactos con el régimen, la comunidad podía vivir en una paz relativa, libres de la persecución —ataques nocturnos, extorsión y palizas indiscriminadas— que llevaban a cabo los soldados birmanos contra otras minorías. Él era su pastor. Ellos, su rebaño.

La casa de Saw Lu albergaba el único televisor del pueblo, un aparato en blanco y negro con dos antenas fijas. Jacob aparecía por las tardes para ver las horteras telenovelas birmanas con Grace, la hija de Saw Lu. Dos años más joven que Jacob, era igual de sesuda y devota, y él comenzaba a sentir la euforia del enamoramiento. Sin embargo, no se atrevía a expresar sus sentimientos. «¿Está de broma? De ninguna manera. Como a todos los niños, su padre me intimidaba», me confesó.

La tragedia facilitó una oportunidad para el romance. En 1992, después de la tortura de Saw Lu por la junta, el pastor huyó de Lashio hacia el Estado Wa con Mary para escapar de represalias adicionales. Sin embargo, Saw Lu no se llevó a sus hijos, porque en las tierras altas apenas había escuelas. De modo que Grace y los niños se quedaron atrás, bajo el cuidado de una tía. «Era como si se hubiera quedado huérfana —dijo Jacob—. En cierto modo, todos lo estábamos».

Privada de su protector, la comunidad wa de Lashio fue víctima del acoso de los agentes birmanos: policías y soldados que amenazaban a los wa acusándolos en falso de crímenes y exigiendo dinero para hacer desaparecer los cargos.

«Así es como nos criamos, con miedo —me contó Jacob—. Al hacernos mayores, vi que Grace sufría sin sus padres cerca. Quise dar un paso para sosegarla. Mi corazón latía con fuerza y, ya sabe, yo era joven, estaba enamorado...».

En 1995, Jacob tenía dieciocho años y estaba matriculado en una universidad local estudiando geografía. Alto y delgado, se había dejado el cabello largo y había cambiado su *sarong* por unos vaqueros rotos, imitando a los músicos *grunge* que había visto en las revistas occidentales cuyos amigos pasaban de contrabando.

Por fin, reunió coraje y se declaró a Grace, que aún estaba en el instituto. Ella aceptó. Sin embargo, después de la graduación, los jóvenes observaron a su alrededor y no vieron nada que pudiera augurarles un futuro; solo un acoso interminable.

Sintieron la llamada de las montañas, su patria de origen, aunque, como habitantes de la ciudad, no sabían mucho acerca del Estado Wa. Lo imaginaban como una utopía en proceso de creación, pobre pero maravillosa, en proceso de mejorar poco a poco. Saw Lu había abandonado su rebaño por una llamada superior, la construcción de la nación wa, y la joven pareja quería ver lo que había logrado. «Vayamos —propuso Grace—. Tú puedes terminar tu carrera a distancia. Mis padres nos acogerán. Por fin nos sentiremos libres».

En 1997, Jacob encontró a un conductor con una camioneta dispuesto a llevarlos hasta las montañas; un viaje de doce horas por caminos tortuosos. El joven apenas tenía una vaga noción del progreso de Saw Lu en el Estado Wa durante los últimos cinco años, y tan solo había oído que el EUEW le había declarado su gran líder. De modo que no comprendía por qué el conductor, que estaba siguiendo las indicaciones para llegar hasta el lugar de residencia de Saw Lu, había dejado a la pareja frente a una casucha. «Debe de haber un error», pensó.

Al entrar, Jacob y Grace fijaron la mirada en el suelo de tierra, después en el tejado de paja —la luz del día brillaba a través de las grietas del techo—. Las paredes, hechas de bambú trenzado, se tambaleaban con cada ráfaga de viento frío. El lugar era una auténtica chabola. La confusión se convirtió en conmoción cuando vieron al patriarca.

Arrastrando los pies, se presentó ante ellos un hombre demacrado y quebrantado que aparentaba mucho más que sus cincuenta y pocos años. Lo que quedaba del cabello negro y plateado de Saw Lu estaba desgreñado. Su piel oscura parecía anémica y sus pómulos se mostraban afilados por el hambre. Jacob saludó a su futuro suegro, pero la respuesta de él llegó amortiguada, como si su espíritu estuviera atrapado detrás de una membrana invisible. «Padre —dijo Grace—, necesitamos dinero para pagar al conductor».

Saw Lu ni siquiera podía mirarla a los ojos. Mary, avergonzada, salió. Ambos escucharon cómo rogaba al conductor de la camioneta que les concediera veinticuatro horas para recaudar el dinero entre los vecinos.

Durante los días siguientes, Jacob trató de reunir el coraje necesario para preguntar qué había pasado. Saw Lu explicó que aquel cuchitril era su prisión. El gobierno le había prohibido alejarse más de trescientos metros de la puerta principal. Los viejos amigos lo mantenían vivo dejando junto a la casucha arroz y aceite. Saw Lu no era un líder en absoluto; era un mendigo.

«De verdad, hijo, tengo suerte de estar vivo», reconoció. Ciertas personas influyentes le querían ver muerto. El presidente Bao Youxiang tuvo que ocultarlo en una ratonera durante semanas, esperando a que amainara la furia de sus enemigos. Tras un tiempo los convenció para que le dejaran seguir respirando, pero con la condición de que tuviera una existencia lastimosa bajo arresto domiciliario. «Yo tenía la misión —dijo— de dejar una nación libre de narcóticos. Fracasé. El presidente Bao es un hombre decente, pero colabora con los traficantes porque los beneficios sustentan a su ejército. Todo el mundo vive en la miseria. Recorre las calles de Pangkham, Jacob; observa la sociedad que han forjado».

Jacob se dirigió colina abajo según sus instrucciones, hacia el mercado de la capital. Vio viviendas de ladrillo junto a las tiendas con fachadas de piedra, y algún que otro karaoke para los comerciantes chinos. Niños de cabello desaliñado, sin pantalones, pasaban corriendo. El suelo bajo sus zapatillas era arcilla, mucho más dura que el limo blando de las tierras bajas birmanas. En la distancia, el Hka fluía turgente, la orilla china visible a través de la neblina de la ribera.

Jacob encontró el mercado, un precario bazar instalado a lo largo de la avenida principal. Los tenderos estaban en cuclillas bajo doseles, sus mercancías colocadas sobre esteras: arroz, herramientas, cebollas y hierbas. Los vendedores de opio traficaban con descaro; pesaban los bultos blandos en básculas antiguas, usando pilas como contrapeso, y distribuían porciones a los fumadores alineados en colas irregulares. Como todos los comerciantes de la capital wa, solo aceptaban yuanes chinos.

Jacob escuchó un alboroto de bofetadas y quejidos en el otro extremo de la avenida. Tambaleándose en su dirección se acercaban unos hombres de aspecto desastrado, recitando cánticos ininteligibles. Artículos domésticos de lo más variopinto colgaban de sus cuellos, entre otros, un taburete de plástico o una gallina muerta. Jacob pidió explicaciones a los lugareños y fue así como se enteró de que eran ladrones, obligados a desfilar con sus mercancías robadas y confesar sus crímenes. A medida que los infelices se acercaban, entendió lo que murmuraban: «somos ladrones, somos ladrones». Los comerciantes les daban patadas en las espinillas al pasar. A Jacob le recordó una escena bíblica de tiempos ya olvidados.

No esperaba que el contacto con gentes de su mismo origen le generara semejante sensación de choque cultural. Durante las siguientes semanas, Jacob presenció una escena mucho más perturbadora. Una tarde, unos camiones del EUEW recorrieron la capital, con los altavoces en el techo, ordenando a los ciudadanos que acudieran a una loma árida en las afueras de la ciudad. Al llegar junto a la multitud reunida, Jacob observó que se agolpaban para ver a un grupo de condenados: tres criminales en fila, con capuchas y las muñecas esposadas.

Flanqueados por soldados uniformados, un oficial vociferó sus ofensas. Todos estaban acusados de asesinato. Detrás de los convictos, sobre la loma, Jacob vio un foso de tierra rectangular de algo más de un metro de profundidad. «Uno de los reos estaba perdiendo la cabeza. Gritaba: "Madre, padre, ¿estáis allí? No veo nada. ¿Es esto real?"».

Otro prisionero temblaba mientras una mancha oscurecía sus pantalones. Cuando el oficial terminó de hablar, las tropas llevaron a los condenados hasta la fosa y les obligaron a meterse dentro —el borde quedaba a la altura de sus pechos—, formando una fila recta. Por encima de sus cabezas, los soldados apuntaron sus fusiles hacia abajo y les dispararon en el corazón. Jacob se sobresaltó por el ruido, pero la mayor parte de los presentes ni se movió.

Como consecuencia de esta ejecución pública, el joven tuvo una crisis de identidad. Era un alma sensible que no aprobaba ningún tipo de matanza, aunque lo que más le perturbaba era la reacción de la multitud. A la mayoría de aquellas personas el episodio pareció resultarle indiferente, algunos incluso lo consideraron divertido. Esta no era la sociedad wa que había conocido en Lashio y estaba claro que lo que había vivido en su antiguo barrio no podía extrapolarse a una nación de medio millón de personas. Se preguntó si alguna vez se adaptaría y se replanteó la idea de trasladarse al Estado Wa. Necesitaba orientación, y la única persona que podía proporcionársela, Saw Lu, malgastaba sus días sentado en un taburete, con la mirada clavada en las nubes. Desesperado, Jacob se dirigió a él y expresó su frustración. Para su alivio, Saw Lu se irguió, sus ojos oscuros fijos en él, como si la confesión del joven hubiera tenido un efecto revitalizador. Hacía mucho tiempo que nadie le pedía consejo.

Saw Lu encendió su cachimba de tabaco, asintió y escuchó.

—Hijo, poco puedo hacer ahora que soy un marginado. Pero tú eres un hombre libre. Posees dones únicos entre los habitantes de las montañas —educación universitaria, valores cristianos— y estás obligado a compartirlos. Aún hay decencia en el gobierno wa. Únete al sistema. Mejóralo desde dentro.

—¿Pero cómo, señor?

—Nuestra nación necesita profesores y tú estás de sobra cualificado para la tarea.

Tal como le ordenó su pastor, Jacob se alistó en el EUEW como educador, deseoso de difundir la alfabetización entre la tribu, como había hecho Saw Lu tres décadas antes, cuando siendo un hombre joven entró por vez primera en las montañas wa. Jacob sabía escribir en wa utilizando la escritura inventada un siglo atrás por los misioneros de la familia Young. El EUEW, aunque ateo, adoptaba estos mismos signos por mera conveniencia en lugar de inventar otros nuevos; pero muy pocos funcionarios podían interpretarlos, pues nueve de cada diez no sabían leer y los alfabetizados solo conocían los caracteres chinos.

Cuando los oficiales del EUEW que alistaron a Jacob repararon en que era un estudiante universitario, le hicieron saltarse el entrenamiento básico. Se presentaría directamente en la base del presidente Bao, que albergaba un pequeño contingente de futuros líderes en formación. Bao, un nacionalista radical, quería que la siguiente generación leyera y escribiera en su lengua materna y Jacob satisfaría este deseo. Su proximidad con el líder supremo del Estado Wa le entusiasmó. En Birmania, ningún wa tenía la oportunidad de ascender los peldaños de la sociedad ni tan alto ni tan rápido.

Jacob esperaba que los cadetes de Bao tuvieran dieciocho o veintidós años, más o menos su edad. Sin embargo, el primer día, el aula se llenó de niños: los más jóvenes tenían seis años, los mayores, catorce. A los pequeños, el uniforme les quedaba enorme, sus mangas caídas estaban remangadas y sujetas con imperdibles. A medida que pasaban las semanas, Jacob también reparó en algunos alumnos que iban a clase con heridas sangrantes y marcas enrojecidas. «Es por los entrenamientos de la tarde», le explicaron. «Pensé, Dios mío, los entrenan con la misma brutalidad que a los adultos». Hasta las cadetes tenían moratones, pero ninguna se quejaba. Todos aparecían siempre limpios y dispuestos a aprender.

El mismo Bao se presentaba a veces en clase, provocando que los alumnos se quedaran rígidos en sus sillas. «Al principio, yo también me ponía nervioso —me confesó—. Acababa de llegar y ahora me encontraba en la misma sala que nuestro líder».

Pero Bao era un hombre sin pretensiones, severo pero amable, y solo preguntaba por las lecciones del día. «Apenas había completado cuarto de primaria, y era evidente que apreciaba la educación. Eso me gustó». Los encuentros con el presidente suavizaron el escepticismo de Jacob respecto al gobierno wa. «Por desgracia, era como un sistema monárquico»; el rey Bao en la cima de todo, intentando conservar intacta su corte heterogénea. «Sin embargo, al menos el soberano era buena persona, y una inspiración para todos». Alguien que durante su adolescencia había sido cazador de cabezas, ahora dirigía una nación que era más grande que muchos países europeos. ¿Cuántos jefes de Estado habían superado un pasado tan grotesco?

Como tantos wa cristianizados, Jacob estaba obsesionado con Occidente y soñaba que un día la nación transicionaría hacia la democracia o, al menos, a un sistema más democrático. Era un largo camino, pero tal vez la siguiente generación de oficiales wa, la de sus alumnos, pudiera aspirar a objetivos tan elevados si él les inculcaba el deseo. A esa edad, sus mentes aún eran flexibles. «Por fin, mi vida tenía un propósito —dijo—. Este era mi destino».

Pese a sus dudas iniciales, Jacob y Grace decidieron que el Estado Wa, aunque imperfecto, sería su hogar permanente. La pareja se casó en una ceremonia celebrada en el interior de la choza. Con las motas de polvo centelleantes en la luz matinal, Saw Lu hizo de oficiante con su Biblia de tapas de piel desgastada. Poco después, Grace quedó embarazada. Todas las noches, antes de dormir, compartiendo una estera en el suelo, los recién casados hablaban con Dios. Prometían luchar por el progreso de su nación y le pedían que atendiera sus ruegos para que un día sus hijos pudieran sentarse en el regazo del abuelo Saw Lu a escuchar sus historias de rebelión y violencia. Entonces, les costaría creer que su patria alguna vez había estado sumida en tal oscuridad.

Al presidente Bao no le importaba que sus subordinados se enriquecieran un poco. La mayoría había crecido en la pobreza como él y se merecían algo de lujo. En el dedo anular del propio Bao destellaban zafiros, y un Rolex hacía tictac bajo la manga de su uniforme militar.

Sin embargo, a finales de los años noventa, el presidente empezó a constatar que la avaricia se descontrolaba. Sus comandantes de división se beneficiaban del tráfico de drogas por los impuestos a los cultivadores de opio, a los transportistas y a los laboratorios de heroína en sus respectivas áreas. Esos ingresos debían fluir por todo el Estado, pero, en su lugar, quedaban atrapados en el ámbito de los comandantes y sus familias. A este ritmo, los líderes del EUEW corrían el riesgo de calcificarse en una élite insensible al sufrimiento de las masas, al igual que el politburó comunista antes que ellos.

Bao puso en alerta a todos los comandantes y castigó sin reservas a quienes «habían olvidado cómo contribuir a la sociedad». Señaló que incluso muchos mandos intermedios se comportaban como «oficiales solo de nombre, centrándose sobre todo en el negocio».[1] Algunos interpretaron esto como una advertencia para los altos mandos que intentaban imitar a Wei Xuegang, el wa —o medio wa— más rico que había existido hasta entonces. No obstante, Bao, no se atrevía a censurar a Wei directamente.

De manera oficial, el presidente Bao era el jefe de Wei. Sin embargo, muchos bromeaban con que Bao era el «músculo» de la nación, mientras que Wei era el «cerebro», y ninguno se las arreglaba sin el otro. Con el término «cerebro», se referían a su genialidad para las finanzas, no a su agudeza política, aunque hasta esa distinción era imprecisa. Como gobernador de Wa del Sur, Wei no solo era un caudillo de la droga, sino un líder de pleno derecho. Uno de los hombres gobernaba la patria, el otro, la frontera, y los dos apenas se veían. No era descabellado imaginar a Wei separándose y llevándose consigo su trozo de nación. O que todo el EUEW, fascinado por su fortuna, abandonara su ambición de crear un Estado, transformándose directamente en un mero cartel de drogas.

Bao sabía que tenía que reequilibrar la economía alejándola de la heroína. El diagnóstico de Saw Lu años antes aún estaba vigente. Sin la ayuda exterior, los wa siempre serían «esclavos del opio» y, pese a que a Bao no le importaba la opinión de los extranjeros, necesitaba atraer ayuda e inversión y diversificar sus fuentes de ingresos. Esto significaba limpiar la reputación del Estado Wa.

Como experimento, el presidente delimitó un territorio cerca de la capital, unos 1300 kilómetros cuadrados, el tamaño de Los Ángeles, y propuso que la agencia antidroga de las Naciones Unidas, si así lo decidía, viniera a mejorar esta zona especial de desarrollo como lo considerara oportuno.[2] A cambio, el EUEW podría eliminar algunas de sus plantaciones de adormidera. Los expertos en ayuda humanitaria de la ONU llegaron en 1998; la iniciativa recibió el nombre de Proyecto de Desarrollo Alternativo Wa. Se pusieron manos a la obra, tratando a los leprosos, enseñando a los granjeros técnicas de irrigación y vacunando a miles de niños. Comparado con el sueño de Saw Lu —una extravagancia de cincuenta millones de dólares para erigir un estado de bienestar de la noche a la mañana—, esta era una operación modesta.

El presupuesto anual del proyecto de la ONU rondaba el medio millón de dólares.[3]

No obstante, era un comienzo. Bao pensaba que la ayuda exterior que llegara a través de las Naciones Unidas —no de los miserables estadounidenses— podría impulsar la economía wa mientras se apartaba del tráfico de heroína. Incluso convenció a la junta birmana para que permitieran el experimento. Por aquel entonces, Secretario Uno, Khin Nyunt, una vez más jugaba la carta de una «reforma» para distraer a Occidente de la miseria totalitaria de Birmania, y el dictador quería a las Naciones Unidas de su parte.

Desde el principio, Bao fue claro. La ayuda exterior por sí sola nunca reemplazaría los ingresos de la droga. El EUEW tendría que construir su propio sector agrícola e industrial para ser autónomo y poder encauzar las exportaciones hacia la economía china, en pleno crecimiento. Esto se traducía en actividad minera, sobre todo aluminio, y en el cultivo de caucho, una mercancía muy codiciada por las fábricas chinas. Los árboles de caucho, al igual que las adormideras, crecían en zonas muy elevadas con temperaturas bajas. El Estado Wa también abriría fábricas para hacer alcohol y cigarrillos destinados al mercado de consumo chino, que, para finales de los años noventa, estaba en auge.

Incluso los propios wa se mostraban escépticos ante el plan del presidente de prohibir por completo la producción de opio y heroína. Así pues, Bao, con la fanfarronería que le caracterizaba, intentó eliminar cualquier duda. Empezó por decir a cualquiera que quisiera escuchar que, si las adormideras aún brotaban en suelo wa a partir del año 2005, invitaría a la «comunidad internacional a venir y cortarme la cabeza».

Esta declaración provocó risas en la DEA, pero los wa comprendieron que lo decía en serio. Después de dos siglos, por fin iban a renunciar al opio para siempre. La noticia se expandió por las montañas, desde la capital a las ciudades cercanas; incluso llegó a las aldeas aisladas de las montañas roídas por el frío. Saw Lu se enteró de la declaración de Bao por los amigos que le dejaban arroz en la puerta de su casa; lo presentaron como una buena nueva y él estuvo de acuerdo.

El sueño de Saw Lu, sentenciado a muerte y enterrado en 1993, resucitaba, abriéndose camino hacia su realización, aunque de forma mucho más comedida. El plan de Bao era bastante diferente, de ritmo más lento, dependiente de la economía china, sin el fervor baptista de Saw Lu. No habría avalanchas de médicos, profesores y geólogos estadounidenses sobre el territorio, sino tan solo unos pocos trabajadores de la ONU, vigilados de cerca, operando con un presupuesto reducido. Sin embargo, nadie podía negar que Saw Lu, por muy paria que fuera, había sido el padre de esta idea.

Cuando Saw Lu hizo la pregunta inevitable —«¿Qué hará el EUEW respecto a Wei?»—, la expresión de sus amigos se ensombreció y sus manos nerviosas evidenciaron inquietud. Al parecer, Bao, queriendo evitar una escisión interna, de alguna manera había asegurado la participación del caudillo de la droga en este esquema de erradicación de opio. En la mente de Saw Lu, ese hecho repugnante corrompía el espíritu de su sueño hasta hacerlo irreconocible.

Saw Lu no era la única persona que se sentía confundida. Era inexplicable, si no rotundamente extraño. ¿Por qué iba a apoyar el mayor caudillo de la droga del Sudeste Asiático la exterminación total de las adormideras, la materia prima que sustentaba su imperio? Pero Wei tenía sus razones: necesitaba algo que tan solo Bao estaba en condiciones de proporcionarle.

Personas.

Después de la purga de tantos aldeanos indígenas de Wa del Sur —aldeanos shan como Yanda—, Wei necesitaba poblar su territorio con gentes sumisas. Como negociador consumado, sugirió que él y Bao se ayudaran mutuamente. El presidente estaba a punto de privar a muchos wa de su medio de vida —el cultivo de adormidera—, Las Naciones Unidas no podían alimentarlos y vestirlos a todos, y Bao tampoco iba a emplear a todos los montañeses en una fábrica nueva. «Envíamelos a mí —propuso Wei—. Haré uso de ellos a lo largo de toda la frontera».

Lo llamaron la Gran Migración, y constituyó uno de los retos de ingeniería social más ambiciosos en la historia contemporánea del Sudeste Asiático.[4] El EUEW reunió a un total de ciento veinte mil personas —algo más de uno de cada cuatro nativos wa—, y los realojó en el territorio de Wei junto a la frontera birmano-tailandesa. Todos los montañeses elegidos para su reubicación recibieron instrucciones de mostrar gratitud. Los oficiales del EUEW les aseguraron que Wa del Sur era un pedazo del paraíso. «Se acabó el pasar frío en la frontera china. Empezaréis una nueva vida en verdes valles colmados de brotes de arroz. Id a criar cerdos, sed felices, olvidaos de las aldeas desoladas en las que habéis nacido». El traslado hasta el sur era gratis y la salida obligatoria.

La mayor parte de la migración sucedió entre 1999 y 2001. A lo largo de la frontera con China, los pelotones del EUEW entraban en los asentamientos wa en torno al amanecer y hacían sonar sus silbatos para despertar a todo el mundo. «¡Evacuación en treinta minutos! —gritaban—. No traigáis vuestras pertenencias». A continuación, las tropas acorralaban a miles de granjeros de adormidera y les hacían desfilar hasta la carretera más próxima. Era un éxodo de varios días de camino.

Un evacuado, uno de estos cultivadores de adormidera de cuarenta y tantos años, lo recordaba así: «Después de caminar durante días, oímos un sonido en la distancia, un sonido fuerte como el viento. Mi mujer y mi hija me preguntaron qué era, pero yo tampoco lo sabía».[5] Cuando los lugareños llegaron a una curva, vieron un camión de carga de seis ruedas al ralentí, en una loma embarrada. Sabían que existían los vehículos de motor, pero nunca habían escuchado el rugido de uno grande. Los soldados hacinaron a los aldeanos en la plataforma descubierta del vehículo, tan apretujados que sus piernas se aplastaban entre sí. Cuando el camión dio una sacudida hacia adelante, los pasajeros gritaron horrorizados y pronto, sus vómitos encharcaron el suelo. Los soldados se detuvieron, salieron y echaron una lona plastificada sobre su cargamento humano, como si cubrieran la jaula de un pajarraco para silenciar sus graznidos. Aún quedaban más de trescientos kilómetros tortuosos por delante. «Recé para que, en la siguiente vida, nunca tuviera que viajar en un vehículo. Prefería la muerte a tener que sufrir tanto».

De este modo, cientos de miles de campesinos wa se convirtieron en pioneros involuntarios. Los camiones los abandonaban en aldeas despobladas en Wa del Sur. En efecto, el paisaje era más suave. Los desplazados se asentaron en las casas que habían pertenecido a los shan, ahora vacías, construidas sobre pilotes, ya provistas de útiles para cocinar y esteras para dormir, como si sus dueños se hubieran evaporado de repente. Quienes llegaron cuando todas las viviendas shan habían sido ocupadas, cortaron árboles para levantar sus hogares al estilo wa: estructuras sin ventanas con forma de cascabillo de bellota, una tipología adecuada para las cimas de las montañas a casi dos mil metros por encima del nivel del mar, que, sin embargo, en Wa del Sur, a una altura de seiscientos metros, se convirtieron en hornos que retenían el calor y los insectos.[6] Miles de migrantes wa murieron de malaria, una enfermedad poco conocida en la madre tierra, demasiado fría para los mosquitos.

A medida que llegaban los desplazados, Wei los distribuía entre sus subcomandantes de confianza, cada uno al mando de un área específica de los 13 000 kilómetros cuadrados de Wa del Sur. Para aclimatar a estos nuevos pobladores, los lugartenientes de Wei repartían paquetes que incluían arroz y herramientas de agricultura y, a los que tenían edad de combatir —incluyendo niños y niñas pospúberes—, un uniforme del EUEW, botas y un fusil de asalto. Les explicaron que, de ser llamados a filas, tendrían que defender aquella tierra hasta la muerte. «No obstante, ahora vuestro deber principal es ocupar y cultivar estos valles».

Con una población obediente bajo su autoridad, y al mando de unos cuatro mil soldados de los veinte mil del EUEW, Wei era más poderoso que nunca. No obstante, todo ese poder lo había adquirido al precio de un protagonismo indeseado. Ahora, sus responsabilidades aumentaban: era el gobernador de Wa del Sur, comandante de sus fuerzas armadas y, aún, el zar financiero de toda la nación. Le encantaba idear estrategias para el desarrollo de su región, pero detestaba los enredos políticos. Para evitar el contacto con grandes grupos de extraños —y sus gérmenes—, actuaba como un vampiro: prefería trabajar toda la noche y retirarse a dormir cuando salía el sol. A menudo delegaba su asistencia a las reuniones en sus dos hermanos, que, en la práctica, eran los gobernadores adjuntos del territorio.

Los encuentros que mejor soportaba Wei eran las ocasionales reuniones a puerta cerrada con los oficiales del EUEW, pero hasta estas eran poco frecuentes, y en ellas hacer fotos estaba prohibido. Siendo objetivo de la DEA y con una sentencia de muerte en Tailandia sobre su cabeza, era reacio a que cualquiera tomara imágenes de su persona.

Una pregunta existencial se cernía sobre la frontera, y Wei debía dar un paso y responder. Si el compromiso de Bao de quedar libres de adormideras era cierto, el suministro de opio wa se secaría en pocos años y todas las refinerías de China Blanca de Wei se quedarían sin materia prima. ¿En verdad estaría Wei dispuesto a dejar caer el gigantesco sistema de producción de narcóticos que había construido con tanto esfuerzo, ladrillo a ladrillo de heroína? Y de ser así, ¿cómo continuaría financiando al Estado Wa, su responsabilidad primordial?

Con el fin de aclarar las cosas, Wei convocó a sus leales para una extraña alocución en su cuartel general de Wa del Sur; un complejo de edificios de una sola planta y sin adornos, pintados de blanco crudo. Uno de estos oficiales wa quizá no fuera tan leal, porque registró el discurso en una grabadora y, años más tarde, lo compartió con la DEA. La grabación ofrece un atisbo de cómo entiende Wei el liderazgo.

Empezó con actitud positiva, como un gerente que pone en marcha una reunión anual de accionistas. «Hemos derrotado a todos nuestros enemigos» y ahora hemos de construir una nación, una tarea que nos «planteará nuevos retos». Los malos hábitos deben dejarse de lado. Demasiados soldados beben en exceso y el vicio del juego está desenfrenado. La falta de disciplina amenaza nuestra eficacia. Los wa no pueden vivir solo para luchar, aseguró. Nuestra región meridional también debe alimentar a los mayores y educar a los niños. Sin embargo, Wei aludió a los servicios públicos solo de manera superficial, una suerte de guiño oportunista a la responsabilidad social corporativa, antes de retomar el tema que eclipsaba todos los demás.

«Todos habréis oído que el EUEW se sale del negocio del opio. Sé lo que estáis pensando. En ocasiones dictamos leyes sin intención de aplicarlas. Pero esta vez es algo serio». El Estado Wa criminalizará el opio, dijo. No será mañana. No será dentro de un año. Pero pronto. «Nuestros ingresos caerán». No obstante, Wei prometió a sus seguidores que, si eran pacientes, los buenos tiempos volverían. «Quedaos conmigo», solicitó, e hizo alusión a las nuevas fuentes de ingresos, entre ellas una cargada de potencial, sobre la que no aportó datos concretos. Solo pidió a sus subordinados que confiaran en él. Este discurso, corto y directo, finalizaba con un toque de misterio.

Los altos oficiales de Wa del Sur, los cuerpos de élite a los que se les permitía ver su rostro, se marcharon de la sala sin una respuesta contundente. La mayor parte de las tropas en Wa del Sur no conocía el aspecto de Wei, solo sabían que parecía chino y que nunca llevaba uniforme militar. Estaban sometidos a una sombra.

Hasta hoy, solamente existen dos fotos de Wei de dominio público. En una, la de la ficha policial de la DEA en 1988, hace una mueca de disgusto; en la otra, de origen incierto y tomada en esa época, exhibe una mirada abatida. Sin embargo, existen otras imágenes. He visto unas cuantas. Un antiguo coronel de inteligencia birmano que alegaba ser un «buen amigo» del zar me mostró una vez una fotografía privada del caudillo de la droga, sacada durante el tiempo de esta alocución. Al parecer, fue realizada sin su conocimiento y muestra a un Wei de cincuenta y tantos años con aspecto infantil. Su piel clara está libre de arrugas, su cabello negro peinado hacia delante en un corte limpio de tazón. Con un polo blanco metido en los pantalones de tiro alto de color verde, parece más un agente de seguros que un capo de la mafia.

Aquellos que han conocido a Wei dirán que es callado, salvo que la conversación trate de negocios, y que nunca se ríe. Pero en uno de aquellos retratos suyos que vi, sonríe con picardía, enseñando los dientes, como si el obturador de la cámara se hubiera abierto en medio de una risita. En retrospectiva, el narcomagnate tenía muchas razones para sonreír. En ese momento, estaba perfeccionando una estrategia corporativa que, de ejecutarse de forma adecuada, generaría beneficios inimaginables al EUEW y revolucionaría el tráfico de drogas en Asia, todo ello sin sajar un solo bulbo de adormidera.

Wei estaba a punto de reorientar su operación de producción de drogas lejos de la heroína y hacia la metanfetamina. Y si sus cálculos eran correctos, este cambio disuadiría a cualquier agente de la DEA de arrastrarle fuera de la frontera wa, ya fuera muerto o esposado.

SPEED CON AROMA A VAINILLA

Finales de 2001.

La migración casi se había completado. Wa del Sur se desarrollaba deprisa y Wei Xuegang gobernaba desde un complejo en la cima de una colina en la capital *de facto* del territorio, Mong Yawn, una zona muy militarizada, construida deprisa y conectada con cables eléctricos y líneas telefónicas. La DEA vigilaba de cerca a Wei, una tarea laboriosa que recaía sobre todo en un agente especial llamado John Whalen. Se encontraba lejos de Wei, casi 500 kilómetros al suroeste, en la embajada americana de Yangón, Birmania.

Whalen conservaba un dosier sobre Wei, una crónica de los éxitos del caudillo de la droga, que aumentaban cada año. «Tenía archivos sobre Wei de mucho tiempo atrás —dijo—. Un tipo muy listo. Un empresario inteligente. En el fondo, un oportunista. Y un superviviente, eso seguro». Whalen llevaba casi cinco años en la oficina birmana de la DEA, el periodo más largo en un puesto avanzado marcado por una rápida rotación de personal y constantes conflictos. Había sido capitán del Cuerpo de Marines en su juventud. Más tarde se unió a la DEA, demostrando su valía en los años noventa al perseguir a las bandas callejeras asiáticas de Los Ángeles. Los traficantes de California vendían China Blanca y, con su llegada a Birmania, Whalen esperaba interrumpir el flujo de droga de Asia a América desde su origen.

Durante su primera semana en la embajada de Estados Unidos, en aquella triste oficina de la tercera planta, Whalen abrió la caja fuerte Diebold. Su gesto fue de incredulidad. Tal como había hecho Saladino una década antes, «había un AK-47 fabricado en China. Un modelo antiguo con una bonita culata de madera. Nadie pudo explicarme de dónde procedía». El arma sugería que Birmania prometía acción, pero una vez hubo tomado la medida a su trabajo, Whalen comprendió que, en realidad, era preferible un enfoque pausado y metódico.

«No te vas a dedicar a ir por Birmania esposando criminales todos los días». Aquello no era Colombia ni México, donde los agentes de la DEA se unían a los federales para derribar puertas. El Departamento de Estado no lo permitiría y, a decir verdad, tampoco la junta. Para el régimen, intentar apaciguar a Estados Unidos por medio de la DEA no daba resultado. La Casa Blanca, como consecuencia de las atrocidades cometidas contra los derechos humanos en el país, había prohibido las inversiones estadounidenses desde 1997; las pocas marcas comerciales americanas que producían su mercancía en Birmania —PepsiCo, Levi-Strauss, Anheuser-Busch— se retiraron. Para principios de la década de los dos mil, los defensores de los derechos humanos, con ayuda de un grupo parlamentario encabezado por Mitch McConnell, habían logrado convertir a Birmania en sinónimo de despotismo.

Fue gracias a su persistencia y buena disposición cómo, pese a la tensión entre el gobierno de Birmania y el suyo, Whalen de alguna manera desarrolló una buena relación con sus colegas del régimen. Al igual que sus predecesores, mantuvo un contacto estrecho con Kyaw Thein, o KT, desde que le ascendieron de coronel a general. Sin embargo, los birmanos no contaban con él para las labores que requerían el uso de la fuerza, como irrumpir en los escondites de los traficantes. «En Birmania —contaba Whalen—, te pasas el tiempo buscando información con la esperanza de arrestar a alguien del escalafón más bajo. Eso, si tienes suerte».

Era un trabajo lento, no apto para aspirantes a Rambo. Sin embargo, a Whalen no le importaba. Buscar emociones fuertes ya no era lo suyo. Se contentaba con reunir información, buscar fuentes, y desenredar con calma la red de contrabandistas, clanes armados e inversores ocultos en torno a la operación de Wei. Rastrear a un caudillo de la droga inteligente exigía una estrategia inteligente.

El paradero de Wei no era ningún misterio. La DEA poseía imágenes de satélite de un complejo de paredes blancas en la cima de la colina donde vivía. Estaba a unos dieciséis kilómetros al norte del distrito de Mae Ai, en la provincia tailandesa de Chiang Mai. En ocasiones, cuando Whalen se sentía travieso, se dirigía a los colegas de antinarcóticos birmanos y les sugería que se unieran para atraparlo.

—Lo siento, John. No sabemos dónde está Wei Xuegang.

—Oh, ¿en serio? Aquí tenéis sus coordenadas —respondía.

Whalen sabía que resultaba incómodo. El régimen no quería problemas con Wei ni con el EUEW, un Estado rebelde demasiado poderoso para hacerle frente.

Con Whalen, la oficina birmana de la DEA, considerada maldita después de los episodios de Angelo Saladino y Rick Horn, al fin perdió su reputación de caótica. Como un buen marine, Whalen no agitaba las aguas: mantenía informado al Departamento de Estado. En cuanto a la CIA, su colaboración era tensa, pero razonable: ésta intentaba de manera persistente convertir al mejor contacto de Whalen, KT, en un «agente», un término de la jerga de los espías para definir un informante que revela los secretos de su gobierno. En las embajadas americanas de todo el mundo, esta era una fuente habitual de fricción entre la DEA y la CIA. Espías que robaban los contactos a los agentes antidrogas, enturbiando sus relaciones. Sin embargo, Whalen, un tipo al que no le gustaba el drama, evitaba un conflicto abierto con la agencia.

Cuando se trataba de los wa, Whalen y la CIA casi siempre se llevaban bien gracias a un cambio de política en la sede central de la DEA. Los altos mandos habían abandonado cualquier esperanza de colaborar con el EUEW, ahora considerado un cartel de droga en toda regla, no un caso para la beneficencia. Whalen y sus superiores querían a Wei en una celda de hormigón, al igual que la CIA.

La CIA tenía sus propios motivos para desear la caída de Wei. Pese a haber pasado sus años de formación en una base de radio vinculada a la agencia, Wei sentía un profundo desprecio por Estados Unidos y, al asentarse en Wa del Sur, había traído al EUEW —un narcoejército amigo de China— a las mismas puertas de

Tailandia, uno de los aliados asiáticos más antiguos de los americanos. Durante décadas, este era exactamente el tipo de escenario que los agentes de la CIA habían intentado evitar. Uno de ellos, activo en el Sudeste Asiático en ese periodo, me confirmó que «Wei y sus hermanos eran objetivos, grandes objetivos. No teníamos una autorización presidencial para asesinarles, pero esperábamos al menos cerrarles el negocio» y, al mismo tiempo, provocar el colapso del EUEW.

El cuartel general de la DEA buscaba el mismo resultado. Los sucesos del once de septiembre influyeron en su juicio acerca del EUEW y de todos los demás narcoejércitos, sumiendo a todas las instancias de gobierno estadounidenses en un ánimo beligerante. Entre las autoridades americanas, se puso de moda renombrar todo como «amenaza terrorista», incluyendo a los carteles de droga. Incluso antes de que se hubieran retirado los escombros en Manhattan, el jefe de la DEA durante el mandato del presidente George H. W. Bush, Asa Hutchinson, denunció ante el Congreso el espectro del «narcoterrorismo», y condenó a los wa junto con los traficantes de cocaína izquierdistas de Perú y los talibanes del opio.[1] Los wa, dijo el administrador de la DEA, constituyen un «grupo violento tribal» que debe ser erradicado. Wei Xuegang fue etiquetado como una «amenaza para la seguridad y la libertad de todos los americanos», junto con otros «capos», tales como los narcos que operaban en los carteles de Tijuana y Juárez en México.

Con la CIA ocupada en Extremo Oriente, Whalen, tal vez más que cualquier otro agente, era el responsable de neutralizar a Wei, una tarea que parecía imposible. Wei era demasiado listo para salir del Estado Wa, de modo que, salvo que Estados Unidos quisiera invadirlo, que no era el caso, «las posibilidades parecían bastante nulas», aseguró Whalen. Con todo, seguía reuniendo datos, añadiéndolos al dosier de Wei e intentando hallar soluciones.

Según su información, la paranoia devoraba la mente del experto financiero. Temeroso de que los satélites estadounidenses controlaran sus movimientos, a menudo se ponía una chaqueta voluminosa y se subía el cuello para ocultar su rostro. Incluso la llevaba en interiores, mientras se sentaba en su sofá para ver películas de Hollywood, su pasatiempo favorito. Había aprendido a cocinar para que ningún traidor envenenara sus comidas. No se fiaba de nadie. Esta condición patológica evitaba que Wei hiciera amistades íntimas con otros líderes, en concreto, con el presidente Bao Youxiang. De acuerdo con el análisis de Whalen, el presidente y el zar estaban atrapados en un frío matrimonio de conveniencia.

Tal vez pudiera encontrar una manera de abrir una brecha entre ellos.

Al igual que casi todos los agentes de antinarcóticos occidentales, al principio Whalen se mofó del compromiso de Bao de eliminar el opio en el Estado Wa. Pero al inicio de la década de los 2000, toda la información apuntaba a que el líder wa hacía lo imposible por cumplirlo. Tal y como había prometido, Bao envió escuadrones del EUEW para eliminar las adormideras. Mes a mes, los campos desaparecían, y rápido.

Lo mismo sucedía con muchos de los laboratorios que convertían el opio en China Blanca. La típica refinería de heroína wa, tanto en la frontera china como en la tailandesa, era básicamente un gran cobertizo de madera lleno de bidones de metal, sacos de cal y carbón, jarras de anhídrido acético con olor a vinagre y, por supuesto, el opio con textura de masilla. Una cabra se encontraría a gusto durmiendo en una esquina. Sin embargo, según estos viejos laboratorios de heroína cerraban, Wei los reemplazaba con laboratorios de otra clase.

Sus nuevas instalaciones eran más robustas y estaban construidas de hormigón. En el interior, los equipos recién estrenados brillaban con lustre industrial. Cada uno contenía cubas de acero inoxidable de las que brotaba un amasijo de tubos que recordaban los brazos de un calamar. Las mangueras de goma unían las cubas a depósitos de cristal, grandes como pelotas de voleibol. También contaban con barriles de cianuro de sodio, un potente insecticida, así como de ácido hidroclórico, un disolvente utilizado para hacer de todo, desde baterías de coches hasta kétchup. Sin embargo, el componente más esencial del nuevo laboratorio era la pseudoefedrina.

Unas gotas de «pseudo» te descongestionan las fosas nasales. Wei compró el producto químico en barriles de plástico de doscientos litros, introducidos de contrabando desde China, donde el sector farmacéutico estaba en expansión. Después contrató químicos experimentados de Taiwán y de Hong Kong. Sus instrucciones eran sintetizar metanfetamina cristalina. Toneladas. «Era evidente que esa había sido la estrategia de Wei durante todo este tiempo —me explicó Whalen—. Dejemos que el EUEW elimine el cultivo de adormidera, claro. Pero, sustituiremos todo por metanfetamina. Nunca tuvo intención de dejar el negocio de las drogas».

En ese periodo, la meta cristalina, o cristal, era algo escaso en el Sudeste Asiático, y un magnate menos visionario hubiera inundado el mercado, obteniendo enormes beneficios. El cristal se vende solo. Aquellos que lo fuman disfrutan durante horas de la ilusión radiante de ser alguien de vital importancia para el universo. Sin embargo, Wei tenía otra visión. Según sus instrucciones, los químicos cocinaban el cristal, pero después pulverizaban los fragmentos vidriosos y lo utilizaban como el ingrediente clave para un producto de valor añadido: *speed*.

Esta idea no era del todo novedosa. Desde los años cincuenta, el gigante farmacéutico Burroghs Wellcome, fundado por dos estadounidenses, vendía pastillas de anfetaminas en todo el mundo, incluyendo Tailandia. El logo de la compañía, un unicornio, se estampaba en cada una de ellas. Los tailandeses confundieron el unicornio con un semental y llamaron a las pastillas *ya-ma*, «pastillas de caballo». Durante décadas, las farmacias tailandesas las vendían sin control como si fueran píldoras para la tos, hasta que en los años setenta la DEA introdujo su Guerra contra las Drogas en Tailandia, presionando al país para criminalizar la anfetamina.

Esta prohibición no funcionó. Los empresarios clandestinos llenaron el vacío, produciendo una imitación de las pastillas de caballo en las cocinas de Bangkok. A lo largo de los años ochenta y hasta mediados de los noventa, las pastillas de caballo piratas se vendían en los callejones de Tailandia, y los traficantes, para fidelizar clientes, las marcaban con símbolos. Algunos optaban por colocar un 9, un número auspicioso en Tailandia. Otros preferían la majestuosa letra tailandesa ฟ้ o, lo más parecido, la letra W. La droga era popular entre la clase trabajadora —camioneros y estibadores— más que entre estudiantes u oficinistas.

A finales de los años noventa, Wei sacó sus propias pastillas especiales de *speed*. Se inspiró en el concepto de «pastillas de caballo» y lo mejoró. Al igual que Apple fue capaz de crear una iteración más potente a partir de un dispositivo que ya existía, el *smartphone*, Wei supervisó el lanzamiento de una píldora mejorada, una que transformaría el modo de «colocarse» de los asiáticos, tanto como el iPhone cambió nuestra forma de comunicarnos.

Wei añadió metanfetamina a sus pastillas, una droga más potente que su hermana, la anfetamina. Sus químicos tiñeron las píldoras de un color rosa fucsia y las infusionaron con una fragancia química con olor a galleta Oreo rellena de vainilla. La meta constituía alrededor del veinte por ciento de la composición de la pastilla, junto con una buena proporción de cafeína. Hechas con ingredientes aglutinantes más espesos, las pastillas también eran resistentes al fuego. Una «pastilla de caballo» tradicional expuesta al fuego se quema de forma instantánea hasta carbonizarse; las pastillas de Wei se derretían despacio. Los clientes, o bien las tragaban o, para un colocón más chispeante, las calentaban. Quitas el aluminio de un paquete de cigarrillos, dejas una pastilla rosa en la tira plateada, la calientas por debajo con un mechero, y un hilillo de humo blanco asciende desde la píldora. Inhalar ese humo con una pajita genera una explosión de euforia mucho más enérgica que si se absorbe a través del estómago.

Esta no era una pastilla de caballo ordinaria. Los fabricantes de *ya-ma* de la vieja escuela de Tailandia no podían competir. Su producto no solo era menos potente, sino que tenían que trabajar bajo presión en laboratorios improvisados, cocinando lotes pequeños y escabulléndose cuando la policía tailandesa llamaba a su puerta. Wei no sufría tales limitaciones. Como gobernador de Wa del Sur, allí podía abrir laboratorios de meta sin problema y producir todo el día de forma ininterrumpida. Sus pastillas llevaban la rúbrica «WY», que distinguía su mercancía de las píldoras «W», una línea de *ya-ma* que ya era popular. En el mundo criminal, a diferencia de lo que sucede en el mundo empresarial, no existe la protección de la propiedad intelectual.

Wei estimó que las pastillas compensarían de sobra los ingresos perdidos por la heroína. Bao y los miembros del comité central del EUEW estaban convencidos. Al parecer, no se les ocurrió que esta nueva fuente de recursos pudiera socavar su logro inminente —la eliminación de todas las adormideras— ni poner en peligro el reconocimiento internacional que les correspondía. Muchos consideraban que las pastillas de meta eran un vicio menor: una alternativa un poco más gamberra que el Red Bull. Al fin y al cabo, ¿no había vendido un conglomerado estadounidense pastillas para la «atención» hacía una generación? El EUEW era tan descarado que, en 1988, cuando Wei supervisó los primeros lanzamientos piloto de su producto, el gobierno wa registró 960 000 dólares en ingresos por meta en un documento oficial.[2] Pensaron que no valía la pena ocultar las pastillas de caballo, al menos en aquel momento.

Wei era un pionero que abrazó las drogas sintéticas mientras los carteles mexicanos aún se centraban en las de origen vegetal: cocaína, heroína y marihuana. Que las drogas fueran cien por cien químicas presentaba enormes beneficios. Wei ya no dependía de cientos de miles de agricultores ni se tenía que preocupar por la meteorología. Las olas de frío invernal podían debilitar las adormideras; sin embargo, los laboratorios de meta eran insensibles a los caprichos de la naturaleza.

También son difíciles de detectar desde el espacio. Antes, la CIA espiaba los campos de adormidera del Estado Wa y podía estimar el rendimiento potencial del opio. Pero un laboratorio de meta, visto desde el cielo, puede parecer un garaje de vehículos o un almacén. En cierto sentido, Wei le estaba sacando los ojos al gobierno estadounidense. Y si su estrategia funcionaba como esperaba, Estados Unidos podría incluso perder interés en él de una vez por todas, ya que Wei no tenía intención de que los americanos compraran su nuevo producto; sus consumidores objetivo eran los habitantes del Sudeste Asiático.

Desde los tiempos de los Exiliados y Khun Sa, los señores de la guerra del Triángulo Dorado habían vendido heroína a las redes de traficantes de etnia china en todo el mundo, quienes, a su vez, la colocaban en el país que ofreciera los mayores beneficios. Por lo general era Estados Unidos, un consumidor de narcóticos voraz. Pese a que ocultar droga en los buques de carga que recorrían casi 13 000 kilómetros hacia el este era una tarea logística de envergadura, a los traficantes no les quedaba otra opción.[3] Los asiáticos del Sudeste, en general, carecían de suficiente dinero para drogarse de forma regular.

No obstante, a principios del siglo XXI, todo comenzó a cambiar. La economía del Sudeste Asiático estaba en auge. Los pueblos agrícolas se vaciaron y los campesinos buscaron empleos mejor remunerados en las ciudades. Los trabajadores conducían taxis, limpiaban los suelos de los centros comerciales, construían condominios y ajustaban remaches en las fábricas de Ford; enlataban atún y piña para llenar las estanterías de los supermercados estadounidenses y cosían zapatillas Nike para pies extranjeros. Por fin contaban con algo de dinero con el que divertirse. Sus trabajos eran monótonos, pero no hay nada que haga el tedio más divertido que la meta. Las pastillas de *speed* logran que las acciones repetitivas produzcan placer en lugar de aburrimiento.

Era la droga perfecta para la mano de obra moderna de Asia. El letargo de la heroína no tenía atractivo. Los trabajadores querían *speed* con aroma a vainilla por un precio de dos o tres dólares por pastilla. Podían fumar una, trabajar un doble turno, cobrar una paga extra e ir a comprar más. Los grandes consumidores a veces desarrollaban problemas psicológicos, exacerbados por la falta de sueño; sin embargo, a diferencia de la heroína y otros opioides, la *ya-ma* rara vez mataba a los clientes, aunque descarrilara sus vidas. Solo en Tailandia había suficientes compradores potenciales de meta —con setenta millones de personas— para llenar la tesorería del EUEW, y las economías en alza de Vietnam, Bangladesh y Malasia parecían listas para la conquista. La población del Sudeste Asiático era de quinientos millones y creciendo. Para Wei, los consumidores estadounidenses habían dejado de ser relevantes.

Sus pastillas rosas tuvieron un éxito desenfrenado. El *speed* se convirtió en un producto básico en las líneas de montaje, y más tarde, en los clubes nocturnos y las residencias universitarias. Las autoridades tailandesas, preocupadas y con la esperanza de asustar a los ciudadanos, renombraron las pastillas como *ya-ba*, que significa «píldora de la locura». Sin embargo, los consumidores de meta adoptaron la terminología de forma irónica y enseguida comenzaron a pedir a sus proveedores pastillas de la locura. La *ya-ba* era la estrella polar del EUEW, una promesa ilimitada con forma de disco diminuto, del tamaño de una aspirina infantil. Los líderes wa se consideraban merecedores del elogio de los estadounidenses: los adictos de la ciudad de Nueva York ya no caerían desplomados por su China Blanca, pues ese producto ya estaba descatalogado.

Desvincularse del mercado estadounidense también trajo consigo beneficios potenciales en cuanto a seguridad. ¿Cómo podrían los americanos justificar un asalto de enorme presupuesto contra el Estado Wa, si no había un solo ciudadano de su país que hubiera muerto de sobredosis por las drogas wa? Los traficantes internacionales no compraban *ya-ba* al por mayor para introducirla de contrabando en Estados Unidos; el apetito estadounidense de *speed* ya estaba de sobra saciado por los carteles mexicanos y las bandas de motoristas. El cambio de Wei al *speed* incluso cuestionaba la enorme impronta de la DEA en el sudeste de Asia. Había decenas de agentes y analistas que protegían a los estadounidenses, pero ¿de qué exactamente? El canal de la heroína hasta Estados Unidos se estaba cerrando gracias al EUEW.

Wei aún se enfrentaba a tremendas acusaciones de la DEA, pero estaba a salvo de ser arrestado siempre y cuando no saliera del Estado Wa. Un agente solitario como Whalen podía merodear por el perímetro del Estado Wa, pero le costaría romper la pared protectora del ejército. Cualquier amenaza al magnate tendría que surgir desde dentro, y Wei había demostrado que podía derrotar a cualquier wa que osara poner en peligro su imperio naciente.

Mientras Wei continuaba salpicando la frontera birmano-tailandesa con fábricas de *ya-ba*, las primeras brisas templadas de la primavera soplaban sobre las tierras altas wa, al norte. En los alrededores de Pangkham, las ramas escarchadas de los pinos empezaban a gotear y, por primera vez en mucho tiempo, Saw Lu se sentía optimista. Era el año 2001 y su purgatorio llegaba a su fin. El propio presidente Bao lo había decretado, confiado en que más de un lustro de penuria bastaba para demoler el ego de cualquier hombre, incluso el de Saw Lu. El antiguo líder podría reintegrarse en la sociedad, esta vez como ciudadano de a pie, liberado con la condición de que nunca más aspirara al poder ni a rango alguno. Saw Lu le dio al presidente su palabra. «He pasado página, Bao. Mi corazón ya no es tan fuerte y me he vuelto diabético. Mi único sueño es labrar la tierra al aire libre y vivir el resto de mis días como un simple campesino».

Durante su primera semana de libertad, Saw Lu solicitó la ayuda de sus amistades más influyentes para conseguir una parcela de tierra de cultivo. Pangkham se emplaza en una cuenca rodeada de colinas verdes, y Saw Lu quería poner en marcha una granja con vistas a la capital. Para ayudar a que el exlíder volviera a ponerse en pie, el gobierno le asignó un terreno en las afueras de la ciudad, uno que no había sido labrado por nadie anteriormente porque circundaba el montículo de tierra donde el EUEW ejecutaba y enterraba a los criminales.

A Saw Lu no le importaba. La tierra era aceptable, así como las vistas, que daban a la franja esmeralda del río Hka. Seguía presionando a sus contactos en el gobierno para conseguir más dinero, pues deseaba construir un edificio de cemento, comprar doscientos cerdos y plantar mil lichis. Accedieron a sus peticiones: el poder de persuasión de Saw Lu seguía intacto.

La plantación que construyó Saw Lu era más grande que la de un «simple granjero»; aquello parecía indicar que se tomaba en serio la agricultura, disipando cualquier temor de que retomara la política. Nadie, ni siquiera sus simpatizantes, quería ese quebradero de cabeza. Cuando los oficiales iban a vigilarlo, le encontraban sudando en las arboledas de lichis, con los antebrazos cubiertos de polvo. Sus amigos más cercanos repararon en que Saw Lu vivía sus sueños a través de su yerno, Jacob, un profesor que intentaba con fervor moldear las mentes de los futuros líderes del Estado

Wa. Sin embargo, se le podía perdonar esta debilidad. Según las apariencias, el hombre más testarudo del mundo se había rehabilitado y se contentaba con vivir en el anonimato.

La reincorporación de Saw Lu a la sociedad política fue allanada por la desgracia de otro hombre, el corpulento y alcohólico adjunto de Bao, Li Ziru, el aliado más cercano de Wei en la capital, que había sufrido un derrame cerebral dos años antes. A pesar de que mantenía sus facultades mentales, se había debilitado y con frecuencia debía viajar a China para pasar revisiones médicas. Esto permitió el ascenso de otro adjunto: Xiao Minliang, el principal estratega político de Bao. Delgado e inteligente, Xiao era, al igual que Saw Lu, un ultranacionalista de corazón que creía que el EUEW, ante todo, debía proporcionar refugio a la raza wa oprimida y, solo en segundo lugar, gestionar los negocios. También era el hombre clave de la operación de erradicación de adormideras del EUEW. Para Xiao, Saw Lu era un hombre de buenas intenciones que se había acercado demasiado al sol. Pensó que no perjudicaría a nadie mantenerlo al tanto de lo que se discutía en el comité central; incluso, pedirle de vez en cuando consejo, ahora que Saw Lu estaba curado de su fanatismo.

Aquel verano, Saw Lu puso a prueba la longitud de su correa. Pidió permiso para salir de la capital. Sus enfermedades —tensión alta, nivel de azúcar bajo— merecían una atención médica apropiada. Los dirigentes wa siempre se trataban en la cercana China, pero para Saw Lu esto no era lo idóneo: los servicios de inteligencia chinos le consideraban un agitador proestadounidense, y hasta cruzar la frontera para un viaje rápido podía provocar un altercado. Birmania tampoco era una opción por motivos similares. De manera que propuso la idea de buscar un buen médico en Tailandia. La dirección del EUEW le deseó un buen viaje.

Jacob se ofreció para acompañar a su suegro. «No —rechazó él—; te necesito aquí, vigilando la granja». A Jacob le pareció extraño, un hombre con una salud delicada, deseoso de hacer un viaje tan exigente él solo. Llegar a Tailandia implicaba un desplazamiento hacia el sur en camioneta, rebotando por carreteras de tierra, y a continuación, cruzar de forma ilegal la frontera a pie, difícil para un hombre con los pies hinchados. «Saw Lu tenía su manera de hacer las cosas —me explicó Jacob—. Su mujer y su hija nunca le cuestionaban. De modo que yo tampoco».

Sin embargo, Jacob sospechaba que su suegro tramaba algo. Pese a que no lo admitía ante su familia, el sueño aún ardía en su interior, una brasa que había mantenido viva en secreto a lo largo de los fríos años de aislamiento. Se había aferrado a su ilusión de una nación wa libre de drogas tutelada por Estados Unidos. Aborrecía esta parodia que alteraba por completo su idea original, apoyada por Wei, con ese vulgar truco de manos que consistía en cambiar la heroína por *speed*, sustituyendo un veneno por otro. Si los líderes wa creían que esto iba a servir para mejorar su detestable imagen, pensó, estaban delirando. Con el tiempo, su familia llegaría a comprender lo que estaba a punto de hacer. Por ahora, Saw Lu solo necesitaba llegar a Chiang Mai.

Tras un largo y difícil viaje, se presentó en la frontera tailandesa y pasó sin incidentes. Encontró un taxi junto a la carretera, pero en lugar de ir directamente al hospital, se dirigió a casa de Bill Young. El hombre que vio Bill, de pie en la entrada, no era el Saw Lu de principios de los años noventa, quien, incluso tras su paso por una celda de tortura en Birmania, parecía sano y vigoroso. Este de ahora estaba encorvado, los ojos hundidos, ojeroso por el viaje. Hacía siete años que no se veían. Un mero intermedio, dijo Saw Lu. Se quitó las sandalias, entró, y le pidió a Bill un cigarrillo.

A sus sesenta y tantos años, Bill no había cambiado mucho. Las mismas camisas floridas hawaianas, el mismo ingenio mordaz y el amor por los planes temerarios, aunque su tos crónica había empeorado. Bill confirmó que aún servía como operativo de la DEA de manera no oficial, condición, por tanto, susceptible de ser negada. Saw Lu y Bill bromearon en lahu, el idioma que compartían, como dos amigos que se ponían al día. Sin embargo, poco después, la charla se tornó seria y se lanzaron a perfilar las líneas maestras de una trama.

Se trataba nada menos que de un golpe de Estado, concebido con la esperanza de deponer el liderazgo del EUEW, alinear la civilización wa con el llamado «mundo libre», y enviar a Wei al lugar que le correspondía: una celda en la prisión.

Lo llamaron la rebelión Whiskey Alfa.

WHISKEY ALFA

Con más de cincuenta mil millones de pastillas fabricadas hasta el momento en el siglo XXI —un cálculo moderado—, la *ya-ba* constituye uno de los productos ilegales de mayor éxito jamás creados.

Con seguridad, es la innovación narcótica más relevante de la era moderna.[1] La cocaína, la heroína y la meta fueron sintetizadas por primera vez entre mediados y finales del siglo XIX, gracias a los avances en química. Pero las pastillas *ya-ba* suponen el triunfo del diseño: parecen caramelos, tienen colores vivos y son fáciles de personalizar. No puedes imprimir un logo en el polvo de heroína blanco o en los fragmentos cristalinos de la meta; sin embargo, estas píldoras wa presentan el símbolo «WY», tan reconocible por los consumidores de drogas asiáticos como el logotipo de Nike. En la actualidad, superan en unidades vendidas al año a los pedidos de Big Macs y Starbucks en todo el mundo. Las pastillas, que cuestan entre uno y cinco dólares la unidad, tienen un precio asequible, y de hecho, se venden bastante, para consternación de las autoridades.[2]

El pánico a la *ya-ba* ha sacudido el Sudeste Asiático en diversas oleadas. La primera golpeó a Tailandia en torno a 2001, cuando Wei Xuegang dirigía unas cien fábricas de metanfetamina a lo largo de la frontera birmano-tailandesa. Su *ya-ba* estaba de moda; uno de cada veinte tailandeses la había probado.[3] Las autoridades cayeron en la histeria, similar a la que sufrieron los legisladores americanos en los años ochenta en la era del *crack*. Para ellos, la *ya-ba* no era un mero estimulante; se trataba de un virus que infectaba a la comunidad, convirtiendo a los ciudadanos en delincuentes exaltados, si no en violadores y asesinos.[4]

Los militares tailandeses describieron la *ya-ba* como «la principal amenaza a la seguridad nacional», un peligro que emanaba de las brumosas colinas de Wa del Sur.[5] Los medios redactaron titulares sensacionalistas, que rezaban: «La amenaza de la meta» o «Excazadores de cabezas gestionan fábricas de *speed*», invocando imágenes de salvajes del viejo mundo desatando oleadas de terror sintético.

«Es hora de actuar con firmeza», declaró el primer ministro de Tailandia, Thaksin Shinawatra, a principios de 2001. Si la junta de Birmania no hace su trabajo y destruye los laboratorios de meta dentro de sus propias fronteras, «lo haremos nosotros mismos».[6] Aquella primavera, Tailandia situó tanques de fabricación estadounidense, Scorpions y Sintgrays, a lo largo de la divisoria birmano-tailandesa, justo al otro lado de la frontera de Wei. El escenario estaba preparado para la invasión; sin duda, el mayor ataque contra el narcoejército del Triángulo Dorado desde el asedio de 1982 sobre el Shanland de Khun Sa, una operación conjunta con Estados Unidos.

Sin embargo, esta vez los estadounidenses no estaban tan dispuestos a colaborar. «Nuestra relación con Estados Unidos cambiaba con rapidez», dijo Pittaya Jinawat, entonces un alto funcionario de la Oficina de la Junta de Control de Narcóticos de Tailandia. Decían que la *ya-ba* era un «problema local que no perjudicaba a los estadounidenses», lo cual era cierto. Aparte de envíos por correo muy esporádicos a las comunidades asiático-estadounidenses, en general las pastillas no llegaban a Estados Unidos. Tanto la DEA como la CIA consideraban que el Ejército Unido del Estado Wa era una amenaza; no obstante, tal como predijo Wei, ninguna de ellas obtendría recursos para atacar a una organización que no nutría las adicciones de los americanos.

Estados Unidos tan solo proporcionó a Tailandia un par de helicópteros Black Hawk, además de veinte boinas verdes, y ninguno podía unirse a los operativos antinarcóticos junto a la frontera, y aún menos en Wa del Sur, que técnicamente era territorio soberano de Birmania. Las acciones de las fuerzas especiales estadounidenses estaban limitadas solo a simulacros de instrucción. Un agente de inteligencia tailandés lo explicaba así: «Algunos estábamos descontentos. Vamos, ¿eso es todo? ¿Después de lo que hemos hecho para luchar contra la heroína? Los americanos básicamente dijeron: "Ya sois mayorcitos, resolvedlo vosotros mismos"».

El ejército de Tailandia moderó sus ambiciones. En lugar de volar los laboratorios, atacaría al EUEW desde otro eslabón de la cadena de suministros, eliminado a los correos de las drogas wa en el instante en que cruzaran la frontera. El Comando de Wa del Sur por lo general introducía la *ya-ba* en Tailandia mediante equipos de diez hombres: ocho soldados cargados con mochilas, cada una con cien mil pastillas, y los otros dos, armados con fusiles, precediendo y cerrando la columna. «Nuestras órdenes eran encontrarlos y dispararlos —me dijo un sargento del principal regimiento de antinarcóticos del ejército tailandés,[7] al que llamaré Jok—. Abríamos fuego contra cualquiera que viéramos con una mochila andando por la selva. No somos policías. No hacemos operaciones de captura. Si los extranjeros invaden nuestro país, disparamos. Así de simple».

Sin embargo, no era tan simple. La división entre Tailandia y Wa del Sur se expandía a lo largo de más de 250 kilómetros, un terreno accidentado que la CIA había descrito como «el territorio ideal para traficar» a principios de los años setenta, cuando los Exiliados gobernaban esa franja de la frontera, y hoy en día seguía siendo idóneo. Las tropas tailandesas intentaron bloquear las pequeñas sendas de tierra que salían de Wa del Sur, pero los soldados wa, ayudados por los exploradores lahu, se abrieron camino a machetazos por esa tupida barrera vegetal para crear nuevas vías. Era imposible sellar la frontera.

«Empezamos a depender mucho de los informantes confidenciales», dijo el sargento Jok. Una serie de aldeas destartaladas se alineaban en la frontera y cada una contaba con lugareños contratados por el ejército tailandés para identificar a los contrabandistas de *ya-ba*. «Les dijimos, "avisadnos si veis a un grupo de tíos con botas negras". Era una pista clara. Los wa siempre llevan botas y uniformes verdes sin la insignia».

Jok era un soldado fornido de veintimuchos años. Para los suyos, la «Guerra contra las Drogas» no era un eufemismo. Se enfrentaban a enemigos bien entrenados que devolvían los disparos para proteger su mercancía. Era una contienda real, autentificada por la adrenalina y la pólvora. Los miembros de la unidad de Jok pasaban noches agazapados en una selva chirriante de insectos, envueltos en la negrura, atentos al crujido rítmico de unas suelas de caucho aplastando el suelo. Aprendieron a diferenciar las pisadas humanas de las de los jabalíes. «Todo el mundo conoce la reputación de los wa. Pura brutalidad. Pero yo no creía en esa mierda. Nosotros pensábamos en términos militares: números, organización, equipo. Los tailandeses éramos más numerosos. No iba a consentir que nadie entrara en mi país a decapitarnos».

A lo largo del año 2001, Tailandia incautó una cifra récord de *ya-ba*: noventa millones de pastillas, suficientes para drogar a toda la población durante más de un día entero. Después de cada tiroteo, el escuadrón de Jok les quitaba las mochilas a los wa muertos e inspeccionaba su recompensa allí mismo, en la selva. Por lo general, la meta se encontraba en paquetes envueltos en plástico, sellados al vacío y reforzados con grandes cantidades de cinta marrón de embalar. El sargento Jok, con la linterna en la mano, observaba a su teniente rajar los bultos con una navaja. Desprendían el empalagoso aroma dulzón a vainilla. Juntos, cribaban las pastillas rosas en busca de las píldoras de color verde lima. «La organización de Wei tenía un sistema que consistía en añadir una pastilla verde por cada diez mil pastillas rosas. Esto hacía más fácil a los traficantes llevar las cuentas. Seis pastillas verdes equivalen a un lote de sesenta mil».

A principios de 2002, el teniente de Jok recibió la llamada de un informante de Mae Ai, un distrito rural de la provincia de Chiang Mai, que linda con Wa del Sur. Especificó una fecha en la que los traficantes del EUEW cruzarían antes del amanecer, y estaba seguro de que se reunirían con un comprador en el interior de un cobertizo de bambú, a solo unos cientos de metros al sur de la frontera. El teniente ordenó a su unidad que prepararan el equipo. Quería llegar allí primero, esperar e interceptar a los traficantes. Un trabajo rutinario.

Vestidos de negro, ocho soldados del escuadrón de Jok se desplazaron en una camioneta hasta el lugar indicado. Era casi medianoche. Jok se sentó en la plataforma, con el fusil entre las piernas, mientras el teniente iba delante. Subieron con dificultad una ladera, el vehículo en primera. Los soldados dejaban atrás la luminiscencia de la civilización, farolas y pueblos electrificados, revelando un sinfín de estrellas.

El soldado que conducía aminoró la marcha, estacionó y dejó el motor encendido; sus órdenes eran dejar el equipo, desaparecer y regresar al mismo lugar una vez concluida la misión. Jok estaba a punto de bajar de la plataforma cuando, de pronto, le deslumbró un fuerte destello cegador. Una granada. Detonó debajo de la camioneta, levantando bruscamente el chasis y dejando sordos a los soldados del escuadrón. Las manos de Jok estaban cubiertas de trozos de vidrio. A partir de ese instante, sus recuerdos se rompen en fragmentos.

Su siguiente recuerdo es estar agazapado tras la puerta trasera de la camioneta: tenía ante la vista un cobertizo de bambú y descargaba su M-16-A1 en esa dirección. Si había algún wa en su interior, no respondió a los tiros; los que lanzaron las granadas, o bien habían huido, o permanecían inmóviles, dejando que la oscuridad los engullera por completo. Jok desvió su atención hacia un barullo de gritos cerca de él. Sus compañeros estaban sacando al teniente de la cabina de la camioneta y lo tendían sobre su espalda, junto a la rueda. En la penumbra, el rostro del oficial parecía blanco. «Lo raro era que... no estaba cubierto de sangre. Rasgamos la camisa del teniente y vimos un pequeño orificio de entrada de metralla. Era tan pequeño que no sangraba si no presionábamos. Nunca le escuché quejarse ni llorar. No se despertó, por mucho que lo sacudimos».

Atribuyeron la emboscada que terminó con la muerte del teniente a información falsa. Jok pensaba que el informante tailandés había sido sobornado por los wa para dirigir a su escuadrón directo a una trampa mortal. El EUEW había estado creando su propia red de informantes en los pueblos tailandeses, a los que retribuía mejor, logrando así que cambiaran de bando. «La gente de Wei tenía observadores en esos pueblos, y siempre parecían saber dónde nos encontrábamos. Todas las noches planeaban las jugadas como si fueran entrenadores de baloncesto y dirigían a los traficantes donde no estábamos nosotros. O nos tendían emboscadas».

Khaen-jai, traducido literalmente del tailandés, significa «corazón iracundo». «Es difícil de explicar si nunca has sentido esa necesidad de venganza —dijo Jok—. Después de que mataran a nuestro teniente, me sentía *khaen-jai* por completo. Era como... "¡que les jodan a los wa, matémoslos a todos!"». Las malas noticias provenientes del ejército tailandés agravaron su rabia. Las capturas en la frontera fracasaban. La *ya-ba* aún era fácil de conseguir en las ciudades al precio de la calle, cien bahts, tres dólares, sin apenas moverse. La agencia antinarcóticos de Tailandia calculó que entre la policía y las tropas incautaron solamente el diez o el quince por ciento de la *ya-ba* que fluía fuera del Estado Wa.

De ahora en adelante, en lugar de disparar a los traficantes, el escuadrón de Jok recibió órdenes de interceptar, interrogar y reclutar. Mandar de vuelta a Wa del Sur a unos cuantos como informantes trabajando para un nuevo bando, con la esperanza de que facilitaran a los militares tailandeses datos acerca de la maquinaria interna de Wei.

El sargento Jok obedeció las órdenes de mala gana. Si algún wa sobrevivía a los tiroteos, había que arrastrarlo hasta la base, meterlo en una celda y sonsacarle información. Pero resultó que aquellos hombres eran como una tumba. «No nos contaban nada. Ni sus nombres, ni el rango, ni siquiera el número de su división. Era desesperante». Tras cierto tiempo, el escuadrón descubrió que, si dejaban una cuerda en la celda, los cautivos wa a veces se colgaban. «La convención de Ginebra se aplica a la guerra entre Estados —me explicó Jok—; no entre criminales armados». Y a continuación reconoció: «No me gusta elogiar a los wa, pero te diré una cosa: Los tailandeses se matarían entre ellos por la espalda, sobre todo por dinero; en cambio, los wa son leales hasta la muerte. Nunca se les ocurriría delatar a uno de los suyos».

En ese sentido, Jok estaba equivocado. En otro lugar, en la provincia de Chiang Mai, en la sala de estar de un agente de antinarcóticos estadounidense entrado en años, un wa llamado Saw Lu conspiraba para derrocar a su propio gobierno.

Aunque indispensable para la conspiración Whiskey Alfa, Saw Lu no fue su arquitecto principal, sino Bill, que en los borradores de los documentos para la DEA se refería a ella como la solución al «tráfico prácticamente incontrolable [...] del actual gobierno wa», una crisis que exigía «un planteamiento audaz y acción encubierta».

La acción encubierta era la respuesta de Bill a muchos de los problemas del mundo. Incluso en su madurez, le seguían atrayendo las grandes misiones, como las que se relataban en las novelas de espías. Es fácil entender el motivo. En su juventud como agente de la CIA, había ideado planes descabellados, como enviar a indígenas a China para sembrar el caos, que tuvieron resultados concretos. Una conspiración que a cualquiera parecería fantasiosa, para Bill era del todo viable siempre que hubiera suficiente coraje, ingenio y fusiles M-16. Pese a su amarga salida de la Agencia Central de Inteligencia a finales de los años sesenta, aún tenía la mentalidad operativa de la vieja escuela de la CIA, y Whiskey Alfa se perfilaba como un clásico del género.

¿En qué consistía? Respaldar a una banda de disidentes, enviarlos a un Estado enemigo para deponer al gobierno y esperar que los ciudadanos y las fuerzas armadas del rival abrazaran su liberación, o al menos la acataran. Un método utilizado con anterioridad en China por cortesía de los Exiliados (fracaso en 1951) y después en Irán (éxito en 1953), Guatemala (éxito en 1954), Indonesia (fracaso en 1958), Cuba (fracaso en 1961), Vietnam del Sur (éxito en 1963), etcétera. Whiskey Alfa seguiría el mismo manual. Con Saw Lu como su conspirador, Bill quería reunir a un comando wa para tomar el control del Estado Wa y dar un golpe de Estado.

Bill elaboró una propuesta para su empleador, si bien no era un empleado de la DEA como tal, sino un agente en la sombra.

Aunque le pagaban como a cualquier otro informante anónimo, Bill era mucho más que eso. Salvo contadas excepciones, los agentes de la DEA destinados en el Sudeste Asiático eran visitantes de paso, que trabajaban durante unos cuatro años antes de trasladarse a Tijuana, Detroit o a cualquier otro lugar. Bill no. Criado al pie de las montañas birmanas por su familia misionera, era un nativo del Triángulo Dorado, un oráculo que hablaba sus complicados idiomas, incluyendo shan, lahu, lao y múltiples dialectos tailandeses. Bill era un servicio de inteligencia en sí mismo, con topos entre los rebeldes y contrabandistas. La política tribal fronteriza dejaba estupefactos a la mayoría de los agentes; sin embargo, él traducía estos enigmas, modelando el modo en que la DEA percibía a los grupos minoritarios de Birmania.

Tomemos como ejemplo a los wa. «No son *todos* malos», decía Bill. Algunos, como Saw Lu, estaban hartos de la reputación de su tribu de ser la «escoria del mundo» y buscaban el apoyo de Estados Unidos. Bill era de la opinión de que el EUEW había seguido el buen camino hasta que su fundador visionario, Zhao Nyi Lai, sufrió un derrame cerebral en 1995. Cuando Bao Youxiang se hizo cargo como líder, el gobierno wa se convirtió en una «dictadura dirigida por chinos», impulsado por el «extenso imperio corporativo» de Wei Xuegang. Lo que el pueblo wa deseaba, sostenía, eran líderes wa que gobernaran bajo principios internacionales (es decir, occidentales).

De modo que, con el fin de derrocar al mayor cartel de droga de Asia y acabar con la pesadilla de la metanfetamina en Tailandia, un aliado de Estados Unidos, Bill recomendó que los americanos apoyaran en secreto a los disidentes wa para deponer al gobierno en vigor del EUEW. Bao saldría ileso, según su plan. En esto se concretaba la influencia de Saw Lu, quien consideraba que el presidente estaba desencaminado, pero tenía un buen corazón. En cuanto a Wei, si el caudillo de la droga no «escapaba con antelación», sería apresado y extraditado a Estados Unidos, un resultado que «redimiría la reputación del pueblo wa a los ojos del mundo».

Establecida la razón de ser de Whiskey Alfa, Bill empezó a planificar los aspectos operativos. Necesitaba una fuerza armada capaz de ejecutar el golpe de Estado. Era hora de reunir a los miembros de la difunta Liga de los Señores de la Guerra, que habían gobernado por un breve periodo las montañas wa a finales de los años sesenta y principios de los setenta. El objetivo era dar a estos antiguos caudillos un puesto en el consejo gobernante leal al «mundo libre». Esto último significaba sacar a la nación de la órbita de China y colocarla fuera del tráfico de estupefacientes.

No todos los antiguos señores de la guerra estaban disponibles para la conspiración. El Maestro de la Creación se había retirado. Según Saw Lu, era demasiado viejo y estaba ocupado en algún monte del territorio wa dirigiendo un culto en compañía de sus siete esposas y sus innumerables hijos. Siguiente. ¿Y Shah? Había dudas... Shah se había jubilado en su tierra natal, la patria wa donde el EUEW era el gobierno supremo.

Algo oxidado por la edad, Shah era ignorado por la mayor parte de la sociedad wa, pese a sus contribuciones a la nación. A fin de cuentas, fue él quien guio a los combatientes wa en dirección sur, hacia la frontera birmano-tailandesa, después de la derrota de la Liga por los comunistas a principios de los años setenta. Su banda armada, el Ejército Nacional, estableció la primera avanzadilla wa. Recordemos que Wei se incorporó a este contingente de mercenarios como su tesorero a mediados de los años ochenta, superando en astucia a Shah y comprando la lealtad de sus combatientes con los ingresos por la heroína. Más tarde, en 1989, Wei se convirtió en el primer zar financiero de la nación wa recién fundada. Tras convencer al presidente Lai de que añadiera el territorio del Ejército Nacional al Estado Wa y transformar la banda en la división del EUEW, Shah fue marginado. Tenía muchas razones para sentirse amargado. Si no hubiera sido por él, Wa del Sur no existiría.

Tal vez, si aún mantenía su descontento, vería en la rebelión Whiskey Alfa una oportunidad de venganza. A pesar de que ya no se encontraba en buena forma física, Shah podría aportar sus conocimientos bélicos y hasta reunir a unos pocos exguerrilleros de los que estuvieron bajo su mando en el pasado (o, lo más probable, dada su edad avanzada, a los hijos de aquellos combatientes).

Saw Lu acordó establecer contacto con Shah. En cuanto a su propio papel en el golpe de Estado, actuaría como infiltrado. Bien situado en la capital, seguiría fingiendo un inocuo interés en las funciones internas del EUEW mientras buscaba puntos débiles que pudiera utilizar. Al mismo tiempo, empezaría a reclutar de manera clandestina a cristianos wa y lahu para que se unieran al complot como combatientes. La rebelión necesitaría de todo el personal posible.

Por último, estaba Mahasang el Príncipe, el único veterano de la Liga que aún se autodenominaba señor de la guerra. Era el eje de la trama, para bien o para mal. Mahasang, de cincuenta y tantos años, descansaba en un austero campamento en Birmania, pegado como una lapa a la frontera tailandesa. Rodeado de empalizadas de madera, era un fuerte de segunda mano construido por los Exiliados mucho tiempo atrás, como parada para las mulas empleadas en el contrabando de opio. Cuando los Exiliados lo abandonaron, Mahasang se mudó allí junto con varios cientos de wa, los últimos integrantes de su séquito real.

Mahasang se había unido a la Liga de los Señores de la Guerra a finales de los años sesenta para ayudar a proteger el territorio de su clan de los comunistas. Su familia, la más rica de las montañas, era altiva y feroz. Exhibían brazaletes brillantes en las muñecas y adornaban su territorio, la Fortaleza Plateada, con calaveras humanas. Sin embargo, cuando los comunistas derrotaron a la Liga, Mahasang, al igual que Shah, huyó con sus seguidores. En busca de un sitio donde esconderse, dio con el campamento abandonado de los Exiliados en la frontera birmano-tailandesa. Y casi tres décadas más tarde, Mahasang y su pueblo seguían allí, viviendo en un lugar perfectamente aislado. El asentamiento dominaba un lago plateado y daba acceso a una polvorienta ruta de contrabando, una puerta trasera que conectaba Birmania con la provincia de Mae Hong Son, en Tailandia.

En el año 2001, los seguidores de Mahasang le seguían llamando «Príncipe». Si de joven había sido un mocoso impertinente, con la edad se había apaciguado, evolucionando hasta llegar a ser un hombre que hablaba con corrección y vestía de forma impecable a pesar de la austeridad del entorno, con el cabello engominado y dispuesto hacia un lado, un peinado digno de un presentador de concursos. Ante un público entregado, Mahasang declamaba odas melifluas a la «democracia» y a los «derechos humanos».

Había captado estas expresiones durante sus viajes a la ciudad de Chiang Mai, hogar de una diáspora de minorías nacidas en Birmania. Unidas en su odio al régimen militar, trabajaban para grupos activistas financiados por Occidente para «liberar a Birmania» de la tiranía.[8] Mahasang se mantenía al margen de este panorama. Se posicionaba como la figura alternativa de la tribu wa, más ilustrada en comparación con los líderes traficantes del EUEW. «La prensa siempre describe al pueblo wa como proscritos, criminales y traficantes de drogas —dijo en una ocasión—,[9] pero no todos los wa están implicados en actividades criminales. Los wa son amantes de la paz, gente trabajadora que, al igual que otros grupos étnicos, quieren vivir en un país libre y democrático».

Si el propio príncipe estaba mezclado en el tráfico de estupefacientes o no, era un misterio. —«¿Es Mahasang un hombre de su pueblo o un traficante de drogas?», se preguntaba una revista tailandesa—. En todo caso, era un señor de la guerra, aunque menor, que exprimía a impuestos a cualquiera que pasara por su campamento. Aunque las principales rutas de contrabando del Triángulo Dorado pertenecían a Wa del Sur, cuyo vasto territorio se emplazaba 48 kilómetros al este del de Mahasang, algunos traficantes optaban por la vía más larga: salían de Birmania por un sendero cerca del fuerte del Príncipe, transportando gemas, ganado o seres humanos, y a veces, opio y meta. Mahasang insistía en que él nunca cobraba impuestos a los traficantes de drogas, y esto técnicamente era cierto; no recaudaba en persona los peajes, pues estaba enfermo de asma por los cigarrillos y a menudo debía cargar con una bombona de oxígeno. El cobro de tasas recaía sobre su milicia privada, integrada por unos ciento cincuenta leales provistos de fusiles automáticos, algunos de ellos hijos y nietos de cazadores de cabezas.

Mahasang se unió al complot del golpe de Estado Whiskey Alfa cuando Bill se lo pidió. Se conocían desde décadas atrás. Bill proyectó grandes planes para la pequeña milicia del Príncipe, posicionándola como el núcleo de la rebelión, el eje del levantamiento que incorporaría cualquier efectivo que Saw Lu o Shah pudieran reclutar. En los memorandos a la DEA, Bill dijo que Mahasang «manifestó su total disposición para trabajar y cooperar plenamente bajo cualquier término y dirección [...] al servicio del mundo libre».

¿Y qué podía el «mundo libre» ofrecer a los golpistas wa? Soldados profesionales y tecnología punta. Bill quería que el ejército tailandés reforzara de forma clandestina a la milicia con fuerzas especiales con experiencia, tipos como Jok, que fingieran ser wa. Entretanto, Estados Unidos podía proporcionar «sistemas de codificación y descodificación occidentales» para ayudar a los conspiradores a comunicarse entre ellos, así como con los futuros reclutas esparcidos por el Estado Wa, que estarían preparados para actuar al recibir la señal.

Según los planes de Bill, una vez que el golpe de Estado desalojara a Bao y a Wei, Saw Lu y los demás conspiradores se dirigirían a la casa de Lai, el padre fundador de la nación wa. Pese a estar postrado en silla de ruedas y con problemas de dicción, aún era el «secretario general» del EUEW, un puesto más bien honorífico, parecido al de un rey, al menos sobre el papel. De tener éxito, los líderes del golpe, Saw Lu, Mahasang y Shah, pedirían a Lai que consagrara su legitimidad como el nuevo consejo gobernante.[10]

Así es como se desarrollaría todo si el golpe de Estado triunfaba, un gran interrogante basado en suposiciones. Bill había heredado de su abuelo misionero una gran capacidad para la esperanza. William Marcus Young creyó que podía salvar las almas de los cazadores de cabezas y, un siglo más tarde, el nieto pensaba que unos exseñores de la guerra fracasados, con algún que otro achaque, estaban en condiciones de tomar el control del Estado Wa y de su ejército, que sumaba ahora unas veinticinco mil tropas.

Saw Lu escuchó a Bill y sopesó las bajas probabilidades de éxito, y luego tragó saliva, rezó y continuó conspirando a su lado. No estaba de acuerdo con todos los detalles, pero Bill, y solo Bill, tanteaba la seductora posibilidad de que, tras años de degradación, los sacrificios de Saw Lu culminaran en la redención. Que todos los episodios oscuros de su vida —su espalda azotada en la celda de tortura de Birmania, la cumbre fallida en la colina con la DEA, sus cinco años pasando hambre en una choza destartalada— pudieran ser preludio de un glorioso final. Que Wei Xuegang, a quien odiaba con toda su alma, sufriría por fin la furia de Dios.

Aún estaban en los primeros días de Whiskey Alfa. Apenas habían trazado una propuesta supeditada al interés de la DEA. La ejecución del golpe podía tardar un año o más. Por ahora, Saw Lu tenía que regresar al Estado Wa para que los líderes no sospecharan. Bill le entregó un teléfono vía satélite Inmarsat con una antena de goma, gruesa como un cañón de rifle. «Usa esto para mantenerte en contacto conmigo cuando estés en Pangkham —le dijo—. Cuando llegues allí, cava un agujero y entierra el teléfono, y no informes a nadie de su existencia».

Ajeno a sus maquinaciones, el gobierno del Estado Wa pretendía seguir una ruta muy diferente para redimir el nombre mancillado de su pueblo: se trataba de introducir efectivo en la economía legal lo más rápido posible. El EUEW estaba formando una corporación.

Las élites del EUEW acumulaban cientos de millones de dólares al año —procedentes de ingresos personales y estatales—, y para principios del 2000 este patrimonio sostenía a una constelación de empresas.[11] Wei fundó, junto con sus hermanos, su propia multinacional, Hong Pang, con oficinas en Pangkham y Yangón, además de sociedades fantasma en Tailandia, Hong Kong y Singapur. Sus inversiones eran prolíficas: gemas, construcción, textiles, cemento, gasolineras y discos compactos. El clan de Bao dirigía un conglomerado más pequeño, Tet Kham, que gestionaba hoteles, explotaciones madereras, un banco con sede en Birmania y, lo más impresionante, una participación mayoritaria en Yangon Airways, una de las pocas líneas aéreas en Birmania.

Los oficiales del EUEW lo aclamaron como un logro. Al menos los wa diversificaban más allá de los narcóticos. Sin embargo, la DEA tenía un término alternativo: blanqueo de capitales. «Estaban blanqueando el dinero negro —dijo Whalen—. Sobre todo Wei, el jefe de finanzas. No lo podrían haber hecho sin él».

Era marzo de 2002 y faltaban tres años para que venciera el plazo de erradicación de las adormideras, tras lo cual, según la promesa de Bao a las Naciones Unidas, ni un solo tallo de esta planta emergería del suelo wa. En la capital, el gobierno wa instaló fábricas para emplear a los cultivadores de adormidera tras la transición. El presidente, deseoso de presumir de sus progresos, invitó a diplomáticos de la región y a autoridades de la ONU a Pangkham para una sesión informativa.

En la lista de visitantes extranjeros figuraban los embajadores de Singapur, Laos, Pakistán e incluso la encargada de negocios de Estados Unidos, Priscilla Clapp, sucesora de Huddle. La junta, siempre deseosa de buena prensa, resolvió traerlos a todos en helicóptero. El régimen preparó su mejor flota, digna de VIPs, con asientos de lujo en el interior de las cabinas al estilo de las líneas aéreas civiles. «Iba a ser todo un espectáculo de circo», me contó el agente Whalen. Y él no se lo quería perder por nada del mundo.

Whalen era ajeno al complot del golpe de Estado de Bill Young. El agente de la DEA se centraba en operaciones de antinarcóticos más convencionales, como investigar la red de tráfico de metanfetamina de Wei. En este viaje a Pangkham podría encontrarse cara a cara con los líderes wa, el séquito de Wei, al mismo tiempo que se incorporaría al extraño club de agentes de la DEA (o simplemente, occidentales) que caminaban sobre suelo wa. El personal de la DEA en el exterior es técnicamente parte del cuerpo diplomático, de modo que nada impedía a Whalen acompañar a la encargada de negocios. «No dijimos, "¡Eh!, viene la DEA"; tan solo: "nuestros diplomáticos vendrán a ver vuestros proyectos de desarrollo alternativo"».

La noche antes de coger el vuelo, Whalen, un oficial birmano y un agente antinarcóticos australiano compartieron una botella de coñac. De modo que, cuando Whalen descendió sobre el Estado Wa a la mañana siguiente, con su paisaje pedregoso ondeando en todas direcciones desde la ventana del helicóptero, no estaba de humor para disfrutar de las vistas. El agente tenía resaca, intensificada por las hélices que rugían por encima de su cabeza.

Los oficiales del EUEW recibieron a la delegación en el helipuerto. Ansiosos por mostrar los primeros pasos del Estado Wa hacia la industrialización, empezaron la visita en una instalación de elaboración de cigarrillos repleta de maquinaria anticuada fabricada en China. Después, pasaron a una destilería que producía una bebida alcohólica, vino de arroz Hong Pang. «Era puro aguardiente casero —me dijo Whalen—. Seguro que podía servir como combustible para el coche». El jefe de estrategia política de Bao, Xiao Minliang, se unió al grupo, asegurando a Whalen y a los demás que el proyecto antiopio del Estado Wa era irreversible. «Antes, casi todos los pueblos cosechaban opio —afirmó Xiao—, pero ahora solo lo hacen menos de la mitad. No ha sido fácil para nuestro pueblo. Con todo, seguimos adelante por el bien de nuestros ciudadanos y de los vuestros».

A Whalen no le tocó la fibra sensible. «Empieza pidiendo ayuda, pidiendo al gobierno estadounidense once millones de dólares a lo largo de los próximos diez años. "Nuestra gente es muy pobre" y tal y cual... Y yo pienso: "¿Por qué no vendéis vuestros coches?" —Whalen había reparado en que Xiao y otros oficiales se desplazaban en Land Cruiser negros—. O: "¿Qué tal si vendes el reloj?"». Llevaba en la muñeca un Rolex de veinte mil dólares.

La última parada de la visita, una zona wa ochenta kilómetros al norte y ahora libre de adormideras, requería un corto viaje por aire. «Así pues, regresamos a los helicópteros. Hay que tener en cuenta que aún me sentía algo embotado de la noche anterior. —Cuando Whalen se asomó al interior de la cabina, vio a un wa con un polo verde, el cabello negro con entradas, sentado en un cómodo asiento junto a la ventana—. Me quedé pensando: "¿Quién diablos es este imbécil que está sentado en mi sitio?". Después caí: ¡Era Bao Youxiang!».

Whalen entró de un salto y se sentó junto al presidente, cuyos ojos se abrieron de par en par. «Sabe con exactitud quién soy —pensó Whalen— y no se alegra de verme». Pronto tuvieron compañía: un oficial de inteligencia birmano de alto rango, que se acomodó en un asiento cercano. Cuando el oficial de la junta se volvió para mirar a la pareja sentada detrás de él, el líder de un narcoejército y un agente veterano de la DEA acomodados uno al lado del otro, su rostro se heló.

—John, por favor —pidió el oficial birmano en inglés—, compórtate. Le aterras.

—Ah, ¿de verdad? ¿Y eso por qué?

—Porque eres de la DEA.

—Dame un respiro —dijo Whalen—. Estamos en su mundo. Sabe que aquí no puedo tocarlo.

Mientras Whalen y el oficial de la junta charlaban en inglés, Bao miraba por la ventana, escuchando sin comprender.

—Te diré una cosa —Whalen se dirigía al birmano—: Me gustaría hacer un trato. Dile a Bao que entregue a Wei Xuegang a la DEA, que me lo entregue a mí. Que lo haga y no le volveremos a molestar.

Las hélices por encima de su cabeza giraron. La cabina levitó y el estruendo durante el vuelo ahogó cualquier oportunidad de seguir negociando. Cuando el helicóptero aterrizó, veinte minutos más tarde, Bao se quitó el cinturón y se precipitó hacia el exterior a toda velocidad.

Poco después, en torno al año 2003, la cúpula del EUEW empezó a decir a los forasteros que Wei se había esfumado. «Simplemente desapareció —comunicó Bao a los medios chinos—.[12] Todo el mundo sabe que le están buscando y, si fuera mi caso, yo también hubiera huido. No revocaremos sus títulos de manera oficial. Pero Wei ya no es un líder wa».

Mientras el presidente hacía estas declaraciones, corrían rumores en Pangkham acerca de una nueva mansión en las colinas, en las afueras de la ciudad. Un pequeño ejército de constructores había aparecido en la ladera de una montaña talando árboles y quitando rocas para acondicionar el terreno y levantar un palacio de tres plantas de color crema y ámbar, con alas al este y al oeste, y flanqueado por edificios auxiliares tan grandes como hoteles. El complejo, de treinta y cinco millones de dólares, se alzaba sobre un césped cuidado en terrazas y, si eran ciertos estos rumores, sobre una red de vías de evacuación y un refugio antiaéreo reforzado de acero. La propiedad era visible desde una carretera cercana, pero si algún visitante se aproximaba demasiado, los centinelas emergían desde los árboles, fusil en mano. Los wa nunca habían visto algo parecido. Una propiedad privada más grande que un pueblo, supuestamente para alojar a un hombre soltero y sin hijos.[13]

En efecto, Wei Xuegang había desaparecido, pero en los confines de esta mansión. Se había mudado de Wa del Sur para alejarse de Tailandia, un hervidero de espías y asesinos respaldados por Estados Unidos.[14] En teoría, había dejado a su hermano pequeño, Wei Xueyin, a cargo de la frontera, pero todo el mundo sabía que era un mero títere. Wei aún gobernaba Wa del Sur a distancia, dictando órdenes por teléfono. Apenas salía de la mansión, defendida por una guardia pretoriana: cientos de soldados que hablaban chino, portaban fusiles último modelo y respondían únicamente ante él.

Jacob, que aún impartía enseñanza a los cadetes, estaba intrigado respecto a Wei, como cualquiera. Solo sabía de un hombre que hubiera conocido al financiero en persona: su suegro. Sin embargo, Saw Lu callaba cada vez que alguien mencionaba su nombre. En cambio, Jacob escuchaba lo que se rumoreaba en el círculo de Bao, donde se codeaba con otros oficiales de rango intermedio. «Se decía que Wei era un genio —dijo Jacob—, pero tan paranoico que llevaba mascarillas de goma y no cogía ni siquiera un vaso de agua sin guantes para no dejar huellas». Lo que molestaba a Jacob era la admiración que inspiraba Wei en sus compañeros. Muchos oficiales wa hablaban de él como si fuera una especie de Robin Hood que sacaba dinero a los adictos extranjeros para invertirlo en el desarrollo de la nación, lo cual no era del todo falso. Las operaciones de Wei financiaron proyectos para asfaltar 3 200 kilómetros de carreteras en el Estado Wa, una logro notable para un lugar tan escarpado como los Alpes. Sin embargo, esto no impresionaba a Jacob, para quien Wei no dejaba de ser un traficante. Era obvio que quería conectar diversos puntos de la nación para mejorar las operaciones logísticas. ¿Cuándo alcanzaría su riqueza procedente de las drogas a las escuelas, el pilar básico de cualquier Estado moderno?

Para entonces, Jacob había observado que sus cadetes, aunque amoratados y golpeados por los entrenamientos, eran los más favorecidos. Como hijos de oficiales de élite, tenían la educación garantizada. El niño wa común y corriente nunca había visto el interior de un aula. El Estado Wa, con una población de seiscientos mil habitantes, solo contaba con unos cientos de escuelas primarias que impartían enseñanza a veinte mil alumnos. El gobierno administraba otras diez de enseñanza media y, al carecer de un plan de estudios de lengua wa para la enseñanza secundaria, dependían de libros de texto chinos de segunda mano. No había institutos. No es de extrañar que Bao enviara a sus hijos a un internado de Singapur. «Estamos comprometiendo nuestro futuro —consideraba Jacob—. Lo matamos a base de apatía. La actitud de todo el mundo es primero los negocios, luego la educación».

Jacob culpaba a Wei de fomentar esta mentalidad. Para muchos wa, su mansión simbolizaba el increíble poder del dinero, que servía de templo para la floreciente religión de enriquecerse a toda costa. Jacob y sus compañeros cobraban unos ochenta yuanes al mes, el equivalente a doce dólares, y muchos se estaban obsesionando con la idea de amasar fortunas. Sin embargo, para cualquier oficial wa de rango medio, o incluso para los de alto nivel, el camino más rápido para enriquecerse no era necesariamente el tráfico de estupefacientes; tan solo los comandantes de división del EUEW poseían el capital y la mano de obra para montar un laboratorio de metanfetamina. Para los rangos inferiores de Pangkham, la mejor opción era cortejar a los inversores chinos y sacarles el dinero.

Para los hombres de negocios sin escrúpulos de China, el Estado Wa era una tierra de segundas oportunidades. Un empresario chino arruinado, tal vez escapando de prestamistas o con su reputación destruida, podía cruzar el río Hka con una mochila llena de yuanes y montar una fábrica o una plantación de caucho. La mano de obra wa era muy barata y las normativas inexistentes. Sin embargo, sin un verdadero Estado de derecho, dependían de la protección de los oficiales del EUEW, obtenida a cambio de un soborno.

Los empresarios chinos que procuraban estas relaciones merodeaban por los K-TV de Pangkham; garitos de karaoke bañados de luz rosa donde las camareras susurraban en los oídos de los clientes. Muchos negocios eran cerrados entre chupitos de vino de arroz y canciones discordantes. Jacob, presionado para participar en estas veladas por sus compañeros, se abstenía de tomar alcohol. «Yo era un hombre de café y agua», me contó. Se sorprendió cuando, en algún local de este tipo, vio a los comerciantes chinos pasándose pastillas de color rosa. «La única droga que en verdad era tabú era la heroína». A pesar de que el EUEW ya no producía su propia China Blanca, grupos armados vecinos sí lo hacían y su producto estaba disponible en las calles de Pangkham. «La heroína era algo serio. Salvo que tu apellido fuera Bao, ibas a la cárcel por ello. Pero, respecto al resto de drogas, si un cliente chino las quería, por lo general, las conseguía».

En el entorno cercano de Jacob, sus compañeros estaban obsesionados con el dinero y estaban más centrados en extraerlo de los visitantes chinos que en cumplir con sus obligaciones. Jacob sentía que Bao debía refrenar esta fijación, acabar con la corrupción y promocionar solamente a los oficiales honestos, tal como había prometido en el pasado. Sin embargo, el presidente parecía más interesado en colocar en el gobierno wa a sus propios familiares y aduladores, al margen de su formación o reputación ética. El nepotismo de Bao había alcanzado niveles desorbitados: había dado a sus tres hermanos los puestos más altos del EUEW, dejando los restantes para su legión de sobrinos y compañeros de batallas. El presidente estaba construyendo una gran dinastía que pudiera hacer frente a la influencia de Wei y, al parecer, esa obsesión le dejaba poco tiempo para centrarse en mejorar la vida de la gente corriente.

Hasta entonces, Jacob siempre había seguido los consejos de Saw Lu: «Intenta mejorar el gobierno wa desde dentro». Aún veneraba a su suegro como mentor. Sin embargo, cada vez que intentaba consultar algo con él, el hombre parecía distante. Algo le preocupaba. Una vez más, Jacob se sintió espiritualmente abandonado y privado de guía. En ocasiones, veía a Saw Lu paseando por las arboledas de lichis de su granja, hablando en lahu, un idioma que Jacob no entendía, con un teléfono de aspecto extraño pegado a la oreja. Sabía que era mejor no hacer preguntas.

Enero, 2005.

Iba a ser su año, un año de cambios, de renacimiento, de sacrificio a cambio de su dignidad.

Poco después del día de Año Nuevo, el EUEW se preparó para otra visita importante de enviados especiales extranjeros. Los emisarios habían venido para ver los progresos del Estado Wa con sus propios ojos: laderas repletas de árboles de caucho y arbustos de té, y apenas un bulbo de adormidera a la vista. Solo quedaban en todo el país wa unas decenas de kilómetros cuadrados de campos de esta planta, y estaba previsto que fueran arrancadas para el verano. Bao quería que los invitados contemplaran los avances para después regresar a sus países y contarlo a sus conciudadanos. A fin de cuentas, los wa siempre cumplen su palabra.

El viaje diplomático, organizado a través de la Oficina de las Naciones Unidas contra la Droga y el Delito (ONUDD), estaba programado para el 24 de enero. Los dignatarios de Alemania, Japón, Reino Unido y otras seis naciones habían confirmado su asistencia. Las autoridades estadounidenses, por naturaleza imprevisibles, aún no habían respondido. No importaba; el EUEW seguía centrado en la preparación del espectáculo inminente.

Sin embargo, una semana antes de la visita, los agentes de la DEA advirtieron de forma confidencial a las Naciones Unidas de que estaba a punto de iniciarse una operación estadounidense contra el Estado Wa; se había programado para el mismo día que los diplomáticos debían aterrizar en Pangkham. La DEA no podía revelar mucho, tan solo que enfurecería a los líderes wa, posiblemente incitándolos a tomar represalias contra los invitados occidentales.

«Suspended el viaje», dijo la DEA, y la ONUDD, que dependía del gobierno estadounidense para gran parte de su financiación, no tuvo otra opción que obedecer. Desde Naciones Unidas se aconsejó al reducido número de funcionarios residentes en el Estado Wa, cuya misión era proporcionar ayuda a las aldeas que antes cultivaban adormideras, que abandonaran sus puestos y desaparecieran con discreción, pues se preparaba una acción americana.[15]

Esta acción no era Whiskey Alfa, pues en última instancia, la sede central de la DEA había rechazado el plan de Bill de un golpe de Estado por una buena razón, me contó Whalen. «Estamos hablando de una actividad paramilitar, y no hacemos eso. De intentar algo remotamente parecido, atraeríamos a Wei a la frontera tailandesa y le apresaríamos allí. Pero lo que no vamos a hacer son incursiones en una nación soberana». Es decir, Birmania.

En su lugar, la DEA optó por la Operación Señor de la Guerra, una campaña de imputaciones legales contra el órgano ejecutivo del gobierno wa. La DEA declaró su intención de capturar y extraditar a los cuatro Baos —el presidente y sus tres hermanos, todos oficiales de alto rango del EUEW— y a los tres Wei. Los cargos eran: producción y tráfico de cantidades masivas de heroína por valor de hasta mil millones de dólares. La pena mínima sería diez años en una prisión estadounidense; la máxima, cadena perpetua. Quienes ayudaran en la lucha para aprehender a los líderes wa recibirían una recompensa de quinientos mil dólares. El caudillo de la droga Wei Xuegang era una excepción. El precio de su cabeza era de dos millones de dólares.

Las habladurías se propagaban en Pangkham como la gripe. Corrió la voz de que todos los extranjeros que vivían en el Estado Wa habían desaparecido repentinamente. Tal vez habían huido, anticipándose a los ataques aéreos americanos.[16] Los ciudadanos no salían de casa. Bao lo interpretó como una declaración de guerra, y sin duda sonaba como tal. Al anunciar la Operación Señor de la Guerra, los jefes de la DEA denunciaron que el gobierno wa constituía «una seria amenaza para la seguridad de todos los estadounidenses». La DEA afirmó que el EUEW «pretende ser un movimiento independentista», pero no es más que una «poderosa organización criminal [...] que alimenta las adicciones que socavan la dignidad humana, generando crimen y violencia, disminuyendo la productividad y ocasionando un sinfín de problemas sociales».[17] Estados Unidos y sus aliados tenían el deber de «interrumpir y desmantelar» al EUEW, al igual que estaban obligados a destruir otros carteles del mundo.[18]

Para los líderes wa esta declaración anunciaba una invasión. Sin embargo, Estados Unidos no tenía ninguna intención de asaltar el

Estado Wa; las acusaciones eran sobre todo amenazas, con el fin de criminalizarlo y aislarlo aún más. Pero el EUEW no tenía forma de saber esto. Conscientes de que las operaciones de cambio de régimen estadounidense comienzan con ataques desde aviones y helicópteros, los soldados wa, con lanzamisiles de fabricación china al hombro capaces de derribar a un Black Hawk, vigilaban el cielo. En esa época, Estados Unidos bombardeaba Irak, incluso después de sacar a rastras al depuesto dictador Saddam Hussein de una apestosa trinchera. «Que intenten invadirnos como hicieron en Irak —dijo Bao, provocando al gobierno estadounidense en declaraciones a los medios chinos—.[19] A ver si vuestros tanques son capaces de ascender por nuestras montañas. Todos los wa están formados para el combate. De modo que pensadlo bien antes de importunar este lugar que consideráis pobre y atrasado».

Detrás de las bravatas, el presidente estaba completamente desconcertado. Para justificar la Operación Señor de la Guerra, la DEA califico al EUEW como «uno de los mayores productores de heroína del mundo», lo cual había dejado de ser una descripción justa, dados los enormes logros en ingeniería social: los wa acababan de llevar a cabo lo que un funcionario de antinarcóticos de la ONU llamó «la prohibición de opio más eficaz y eficiente de la historia».[20]

Tan solo una década antes, los narcoejércitos birmanos —a saber, el EUEW y el Shanland de Khun Sa— generaban la mitad del opio del mundo. Sin embargo, con la conquista de Shanland por tropas wa y la erradicación interna del EUEW más o menos completa, ahora Birmania cubría solo un cinco por ciento del suministro de opio global. Fue un cambio extraordinario, orgullo del EUEW: «Hemos prohibido el opio y elegido el camino del desarrollo pacífico [...] Nos adentramos en el periodo más glorioso de la historia de nuestra región».[21] El EUEW, ahora un cartel de meta, había reducido el Triángulo Dorado a un páramo de producción de heroína. Y obviamente, los consumidores de heroína de todo el mundo tuvieron que adquirir sus dosis en otra parte. Así pues, ¿qué país heredó la corona de principal productor de opio y heroína?

Afganistán, un territorio bajo ocupación estadounidense.

La adormidera florece en Afganistán, el núcleo de otra gran región de producción de opio: la Media Luna Dorada. Durante gran parte de la década de los años noventa, los gobernantes talibanes controlaron el tráfico de opio, pero en 2000 decidieron eliminar las plantas. Al igual que el EUEW, los talibanes esperaban, de un modo ingenuo, que acabar con la producción de opio facilitaría la aceptación internacional. Como resultado de esta campaña de erradicación, con pocas excepciones, las adormideras en Afganistán solamente florecieron en una zona septentrional del país, un área montañosa controlada por señores de la guerra independientes que despreciaban a los talibanes. Se hacían llamar la Alianza del Norte.

Y aquí entra Estados Unidos. A finales del año 2001, la CIA, encabezando la invasión de Afganistán, suministró armas pesadas a la Alianza del Norte y convirtió a los señores de la guerra en una vanguardia proestadounidense que atacaba a los talibanes junto con las tropas americanas invasoras. Como consecuencia del asedio, los talibanes se retiraron al campo y, una vez más, araron la tierra y sembraron adormideras; solo mediante la venta de opio podían pagar a los combatientes, comprar armas y permitirse una prolongada resistencia. Entretanto, la Alianza del Norte continuó cosechando opio en su territorio, como siempre había hecho.[22] Con ambos bandos implicados en el tráfico de drogas, nació un gran narcoestado. En 2005, Afganistán iba camino de suministrar el noventa por ciento del opio en el mundo, casi todo cultivado por señores de la guerra respaldados por la CIA.[23]

Consideremos la lógica absurda del gobierno de Estados Unidos. Mientras la CIA apoyaba a los señores de la guerra que producían opio en Afganistán, la DEA guardaba silencio. Pero, al mismo tiempo, arremetía contra otro grupo de habitantes de las montañas asiáticas, los wa, justo cuando habían renunciado a producir opio. Y sin ironía aparente, los americanos bautizaron su ofensiva antiwa como Operación Señor de la Guerra.

Fue un embrollo del que resultó una única lección: la cruzada de la Guerra contra las Drogas nunca se aplicaría a los narcoejércitos favorecidos por la CIA, al margen de cuánta heroína y cuánto opio produjeran. El presidente Bao no pudo ocultar su consternación. «Nos tratáis como terroristas cuando ni siquiera sabemos fabricar petardos —dijo—. ¿Qué queréis de nosotros? ¿Queréis venir aquí a plantar más adormideras?».

¿Qué quería Estados Unidos exactamente?

La respuesta depende de lo que entendamos por «Estados Unidos». Los que se encuentran en la cúspide del gobierno estadounidense —el presidente, el secretario de Estado, la mayoría de los legisladores del Congreso— con toda seguridad desconocían la existencia de la etnia wa. En cuanto al administrador de la DEA y el director de la CIA, tal vez sabían algo acerca del EUEW, pero lo consideraban una preocupación lejana, mucho más marginal que los carteles mexicanos o los terroristas islámicos.

Desbaratar el Estado Wa era el cometido de los oficiales de rango medio de la DEA y, en menor medida, de los agentes de la CIA destinados en el Sudeste Asiático, para entonces una prioridad secundaria para Estados Unidos. El EUEW reunía todos los requisitos: era un narcoejército, tenía buena relación con China y estaba fuera de la esfera de influencia estadounidense. Sin embargo, puesto que a nadie importante de Washington le interesaba mucho, la DEA estaba limitada a una ofensiva de bajo presupuesto, sin ataques llamativos, tan solo amenazas de extradición que, aunque parecían serias, eran imposibles de ejecutar.

En cuanto al público americano, desconocían la existencia de los wa, al igual que ocurre hoy. Los medios mostraban indiferencia ante las acusaciones de la DEA. Las noticias se centraban en las dos guerras en curso y la reciente ruptura entre Jennifer Aniston y Brad Pitt. Sin embargo, tal es el poder de Estados Unidos, que una operación periférica que pasa desapercibida para los ciudadanos allí, puede sacudir a una civilización al otro lado del mundo.

Los wa recibieron una de estas sacudidas. Mediante la Operación Señor de la Guerra, Estados Unidos convirtió al EUEW en un paria internacional. La DEA insistió en que debía una compensación al público estadounidense: ciento tres millones de dólares, que obtendrían de la incautación de empresas y activos. Al igual que las empresas son «personas» bajo la ley estadounidense, la Casa Blanca calificó a todo el gobierno del EUEW de «capo».

Cualquier persona, de cualquier nacionalidad, que se asociara con el Estado Wa —proporcionando «bienes y servicios» a oficiales o asociados del EUEW— se enfrentaba a una sanción de diez millones de dólares, siempre y cuando el perpetrador también tuviera fondos en una cuenta de un banco estadounidense, ya que esto significaría que el sistema financiero americano habría quedado infectado con dinero sucio de la droga wa.

Aparte de algunos inversores de China o de Birmania sin exposición a la economía de Estados Unidos, casi ninguna entidad, ni siquiera las organizaciones humanitarias, se atrevió a asociarse con el Estado Wa después de la Operación Señor de la Guerra. El Proyecto de Desarrollo Alternativo Wa de las Naciones Unidas sucumbió al estigma. La financiación de los donantes se evaporó y el programa colapsó. Tan solo un pequeño plan de ayuda de alimentos de la ONU sobrevivió en el Estado Wa.

Junto con la Operación Señor de la Guerra hubo una revelación de información sobre la estructura societaria del EUEW. La DEA dejó al descubierto la composición del conglomerado de empresas de los líderes wa, con especial atención a Wei, una «plaga para la sociedad y la economía del Sudeste Asiático», según el Departamento del Tesoro de Estados Unidos.[24] Los americanos desvelaron la identidad de muchas de las compañías satélites de Hong Pang distribuidas por los centros comerciales tailandeses y los parques empresariales. Asimismo, sometió a exposición pública a la esposa del caudillo de la droga, Warin Chaichamrunphan, una tailandesa de cuarenta y muchos años. Pese a que, hasta entonces, Wei había ocultado la existencia de su mujer, Estados Unidos volcó todos los detalles sobre su vida en internet. Edad, número de pasaporte, direcciones en Tailandia, y los nombres de los hermanos que también blanqueaban dinero de Hong Pang. La policía tailandesa hizo una redada en sus negocios y, aunque nunca apresaron a la esposa de Wei, la DEA lo había golpeado justo donde más le dolía. No había nada más importante para el magnate que su privacidad.

El año 2005 marcó una nueva época para la nación wa, pero no en el sentido imaginado por sus dirigentes. Privados de optimismo, al menos ganaron claridad. Ahora los wa sabían con exactitud la imagen que ofrecían a ojos de la «comunidad internacional»: un pueblo de bárbaros que no hacía ningún bien, con sus pecados magnificados y sus virtudes desmentidas.

FORTALEZA DE MONTAÑA EN CHINA

Pangkham, 2010. cinco años más tarde.

Tome un trago de *baijiu*, entrecierre los ojos y podría confundir la capital wa con una metrópolis china de tercer nivel.

En el centro de la ciudad, ya que ahora era una verdadera ciudad y no un puesto avanzado rebelde de bambú y barro, los edificios llegaban a tener doce pisos y proyectaban su sombra sobre las aceras. La capital presumía de amplios bulevares por los que transitaban modernas camionetas Toyota y algún que otro Land Rover. Las vallas publicitarias en chino se cernían sobre los cruces, anunciando alcohol y joyas, testimonio de la existencia del consumismo wa.

Al anochecer, la silueta azulada de los picos en la distancia se desvanecía a morado y después a negro. Las luces urbanas se encendían al mismo tiempo que las zonas de ocio del centro, brillando como una bola de fuego multicolor. Los casinos, con sus carteles dorados y parpadeantes, atraían a los adictos al bacarrá: wa acaudalados y visitantes chinos. Las franjas de luces violeta adornaban los hoteles que alquilaban habitaciones por horas. A pocas manzanas había líneas incandescentes de neón rosa, el símbolo universal de las salas de masaje con «todo incluido». Sentadas frente a estos salones, mujeres vestidas con idénticas minifaldas negras trataban de atraer a los hombres que pasaban con palabras de bienvenida en chino.

Fiel a su propósito, la Operación Señor de la Guerra había convertido a la nación wa en un Estado paria, ahuyentando a los empleados de la ONU y obligando a los nativos a depender casi de manera exclusiva de su único aliado: China. Y eso resultó no ser el fin del mundo. Cuanto más desdeñaba Occidente a los wa, mayor era la aceptación por parte de su vecino asiático.

Ya antes de las imputaciones, el Estado Wa dependía en gran medida de China, pero tras ellas se convirtió en un protectorado chino en toda regla. Este acuerdo trajo consigo grandes beneficios. Fluían ayudas a la nación wa a través del gobierno provincial de Yunnan, con escaso énfasis en la educación y salud, pero muy centrado en infraestructuras, como la mejora de carreteras y puentes, o la ampliación de la red eléctrica. A través de canales ocultos, el Ejército Popular de Liberación (EPL) vendió armamento pesado al EUEW: cañones antiaéreos, vehículos blindados y artillería, todo ello a precio reducido. Cada vez más ciudadanos chinos llegaban a Pangkham para hacer negocios y para echarse una juerga. Los yuanes se derramaban en las nuevas salas de juego y los burdeles de la capital wa, y el EUEW cobraba impuestos por los beneficios. Con dinero en efectivo chino a raudales, la capital del Estado Wa eclipsó a la de Birmania. Pangkham tenía todo lo que tenía Yangón: supermercados, bazares donde se vendían dispositivos electrónicos, incluso una bolera. Además, tenía otras comodidades de las que ninguna ciudad birmana podía presumir: un buen alcantarillado y electricidad constante las veinticuatro horas suministrada por una presa hidroeléctrica, incluso una red de telefonía móvil estable conectada a la red de comunicaciones de China.

En el mando wa se oponían dos formas de pensar. Una presumía del progreso material, mostrando pocos reparos a la dependencia de China. Otra consideraba que sus antepasados, que resistieron a la colonización con valentía, lamentarían ahora que los habitantes de las tierras wa se hubieran convertido en vasallos de su poderoso vecino. Jacob era del segundo bando. Y, como baptista, creía que los visitantes chinos estaban convirtiendo la capital en una gran Sodoma. ¿Por qué montar un casino ahí, justo en medio? ¿Por qué no aislar una zona para consumir drogas y para conseguir chicas, apartándola del centro de la ciudad tras un gran muro, para que, cuando vinieran extranjeros, no pensaran que el Estado Wa era un gran garito de karaoke?

Jacob tenía suficientes conocimientos de chino como para entender a los visitantes cuando charlaban en los restaurantes de moda y en los karaokes. Aprendió su epíteto favorito para referirse al Estado Wa, «Shanzhai Zhongguo», un apodo tan inteligente como sarcástico.

Zhongguo significa «China», y *shanzhai*, «fortaleza de la montaña», una expresión que históricamente hacía referencia a los fuertes amurallados de los bárbaros más allá del alcance de la civilización china, siendo las antiguas ciudades-fortaleza wa un buen ejemplo de ello. Sin embargo, en la década de los 2000, se popularizó el uso del término *shanzhai* como jerga. En las afueras de las grandes ciudades chinas emergieron fábricas ilegales de imitación de productos occidentales de consumo, y los contrabandistas ocultaban sus talleres clandestinos detrás de altas vallas de aluminio. En broma, la gente comenzó a referirse a ellos como los modernos fuertes *shanzhai*, y al poco tiempo la palabra pasó a designar cualquier artículo falso; por ejemplo, se hablaba de un par de «Adidos» *shanzhai* con cuatro rayas o un «Rolax» *shanzhai*. El Estado Wa, se mofaban los chinos, era el mayor *shanzhai* de todos, un minipaís de imitación creado por chabacanos wa, tan auténtico como un «iFone Aple».

Jacob se sentía molesto, pues consideraba que el Estado Wa no era ningún chiste. Sin embargo, culpaba de ello a sus propios líderes más que a los chinos. En China, las autoridades perseguían a los jugadores, clientes de burdeles y consumidores de droga, como debía ser. Luego, ¿por qué la sociedad wa proporcionaba refugio a estos delincuentes? Su tierra natal era un vertedero para el vicio chino. «Si yo señalaba esto a otros oficiales, algunos se mostraban de acuerdo, pero la mayoría me decía: "Jacob, eres un buen tipo, pero te tienes que relajar"».

Jacob había dejado de dar clases a los cadetes. Tras una serie de ascensos, se había unido al Departamento de Alfabetización del Estado Wa, convirtiéndose en el cuarto oficial de mayor rango. La labor principal del departamento era elaborar un plan de estudios para el primitivo sistema educativo de la nación. Sobre el papel, este era un trabajo de ensueño para Jacob; sin embargo, se sentía frustrado: de los doce miembros del Departamento de

Alfabetización, él era el único con educación universitaria y su superior le trataba como a una mascota. «Básicamente, me convirtió en su secretario. Tenía que seguirle a todas partes». El jefe de departamento era vago y solo iba a la oficina dos veces a la semana. Hacía cualquier cosa y después se marchaba a casa. Pasaba la mayor parte de los días en su sala de estar, jugando al *mahjong* con otros funcionarios de alfabetización. En lugar de elaborar un plan de estudios, Jacob se tenía que sentar a su lado, asegurándose de que su vaso de cerveza estuviera siempre lleno mientras el hombre movía las fichas de cerámica.

El jefe, un exguerrillero de mediana edad, había conseguido su puesto gracias al presidente Bao Youxiang. En 1989, cuando Bao necesitaba amotinados para derrocar al politburó comunista, este hombre sin escrúpulos se unió a él, asegurándose de esta manera la lealtad eterna de Bao. Sin embargo, carecía de otras credenciales. «Mi jefe no era capaz de escribir A-B-C-D —me explicó Jacob—. Era totalmente analfabeto. ¡Y era nuestro líder nacional de alfabetización!».

El Departamento de Alfabetización había sido una idea de última hora y contaba con un presupuesto muy reducido. Su situación era un buen ejemplo del disfuncional mecanismo de financiación del gobierno wa, en el que cada una de las divisiones del EUEW recibía una pequeña parte del presupuesto del Estado central, y el resto tenía que generarlo por su cuenta. Una división armada con miles de tropas, como los regimientos de Wei Xuegang en Wa del Sur, podía poner en marcha empresas muy rentables: laboratorios de droga, recaudación de impuestos a las fábricas y plantaciones de los propietarios chinos, y tal vez, incluso administrar una mina de aluminio o de oro. Sus ingresos estaban asegurados. Pero los oficiales de alfabetización, al carecer de armas de fuego o mano de obra, contaban con escasos medios para generar ingresos, tanto para el departamento como para ellos mismos.

De modo que acudían a los garitos de karaoke, con sus uniformes verdes planchados, las pistolas en las caderas, olfateando a empresarios chinos con quienes pudieran congeniar y obtener así una tasa de protección. Pese a su cargo poco impresionante, el jefe de Jacob siempre podía dejar caer el nombre de Bao y explicar a los potenciales inversores que cualquier proyecto bajo su tutela estaría a salvo, ya que nadie se metía con los familiares o compañeros de guerra del presidente. Jacob, obligado a participar en estas sesiones de cortejo, al principio se resistía a los chupitos de *baijiu* que le deslizaban al otro lado de la mesa, hasta que, cansado de las miradas asesinas de su jefe, cedió. «A los chinos les gustaba beber hasta que ya no podían andar. "¡*Gambei*! ¡*Gambei*!", decían una y otra vez». Emborracharse era una imposición del cargo.

La cartera de negocios del jefe incluía varios hoteles y plantaciones de caucho, nada demasiado lucrativo. Los pagos por proteger a estas empresas fundadas por chinos debían teóricamente beneficiar al departamento, pero el grueso de los yuanes desaparecía en los bolsillos del jefe. «No era ningún estúpido y, en su favor, diré que nunca se involucró en el tráfico de drogas —reconoció Jacob—. Simplemente, no podía desempeñar su verdadero trabajo. Como he dicho antes: primero el negocio, la educación después».

Cuando Jacob rezaba cada noche, Dios le instaba a perdonar a su jefe, nacido en una era de violencia e ignorancia. El Señor le animaba a girar las ruedas del progreso con sus propias manos. Sus compañeros corruptos no cumplían con sus obligaciones. ¿Y qué? ¿No podría él hacer el trabajo de todo el departamento solo? Esta epifanía le llevó a la acción. En la granja donde vivía con Saw Lu, Mary, Grace y sus hijos —ahora tenía dos, un preadolescente y un niño pequeño—, se recluyó en su dormitorio y, en la mesa junto a la ventana, encorvado sobre una pila de papeles, se puso a analizar las ineficiencias de su departamento y la mejor manera de arreglarlo.

Era una labor desalentadora. La mayoría de los niños wa no iban al colegio, y aquellos que asistían apenas lograban terminar sus estudios en una de las cuatrocientas escuelas primarias del Estado Wa, donde se impartían en chino y wa. El plan de estudios de la educación básica estaba bien fundado, y Jacob carecía de la autoridad necesaria para cambiarlo. En su lugar, se centró en la educación media, que contaba tan solo con varias decenas de escuelas. El gobierno wa se disponía a construir más, incluso sin tener establecidos los planes de estudio. Sin la intervención de Jacob, los centros educativos se las apañarían a duras penas, contratando a profesores chinos sacados de los pueblos pobres de Yunnan, quienes traerían consigo libros de texto viejos y obsoletos, aprobados por el Partido Comunista de China. Jacob tenía ante sí la prueba del fracaso de su departamento, un atajo hacia la muerte de su lengua materna. Decidió entonces reescribir él mismo todo el plan de estudios para los cursos entre séptimo y noveno, con la idea de inculcar a los jóvenes wa su propia visión del progreso, pura y sin contaminar.

Jacob redactó lecciones sobre temas como los campos magnéticos, el álgebra o la biología humana, todo ello en su idioma. Estaba especialmente orgulloso de sus temas de geografía. «La mayoría de los niños wa apenas sabían que vivían en Birmania, mucho menos dónde se encontraban otros países». Así pues, dibujó una serie de mapas. El primero describía el Estado Wa, el siguiente se ampliaba para mostrar Asia —India, China y el Sudeste asiático— y el último revelaba el mundo entero, con la patria wa justo en el centro. Jacob pretendía transmitir a las mentes jóvenes la idea de que los wa no se encontraban al margen de la humanidad, ni su nación era una mera imitación de China.

Una vez más, su vida tenía un propósito. Antes de esta epifanía, Jacob había empezado a dejarse llevar, frecuentando las juergas de los oficiales wa, bebiendo demasiado alcohol y olvidando la promesa hecha a sí mismo, a su familia y a Dios: levantar la nación wa. Aunque solo tomaba cerveza, sus compañeros a veces consumían pastillas rosas o incluso fumaban heroína. Ahora, cuando sus escandalosos colegas le llamaban para salir, él se disculpaba con alguna excusa. «No puedo ir —contestaba—. Estoy ocupado».

Aunque aún seguía siendo el perro faldero de su jefe, al que acompañaba a todas partes, manteniendo fría su cerveza, todas sus horas libres las destinaba a la redacción de los planes de estudio. En el fondo, Jacob esperaba que su mentor, Saw Lu, lo advirtiera y le dispensara unas palabras de elogio. ¿Acaso no llevaba a cabo una misión considerada sagrada para su secta baptista desde los tiempos de William Marcus Young, difundir la palabra escrita al pueblo wa? Sin embargo, Saw Lu seguía distraído, sumido en pensamientos que no compartía con nadie. Bueno. Con treinta y pocos años, Jacob sentía que se estaba haciendo a sí mismo, y a través de esta empresa, por pequeña que fuera en el conjunto, podría crear su propio legado.

Después de escribir los borradores de las lecciones durante más de un año, Jacob casi había terminado. No había enseñado el material a su jefe, pero podía imaginar lo que sucedería: se atribuiría todo el mérito mientras él mantenía la boca cerrada y echaba más hielo a la cerveza Tsingtao del exguerrillero. Estaba bien, siempre y cuando el plan de estudios entrara en vigor para toda la nación wa; no necesitaba reconocimiento, tan solo la satisfacción de haber protegido su cultura de la influencia creciente de China.

El agente John Whalen lo llamó «ir a visitar a Moisés a la montaña».

Por Moisés, se refería a Bill Young, y la montaña era Chiang Mai. Cada vez que Whalen cogía un vuelo para ir a la ciudad del norte de Tailandia, despejaba una semana entera de su agenda. Las sesiones maratonianas en el estudio de Bill podían revelar «una montaña de información valiosa. Nunca sabías lo que podía salir de sus divagaciones. Hablábamos durante horas y horas hasta que llegaba el momento de dejarle descansar».

En 2010, Bill estaba debilitado por un enfisema y el tejido de sus pulmones tenía cicatrices por años de tabaquismo. Aún despachaba desde su silla en su estudio, con la bombona y la mascarilla de oxígeno cerca. «La enfermedad lo desmejoró —dijo Whalen—. Se notaba que quería salir y estar activo. Puesto que era imposible, hacía lo único que podía; es decir, actuar a través de otras personas».

La DEA llama a esas personas «subfuentes», activos gestionados por un intermediario de confianza. Bill contaba con abundantes subfuentes. Los teléfonos móviles repartidos por todo el estudio sonaban de manera incesante. «Era increíble —contaba

Whalen—. Recuerdo a Bill con dos teléfonos, uno en cada oreja, hablando con uno y con otro en dos dialectos diferentes de lahu».

Sin embargo, Saw Lu seguía siendo la joya de su corona. Su «hombre principal en la tierra wa» le hablaba en susurros con su teléfono vía satélite, y Bill pasaba su información a la DEA. De cuando en cuando, le obligaba a viajar desde Pangkham hasta Chiang Mai para celebrar reuniones cara a cara con Whalen. «Bill me presentó a Saw Lu en torno al 2007 —dijo Whalen—. Esos dos eran íntimos. Eran como hermanos. Bill solía decir que era una especie de príncipe wa». No había nada de realeza en los orígenes de Saw Lu; había nacido en una choza con suelo de tierra, en una misión baptista fundada por el abuelo de Bill. No obstante, por alguna razón, este adornaba la historia de su amigo. Sus esfuerzos eran en vano; Whalen no necesitaba una historia épica para respetar a Saw Lu. El agente, que tenía acceso a los archivos clasificados desde principios de los años noventa, sabía bastante acerca de su trayectoria y ya le tenía en alta estima. Durante dos décadas había sido uno de los informantes más valientes del Sudeste Asiático.

Sin embargo, ahora más que nunca, Saw Lu era un informante en el sentido clásico, alguien lo bastante cercano a una organización criminal como para traicionar sus secretos. En el argot de los narcotraficantes, era una rata. Con sus sesenta y tantos, estaba engordando, su cabello se había reducido a unos mechones plateados, y gruesas venas moradas surcaban la piel curtida de sus manos. Para Whalen, el hombre desprendía un arrojo propio de otras épocas. «Siempre me había impresionado —dijo—. Lo que proporcionaba Saw Lu era información sobre Wei. Y su información era muy buena».

En Pangkham, los líderes del EUEW habían dejado de morderse la lengua cuando se encontraban cerca de Saw Lu. Le dejaban fraternizar en reuniones privadas donde fluían el té Pu'er, el *blai* y las conversaciones. No era un grupo comedido; al círculo interno del EUEW le gustaba el debate animado y Saw Lu desempeñaba el papel de un patriota de principios, argumentando contra la dependencia excesiva respecto a China. Algunos se burlaban; otros asentían. Wei nunca estaba presente, no socializaba y prefería la soledad de su mansión; sin embargo, los demás líderes conocían su negocio y hablaban abiertamente de él. Saw Lu memorizaba parte de la información útil y a continuación la transmitía en murmullos a través de su teléfono vía satélite. De ser expuesto, le esperaba una corta ascensión por una colina polvorienta y una bala en el corazón. Pero hasta ese día, continuaría poniendo en peligro su vida para la DEA. Había demostrado ser un activo de valor incalculable para los estadounidenses.

Para frustración de la DEA, al caudillo de la droga le iba mejor que nunca. La Operación Señor de la Guerra no había destruido su red, tan solo había obligado a Wei a aprender de sus errores. Se había equivocado al agrupar sus negocios bajo una empresa pública —Hong Pang era demasiado fácil de rastrear—, de modo que se deshizo de ella. Ahora el imperio de Wei era simplemente el Ministerio de Finanzas del Estado Wa y, pese a que generaba muchísimos ingresos, los demás dirigentes wa apenas tenían nada que decir respecto a sus operaciones.

El Ministerio de Finanzas era un leviatán de muchos brazos. Estaba especializado en industrias que las autoridades de Estados Unidos apenas podían tocar. Minas de jade en regiones de Birmania arrasadas por las guerras; constructoras e inmobiliarias ocultas bajo una nueva maraña de compañías ficticias en Yangón y Chiang Mai; y por supuesto, la metanfetamina: tanto *ya-ba* como metanfetamina cristalina para los clientes más exigentes, con hasta un noventa y cinco por ciento de pureza.

La estructura del ministerio era en parte corporativa y en parte mafiosa. Desde su imponente palacio, Wei impartía órdenes a varios subordinados; ellos a su vez dirigían cuadrillas de «recaudadores» que rara vez, o nunca, tenían contacto con el propio director financiero. Wei era inteligente al limitar su exposición. Uno de los principales recaudadores era un magnate birmano de la construcción que, aunque bien instruido en el blanqueo de capital, también tenía la disciplina en redes sociales de una Kardashian. Alardeaba incesantemente de su vida en Facebook: vestimenta ostentosa, vacaciones de lujo y botellas de Hennessy Paradis —precio al por menor de mil setecientos dólares—. Los recaudadores menos ostentosos gestionaban burdeles de lujo, salas de juego, bandas de usureros o negocios aparentemente honrados. Todos entregaban un porcentaje al ministerio, que a su vez proporcionaba capital de inversión y protección armada, cortesía de las tropas del EUEW. «Cuando digo que Wei dirigía la tesorería, quiero decirlo de forma literal —me explicó Whalen—. Tenía cámaras acorazadas llenas de oro, gemas y efectivo en varias monedas. Todo excepto kyats [la moneda birmana, vulnerable a los cambios bruscos y la política ineficaz de la junta]. Nadie quiere tener kyats».

En cuanto a su negocio más rentable, los estupefacientes, la estrategia de Wei evolucionaba. Antes, sus regimientos gestionaban sus propios laboratorios y traficaban con su propia metanfetamina. Ahora, el Ministerio de Finanzas favorecía un modelo de «arrendatario»: alquilaba el territorio a los carteles que no eran wa, dejándoles hacer el trabajo sucio y cobrando impuestos por sus beneficios.

Este era un servicio muy solicitado. China tenía un negocio doméstico de metanfetamina en auge, centrado en la costa continental más allá de Hong Kong, en concreto, la zona de Guangzhou, donde los carteles camuflaban las fábricas de meta cristalina entre las zonas industriales. Sin embargo, en torno al 2010, la policía comenzó a reventar estos laboratorios a diestro y siniestro, forzándoles a buscar un refugio más seguro. El ministerio de Wei hizo correr la voz: «Sois bienvenidos a establecer vuestro negocio en el Estado Wa, una tierra fuera del alcance de las fuerzas policiales». Los llevaron a visitar los terrenos wa, cerca de arroyos —los laboratorios de metanfetamina requieren una gran cantidad de agua— y les ofrecieron contratos de arrendamiento que incluían protección del EUEW las veinticuatro horas. La pega principal era que todos los carteles chinos debían obedecer la regla de Wei: bajo ningún concepto reintroducirían drogas en su China natal; sus inquilinos eran obligados a exportar la meta al mercado del Sudeste Asiático a través de la frontera birmano-tailandesa.

Reubicados lejos de casa, los carteles chinos no conocían el terreno local y no podían transportar la metanfetamina desde sus nuevos laboratorios hasta la frontera. Esa tarea recaía sobre otros contratistas, es decir, bandas de confianza lahu o shan, a quienes se les permitía atravesar las carreteras del Estado Wa. El trabajo más peligroso —conducir la meta a Tailandia— quedaba para especialistas de otra clase: bandas experimentadas en evitar —o sobornar— a las fuerzas de seguridad tailandesas. Desde los químicos hasta los transportistas, todo el mundo compartía una parte de sus beneficios con el Ministerio de Finanzas.

Wei perfeccionaba su maquinaria. Consumado capitalista, reducía gastos internos al subcontratar la mano de obra y la producción. Entendía que el activo más valioso del EUEW no eran los narcóticos, sino los bienes inmuebles. Su ministerio podía emitir permisos a otros profesionales del submundo y sentarse a recibir los ingresos pasivos sin mover un dedo.

Este modelo era tan atractivo que inspiró a imitadores. En torno a 2010, brotaron nuevas milicias como setas en las montañas del norte de Birmania. Estaban dirigidas por caudillos locales, muchos de los cuales aspiraban a convertirse en pequeños Wei Xuegangs. Pertenecientes a diversos grupos minoritarios, se alineaban con la junta de Birmania, que había desempolvado su viejo esquema de fuerzas de autodefensa.[1] Al igual que en el pasado, cualquier líder de un clan armado o un comandante rebelde descontento podía traicionar a su etnia, establecer una milicia pro-junta en las montañas y recibir un permiso tácito del régimen birmano para producir drogas. Hubo decenas que aceptaron el trato. Algunos nuevos señores de la guerra alineados con el régimen, imitando a Wei, invitaron a los carteles chinos a abrir laboratorios de metanfetamina en su tierra. Otros iniciaron empresas menos sofisticadas, como fábricas de empaquetado de pastillas. Compraban al por mayor el polvo de meta cristalizada de los laboratorios en el Estado Wa, lo llevaban de vuelta a su territorio, lo mezclaban y sacaban pastillas de *ya-ba* de imitación *shanzhai* con el símbolo «WY». Aunque suplantaran su marca, a Wei no parecía importarle. Todas las milicias tenían que sacar al mercado sus productos, y las mejores rutas a Tailandia pasaban por su territorio: Wa del Sur. Nadie podía pasar sin pagar un peaje. Wei obtenía beneficios en cada eslabón de la cadena de valor de la meta del Triángulo Dorado. «En el negocio de las drogas —me explicó Whalen—, tenía el dominio financiero sobre la región».

Saw Lu, que vigilaba el Ministerio de Finanzas para la DEA, explicaba que el éxito de Wei molestaba a los demás líderes wa. Se inquietaron sobremanera cuando el zar utilizó su fortuna para doblar los salarios de todos los soldados del EUEW, desde los soldados rasos hasta los comandantes, comprando así su favor. La facción principal de Bao era mucho más grande y fuerte —sus parientes controlaban las divisiones militares clave del Estado Wa—; sin embargo, temía la riqueza y la astucia de Wei.

Wei también era un activo de la inteligencia china a través de la división del Ministerio de Seguridad del Estado en la provincia de Yunnan. Los técnicos chinos le ayudaron a crear una red de vigilancia dentro del Estado Wa, pinchando las líneas telefónicas fijas y móviles y, posiblemente, también teléfonos vía satélite, todo ello accesible a los agentes chinos. No había mucho que pudiera hacer Bao para debilitar los vínculos de Wei con China, ya que él servía al mismo amo. Su EUEW, como un bebé alimentado a través del cordón umbilical, necesitaba que mamá China suministrara armas, munición e incluso formación. Ni siquiera era necesario mantener la relación en secreto; para 2010, los oficiales del Partido Comunista de China asistían con regularidad a las ceremonias del EUEW, codeándose con Bao vestidos con traje y corbata, mientras el presidente llevaba su característico uniforme de color verde oscuro.

En definitiva, China adoptaba al cartel de drogas más temido de Asia. En especial, Wei era una bendición para Pekín, ya que atraía a los fastidiosos carteles del continente chino y canalizaba su producción de meta a otros países. Era, y es, un arreglo beneficioso en extremo y mucho más eficaz que la estrategia de Estados Unidos. En la frontera que le separa de México, sigue aferrándose a las mismas tácticas de siempre; intentar aplastar los carteles y encerrar a los capos. Es una estrategia que no solo tiene un alto coste —miles de millones de dólares y miles de litros de sangre mexicana—, sino que además no funciona. Al eliminar a los grandes carteles se crean vacíos de poder que los carteles pequeños se apresuran a llenar, y el premio lo consigue el competidor más sádico. El número de asesinatos atribuidos a las guerras internas de los narcotraficantes desde 2005 asciende a 300 000.[2]

China no sufre esta pesadilla en sus fronteras. En lugar de desarticular el megacartel vecino, el gobierno entabló amistad con el EUEW, reconociendo que pez gordo era mejor que un enjambre de pirañas. Al equipar a los wa con armas avanzadas, se aseguró de que nadie, ni los militares birmanos ni la DEA, pudiera derrotar al EUEW y causar estragos en su patio trasero. Y al garantizar que tanto Bao como Wei —músculo y cerebro del Estado Wa— dependieran de ello para su supervivencia, el Partido Comunista de China consolidó su influencia sobre el gobierno wa.

La información recopilada por Saw Lu ayudó a explicar este retrato de influencia china sobre los wa. Además de controlar la evolución del tráfico de drogas, siempre estaba al acecho de información acerca de otros aspectos de la alianza EUEW-China: acuerdos comerciales y suministros de armas, entre otros. Así sonaba, por ejemplo, uno de los mensajes telefónicos a Bill: «Cinco asesores del Ejército Popular de Liberación han llegado para formar a las unidades de artillería pesada del EUEW. Entrenamientos con morteros de 120 mm y misiles tierra-aire». Después de anunciar los nuevos hallazgos, Saw Lu colgaba, apagaba el teléfono y lo devolvía a su agujero, enterrándolo bajo un puñado de tierra. Ese era el protocolo. Quedarse en línea demasiado tiempo equivalía a correr el riesgo de ser interceptado.

Antes de visitar a «Moisés en la montaña», Whalen siempre compraba tarjetas de teléfono vía satélite para recargar el aparato Ericsson Inmarsat oculto en la granja de Saw Lu. Bill renovaba el crédito del teléfono a distancia. Mantener el acceso directo a las conversaciones de alto nivel del EUEW era vital. «En esa época —contó Whalen—, Saw Lu tenía buenas relaciones con Xiao Minliang e incluso con Bao. Nos hablaba acerca de sus luchas de poder con Wei. Yo respetaba lo que hacía por nosotros. Saw Lu era duro como una roca».

Sin embargo, puesto que Saw Lu apenas expresaba sus emociones, porque ocultaba sus sentimientos detrás de cicatrices duras como el granito, el agente especial John Whalen no pudo percibir el malestar de su informante. Fermentaba en sus entrañas la angustiosa sensación de que, con tanto como quedaba por hacer, el tiempo se acababa.

«Bill y yo hemos nacido para hacer historia —me contó Saw Lu—. Habíamos venido a cambiar el mundo». Sin embargo, como informante, su labor se reducía a documentar lo que hacían otros actores más importantes, murmurando un pedacito de información cada vez. «Le dije a Bill que me sentía decepcionado con mi vida. No me parecía que estuviéramos marcando la diferencia». Bill cogía un mechero, —seguía fumando aun estando enfermo—, y soplaba nubes grises que se quedaban suspendidas en el techo. Después, elaboraba más «planes absurdos» como si el último, Whiskey Alfa, no hubiera sido frustrado por la DEA.

¿A quién quería engañar Bill? Todos los miembros de su fraternidad de inadaptados exhibían ya algún grado de deterioro. Shah, enfermo por causas naturales, se aferraba a la vida en un hospital. Mahasang estaba muerto: la policía tailandesa lo detuvo por tráfico de drogas y en 2007 el Príncipe falleció durante su confinamiento. Zhao Nyi Lai había sufrido un último derrame, este mortal, en 2009; fue enterrado en Pang Wai. «Bill también estaba enfermo —dijo Saw Lu—. Se quedaba dormido en mitad de una frase. No era el de siempre».

Saw Lu no podía quitarse de la cabeza algo que un Bill malhumorado expresó en uno de sus encuentros, en un momento a solas, cuando Whalen no se encontraba cerca. No era propio de Bill, siempre sarcástico, ponerse sensiblero. «Pero nunca lo olvidaré; me dijo: "Saw Lu, si tú no puedes lograr tus sueños, entonces yo no quiero estar vivo en este mundo"».

El plan de estudios de enseñanza media de Jacob estaba completo. Con su propio dinero imprimió los prototipos de los libros de texto: ediciones encuadernadas y grapadas, con ilustraciones originales, para impresionar mejor a su jefe analfabeto. En todas las cubiertas aparecía el dibujo a lápiz de un ojo humano solitario mirando una vela encendida; su llama simbolizaba la iluminación. En la oficina del Departamento de Alfabetización, Jacob dispuso los textos sobre la mesa y se detuvo a admirar su trabajo. La oficina estaba en silencio. El segundero del reloj de plástico en la pared giraba con clics entrecortados.

Había llegado el día. Tenía una reunión con su jefe, que por fin iba a inspeccionar sus esfuerzos. Para aprobar el plan, solo tenía que murmurar unas palabras, darle una palmada en la espalda y asignar fondos para la impresión y distribución de los libros. Cuando el superior por fin llegó, tarde, estaba de mal humor, como un padre holgazán importunado por tener que asistir al recital de su hijo. Jacob le llevó hacia la mesa. Con sus dedos manchados de nicotina, el jefe cogió el *Phuk lai gau 3* («libro de estudio wa 3»), hojeó las páginas y lo dejó de nuevo sobre la mesa. Incapaz de leer el título, fijó la mirada en el dibujo de la cubierta y frunció el ceño.

—¿Qué se supone que es esto? ¿Alguien que prende fuego a su propio ojo?

—No, señor. Es una vela que ilumina el camino hacia adelante.

El jefe asintió, curioseó los ejemplares y halagó sin demasiada convicción los esfuerzos de Jacob. Prometió sacar el tema en la siguiente asamblea del departamento. Sin embargo, cuando esta se celebró y no se mencionó el nuevo plan de estudios, Jacob tuvo que preguntarse si no estaría desairándolo. Tras la reunión, el exguerrillero murmuró algo sobre el poco dinero para imprimir libros de texto y se alejó caminando.

Pese a que Jacob, por naturaleza, era obediente, no pudo reprimir la indignación que se acumulaba en su pecho mientras se mordía la lengua. Imprimir los libros costaría una minucia. Estaba en juego el futuro de su lengua nativa. ¿Acaso su jefe era corto de miras? ¿Vago? ¿Envidiaba el intelecto de Jacob? Luchando contra cualquier instinto respetuoso, lo acorraló.

—Espere —dijo—. Deme una respuesta mejor.

Su jefe se limitó a mirarlo con desprecio y masculló:

—No vuelvas a hablarme de este tema, Jacob. ¿Entiendes? Déjalo.

«Años de mi vida malgastados —me contó Jacob—. Mis esperanzas se habían esfumado». Había comprobado la fría realidad. Ningún sueño, por pequeño que fuera, podía sobrevivir a la apatía aplastante del EUEW. Incluso educar a los adolescentes wa en su propio idioma, enseñarles a apreciar su propio pueblo como algo singular y noble, en lugar de aburrirles con viejos libros de texto chinos... Esperar aquello de un gobierno tan miope era una utopía. Jacob sintió que, como en los viejos tiempos, ningún montañés wa sería capaz de ver más allá de su propia familia y su clan, ni de luchar como un colectivo para construir un futuro mejor. Era una desgracia de la que quería salvar a su pueblo, pero ellos no querían su salvación.

Pasaron meses como en una neblina. Los prototipos de libro de texto se guardaron en una caja de cartón colocada en un rincón. Jacob no pasaba mucho tiempo en casa. Cuando sus compañeros le llamaban para ir de juerga, ya no se le ocurría una razón para negarse. Se unió a una pandilla de bribones borrachos que disfrutaban emborrachando al «chico de la Biblia» con *baijiu* y Johnny Walker Etiqueta Negra. Si se quejaba, borracho, de su jefe, le preguntaban por qué diablos seguía trabajando para un Departamento de Alfabetización en el que no tenía salida. Un chico listo como Jacob, aún joven, podía dejarlo y servir a un comandante con verdadero poder, incluso hacerse rico.

3 de septiembre, 2010, un viernes.

Jacob llegó tarde a su casa en la granja. Arrastraba los pies por el camino bajo una media luna lo bastante brillante como para distinguir los cráteres grises que agujereaban su superficie. Mientras se acercaba a la puerta principal, percibió que algo no iba bien. En el patio había papeles esparcidos por todas partes que la brisa nocturna arrastraba por el cemento.

El interior estaba destrozado. Los muebles, vueltos del revés. Los colchones arrastrados hasta la sala y rajados, con las tripas de algodón derramadas sobre las baldosas. Los libros, tirados por el suelo con las páginas arrancadas, y cajas de documentos volcadas. La mujer de Saw Lu, exhibiendo un semblante estoico, congelado, intentaba recoger. La esposa de Jacob, Grace, emergió de su dormitorio con los ojos enrojecidos e hinchados. «He intentado localizarte. Siete u ocho agentes han saqueado la casa. Estaban buscando algo, pero no dijeron de qué se trataba. Se llevaron a padre con ellos. Saw Lu se ha ido».

Jacob preguntó cómo eran sus uniformes. ¿Negros como los de la policía de Pangkham o verde oscuro como los que llevaban los soldados? Grace estaba demasiado agotada para recordar, y nunca había visto ese tipo de uniforme. Se llamaban a sí mismos «policía especial», dijo ella. Jacob asintió con gravedad. Eso no era bueno. Grace rompió a llorar de nuevo, repitiendo con un quejido la palabra usada en birmano para decir «por qué»; una y otra vez por qué, por qué, por qué... sus vocales alargándose en un lamento. Jacob se quedó en silencio. No sabía con exactitud qué había hecho su suegro, pero sí el porqué: el viejo no podía evitarlo.

A la mañana siguiente, Jacob se puso el uniforme del EUEW y acompañó a Grace y a Mary a la prisión central de Pangkham. Los guardias los detuvieron en las verjas de la entrada. «No podéis entrar», dijeron. Jacob les ordenó llamar al alcaide. Los guardias se negaron. De modo que empezaron a discutir hasta que por fin salió el alcaide gritando que los detendría si no se marchaban a casa.

—Tan solo queremos saber dónde lo tienen —dijo Jacob.

—¿Dónde tenemos a quién? Ni siquiera he dicho que estuviera aquí.

Jacob sospechó que, con sus gestos exagerados, el alcaide estaba haciendo teatro: haciéndose el duro delante de los guardias. Otra mala señal. Los cargos contra Saw Lu debían ser atroces, tanto que ningún oficial deseaba mostrarse compasivo con la familia de un traidor.

—Escucha —le dijo Jacob al guardia—, no puedes darle de comer la porquería de la prisión; Saw Lu es diabético. Volveremos todos los días con comida decente, suficiente para ti y para los guardias. Pero será mejor que le deis algo a Saw Lu para que no caiga enfermo y muera.

En las siguientes semanas llevaron a la prisión platos cocinados por Mary, siempre añadiendo el favorito de Saw Lu —*pe pyote*, guisantes amarillos fritos—, con la intención de enviarle un mensaje: sabemos que estás aquí, estamos luchando para sacarte. Sin embargo, no tenían ni idea de si realmente Saw Lu estaba encarcelado allí o más bien enterrado en el bosque.

Jacob dejó de ir a trabajar. Se quedaba en la cama, pero apenas dormía; cada día su carácter se volvía más amargo. La granja, en ausencia de su suegro, estaba misteriosamente vacía, silenciosa, el aire cargado del olor del aceite para cocinar. Una tarde, Jacob cogió su teléfono móvil y llamó al más inútil de sus amigos para preguntarle qué se sentía con la heroína. «Confort —fue la respuesta—. No habrá nada en el mundo que te importe». Eso era lo único que necesitaba oír. Desde que tenía memoria, todo le había importado demasiado hasta hacerle estallar el corazón, y después, aún le había importado más. Intentar ser bueno no le había servido de nada, ni a él ni a Saw Lu; tampoco a nadie que conociera. Era hora de dejarse llevar.

LA VENGANZA

Saw Lu despertó en una pequeña celda cuadrada con paredes de hormigón, tumbado sobre el frío suelo de cemento y con el cuerpo temblando por el dolor. Estaba en un interior, así que, ¿por qué se escuchaba el canto de los pájaros? Cuando pudo acomodar la vista, reparó en que faltaba la mitad del techo de la celda, un hueco en forma de rectángulo que enmarcaba el cielo de porcelana.

Lo habían sacado de casa y empezaron a darle palizas de camino a la prisión. Los golpes continuaron en el interior mientras sus captores lo empujaban de una habitación oscura a otra, impidiéndole toda posibilidad de orientarse. No podía recordar sus caras ni el momento en que entró en la celda. Le habían puesto un collar de hierro oxidado en el cuello, y debió tocarlo durante la noche, porque las yemas de sus dedos estaban manchadas de color naranja.

Después de un rato, la puerta de acero se abrió y entraron cuatro hombres, todos ellos bien arreglados y aparentemente de etnia china. Uno de ellos se agachó para retirarle el collar. Lo levantó, apoyando su espalda contra la pared.

—¿Dónde estoy?

—En el pabellón de máxima seguridad.

—¿Cuáles son los cargos?

—Inconformismo. Contacto no autorizado con un país occidental. Comportamiento antipatriótico.

—¿Sois los hombres de Wei Xuegang?

Hicieron caso omiso de la pregunta.

—Sabemos quién eres.

—¿Quién soy?

—Eres un VIP de la Agencia Central de Inteligencia.

Los hombres tenían un registro de todos sus viajes a Chiang Mai desde años atrás. Sabían lo de Bill Young, pero creían que era un agente activo de la CIA. Saw Lu protestó:

—Nunca, en toda mi vida, he hablado ni una sola vez con la CIA.

Pero esto solo enfureció a sus captores. Dijeron que la DEA y la CIA eran lo mismo, y que no servía de nada fingir lo contrario. Empezaron a interrogarlo; sus preguntas hacían referencia a una maniobra de la DEA denominada Operación Punto Caliente, también conocida como Encuentra al Caudillo de la Droga. Se había puesto en marcha nueve días antes.[1] Saw Lu afirmó que nunca había oído hablar de ello. Decía la verdad.

La operación, ejecutada por agentes de la DEA en Tailandia, consistía en imprimir carteles, ropa, cajas de cerillas, posavasos y otros cachivaches con la foto de la ficha policial de Wei, la que había sido tomada dos décadas antes. Distribuyeron todo ello por los locales nocturnos de las ciudades más importantes. En Bangkok, Phuket y Pattaya, el personal de los bares de alterne llevaba camisetas en las que se leía «Se busca: Wei Hsueh Kang, recompensa de hasta dos millones de dólares». Los camareros servían botellas de cerveza en enfriadores con la cara de Wei y un teléfono de la DEA en tinta roja.

La DEA lo describió como «un ambicioso llamamiento a la comunidad», una sacudida a los arbustos para hacer caer las hojas sueltas. Sin embargo, todo el esfuerzo partía de una idea absurda: que Wei de vez en cuando se pasaba a Tailandia para beber cervezas y mirar a las chicas en biquini en los clubes para turistas occidentales. Obviaron que Wei no bebía y apenas salía de su mansión en Pangkham; sabía que, si ponía un solo pie en Tailandia y era capturado, se enfrentaría a la muerte por inyección letal.

En un bombardeo mediático, coincidiendo con la operación, los agentes de la DEA denominaron a Wei el «genio financiero» que estaba detrás del EUEW y «el CEO de la organización criminal». Tal vez el propósito de difundir su foto por todas partes era poner nervioso al caudillo de la droga. Quizá, al aludirle como «CEO» de la organización, en lugar de Bao Youxiang, la DEA esperaba inflamar la rivalidad entre ambos, descrita como «un barril de pólvora» en los documentos clasificados estadounidenses.[2] Sin embargo, Saw Lu no podía explicar las intenciones de la DEA. No tenía nada que ver con la Operación Punto Caliente, ni tampoco sus contactos, Bill Young y el agente John Whalen. Había sido ideado por la Sección de Extremo Oriente de la DEA, con sede en Bangkok.

Los captores de Saw Lu estaban convencidos de lo contrario y pretendían sacarle la verdad a golpes de porra. Aparecían a todas horas, a veces dos hombres, otras, cuatro, para hacerlo rodar sobre su estómago, azotar su espalda y dañar sus órganos internos. Eran metódicos y sobrios, y apenas levantaban la voz. Al cabo de un mes de esfuerzos infructuosos, durante el cual Saw Lu nunca cambió su historia, los interrogadores retocaron su enfoque. «Firma esto», decían, y le presentaban una declaración escrita: «Yo, Saw Lu, soy un espía de la CIA y un traficante de drogas internacional». Él negaba con la cabeza. Sus torturadores no le insultaban ni gritaban. Solo desenfundaban las porras y se ponían manos a la obra.

Saw Lu nunca salía de la celda. La mayor parte del tiempo estaba solo, hecho un ovillo para conservar el calor. Lo alimentaban dos veces al día; una mísera papilla de arroz deshecho y berzas, aunque de vez en cuando un guardia wa le daba la comida casera de Mary a escondidas o alguna medicina. Saw Lu siempre tenía sed. Su conciencia fluía como si fuera lodo congelado. El mes de diciembre trajo lluvias débiles que caían sobre el suelo de cemento a través del tejado abierto, pero cuando Saw Lu se retiraba a un rincón seco, se abría la puerta de par en par y los carceleros lo arrastraban de nuevo a la parte mojada de la celda, obligándolo a empaparse de la fría llovizna.

Los días despejados, Saw Lu extendía su cuerpo dolorido sobre el suelo de cemento calentado por el sol. Sus pensamientos retornaban al invierno de 1967. Sus primeros meses en Pang Wai, cuando observaba a las madres con los bebés al pecho emerger de las chozas de madera durante las gélidas mañanas para buscar las zonas donde diera el sol. Antes de dirigirse a los campos de adormideras, dejaban a los pequeños desnudos sobre la tierra soleada para calentar sus cuerpos.

—Hermana —preguntaba él—, ¡hace frío como para congelar el agua! ¿Por qué no envolvéis a los bebés en algodón?

Le miraban con expresión vacía.

—Nosotras no hacemos eso, joven. Así nos va bien.

Durante su tercer mes en cautividad, Saw Lu perdió la sensibilidad en los labios y sus pies se entumecieron como piedras. Tenía una lesión en el cuello que no había cicatrizado y, si movía la cabeza, el óxido del collar de hierro se introducía en su torrente sanguíneo. La intensidad de las palizas se incrementó. En una ocasión, uno de los guardias golpeó a Saw Lu tan fuerte que el garrote se partió en dos y el extremo roto se estampó contra la pared. Ya no le ofrecían documentos de confesión falsos, se limitaban a aporrearlo y lo dejaban gimiendo en el suelo.

¿Por qué no meterle un balazo en la cabeza? ¿Para qué este asesinato por entregas? ¿Para maximizar su sufrimiento? Saw Lu lo dudaba; Wei no era dado al melodrama. Seguramente habría calculado que matarlo sin más molestaría a la facción principal de Bao en el EUEW, que albergaba aún simpatizantes de Saw Lu. Una muerte «accidental» durante un interrogatorio resultaría más llevadera y ocasionaría el mínimo trastorno a sus operaciones. Con toda probabilidad, Wei había esperado que así sucediera en el transcurso de las primeras semanas; con la mayoría de los hombres diabéticos de sesenta y seis años así habría sido. Sin embargo, en un último acto de desafío, Saw Lu pretendía enloquecer a su enemigo muriendo de la manera más lenta posible.

El círculo íntimo de Bao entendía perfectamente que Saw Lu podía ser un grano en el culo. Pero era su grano en el culo.

Durante años le habían dejado actuar porque Saw Lu, a su manera, instaba a todo el mundo a hacer lo correcto, sin importar lo inconveniente que pudiera resultar. Su interpretación de «lo correcto» a veces podía estar alejada de la realidad, pero siempre le escuchaban. En la medida en que aumentaba la influencia de Wei, crecía también el magnetismo de Saw Lu, sobre todo entre los líderes wa para quienes Wei era principalmente un chino y un buen ejemplo de la injerencia de China. Consideraban que el EUEW necesitaba a Saw Lu, un hombre que decía verdades incómodas y un defensor sin complejos de su raza.

En términos generales, Saw Lu sí era culpable de las acusaciones de Wei, aunque no tuviera ningún papel en la Operación Punto Caliente. ¿Inconformismo? Por supuesto. ¿Contacto no autorizado con un país occidental? Típico de Saw Lu. Pero, ¿comportamiento antipatriótico? Era una cuestión de perspectiva. Saw Lu amaba a la nación wa como un padre o una madre ama a un hijo díscolo. Wei, por otro lado, no parecía amar nada excepto el poder y el dinero, a pesar de que ninguna de las dos cosas le causara una alegría perceptible.

A principios de 2011, mientras Saw Lu se aferraba a la vida, Bao se enfrentaba a dos opciones. La primera era permitir a Wei que acabara con Saw Lu, a quien, después de todo, había expuesto como un soplón. Aunque Bao y otros líderes no sabían lo lejos que había llegado en su traición al EUEW —no conocían el complot de golpe de Estado Whiskey Alfa, abortado nueve años antes— era indudable que Saw Lu había estado delatando la actividad de Wei a Estados Unidos, un enemigo declarado del EUEW. Por el delito de este «contacto no autorizado», desde luego merecía un castigo. Sin embargo, para el alto mando wa, los americanos se estaban diluyendo en una amenaza distante y abstracta. Así que optaron por fijarse en la perspectiva racial de este pulso: Saw Lu, un antiguo líder wa de pura raza, un hombre pobre, en las garras de un barón de las drogas medio chino que apenas se dignaba a mostrar su rostro.

¿La segunda opción de Bao? Desprender de las garras de Wei al único hombre lo bastante valiente como para enfrentarse al narcomagnate, un movimiento aún más peligroso en la medida en que un Wei enfurecido podía recortar los ingresos que eran vitales para sostener al gobierno wa. Mientras tanto, los rumores de la situación de Saw Lu se difundían y este se convertía en algo más que un simple prisionero. Era la prueba que mediría la capacidad de dominio del presidente sobre su tesorero. El destino de Saw Lu revelaría cuál de los dos hombres estaba realmente al mando.

«Todos los oficiales hablaban —contaba Jacob—. Me llevaron aparte y me dijeron: "Tu suegro se ha metido en un gran embrollo político, no te dejes arrastrar por ello"».

La advertencia vino directamente del nuevo superior de Jacob, uno de los sobrinos de Bao. Durante su época de abandono y depresión, había aceptado el consejo de sus amigos, apartándose del Departamento de Alfabetización para procurarse un puesto más cercano al verdadero poder. Jacob enseguida fue reclutado por un comandante de brigada que supervisaba Naung Khit —un sector occidental del EUEW, en una región fronteriza con Birmania—, que lo contrató como su ayudante. «Quería servir a alguien con capacidad para lograr que las cosas cambiaran con una simple llamada rápida a su tío. Y me alegré mucho de que no jugara al *mahjong*».

El comandante, un hombre trabajador, rechoncho, de cincuenta y tantos años y con el cabello muy corto, tampoco bebía alcohol. Tenía que mantener la cabeza despejada. Los Bao eran un clan prolífico, con muchos sobrinos que competían por puestos muy codiciados; este en particular había llegado a lo más alto a base de trabajo duro y buenos hábitos. Había transformado las montañas de Naung Khit, antes cubiertas de amapolas, en una fuente rentable de caucho y madera exótica, así como de estimulantes de color rosa. «Creo que entiende lo que quiero decir —me dijo Jacob—. Siempre había camiones entrando y saliendo de noche, trasladando su carga a la frontera».

Como ayudante, Jacob gestionaba la agenda del comandante. Programaba citas con inversores extranjeros, tanto chinos como birmanos, así como con oficiales del EUEW. Ambos iban y venían entre Naung Khit y la capital, con Jacob como chófer de un Toyota Land Cruiser de color negro con las ventanas tintadas. Hasta la matrícula, emitida por la división de transportes del Estado Wa, era negra. De manera oficial, Jacob aún ganaba un sueldo miserable, unos veinte dólares al mes, pero esto no era más que una fracción del total de su paga: su superior sacaba de forma esporádica billetes de cien yuanes que metía en el bolsillo delantero de Jacob. «Para tu familia», decía.

Sin embargo, la mayor parte del dinero iba al camello de Jacob. «¿Qué puedo decir? Yo era un desastre. Fumaba, bebía, y en ocasiones tomaba una píldora rosa. La mayoría de las veces consumía el "número cuatro"», reconoció utilizando el argot de los narcotraficantes. Las adormideras se transforman en heroína en cuatro etapas: en la primera se cosecha el opio; en la segunda, se cuece, se añaden productos químicos, se seca y se convierte en polvo grumoso de morfina; en la tercera se refina hasta transformarse en heroína inyectable de color marrón, como el azúcar de caña; y la cuarta consiste en purificarla para hacer China Blanca. Por treinta yuanes —cinco dólares— Jacob podía adquirir una roca de «número cuatro» similar en tamaño y color a una muela del juicio. Se dan unos golpecitos a la bolsita, se pulveriza la droga, se pone sobre un papel de aluminio y con una pajita de plástico se absorbe el humo que sale al quemarla. «Después de la primera vez, ya no pude parar. A las pocas semanas estaba enganchado y lo necesitaba para funcionar». Sin embargo, Jacob tenía la confianza de que lo tenía controlado y pensaba que su comandante no tenía ni idea de su hábito prácticamente diario de consumo de heroína.

Aprovechando su estatus más elevado, al ser la mano derecha de un sobrino de Bao, Jacob convenció a algunos funcionarios de la prisión para que ayudaran a mantener a Saw Lu con vida. Introducían la comida casera de Mary y la medicación de contrabando a escondidas del alcaide. Sin embargo, a primeros de marzo, uno de estos contactos informó a Jacob de que su suegro estaba al borde de la muerte. Lo había encontrado en un estado de llanto incontrolable y confusión, con la parte derecha de su cuerpo desconectada, como si se hubiera disociado de su cerebro. Saw Lu no podía ponerse de pie ni hablar con coherencia. Necesitaba atención médica de inmediato. Se hicieron consultas urgentes y se apeló a las máximas autoridades para evaluar la situación.

Bao ya no disponía de más tiempo para deliberar. La situación apremiaba. A las pocas horas, se recibieron instrucciones desde el despacho del presidente: había que llevar a Saw Lu a un hospital chino. A la oficina de seguridad provincial de Yunnan no le hacía gracia que el EUEW mandara a su país a un espía afín a Estados Unidos y medio muerto, pero Bao lo explicaría más tarde. El hospital decente más cercano estaba en Pu'er, una ciudad de China más de 160 kilómetros al este. Bao ordenó a sus subordinados que trasladaran allí a Saw Lu lo más rápido posible.

◉

Jacob recibió la llamada unas semanas más tarde. «Tu suegro ha sobrevivido. Viene de camino desde el hospital de Pu'er, Recógelo en la frontera, en Pangkham».

Jacob condujo hasta un puente, cruzando el río Hka que servía como portal principal de acceso a China desde el Estado Wa. Pasó por debajo de un arco de piedra gigantesco decorado con la cabeza de un búfalo en piedra negra y se dirigió al puesto de control fronterizo. Saw Lu esperaba en una silla de ruedas, solo, canoso y golpeado por el viento.

Jacob aparcó, se acercó y retrocedió al ver lo que tenía Saw Lu en el cuello: una herida enorme con costras blancas. Con un murmullo ronco, su suegro transmitió el diagnóstico del médico chino: a duras penas había sobrevivido a un derrame cerebral, gran parte del lado derecho de su cuerpo estaría paralizado de forma intermitente, posiblemente para siempre. Su presión sanguínea era anormalmente alta y sus riñones apenas funcionaban.

—Puede que viva un poco más —dijo—. O puede que no.

A pesar de que su caso criminal aún estaba por resolver, el comité central del EUEW decretó que podía recuperarse en casa, bajo la supervisión de la «policía especial» de Wei.

—¿Y tú qué tal, hijo? ¿Estás bien?

Jacob titubeó. Sintió la mirada de su antiguo mentor sobre él, examinando, juzgando. Hizo lo posible por retener las lágrimas.

—Estoy bien, padre.

—Eso espero. Necesito que seas fuerte.

Condujo hasta la granja y ayudó a su suegro a meterse en la cama. Durante los primeros días, Saw Lu dormía la mayor parte del tiempo. Mary y Grace, horrorizadas por lo demacrado que estaba, le reforzaban con comidas ricas en vitaminas: guisantes hervidos, sopa de carne y abundantes verduras. Sin embargo, nadie en la casa se podía relajar. Menos aún con esos hombres de expresión amarga, cargados con pistolas y porras fijadas a sus cinturones, que se dejaban caer por allí sin avisar. «Adelante —decía Mary—. Miradle. No puede hacer daño a nadie. Ni siquiera puede andar». A veces, los hombres de Wei se marchaban enseguida. Otras veces, holgazaneaban en el patio y fumaban.

Saw Lu esperó alrededor de una semana para dar el paso. Una noche, se quitó la manta con el brazo bueno, rodó fuera de la cama y cayó al suelo. La parálisis de su lado derecho no era completa y, con esfuerzo, logró arrastrarse. Se desplazó como una tortuga hasta la puerta del dormitorio, por toda la casa y hasta el jardín. Siguió avanzando todo el camino hasta el huerto. Encontró el lugar exacto y sacudió la tierra con su mano izquierda, rezando para que no lo hubieran encontrado y alabando a Dios cuando sus dedos dieron con el plástico duro debajo del suelo.

Saw Lu extendió del todo la antena del teléfono vía satélite Ericsson y apretó el botón de encendido. La pantalla se iluminó en un verde chillón. Conocía el número de memoria. Cuando Bill respondió con un ronco «hola», Saw Lu habló en lahu tan rápido como le permitía la lengua, por miedo a que se cortara antes de que pudiera transmitir todo: la tortura, la posibilidad muy real de que los hombres de Wei aparecieran en cualquier momento.

—Tienes que ayudarme, Bill. ¿Bill?

A través de un siseo, Saw Lu escuchó una respiración cansada y jadeante.

—Lo siento —dijo Bill—. Eres un buen hombre. La DEA rompió su promesa, Saw Lu. Te defraudaron. Lo siento mucho.

Sonaba como si Bill estuviera llorando. O ahogándose. Saw Lu no supo qué responder, de modo que tan solo dijo adiós. Nunca volverían a hablar. A la semana siguiente, el 1 de abril de 2011, Bill Young se disparó en la cabeza con una pistola Colt .32. La policía de Chiang Mai lo encontró muerto en su casa con el arma en una mano y, en la otra, la cruz celta de plata de su abuelo.

◉

A pesar de que Saw Lu había sentido siempre auténtica veneración hacia Estados Unidos y su supuesta ética de salvación, ningún americano podía salvarle ahora. Su supervivencia dependía por entero de su propia gente, en concreto, de Bao y su facción del EUEW. Se quedaba en su granja, tumbado debajo de la manta, a la espera de lo que fuera a venir, sintiéndose más solo de lo que se había sentido en aquella celda de bloques de hormigón.

Cabía la posibilidad de que muriera por un fallo orgánico o bien, asesinado. Era probable que el EUEW optara por el camino oficial: ceder a los deseos de Wei, vendar los ojos de Saw Lu y ejecutarlo en lo alto del montículo de tierra. O tal vez, solo tal vez, sus simpatizantes entre los líderes wa prevalecieran en el tira y afloja con Wei, asegurándose de que permaneciera bajo arresto domiciliario, donde al menos se consumiría en su propia cama en lugar de regresar a la prisión.

Sin saberlo Saw Lu, ciertos oficiales del comité central del EUEW maquinaban para conseguir su libertad. Querían sacarlo del Estado Wa, de manera rápida, silenciosa y antes de que Wei pudiera atacar de nuevo. Durante meses habían negociado con sus homólogos militares en Birmania, un país en transición. Secretario Uno, Khin Nyunt, ya no era el dictador: otros militares le arrebataron el poder en 2004, tras un golpe de Estado. La nueva administración se proponía un cambio de imagen. La junta pretendía mudar de piel, creando un gobierno civil de generales retirados: legisladores que llevaban *sarongs* en lugar de uniformes verdes y que se proclamaban demócratas. Bajo una apariencia renovada, esperaban convencer a los países occidentales para levantar las asfixiantes sanciones, invertir capital y reducir la preocupante dependencia de la vecina China.

En marzo de 2011, en la época en que Saw Lu sufrió un derrame en la celda de la prisión, la junta birmana se disolvió de manera oficial. Incluso liberaron a Aung San Suu Kyi del arresto domiciliario y, para junio, le permitieron recibir al senador estadounidense John McCain en su casa de Yangón. Esto allanó el camino para visitas más espectaculares. La secretaria de Estado Hillary Clinton también estuvo en la mansión junto a lago de Suu Kyi y le regaló un juguete para su mascota; más tarde, el presidente Barak Obama voló hasta Birmania, levantó las sanciones, le dio un beso en la mejilla a Suu Kyi e instó a las empresas estadounidenses a invertir en el país antes vilipendiado.

Los miembros del comité central del EUEW aprovecharon este romance sin precedentes e instaron a los oficiales birmanos a perdonar al viejo traidor Saw Lu y permitir que regresara a Birmania, esta vez sin colgarlo de un árbol. «Ahora es inofensivo —aseguraron—, demasiado decrépito para hacer jugarretas con los americanos». Los oficiales birmanos cedieron y el adjunto, Xiao Minliang, el número dos del EUEW, empezó a planificar la evacuación de Saw Lu al amparo de la oscuridad. «Xiao vino a mi casa para darme la noticia —me contó Saw Lu—. Corrían lágrimas por su rostro. Dijo: "Ojalá no tuviera que ser así, Saw Lu. Te recordaremos. Estarás en nuestros corazones para siempre"».

A mediados de julio, la familia se escabulló de Pangkham antes del amanecer: Saw Lu, Mary, Grace y los nietos se montaron en coches, acompañados por los escoltas armados de Xiao, por si acaso. Amanecía mientras descendían serpenteando por la carretera asfaltada. Por última vez en su vida, Saw Lu contemplaba los picos wa apuntando al cielo como la columna de un dragón. A medida que descendían, los pinos eran más altos, el aire se espesaba y taponaba sus oídos. Atravesaron el último puesto de control del EUEW, cerca de la ciudad birmana de Tangyan, y tuvieron que admitir que las carreteras del lado birmano eran de peor calidad que las del Estado Wa, construidas por los ingenieros chinos. Al llegar al pie de las colinas, la lluvia manchaba los parabrisas y el viento olía a barro caliente.

Ascendieron hasta su antigua casa en lo alto de una colina en Lashio. Su hogar estaba casi como lo habían dejado: los muros pintados de color verde mar y las contraventanas amarillas. Sus parientes lo habían conservado bien. Asimismo, los wa del barrio habían cuidado la iglesia de ladrillos rojos al otro lado de la calle, y sus puertas blancas estaban relucientes; una cruz roja pintada remataba el exterior. La bomba oxidada de color marrón rosáceo aún colgaba de una gruesa cadena delante del templo.

Sin embargo, la familia echaba en falta a alguien. Jacob no participó en la evacuación a Lashio. Había elegido quedarse en el Estado Wa, donde podría autodestruirse en paz.

◉

Jacob llevaba su depresión como un manto de plomo. Durante cierto tiempo, la heroína funcionó según lo previsto. Aliviaba su angustia, dando paso a una gloriosa indiferencia —hacia su gente, su familia y su propia existencia—. Sin embargo, cuanto más fumaba, más breve era el trance, hasta que la droga ya solo le calmaba los calambres intestinales y las fiebres, permitiéndole aborrecerse a sí mismo con la cabeza despejada.

Cuando su familia desocupó la granja de Pangkham, Jacob se mudó a la casa solariega de su comandante en la zona rural de Naung Khit. Vivía en los aposentos de los ayudantes, que estaban limpios y bien equipados con sirvientes. Aparcados fuera en la parcela había Fords y Toyotas, una flota completa de camiones y vehículos deportivos y utilitarios. Jacob tenía las llaves de todos. «Mientras estés conmigo —le advirtió el sobrino de Bao—, no desearás nada».

Jacob solamente quería recuperar la esperanza. Se quedaba hasta tarde con una Biblia en el regazo, hojeando las páginas de papel cebolla y susurrando a Dios. «¿Qué me ha pasado, Señor? La vida me resulta tan pesada... He intentado ser un buen padre, un buen marido, un buen yerno». El peso se hizo insoportable. Confiaba en que, al mudarse al interior, a muchos kilómetros de sus camellos de Pangkham, se vería obligado a desintoxicarse. Pero a los pocos días ya estaba engatusando a los conductores de los camiones de suministros para que compraran en su nombre bolsitas de droga en la capital y las llevaran de contrabando a Naung Khit. Jacob perdió mucho peso. Una película amarilla le cubría los ojos. «No sé cómo pude estar cuatro meses así, sin que el comandante lo advirtiera. Con el tiempo, se dio cuenta y quedó muy decepcionado. "¿Un tipo tan listo como tú, enganchado a la heroína?"».

El comandante le dijo a Jacob que se encerrara en su habitación y sudara el mono. «Desaparece durante meses si es necesario. Lo que haga falta para que te quedes limpio. Arréglalo, Jacob. Solo arréglalo». Volvió a tomar heroína al cabo de una semana, de modo que su superior lo llevó al calabozo local, lo fichó y anunció que regresaría a los seis meses. Los guardias de la prisión del EUEW cambiaron el uniforme verde de Jacob por un pijama fino y le escoltaron a un patio lleno de desertores, ladrones y otros consumidores de droga. Todos llevaban grilletes excepto Jacob; los guardias no querían encadenar los tobillos del ayudante de un oficial de alto rango.

Su cuerpo se quejaba: tenía espasmos, las articulaciones aullaban y los fluidos salían por arriba y por abajo. Cuando cedieron los síntomas, se topó con una depresión más cruel de lo que hubiera imaginado. Una voz profana se instaló en su alma, animándolo a terminar con todo: la vida era una monotonía infernal. Los seis meses pasaron como un siglo.

El día que liberaron a Jacob, su comandante lo recogió en las puertas del calabozo y le tendió un mando a distancia negro, las llaves de un Land Cruiser aparcado cerca. «Ahora que estás mucho mejor —anunció—, te puedo comprar una casa y un coche. Traerás aquí a tu mujer y ella abrirá una tienda donde venderá cabras. Traslada a tu familia, a todos excepto a tu suegro, claro». Mientras Jacob conducía, el comandante estuvo de cháchara, detallándole cómo se desarrollaría su futuro.

Jacob aferró el volante. Fijó la mirada en las curvas del asfalto, atestadas a ambos lados de árboles enanos con ramas como dedos. Hacía meses que no hablaba con Grace. ¿Cómo explicar al comandante que su esposa culpaba al Estado Wa por la ruina que había traído a su padre, y a Jacob por abandonar a su familia para inhalar humo de heroína sobre un papel de aluminio caliente?

—Señor, estaba pensando que quizá podría visitar a mi familia en Navidad.

Su superior se revolvió en el asiento.

—No, no, no... Necesito vigilarte de cerca. No me hagas decírtelo dos veces.

El comandante tenía una reunión en la capital a finales de esa semana; por lo general, en esas ocasiones se llevaba a Jacob para que tomara notas. Sin embargo, en esta ocasión, Jacob le suplicó que le permitiera quedarse, ya que requería más tiempo libre para adaptarse a la vida después de la cárcel.

—Bien —aceptó el comandante—. Descansa mientras esté fuera. Te veré en unos días.

A la mañana siguiente, Jacob se despertó temprano y caminó hasta el mercado de Naung Khit, con las manos metidas en los bolsillos, el cuerpo encorvado por el frío. Encontró una camioneta al ralentí frente a un solar asfaltado y se dirigió hacia ella. Dos oficiales del EUEW gritaron su nombre —«¡Jacob! ¿Dónde has estado?»—, pero no se volvió. Dio unos golpecitos al parabrisas de la camioneta y puso ante la vista del conductor un fajo de dinero; un puñado de billetes de color burdeos y azul marino que sumaban un total de sesenta mil kyats birmanos —unos setenta dólares—. «Llévame a Lashio y será tuyo». El conductor le indicó que entrara.

El viaje duró cuatro horas. Por la tarde, Jacob se plantó delante de la casa familiar de color verde agua de su suegro. La misma donde, cuando era un un joven enamorado, veía las lamentables películas de propaganda birmana en una televisión en blanco y negro, solamente para poder sentarse junto a Grace, la chica con la que un día se casaría, con Saw Lu oficiando; la madre de sus hijos, la mujer a la que había rechazado por la China Blanca.

Jacob traspasó la puerta y encontró al anciano en la sala de estar. Se quedó de pie frente a él, desaliñado y encorvado, su rostro ardiendo de vergüenza. Confesó sus pecados e imploró perdón. Sabía que Saw Lu, a pesar de su enfermedad y de ser vilipendiado en su patria, aún conservaba la máxima autoridad sobre los asuntos de la familia. Si el patriarca lo dictaba, Jacob, el adicto a la heroína fugado, quedaría excomunicado, sin poder dormir junto a su esposa nunca más ni conocer el amor de sus hijos.

El silencio era insoportable. Entonces, Saw Lu habló. «Hijo, estás hecho pedazos. Pero esa no es razón para llorar. Solo significa que tendremos que recomponerte». La familia envió a Jacob a un centro de rehabilitación baptista; un campamento de bambú y paja oculto al pie de las montañas birmanas. Vivía en una residencia al aire libre con otros adictos en remisión. Todos ellos sometían sus mentes y sus cuerpos a los curanderos de la selva, hombres de mirada ardiente que sanaban a los drogadictos con ritos baptismales: sumergían a los hombres de espaldas en el agua fría, una y otra vez, en medio de una febril imposición de manos.

Los adictos se levantaban temprano para arar la tierra. Durante las lánguidas tardes, leían la Biblia y todas las noches se daban las manos y alababan a Dios con una canción. Jacob se perdía en el ritual. Abandonó su alma individual, dejando atrás sus deseos y necesidades personales, y se disolvió en la multitud, convirtiéndose en una onda en el río de la humanidad.

—Aprendí a dejarme ir. Había mucha cólera bajo mi piel de tanto pensar en mi fracaso en el Departamento de Alfabetización. Al soltarme, dejando atrás mi deseo de controlar el mundo, acepté la voluntad de Dios y por fin encontré la paz.

Le pregunté si Saw Lu alguna vez había encontrado esa misma paz.

—A decir verdad, Patrick, no lo sé. Quizá no. Hasta el final de su vida quiso dejar una impronta en este mundo.

31 de octubre, 2019.

Lashio. Una noche sin viento iluminada por una luna menguante.

Saw Lu se encontraba arriba, en su cama. Su teléfono sonó en torno a las siete y media de la tarde, con el nombre de Grace iluminado en la pantalla. Contestó. Su hija le llamaba desde el jardín trasero de su casa, mientras paseaba bajo los plataneros, y le hablaba de un hombre blanco que estaba sentado a la mesa de su comedor.

—Quiere conocerte, padre. ¿Qué le digo?

—¿Americano?

—Creo que sí.

—Tráele. Bajaré.

Saw Lu salió de la cama y se puso de pie; su parálisis del lado derecho ahora estaba parcialmente sanada y solo le afectaba esporádicamente. Se ató el *sarong*. Cubrió su cabeza con una gorra azul de béisbol y llamó a una criada: «Viene un invitado. Haz té».

Cuando Saw Lu bajó, arrastrando los pies hasta la sala de estar, el forastero se encontraba allí de pie; vestía pantalones de color canela y calcetines azul pastel. Era un hombre alto y pálido con una nariz puntiaguda que contemplaba una foto enmarcada en la pared. El Saw Lu del retrato, que miraba fijamente al americano, era una imagen tomada en torno a la primavera de 1993. Iba ataviado con el uniforme de gala del EUEW. Una figura elegante con charreteras y un revólver en la cintura. En esa época, Saw Lu tenía cuarenta y ocho años, y ese había sido uno de los mejores de su vida. El presidente Zhao Nyi Lai le acababa de nombrar ministro de Asuntos Exteriores. Estaba preparado para unir a las civilizaciones wa y estadounidense, a través de la DEA, en una asociación eterna. El sueño irradiaba en su interior, luminoso y cálido, y en la imagen, las pupilas de Saw Lu brillaban como perlas negras.

Aquella noche, Saw Lu habló conmigo hasta casi medianoche. Fue el primero de muchos encuentros. Años más tarde, pregunté a Mary qué pensó su marido del forastero que se materializó una noche oscura, equipado con un cuaderno y una cabeza rebosante de preguntas indiscretas. «Sin duda, nos impresionaste. Él se preguntaba si eras un agente especial de la DEA o de la CIA. Lo hablamos. Sin embargo, concluyó que eras un hombre normal y corriente: "Mary —dijo—, creo que ese hombre va a escribir un libro sobre mí"».

Me eché a reír. Aquella noche, apenas pude procesar todo lo que contó —las calaveras, los caudillos de la droga, la heroína—, y no sabía qué creer. Solamente más tarde, después de localizar a quienes habían luchado o conspirado junto a él, o incluso contra él, incluyendo fuentes cuyos nombres no pueden aparecer en estas páginas, me convencí de que sus historias eran ciertas, descontando sus ocasionales fallos de memoria. Saw Lu se consideraba a sí mismo una figura legendaria desairada por la historia hasta que aparecí yo; el instrumento involuntario de Dios, enviado en el último momento para corregir el error. Sin embargo, nunca llegó a leer el libro cuya redacción había profetizado aquella noche de octubre.

Verano de 2021.

Birmania. Un país convulsionado desde las colinas hasta el mar.

Los devaneos de los militares con la democracia tardaron diez años en llegar a su conclusión. Los generales se habían convencido de que eran muy populares; sin embargo, para su frustración, la población seguía prefiriendo en las sucesivas elecciones el partido de Aung San Suu Kyi a las marionetas políticas del ejército. Así pues, tuvieron una rabieta. En febrero de ese mismo año, sacaron los tanques a las calles, encerraron a los representantes electos y proclamaron el regreso de la junta.

Tras haber probado un poco de libertad, las masas se rebelaron con más determinación que nunca. Hartos de marchas pacíficas, una nueva generación de disidentes de las llanuras se dirigió a las fronteras y rogó a las minorías étnicas —los karen, los kachin, los chin y los karenni— que les enseñaran a luchar. Compraron armas en el mercado negro y aprendieron a fabricar explosivos. Mataron oficiales de la junta en sus casas y volaron convoyes del ejército con detonaciones. El régimen, a su vez, desahogó su rabia incendiando los lugares sospechosos de ocultar revolucionarios: templos y clínicas, barrios enteros, incluso colegios con niños aún dentro. La junta llegó a decapitar disidentes, dejando sus cadáveres en la calle para que todos los vieran.[3]

Coincidiendo con esta guerra civil, el virus de la Covid-19 arrasó Birmania. Los militares requisaron los hospitales y acapararon las bombonas de oxígeno para sus tropas, mientras que muchos ciudadanos, malnutridos por la escasez de alimentos durante las guerras, murieron por falta de medicamentos básicos. Las familias ordinarias no tuvieron otra elección que la de encerrarse en sus casas. Los mensajes de texto que me enviaba Jacob expresaban su desesperación. «Este país es un mal sueño, hermano. Todo el mundo tiene el virus. ¡Por favor, reza por nosotros!».

Sin embargo, Saw Lu, tras haber sobrevivido a los cazadores de cabezas, a las guerrillas comunistas y a las más cruentas variedades de tortura, no temía a un virus. No quería quedarse encerrado, pese a las advertencias de su familia. «Mi suegro se comporta como si tuviera poderes mágicos. Quiere estar entre la gente, aunque las calles estén vacías».

El 28 de julio, Jacob envió una foto de Saw Lu a través de un chat encriptado. Yacía en la cama boca arriba: la cabeza sobre la almohada, la Biblia apoyada en el cabecero, con el tono ceroso de la muerte. Un sanitario vestido con un traje de protección biológico de color azul estaba sentado en la cama junto al anciano, pellizcando su cara con una mano enguantada. Habían venido a llevarse el cuerpo.

Ping.

Otra foto. Más figuras sin forma, humanoides con trajes azules, de pie sobre una tumba de tierra —tierra roja manchando sus pies— miraban al ataúd de madera.

La ceremonia de Saw Lu fue precipitada; asistida solo por Mary y algunos otros cubiertos con mascarillas y trajes protectores. No era el funeral que él hubiera querido: una gran multitud de admiradores conmemorando su ascenso al cielo. Hasta sus hijos y nietos estaban ausentes. Casi todos se encontraban enfermos por el virus o impedidos de viajar debido a la guerra civil. «Me siento tan triste —me contó Jacob—. Hubo muy poca gente a su lado en sus últimos momentos. Saw Lu lo hubiera odiado».

Sobre su tumba hay una cruz de madera barnizada sobre la que están pintadas en blanco las siguientes palabras:

RIP
TAX SAW LU
IT DAO CAO KHRIT

En lengua wa: Descansa en el Señor Jesucristo.

EPÍLOGO

Cada nación tiene su historia. Una saga que cuenta su origen y el camino que ha recorrido. Lo que es sagrado y lo que se perdió. A quién se ha hecho daño y por qué fue necesario hacerlo. En las historias de otras naciones, los wa siempre son los villanos, pero yo quería conocer la historia que se contaban a sí mismos. Ese era mi objetivo cuando decidí escribir este libro.

Conocer a Saw Lu, un creador de la historia de la nación wa, resultó un golpe de suerte. Un «hombre nacido para hacer historia», tal como él decía, y que se ganó a pulso esa reivindicación: luchando por abolir la práctica de «cazar cabezas» y, más tarde, iniciando un movimiento para renunciar al cultivo de opio; una iniciativa retrasada por el sabotaje de la Agencia Central de Inteligencia, pero finalmente llevada a cabo. Saw Lu se describía a sí mismo como un héroe: valiente e implacable. Sin embargo, durante el proceso de recopilación de sus memorias, comprendí que era en realidad un héroe trágico. Contribuir a la historia wa nunca fue suficiente para él. En el fondo, quería ser *el principal* protagonista de la historia wa, no solo uno de tantos. Sacrificó todo, incluso su propio cuerpo, intentando transformar a su nación en algo que nunca llegaría a ser. Todo ello para fusionar su destino con el de Estados Unidos, no el país que era en realidad, sino la abstracción divina que existía en su cabeza.

Saw Lu seguramente creía más en la Guerra contra las Drogas que la mayoría de los agentes de la DEA. En muchos aspectos, personificó su dogma y compartió sus defectos. En raras ocasiones dudó de su propia rectitud o de la maldad de sus enemigos. Con fervor evangelista, se esforzó por purificar su sociedad y romper su vínculo con los narcotraficantes, una clase de personas a las que el presidente Richard Nixon denominaba «los comerciantes de esclavos de nuestro tiempo». Como un auténtico guerrero, Saw Lu nunca se dio por vencido, ni siquiera ante la derrota.

La Guerra contra las Drogas, en curso desde hace más de medio siglo, es la guerra más larga de Estados Unidos. Dado que sus principales campos de batalla se encuentran en Latinoamérica y en las propias ciudades estadounidenses, muchos olvidan dónde empezó: en el Sudeste Asiático. Fue aquí donde los soldados americanos probaron por primera vez la heroína del Triángulo Dorado, gran parte de ella refinada de las amapolas cultivadas por campesinos wa. Sus adicciones provocaron el pánico en su propio país y, más tarde, una cruzada nacional para combatir a los narcoejércitos en tierras extranjeras. Y eso nos lleva hasta hoy.

El Sudeste Asiático sigue siendo un frente en esta guerra, aunque uno silencioso. La DEA aún persigue al EUEW, con escasos resultados. Ni uno solo de los funcionarios activos de la sede central de la DEA ha querido hablarme sobre los wa. No podemos discutir sobre una «investigación activa», dicen, pese a que sí que conceden entrevistas continuamente sobre los carteles mexicanos. Supongo que la DEA no tiene nada positivo que decir sobre el EUEW. Es difícil defender una batalla que han ganado los supuestos villanos. Más difícil aún es admitir la historia secreta de Estados Unidos con los wa, una crónica larga y extraña donde aparecen señores de la guerra respaldados por la CIA, muebles con micrófonos ocultos, promesas incumplidas y despiadadas luchas internas gubernamentales.

Un relato honesto de la historia wa constituye una amenaza para el gobierno de Estados Unidos. Socava nuestros mitos nacionales. El presidente Ronald Reagan, otro icono de la Guerra contra las Drogas, afirmó que su país era «la mayor fuerza del mundo para el bien [...] unida y comprometida» contra «aquellos que están matando a América y aterrorizándola con una destrucción química lenta pero segura».[1] Décadas más tarde, los políticos americanos siguen con el mismo discurso. Sin embargo, la experiencia wa demuestra que Estados Unidos no siempre está unido ni es una fuerza incuestionable para el bien. Como mucho, es poderosa.

¿Qué versión refleja mejor la realidad? ¿Es Estados Unidos un noble justiciero que lucha contra las drogas? ¿O un imperio insidioso que condena a los traficantes en el estrado, al tiempo que conspira con ellos en las sombras? Escribiendo este libro, he conocido a muchos agentes de narcóticos de buen corazón, hombres y mujeres que creían en una causa superior y cuyo objetivo era reducir el sufrimiento humano. Como casi todo el mundo, puedo aceptar que mi gobierno sea una máquina enrevesada con varias facciones que persiguen diferentes causas y que a veces colisionan entre sí. «Estados Unidos» no es una única historia coherente, sino una mezcla de muchas.

Ojalá pudiéramos conceder tal gracia a los wa, el derecho a ser varias cosas a la vez. Un pueblo perseguido que defiende sus tierras ancestrales. Reclutadores forzosos de niños. Supervivientes de complots urdidos por los imperios del mundo. Ciudadanos de un Estado que está controlado por un cartel de metanfetaminas. O todo lo anterior. La verdad es que el Estado Wa es una nación como muchas otras. Su gobierno lo lideran hombres entrados en años. Algunos son despiadados, otros, abnegados. Pero la mayoría son una mezcla de ambas cosas.

En mi última conversación con Saw Lu, dos meses antes de su muerte, le pedí una predicción sobre el futuro del Estado Wa. Evocó una escena de 1967. Hombres y mujeres wa, desnudos, frente a una cabeza humana encajada en el hueco de un árbol. Con voz quebrada afirmó que, pese a los problemas actuales de la nación, nunca se retornaría a un pasado tan horrible. Por ello se sentía agradecido.

Es una consideración válida. Sin embargo, yo buscaba un pronóstico del futuro del pueblo wa en un mundo moldeado por la tecnología y las fuerzas geopolíticas emergentes. Así pues, yo mismo intentaré responder a esta pregunta, examinando por separado los dos estratos de la sociedad wa: las narcoélites y la gente ordinaria.

A los productores de meta les espera un futuro brillante. El enorme volumen de metanfetaminas que sale del Estado Wa es sobrecogedor. La mayor incautación de droga en la historia de Asia tuvo lugar en octubre de 2021, en la frontera entre Tailandia y Laos: cincuenta y cinco millones de píldoras *ya-ba* y 1,5 toneladas de cristal, escondidas en cajas de cerveza. Los agentes antinarcóticos establecidos en Tailandia me aseguraron que era «meta wa» y que muchos cargamentos de tamaño similar pasan de forma rutinaria sin ser detectados. Este nivel de producción tan descomunal se debe a una importante innovación: el EUEW y sus asociados criminales han logrado sintetizar sus propios precursores químicos.

Los grandes laboratorios de meta funcionan con un ingrediente clave: la pseudoefedrina, o simplemente «pseudo». Para hacer un solo kilo de meta cristalina se requieren diez de «pseudo» en estado líquido. El problema es que está muy regulado y es difícil de obtener. Así que los operarios del Estado Wa han empezado a comprar bidones de un producto químico común y menos regulado que se adquiere con facilidad en las fábricas chinas. Se llama cloruro de propionilo; es una sustancia inflamable, del color de la orina, que se emplea en una variedad de productos, desde tintes baratos a fungicidas. En manos de un buen químico, también es un pre-precursor que se puede utilizar para fabricar pseudoefedrina desde cero.

Esta es la alquimia de la nueva era: como convertir el plomo en oro. Cualquiera que pueda generar «pseudo» en grandes cantidades tiene en sus manos una licencia para imprimir billetes. Es tentador asumir que esta innovación surgió del brillante cerebro de Wei Xuegang. Pero tal vez no fue así.

«¿Wei? Ahora es un anciano retirado». Esto fue lo que dijo Huli, el empresario de Pangkham que intentó colarme en el Estado Wa. Lo sabía de buena tinta: más tarde descubrí que durante todo el tiempo que estuve en comunicación con él, era un asalariado del Ministro de Finanzas, y que respondía ante un subordinado que estaba en contacto constante con Wei.

A pesar de que Wei sobrevivió a Saw Lu, no vivirá para siempre.[2] Con casi ochenta años, según Huli, se está retirando gradualmente del imperio que creó. Aunque no ha designado un heredero, al menos que se sepa, su círculo de confianza gestiona muchas de las operaciones rutinarias del ministro.

Los subordinados de Wei están modernizando y diversificando sus fuentes de ingresos. «Las tecnologías de la información son el futuro», me dijo Huli. En este contexto, el término incluye de todo, desde criptomonedas hasta páginas web porno, y lo más lucrativo de todo, casinos *online*. En cuanto a vicios, el bacarrá es mucho más popular que fumar *speed*. «Los jóvenes de hoy no aspiran al narcotráfico. Prefieren hablar de criptomonedas que de laboratorios o de plantas apestosas. La gente del "alfabeto"—es decir, la CIA y la DEA— aún va detrás de las drogas, mientras que hay tipos que generan muchísimo dinero gestionando criptomonedas en pijama».

Huli no está metido en narcóticos y se mantiene alejado del lado más oscuro de la tecnología: las redes de extorsión. Los estafadores en el Estado Wa llaman a gente de todo el mundo utilizando números falsos, simulando ser una compañía de seguros, la policía o incluso un familiar. Estafan a la gente los ahorros de toda una vida, a veces recurriendo a la «sextorsión»: paga o divulgaremos tus perversas escapadas *online* a tu mujer y a tu jefe. Estos centros de llamadas se conocen como «mataderos de cerdos». «Todo el proceso se basa en un matadero: pienso para cerdos, carniceros... Todo es terminología porcina. Por ejemplo, puedes escuchar a alguien jactarse de "haber matado un cerdo grande" tras haberle extorsionado 30 000 dólares».

Al igual que en las refinerías de drogas, son los civiles birmanos quienes hacen el trabajo sucio para estas empresas en lugar de los oficiales del EUEW, a quienes no les gusta gestionar ninguna operación de forma directa. Su objetivo es siempre figurar como accionistas a cambio de «garantizar la seguridad de la operación», dijo Huli. Estos oficiales son comisionistas y rentistas con escasa implicación, salvo que sea necesario. Este modelo de no intervención directa permite a los funcionarios del Ministerio de Finanzas centrarse en expandir sus carteras. Son los más ricos de la nación wa. Viven en la zona más lujosa de Pangkham, un área en las afueras de la capital, «con edificios modernistas de fachadas de cristal que parecen diseñados por arquitectos alemanes o italianos —me explicó Huli—. En el interior, hay muebles de oro y jade, y los frigoríficos están repletos de Lafite Rothschild», un vino tinto de Burdeos que se vende a mil quinientos dólares la botella.

—Celebran sus negocios con sopa de pata de oso. O de esa cosa que come hormigas.

—¿Pangolines?

—Sí, eso. Lo publican en el WeChat. Allí siempre hay pangolines y otras cosas.

Una persona wa normal y corriente nunca conocerá tal degradación. Se las arreglan como pueden. Sus vidas a menudo están vinculadas con el EUEW, que exige un hijo de cada familia. Las mujeres jóvenes también se alistan, atraídas por la garantía de tener comida, atención sanitaria y una mísera paga en yuanes. Pese a su reputación de duros, los soldados wa casi nunca combaten. El EUEW es el macho alfa del Triángulo Dorado, y ningún forastero, ni siquiera los ejércitos profesionales, se atreve a desafiar su dominio. Para llenar sus días, los soldados rasos conducen camiones, labran los campos o pavimentan carreteras. Muchos parecen trabajadores municipales en lugar de miembros de un comando militar.

La clase media en el Estado Wa prácticamente no existe; tan solo existen las élites y el pueblo. Más de la mitad de los wa nunca va al colegio.[3] Las enfermedades comunes no reciben tratamiento y el cáncer es una sentencia de muerte. En los últimos años, el gobierno ha promulgado un decreto prometedor, por el cual el diez por ciento de todos los ingresos deben invertirse en educación y hospitales, pero apenas se aplica.[4] Esta es la verdadera tragedia del Estado Wa. Sus dirigentes podrían fusionar la visión de Saw Lu con las fortunas de Wei Xuegang, brindando a los ciudadanos educación y atención sanitaria de calidad, como hacen petro-Estados como Noruega y los Emiratos Árabes, aunque los wa financiarían su estado de bienestar a través de la metanfetamina. Sin embargo, como en muchas otras naciones, los ricos acumulan la riqueza para sí mismos.

Al menos, el pueblo ya tiene voz. A pesar de que la descripción de la BBC del Estado Wa como «uno de los lugares más secretos del mundo» sigue vigente, ahora es menos veraz que nunca gracias a las redes sociales. Dispone de dos populares aplicaciones chinas para teléfonos móviles: WeChat, con la que los usuarios comparten fotos y vídeos, y Douyin, la versión en chino de TikTok.

Estas aplicaciones nos permiten asomarnos a las vidas de los wa. Algunos vídeos *online* confirman la reputación bárbara del Estado Wa. He visto competiciones de bofetadas en los clubes nocturnos de Pangkham y una pandilla que ató a un ladrón al poste de una canasta de baloncesto para después golpearle. Incluso, una ejecución pública, en una colina embarrada, de tres ciudadanos chinos acusados de asesinar al propietario wa de una joyería.[5] No obstante, las escenas alegres prevalecen sobre estas publicaciones macabras. Por ejemplo, un pelotón tocando la guitarra y cantando el himno nacional del Estado Wa, o una pandilla de chicos, vestidos con el uniforme del EUEW, bailando *break dance* en medio de una autopista. En el tipo de publicación más común aparece un soldado del EUEW, hombre o mujer, con una pose soñadora. Es difícil conciliar esto con su reputación de narcoguerrilleros.

En cuanto a su futuro, surgirán nuevos retos, aunque el Estado Wa en sí es bastante estable. Esto tiene mucho que ver con su conexión con China. Pese a que la expresión «Shanzhai China» es degradante, el gobierno Wa, de hecho, es un Estado clientelar. El comité central del EUEW no está obligado a obedecer todas las peticiones de Pekín, pero sí debe consultar a los enlaces del Partido Comunista Chino, que ejercen poder de veto sobre los principales cambios políticos.[6] Los dirigentes wa no están contentos con su papel de subordinados; sin embargo, mientras China proporcione armas, combustible, equipos e infraestructura de telecomunicaciones, entre otros bienes, deben someterse a los deseos de su vecino gigante.

Una nación emergente que pone su destino en manos de una superpotencia en ascenso no es algo inaudito. Taiwán e Israel han florecido como Estados clientelares de Estados Unidos. Del mismo modo, el Estado Wa puede prosperar como Estado clientelar chino, en especial si el poder de China sigue aumentando en el siglo XXI. Entretanto, los dirigentes wa conservarán el astuto mecanismo de seguridad que impide que China engulla su tierra por completo: puesto que el Estado Wa se encuentra en Birmania, China no puede anexionarse el territorio de una forma directa sin invadir a un país soberano reconocido por la ONU.

Existir dentro de Birmania, un país sumido en el caos, en realidad fortalece la posición del Estado Wa. El régimen militar birmano no puede superar al EUEW ni siquiera en condiciones estables, y menos aún mientras las insurgencias asolan al país, de modo que casi siempre los dejan en paz. Si la junta gana la guerra civil en curso, nada cambiará para los wa. Si triunfan los revolucionarios prodemocracia y asume el control un nuevo gobierno, los wa exigirán que se respete el acuerdo del Estado dentro de un Estado. Los wa no pueden perder en ningún caso.

La mayor amenaza al Estado Wa sigue siendo la división interna, pese a que los líderes del EUEW hayan tomado medidas para mitigarla. El presidente Bao Youxiang tiene un plan de sucesión. Cuando sea demasiado mayor para gobernar, que no será en mucho tiempo, el mando pasará a sus hijos y sobrinos mejor preparados, que han sido educados desde su nacimiento como príncipes. Según todos los indicios, Bao y Wei tienen una relación tolerable; sin embargo, este último también desaparecerá con el tiempo y ambos dirigentes se llevarán sus imputaciones de la DEA a la tumba. Esto presenta una oportunidad, si Occidente quiere aprovecharla.

La siguiente remesa de dirigentes wa no tendrá imputaciones de la DEA sobre sus cabezas. La Organización de las Naciones Unidas podría utilizar este punto de inflexión para forjar mejores relaciones con el Estado Wa y viceversa. Si las autoridades wa quieren diversificar la ayuda en lugar de depender únicamente de China, la ONU podría ayudar a proporcionar a su pueblo escolarización y asistencia sanitaria. Por otra parte, el EUEW necesitará a la ONU si en algún momento pretende, una vez más, eliminar el narcotráfico. Los dirigentes actuales insisten en que ya han renunciado a la producción de narcóticos —una astuta reivindicación basada en el hecho de que albergan y gravan los laboratorios dirigidos por carteles chinos, pero no gestionan las fábricas de un modo directo—; sin embargo, si el EUEW decide de verdad desistir de las drogas, necesitará que los expertos de Naciones Unidas validen su logro.

Mientras tanto, la «comunidad internacional» (es decir, los países occidentales y sus aliados) requieren una vía de comunicación efectiva y formal con el gobierno wa. Es posible que Occidente no comprenda la importancia del Estado Wa en este momento, pero lo hará en el futuro. Cada año que pasa es más difícil de negar: en el corazón del Sudeste Asiático cohabita una nación-Estado sin reconocer —aproximadamente en el puesto 137 por superficie y en el 170 por población—, una nación de tamaño entre pequeño y mediano, con un ejército formidable y una voz para decidir el futuro de Asia. No es un simple cartel de droga que haya que desmantelar.

La lucha por la autonomía wa no ha sido fácil. Sin embargo, con arrojo y derramamiento de sangre, y sí, narcóticos, han logrado un sueño que ha eludido a los cheroquis, los tibetanos y a otras minorías del mundo: la preservación de su patria.

AGRADECIMIENTOS

Este libro está lleno de secretos y de dolor; de los secretos de otras personas, del dolor de otras personas.

Al escribirlo, me he inmiscuido en las vidas de extraños, pidiéndoles que me contaran experiencias horrendas o animándoles para que me dieran información que tal vez hubieran preferido reservarse. Mi más sincera gratitud a las decenas de fuentes que hablaron conmigo, muchas de las cuales no puedo identificar aquí. Para aquellos que sí aparecen en estas páginas, por favor, sepan que me esforcé mucho por interpretar correctamente sus relatos, elucidando sus motivos y la complejidad de sus circunstancias. Pido perdón por cualquier fallo. Me complace que algunas fuentes que empezaron siendo extraños ahora sean algo más.

Mi especial agradecimiento a:

Pailin Wedel, una maestra de la narración y el amor de mi vida. Estar casada con un tipo con obsesiones desquiciantes no siempre es fácil. Gracias por unirnos de nuevo a mí y a este libro cuando nos rompimos en pedazos. Puede que yo sea un «narrador sureño», como dices, propenso a tomar desvíos escénicos de camino al punto esencial, pero al menos tú siempre me devuelves al sendero correcto.

David Lawitts, el biógrafo oficial de Bill Young y autor del libro de próxima aparición: *American Warlord*. Eres un erudito del narcotráfico en el Sudeste Asiático y no habría podido completar este libro sin tus reflexiones y ediciones. Gracias también a Gabby Paluch, autor de *Opium Queen*, por tus revisiones y consejos de valor incalculable.

A Kelly Falconer, una agente extraordinaria. Gracias por creer en este libro cuando aún era una papilla a medio hacer, y por quedarte conmigo hasta que conseguí cocinar bien la receta. Tengo suerte de tenerte a mi lado.

A PublicAffairs y Icon Books. Es un honor trabajar con dos editoriales magníficas. Gracias a Clive Priddle y Anupama Roy-Chaudhury por ver el potencial de este libro y guiarlo a buen puerto, y también a Duncan Heath; no habría un *Narcotopía* sin un *Hello, Shadowlands*.

A Dan Lothian, Matthew Bell y el resto del equipo de *The World*; es un privilegio trabajar para el mejor programa de noticias extranjeras en la radio estadounidense.

A mi abuela, Margie Winn. Gracias por nutrir mi amor a la lectura de niño y por inculcarme un código moral al que todavía aspiro.

Gracias a los periodistas e investigadores que me ayudaron a concertar entrevistas: Saw Closay en Birmania, Cece Geng en Chiang Mai y Theresa Somsri en Chiang Rai. El brillante Khuensai Jaiyen, anterior secretario de Khun Sa y un analista fantástico de los asuntos shan, fue una fuente de valor inestimable. Al igual que lo fueron otros del colectivo de los tai (shan) en Tailandia, así como la comunidad yunanesa del norte de Tailandia, en especial los hijos de exiliados que ahora prosperan como ciudadanos tailandeses. Mi excelente tutor durante muchos años, Porpatima Yenbut, me ayudó a prepararme para las entrevistas en tailandés.

Estoy en deuda con los antropólogos Magnus Fiskesjö, Andrew Ong y Hans Steinmüller, cuyo trabajo colectivo contiene más información sobre la sociedad wa que los reportajes superficiales de los medios.

Mi mayor agradecimiento es para la familia de Saw Lu, en especial para Jacob, por abrir las puertas de su casa a un extranjero demasiado curioso y tratarme como a un pariente perdido. Me habéis enseñado una barbaridad sobre las personas creyentes. Que vosotros y todo el pueblo wa encontréis el bienestar, la dignidad y la libertad.

APÉNDICE

MANIFIESTO DE SAW LU

Saw Lu presentó la siguiente propuesta a la Administración para el Control de Drogas a principios de 1993. El agente de la DEA Bill Young ayudó a redactar el documento.

LA ESCLAVITUD DEL OPIO

La agonía del pueblo wa: una propuesta y una súplica.
Nosotros, los mandos del Partido Unido del Estado Wa (PUEW) y el Ejército Unido del Estado Wa (EUEW), hacemos una propuesta a quien pueda estar interesado, para erradicar el cultivo de opio y detener la producción de heroína en todo el territorio controlado por los wa. Estamos dispuestos a llevarlo a cabo y se podrá ejecutar de una manera muy rápida. Tengo plena autoridad para hablar en nombre del Partido Unido del Estado Wa y del Ejército Unido del Estado Wa, que tienen potestad para desarrollar esta propuesta.

La súplica.
La súplica es una parte necesaria de la propuesta. Necesitamos alimentos para nuestro pueblo mientras desarrollamos los cultivos sustitutivos. Nuestro pueblo ya es tan pobre que eliminar la

producción de opio sin proporcionarle a cambio alimentos resultaría en inanición. Además, necesitamos apoyo de todo tipo para hacer la transición desde una economía basada en el opio a una nueva economía agrícola. Durante treinta años, los wa han intentado erradicar el cultivo de opio; sin embargo, cada vez dependemos más de ello. Al igual que los adictos a la heroína dependientes del opio que cultivamos, nosotros también somos esclavos de él. Buscamos ayuda para romper esa esclavitud.

En la actualidad, el área wa es uno de los mayores productores de opio del Sudeste Asiático. Aunque la política oficial del gobierno birmano es suprimir el cultivo de opio, es una política «de escaparate» cuyo fin es impresionar a Occidente. En el pasado, Estados Unidos incluso ha dado ayudas a los birmanos para llevarla a cabo. Sin embargo, el hecho es que los oficiales birmanos alientan el cultivo del opio y permiten su comercialización en su propio beneficio. Se llevan su «parte», la «parte» principal.

Los wa hemos sido manipulados como peones en los conflictos violentos y destructivos de otros. Hemos sido usados como combatientes tanto por el gobierno de Ne Win como por el brazo militar del Partido Comunista de Birmania (CPB), sin que ninguno de estos ejércitos estuviera bajo el mando de oficiales wa. Los wa han luchado en las guerras de otros a cambio de alimento y ropa. Por fin, hemos comprendido que nos usan para que nos matemos entre nosotros.

Ne Win, a través del Partido del Programa Socialista de Birmania, alentó de forma indirecta el cultivo de opio, mientras que Ba Thein Tin, del Partido Comunista de Birmania, instó al pueblo wa a hacerlo.[1]

Cuando los wa comprendimos que nos usaban para matarnos entre nosotros, decidimos rebelarnos. En abril de 1989 rechazamos el mandato del CPB y enviamos a sus líderes a China. Firmamos un acuerdo de paz con la Ley Estatal y Consejo de Restauración del Orden Público (SLORC) en octubre de 1989, no por simpatía hacia los birmanos, sino para preservar lo que nos quedaba de nuestra gente y de nuestros hogares. Estábamos cansados de los veintidós años de guerra; éramos indigentes y dependíamos del opio. También nos quedamos con un ejército lo bastante grande para controlar nuestro propio territorio y garantizar un tiempo de paz.

Desde 1989 somos un pueblo wa unido, con dirigentes wa. Por primera vez, podemos hablar y actuar como un solo pueblo. Y por primera vez, tenemos la esperanza de poder escapar de la dependencia del opio. Ahora es posible detener el cultivo de opio en nuestras tierras.

Desarrollo.

Queremos liberarnos de la esclavitud de la economía del opio. Detener el cultivo de opio redunda en nuestro interés, así como en el interés del resto del mundo. Pero no lo podemos hacer solos. Al igual que el adicto a la heroína quiere dejar su adicción, nosotros necesitaremos ayuda externa para tener éxito. Contamos con la determinación, pero necesitamos el apoyo.

En primer lugar y de manera inmediata, necesitamos alimentos para nuestro pueblo. Si les pedimos que renuncien a su actual medio de vida, tendremos que proporcionar subsistencia. Nuestra gente es tan pobre que no puede arriesgarse a ningún tipo de cambio en la agricultura, salvo que les aseguremos que no morirán de hambre.

Asimismo, mientras sean presionados por personas externas para que cultiven opio, no pueden arriesgarse a dejarlo sin una protección que garantice su seguridad.

Durante los veintidós años de guerras, han perdido la vida más de doce mil wa, dejando miles de huérfanos, viudas e incontables heridos y discapacitados. Ahora nos cuesta cuidar a esas personas dependientes sin ayuda de organismos externos y sin ninguna organización ni estructura sanitaria interna.

Para el periodo de transición, es imperativo que alimentemos a nuestro pueblo. Carecemos de alimentos, así como del dinero para comprarlos. La comida es necesaria para empezar el proceso de erradicación del opio y la rehabilitación del país wa. En todo el mundo se envía ayuda alimentaria desde países donantes a poblaciones necesitadas, algunas de las cuales están rechazando los convoyes por razones políticas. No seremos como Bosnia. Acogeremos y facilitaremos la distribución de los alimentos; sin embargo, no queremos que nuestra gente muera de hambre antes de recibirlos. La comida debe llegar al mismo tiempo que el cese del cultivo de opio y no después.

En contraste con la ayuda habitual contra la hambruna, la ayuda temporal de alimentos para el pueblo wa servirá para mucho más que dar de comer a personas hambrientas. También permitiría la destrucción de la economía del opio, lo cual sería el punto de partida fundamental para la recuperación del pueblo wa y el desarrollo de una nueva economía.

En segundo lugar, más allá de la subsistencia, no solo queremos rehabilitar nuestro territorio, sino también desarrollarlo. Los cultivos que sustituyan al opio son cruciales. La sustitución de cultivos ha funcionado en Tailandia, de modo que puede funcionar en el área wa. Solicitamos la ayuda necesaria para que esto funcione.

Requerimos diversificar nuestra agricultura. Nos hacen falta mejoras en el almacenaje de semillas y en la cría de ganado. Debemos aprender otras prácticas agrícolas productivas. Ninguno de los programas de ayuda internacionales que han ayudado a otros pueblos a desarrollar su agricultura ha llegado a nosotros; anteriormente, debido a la guerra y, ahora, debido al aislamiento aplicado por los birmanos.

En tercer lugar, tenemos una gran necesidad de construir carreteras y desarrollar una infraestructura que apoye una nueva economía. En la actualidad, no existen carreteras asfaltadas en el territorio wa, ni siquiera de gravilla. Las que hay, están construidas a mano y siguen senderos preexistentes o son carreteras estratégicas diseñadas únicamente para transportar la artillería a las colinas. Son transitables solo durante la temporada seca. No existen carreteras trazadas por ingenieros y diseñadas para el tráfico de vehículos. Las carreteras y otras mejoras mencionadas en la prensa birmana son una invención de los medios informativos.

En cuarto lugar, no existe un sistema sanitario moderno. No tenemos hospitales, ni siquiera clínicas. Necesitamos medicinas, así como instalaciones para tratamientos médicos. Hacen falta centros de rehabilitación para nuestros discapacitados y centros de atención a huérfanos. Hacemos lo que podemos por nuestra cuenta; tenemos previsto construir dieciséis centros de atención para invidentes y discapacitados. Hemos empezado a nivelar el suelo para construir el primero de ellos.

En quinto lugar, precisamos escuelas. La gran mayoría de los wa no tiene una educación formal. Solamente existen unas pocas escuelas de educación primaria en las que imparten enseñanza profesores que solo tienen la educación básica. Estos han de ser autosuficientes. No existe un sistema educativo, y en los lugares donde lo hay, son pocos los niños que pueden asistir a estos centros, ya que muchos se ven obligados a trabajar para comer. Queremos escuelas para formar a los futuros dirigentes, fomentar la alfabetización entre nuestra población y preservar, desarrollar y expandir nuestra cultura, nuestras tradiciones y nuestras costumbres. Queremos dar prioridad y resaltar nuestra identidad wa, así como dar a nuestro pueblo lo que es suyo por derecho, pero que ha sido destrozado por las guerras continuas.

En sexto lugar, necesitamos ayuda para reforestar nuestras colinas desnudas y explorar los recursos naturales de nuestro territorio. Nos urge todo tipo de cooperación para el desarrollo; es decir, subvenciones, préstamos, asesoramiento técnico y ayuda agrícola. Cualquier fuente es bienvenida.

Democracia.

Nuestro objetivo político es restaurar la verdadera democracia para todos los birmanos, una democracia en la que gobierne la mayoría, pero, igual de importante, donde los derechos de las minorías se protejan, aunque se trate de la minoría de una sola persona. Seguiremos luchando por la igualdad de todos los ciudadanos.

La democracia que buscamos no es la falsa «democracia» de la SLORC. Sus elecciones fueron una farsa cuyo fin era congraciarse con Occidente. No resultó en la transferencia de poder a aquellos elegidos por una gran mayoría. En cambio, permitió identificar a los líderes de la oposición política, que fueron amenazados de forma sistemática, encarcelados, sentenciados a arresto domiciliario o perseguidos. Aung San Suu Kyi, U Nu y U Tin Oo constituyen solo los ejemplos más notorios. A otros menos conocidos no les fue tan bien.

Queremos el reconocimiento del Estado Wa en Birmania. No somos separatistas, pero queremos algo de autonomía para nuestro pueblo. Bajo el mandato británico y hasta el año 1962, hubo un Estado Wa en el extremo noreste de Birmania.[2] Después del golpe de Estado de Ne Win en 1962, su gobierno redibujó el mapa. El Estado Wa desapareció sin más y fue engullido por el Estado Shan. Tenemos raíces y una reivindicación histórica de la zona al este del río Salween, desde el sur de Kokang hasta la frontera tailandesa. Queremos administrar el área como parte de una unión federal en Birmania.

No pedimos armas. No pedimos que Estados Unidos compre nuestras cosechas de opio, como hace Khun Sa. No queremos montar un espectáculo para Occidente, como hace la SLORC. Los líderes wa pueden detener el cultivo del opio y su refinamiento en cualquier momento. Sin embargo, nuestro pueblo debe comer.

En conclusión, las máximas prioridades del Partido Unido del Estado Wa y del Ejército Unido del Estado Wa son:

1. La erradicación del opio en el Estado Wa.
2. El logro de una región autonómica wa.
3. La rehabilitación y desarrollo del Estado Wa.
4. La restauración de la democracia real en Birmania.

Nosotros queremos una mejor vida para nuestro pueblo, que sólo puede lograrse rompiendo el vínculo con una economía dependiente del opio. Vosotros queréis una mejor vida para vuestro pueblo, lo que significa una vida sin heroína. Trabajar juntos beneficia a todos. Os invitamos a aceptar nuestra propuesta y responder nuestra súplica.

Atentamente, Saw Lu.

NOTAS

NOTAS DEL AUTOR

1. Según los datos de la Oficina de las Naciones Unidas contra la Droga y el Delito (ONUDD), desde 2019 la economía del narcotráfico en el Sudeste Asiático asciende a 71,7 mil millones de dólares al año: la metanfetamina supone 61,4 mil millones de dólares y la heroína aporta 10,3 mil millones de dólares. El PIB de Myanmar fue de 69,2 mil millones de dólares en 2022, según el Fondo Monetario Internacional.

PRÓLOGO DEL AUTOR

1. Magnus Fiskesjö, *The Fate of Sacrifice and the Making of Wa History* (Chicago: University of Chicago Press, 2000).
2. James George Scott, *Gazetteer of Upper Burma and the Shan States*, Vol. 1 (Rangún: Superintendente de Imprenta del Gobierno en Birmania, Reino Unido, 1988).
3. Oficina de las Naciones Unidas contra la Droga y el Delito, «Los sindicatos del crimen organizado tienen como objetivo al Sudeste Asiático para expandir sus operaciones», artículo publicado el 18 de julio, 2019.

PRIMER ENCUENTRO

1. Comentario atribuido a Alan Winnington, un reportero británico alineado con el Partido Comunista de China, que visitó los pueblos wa en 1957.

UN EXTRAÑO EN LOS PICOS

1. En este tramo del viaje en concreto, Saw Lu y Mary caminaron hacia el este desde Mong Mao, un territorio wa deshabitado, con un pequeño puesto de avanzada militar birmano unos 30 kilómetros al oeste de Pang Wai.
2. Magnus Fiskesjö, *Stories from an Ancient Land: Perspectives on Wa History and Culture* (Nueva York: Bergan Books, 2021), 96: «Todos los hombres, y en general también las mujeres, fueron considerados independientes y autónomos en sí mismos, de acuerdo con una ética que enfatizaba sobremanera la igualdad, reforzada por códigos de honor y normas morales».
3. G.E. Harvey, *Wa Précis: A Précis Made in the Burma Secretariat of All Traceable Records Relating to the Wa States* (Rangún: Oficina del Superintendente de Imprenta del Gobierno en Birmania, 1932).

4. Scott, *Gazetteer of Upper Burma and the Shan States.* El explorador británico describe una expedición realizada en 1897 a las tierras wa.
5. Comentario atribuido al diplomático británico G.E. Harvey en documentos que datan de 1933. Harvey, *Wa Précis.*
6. Esta fuerza vital efímera se llama *si aoh* y también se creía que habitaba en los tigres, pero no en los ciervos ni en los caracoles.
7. Shan y Siam —anterior nombre de Tailandia bajo una monarquía absoluta— son diferentes pronunciaciones del nombre asignado a la misma etnicidad. Los shan se llaman a sí mismos *tai*; el comienzo de la palabra se pronuncia con un sonido *t* más fuerte que el de *Thai* (en inglés).
8. William Marcus Young tuvo tres hijos en total, pero uno fue envenenado de pequeño, junto con su esposa, por agentes chinos que detestaban su labor evangelizadora en la frontera de China con Birmania.
9. Harold Young, *Burma Headhunters* (Bloomington, Indiana: Xlibris, 2014).
10. Banna estaba ubicado en lo que ahora se conoce como el municipio de Nuofeng en China.
11. David Lawitts, «La transformación de una familia misionera baptista estadounidense en agentes encubiertos», *Journal of the Siam Society* 106 (2018): 295-308.
12. Young, *Burma Headhunters.*
13. Los diferentes clanes wa tenían sus propias teorías acerca del origen de la humanidad. Una de ellas propone que una calabaza se partió en medio de una ciénaga en los picos. Las primeras personas que salieron de ella fueron los chinos y los birmanos. Después fueron los shan, lahu, etcétera. En el lodo del fondo de la ciénaga había renacuajos negros que salieron y crecieron hasta convertirse en los hombres wa.
14. G.E. *Barton, Barton's Wa Diary* (Rangún: Oficina del Superintendente de Imprenta del Gobierno en Birmania, 1933). Citas de Harold Young en una charla en 1932.
15. C.P. Fitzgerald, *The Birth of Communist China* (Harmondsworth, Reino Unido: Penguin Books, 1964).
16. *Yunnan Gazetteer* de la Dinastía Qing, 1736, parcialmente citada en Fiskesjö, *The Fate of Sacrifice.*
17. Fiskesjö, The Fate of Sacrifice. La colonización china del territorio wa comenzó a principios de los años cincuenta; sin embargo, entre los wa, 1958 es sinónimo de calamidad. Fiskesjö escribe que este fue el año en que «la mayoría de los aspectos de la vida rural wa llegaron a su fin. Las avenidas repletas de calaveras en las afueras de los pueblos —anteriormente el final y más poderoso recordatorio para cualquier viajero o intruso de la ferocidad de los amos de la tierra—, también fueron destruidas o abandonadas al olvido».
18. El territorio wa de Birmania, de casi 17 000 kilómetros cuadrados, era del tamaño aproximado de Kuwait.
19. El Imperio británico no traspasó directamente el control a una dictadura. Birmania fue una democracia multipartidista por un breve periodo después de la independencia en 1948, hasta que un golpe de Estado en 1962 estableció la junta militar.
20. Esta ética del trabajo se resume en un dicho común wa: «El canto del gallo dice "¡levanta!"; el amanecer dice "¡teje!"». De Justin Walkins, «Una selección temática de los proverbios y dichos wa», *Journal of Burma Studies* 17, n.º 1 (2013): 29-60.
21. Las armas más grandes eran las ametralladoras Bren, capaces de disparar quinientas balas por minuto. Las más pequeñas eran los subfusiles Sten ligeros de 3 kilos, más adecuados para disparos de corto alcance.

ARMAS, DROGAS Y ESPIONAJE

1. Algunos de estos títulos fueron el Ejército de Salvación Anticomunista de Yunnan, el «Ejército Perdido» —coloquial— y la División 93 de Kuomintang.
2. Los aviones operaban bajo el nombre de diversas compañías fantasma registradas en Tailandia y en Taiwán. Compañía de Suministros del Sudeste de Asia y Transporte Civil Aéreo fueron dos de ellas. Las armas proporcionadas por la CIA también se introdujeron de contrabando en las selvas de Birmania desde la frontera tailandesa.
3. Richard M. Gibson y Wen H. Chen, *The Secret Army: Chiang Kai-shek and the Drug Warlords of the Golden Triangle* (Singapur: Wiley, 2011). De mayo a junio de 1951, los aviones de la CIA lanzaron armas sobre los alrededores y en Yungho, un pueblo apenas dentro de Birmania y

muy cerca de Pang Wai. Incluso dejaron caer más en el asentamiento wa de Ving Ngun (Fortaleza Plateada).
4. Esta operación precedió en diez años a la desastrosa invasión de la Bahía de Cochinos en Cuba. La CIA utilizó el mismo esquema, pese al fracaso estrepitoso con China.
5. CIA, «Información sobre los antecedentes de los Estados Wa», informe, 11 de marzo de 1953. Acceso a través de Sala de Lectura en Línea de la Ley de Libertad de Información de la CIA.
6. Las cifras de producción de opio proceden de múltiples fuentes. Una es «El tráfico de opio en el Triángulo Dorado» de Bertil Lintner, Servicios de Medios de Asia-Pacífico, marzo, 2000. Otra es *The Old Boys: The American Elite and the Origins of the CIA*, de Burton Hersh (San Petersburgo, FL: Tree Farm Books, 2001). Este libro contiene la cifra de «un tercio» atribuida a Richard Stilwell, antiguo jefe de la División de Extremo Oriente de la CIA entre 1949 y 1952.
7. Las acusaciones de que la CIA transportaba opio desde Birmania aparecieron por primera vez en *Kuomintang Aggression Against Burma*, publicado por el gobierno birmano en 1953. La práctica terminó después de que Birmania lo expusiera a las Naciones Unidas.
8. El colectivo denominado en este libro como «los Exiliados» fue un cartel tanto en el sentido moderno de la palabra —un grupo traficante— como en el sentido clásico. Comprendía dos facciones, cada una funcionando por separado, que colaboraban y se confabulaban para fijar los precios. También se unían para atacar a cualquier agresor. Lee Wen-huan dirigió la facción más poderosa, con sede en Tam Ngob, Tailandia, que denominaba Tercer Ejército, un título derivado de sus luchas esporádicas bajo el Kuomintang en los años cincuenta. A pesar de que a finales de esa década, poco a poco dejaron de recibir directrices directas del Kuomintang en Taiwán, el nombre permaneció. La otra facción, establecida en Mae Salong, Tailandia, fue liderada por un exiliado chino, Tuan Shi-wen, que la llamó Quinto Ejército, por la misma razón. Ambos quedaron bajo la protección del ejército tailandés, que estaba estrechamente alineado con la CIA.
9. CIA, «Tailandia: acciones militares contra narcotraficantes», memorando, 23 de marzo, 1983. Acceso desde la Sala de Lectura en Línea de la Ley de Libertad de Información de la CIA. En este archivo se informaba de que los exiliados chinos «controlaban casi todas las rutas de contrabando» a lo largo de la frontera birmano-tailandesa.
10. CIA, «Noroeste de Tailandia: factores geográficos que afectan al movimiento ilícito del Opio desde el Estado Shan en Birmania», marzo, 1973. Acceso desde la Sala de Lectura en Línea de la Ley de Libertad de Información de la CIA.
11. Paul Chambers, *Knights of the Realm; Thailand's Military and Police, Then and Now* (Bangkok: White Lotus, 2013). Como relata Chambers, durante la Guerra Fría, Estados Unidos a menudo costeaba buena parte, si no la mayor, del presupuesto militar tailandés. Por ejemplo, Washington corría con el setenta por ciento del gasto de defensa en 1953 y con el cuarenta y siete por ciento en 1972.
12. La decisión de los militares tailandeses de ceder a los Exiliados el control de gran parte de la frontera septentrional de Tailandia fue impopular entre muchos locales. De un artículo de opinión anónimo del diario *Thin Thai*, con sede en Chiang Mai, 14 de mayo de 1982: «El gobierno [tailandés] ha permitido que este grupo malvado entre en el país [...] a pesar de conocer su maldad y que estaba implicado en el narcotráfico. La afirmación de que esto se hizo para que sirvieran de línea de defensa contra los comunistas no es razonable [...] Los tailandeses, propietarios de este país, no pueden poner un pie en [esa zona fronteriza]».
13. Hacen falta 10 kilos de opio y una variedad de químicos para sintetizar un solo kilo de heroína.
14. Al igual que con cualquier mercancía, los precios del opio y de la heroína fluctúan cada año. Estas cifras son estimaciones extraídas de los memorandos de la CIA y de exoficiales Exiliados. Los precios se citan en CIA, «Precios de los narcóticos y estructura del narcotráfico en el Sudeste Asiático», octubre, 1975. Acceso desde la Sala de Lectura en Línea de la Ley de Libertad de Información de la CIA.
15. CIA, «Producción y movimiento del opio en el Sudeste Asiático», enero, 1971. Acceso desde la Sala de Lectura en Línea de la Ley de Libertad de Información de la CIA. La policía tailandesa traficaba con el opio de los Exiliados directamente y cobraba tarifas a los transportistas independientes. Del informe: «Oficiales del Ejército Real de Tailandia, Patrulla Fronteriza y Aduanas en varios puestos de control en la ruta a Bangkok son sobornados de forma habitual. Las cuotas de

"protección" o bien se pagan por adelantado por el sindicato de contrabando o por el conductor en los puestos de control».

16. Alvin M. Shuster, «Epidemia de adicción a la heroína entre los soldados en Vietnam», *New York Times*, 16 de mayo, 1971. Una vez colocado en Vietnam, un ladrillo de heroína por valor de mil dólares en Bangkok se vendía por cinco mil. Después, las bandas callejeras de Saigón podían diluir la heroína para hacer tres ladrillos y venderla por dos dólares el vial.

17. Basado en extrapolaciones de los datos de la CIA, las operaciones combinadas del cartel de los Exiliados probablemente tuvieron ingresos de cientos de millones de dólares durante su periodo de apogeo, a finales de los años sesenta y principios de los setenta. En términos monetarios actuales, entre los tres mil millones y los cinco mil millones de dólares. Las cifras exactas son casi imposibles de determinar.

18. CIA, «La participación china en el tráfico de estupefacientes en el extranjero», enero, 1972. Acceso desde la Sala de Lectura en Línea de la Ley de Libertad de Información de la CIA.

19. «Si no estuviéramos nosotros aquí, estarían los comunistas. Somos los perros guardianes de la puerta norte», palabras del general Tuan Shi-wen, que dirigía a la mitad de los Exiliados. Tuan hablaba con Peter Braestrup, del *New York Times*, para un artículo titulado «Los Exiliados de China esperan en Tailandia», 8 de septiembre, 1966.

20. John D. Marks y Victor Marchetti, *The CIA and the Cult of Intelligence* (Nueva York: Dell Publishing, 1980), 256. Marchetti fue el exasistente especial del director de la CIA. En el libro describe la relación CIA-Taiwán durante los años cincuenta y sesenta.

21. Richard M. Gibson, un exfuncionario del Departamento de Estado en la oficina de Tailandia-Birmania entre 1975 y 1977, describe esta operación a la Asociación para los Estudios y la Capacitación Diplomática (AECD) en enero de 1988: «La CIA solía dirigir las operaciones de inteligencia desde [la provincia de Chiang Mai, al norte de Tailandia] hasta China [...] Es un secreto a voces que la CIA está allí. Todo el mundo en Chiang Mai lo sabe. Estuvimos allí por las drogas [...] Lo que también hacíamos era controlar las comunicaciones por radio. Según tengo entendido, los chinos eran bastante escurridizos, es decir, el KMT —exmiembros del Kuomintang—, porque tenían tipos en Taiwán bien entrenados. Tenían códigos que eran muy difíciles de descifrar» (AECD, Proyecto de Historia Oral Extranjera, 1988).

22. Entrevista en la revista *Penthouse* con Victor Marchetti, ayudante especial del director adjunto de la CIA en torno a 1968. «Entrevista con Morton Kondracke», edición de enero, 1975. De la entrevista: «La CIA solía respaldar al Kuomintang en Birmania. También eran un atajo de narcotraficantes. En la lucha contra el comunismo, los espías hacen extrañas parejas».

23. CIA, «[VERSIÓN CENSURADA] La situación en la frontera chino-birmana y la posición de las de las tropas nacionalistas chinas», 8 de marzo, 1954. Acceso desde la Sala de Lectura en Línea de la Ley de Libertad de Información de la CIA.

LA LIGA DE LOS SEÑORES DE LA GUERRA

1. Young, *Burma Headhunters*, 14: Los misioneros Young alabaron a los cazadores de cabezas wa por abstenerse del opio. Harold Young, hijo del Hombre-Dios, escribió sobre los efectos de amansamiento de la droga, señalando que «domesticar a un animal elimina la magnificencia de su naturaleza salvaje».

2. Ka Kwe Ye era el nombre oficial birmano de estas unidades de fuerzas de autodefensa.

3. Hubo muchas familias reales shan, algunas captadas o dominadas por los militares birmanos; otras, abiertamente rebeldes, a favor de la independencia.

4. Las incursiones en China del señor de la guerra wa Shah coincidieron con una operación similar de la CIA con sede en Laos, que envió a nativos de las etnias yao y lahu al interior de China para pinchar las líneas telefónicas y sabotear la infraestructura comunista. Descrito en «Entran en China laosianos respaldados por la CIA», de Michael Morrow, *Washington Post*, 26 de enero, 1971.

5. Un exsocio de Shah llamado Ai Nap Khun Nyi dijo: «Shah era como un hermano para las personas cercanas a él, amable y justo. Pero para las masas y la gente pequeña, era extremadamente cruel. Necesitaba esa reputación porque su milicia era pequeña». Entrevista del autor, 2020.

6. El antes mencionado Ai Nap Khun Nyi, también conocido como Mahasang, corrobora los halagos de Saw Lu. «Mahasang tenía una mente empresarial. Si eras amable con él, todo iba bien. Incluso era un poco gracioso. Sin embargo, si te metías con sus negocios, te podía sacar una pistola y matarte». Entrevista del autor, 2020.
7. «La Liga de los Señores de la Guerra» es una interpretación de los títulos flexibles y cambiantes que utilizaba esta coalición. Cada uno de los caudillos tenía un apodo informal para la liga, por lo general algo como «El grupo de los líderes wa». El nombre coloquial que usaba Saw Lu era «El grupo Ka Kwe Ye de Saw Lu».

SE ACABÓ LA ESCLAVITUD

1. Los detalles de los primeros años de vida de Zhao Nyi Lai fueron aportados por su hija, Ei Phong Lai, y Ai Nap Khun Nyi, un familiar cercano que vivió en una granja de Lai en China. Entrevistas del autor, 2020.
2. La colonización de los wa de China alcanzó un pico de violencia en 1958. Antes, hubo intentos por parte de los oficiales chinos de dominar a los wa de una manera menos agresiva, pero en esa fecha el gobierno maoísta se hartó. Tal como ha observado el antropólogo Magnus Fiskesjö, los wa del lado chino consideran que el año 1958 significa un antes y un después, algo similar a A.C. y D.C.
3. Las cifras de las tropas del Ejército Popular de Liberación proceden del informe de la CIA «Construcción de Instalaciones Militares e Infraestructuras de Transporte en el área Chino-birmana.», 9 de septiembre, 1985. Acceso desde la Sala de Lectura en Línea de la Ley de Libertad de Información de la CIA.
4. Este libro se centra en las células de la guerrilla wa que lucharon para el Partido Comunista de Birmania; sin embargo, el partido también contaba con células en otras zonas fronterizas —Kachin, Kokang, Mong La—, cada una dirigida por un comandante indígena diferente. Los picos wa constituían el campo de batalla más importante. Allí fue donde el Partido Comunista de Birmania estableció su cuartel general, en Pangkham, un asentamiento wa pegado a la frontera china.
5. Según Saw Lu, el terreno fue un regalo del ejército birmano.

INDESCRIPTIBLE

1. Normalmente la llamaba Daw Mary. *Daw* significa 'tía' en birmano, es el honorífico de cortesía para una mujer mayor.

EL PRODIGIO

1. Los funcionarios de la CIA no se llaman a sí mismos «agentes». Con cierta ambigüedad, utilizan la palabra «agente» para referirse a activos humanos, tales como un burócrata extranjero o comerciantes que les proporcionan información secreta.
2. Según un exproveedor de la CIA afincado en Bangkok, «El trabajo más importante para la CIA es reunir información. No necesariamente tiene algo que hacer con dicha información. Solamente la usan para hacer daño si es en interés nacional. Pero, resumiendo, lo último que quieren es que alguien corte ese flujo de información». Entrevista del autor, 2020.
3. Barry Broman, jefe de estación de la CIA en Birmania a mediados de los años noventa. Entrevista del autor, 2021.
4. Los primeros años de Wei siguen siendo el capítulo más misterioso de su vida, en general bastante inescrutable. Este relato está elaborado a partir de detalles indirectos aportados por socios antiguos. Las fuentes sobre esa etapa inicial de su existencia incluyen entrevistas del autor con un exfuncionario de Shanland, un oficial del Ejército Nacional Wa, miembros de la familia de Lee Wen-huan que vivían en Tailandia y un jefe de inteligencia birmano, entre otros. Sus versiones no coinciden con ciertos hechos, de manera que he priorizado los detalles más sólidos, aportados por múltiples fuentes y otros testimonios.

5. Es posible que el poste de escucha de Wei captara muchas señales encriptadas que los espías taiwaneses y estadounidenses no pudieran descodificar. En *The CIA and the Cult of Intelligence*, de Marks y Marchetti, el exfuncionario de la CIA Victor Marchetti escribió que, en los años sesenta, la inteligencia estadounidense recopiló cintas de casete con mensajes indescifrables soviéticos y chinos que llenaban los almacenes, todo con la esperanza de poder descifrar la encriptación algún día.
6. El coronel de la policía Hkam Awng, exagente de narcóticos bajo el gobierno birmano: «Wei fue adoptado por Khun Sa [Zhang Qifu] cuando era muy joven, durante su adolescencia. A Khun Sa le gustaba su iniciativa y su inteligencia. Así fue como Wei se convirtió en su mano derecha». Entrevista del autor, 2019.
7. A finales de los años sesenta, después de que Saw Lu formara la Liga de los Señores de la Guerra, Zhang Qifu, más tarde conocido como Khun Sa, le hizo una propuesta. Zhang visitó a Saw Lu en las tierras altas wa y le ofreció grandes sumas de dinero a cambio de proporcionar un acceso exclusivo a los cultivos de opio wa. «Dijo: "¿Cuánto dinero necesitas? ¿Cuántas armas? Lo que quieras, me ocuparé de ti". Yo le respondí, "Mira, somos opuestos. Tú eres un hombre de negocios. Si quieres comprar todo el opio que hay en Birmania, eso es asunto tuyo. Estás en tu derecho. Pero mi trabajo es garantizar un futuro para mi raza"». Saw Lu rechazó la oferta. Fue su primer y único encuentro. Entrevista del autor con Saw Lu, 2020.
8. Entrevista del autor con los hijos del general Lee Wen-huan en 2020. Las citas son recuerdos, pero no de primera mano.
9. CIA, «Producción y movimiento del opio en el Sudeste Asiático», enero, 1971, contiene detalles sobre las operaciones de narcotráfico de los militares laosianos: «Las drogas entonces son llevadas a Vientián [la capital de Laos] para su envío posterior, a menudo mediante un avión de RLAF [Fuerza Aérea Real de Laos], hasta otras ciudades de Laos como Savannakhet o Pakse o hasta los mercados internacionales». Acceso desde la Sala de Lectura en Línea de la Ley de Libertad de Información de la CIA.
10. Alfred McCoy, *The Politics of Heroin in Southeast Asia.* (Brooklyn, Nueva York: Lawrence Hill Books, 1972). Los T-28 eran los aviones utilizados por los militares laosianos para bombardear a los comunistas, mientras que los C-47 se usaron para trasladar la heroína desde Laos hasta Vietnam del Sur. McCoy fue el primero en ofrecer un relato detallado de la batalla en los aserraderos, en Laos.
11. En «Producción y movimiento del opio en el Sudeste Asiático», la CIA describe cómo los seguidores de Zhang Qifu en este periodo «pasaron a la clandestinidad», después de «atravesar carreteras muy transitadas [en Birmania], pero ahora eran obligados a llevar a cabo operaciones encubiertas».
12. Levine se basa en la frase italiana *Capo di tutti i capi*, que significa «jefe de todos los jefes».
13. En 1972, un millón de dólares equivalía a unos siete millones de dólares de 2024.
14. CIA, «La implicación de las Fuerzas Irregulares de China (CIF) en el tráfico de estupefacientes», fecha aproximada 1985-1986. Acceso desde la Sala de Lectura en Línea de la Ley de Libertad de Información de la CIA: «Poco después del acuerdo [para detener el tráfico de opio], las Fuerzas Irregulares de China entregaron más de 26 toneladas de opio al Gobierno Real de Tailandia para su destrucción; sin embargo, la actividad de tráfico se reanudó casi de forma inmediata [...] Fuertes lazos con los sindicatos chinos en Bangkok y Hong Kong permitieron a las Fuerzas Irregulares de China conservar su liderazgo como los mayores traficantes del mercado internacional».
15. William F. Mooney y William Clements, «La CIA vinculada con el asesinato de un caso de tráfico de drogas», *Chicago Daily News*, 19 de junio, 1975.
16. Khun Sa, *General Khun Sa.* Su vida y sus discursos.(Estado de Shan, Birmania: Shan Herald Agency for News, 1993).
17. Khun Sa, *General Khun Sa.* Khun Sa dijo que sus carceleros solo le permitían un libro en la prisión: la novela china del siglo XIV *Romance of the Three Kingdoms*, un tratado sobre el arte de gobernar, más extenso que *Guerra y Paz*. Describió la obra como una inspiración, aunque muchos confidentes aseguran que apenas sabía leer.
18. Jao Kai Wa fue obligado a salir de Yunnan en la década de los cincuenta, a la edad de quince años. En el momento de este incidente, era un jefe de pelotón de treinta y muchos años. Entrevista del autor en Chiang Rai, 2020.

19. La nación de Khun Sa tuvo varias denominaciones a lo largo de los años (tales como Muang Tai o Tierra de Shan). La mayoría se traducen como Shanland (en inglés, «tierra de los shan»). Su ejército se conocía como el Ejército Unido de Shanland.
20. Bo Gritz, hablando al Congreso de Estados Unidos: «Los esfuerzos de control de narcóticos en el Sudeste Asiático: una audiencia ante el Comité de Asuntos Exteriores, Cámara de Representantes, Centésimo Congreso, Primera Sesión, 30 de junio y 15 de julio, 1987». Gritz, exoficial de las Fuerzas Especiales de Estados Unidos, que conoció a Khun Sa a mediados de los años ochenta, dijo que su verdadera ambición era «ser George Washington». Tanto Khun Sa como Washington eran líderes de una rebelión armada, los hombres más ricos de sus países, que se enriquecieron gracias a las plantas adictivas, en el caso de Washington, tabaco. A ninguno le gustaba pagar impuestos.
21. Es posible que este diseño con leones rojos no tuviera su origen en Shanland, sino que fuera adoptado por la operación de Khun Sa y otros para señalar el alto grado de pureza de la heroína.
22. CIA, «El Triángulo Dorado: Nuevos desarrollos en el tráfico de estupefacientes», septiembre, 1978. Acceso desde la Sala de Lectura en Línea de la Ley de Libertad de Información de la CIA. El informe describe a soldados de Shanland tomando el control del mercado de opio de los Exiliados, conocidos como Fuerzas Irregulares de China, o CIF, por la inteligencia estadounidense.
23. Entrevistas del autor con Khuensai Jaiyen, anterior secretario de Khun Sa, en 2019 y 2020.
24. Al hablar sobre el consulado de Estados Unidos en Chiang Mai, Victor Tomseth, funcionario de la Oficina de Asuntos de Asia Oriental del Departamento de Estado para Tailandia, dijo: «La agencia tiene una importante operación allí y hubo —y aún hay— una operación de escucha en el lugar. [Los agentes] entraban y salían y tenían a varias personas nefastas en nómina». Entrevista de Tomseth con el AECD, 13 de mayo, 1999. (AECD, Proyecto de Historia Oral Extranjera, 1999).
25. El exfuncionario del Departamento de Estado hablando al fondo. Entrevista del autor, 2022.
26. James Mills, *Underground Empire: Where Crime and Governments Embrace.* (Nueva York: Doubleday 1986).
27. Congreso de Estados Unidos. «Tráfico mundial de estupefacientes y su impacto sobre la seguridad de Estados Unidos: audiencias: Congreso nonagésimo segundo, segunda sesión. 1, Sudeste Asiático, 14 de agosto, 1972» (Washington D. C.: Imprenta del Gobierno de Estados Unidos, 1972). En las audiencias, el general Lewis Walt dijo que «no hay precedente en la historia [...] bajo el cual, el gobierno A dé al gobierno B el derecho de establecer a los representantes de las fuerzas del orden en su territorio, funcionando con su propio sistema de inteligencia y su propia red de informantes. El único poder del que carecen es el poder del arresto». Se refería a la agencia predecesora de la DEA, la División de Narcóticos y Drogas Peligrosas, con la que cooperaron de forma intensiva.
28. CIA, «Informe mundial: Narcóticos y Drogas Peligrosas», 17 de marzo, 1982. Acceso desde la Sala de Lectura en Línea de la Ley de Libertad de Información de la CIA.
29. Esta cárcel subterránea era conocida como la «prisión calabaza» porque las celdas tenían esa forma. El aforo estaba limitado a tres hombres. De pie, unos encima de los hombros de los otros, no podían alcanzar la parte superior y escapar.
30. Thomas Miller, ex vicecónsul del consulado de Estados Unidos en Chiang Mai, que era amigo de Mike Powers, le describió a la AECD en 2010.
31. Powers, desde entonces, ha divulgado, de manera críptica, que la CIA le emparejó con una fuerza secreta de «irregulares vietnamitas [...] exconvictos y cosas por el estilo [...] Eran gente dura». Powers hablando con Larry Forletta, un compañero, exagente de la DEA, para «Mike Powers: Una verdadera leyenda de la DEA», *Forletta Investigates (podcast)*, 18 de mayo, 2021. Accesible a través de los *podcasts* de Apple.
32. Richard LaMagna, ex jefe adjunto de Investigaciones Mundiales sobre Heroína, hablando en el documental de HBO de 2021 Traficantes: Dentro del Triángulo Dorado.
33. Aún no está claro si Wei malversó fondos de Shanland. El hecho de que no fuera ejecutado directamente sugiere que Khun Sa no estaba del todo convencido de su culpa. En una versión alternativa de este incidente que me contó un exagente de inteligencia militar birmano llamado San Pwint, Khun Sa decidió sustituir a Wei por su sobrino, de nuevo, porque el caudillo de la

droga se volvió paranoico sobre las lealtades de su financiero. «Pero, Wei no hizo nada malo —me dijo San Pwint—; lo hizo todo bien. Khun Sa tenía que inventar alguna razón para deshacerse de él». Entrevista del autor, 2020.

SEÑOR ÉXITO

1. El nombre del monitor es Kheunduan Tungkham, un confidente muy cercano a Khun Sa. Entrevista del autor, 2019.
2. CIA, «Estabilidad Política: la conexión de los narcóticos», marzo, 1968. Acceso desde la Sala de Lectura en Línea de la Ley de Libertad de Información de la CIA. «En el pasado, los oficiales de alto grado del ejército tailandés, incluyendo al primer ministro Kriengsak, estuvieron implicados en el tráfico de estupefacientes».
3. Congreso de Estados Unidos, «Actividades Antidroga en el Sudeste Asiático; audiencia ante el subcomité contra el crimen», diciembre, 1982.
4. Artículo de opinión anónimo en *Ban Muang*, un diario con sede en Bangkok, 28 de enero, 1982.
5. Gritz, «Actividades de control de narcóticos de Estados Unidos en el Sudeste Asiático».
6. Exjefe de la DEA Thomas Constantine, hablando con Reuters en 1994. Citado en «Muere el caudillo de la droga de Myanmar, Khun Sa», 30 de octubre, 2007.
7. «La política del narcotráfico en Birmania», Bertil Lintner, Centro de Estudios para la Paz del Océano Índico, 1993. Según Lintner, Khun Sa ordenó «ejecutar a varios soldados» después de la fuga de Wei Xuegang de la prisión.
8. El nombre Ejército Nacional Wa se compartía a la ligera entre dos facciones, una dirigida por Shah y otra encabezada por su cuñado Mahasang el Príncipe. Este último fue acorralado en los senderos del opio en torno a la provincia tailandesa Mae Hong Son. Shah habitó la montaña Ang Khang cerca de la provincia de Chiang Mai. Wei Xuegang se unió a la facción de Shah.
9. El general Tuan, que lideró la facción del Quinto Ejército de los Exiliados en Chiang Mai, murió en 1980, y su sucesor propició que convirtieran sus dominios en algo a medio camino entre una granja de té y un retiro turístico. En la actualidad, el cuartel general de Tuan, conocido como Mae Salong, es uno de los complejos turísticos de montaña más bellos de Tailandia. Algunos lo llaman «la pequeña Suiza».
10. «Necesito a un hombre que tenga amigos poderosos. Necesito un millón de dólares en efectivo. Necesito, Don Corleone, a esos políticos que lleva en los bolsillos como si fueran monedas de cinco y de diez centavos». Virgil Sollozzo en Mario Puzo, *El Padrino* (Nueva York: G.P. Putnam's Sons, 1969).
11. CIA, «Informe sobre narcóticos [CENSURADO]», agosto, 1968. Acceso desde la Sala de Lectura en Línea de la Ley de Libertad de Información de la CIA: «Después de un intento fallido del asesinato del [general Lee Wen-huan], el CIF [Fuerzas Irregulares Chinas] asesinó a numerosos intermediarios y operativos del SUA [Ejército Unido de Shanland]. Ambos bandos desplegaron equipos de ataque para eliminar a los enemigos más importantes».
12. CIA, «Implicación de las Fuerzas Irregulares Chinas en el narcotráfico».
13. Entrevista del autor en 2019 con un exfuncionario de antinarcóticos de alto rango tailandés.
14. CIA, «La perspectiva estratégica cambiante de Tailandia: implicaciones para las Relaciones de Seguridad Tailandia-EE.UU.», noviembre, 1987. Acceso desde la Sala de Lectura en Línea de la Ley de Libertad de Información de la CIA. El archivo señala que los militares tailandeses «dependían casi por completo de Estados Unidos durante los años ochenta».
15. Informe no firmado en *Siam Rat Sappada Wichan* (diario), 14 de marzo, 1982. El artículo en tailandés informaba de que el Ejército Nacional Wa «trabajaba para los estadounidenses y para las unidades de supresión de narcóticos [tailandesas], proporcionando información para el ataque sobre Ban Hin Taek [Roca Partida]». Aparecen más datos sobre los vínculos del Ejército Nacional Wa con el ejército tailandés en el informe de la CIA, «Informe de narcóticos», octubre, 1985. Acceso desde la Sala de Lectura en Línea de la Ley de Libertad de Información de la CIA: «Cuando las luchas [entre el Ejército Nacional Wa y el Ejército Unido de Shanland, de Khun Sa] se extendieron hasta Tailandia, amenazando a uno de sus pueblos, las tropas del Ejército Real Tailandés se unieron en la lucha contra el SUA (Ejército Unidos de Shanland)».

16. El Ejército Nacional Wa también recibió fusiles Fabrique Nationale, otra arma usada por los militares tailandeses. En cuanto a los AK-47, los mercenarios wa los compraron en el mercado negro o se los quitaron a los cadáveres de los enemigos.
17. El nombre del barco era *Jai Rak Samut*, significa «corazón que ama el mar» en tailandés.

EL NACIMIENTO DE UNA NACIÓN

1. El Partido Comunista de Birmania controlaba un área del tamaño aproximado de Nueva Jersey, en Estados Unidos.
2. Phoenix Television, un canal en chino, entrevistó a Bao Youxiang en 2005 para un programa llamado «Dos Héroes»: «Solíamos vivir como monos, dos o tres hogares formaban una comunidad y había una gran distancia entre cada comunidad. El largo viaje para encontrar a tu vecino te costaba sudor y paciencia, y después no estabas de humor para relacionarte [...] Observad a la gente de la ciudad, hablando todo el rato, absorbiendo una gran cantidad de información. Los lugareños que se parecen a los monos no ven a los demás durante días y quedan rezagados en cuanto al desarrollo». Vídeo en posesión del autor.
3. Ibid. De niño, en los años cincuenta, Bao cultivaba adormidera con su familia, raspando el opio en grandes recipientes que se vendían para comprar comida. No se le permitía a nadie tomar la droga. «Mi padre odiaba a los fumadores de opio», explicó a Phoenix Television. «Dijo que eran una vergüenza, de modo que le obedecimos, porque, de lo contrario, nos daba una fuerte patada y decía que nos fuéramos a comer mierda».
4. Algunas figuras wa deshonestas del Partido Comunista de Birmania intentaron sintetizar heroína a finales de los años ochenta, pero no lograron dominar el proceso. Su polvo era crudo, de escasa pureza, y a menudo salía de color rosa claro.
5. De una entrevista del autor en 2020 con Than Soe Naing, un exoficial de alto rango del Partido Comunista de Birmania: «Hacia las seis de la tarde [...] Zhao Nyi-lai, el comandante del norte, estaba muy borracho y decía cosas como "los mataré a todos" y "llevan demasiado tiempo oprimiéndonos". Bao Youxiang se reunió con él y le alejó de la línea del frente». Los amotinados le concedieron la amnistía y permaneció en Pangkham después de su liberación.
6. La destrucción de los informes del Partido Comunista de Birmania fue una gran pérdida, lamentada por historiadores e incluso por los oficiales de inteligencia militar de Birmania. Ardieron documentos, fotos y manifiestos recopilados durante décadas.
7. «El Partido Unido del Estado Wa: ¿narcoejército o partido nacionalista étnico?», Tom Kramer, East-West Center, 1 de enero, 2007.
8. Fue un arreglo heterodoxo, pero existen versiones similares incluso en los países occidentales. En Estados Unidos, la Nación Navajo puede, hasta cierto punto, observar algunas de sus propias leyes. Sin embargo, los wa, a diferencia de los navajos y otras tribus americanas, conservan su propio ejército privado y un control absoluto de las tierras indígenas.
9. En lugar de Estado Wa, un término que incomoda a los oficiales birmanos, el régimen militar lo llama Región Especial Dos.
10. Gobierno del Estado Wa, *Thirty Years of Endeavoring to Paint a New Image of Wa State*, documental histórico emitido en 2019. Copia en posesión del autor.
11. La patria norte del Estado Wa en la frontera chino-birmana comprende casi 17 000 kilómetros cuadrados, según los registros del Ejército Unido del Estado Wa. El Comando de Wa del Sur, en ese periodo, ocupaba solamente unos 259 kilómetros cuadrados, menos que Brooklyn.
12. El cuartel general del Comando Sur wa estaba ubicado al norte de Mae Ai, provincia de Chiang Mai, en Tailandia.
13. El Gobierno del Estado Wa tiene un ala política llamada el Partido Unido del Estado Wa (PUEW); sin embargo, en realidad no es diferente del EUEW. En sus inicios, Zhao era el líder del EUEW y del PUEW. Hoy en día, Bao dirige los dos. El liderazgo de ambos grupos está tan entremezclado que muchos observadores de vez en cuando se refieren a toda la institución gobernante como el EUEW. Los trabajadores de la ONU en ocasiones usan la frase «Autoridad Central Wa» para referirse al EUEW-PUEW.

14. Lai y Wei siempre conversaban en chino, el idioma preferido de Wei, que Lai hablaba con fluidez, a pesar de que le costaba leerlo y escribirlo.
15. McCoy, *The Politics of Heroin.* McCoy asegura que el EUEW abrió al menos diecisiete nuevas refinerías de heroína al año de su fundación en 1989. La junta de Birmania incluso permitía a los wa transportar opio en camiones por carreteras públicas, siempre y cuando la policía birmana recibiera sobornos.
16. La cifra sobre los grupos armados en Birmania produciendo casi 2000 toneladas de opio en 1990 procede de la Oficina de las Naciones Unidas contra la Droga y el Delito (ONUDD; *Global Illicit Drug Trends 2001*). En cuanto a la cantidad que llegó a Estados Unidos, según la CIA, en 1982 el quince por ciento aproximadamente de la heroína que se vendía en el país procedía de Birmania. En 1990, Birmania suministraba el cincuenta y seis por ciento de la heroína vendida a los estadounidenses, según un informe de la ONUDD. Véase también «Triángulo Dorado: aumento de las acciones militares contra los narcotraficantes», CIA, octubre, 1983. Acceso desde la Sala de Lectura en Línea de la Ley de Libertad de Información de la CIA.
17. «Myanmar», *Global Illicit Drug Trends 2001*, Oficina de las Naciones Unidas contra la Droga y el Delito.
18. «Estados Unidos pide más esfuerzos anti-droga en Pakistán,» UPI, 8 de agosto de 1991.
19. A.W. McCoy, «Señor de los caudillos de la droga: una vida como lección para la política antidroga de Estados Unidos», publicado en el diario *Crime, Law, and Social Change* (University of Wisconsin, Madison, 1998). En especial, la ciudad de Nueva York fue inundada de heroína del Triángulo Dorado. En 1984, la heroína del Sudeste Asiático sumaba solo un cinco por ciento de toda la vendida allí. En 1990, el porcentaje aumentó a un ochenta por ciento.
20. Los proveedores estadounidenses casi siempre compraban la heroína al EUEW y a Shanland a través de los contrabandistas étnicos chinos. Esto daba la falsa impresión de que la heroína era china en origen.
21. Ronald J. Ostrow, «Los consumidores habituales de droga deberían ser disparados», *Los Angeles Times*, 6 de septiembre, 1990. El jefe de policía de Los Ángeles, Daryl Gates, dijo esto en una audiencia del Senado en septiembre de 1990.

PAGAR EL PATO

1. Cuando le pedí que evaluara el trabajo de Saladino, el exagente y jefe de operaciones internacionales Matty Maher dijo: «Es un buen agente. Tiene cualidades y experiencia. Sabe manejar a los informantes. Puede dirigir una operación problemática y hallar el modo de llevarla a buen puerto». Entrevista del autor, 2022.
2. Este rumor estaba muy extendido en Birmania. Se decía que el general Ne Win, líder de la junta en esa época, se bañaba en sangre de delfín. Presumiblemente, se referirían al delfín de Irawadi, una especie nativa del país.
3. Entrevista a Burton Levin por la AECD (Asociación para los Estudios y Capacitación Diplomática), julio, 2010. Las estimaciones de víctimas mortales de la masacre de agosto de 1988 en Birmania oscilan entre tres mil y diez mil personas. Según Levin, «El terror sangriento [...] probablemente superó en número al de la plaza de Tiananmén».
4. Entrevista de la AECD (Asociación para los Estudios y Capacitación Diplomática) con el diplomático de carrera estadounidense Victor Tomseth, 13 de mayo, 1999.
5. Las citas de Huddle provienen de dos fuentes: una entrevista con el autor en 2021 y una entrevista en 2015 entre Huddle y la AECD (Asociación para los Estudios y Capacitación Diplomática). Atribuyó la cita de «patada al gato» a un «embajador australiano» anónimo.
6. El nombre del agente de la DEA destituido era Greg Korniloff. Angelo Saladino fue su sucesor.
7. Hubo un periodo en el que Saw Lu tenía a más de cien informantes locales trabajando para la DEA. Entrevista del autor, 2021.
8. Los recuerdos de Bian sobre dónde conoció a Saw Lu difieren de los de Saladino. Recuerda la cita en una de las casas designadas por la embajada. Sin embargo, dijo: «No recuerdo ningún piso franco». Los informes internos de la DEA durante ese periodo mencionan la existencia de uno. Entrevista del autor, 2021.

9. Estos formularios se denominan de manera oficial «formularios 103 de la DEA [...] un comprobante de pago por información y adquisición de pruebas».

10. Según Saw Lu, el presidente Lai le dejó quedarse con el dinero. Gastó la mayor parte en crear un partido político wa en Birmania, listo para presentarse a las elecciones en caso de que el régimen lo permitiera alguna vez. Lo hizo en 1990. El partido wa no obtuvo escaños, pero esto apenas tuvo importancia porque la junta anuló las elecciones. Entrevista del autor, 2021.

11. La oficina de la DEA en Birmania estimó que se produjeron entre 1500 y 1800 toneladas de opio en Birmania en 1990. Fuentes clasificadas obtenidas por el autor.

12. CIA, «Informe de la Estrategia Internacional de Control de Narcóticos de 1986, Birmania», diciembre 1985; el propio archivo de la CIA lamenta «una dependencia casi absoluta de la fotografía aérea para calcular el rendimiento de los cultivos» en Birmania.

13. A grandes rasgos, una vaina de adormidera produce poco menos de un gramo de opio. Una hectárea de adormidera podría producir una media de 11 o 12 kilos de opio. Sin embargo, estas cifras varían cada año.

14. «Escucha, cualquier cosa que venga de [el verdadero nombre de Bian] —que debería estar en la cárcel—, cógela con pinzas. Ni ella ni nadie de su oficina [de la DEA] tiene ni puta idea de lo que estamos haciendo, ¿de acuerdo? Porque es un puto secreto». Entrevista del autor con un exagente de la CIA establecido en Birmania, 2021.

15. El subsecretario de Estado, Melvyn Levitsky, hablando en una conferencia de prensa en Washington D. C. Sus comentarios se emitieron en un informe de CBS News el 1 de mayo de 1990. Vídeo adquirido por el Archivo de Noticias Televisivas en Vanderbilt, en 2022.

16. La CIA contaba con una «gran sección» en torno a 1993 que controlaba a «diecisiete de las cincuenta y tres personas» que trabajaban en la embajada americana de Birmania, según Franklin «Pancho» Huddle, el antiguo encargado de negocios. Entrevista del autor, 2021.

17. El espía de la CIA que casi se convirtió en el embajador americano en Birmania era Frederick Vreeland. Fue hijo de un icono de la moda que más tarde reveló su trabajo como activo de la agencia dentro del Departamento de Estado. En su cuenta de Twitter, @FreckVreeland, publicó el 26 de octubre de 2021 que llevaba una doble vida en esa época.

LA QUEMA

1. Se quemaron seis o siete laboratorios de una vez en este viaje: algunos en zonas lideradas por el EUEW, otros, en Kokang y Mong La. El laboratorio del EUEW estaba emplazado en un área llamada Na Sai. En ese mismo viaje, Saladino y Stubbs también participaron en la quema de refinerías de heroína en áreas adyacentes al Estado Wa. Incluían la región Kokang, al norte, y la región Mong La, al sur. El régimen de Birmania supervisó estas operaciones al amparo de su Plan de Desarrollo de Áreas Fronterizas, un proyecto en gran medida ineficaz que pretendía llevar infraestructuras a la frontera china. En general, cualquier plan de desarrollo militar birmano con el gobierno wa implicaba estas áreas adyacentes —Kokang y Mong La—, que estaban gobernadas por sus respectivos señores de la guerra, ambos aliados del EUEW. La política de este último era tratarlas dentro de la esfera de influencia wa.

2. Los agentes de la DEA eran John Andrejko, jefe de sección en Extremo Oriente, y Félix Jiménez, jefe de investigaciones globales de heroína. Conocieron al jefe de contrainteligencia de la SLORC, el coronel Than Tun, en octubre de 1990. De un memorando clasificado de la DEA: «Los jefes Jiménez y Andrejko expresaron un fuerte deseo de ampliar el intercambio de inteligencia sobre narcóticos DEA/Birmania y examinar las necesidades especiales identificadas por el gobierno birmano en áreas en las que la DEA podría proporcionar ayuda y conocimientos».

3. Congreso de Estados Unidos, «Revisión del Informe de la Estrategia Internacional de Control de Narcóticos: Audiencias ante el Comité de Asuntos Exteriores y el Subcomité de Asuntos del Hemisferio Occidental, Cámara de Representantes, Centésimo Segundo Congreso, Segunda Sesión, 3, 4, 11 y 12 de marzo, 1992». (Washington D. C.: Oficina de Imprenta del Gobierno, 1992).

4. Bertil Lintner, *Burma in Revolt: Opium and Insurgency Since* 1948 (Bangkok: Silkworm Books, 1999).

5. Oficina de las Naciones Unidas contra la Droga y el Delito, «Cultivo de la amapola opiácea en el Triángulo Dorado», octubre, 2006.
6. Huddle señaló en concreto al congresista neoyorquino Charles Rangel como un partidario acérrimo de la DEA. Entrevista del autor, 2021.
7. Un periódico portavoz de la junta, el *Working People's Daily*, dijo, sobre el informe de la Voz de América de marzo de 1990, que Estados Unidos había lanzado «mentiras infundadas» a la SLORC, incluyendo acusaciones según las cuales los laboratorios incinerados eran «meras piezas de exposición» y que a «cierto grupo insurgente, los wa, se le permitía traficar con drogas». Las «verdaderas causas del problema de los narcóticos son, en primer lugar, los imperialistas [refiriéndose al Imperio británico] que introdujeron el opio en Myanmar. En segundo lugar, los ahijados de los imperialistas, los chinos blancos del Kuomintang [refiriéndose a los Exiliados respaldados por la CIA]. Tercero, los insurgentes multicolores».
8. La sede central de la DEA al final sí leyó la carta, pero no hasta pasadas seis semanas, cuando Saladino envió una copia encriptada por fax. Un jefe de la DEA que revisó la misiva dijo que el intento estaba justificado, pero que el lenguaje era demasiado fuerte: «Yo lo hubiera escrito de otro modo». Entrevista del autor con Saladino, 2022.
9. En aquel momento, Parker Borg, que trabajaba en la propia división de antinarcóticos del Departamento de Estado, se esforzó mucho por llegar a ser embajador americano en Birmania. El puesto aún estaba libre. Borg era un especialista en contraterrorismo del Departamento de Estado y ya estaba bien relacionado con la comunidad de inteligencia, incluyendo la CIA. Habló sobre esto el 12 de agosto de 2002, en una entrevista con la AECD (Asociación para los Estudios y Capacitación Diplomática), como parte de su Proyecto de Historia Oral Extranjera.
10. Una investigación interna de la DEA sobre las denuncias de irregularidades de Bian concluyó: «Es indiscutible que el 18 y 19 de junio de 1991, la demandante, en su reunión con Matthew Maher, hizo numerosas acusaciones a la Oficina de Inspección de la DEA y más tarde a la Oficina General de Contabilidad.*** Durante este periodo, la demandante planteó cuestiones relativas a Saladino [agregado nacional] y al gobierno birmano, tal como se menciona en un memorando del 15 de marzo de 1991 a Khin Nyunt [Secretario Uno], así como cuestiones pertinentes a su relación con un informante confidencial». La investigación concluyó que el fundamento de Bian contra Saladino sobre un laboratorio de heroína «falso» derivaba de una «teoría de la conspiración, respaldada y basada en una pura conjetura».
11. Maher, contactado por el autor en 2022, afirmó que no recordaba haberle exigido a Saw Lu que firmara. Saladino sí recuerda con claridad que lo hizo en un piso franco en Yangón. Al preguntarle sobre las acusaciones de Bian, Maher dijo que «sería negligente» ignorarlas, y añadió: «Ese tipo de personas dirían cualquier cosa para sostener su caso, ya sea verdad, mentira o irrelevante».

TORPEDO

1. «Yo sabía con exactitud cuántos millones [de kyats, la moneda birmana] recibía el mayor Than Aye por dejar pasar a los camiones. Quisieron matarme por interferir en sus ganancias». Entrevista del autor con Saw Lu, 2020.
2. Benjamin Min, ayudante de Saw Lu, describió el incidente en sus archivos personales. Según un documento de julio de 1993 titulado «Saw Lu (Saul) detenido por la MI» (haciendo referencia a la Inteligencia Militar), uno de los oficiales le dijo a Saw Lu que, por el equivalente de unos cientos de dólares, podía convencer a los guardias de que dejaran a Mary en paz. Saw Lu garabateó una nota para sus hijos, pidiéndoles que dieran dinero a cualquier soldado que llevara el pagaré. Recuperaron su soborno y Mary fue liberada. Archivo en posesión del autor.
3. El general Colin Powell, entonces presidente de la Junta de Jefes de Estado Mayor, en declaraciones a *Army Times*, en abril de 1991. Citas reimpresas en «Powell: ahora sí que Estados Unidos se está quedando sin demonios», de Fred Kaplan, *Boston Globe*, 9 de abril, 1991.

*** Nota de la traductora: Actualmente se conoce como Oficina de Responsabilidad Gubernamental (GAO).

4. El presidente George H. W. Bush ya había descrito a Birmania como «un país productor de droga» bajo la Ley de Asistencia Exterior de 1961. La ley requiere que Estados Unidos se oponga a los préstamos de las «instituciones financieras internacionales», salvo que el presidente ofrezca una exención por mejorar las leyes de antinarcóticos. En agosto de 1991, Bush también invocó la Ley de Aduanas y Comercio de 1990, que mencionaba a Birmania por su nombre, dando al presidente poder para imponer «tales sanciones económicas a Birmania como el presidente considerara oportuno, incluyendo cualquier sanción adecuada bajo la Ley de Comercio para el Control de Narcóticos de 1986».

5. David Sikorra, *Search for the Authentic: Navigating the Currents of Life for Meaning and Purpose* (Searcy, AR: Resource Publications, 2021).

6. Esta conversación fue relatada posteriormente a Saw Lu por Zhao Nyi Lai. Entrevista del autor con Saw Lu, 2021.

7. Brian Leighton, el abogado de Rick Horn, en una carta al Comité Selecto de Inteligencia del Senado, 25 de octubre, 1996; «Dedicado a proteger lo que queda de la reputación e iniciativas de la DEA, el agente Horn reevaluó la seguridad de las operaciones de la DEA en el puesto. El agente Horn supo que el predecesor del [jefe de estación] había implantado un procedimiento para recibir una copia de todos los teletipos de la DEA todas las mañanas». Copia en posesión del autor.

8. Ibid.

9. Tribunal de Apelaciones de Estados Unidos, Distrito de Columbia, «Declaración del demandante, Richard A. Horn, en apoyo a la respuesta complementaria del demandante» (firmado por Horn, 7 de julio, 1995).

10. Traducido de un modo más directo, el nombramiento de ministro de Saw Lu equivaldría al de jefe especial de Asuntos Exteriores. Otro de sus títulos era «Jefe de la Organización Antidroga del Estado Unido Wa», en referencia a su división armada al estilo DEA: UWADO.

11. Benjamin Min, «Saw Lu (Saul) arrestado por la Inteligencia Militar», julio, 1993: «Oficiales de la SLORC empezaron a pedirle a Tax Lai [presidente Lai; *tax* es un honorífico] y a Tax Pang [Pang era el apodo de Bao] el regreso de Saw Lu a Lashio. La SLORC fue informada de que ahora era un tema muy delicado, ya que los seguidores wa de Saw Lu se opondrían a su marcha. Más aún, ambos estaban conformes con que Saw Lu permaneciera en el Estado Wa. A fin de cuentas, era un líder nacional. Un mes más tarde, la SLORC envió un mensaje a Tax Lai declarando que Saw Lu en realidad era un agente de la CIA y un alborotador en el Estado Wa, e insistían en que debía ser entregado a la SLORC. De nuevo, ambos líderes rechazaron la demanda y argumentaron que la SLORC debía ir y hablar personalmente con Saw Lu y pedirle que regresara a Lashio de forma voluntaria».

12. «Indigentes del opio», *Bangkok Post*, 2 de abril, 1995, cita al presidente Lai al decir «Somos conscientes de que nos consideran los malos, pero nuestro pueblo es el último en beneficiarse del dinero de la droga. De modo que estamos dispuestos a convencerles de que renuncien al cultivo del opio y a reemplazarlo por otras actividades, pero para ello necesitamos ayuda. Necesitamos agrónomos, geólogos, médicos y cualquier otro tipo de conocimientos prácticos».

13. Los beneficios del opio del EUEW oscilaban entre diez y veinte millones de dólares en ese periodo. El artículo «Indigentes del opio» afirma que el EUEW obtuvo al menos nueve millones de dólares del opio en 1994. Un informe del Departamento de Estado titulado «Un autorretrato wa», 4 de diciembre, 2002, cita las cifras internas del EUEW de los beneficios del opio en veinte millones de dólares, que es «mucho menos de lo que muchos suponen». Informe publicado por WikiLeaks.

14. De Brian Leighton, «Los hechos: carta al senador Shelby», 21 de enero, 1997: Durante el periodo de Horn en Birmania, la SLORC «aumentó el número de fuerzas antidroga en el país, de cinco en 1988 a dieciséis en 1993»; incrementaron las incautaciones de heroína en un cincuenta por ciento en 1992 y se completó un estudio de rendimiento del opio, «el primero de su categoría».

LA CUMBRE

1. En 1993, entre enero y mayo, Saw Lu y el agente Stubbs celebraron varias reuniones maratonianas en la casa de Bill. Saw Lu viajó entre Pang Wai y Chiang Mai en múltiples ocasiones. Stubbs iba y venía de Yangón. Entrevista del autor con Saw Lu, 2020.

2. Léase el texto completo de *La Esclavitud del Opio*, en el apéndice.
3. Según Maher, las reticencias del Departamento de Estado hacia el plan se consideraban casi una certeza. «En su mente, era prioritario. Sabíamos que dirían: "Espera un momento, si GOB [Gobierno de Birmania] decide cooperar, y nosotros también estamos conformes, significará que hemos perdido la porra con la que les golpeábamos todo el rato en la cabeza mientras decían que no estaban haciendo nada"». Con la «porra» se refieren a la expresión usada por el Departamento de Estado para aludir a la corrupción por el narcotráfico de los oficiales birmanos, que no tenían ninguna intención de permitir que se llevara a cabo una erradicación masiva. Entrevista del autor con Maher, 2022.
4. En el pasado y en la actualidad, Estados Unidos es el mayor donante de la Oficina de Antinarcóticos de las Naciones Unidas y puede influir en su política. Antes llamado el Programa Internacional del Control de Drogas de las Naciones Unidas, su nombre actual es Oficina de las Naciones Unidas contra la Droga y el Delito (ONUDD). «Los objetivos de la ONU estaban en consonancia con nuestra visión a largo plazo. Si piensas en la DEA, piensas en meter a los tipos en la cárcel. Sin embargo, sabían que la idea general de reemplazar adormideras con otra cosa era brillante». Entrevista del autor con David Sikorra, 2022.
5. Huddle dijo que su visión personal sobre la política estadounidense en Birmania era más pragmática. No creía que las sanciones, ni la amenaza de sanciones, pudieran cambiar el comportamiento del régimen. «En Birmania hay una población austera, una base rica en recursos, y vecinos que están deseosos de comerciar con ellos. Es el peor caso posible para las sanciones. Sería castigar a la gente por tener un gobierno pobre». Con todo, el Departamento de Estado sintió que «tenía que hacer algo para marcar la diferencia. Simplemente, no estaba previsto». Entrevista del autor con Huddle, 2021.
6. Leighton, «Los hechos»: «Brown [...] aseguró a Horn que apoyaba el programa firmemente; pero a espaldas de Horn, ayudaba a Huddle a menospreciarlo y enviaba mensajes a su sede en Washington, afirmando que no merecía apoyo ni consideración».
7. Las recopilaciones de expedientes y de diversas fuentes difieren en cuanto a la fecha exacta de la cumbre, aunque hay un acuerdo general en que tuvo lugar a finales de junio de 1993.
8. Ninguna fuente de la DEA entrevistada por el autor corrobora esta cifra de cincuenta millones de dólares, pese a que Saw Lu estaba seguro de que la DEA se lo prometió en conversaciones informales. Entrevista del autor, 2020 y 2021.
9. Leighton, «Los hechos»: «Desde el punto de vista de la DEA, su objetivo era servir como mero facilitador para las reuniones entre los líderes de los productores de opio, figuras de alto rango del gobierno central de Birmania y un representante del Programa Internacional de Control de Drogas de las Naciones Unidas (más tarde ONUDD) [...] El representante local de la ONUDD y su cuartel general eran moderadamente optimistas. Lo consideraban una oportunidad única para iniciar un programa en el que se retirase de manera progresiva a los productores de opio del narcotráfico. El gobierno de Birmania sospechaba del plan, pero, en última instancia, estuvo dispuesto a darle una audiencia justa».
10. Leighton, «Los hechos».
11. En cuanto a cómo la CIA supuestamente obtuvo la versión comprometedora de *La Esclavitud del Opio*, es un relato basado en las declaraciones de Matty Maher y Brian Leighton y del abogado de Horn, que describió los eventos a un comité del Senado estadounidense. En 1993, la oficina de Yangón de la DEA empleó a una secretaria, una veterana experta en el manejo de archivos secretos. «Ella conocía nuestras normas —dijo Maher—, y se atenía a ellas». Cuando a la secretaria le llegó el momento de marcharse, la DEA intentó reemplazarla con otra leal. Sin embargo, la embajada estaba en contra. Dijeron: «No queremos más americanos en el país». En cuanto a asuntos personales, los dictados del Departamento de Estado eran supremos. Nos dijeron: «Contratad a una de las esposas de la embajada», refiriéndose a cualquier mujer casada con un empleado americano destinado en Birmania. El papeleo se amontonó. «Estábamos en contra», dijo Maher. La DEA cedió y empleó a una mujer cuyo marido trabajaba para el Departamento de Estado y respondía ante Huddle, el encargado de negocios. Según Leighton, Huddle presionó a la nueva secretaria para que accediera al expediente y le entregara la copia original de *La Esclavitud del Opio*, y el archivo pasó de Huddle a la CIA y, por último, a los oficiales de la SLORC. Leighton afirmó que esta traición generaba una violenta represalia contra Saw Lu, y al mismo tiempo «despreciaba

la credibilidad de la DEA con el GOB [Gobierno de Birmania], haciendo descarrilar todo el proyecto de golpe». Las citas de Maher provienen de una entrevista del autor en 2022.

12. Antes de ordenar la destitución de Horn de la embajada, el Departamento de Estado se apoyó en la DEA para trasladarlo fuera, según Maher. «Estos fueron los que dijeron "tenéis que sacar a Rick Horn de Birmania". Y yo les indiqué que no pensaba hacerlo. Ellos respondieron: "Bueno, si no lo haces, le haremos PNG [*persona non grata*]", una jerga diplomática para poner a alguien en la lista negra, incapacitándole para el trabajo. Dije: "Adelante, hazle PNG, porque yo no lo voy a sacar. No quiero que piense que ha hecho algo malo porque no lo ha hecho"». Entrevista del autor, 2022.

13. Mathew Heller, «La mesita de café con orejas», *Daily Journal*, junio, 2010.

14. Tribunal de Apelaciones de Estados Unidos, Distrito de Columbia, «Re: Caso sellado n.º 04-5313, 14 de diciembre, 2006: Publicar esos fragmentos de los informes [del investigador general] crearía el riesgo de revelar a los operativos encubiertos, métodos y capacidades».

15. «Art Brown no hizo lo que Horn imaginó que sucedió en 1993, y el acuerdo de conciliación no contiene admisiones ni valida de otro modo las extrañas acusaciones de Horn». Declaración de Morrister & Foerster, un bufete de abogados que representó al exagente de la CIA Arthur Brown, publicada por *American Lawyer Media*, 4 de noviembre, 2009.

16. Tribunal de Apelaciones de Estados Unidos, «Re: Caso sellado n.º 04-5313: Los jueces señalan la aparente imposibilidad de que Huddle se hubiera enterado de la conversación por medios legales».

17. Hasta hoy, Huddle niega las declaraciones de Horn. «Si estuvieras interceptando a alguien, ¿incluirías el hecho de que los interceptabas en un telegrama? Piénsalo. Eres un tipo listo, supongo. No hay nada más estúpido». La demanda, dijo, fue «con seguridad lo peor que he visto en el gobierno. Un chiflado con abogado gratis... un bufete de un solo abogado que no está en Martindale-Hubbell». Entrevista del autor con Franklin «Pancho» Huddle, 2021.

18. Juez Royce Lamberth, juez principal del Tribunal de Distrito de Estados Unidos, «Memorando Horn v. Huddle», 30 de marzo, 2010.

19. Ko-lin Chin, *The Golden Triangle: Inside Southeast Asia's Drug Trade* (Ithaca, Nueva York: Cornell University Press, 2009): «Ambas partes [China y el EUEW] firmaron un memorando en el que se estipulaba que los líderes wa no usarían la ruta china para traficar con heroína». El criminólogo Chin cita a un oficial del EUEW que describe una reunión celebrada en 1996 entre Bao Youxiang, Li Ziru y Liu Shuanyueh, el entonces jefe de seguridad de la provincia de Yunnan.

20. El hermano mayor de Wei, Wei Xuelong, se trasladó a Pangkham a principios de los años noventa para suavizar las relaciones de los Wei con el cuartel general del EUEW. A lo largo de los años noventa, Wei Xuegang permaneció la mayor parte del tiempo en Wa del Sur.

21. La victoria de Clinton sobre George H. W. Bush en las elecciones pudo haber salvado la vida de Khun Sa. «Necesitábamos ese encuentro letal y no lo íbamos a conseguir de Clinton. Bush nos lo hubiera dado». Entrevista del autor con el exagente de la CIA Barry Broman, 2022.

22. Como si atacaran a un monstruo de mil cabezas, la DEA y la policía tailandesa capturaron a una docena de tenientes de Khun Sa de golpe para «cortar cabezas y dejar al monstruo fuera de servicio». Richard LaMagna, antiguo jefe adjunto de Investigaciones Globales sobre el Tráfico y Distribución de Heroína, hablando en un documental de 2021 emitido en HBO: *Traffickers: Inside the Golden Triangle.*

23. Entrevista del autor con Broman, 2022. Los militares birmanos habían acordado de manera oficial luchar junto con el EUEW para acabar con Shanland, pero Broman dijo: «El ejército birmano en realidad no organizaba ataques serios. Eran los wa quienes combatían».

24. Partido Unido del Estado Wa, *Monumento de paz forjado en llamas de guerra y dificultades*, título de un vídeo de propaganda del EUEW/PUEW para celebrar el trigésimo aniversario del Estado Wa, publicado en abril 2019. Apareció primero en la aplicación de la red social china Weixin. Vídeo en posesión del autor.

DESTINO MANIFIESTO

1. El ejército Mong La es una expresión coloquial. El título oficial de la organización es una mezcolanza de palabras: Ejército de Alianza Democrática Nacional. Está dirigido por un exmiembro de la Guardia Roja de China, convertido en traficante de heroína, llamado Lin Mingxian.

2. El Pastor John Cao, afincado en Carolina del Norte, fue detenido en 2017. «John Cao», Comisión de los Estados Unidos sobre Libertad Religiosa Internacional, 2022.

LA GRAN MIGRACIÓN

1. Chin, *The Golden Triangle.*
2. Los líderes wa han mantenido contacto esporádico con una agencia antidroga de la ONU (antes llamada Programa Internacional de Control de Drogas de las Naciones Unidas, UNDCP) desde 1985, pero ningún proyecto cooperativo serio se lanzó hasta 1998.
3. Departamento de Estado de Estados Unidos, «Evaluación del Proyecto de Desarrollo Alternativo Wa», 17 de enero, 2003. El presupuesto anual de Proyecto de Desarrollo Alternativo Wa de las Naciones Unidas osciló a lo largo de los años, alcanzando más tarde una media aproximada de dos millones y medio de dólares a principios de 2000, antes de que colapsara en 2007.
4. Del vídeo titulado *Monumento de paz forjado en llamas de guerra y dificultades*: «Esta gran migración [...] en efecto fue algo extraordinario en la historia mundial de las migraciones [...] Los granjeros de adormideras se despidieron del opio y comenzaron una nueva vida».
5. Las citas de los granjeros de amapolas opiáceas provienen de la Organización de Desarrollo Nacional Lahu, abril, 2002, «Movimientos desestabilizadores», el informe más exhaustivo sobre esta migración forzada.
6. Ibid. La Organización de Desarrollo Nacional Lahu calcula que murieron unos cuatro mil indígenas wa de malaria en Wa del Sur, solo en el año 2000.

SPEED CON AROMA A VAINILLA

1. Cámara de Representantes de Estados Unidos, «El Comercio de Drogas y la Red Terrorista: Audiencia ante el subcomité de Justicia Criminal, Comité de Política de Drogas y su Impacto en los Recursos Humanos del Comité de Reforma del Gobierno de la Cámara de Representantes, Centésimo Séptimo Congreso, Primera Sesión, 3 de octubre, 2001». (Washington D. C.: Oficina de Imprenta del Gobierno de Estados Unidos, 2002).
2. Chin, *The Golden Triangle.*
3. El contrabando de heroína del Sudeste Asiático a Europa no era una opción favorable. Las rutas de tráfico de heroína a Europa por lo general están dominadas por sindicatos que se abastecen del Creciente Dorado: Irán, Pakistán y Afganistán.

WHISKEY ALFA

1. La cifra de más de cincuenta mil millones de pastillas está basada en datos recopilados por la ONUDD, así como de la Oficina de la Junta de Control de Narcóticos de Tailandia. Desde el año 2000, al menos seis mil millones de pastillas de *ya-ba* han sido incautadas por las autoridades en el este y sudeste de Asia. El cálculo real de las cifras de producción de narcóticos es bastante complicado, pero la ONUDD se basa en la regla del diez por ciento: asumen que las autoridades incautan un diez por ciento aproximadamente de todos los narcóticos con que se trafica, y extrapolan a partir de ahí. Seis mil millones de pastillas *ya-ba* incautadas sugerirían la producción de unos sesenta mil millones, aunque la cifra exacta es imposible de determinar. El representante en el Sudeste Asiático de la ONUDD, Jeremy Douglas, le dijo al autor en 2021 que su oficina calcula que todas las organizaciones con sede en Myanmar —incluyendo el EUEW y otras más pequeñas— producen entre dos mil y seis mil millones de pastillas de *ya-ba* cada año. El fentanilo se puede considerar más relevante que la metanfetamina simplemente porque es mucho más letal, mata a muchos estadounidenses y domina los titulares. Sin embargo, cuando se trata del número de consumidores reales, el fentanilo no se compara con la metanfetamina. Tal como indican las Naciones Unidas, la metanfetamina «domina el mercado de drogas sintéticas» a nivel mundial. Y en la cima del mercado de metanfetamina, el Sudeste Asiático, la *ya-ba* es el rey. Incluso en Estados Unidos, el principal mercado de fentanilo, solamente un uno por mil de la población consume la

droga, según datos del Departamento de Salud y Servicios Humanos. En países como Tailandia, donde predomina la *ya-ba*, el índice de consumo de meta en ocasiones ha alcanzado entre el tres y el cinco por ciento de la población, según la ONUDD. Véase «Tendencias globales de las drogas ilícitas», de la Organización de las Naciones Unidas contra la Droga y el Delito, 2003.
2. Starbucks apenas publica datos específicos de ventas, pero en 2016 la empresa dijo en Facebook que había vendido más de 671 millones de tazas de café en todo el mundo el año anterior. También en 2016, McDonald's reveló que vende 550 millones de Big Macs todos los años. Véase «Creador del Big Mac de McDonald's muere a los 98 años, comía una hamburguesa a la semana; Family», CNBC, 30 de noviembre, 2016.
3. ONUDD, «Tendencias globales de las drogas ilícitas 2003»: «Tailandia también informó de la tasa de prevalencia más alta de metanfetamina a nivel mundial (2,5 millones y medio de personas o el 5,6 por ciento de población entre quince y sesenta y cuatro años), pese a que algunas estimaciones que figuran en la prensa ascienden a tres millones de personas». La producción de meta del Triángulo Dorado, medida por el volumen de incautaciones en el Sudeste Asiático, se ha disparado desde que se registró esta estadística.
4. El consumo intensivo de *ya-ba* puede causar problemas psicológicos severos; sin embargo, comparado con los opiáceos, la adicción es mucho menos letal. Tailandia y otros países del Sudeste Asiático carecen de estadísticas fiables sobre las muertes relacionadas con drogas, pero los datos estadounidenses muestran que el alcohol y los opiáceos prevalecen entre las muertes por sobredosis. La mayoría de las muertes relacionadas con la metanfetamina implican que el usuario mezclara la meta con otras drogas.
5. «Los nuevos roles de los militares tailandeses: readaptación del siglo XXI», Colegio de Defensa Nacional de Tailandia, 2002.
6. Wassana Nanuam, «Alerta del ejército por infiltrados wa», *Bangkok Post*, 15 de febrero, 2001.
7. Jok es el seudónimo de un soldado tailandés en servicio activo que solicitó el anonimato. Sirvió en la Tercera Región del Ejército, la división norte de Tailandia, que contiene las unidades de antinarcóticos mejor equipadas.
8. Los grupos activistas incluían organizaciones no gubernamentales (ONG), organizaciones benéficas sin ánimo de lucro.
9. Maxmillian Wechsler, «Maha Sang: ¿Hombre del pueblo o narcotraficante?», *The Big Chilli Magazine*, enero, 2000.
10. Nunca se determinó si Bao Youxiang pudo conservar un puesto menor en este consejo de gobierno teórico. En general, Saw Lu era afín a Bao, pero Bill Young no.
11. Las estimaciones de las ganancias de los dirigentes del EUEW varían enormemente. Una investigación encargada por la revista *Time* en 2002 sugiere que, en ese año, pudieron haber acumulado aproximadamente 550 millones de dólares. Véase Andrew Marshall y Anthony Davis, «Soldados de Fortuna», *Time*, 16 de diciembre, 2002. El Departamento de Tesoro de Estados Unidos, al centrarse en los activos propiedad de los líderes del EUEW en 2005, investigó 103 millones de dólares de sus empresas corporativas.
12. Bao Youxiang hablando con Phoenix Television para un programa del año 2005 titulado «Dos héroes del Estado Wa».
13. Wei ha estado casado y tal vez tuvo varias esposas, una de las cuales está acusada por Estados Unidos de ayudarle a blanquear dinero en Tailandia. No está claro si tiene hijos, pero en caso de existir, ninguno de ellos tiene un perfil público. Un informe de inteligencia de marzo del 2007 en *Jane's Defence Weekly*, titulado «Wei Xuegang: el capo del narcotráfico del EUEW», revelaba que tiene un hijo nacido de una amante tailandesa en 1988.
14. «Yo personalmente animé a Wei a marcharse [de Wa del Sur]. Pensé: "Diablos, la CIA o la DEA o los tailandeses podrían intentar cruzar la frontera y matarlo"». San Pwint, exagente principal de inteligencia bajo Secretario Uno, Khin Nyunt, hablando con el autor en 2020.
15. Telegramas filtrados del Departamento de Estado de Estados Unidos, «GOB cancela el viaje de la ONUDD al territorio wa», 18 de enero, 2005, y «Acusaciones de narcotráfico del EUEW: una semana más tarde», 1 de febrero, 2005. Ambos informes fueron publicados por WikiLeaks.
16. Entrevista del autor con un trabajador del programa de ayuda de la ONU asignado al Estado Wa, 2019.
17. Vídeo de Associated Press, «Presunto narcotraficante asiático inculpado», 25 de enero, 2005.

18. DEA, «Ocho dirigentes de alto rango de la mayor organización de narcotráfico del Sudeste Asiático inculpados por un Gran Jurado Federal en Brooklyn, Nueva York», comunicado de prensa, 24 de enero, 2005.
19. Bao Youxiang, «Dos héroes del Estado Wa», Phoenix Television, 2005. Copia en posesión del autor.
20. Ronald Renard, director de proyecto wa de la ONUDD en 2006-2007, «La autoridad wa y la buena gobernanza, 1989-2007», *Journal of Burma Studies* 17, n.º 1 (2013): 141-180.
21. PUEW, *Monumento de paz forjado en llamas de guerra y dificultades.*
22. James Risen, «Los campos de adormideras ahora son una línea del frente en la guerra de Afganistán», *New York Times*, 16 de mayo, 2007. «La CIA y los militares hicieron la vista gorda ante las actividades relacionadas con drogas de los destacados señores de la guerra o figuras políticas que se han instalado en el poder, dicen los oficiales afganos y americanos».
23. Scott Baldauf, «Afganistán, plagado de vínculos con la droga», *Christian Science Monitor*, 13 de mayo, 2005.
24. Departamento del Tesoro, «Las medidas del Departamento del Tesoro apuntan a los narcotraficantes del Sudeste Asiático», comunicado de prensa, 3 de noviembre, 2005.

UNA FORTALEZA DE MONTAÑA EN CHINA

1. Esta es una sinopsis condensada de la campaña militar birmana para crear una nueva milicia en las tierras fronterizas en torno al año 2009. En esencia, era una repetición de la campaña de los años sesenta para convertir a los grupos armados minoritarios que habitaban las montañas en *Ka Kwe Ye* o «fuerzas de autodefensa». El ejército instó a los grupos a formar unidades de *Pyi Thu Sit* —unidades de «guerra popular» en birmano, normalmente de no más de cien combatientes, algunas con solo una docena de hombres—, y las numerosas Fuerzas de Guardia Fronteriza, o BGF por sus siglas en inglés, una milicia del tamaño de un batallón con más de trescientos soldados ocupando zonas limítrofes de alto valor estratégico. En 2009, los oficiales birmanos presionaron al EUEW para que se transformaran en una BGF. Ofendidos, los wa se negaron en redondo, con el presidente Bao reafirmando la posición del Estado Wa como «una región autónoma gobernada democráticamente».
2. Conjunto de datos: «Muertes por homicidios», Instituto Nacional de Estadísticas y Geografía (INEGI), una agencia gubernamental mexicana autónoma.

LA VENGANZA

1. La Operación Punto Caliente empezó el 25 de agosto de 2010 y continuó durante varios meses. «El concepto de la Operación Punto Caliente es atacar al mayor narcotraficante de la región, WEI HSUEH KANG, EL EJÉRCITO UNIDO DEL ESTADO WA, y a otras organizaciones narcotraficantes de alto nivel en Asia. La DEA y la NSB [Buró de Supresión de Narcóticos de la Policía Real Tailandesa] han elaborado material informativo para su distribución en áreas con una elevada tendencia al narcotráfico». (Comunicado de prensa, Embajada Americana de Tailandia, 26 de noviembre, 2010).
2. Departamento de Estado de Estados Unidos, «Implicaciones de las acusaciones de la Operación Señores de la Guerra», telegrama del 14 de enero, 2005. El telegrama hace referencia a «contiendas territoriales de larga duración entre Bao y Wei como consecuencia de desacuerdos políticos y financieros de alto nivel», y añade: «Muchos observadores creen que el territorio wa [...] es un polvorín».
3. Rajeev Bhattacharyya, «Un vídeo sobre decapitaciones señala el aumento de las atrocidades militares en Myanmar», *The Diplomat*, 6 de julio, 2022.

EPÍLOGO

1. Comentarios en una ceremonia inaugural de la Semana Nacional de Educación y Prevención del Abuso de Drogas en la Casa Blanca. Biblioteca Presidencial Ronald Reagan, 6 de octubre, 1986.

2. En el Estado Wa, Wei también es conocido como un filántropo que financia la construcción de carreteras, presas y puentes a lo largo de los picos abandonados. Un funcionario de la ONU llamado Jeremy Milsom, que dirigió el proyecto de desarrollo wa para la ONUDD, una vez dijo: «Wei Xuegang ha hecho más para ayudar a los empobrecidos granjeros de adormideras a romper su dependencia del cultivo que cualquier otra persona o institución en Birmania». Véase Jeremy Milsom, «Problemas en el Triángulo; opio y conflicto en Birmania», Instituto Transnacional, 22 de julio, 2005.
3. Programa Mundial de Alimentos (WFP), «División Autónoma Wa: WFP Myanmar», Informe operativo, 2019.
4. Andrew Ong y Hans Steinmüller, «Comunidades de asistencia: donaciones públicas, asistencia al desarrollo y filantropía independiente en el Estado Wa de Myanmar», *Critique of Anthropology* 41, n.º 1 (marzo, 2021): 65-87.
5. Esta ejecución pública tuvo lugar el 14 de mayo de 2020, en la ciudad de Namtip, en el Estado Wa.
6. Desde 2023, el enlace de mayor rango del EUEW es Deng Xijun, un importante diplomático chino anteriormente destinado en Afganistán como enviado de la Asociación de las Naciones del Sudeste Asiático.

APÉNDICE: LA ESCLAVITUD DEL OPIO

1. Saw Lu tergiversó la política antiopio del Partido Comunista de Birmania, tal vez para echar toda la culpa de la droga a los forasteros. En ocasiones, el partido toleraba que los lugareños wa cultivaran opio e incluso recaudaran impuestos, pero por lo general se prohibía el narcotráfico a gran escala, al que se dedicaban algunos comandantes wa étnicos, en contra de los deseos del partido.
2. Al señalar un «Estado Wa» antes de la revolución de 1989, Saw Lu hacía referencia a lo que los colonos británicos llamaban «los estados wa», descritos por investigadores del Reino Unido como «numerosos pequeños estados» en un «nivel de desarrollo más bajo» que otras partes de Birmania en esa época. Básicamente, Saw Lu quiso decir que los wa no eran gobernados por ningún país, sino que se autogobernaban en una constelación de feudos de señores de la guerra y ciudades-fortaleza —«estados» minúsculos a falta de una palabra mejor—. No quiso decir que existía un «Estado Wa» con un gobierno plenamente funcional, como implica ahora el término. El argumento de Saw Lu era que los militares birmanos, tras hacerse con el poder total en 1962, deberían haber delimitado un Estado independiente y otorgado a los wa algún tipo de autogobierno.

¿Qué es AMOK?

En malayo, AMOK significa un ataque de locura homicida, un brote de furia salvaje que induce al sujeto a un comportamiento asesino. También es una forma de cocinar el arroz muy rica. Te proponemos un recorrido sin locura homicida, pero sí con mucha pasión y sabor, por la cultura, la civilización y la literatura contemporánea asiática.

Hemos vivido muchos años en Asia, hemos viajado, hemos leído y hemos explorado. Nos hemos enamorado de ella y queremos que tú también lo hagas a través de los libros.

El objetivo de AMOK es compartir autores de narrativa contemporánea y novela gráfica, de prestigio reconocido y que aún no han sido descubiertos por los lectores de lengua española.

Queremos ser tu ventana a Asia. Viajarás con nosotros a Singapur, Malasia, Filipinas, Vietnam, Laos, China, India... a través de su literatura contemporánea, que te aportará una mirada diferente sobre temas universales como la familia, la sociedad, la identidad y un largo etcétera. Nos acercamos a su historia, costumbres y realidades desde el lenguaje escrito y visual.

¡Abre tu ventana y déjanos mostrarte Asia!

www.amokediciones.es

Historias de Asia con un sabor diferente

«Just say no».

NANCY REAGAN